DANS LA MÊME COLLECTION

(PLUMES DE RÊVE)

VOYAGEUSE, TOME 1

VOYAGEUSE, TOME 2

L'ANTICHAMBRE DES SOUVENIRS

UN NOËL PAS COMME LES AUTRES

UN ÉTERNEL COMMENCEMENT, TOME 1

UN ÉTERNEL COMMENCEMENT, TOME 2

LE CERCLE DELAROCHE, TOME 1

LA CITÉ DÉNATURÉE

À PARAÎTRE

VOYAGEUSE, TOME 3

LE CERCLE DELAROCHE, TOME 2

Aurèle Montoyat

L'Enfant Blanche

Le déclin des empires

Volume 1

Email : contact@plumes-solidaires.com
Site internet : www.editions-plumessolidaires.com

Auteur : Aurèle Montoyat
Illustration de couverture : ©Louis Beuzelin
Corrections : Audrey Moui

ISBN numérique : 979-10-96622-92-4
ISBN papier : 979-10-96622-91-7

Dépôt légal : Avril 2022

À cette réminiscence,
qui j'espère dans ces pages connaîtra une histoire incarnée à l'écrit,
après nous avoir emmenés, ma sœur et moi,
dans les diverses facettes de l'imagination par les mots de notre père.

Aurèle M.

Partie 1

D'un monde à l'autre

On attend l'aube toute la nuit, mais lorsqu'elle arrive,
on oublie facilement que, à la fin de la journée, l'obscurité reviendra.

1

L'hiver sans fin

Assise au sommet de la montagne, nue, le froid la pénètre. Elle ne lutte pas contre cette température familière. Elle se lève, s'approche d'une falaise. Elle suit les rochers escarpés du regard. Un chemin sinueux s'y enfonce. Elle y aperçoit des silhouettes. Un frôlement d'ailes déchire l'air. Un gigantesque rapace tourne au-dessus d'elle. Son pouls s'accélère. Elle pousse un cri de terreur, l'oiseau pique vers elle. Elle se jette à terre, évite les serres tranchantes au dernier moment. Mais une force la soulève dans les cieux.

Elle est dans ses pattes. Il fait deux fois sa taille. La tête en bas, elle panique, veut se libérer. Dans son esprit, une voix résonne :

« N'aie pas peur, jeune hybride. Observe et décris ce que tu vois. »

≈

Ni la tristesse ni les remords n'envahirent Yaé lorsqu'il regarda par le hublot. Plutôt un vide étrange. Il ne regretterait pas le bidonville de son enfance. Ses parents et ses cinq frères ne lui manqueraient pas non plus. Ils lui portaient autant d'amour qu'à une jambe gangrenée. Dès qu'il le put, il se débrouilla sans eux. Le climat capricieux de Terre, il n'en serait pas nostalgique. Yaé maudissait chaque sécheresse, séisme, cyclone ou glaciation qui marquait son passage sur cette planète ravagée. Seule Noa, sa petite sœur, aurait su le faire changer d'avis. Il s'était assuré avant son départ qu'elle bénéficierait d'une relative protection et avait, en son for intérieur, pris le serment que, un jour, il reviendrait la chercher. Mais la culpabilité le tiraillait. Sournoise, elle jetait un voile sur sa conscience.

La navette s'élevait rapidement dans l'atmosphère. Les côtes d'Amérique du Sud se montraient doucement. Le vaisseau plus haut dans le ciel, il aperçut les terres désolées et irradiées d'Amérique du Nord. Jusque-là, il n'en connaissait que de très vieilles images. De cette altitude, il devinait les cratères qui sillonnaient leur paysage. Seule la mort ou des abominations vivaient là-bas depuis une antique guerre nucléaire.

Et soudain, l'espace. Il plaqua son nez contre le hublot pour mieux voir. Terre se dévoila dans son intégralité. Au-dessus de l'Eurasie, havre des fortunés, un voile bleuté scintillait. Seuls les Eurasiens s'offraient d'aussi luxueux boucliers pour se protéger des cataclysmes naturels et des attaques extraterrestres. De gigantesques morceaux de la Lune gravitaient dans le vide et rendaient le panorama irréel, maintenus à distance de Terre par de massifs réacteurs. L'étoile Sol, éblouissante et terrifiante, s'y reflétait, et les astres, véritables danseurs, se concertaient pour se mouvoir. Dans les tréfonds de sa mémoire, Yaé ne se remémorait rien d'aussi beau. Les continents, dessinés un à un, les mers étincelantes, les nuages crémeux... Le pont reliant la pointe de l'Afrique à l'Antarctique se réduisait à une mince bande au travers de l'océan. Un cyclone titanesque d'une couleur tourmentée tirant vers le noir se déplaçait lentement sur les eaux. La navette pivota et révéla la plus grosse station spatiale de l'espace du Gouvernement Colonial Terrien. Depuis son enfance, Yaé rêvait de se rendre sur ce point lumineux admiré d'en bas.

La structure, aussi étendue qu'une ville, s'imposait dans le vide absolu. Des passerelles d'amarrage à l'allure de tentacules déroulés partaient de son corps circulaire. Beaucoup de vaisseaux prouvaient par leur emblème une appartenance militaire. Elle accueillait aussi des commerçants et leurs cargos de marchandises dans des bras séparés. Yaé, fasciné par les voyages spatiaux, connaissait le moindre détail du fonctionnement de cette infrastructure. À l'âge de dix ans, il se procurait des plans au marché noir et les épluchait de fond en comble. Cette ferveur eut raison des rudes leçons d'apprentissage de la lecture en autodidacte, et il comptait parmi ces rares enfants du bidonville à savoir lire.

Sa passion pour l'espace était d'ailleurs l'une des raisons de son engagement dans l'Armée Terrienne. Rester sur Terre à dealer de l'aphamine et ne jamais découvrir d'autres mondes aurait sonné comme la pire des punitions. Il avait toujours aimé les histoires sur les extraterrestres, même si elles ne transpiraient pas de gaieté. Des intentions perverses agitaient les aliens, créatures fondamentalement mauvaises à peine plus évoluées que des animaux. Leur unique aspiration : imiter et dominer les Humains. Les pires d'entre eux, les Gobs, livraient une guerre acharnée au Gouvernement Colonial Terrien depuis plus de deux siècles. Yaé n'était peut-être pas attaché à sa planète natale, mais il préférait combattre un ennemi commun à tous les Humains, venu de Terre ou d'ailleurs, plutôt que de mourir poignardé sans même en comprendre la raison. Il ne tenait pas particulièrement à devenir soldat et évitait la violence dans la mesure du possible, mais le seul moyen de quitter les bidonvilles passait par l'Armée Terrienne.

La navette s'amarra au ponton. L'une des recrues, également enrôlée dans un bidonville, vêtue de haillons, vomissait dans un sac en plastique, le teint moite et les mains tremblantes. Une autre dépassait à peine l'âge légal pour s'engager, soit treize ans. Yaé s'enrôlait à vingt ans. Le message du gang pour lequel il travaillait dans son taudis débordait de clarté : si malheur l'en prenait de partir sans rembourser ses dettes, sa famille en subirait les conséquences. Il ne serait pas affecté par la mort de ses parents et ses frères, mais il aimait sa sœur et se donnait pour mission de la protéger. La veille, il lui offrit ses économies.

— *Veuillez attacher vos ceintures et vous préparer au débarquement, s'il vous plaît*, débita une voix automatique.

Des amarres se refermèrent sur la navette dans un bruit de succion. L'intérieur du vaisseau se dépressurisa, puis ils franchirent un sas translucide. Un soldat les guida à travers un labyrinthe métallique aux murs sobres. Yaé écarquillait les yeux ; la modernité de cet endroit lui donnait le tournis. Régulièrement, ils croisaient des drones de surveillance étincelants. Dans les bidonvilles terriens, les gangs pirataient les rares engins encore en service pour les utiliser. À chaque vrombissement qui signalait leur présence, les muscles de Yaé se crispaient, prêts pour la fuite.

Ils rejoignirent une centaine de personnes dans une salle au plafond ovale. Un militaire plus grand que la normale s'avança. La peau sombre, le visage carré, ses sourcils gris se touchaient presque. Aucune ride ne trahissait son âge certainement avancé. Il appartenait sûrement à ces riches et éminents membres du Gouvernement Colonial Terrien, rajeunis par la science. Les pauvres racontaient ces histoires à leurs enfants pour les faire rêver, même s'ils savaient que jamais ils ne bénéficieraient de cette médecine. Un nombre impressionnant de médailles sur son uniforme en disait long sur son grade. Son arme tombait à sa ceinture noir brillant. Son regard balaya chacun des visages des nouvelles recrues. Sa voix à la fréquence basse intima le silence par sa puissance et son autorité :

— Bonjour, jeunes gens. Je suis le général Amaur Baksh, votre chef de mission supérieur. Les officiers de vos régiments s'en référeront à moi. Que vous le vouliez ou non, vous paierez au gouvernement et à l'armée ce qu'ils attendent de vous. Je serai bref ; certains d'entre vous détesteront l'armée. Ils viendront pleurer sur les bottes de leurs officiers ou sur celles de leurs collègues soldats. Si vous êtes faibles, vous périrez. Si vous êtes forts, vous aurez une chance de survivre. Pour cela, vous devrez obéir à n'importe quel ordre émanant d'un supérieur, et ça, sans DISCUTER !

Le ton autoritaire du général raidit Yaé.

— Pour votre entraînement, vous serez directement envoyés sur le terrain puisque nos hommes expérimentés préparent une offensive contre les Gobs. Vous irez, dès demain, sur Frizen2, le berceau du tinotium, dans le système Poée-Ulander pour y instaurer l'ordre. Le tinotium permet à notre armement lourd d'être aussi performant sur le sol et dans l'espace. Il est capital d'exercer une main de fer sur ce monde... mais surtout, sur son peuple. Les Friziens sont indisciplinés et représentent un danger potentiel. Ils manipulent les esprits et en font ce que bon leur semble. Soyez vigilants et forts ! Vous serez répartis dans les villages et villes de la planète.

Les soldats peinaient à tenir le garde-à-vous. L'officier continuait, intransigeant :

— Simple clarification : les déserteurs seront, s'ils ne sont pas exécutés sur-le-champ, envoyés dans la prison de Mars. J'imagine que peu d'entre vous souhaiteraient vivre là-bas avec les pires criminels de l'espace occupé, alors je vous déconseille de faire quoi que ce soit de stupide. Les mutins seront traqués et traités sans aucune pitié, pour montrer l'exemple. Que vous veniez du plus pauvre bidonville d'Amérique du Sud ou des superbes villes d'Eurasie, ça ne change rien, ici. Vous êtes de simples soldats au service du Gouvernement Colonial Terrien. N'espérez pas de faveurs, même si vous y avez été habitués toute votre vie. J'attends de vous des comportements exemplaires. Ne me décevez pas... vous le regretteriez ! Pour monter en grade et quitter le corps d'armée basique, il faudra le mériter...

Le « bref » discours du général dura une éternité et laissa place à un silence pesant. Chacun imaginait ce qu'il vivrait et endurerait sur Frizen2 pour les années à venir. L'officier les congédia, et les nouveaux soldats se rendirent dans des dortoirs. Yaé se plaça dans la file d'attente où un officier distribuait des montres. Il expliqua, en deux mots, leur fonctionnement. Un didacticiel intégré leur apprendrait ensuite à s'en servir. Yaé s'allongea sur sa couchette. Un repas surgit d'une trappe dans le mur. Il constata avec bonne humeur sa constitution : un morceau de pain, un peu de beurre artificiel et une purée composée d'un mélange d'aliments, synthétiques eux aussi.

Ce fut le meilleur de Yaé, aussi loin que ses souvenirs remontent. À bien y réfléchir, il ne regrettait vraiment presque rien de Terre. Les plats de riz, quand il ne devait pas fouiller les poubelles, ne lui manqueraient pas non plus. Il reposa son plateau sur la trappe et se pencha sur l'écran virtuel de dix centimètres qui se matérialisa au-dessus de son poignet. Il survola rapidement la notice puis décida de chercher lui-même les multiples fonctionnalités de ce gadget. Une carte spécifiant sa position actuelle lui indiqua qu'un localisateur se cachait dans l'appareil. Des fiches détaillaient les armes qu'il pourrait être amené à utiliser, ainsi que chaque planète, chaque extraterrestre… L'on aurait dit que l'Univers entier tenait dans cet objet.

— Dis, tu pourrais m'aider pour la montre, s'il te plaît ? Je n'y comprends rien… chuchota une voix féminine.

Une fille de quelques années sa cadette le dévisageait avec timidité.

— Bien sûr, répondit-il, heureux de parler à quelqu'un. Il suffit d'appuyer là, puis de chercher l'option que tu veux ici, fit-il en montrant des endroits sur l'hologramme qui grésillait dans l'air. Si j'ai bien compris, tu peux accéder au réseau interspatial.

Il expliqua les réglages, et l'adolescente perdit son manque d'assurance. Yaé trouva que, en dépit de son jeune âge, elle dégageait une impression de lassitude, comme si elle était usée. Sûrement due à une rude jeunesse. Mais qui pouvait se vanter d'une enfance facile dans les bidonvilles terriens ?

De taille moyenne, ses cheveux marron donnaient la réplique à ses yeux. Son visage portait des traces de coups et des cicatrices. Plus visible que les autres, l'une d'elles barrait sa gorge et mourait sur sa lèvre inférieure. Belle mais abîmée.

— Au fait, moi, c'est Ode, je viens du bidonville de São Paulo, et toi ?

De sa voix enjouée perçait le contentement de discuter.

— Je viens de celui de Fortaleza, et mon nom est Yaé. On n'habitait pas si loin que ça… Pourquoi t'es-tu engagée ?

— Hum… Mon père m'a battue toute ma vie. Il y a un mois de ça, j'ai eu dix-sept ans, et il a décidé de me vendre à un riche d'Eurasie… Je me suis engagée pour le fuir… à l'autre bout de l'Univers, s'il le faut, ajouta-t-elle en crispant ses traits.

Un malaise se glissa dans sa réponse :

— Ton père voulait te vendre… ?

— Oui, parce que je suis surdouée en informatique, surtout en piratage et en codage, ça lui a donné un prétexte. En réalité, il se fichait totalement de ce que je deviendrais s'il touchait de l'argent. Même si pour ça je devais travailler pour des Eurasiens comme esclave, ou pire… il voulait seulement se payer plus de doses de dia'. Tu connais, j'imagine ? Enfin, je dis ça, mentionna-t-elle vivement, parce qu'on voit trois marques de brûlures dans ton cou, alors tu as probablement déjà essayé.

— Je connais. Mon travail à Fortaleza, c'était d'en dealer à des types qui, comme ton père, vendraient jusqu'à leur fille pour ça. Je le faisais pour ma petite sœur, précisa-t-il car l'expression d'Ode s'affaissa. Je me suis brûlé trois fois avec du feu dia' pour entrer dans un gang. La première fois, lors de mon initiation, je n'avais que dix ans. J'ai tellement adoré que j'ai recommencé, avec deux doses. Je suis tombé dans le coma trois jours. J'ai failli mourir, j'ai retenu la leçon. Après ça, j'en ai vendu, mais sans consommer.

Un long silence marqua ses paroles puis Ode reprit doucement :

— Un jour, mon père m'a obligée à me brûler pour ne pas le laisser seul dans sa défonce… Un des pires jours de ma vie…

Elle laissa un blanc et prit une grande inspiration pour conclure :

— Mais c'est terminé maintenant, on est des soldats et plus des pauvres qui meurent de faim, impuissants !

Quand arriva l'heure de l'extinction des feux, Yaé se retourna sur lui-même et, par réflexe conditionné, chercha son poignard — un cadeau de Noa — sous son oreiller. Il grommela un juron en se rappelant qu'il lui avait été enlevé lors de la fouille. Son sommeil vint plus tard, agité de souvenirs cuisants.

≈

Une sonnerie stridente réveilla Yaé après ce qui lui sembla n'être qu'une seconde. Un petit-déjeuner apparut à sa gauche alors qu'il émergeait à peine de ses rêves. Il mit son nouvel uniforme noir en bâillant à s'en décrocher la mâchoire. Comme son sac flambant neuf, ce noir contrastait avec la blancheur de sa ceinture. Dans celle-ci se rangeraient un pistolet et un poignard. Sans ses armes, il laissa les étuis vides. Sa montre clignota, et l'écran s'alluma avec des instructions : il devait immédiatement se rendre dans la salle d'embarquement B-37.

Il ramassa son paquetage et se dirigea vers la couchette d'Ode qui finissait de déjeuner à la hâte.

— Panne de réveil ? lança-t-il. Tu es dans quelle salle d'embarquement ?

— B-37 pour moi, rétorqua-t-elle, encore à moitié endormie.

Ils se perdirent un peu dans les couloirs de la station, comme la plupart des recrues, et arrivèrent dans leur hangar d'embarquement. Le vaisseau de transport tombait en décrépitude. Des techniciens s'affairaient à réparer à la va-vite un réacteur fumant. À l'intérieur, Yaé se sangla solidement à son siège. L'appareil décolla dans un soubresaut, une dizaine de minutes plus tard. La station spatiale rapetissait à vue d'œil. Tout à coup, deux lasers partirent dans l'espace. Ils s'entrechoquèrent et se rassemblèrent pour former une brèche violacée. Les propulseurs arrière poussèrent le mastodonte à travers, l'emmenant dans le Néant. Enfant, Yaé imaginait souvent ce dernier. Ce fut pire que la plus pessimiste de ses attentes.

Un calme étouffant, silencieux à son paroxysme. Plus terrifiant que dans les dizaines de livres décrivant ce phénomène. Il n'entendait que sa propre respiration, saccadée et lointaine. L'obscurité s'insinua partout et donna bientôt l'impression que les lumières attendaient dans les ténèbres, à des kilomètres de là. Chaque soldat se retrouva seul avec lui-même et frémit de peur.

Le déchirement spatial permettait d'accéder au Néant, un univers parallèle dans lequel les distances n'existaient pas. Il rendait réalisable la traversée rapide de l'Univers sans mettre des milliers, voire des millions d'années. Car l'espace occupé se disséminait dans une multitude de galaxies parfois si éloignées qu'il était presque impossible de les situer.

Un craquement retentit, et la lumière revint instantanément. Les nouveaux militaires lâchèrent un soupir soulagé. Ils retrouvèrent l'ouïe et la vue, et clignèrent frénétiquement des paupières pour se persuader qu'ils ne sortaient pas d'un rêve. Yaé se pencha pour observer le vide.

Une planète flottait, perdue au loin de deux étoiles. D'un blanc éclatant, elle mesurait approximativement la taille de Mars. Il consulta sa montre sans tarder pour trouver des informations sur Frizen2.

L'environnement : La planète Frizen2 est classée 6/10 en hostilité pour les Humains. Son atmosphère et sa pression atmosphérique sont similaires à celles de Terre, d'Obside, de Héli, de Rosair et d'autres mondes du même type. Elle est couverte d'une couche de glace, de neige et de roche de mille mètres d'épaisseur. Sous sa surface se développe du tinotium (voir page 174 sur le tinotium). *Par-dessus, les végétaux sont rares. Aux deux pôles se trouvent de grandes forêts « d'arbres de pierre ». À l'intérieur des terres, la flore prolifère davantage.*

Son peuple : Frizen2 est peuplée par les Friziens. Ils sont classés dans les espèces extraterrestres intelligentes et potentiellement hostiles. En 2413 de l'ancien calendrier, ils rencontrèrent les Humains et leur montrèrent comment voyager dans le Néant grâce au déchirement spatial, avant de les attaquer et d'être matés. En l'an 99 après la libération des planètes, ils se révoltèrent. Pour les punir, le Gouvernement Colonial Terrien leur inocula un virus. Depuis, ils sont rares dans l'espace occupé. La méfiance est préconisée en cas de rencontre avec des Friziens.

Comparaison du temps avec celui de Terre : Sur Frizen2, les jours durent 42 heures terriennes. La planète met 700 jours pour faire le tour complet de Poée et Ulander, ses deux étoiles. Durant une moitié de l'année, il fait nuit sur une face de la planète. Le reste du globe a des jours et des nuits équilibrés.

Yaé éteignit sa montre. Il apprendrait ce qui l'attendait bien assez vite.

— *Veuillez attacher vos ceintures et vous préparer à l'atterrissage, s'il vous plaît*, débita la voix robotique.

Il resserra ses sangles plus que de raison alors que la planète blanche grossissait rapidement. Une forte pression le cloua sur son siège. Le vaisseau pénétra dans l'atmosphère. Par le hublot, on ne distinguait plus que des traînées orange frotter la coque de l'appareil dans un bruit assourdissant. La température augmenta sensiblement sous les cloisons métalliques chauffées à blanc et fit couler de grosses gouttes de transpiration dans le cou du jeune homme. La pression cessa, et le vaisseau se stabilisa, piqua vers le sol de façon moins violente. La glace immaculée se rapprocha très vite d'eux ; une ville se dévoila dans le désert blanc.

Ils furent bientôt à portée d'une piste d'atterrissage sur laquelle le transporteur se posa dans un concert de grincements et de raclements. Les soldats, trempés de sueur, s'étonnaient d'avoir survécu à cette descente infernale dans l'atmosphère de Frizen2. Une porte dont les engrenages suintaient de rouille s'ouvrit. Ils détachèrent leurs ceintures, impatients de voir à quoi ressemblait cette planète inconnue.

Le froid s'insinua immédiatement dans la cabine. La transpiration se cristallisa, les narines gelèrent de l'intérieur, et les cils se couvrirent d'une fine pellicule de givre.

Yaé ignora cette sensation désagréable et descendit en portant son sac à dos noir. Vu de l'extérieur, le vaisseau faisait vraiment désuet. Sa coque calcinée de part et d'autre tenait par miracle sur des pieds vivant leurs derniers jours. Il se détourna et frotta ses mains pour les réchauffer. Des bus voletaient au milieu de ce désert de glace infini. De l'autre côté, une ville à l'allure fantomatique se dessinait dans la plaine. Au loin, l'isoplèthe d'une longue chaîne de montagnes se laissait vaguement entrevoir. Rien de coloré, hormis les habitations sombres et la piste d'atterrissage rougie par les réacteurs. Il grimpa dans le véhicule le plus proche qui fila à travers le désert, droit sur une tache sombre située au pied d'un mont isolé, jusqu'alors caché dans un mirage : un village.

Certaines des maisons étaient enrobées d'une sorte de bois noir, et d'autres de glace. Un peu à l'écart, le bus pénétra dans un camp clôturé de barrières barbelées. Les soldats attendirent les ordres hors du transporteur. Un officier arborant une ceinture orange beugla sans les saluer :

— Garde à vous, soldats !

Il y eut un moment de cafouillage puis les nouvelles recrues serrèrent les talons, placèrent leur poing sous leur tête, et leur coude devant leur plexus solaire, en salut à leur supérieur. Celui-ci le leur rendit et prit la parole alors qu'ils grelottaient de froid :

— Repos. Je suis le lieutenant Hart, et je vais vous expliquer la situation : Frizen2 n'est pas un camp de vacances ! Vous serez logés dans des piaules minables, et vous aurez tout le temps froid ! Chacun d'entre vous s'est vu remettre une combinaison avec un chauffage intégré. Pour l'activer, il suffit de presser ce bouton.

Il montra un point sur les vêtements. Yaé se dépêcha d'appuyer dessus, et une douce chaleur se répandit sur son torse. Encore frigorifié, il sentit à nouveau le sang affluer dans ses doigts et ses orteils.

— Très bien, vous n'êtes peut-être pas aussi stupides qu'il y paraît, se moqua l'officier en tirant une bouffée sur sa cigarette virtuelle. J'imagine que vous savez déjà que dans votre manche droite a été insérée une puce qui contient vos données personnelles, ou plutôt celles fournies lors de votre recrutement. Je me fiche que ce soit vrai ou pas ; vous pouvez bien être le fils de Sade Rhavin ou d'une putain, vous êtes sous mes ordres ! Cette puce s'est mise en route au contact de votre peau. Si vous trouvez un bar dans le coin, payez-vous un verre. Encore que, pour ça, il vous faudrait de l'argent !

Il éclata d'un grand rire sadique :

— Maintenant, chacun va ranger sa couchette. Retrouvez-moi dans une heure au terrain d'entraînement !

Yaé et Ode se rendirent dans le bâtiment que pointait Hart du doigt. Une porte épaisse de quarante centimètres qui empêchait le froid polaire de rentrer se referma derrière eux. À l'intérieur, une salle ressemblant vaguement à une cantine était occupée en son centre par deux longues tables en métal. Dans une deuxième pièce, un dortoir accueillait trente lits disposés symétriquement. Trois soldats à la carrure imposante bousculèrent Yaé et prirent ceux du fond. Il ne réagit pas car il ne voulait pas s'attirer d'ennuis. Ode s'installa au milieu, et il posa son sac sur le matelas adjacent.

Une femme rejoignit les trois costauds au fond. À voir les muscles saillants des bras de la militaire, il valait mieux se tenir hors de sa portée. Yaé s'allongea sur sa couchette.

Il vivait enfin son rêve. Il avait quitté Terre.

≈

Elle observe les étoiles Poée et Ulander, à l'origine de son bien-être. Autour d'elle, du sable. Elle en prend dans sa main, le laisse glisser entre ses doigts. Il râpe légèrement sa peau. Ce n'est pas désagréable. Au contraire. Elle se sent reposée, calme. Elle aperçoit un mont, au milieu d'un désert doré, enneigé. Un nuage immobile dissimule ses hauteurs. Il se confond avec le blanc du pic.

Assise au sommet de la montagne, nue, le froid la pénètre. Elle ne lutte pas contre cette température familière. Elle se lève, s'approche d'une falaise. Elle suit les rochers escarpés du regard. Un chemin sinueux s'y enfonce. Elle y aperçoit des silhouettes. Un frôlement d'ailes déchire l'air. Un gigantesque rapace tourne au-dessus d'elle. Son pouls s'accélère. Elle pousse un cri de terreur, l'oiseau pique vers elle. Elle se jette à terre, évite les serres tranchantes au dernier moment. Mais une force la soulève dans les cieux.

Elle est dans ses pattes. Il fait deux fois sa taille. La tête en bas, elle panique, veut se libérer. Dans son esprit, une voix résonne :

« N'aie pas peur, jeune hybride. Observe et décris ce que tu vois. »

Il parle. Elle fait ce qu'il demande. Une mer rouge. L'Aigle s'approche de sa surface. Des troncs d'arbres flottent sur l'eau. Elle se retient de vomir. Ce ne sont pas des troncs. Ce sont des cadavres. Impossible de dire s'ils sont Humains ou Friziens. Leurs visages sont ensanglantés. Ce sang colore l'eau. Leurs membres les entourent, telles des branches.

« Je vois des personnes mortes. Je veux partir, s'il te plaît. »

Il crie de manière saccadée :

« Si nous te disions que c'est toi la responsable, que ferais-tu ? »

« Je dirais que tu mens ! Menteur ! »

« Nous ne l'avons pas dit, ce n'est pas la peine de t'énerver, jeune hybride. »

« Arrête de me traiter d'hybride ! »

« Le problème est donc là ? Tu devrais pourtant être capable de te poser les vraies questions, non ? Tu n'es pas stupide ; serais-tu aveugle, jeune hybride ? »

Le rouge lui monte aux joues. Elle ferme les yeux, tente de se calmer. Elle ne peut rien faire, prisonnière des serres de l'animal.

« Observe à nouveau », susurre le rapace. « Dis-nous ce que tu vois. »

Sans répondre, elle obéit. Un bloc sombre remplace les corps au-dessous d'eux. Des diamants noirs. C'est le plus gros gisement qu'elle ait jamais vu. Des dizaines des siens en extraient des cristaux, les mettent dans leur sac. L'Aigle plane près du sol, sans que nul ne les aperçoive.

Elle reconnaît son père. Elle projette son esprit pour lui signaler sa présence. Du vide. Que du vide. Elle essaie sur d'autres personnes pour vérifier qu'elle peut encore communiquer par la pensée. Nul ne l'entend. Elle est prise de panique :

« Que m'arrive-t-il ? Pourquoi je ne peux plus parler à distance ? »

« N'est-ce pas là ce que tu veux ? Tu rêves depuis toujours de ne plus être une hybride. Choisirais-tu ta moitié humaine, ou l'autre ? »

— Rends-moi mes dons, oiseau ! crie-t-elle de toute la puissance de sa voix.

Un hurlement vrille ses tympans. Quelqu'un tombe au sol. Son esprit perd toute raison lorsqu'elle reconnaît son père. L'Aigle la dépose. Elle court vers le corps étendu. Elle pleure. Son père se consume de l'intérieur, des flammes sortent de ses poumons. Sa peau se transforme en cendres ardentes. Un crâne noirci par le feu. Un rire.

Un soldat se plie en deux. Il la regarde de son unique œil. Elle se relève violemment, se jette sur lui. Sa main est arrêtée par un mur invisible. Le soldat recharge son arme. Il la pointe sur sa propre jambe. Il appuie sur la détente.

Elle est soulevée dans les airs. Ils volent à nouveau. Une voix résonne dans le ciel :

— Qu'est-ce que tu attends, Adali !? On n'a pas le temps !

« Nous ne pouvons pas te garder plus longtemps, jeune hybride », dit l'oiseau.

« Arrête de me traiter d'hyb... »

Il la lâche. Elle est absorbée par le vide. Elle crie.

Adali tomba de son lit. Elle prit un instant pour se remettre de son cauchemar. Autour d'elle, des couvertures et des affaires jonchaient le sol. Son père, à la porte, suintait le mécontentement :

— Si ce n'est pas trop te demander, serait-il possible que tu te lèves pour l'appel ?

Une fois de plus, elle ne s'était pas réveillée à l'heure.

— Oui, oui, j'arrive ! dit-elle en se précipitant pour attraper ses habits éparpillés par terre.

— Bien, et ne traîne pas !

Adali enfila un vieux jean récupéré dans une friperie du village. Elle passa un gros pull rapiécé, saisit son masque à gaz et sortit. Les villageois Friziens attendaient en rangs serrés devant leurs habitations, et elle se faufila discrètement entre ses deux parents. Une longue sonnerie sortit des haut-parleurs accrochés aux angles des rues, et des soldats arrivèrent. La mère d'Adali, Aliya, la réprimanda mentalement en lui envoyant des images d'avertissement. Elle s'excusa par la pensée. Un Humain approcha. Comme tous les autres militaires non gradés, il portait un ensemble noir et une ceinture blanche.

Muni d'un écran, il égrena des noms. Les villageois appelés tendaient le bras. Comme beaucoup d'autres Humains, le militaire détournait les yeux dès qu'il croisait ceux d'un Frizien, apeuré. Ces imbéciles croyaient les « aliens » capables de les posséder... Une preuve de plus de leur stupidité. Lorsqu'il prononça son prénom, Adali leva la main sans un mot. Elle aurait évidemment pu répondre « présente », mais ne voulait pas faire remarquer au soldat son aptitude à parler. Ceux d'entre eux qui connaissaient sa vraie nature en profitaient pour la rabaisser à la moindre occasion. Elle restait pour eux une hybride, une aberration. Il la fixa un instant puis se détourna et reprit l'appel. La vérification terminée, Adali se mit en marche à la suite des autres et s'approcha de son ami d'enfance.

La peau et les cheveux foncés d'Ulyd se différenciaient assez du commun des Friziens, pour la plupart à la peau colorée d'un gris mat et aux cheveux, aux ongles et aux yeux blancs. Il demeurait tout de même dénué de cordes vocales et ne communiquait que par télépathie, comme les autres. Adali s'imaginait souvent à la place d'un Frizien de « sang pur », passant ainsi inaperçue au milieu des siens. Pourtant, sa peau d'un gris tellement clair que l'on aurait dit du blanc, ses cheveux d'un noir de jais et son visage évoquaient indéniablement une origine humaine. Ses prunelles bleues finissaient de lever le doute. Sa taille moyenne était sûrement la seule ressemblance qu'elle partageait avec les Friziens.

— Salut ! lui lança-t-elle.

Ulyd sursauta et se retourna, effrayé. Il la rabroua mentalement :

« Quand est-ce que tu arrêteras enfin de faire ça, Adali !? »

— Le jour où tu arriveras à me répondre en te servant de ta bouche, sourit-elle.

« Très drôle ! Je suis un vrai Frizien, moi, au moins », ironisa-t-il.

Elle ne trouva rien à redire ; Ulyd, tout comme la mère d'Adali, était un Frizien à part entière, et elle non, bien qu'elle y ressemble pour les étrangers. L'Armée Terrienne avait radié et envoyé sur Frizen2 son père après qu'il eut désobéi à un ordre direct. Son exil donna naissance à Adali, mélange de deux espèces ; une hybride. Elle eut un pincement au cœur, car hybride signifiait problèmes. Pas pour elle directement, mais pour les autres. Ils considéraient le métissage des espèces comme une erreur génétique. Une anomalie.

Elle possédait, à quelques détails près, le physique de sa mère ainsi que sa capacité à s'exprimer mentalement. Elle héritait aussi d'une partie de sa vision nocturne et de sa résistance naturelle au climat frizien. Qualité particulièrement utile sur cette planète, où sévissait sans cesse une température glaciale. Ce froid tuait chaque jour un peu plus le père d'Adali. En tant qu'Humain, et sans équipement adéquat, il marchait vers la mort depuis le jour de son arrivée, vingt ans terriens auparavant.

Elle chassa ses sombres pensées et plaisanta avec Ulyd. Malgré les boutades qu'ils échangeaient, les deux jeunes ne quittaient pas des yeux les militaires de l'escorte. Leur discussion se poursuivit mentalement car Adali remarqua un soldat grimacer en l'entendant prononcer des mots à voix haute. Ils approchaient d'une montagne. Avec ce cauchemar récurrent de l'Aigle qui la hantait, Adali s'attendait presque à voir un oiseau géant voler au-dessus d'elle. La réalité n'était pas beaucoup plus joyeuse.

Une immense falaise trouée d'un tunnel coupait un pan entier du mont enneigé et ouvrait une vallée en auge invisible de loin. Les premiers mètres éclairés à l'intérieur de la bouche béante rappelaient aux ouvriers des milliers de journées de dur labeur. Tous les jours, ils s'enfonçaient dans les tréfonds de cette montagne et y travaillaient avec acharnement pour éviter les sanctions des Humains. Si quelqu'un ne respectait pas son quota de kilogrammes de diamants noirs, ils l'enfermaient ou le battaient en public. Adali devait en ramasser davantage que les autres ; si elle n'en donnait pas à son père, il serait puni. Sa maladie le handicapait dans son ouvrage à la mine.

Elle rejoignit les deux membres de son équipe, et ils pénétrèrent ensemble dans les galeries qui parsemaient le géant de glace. Des robots travaillaient dans les tunnels trop étroits pour y accéder. Cette mine, peu fructueuse par rapport à d'autres, ne nécessitait pas énormément de machines. Adali enfila son masque et le pressurisa. Les faibles lampes vacillaient et, bien qu'ils s'y retrouvent plutôt bien dans le noir, les mineurs allumèrent leurs lampes frontales. Elle monta sur un chariot qui s'avançait dans les tunnels, et se demanda une fois de plus comment elle arriverait vivante à destination en entendant le raffut atroce des roues sur les rails. Le wagonnet freina brusquement.

Cinq minutes de marche dans un tunnel adjacent, le dos courbé, la firent arriver dans une impasse. Elle sortit son laser. Un jet rouge de la taille de deux mains jaillit d'un manche plus court. Elle attaqua la glace en veillant à ne pas provoquer d'effondrement. Il devenait difficile de trouver des cristaux, et pourtant les Humains en réclamaient toujours plus. La prudence, la rapidité et la précision étaient essentielles.

Au bout d'une heure d'efforts, elle tomba sur un amas de diamants noirs. Leur noir granuleux ressortait sur la glace de laquelle Adali les arracha. Elle actionna son sifflet pour appeler une plate-forme qui arriva dans un bruit de moteur encrassé. Elle volait à hauteur de taille et apportait le minerai aux Humains qui attendaient dans leurs véhicules, dehors. Adali y déposa les cristaux et en inscrivit un quart au nom de son père. Puis elle recommença à creuser. Elle n'en trouva qu'à trois reprises dans la matinée, et ce fut de mauvaise humeur qu'elle quitta les tunnels pour aller manger.

Comme toujours, elle garda au début son masque pour se protéger des rayons de Poée et Ulander en sortant dans la clarté de l'extérieur. Ses parents s'installaient un peu plus loin. L'espace dont ils disposaient pour leur unique pause journalière était plutôt restreint, aussi se retrouva-t-elle collée à son père qui lui confirma ce qu'elle se répétait sans cesse :

— Le GCT voudrait que ce soit comme il y a vingt ans et qu'on rapporte cent kilos de diamants par jour ! Les mines s'épuisent, c'est évident ! Terre ne se rend pas compte qu'elle va se retrouver à court de munitions. Il va falloir qu'elle trouve une autre planète à exploiter si elle veut que son empire survive.

— Je n'ai ramassé que cinq kilos ce matin, dit Adali pour soutenir son propos.

— Peut-être qu'ils ont un plan pour remplacer les cristaux sur leur armement... Ce serait bien qu'ils gagnent la guerre pour prendre ceux de Frizen3.G aux Gobs ! En tout cas, s'ils ne se dépêchent pas, il n'y aura plus rien ici à part de la glace.

— Mmm...

Aucune phrase n'émana de l'esprit de la mère d'Adali, pensive. Ils mangèrent leur poisson gelé en silence. Le père affaibli projeta un filet de sang dans la neige en lâchant une quinte de toux.

— Pourquoi tu ne te reposes pas à la maison, cet après-midi, papa ?

— Ha, ha, si seulement je pouvais sans que ces salauds de l'armée m'arrêtent ! sourit faussement Kristofh.

Le visage de la mère d'Adali se peignit d'une expression horrifiée. Un soldat dévisageait l'homme malade d'un air qui ne transpirait pas la sympathie.

— Hey, le traître, l'exhorta-t-il, tu n'en as pas eu assez de te retourner contre les tiens, il faut en plus que tu nous insultes ?

Le père d'Adali se leva péniblement et vint se placer en face du jeune militaire. Celui-ci le dépassait d'au moins vingt centimètres, ce qui ne fit pas baisser la tête au vieil homme. Ils s'affrontèrent du regard sans qu'aucun ne parle. Les Friziens alentour et les Humains observaient la scène.

Sans crier gare, le militaire le frappa au genou. Adali se précipita pour l'empêcher de s'effondrer.

— Ne t'en mêle pas, sale Grise, on n'a pas besoin de toi, ici ! lança le soldat à peine plus âgé qu'elle.

Elle l'observa un instant puis, estimant qu'elle ne s'attirerait que plus d'ennuis, tira Kristofh en direction de sa conjointe. L'Humain, frustré de ne pas pouvoir passer sa colère sur elle, s'adressa à la mère d'Adali :

— Et toi, la catin Grise, tu dois être fière de ta sale hybride de fille, hein ?

Sa mine se décomposa comme celle d'un gamin effrayé, Aliya venait sans nul doute de lui répondre par la pensée. Il se ressaisit et s'approcha d'elle à grands pas en vociférant des jurons. Il la gifla violemment. Adali sentit les pensées douloureuses de sa mère s'échapper de son esprit. C'en était trop pour elle. Elle bondit sur ses pieds et poussa l'Humain en arrière. Dans sa tête, des Friziens, dont Aliya, l'exhortaient à retourner s'asseoir et abandonner ce combat perdu d'avance. Elle n'écouta que sa colère et frappa trois fois dans ses mains. Chez les Friziens, cela équivalait à un crachat en pleine figure pour un Humain. Son adversaire, déconcerté qu'une *Grise* ose le pousser, ne remarqua pas ce geste.

— Comment oses-tu ? s'indigna un autre soldat. Tu ne comprends pas, Heldant, poursuivit-il, elle vient de t'insulter !

Heldant ne se fit pas prier et balança son poing sur Adali. Elle attrapa son poignet sans réfléchir et lui envoya par la pensée des images de souffrance intense. Une vision diabolique l'engloutit. Il s'effondra par terre en criant :

— ARRÊTE ! SORCIÈRE !

Les Humains se précipitèrent sur Adali pour l'attraper. Elle reçut des coups au ventre, et une douleur cuisante se mêla à sa colère. Les Friziens formaient un cercle menaçant autour d'eux. Un soldat attrapa un fusil dans son dos et tira en l'air pour les disperser alors que l'un de ses camarades s'époumonait :

— Les Gris, au travail, plus vite que ça ! J'emmènerai tous ceux encore présents dans une minute, et ils passeront la nuit dans la cage !

Chaque Frizien connaissait les traitements infligés par les Humains dans la « cage », et ils retournèrent dans les mines. La mère d'Adali soutenait son père et, tout en s'éloignant, elle eut des pensées réconfortantes pour sa fille. Celle-ci la rassura avant d'être jetée comme un torchon sale dans un véhicule militaire. Celui qu'elle avait frappé ordonna au chauffeur de démarrer. Sous la pulsion des réacteurs, le bus décolla. Il fila vers le village des mineurs. Dans le speeder, trois Humains échangeaient des propos colériques à son sujet. À moitié assommée, elle n'en saisit que des bribes.

L'appareil pénétra dans le camp des soldats. Un homme expulsa brutalement Adali à l'extérieur et la conduisit dans le poste militaire. Ils descendirent un escalier taillé dans la roche et arrivèrent à la cage. Adali n'y avait jamais été envoyée, mais beaucoup de Friziens lui apprenaient depuis toujours à la craindre. Elle fut enfermée et laissée seule. Un froid insupportable régnait dans la cellule directement creusée dans la glace. Aucune lumière ne permettait de délimiter précisément les murs de la cage. En les touchant, elle crut sentir des stries laissés par des ongles.

Elle éprouvait de la fierté pour avoir tenu tête au soldat, même si elle n'aurait pas dû le faire. Les militaires s'ennuyaient sur cette planète et ne cherchaient que le loisir. Il les rendait souvent cruels, et Adali subirait cette cruauté très bientôt.

2

Cruauté

Le lieutenant donna toutes sortes d'exercices physiques aux nouvelles recrues, que Yaé s'employa à accomplir de la meilleure des façons. Lorsque la nuit tomba et que le froid s'accentua, ils rentrèrent à la caserne. Ils se lavèrent dans une douche commune, où Yaé vit la femme musclée corriger un homme qui la scrutait avec convoitise. Elle lui brisa le nez, acclamée par ses nouveaux amis.

Pour le repas, les soldats eurent droit à du poisson et à un peu de soupe synthétique. En dépit des chauffages réglés au maximum, le froid s'infiltrait dans la caserne et faisait claquer plus d'une mâchoire. Épuisés, ils s'affalèrent sur leurs lits sans demander leur reste. Yaé avança vers sa couchette. Dessus, l'un des quatre costauds le dévisageait avec un sourire en coin.

— Alors, tête d'ange, on dirait bien que tu vas devoir dormir par terre, cette nuit ! lui lança-t-il.

Ses acolytes ricanaient en observant Yaé. Ce dernier ne voulait pas entrer en conflit avec eux et répondit calmement :

— Les gars, je veux seulement être tranquille et ne pas me battre, alors laissez tomber, s'il vous plaît.

— C'est dommage parce qu'on n'en a pas fini avec toi, gueule d'ange ! Il paraît que tu viens de Fortaleza et que tu bossais à la solde du Cyborg. Voilà comment je traite les chiens de ton espèce !

À ces mots, il ouvrit sa braguette et urina sur l'oreiller. Yaé protesta d'un grand cri et essaya de le frapper. La femme l'intercepta et l'immobilisa solidement en chuchotant des menaces à son oreille. Ode voulut lui prêter main-forte, mais elle reçut un coup de talon et chuta à terre. Le soldat retourna au fond de la salle. La militaire expulsa Yaé sur la couchette souillée et rejoignit ses collègues.

Les autres hésitaient quant à la posture à adopter. En l'aidant, ils seraient passés à tabac ; en se moquant, ils prendraient part à son humiliation, ce qui ne les enchantait pas car ils savaient pertinemment qu'ils seraient peut-être les suivants. Yaé se releva péniblement et constata les dégâts avec affliction. Il allait de toute évidence devoir dormir au sol. Par chance, sa combinaison n'avait pas touché l'urine. Il aperçut alors Ode et lui tendit la main pour l'aider à se relever.

— Merci, dit-elle, viens, allons nous mettre sur ma couchette.

Yaé lui rendit son sourire dans un élan d'affection. Sa nouvelle amie s'était fait frapper en venant à son aide. Ils s'assirent côte à côte sur son lit et contemplèrent en silence les lumières du plafond s'éteindre une à une. L'obscurité s'installa. Yaé chuchota afin de ne pas attirer l'attention :

— C'est gentil pour le lit, mais je vais m'installer par terre, ne t'inquiète pas.

— Et puis quoi encore ! Il fait moins de trois degrés dans cette salle, si tu n'es pas sous une couverture chauffante, tu mourras de froid pendant la nuit ! On va se serrer, on aura encore plus chaud.

Yaé protesta un peu puis finit par céder, bien qu'il doute de mourir à cette température. Ils se mirent tous deux sous la couette à la chaleur exquise. À cause de la fatigue accumulée durant cette journée interminable, le sommeil les emporta vite, et Yaé passa une nuit relativement bonne. Au chaud et en dehors de l'urine.

≈

Alors que l'obscurité régnait encore, Yaé se réveilla. Il écoutait en silence les respirations des recrues. Ode dormait sur son épaule, ce qui le gêna. Il ne voulait pas que l'adolescente se fasse d'illusions ; il avait assez de problèmes sans y ajouter une histoire d'amour qui ne pourrait que finir mal, au vu de leur entourage.

Les lumières s'allumèrent, et une sonnerie se déclencha. Les soldats émergèrent de leur sommeil, peu à peu.

— Pas trop serrés là-dessous ? demanda un gamin d'une quinzaine d'années, avec un air entendu.

Yaé l'ignora, remercia Ode de l'avoir accueilli pour la nuit et se rendit à la cantine. Il mangea un morceau de poisson et but un jus givré par le froid ambiant. Beaucoup moins mordant qu'au-dehors, il attaquait quand même le bout des doigts. Le lieutenant Hart entra dans la pièce :

— J'espère que vous êtes en forme car, aujourd'hui, le boulot commence !

Des grognements fatigués lui suffirent comme réponse. Il poursuivit :

— J'ai besoin de quelqu'un pour faire l'appel des Gris, le dernier a été muté il y a deux jours. J'en ai assez de le faire moi-même ; qui sait lire ici ?

Un lourd silence tomba sur la salle, laissant place à des regards gênés. Même les quatre voyous perdirent de leur superbe. Yaé fixa Ode avec interrogation, car elle savait pourtant lire, mais elle fit un petit « non » de la tête, victime de sa timidité. En réponse à l'expression surprise du jeune homme, elle baissa les yeux. Il finit par lever la main car il voyait bien que personne ne se dévouerait. Hart le dosa sans aménité et lui remit un écran.

— On dirait bien que tête d'ange n'est pas limité à se recevoir de la pisse dessus, claironna-t-il.

Les responsables de cette humiliation retrouvèrent aussitôt leur prestance. Yaé ne releva pas et écouta les instructions que lui donnait son supérieur :

— Tu dois t'assurer que tous les Gris soient là. Tu nous rejoindras ici ; c'est compris ?

— Oui.

— Tu peux répéter, s'il te plaît ?

Yaé ne saisit pas pourquoi l'officier s'énervait ; il ne lui semblait pas avoir gaffé.

— Quand je te pose une question, tu réponds « Oui, lieutenant » !

Il se tourna vers les soldats :

— Je me suis bien fait comprendre ?

— OUI, LIEUTENANT ! répondirent-ils à l'unisson.

— Et toi, tête d'ange ?

— Oui, lieutenant.

Au fond de Yaé, la colère et le désespoir se tiraillaient ; deux jours dans l'Armée Terrienne, et le sentiment que le monde entier se liguait déjà contre lui l'envahissait. Son rêve s'effritait à grande vitesse. Pendant qu'il ruminait ses pensées, Hart recommença à parler :

— OK, le blondinet est le seul à savoir lire... Dites-moi au moins que certains d'entre vous s'y connaissent un peu en robotique !

Trois soldats levèrent le bras avec hésitation, illuminant le visage de l'officier :

— Enfin une bonne nouvelle sur cette planète pourrie ! Deux de mes drones ont lâché la semaine dernière et, puisque le technicien est parti le jour de votre arrivée, il m'en faut un nouveau. L'un de vous trois a-t-il déjà réparé des robots ?

— Moi, lieutenant. Je m'occupais des robots domestiques de riches chefs d'entreprise à l'écart du bidonville de Ghana, en Afrique, et...

— Ouais, ouais, ça fera l'affaire, le coupa Hart, mais, par pitié, arrête d'étaler ton incroyable existence de boniche.

Il inclina la tête en signe de soumission, sous les rires des autres. Yaé sortit et alla à l'endroit que lui indiqua un vigile posté à l'entrée du camp. Là attendaient trois cents Gris. Il eut un mouvement de recul. Terrifiants, encore pire que sur les images de sa montre. Leur peau variait du gris clair au gris foncé, leurs cheveux rappelaient un blanc fantomatique, de la même couleur que leurs ongles et leurs yeux. L'on aurait dit des spectres plantés au milieu d'un village hanté. Des enfants, des adultes, des vieillards... nul ne parlait ; aucun bruit n'émanait d'eux.

Yaé inspira un grand coup et se plaça au centre de la rue. Il entama l'appel, et des bras se tendirent. Les Friziens et les Friziennes, toujours aussi silencieux. Deux ou trois fois, des mains humaines se hissèrent. Ils avaient dû faire des actes terribles pour être condamnés à l'exil sur Frizen2. Une jeune Grise se manifesta. Intrigué, Yaé l'observa un moment, car elle se distinguait des autres par sa peau plus claire. Il croisa son regard et tressaillit.

Des soldats de son régiment encadrèrent les ouvriers et se mirent en marche en direction de la montagne. Dans la cantine, il trouva la moitié des militaires. Le lieutenant Hart récupéra l'écran.

— Très bien, dit-il, nous sommes en petit comité, je vais m'amuser avec vous. Dans cette pièce, je vois la honte de l'espèce humaine. Vous êtes minables, il va falloir vous ressaisir si vous voulez survivre. Allez, on est partis !

Ils embarquèrent dans un bus qui fila hors du village. Arrivé à un camp d'entraînement, Yaé sentit son courage vaciller. Un parcours paraissant extrêmement compliqué à franchir s'étendait sur un kilomètre. Au signal du lieutenant, ils se couchèrent au sol.

Yaé rampa sous des barbelés, franchit une étape où des lasers manquèrent de le blesser à chaque pas, sauta de rocher en rocher et fit tout ce qu'on lui demandait. La voix grésillante de l'officier guidait ses gestes, à lui et aux autres, dans les haut-parleurs. Il termina, exténué, et recommença avec le plus grand déplaisir. Ode était beaucoup moins à l'aise, et elle se brûla les bras à plusieurs reprises.

La journée se déroula dans la sueur. Ils regagnèrent le camp alors que Poée et Ulander se couchaient. Yaé ne sentait plus aucune partie de son corps. La désagréable sensation d'être un glaçon menaçant de se briser à chaque instant l'envahissait. La soupe, bien que frugale, lui offrit le plus grand réconfort et le réchauffa divinement. À la table contiguë, il entendit l'un des caïds — nommé Heldant — raconter une bagarre éclatée à la mine :

— ... et cette hybride m'a insulté ! Je pense lui avoir cassé au moins trois côtes... si seulement ils avaient des côtes, ces monstres... Elle va regretter de m'avoir défié !

Même si c'était une alien, Yaé compatit pour la malheureuse.

— Le lieutenant m'a dit que, demain matin, je participerai à la destruction de sa maison, jubila Heldant, comme si on venait de lui offrir un cadeau.

Leur repas fini, Ode et Yaé retournèrent dans le dortoir. Il grimaça lorsqu'il trouva Heldant au pied de son lit. Il l'observa vraiment pour la première fois en prenant son temps pour arriver jusqu'à lui. Heldant mesurait quinze centimètres de plus, et sa musculature ne se comparait même pas à la sienne. Des cicatrices balafraient son visage, reflétant des origines asiatiques. Ils se retrouvèrent à un mètre l'un de l'autre. Tout sourire, l'homme s'adressa à lui :

— Salut, tête d'ange. Bonne journée ? Je n'ai malheureusement pas envie de pisser, alors je t'ai préparé une surprise.

Il ouvrit sa main et révéla un récipient contenant de la purée du dîner. Il l'étala soigneusement sur l'oreiller du martyr avec une mine triomphante.

— T'as l'air aussi stupide que la Grise que j'ai corrigée aujourd'hui !

— Tu n'oses t'en prendre qu'aux moins forts que toi, qu'est-ce que tu crois que ça fait de toi ?

Les mots avaient jailli spontanément de la bouche de Yaé. Il regretta immédiatement ce qu'il venait de dire, quand Heldant lui envoya son poing sur la mâchoire.

— Insulte-moi encore une fois et t'es mort, sale chien de garde du Cyborg !

Sur ce, il lui cracha dessus et s'en alla. Yaé se releva en massant sa joue douloureuse. Ode vint le rejoindre, le conduisit jusqu'à sa couchette et le nettoya à l'aide d'un morceau de drap déchiré. Après avoir vérifié que personne n'écoutait, elle chuchota à son oreille :

— Si tu ne réagis pas, ces gars vont te tuer ! Ils t'humilieront jusqu'à ce que tu cèdes au moindre de leurs caprices, puis ils se lasseront de toi, te battront à mort et se trouveront un autre souffre-douleur.

— Et qu'est-ce que je devrais faire, hein ? Aller les voir et leur exploser les dents avec ma force surdéveloppée ?

Il lâcha un petit rire sarcastique et détourna la tête.

— Non, ce serait stupide de les attaquer de front, tu n'as qu'à être subtil. Quand quelqu'un me provoquait, sur Terre, je m'écrasais, et, la nuit venue, je m'arrangeais pour qu'il ne me fasse plus jamais mal.

— Je devrais les poignarder pendant leur sommeil ? demanda Yaé, sa voix baissant d'un ton.

— Tu fais ce que tu veux mais, à ta place, j'agirais vite, ou d'autres commenceront à s'en prendre à toi à leur tour.

Yaé réfléchit :

— Je vais leur faire passer un message qu'ils ne risquent pas d'oublier.

≈

Des bruits de pas résonnèrent. Deux personnes pénétrèrent dans la cellule où était emprisonnée Adali.

— Tu vas comprendre pourquoi il ne faut pas nous désobéir, la Grise, menace une voix haineuse.

Un bruit de succion suivit, et un jet la heurta en plein visage. L'eau, à moitié gelée dans le tuyau, projeta des morceaux de glace et blessa ses joues couvertes d'hématomes. L'un des deux Humains s'approcha à grands pas et la saisit au cou. Elle tenta de lui résister en attaquant son esprit, mais il la gifla, et elle abandonna. Il arracha son haut alors que l'autre l'aspergeait à nouveau. Des cristaux glacés percèrent sa poitrine, et elle se recroquevilla par terre. Les deux soldats partirent en riant, la laissant ainsi, à moitié nue.

Adali demeura longtemps roulée en boule, à sangloter en silence, car elle ne voulait pas attirer l'attention d'un potentiel Humain. Malgré sa résistance au froid, frigorifiée, elle ne parvenait pas à se réchauffer. Ses mains frottèrent d'elles-mêmes son torse pour lui apporter une once de chaleur. En vain. Plus tard, elle se releva avec peine pour attraper son pull déchiré et détrempé. Elle ne voulait surtout pas rester dans cette position de faiblesse, déshabillée, à la merci d'Humains dégénérés. Le corps douloureux, elle s'affaissa contre le mur.

Son esprit divagua, et différents événements de sa vie lui revinrent en mémoire. Sa première journée dans la mine ressurgit. Le jour de ses treize ans, des soldats venaient dans sa maison et lui remettaient un laser accompagné d'un masque à gaz. Au début, elle était excitée à l'idée de s'y rendre car cela lui permettrait de passer plus de temps avec ses parents et Ulyd. Cette joie s'estompait dès la fin de la première heure. Les robots ouvriers l'apeuraient, les militaires humains l'apeuraient, la montagne l'apeurait et, bientôt, même l'appel du matin l'effraya. Elle se remémora son enfance plus lointaine. Sa mère lui apprenait illégalement à lire en la faisant travailler chaque jour, exercice qu'Adali, qui n'en percevait pas l'utilité, peinait encore à mener à bien.

En dépit de ses efforts pour garder les yeux ouverts afin que les soldats ne la surprennent pas, ils se fermèrent.

« Tu t'acharnes à te trouver une place là où il n'y a rien pour toi. Il y a des jours où tu agis de façon tellement irresponsable... Comme tout à l'heure. Arrête, ou tu y laisseras la vie. »

« Oh, fiche-moi la paix, stupide piaf ! » dit-elle mentalement. « J'en ai assez de tes leçons de morale, pourquoi ne me laisses-tu pas vivre tranquillement ? »

« Ce n'est pas une question que tu dois poser pour le moment », l'ignore délibérément l'Aigle, « mais bien des réponses que tu dois trouver. Arrête

d'être celle que tu n'es pas. Un jour, tu iras où tu ne croyais pas devoir aller. »

Les serres du rapace écrasent sa poitrine. Ça lui fait mal. Son corps entier crie à l'agonie. Ils approchent d'une mer rouge. À sa surface flottent des formes noires. Des cadavres, ce sont des cadavres. C'est horrible. Elle est dégoûtée, mais sait qu'il ne sert à rien de protester.

Elle distingue pour la première fois les visages des cadavres. Des Friziens. Celui-là est Ulyd. Il y a aussi un Humain. Son père. Seule sa tête flotte, détachée du tronc, couverte de cloques. Elle se réfugie sous les serres de l'Aigle. Elle veut échapper à cette vision d'horreur. Elle s'apprête à demander à l'oiseau de partir. Une puissante force glaciale la défigure. Ses yeux explosent de l'intérieur.

Adali ne pouvait ouvrir les paupières car le jet d'eau risquait de les lui crever. Elle voulut hurler, mais des morceaux de glace déchirèrent son palais. L'un des deux militaires vint vers elle, un couteau dans la main. Il la saisit et entailla son avant-bras. Elle étouffa un cri dans sa gorge gelée. Le soldat la releva violemment en la tenant par les cheveux et la poussa contre le mur. Puis il se retourna et partit, non sans l'insulter haineusement.

Adali s'empressa de découper un morceau de la manche de son pull avec ses dents et l'enroula à la va-vite autour de sa blessure. Son sang, blanc comme la neige, coulait abondamment, et elle s'affaiblissait rapidement. Elle se rappela tout à coup qu'elle avait encore son laser dans sa poche. Comment avait-elle été assez stupide pour l'oublier ? Elle ne risquait pas de s'échapper grâce à lui, mais elle lui trouvait une autre utilité, particulièrement douloureuse.

Elle l'attrapa de sa main valide et le mit en marche. Cette source de lumière fut plus réconfortante que tout. Il lui fallait le courage de s'en servir jusqu'au bout. Si elle laissait saigner sa plaie, le froid lui provoquerait la perte de son membre. L'hémorragie devait cesser. Elle serra fort le manche et l'approcha de son bras blessé.

Adali effleura l'entaille avec le laser et gémit en se mordant la langue. Le sang arrêta de couler à l'endroit où elle appuya. Son plan fonctionnait, malgré le mal occasionné. Elle enfonça ses dents dans son pull et reproduisit l'opération. Ses larmes s'évaporèrent au contact du laser, et celles qui touchèrent le sol gelèrent dans l'instant. Elle s'y reprit à cinq fois pour cautériser la plaie. Le processus terminé, elle tailla à l'aide de l'outil un bloc de glace et le colla contre la blessure calcinée pour apaiser sa douleur. Sa peau habituellement d'un gris clair se teinta de violet. Le contact de la glace transforma ce violet en mauve clair. Adali se fendit d'un rictus involontaire en pensant que cela lui ferait une différence supplémentaire avec les Friziens « normalement constitués ».

Elle demeura dans cette prison durant trois longues journées. La faim et la soif tenaillaient Adali, la poussant à chercher un moyen de s'hydrater. Elle creusa des blocs de glace dans les murs et les fit fondre au-dessus de sa bouche à l'aide du laser. Elle accomplissait ce rituel pour la énième fois quand la serrure cliqueta. Adali rangea avec précipitation son outil. Deux soldats entrèrent dans la cellule.

— C'est bon, tu t'en vas, la Grise, lança l'un d'eux avec écœurement. J'espère que tu t'es bien amusée. Si tu me rends visite à nouveau, ton séjour sera beaucoup, beaucoup moins agréable.

Adali, silencieuse, se dirigea lentement vers la porte de sortie. Perdant patience, le deuxième militaire la projeta en dehors de la cage. Elle trébucha et s'étala de tout son long. Elle réussit à épargner son bras blessé, se releva et continua sans réagir à cette provocation de plus. À l'entrée du poste, la lumière attaqua ses yeux fatigués. Elle sortit dans la rue et passa devant une tourelle de sécurité et un drone.

Alors qu'elle approchait de sa maison, une odeur de brûlé s'insinua dans ses narines. Des particules de cendre se mêlaient à la neige, et un pressentiment horrible l'envahit. Elle se mit à trottiner, puis à courir, aussi vite que la fatigue accumulée pendant son emprisonnement l'y autorisait, et tituba plus d'une fois. Son pouls battait si frénétiquement qu'elle avait l'impression que son cœur cherchait à fuir sa poitrine. Elle se tordit une cheville et tomba en grognant. Elle se releva et, la respiration haletante, déboula dans la rue où elle habitait. Elle s'arrêta alors brusquement là où s'était trouvée sa demeure. Là où s'était trouvée sa maison... car sa maison ne s'y trouvait plus.

Un tas de branches calcinées épousait la couche de neige immaculée.

3

Infirme, mais qu'à moitié

Lorsqu'il sentit la respiration d'Ode se stabiliser, Yaé se prépara intérieurement. Il valait mieux attendre encore au moins une heure. Des ronflements s'élevaient dans la pièce, le moment approchait. Dès qu'il fut sûr que les autres soldats dormaient, il se leva discrètement. Ses mouvements réveillèrent Ode. Il lui mit la main sur la bouche et plaça un doigt sur la sienne pour lui intimer de ne pas faire de bruit.

Yaé ramassa sa cagoule anti froid et l'enfila pour se rendre méconnaissable. Très lentement, il se glissa vers le fond de la salle, accroupi afin de ne pas attirer l'attention d'un potentiel militaire réveillé. Il y voyait mal et grelottait, autant à cause de la température glaciale qui engourdissait chacun de ses membres que par peur d'être surpris. Au pied du lit de son ennemi, il dégaina son nouveau poignard. Il haletait ; si quelqu'un le surprenait, il n'aurait à espérer qu'une exécution sommaire.

Il découpa des morceaux de drap avec des gestes excessivement lents. Il attacha les chevilles de Heldant ensemble, et ses poignets à l'aide des lacets des bottes appartenant aux soldats autour. Certain que sa victime ne pourrait plus bouger, il s'approcha de son visage. Une chance, Heldant dormait la bouche grande ouverte. Il lui fourra violemment le bâillon de tissu à l'intérieur en s'assurant qu'il arrive encore à respirer par le nez. Le soldat se réveilla dans un spasme et écarquilla les yeux de peur ; au-dessus de lui, un homme masqué le menaçait d'un couteau, et ses mains et ses pieds étaient entravés.

D'une voix faussement grave, Yaé s'adressa à lui tout bas :

— Si tu cherches à savoir qui je suis, si tu t'en prends à qui que ce soit dans cette pièce, tu es mort. Je suis là pour te faire payer ce que tu infliges aux autres. Tu recommences une seule fois, tu perds ton deuxième œil.

Yaé serra son poignard et, sous le regard désespéré de Heldant, le lui planta dans l'œil gauche. Il appuya juste assez pour éclater le globe et épargner le cerveau. Le bâillon étouffa un râle effroyable. Sans lui, chaque personne dans la caserne se serait réveillée. Sa douleur ne pouvait s'exprimer ; c'en était dérangeant, frustrant presque. Seul un liquide blanchâtre dégoulinait sur la joue de Heldant.

Yaé se détourna de cette vision morbide. Il retira son arme, l'essuya et s'échappa, profitant de l'inattention totale du militaire mutilé. À côté du lit d'Ode, il s'assura qu'il était le seul éveillé et ôta sa cagoule puis retourna dans la chaleur des couvertures. Ode ne dormait pas :

— Que lui as-tu fait ?

— Je lui ai crevé un œil, chuchota-t-il.

Au fond de lui, Yaé était dégoûté par ce qu'il venait d'infliger à un autre homme. Il avait bien sûr déjà tué sur Terre, mais différemment ; même s'il le haïssait, il ressentait de la pitié envers Heldant, impuissant.

— C'est bien, approuva Ode. C'est horrible, mais nécessaire.

Yaé confirma vaguement et se tourna. Après des heures à ressasser les images de l'œil qui se perçait, il perdit l'espoir d'y parvenir. À l'autre bout de la pièce, Heldant, évanoui, n'émettait plus aucun bruit. Peu avant l'aube, Yaé sombra dans un profond sommeil.

≈

Adali était tétanisée. Soudain, elle se précipita vers les décombres noircis de sa maison. Elle cria le nom de ses parents, tandis que ses pensées s'éparpillaient. Elle ne contrôlait plus rien, comme à chaque fois qu'elle paniquait. Ses cordes vocales se brisèrent.

Une odeur désagréable de roussi embaumait l'air, mélangée à de l'humidité souillée par les cendres. Le cœur d'Adali battait la chamade, et elle cherchait partout une explication à ce désastre. Au milieu de son ancienne chambre, une chose se brisa sous son pied droit. Son menton descendit au ralenti et trouva ce qu'elle redoutait. Un crâne calciné dépassait sous une poutre. Elle se retourna brusquement et vomit le peu d'eau avalée les jours précédents. L'esprit familier de sa mère toucha le sien :

« Viens ma chérie, il n'y a que la mort, ici... Ton père ne voudrait pas que tu le voies ainsi. »

À bout de force, Adali ne chercha pas à protester et la rejoignit. Elle la prit par les épaules et l'emmena à la maison d'Ulyd.

Sur trois mètres de hauteur, les murs de glace s'élevaient pour se rejoindre en une pointe au sommet du toit, où un trou formait une aération, seule ouverture vers l'extérieur. D'épaisses peaux d'animaux polaires accrochées à l'intérieur gardaient la chaleur. Il y faisait toujours moins froid que dans les habitations en bois au style architectural terrien.

Ulyd serra Adali dans ses bras. Il lui envoya des pensées réconfortantes et l'emmena dans son lit. Il l'allongea délicatement et lui murmura de dormir. Malgré sa tristesse et ses pensées tourmentées, le sommeil appelait Adali. Épuisée, tant physiquement que mentalement, elle tomba dans l'inconscience.

D'en haut, les mineurs mesurent la taille de son pouce. Tout lui semble si lointain, ses parents doivent être parmi les silhouettes qu'elle aperçoit du dos de l'oiseau. Aujourd'hui, il l'a laissée monter entre ses ailes ; il ne l'a pas attrapée dans ses serres.

« Ton père est mort », lui chuchote-t-il par la pensée.

Ce n'est pas dit méchamment, comme s'il voulait lui transmettre un secret. Elle se rappelle l'épisode de la maison incendiée. Elle pleure. Ils survolent une mer rouge. Les sanglots saccadent sa voix :

— Je ne veux pas y aller. S'il te plaît, je ne veux pas y aller…

« Tu vas te noyer si tu n'y vas pas. Tu ne veux pas te noyer, si ? »

— Je ne veux pas y aller, s'entête-elle car ils se rapprochent de la surface de l'eau rouge.

« En es-tu sûre, jeune hybride ? »

— Oui, je t'en supplie, je ne veux pas voir mon père baigner dans son sang… !

Ils sont proches de la mer. Elle ferme les yeux, terrifiée. L'oiseau glatit :

« Ton père ? Il est déjà mort, tu ne le verras plus jamais… »

Il plane à l'envers. Elle glisse avec terreur. Elle tombe la tête la première dans le liquide rougeâtre. Elle ne sait pas nager, elle cherche de l'aide. Ses bras battent l'eau sans résultat. Une forme flotte près d'elle. Elle s'y accroche avec désespoir. C'est une veste. À l'intérieur, une personne morte. Ulyd.

Elle s'en détache, essaie frénétiquement de nager en criant à la mort. D'autres cadavres s'approchent d'elle. Il y a des mineurs, même des soldats humains. Elle veut échapper à cette démence. Une main lui saisit la jambe, la happe sous la surface. On l'entraîne toujours plus profond. Ses poumons se vident. Elle manque d'air. Elle suffoque dans sa panique. Des étoiles brillent. Sa conscience vacille.

Adali se réveilla et aspira une longue bouffée d'oxygène. Ulyd et ses parents dormaient. Les yeux de sa mère dérivaient dans le vide ; impossible d'y lire la moindre émotion. Contrairement à Adali, les Friziens « normaux » ne pleuraient jamais. Pourtant, ils connaissaient la tristesse, mais différemment des Humains.

Sans parvenir à contrôler ses pensées, la colère monta en elle. Si sa génitrice ressentait du chagrin pour la mort de son compagnon, elle se gardait bien de le montrer. Aliya tourna la tête vers sa fille dont les pensées les inondaient. Soudain honteuse, Adali s'excusa mentalement :

« Désolée, je ne pensais pas ce que je... pensais. »

Elle réalisa le non-sens de cette phrase et sourit fugacement.

« Pourquoi ? » demanda Adali, « Pourquoi l'ont-ils tué ? »

Sa mère planta son regard dans le sien :

« Ils étaient venus détruire notre maison pour faire de notre famille un exemple. Ton père a essayé de les en empêcher et a sorti une arme qu'il cachait depuis longtemps. Un soldat l'a très mal pris. Il a tiré dans la jambe de ton père, qui a eu le temps de riposter. Un militaire a reçu une balle dans le bras. Un autre Humain a complètement perdu ses moyens et a conduit ton père dans la maison. J'ai voulu l'en empêcher mais deux d'entre eux me tenaient. Par la fenêtre, j'ai vu le soldat le couvrir d'essence et y mettre le feu. »

Il y eut un silence, puis elle reprit :

« Le pire, c'étaient ses cris. L'Humain est revenu, triomphant. Ils ont attendu que la maison se consume puis m'ont abandonnée là. Ulyd est arrivé et m'a immédiatement ramenée ici. »

Adali prit le temps de tout assimiler :

« Comment était ce soldat ? »

« Grand, costaud, il portait un bandeau sur un œil. Tu sais bien que j'ai du mal à différencier les Humains, je trouve qu'ils se ressemblent tous... »

Pour appuyer ses dires, elle projeta une image assez vague du Terrien. Le cerveau d'Adali tournait à toute vitesse, et son désir de vengeance augmentait sans cesse. C'est alors qu'une voix tonitruante résonna :

« Mes frères, mes sœurs, rendez-vous tous immédiatement dans le Point, il s'agit de notre sécurité à tous. »

Il insuffla dans sa pensée une telle détresse, une telle urgence, que tous obéirent ; même Adali, qui y vit le moyen d'oublier sa douleur l'espace d'un instant. Depuis toujours, les Friziens se rendaient dans le Point pour s'isoler ou communiquer à distance. Le Point ne constituait pas un endroit précis, mais une partie de l'esprit présent dans chaque Frizien et Frizienne. Même un Frizien se trouvant à l'autre bout de l'Univers aurait la possibilité de participer à la conversation. Il était impossible de prendre part à une discussion dans le Point sans se focaliser entièrement sur la seule idée de s'y connecter. Les enfants en bas âge, par exemple, n'arrivaient jamais à se concentrer assez pour y accéder. Tous les soirs, un membre de chaque village ou ville de la planète s'y rendait afin d'échanger avec la totalité des Friziens présents en cas d'urgence. Cela permit souvent de prévenir des catastrophes.

Adali vida ses poumons et se recueillit en son être intérieur. Seul comptait le Point. Il s'insinua en elle comme une douce fragrance, prit le contrôle de son corps, rentra jusqu'au plus profond de son esprit. Elle ouvrit les yeux. Le Point se trouvait là, planté au milieu de la glace. À bien y réfléchir, « trou sans fin » définissait mieux la chose que « Point ». De la largeur de deux personnes, son obscurité presque angoissante entrait en opposition avec l'éclat blanc des alentours.

La plupart des habitants du village avaient répondu présents, ainsi que des milliers d'inconnus, sur une étendue de glace sans fin. Au bout d'un moment, un Frizien s'avança vers le trou dans le sol. Il s'accroupit, sous le regard des siens, et y plongea les deux mains. Il y projeta son esprit, et sa voix emplit l'air :

« Bonjour à tous, si nous vous avons réunis ici aujourd'hui, c'est parce que l'heure est grave. »

Adali déglutit. Écrasée par l'appréhension, sa respiration s'accéléra. Elle puisa le courage de ne pas fondre en pleurs dans le sourire encourageant de sa mère.

« Depuis cinq cents ans, notre peuple et notre planète sont exploités par les Humains », poursuivit le Frizien. « Ils nous ont réduits en esclavage, ont détruit notre culture, pris nos ressources de cristaux, anéanti notre puissance autrefois si grande et, aujourd'hui, ils veulent nous expulser. Hier soir, j'ai surpris une conversation entre un ambassadeur du Gouvernement Colonial Terrien et un officier de l'Armée Terrienne ; ils parlaient de la déportation massive des Friziens afin d'optimiser l'exploitation des cristaux noirs. »

Adali sentit se déverser un mélange de pensées colériques, haineuses et étonnées. Un inconnu s'écria :

« C'est impossible, tu mens ! »

« Si vous ne me croyez pas, croyez les faits ! »

Pour couper court à toute accusation, il imprégna le Point de son souvenir de la veille. Chacun, comme lui, vécut la scène. Puis il asséna :

« On ne peut pas attendre d'être chassés sans rien faire ! »

Un vieux Frizien s'approcha et plongea à son tour sa main dans le Point :

« Mes amis, concentrons-nous sur notre sort. Je propose que chaque village organise sa propre résistance, et que nous gardions les meilleures idées pour les appliquer partout sur la planète. »

Bien plus tard, alors que la fatigue tonnait si fort qu'Adali avait l'impression de n'être plus qu'un songe, ils se retirèrent enfin. Elle ferma les paupières et se concentra sur la réalité, pour quitter doucement le Point.

La lampe l'éblouit. Ulyd, déjà debout, la toucha de son esprit :

« Tu penses que ça fonctionnera, le plan dans la montagne ? »

« J'espère bien car, sinon, je ne sais pas ce que nous deviendrons... »

≈

— À l'aide ! S'il vous plaît !

Yaé bâilla en grognant. Apparemment, quelqu'un venait de retirer le bâillon de Heldant. Des hommes portèrent le blessé à l'infirmerie militaire. Yaé eut un haut-le-cœur en découvrant le visage mutilé. L'œil percé pendait en dehors de son orbite et se balançait. Sur ses poignets luisaient des blessures dues à ses mouvements désespérés pour se libérer durant la nuit. Les soldats chuchotaient entre eux, se demandant ce qui avait bien pu se passer. Ode scruta Yaé, sans rien dire.

Il attendit qu'ils soient seuls dans la pièce pour vérifier ses habits. Il ne voulait surtout pas laisser des traces de la blessure de Heldant sur ses affaires. Ils allèrent ensuite déjeuner ; dans la cantine régnait un silence pesant. Le lieutenant Hart entra et s'adressa aux soldats :

— Cette nuit, un acte barbare a été commis. Je vous avoue que je suis assez surpris, personne n'a vu ni entendu l'agresseur. Le soldat Heldant m'en a fait une brève description : un homme grand et fort à la voix grave, il portait une cagoule de neige et un large poignard dans la main.

Yaé réprima une moue amusée en s'imaginant dans cette description : « grand, fort »... Le lieutenant poursuivit :

— Ce n'est pas un Gris qui a fait ça, alors le coupable est parmi nous. Je le trouverai et le ferai exécuter sur-le-champ. Allez vous préparer pour l'entraînement !

Il leur tourna le dos et s'en alla. Yaé se leva pour l'appel des Friziens, et Ode rejoignit les autres. Une Grise manquait, celle envoyée dans la cage.

Ce jour-là, ils retournèrent sur le terrain d'entraînement. Yaé y arriva mieux que la première fois, contrairement à Ode, toujours en difficulté. Après le repas de midi, Hart les conduisit dans une nouvelle partie du camp. Cette section, centrée sur la maîtrise des armes, était extrêmement propre, comparée au parcours d'obstacles crasseux. Des hologrammes à forme humaine attendaient en compagnie de fusils et autres pistolets, disposés un peu partout.

Yaé apprit à se servir de cinq armes, puis ils rentrèrent en bus au camp et se rendirent directement dans les douches. Ode et Yaé discutèrent en se lavant. Le visage de l'adolescente devint neutre, et elle recula contre le mur. Heldant venait d'entrer. Un bandage noir sans attache recouvrait son œil, incrusté dans sa peau. Autour, de petits traits rouges formaient un rond et lui donnaient un air terrifiant. Cet étrange morceau noir contrastait avec la peau métissée de l'homme, entièrement nu. À la base de son cou, un tatouage représentait un carré rouge entouré d'un cercle rayé noir et blanc. Heldant vit que les deux amis le fixaient.

— Vous avez un problème, les minables ?

Il s'apprêtait à continuer sur sa lancée mais, soudain anxieux, il se détourna. Il retrouva sa bande qui l'attendait silencieusement, et Ode se pencha vers Yaé pour lui chuchoter à l'oreille :

— Au moins, on dirait qu'il a retenu la leçon.

— Oui, et il n'a pas l'air de me soupçonner, répondit-il avec lenteur. C'est bien, j'espère qu'il se montrera moins agressif avec les plus faibles que lui à l'avenir... Quelqu'un pourrait lui infliger bien pire s'il provoquait la mauvaise personne.

Peu désireux de tenir compagnie à Heldant, ils se séchèrent. Ode attrapa sa combinaison, et Yaé remarqua deux garçons contempler avec insistance son corps.

— Vous voulez peut-être que je vous aide, les gars ?

Ode se réfugia derrière ses vêtements en rougissant. Les deux militaires grommelèrent des mots en justification et s'en allèrent sans plus attendre, aussi écarlates qu'Ode. Elle s'habilla en vitesse et se tourna vers Yaé sans savoir que dire.

— Ne t'inquiète pas, la rassura-t-il, ce ne sont pas deux puceaux qui vont t'agresser, hein ?

Elle rit doucement puis hocha la tête avec gratitude. Yaé s'habilla à son tour, gêné du regard d'Ode sur lui. Dans son bidonville, il ne se souciait pas de la pudicité avec les siens ; c'était un luxe que seuls les riches pouvaient se permettre. Mais il n'aimait pas la manière dont elle le fixait, car elle ne portait apparemment pas la même attention sur lui que Yaé sur elle. Pour lui, elle était juste une femme nue comme tant d'autres, il s'en moquait pas mal ; il ne cherchait plus à observer les filles depuis longtemps.

D'autres aspects de la vie comptaient plus. La nourriture par exemple, rare et précieuse sur Terre, une priorité. Quant à avoir des relations avec des partenaires, rien de plus facile dans l'ancien métier de Yaé. Revendeur de feu dia', ses clientes n'hésitaient pas à lui accorder bon nombre de privilèges pour un surplus de drogue. Au début, il en profitait, avant de se dégoûter lui-même. Terre s'apparentait moins à un grenier qu'à une maison de passe. Il se disait depuis toujours qu'il ne ferait pas d'enfants. Ils n'avaient pas leur place dans un monde ravagé par la famine, la pauvreté et la violence.

Ils mangèrent le même repas que les autres soirs. Non loin, Heldant répondait aux questions de ses camarades :

— ... Oui, il avait une cagoule et, non, je n'ai pas vu son visage. Mais si je le retrouve un jour, je lui ferai bouffer ses yeux, et je le torturerai jusqu'à ce qu'il en crève !

Ses amis éclatèrent de rire et le félicitèrent.

— Vous trouvez ça drôle ? J'espère pour vous, bande de guignols, que vous m'aiderez à le retrouver, cet enfoiré ! J'aurais tellement aimé que ce soit un Gris, j'aurais pu tuer toute sa famille avec lui !

— On t'aidera, et tu le sais, dit l'une des brutes à la peau foncée. Tant qu'on ne l'aura pas retrouvé, on le cherchera.

Des hochements de têtes accueillirent cette phrase. La femme questionna Heldant :

— Il est en quoi ton bandage ?

— C'est un tanost, répondit-il avec une pointe de fierté dans la voix, le lieutenant Hart l'a pris dans sa réserve personnelle pour me le donner.

Le mot tanost sonnait familièrement aux oreilles de Yaé, mais pas à celle de l'un des hommes :

— Euh... C'est quoi un taneust ?

Heldant leva son œil esseulé vers le ciel avec exaspération et cracha :

— Un tanost, pas un taneust ; c'est un extraterrestre.

— Un extraterrestre ? Tu as un alien sur toi ?

Ode et Yaé sourirent de son air incrédule, et ils s'efforcèrent de cacher leur amusement afin de ne pas attirer l'attention des brutes.

— Ouais, j'ai un alien sur la tête, dit Heldant, mais pas n'importe lequel ! Un tanost, c'est une bestiole qui soigne les blessures fraîches et pas trop étendues. Pour le reste de ma vie, il sera à la place de mon œil et survivra grâce à moi, tout comme je verrai grâce à lui.

— Donc tu y vois avec ce truc qui vient de j'sais pas où ?

— J'y vois à peu près. Je distingue les formes d'un œil, et j'y vois normalement de l'autre. Et attends, il vient directement d'Obside !

— Obside ? Elle a fait du chemin, ta bestiole.

Les autres hésitèrent à rire, et Heldant reprit :

— Aujourd'hui, j'étais censé mettre le feu à la maison de l'hybride Grise, mais le lieutenant a accepté de m'attendre en « dédommagement de mes blessures ». Le feu de joie, ce sera pour demain !

Yaé se leva de table. Il vit avec joie les draps des couchettes changés. Personne ne souhaitait dormir près de morceaux d'œil, probablement. Il s'allongea, revigoré par cette journée plutôt bonne, par rapport aux précédentes. Ode s'assit avec une expression mitigée :

— On dirait bien que je vais enfin avoir de la place.

Il répondit avec moquerie :

— Sûrement, mais, au moins, je m'endormirai sans tes ronflements !

Sous son amusement apparent, Ode était légèrement déçue qu'il puisse réutiliser son lit. Ils plaisantèrent un moment puis décidèrent de se reposer.

4

La haine

Adali se remémora le plan établi. D'un côté, attirer le maximum d'ennemis dans la mine et, de l'autre, capturer le lieutenant Hart. Ils le forceraient à coopérer et saboteraient le transporteur. Les Friziens prendraient le contrôle du village et rejoindraient les habitants des villes plus importantes qui auraient, eux aussi, réussi à se révolter. La semaine serait courte. Pour piéger les militaires dans les entrailles de la montagne, il faudrait la creuser avec rapidité en feignant de travailler afin de ne pas attirer l'attention des geôliers.

Adali rangea son laser dans sa poche et revêtit de chauds habits. Le soldat au bandeau noir se tenait au bout de la rue. Sur une pensée réconfortante d'Ulyd, elle calma sa colère et se détendit un peu. Jusqu'à ce que son nom soit prononcé. À ce moment-là, l'homme au bandeau eut un grand sourire en la reconnaissant.

— Profite du temps que tu as encore à vivre, hybride, je m'assurerai que tes derniers instants soient très, très douloureux, comme ceux de ton père.

Il tourna les talons, et Adali s'efforça de contenir son esprit, pour ne pas s'attirer de plus gros ennuis. Sa mère lui envoya des pensées reposantes. Elles attisèrent sa colère, car elle ne partageait pas sa haine envers l'Humain.

En entrant dans la montagne, les Friziens formèrent des équipes. Adali fut choisie pour fabriquer les pièges. Ce choix lui convint, elle pouvait ainsi préparer sa vengeance. Pendant qu'ils creuseraient, l'autre moitié des Friziens devrait récolter un maximum de cristaux pour ne pas paraître suspects lors de l'inspection des quotas.

Adali attaqua le plafond du tunnel convenu. Il fallait qu'elle l'affaiblisse suffisamment pour provoquer une avalanche sans toutefois que celle-ci se déclenche avant le moment voulu. Elle passa la journée à creuser minutieusement la galerie. Cela s'avéra très compliqué et, à plusieurs reprises, elle faillit être écrasée par des blocs de glace qu'elle dut ensuite pousser sur les côtés pour libérer le passage.

En fin de journée, les Friziens se retrouvèrent au pied de la montagne, encadrés par les soldats. Ulyd apaisa les craintes d'Adali :

« Nous avons largement assez récolté de cristaux. Avec une motivation autre que la punition des Humains, le résultat est bien meilleur. On n'a peut-être pas autant ramassé de diamants noirs que si vous aviez été là, mais il y en a suffisamment pour respecter le quota limite. »

Durant les jours suivants, Adali continua à creuser la journée et à confectionner des explosifs la nuit. Le transport des armes et des bombes vers la montagne fut d'autant plus difficile que les geôliers étaient bien décidés à démasquer ceux qui commettaient des vols. Ils fouillèrent chacune des maisons, sans trouver l'arsenal, soigneusement dissimulé dans des tunnels aménagés à cet effet dans la mine, à des endroits où les Humains ne se seraient rendus pour rien au monde. Le soir, Adali entendait de plus en plus de drones passer dans les rues, à la recherche d'éventuels rôdeurs. Les militaires se déchaînaient sur les Friziens, multipliaient les humiliations et augmentaient la tension.

La veille du jour de la déportation, toute la tension culminait. Au matin, les villageois allèrent à la mine, hormis les enfants, cachés dans une cave. Le groupe chargé de prendre en otage le lieutenant se posta à l'entrée de la montagne, dans le premier tunnel pour sortir dès que possible. Il volerait l'un des véhicules et irait directement chercher l'officier. Adali était prête, et les autres aussi. Pourtant, une angoisse la rongeait. Sur le chemin, une boule se ficha dans son estomac, l'empêchant de lutter contre les rafales de vent et le froid.

Comme un mauvais pressentiment.

≈

Pendant l'appel, Yaé observait les flammes à une rue seulement de sa position. Les cris d'un homme résonnaient, et tous les Gris avait l'air de se parler mentalement. Être ainsi entouré de Friziens essayant peut-être à ce moment même de posséder son esprit le dérangeait profondément. Et entendre les râles d'un Humain ne le détendait pas le moins du monde.

Prêt à résister à une hypothétique attaque mentale, il continuait de citer les noms des extraterrestres, si distraits qu'il se répétait pour qu'ils daignent lever le bras. La dénommée « Adali » était toujours absente, il se demanda si elle vivait encore.

Il rentra à la caserne, et Hart l'ignora quand il lui signala l'absence de la Grise. À son grand bonheur, il consacra la journée au maniement des armes à feu. Il apprit à nettoyer un fusil, à l'entretenir afin d'empêcher qu'il s'enraye et à le recharger correctement. Ils revinrent de bonne heure car le lieutenant avait un « rendez-vous important ».

Après leur douche journalière, Yaé et Ode se rendirent à la cantine de la caserne. Là, Hart attendait son régiment. Il leur parla d'une voix enjouée :

— Soldats, j'ai une nouvelle capitale à vous apprendre. Nous quittons ce trou à rats pour une autre planète !

Une seconde passa, le temps que les militaires réalisent, et ils l'acclamèrent. Hart savoura cet instant puis leva les mains pour rétablir le silence dans la pièce :

— Un ambassadeur du Gouvernement Colonial Terrien est venu me parler. La planète Frizen2 va être vidée de son peuple.

— Vidée de son peuple ? fit une voix incrédule.

— Oui, les Friziens vont être expulsés de ce monde. Le GCT aura mis du temps, mais il a réalisé que les Gris sont des merdeux incapables de bien travailler. Depuis cinq ans, je suis sur cette foutue planète gelée, et je le leur dis ! Je ne sais pas encore qui travaillera à leur place ni où ils seront déportés. En tout cas, l'ambassadeur m'a assuré que toute personne ici dans deux mois mourrait. Une partie de notre régiment sera mutée sur la planète Rosair, et l'autre sur la planète Obside. Mais tout d'abord, nous devrons nous assurer que l'intégralité des Gris de ce village embarque à bord du transporteur. Cette semaine, nous nous préparerons à entasser ces animaux, et nous ferons nos affaires pour quitter cet iceberg géant ! Le GCT veut que nous nous assurions qu'aucun Gris ne posera problème. Dans huit jours au matin, pendant le trajet qui les conduira jusqu'à la montagne, nous les emmènerons au transporteur. Alors, si vous avez un problème avec un ou une Grise, déchaînez-vous, parce que vous n'en reverrez probablement jamais.

— Je vais me faire plaisir, lança Heldant, provoquant un rire gras chez le lieutenant.

Pourtant heureux de quitter Frizen2, Yaé ne savait que penser. Quelque chose ne tournait pas rond dans le discours de Hart. La population complète d'une planète déportée, c'était une première, même pour le Gouvernement Colonial Terrien. Il entama son repas en écoutant les discussions alentour. À sa gauche, un homme noir de petite taille parlait avec un autre soldat :

— Tu t'imagines, on va peut-être aller sur Rosair, avec ses stations minières volantes, ce serait incroyable !

— Ouais, enfin bon, répondit son collègue, c'est bien joli des stations volantes, mais la vie sur Rosair ne sera pas la même qu'ici. Là-bas, ce n'est pas le froid, le problème, c'est la guerre !

— Rosair est en guerre avec le GCT ? demanda l'autre, incrédule.

— Mais non, crétin, elle n'est pas en guerre avec nous, elle est en guerre avec elle-même !

— Tu dois te tromper, ça fait longtemps que les guerres civiles ont été interdites par le GCT !

— Peut-être bien, mais pas sur Rosair. Moi, ajouta l'homme, ce sont les putes des stations qui m'intéressent ! En tout cas, j'espère pour toi que nous n'irons pas sur la station Manik'a, les Humains de couleur ne sont pas vraiment appréciés là-bas...

Puisqu'il n'apprendrait rien de ces deux-là, Yaé se leva de table et se rendit au dortoir. Il s'assit sur son lit et effleura sa montre du bout du doigt. L'écran se déploya en face de lui, en attente d'instructions. Il alla dans la catégorie *Planètes*, sélectionna *Rosair*, puis *Histoire de Rosair*. Un texte s'afficha, mais Ode interrompit sa lecture :

— Qu'est-ce que tu lis ?

— Je me renseigne sur Rosair puisqu'elle est peut-être notre prochaine destination, répondit-il.

— Tu devrais être heureux si nous allons sur Rosair, ou plutôt, si nous allons sur ses stations volantes, dit-elle en lui adressant un clin d'œil.

— Euh... Pourquoi ça ?

— Ça ne doit sûrement pas être mentionné sur ta super montre. En plus d'être des stations minières, elles sont des stations bordels. Attends, j'hallucine, tu ne sais pas ça ?

Elle ne dissimula que peu son ton moqueur.

— Non, je ne sais pas ça, et toi, ça t'intéresse les stations bordels ? rétorqua-t-il.

— C'est mon père...

Elle prit le temps de respirer et poursuivit sa phrase :

— Mon père en parlait souvent, je m'en souviens. Il disait « Un jour, je me ferai un gros paquet de thunes, et j'irai voir les putes des stations de Rosair ». Quand il m'a appris qu'il comptait me vendre, il m'a dit « Je vais enfin pouvoir aller sur les stations avec l'oseille que tu vas me rapporter ».

Yaé passa le bras par-dessus ses épaules et la réconforta afin de chasser ses souvenirs. Pour lui changer les idées, il dévia le sujet :

— Toi qui connais tout, qu'est-ce que tu peux m'apprendre sur Obside ?

— Les Obsidiens sont très étranges, il paraît qu'ils sont terrifiants !

Feignant de ne pas savoir de quoi elle parlait, Yaé l'incita à poursuivre.

— D'après ce que j'ai entendu, reprit-elle, ils ont trois yeux et le dos couvert de poils ! Dégoûtant, non ? En plus, on m'a dit que, pour mettre au monde leurs enfants, ils n'avaient pas besoin d'être deux. Ils perdent un bras et, à cause de je ne sais quoi, ce bras devient plus tard un enfant !

— Étrange, frissonna-t-il avec une moue écœurée. J'aimerais aller sur Obside, pour le tunnel de glace !

Ode hocha la tête avec entrain, rêveuse. Yaé espérait depuis toujours voir le tunnel. Sur Terre, moult voyageurs mentaient en prétendant l'avoir admiré. Chaque personne qui parlait de cette véritable légende l'embellissait. À l'origine, on lui apprit qu'il reliait Obside à Frizen en passant par l'espace. Puis l'histoire changea, et ce tunnel a priori fait de métal en devint un de glace en partance pour d'autres mondes. Certains racontaient même que des gens y habitaient et y menaient des expériences secrètes pour le Gouvernement Colonial Terrien. En bref, Yaé n'avait aucune idée de ce à quoi il ressemblait en réalité. De peur d'être déçu, il ne consulta pas sa montre.

Son esprit ailleurs, il répondit distraitement au « bonne nuit » lancé par Ode. Pour la première fois, il s'endormit sans anxiété pour le lendemain ; il découvrirait bientôt une planète de plus.

≈

La semaine s'écoula à une vitesse folle, et Yaé n'eut pas un moment à lui pour réfléchir ou s'ennuyer. Il s'avéra que préparer une évacuation massive demandait énormément d'organisation. Démonter le camp prit bien le double du temps prévu aux soldats. Sans compter les Friziens, qui donnaient l'impression de voir clair dans leur jeu. Bien que les ordres du lieutenant Hart aient été très clairs — prétendre un exercice pour leurrer les Gris —, les militaires peinaient à cacher leur excitation à l'idée de s'en aller.

Les violences envers les aliens n'arrangèrent rien ; Heldant se déchaînait. Il voulait peut-être ainsi se venger de sa blessure... Il chercha une raison pour battre l'hybride grise, mais celle-ci ne répondit à aucune provocation, à aucune insulte. Après un vol dans l'armurerie, le lieutenant organisa la fouille des maisons à la recherche des armes volées, sans résultat concluant.

La veille de l'opération, Yaé comptait parmi l'escorte de surveillance des Gris durant leur journée à la montagne. La matinée se déroula normalement, mais à l'heure du repas, aucun Frizien ne sortit de la montagne. Les soldats présents avec Yaé s'agitèrent et contactèrent Hart. Il ordonna à cinq hommes de rentrer dans la mine afin de lui faire un rapport.

Yaé mit ses lunettes de vision nocturne, son masque à gaz, et il pénétra dans le tunnel à la suite des autres. Ils avançaient en file indienne lorsque l'un d'eux prit la parole :

— Peut-être qu'ils se sont pris une avalanche dessus ? On devrait se tirer, c'est trop dangereux !

Sa voix tremblait, et Heldant répondit avec mépris :

— Tu es vraiment un lâche, Layne ! Essaie de partir, et tu auras affaire à moi. On continue, il faut suivre les ordres du lieutenant !

Layne se ratatina, intimidé par Heldant. Alors qu'ils s'engageaient dans un tunnel sur la droite, Yaé entendit des pierres tomber et crut voir quelqu'un passer en courant.

— Stop ! intima-t-il à la troupe.

— Quoi encore, le nabot ? souleva Heldant d'un ton dédaigneux.

— Je crois qu'un Gris est ici.

— Va voir si t'en es si sûr, dit Layne en reculant imperceptiblement.

Un cri de femme retentit, accompagné d'un terrible bruit d'explosion et de rochers s'entrechoquant. Un bloc écrasa un militaire — impossible de savoir lequel. On leur hurla de faire demi-tour. D'énormes débris de glace dégringolèrent du plafond. L'un d'eux tomba juste à côté de son pied. Il prit ses jambes à son cou et fonça vers la sortie. Il l'apercevait enfin quand une silhouette se dressa devant lui.

5

L'échec

Cachée dans une cavité du tunnel, Adali attendait. Elle ôta son masque à gaz, car il la gênerait durant la bataille. Cinq Humains passèrent précipitamment et se rendirent à l'endroit prévu. La voix d'un Frizien retentit dans son esprit :

« C'est à toi, Adali ! »

Elle embrasa le filet de poudre, et la flamme fila en suivant la traînée au sol. Adali poussa un cri dans lequel elle mit toute sa colère, et une explosion secoua les galeries. L'Humain de l'appel du matin arriva en courant vers elle. La rage d'Adali ressortit d'un seul coup, et elle se jeta sur lui. Elle le heurta de plein fouet. Le nez ensanglanté, il se défendit en la cognant au ventre. Elle riposta par un crochet qui couvrit ses cheveux blonds de rouge. Le masque à gaz de l'homme vola en l'air, et elle actionna son laser. Épouvanté, il voulut se relever, mais elle le plaqua au sol. Il évita le coup et la frappa violemment sur son bras blessé.

Elle émit un bref cri et ses réflexes prirent le dessus. Elle se baissa, évita la balle qui lui arracha une mèche de cheveux, raffermit son emprise sur son arme et l'abattit sur le pistolet. À son contact, la culasse fondit, et le soldat fut obligé de la lâcher. Il saisit un poignard pendu à sa ceinture et s'en servit pour l'acculer dos au mur. Adali réussit à esquiver. De son autre poing, il l'immobilisa et entra en contact avec le bras nu d'Adali. Aussitôt, il parut se vider de toute initiative ; il recula, le regard hagard. Il secoua la tête, jeta un coup d'œil à la sortie puis partit en courant. Elle voulut le poursuivre, mais entendit des jappements se rapprocher d'elle. Ça ne pouvait être frizien.

≈

Yaé réussit à repousser la Frizienne. Il serra fort son couteau et frappa. Il la rata, mais son autre main ripa sur l'avant-bras de la Grise. À ce moment précis, tout devint rouge. Aveuglé, il recula sans comprendre. Une douleur incommensurable le saisit, le paralysa.

La souffrance s'effaça en un instant. De peur que son ennemie lui inflige à nouveau un tel châtiment, Yaé courut à l'extérieur. Dès qu'il arriva dehors, il cria aux autres soldats :

— Nous sommes attaqués ! Venez vite, les Gris se rebellent, je viens d'être pris dans une embuscade !

Sans attendre d'en savoir plus, la quinzaine de militaires se précipita dans la mine. Yaé effleura sa montre et contacta le lieutenant Hart.

— *C'est toi, gueule d'ange ? Qu'est-ce que tu veux ?*

Yaé ignora le ton hautain de son officier :

— Je viens d'être pris au piège par les Gris, ils se rebellent !

— *Quoi !? Je te préviens, si c'est une mauvaise plaisanterie...*

— Non ! Il nous faut de l'aide immédiatement, les autres se battent peut-être au moment où je vous parle !

Yaé parla d'une voix rapide et essoufflée, il ne comprenait pas pourquoi des soldats n'étaient pas déjà là pour les aider.

— *Très bien, je vous envoie des renforts sur-le-champ*, conclut-il en terminant la conversation.

Le jeune homme hocha la tête. Il prit un pistolet dans l'un des bus et attendit avec appréhension. Au loin, des véhicules militaires se rapprochaient rapidement. Un formidable tremblement secoua la montagne. Des rochers, de la glace et de la neige volèrent en tous sens, s'écrasèrent avec violence sur le sol. Yaé fut projeté à terre, et il eut à peine le temps de bouger ses bras pour se protéger.

≈

Adali éteignit son laser et partit dans le deuxième trou pour déclencher la bombe suivante. Une quinzaine d'Humains passa à toute allure. Elle reçut le signal mental, alluma la poudre et courut dans un abri plus sûr. La montagne se souleva, des rochers de glace dégringolèrent des parois et du plafond. Ses tympans se déchirèrent, et sa vue se brouilla ; jusqu'au plus profond d'elle, une vibration la saisit.

Complètement paniquée, elle avança à tâtons vers la sortie présumée. Son ouïe revint peu à peu, et sa vue se stabilisa enfin. Dehors, le chaos dominait. Des Friziens combattaient des soldats et cherchaient à les repousser, mais nul ne prenait l'avantage. Un Humain sortit en poussant des grognements de rage. L'homme au bandeau.

Adali oublia toute logique, tout plan d'attaque, et se précipita sur lui. Elle le saisit à la gorge et le plaqua au sol. Il balança sa main sur elle, mais il était hébété, et son coup ne l'atteignit pas. Elle aperçut du coin de l'œil l'Humain de l'appel la fixer. Il tenait à la main une arme, comme pétrifié.

Elle commençait à croire qu'il ne ferait rien quand il tira. Elle sauta sur le côté et constata avec surprise que la balle avait touché à la cuisse l'homme au bandeau. Adali dégaina son laser pour achever l'assassin de son père. Dans son esprit, un cri silencieux résonna. Elle tourna la tête. Elle n'arrivait pas à y croire. Ulyd ne pouvait pas mourir lui aussi ! Pourtant, le trou qui déchirait son visage le rendait méconnaissable. Seuls du sang blanc et des os éclatés demeuraient.

≈

Couché dans la neige, Yaé vit une vingtaine de Friziens surgir d'un passage tout juste dégagé au-dessus du tunnel d'entrée. Ils levèrent leurs armes vers le ciel en signe d'attaque et ouvrirent le feu sur les militaires qui descendaient à peine de leurs véhicules. Ceux-ci s'éparpillèrent, affolés, et chacun donna des directives pour rétablir l'ordre.

Yaé se redressa, visa un Frizien et le toucha à l'abdomen. L'alien mourut dans une expression torturée, et ses pensées se dispersèrent dans l'air. Yaé contempla un instant cet être sans vie. Du sang blanc jaillit de sa bouche, et il s'effondra. Une balle frôla Yaé, et il élimina d'autres extraterrestres, toute compassion disparue. La Frizienne avec laquelle il s'était battu sortit du tunnel principal. À peine dehors, elle attaqua un homme. Yaé reconnut Heldant et hésita un moment à l'aider. Il oublia sa rancœur et pointa son arme sur la Grise.

Il perdit la vue.

Un immense Aigle sur fond rouge sang s'impose à lui. Il ne voit plus que cet oiseau nimbé de rouge. Une voix effrayante s'insinue dans sa tête :

« Humain, tu ne lui feras pas de mal, comment doit-on te le dire ? Peut-être ainsi. »

Avec terreur, Yaé sentit son doigt se placer sur la détente malgré sa volonté et appuyer dessus. Il ne savait même pas sur quoi il tirait.

« Tu es encore si faible, Humain... »

— Qu'est-ce que vous voulez !? cria Yaé, car le mal revenait dans ses veines.

Un murmure gronda dans son esprit. L'Aigle, le voile rouge et la souffrance disparurent en même temps. Horrifié, Yaé trouva son bras tendu vers Heldant, qui serrait sa jambe entre ses mains pour contenir le sang. Il courut dans sa direction pour l'aider en se répétant que ce n'était peut-être pas lui le responsable de cette blessure. Peu convaincu, il attrapa à la hâte sa cagoule encore rangée dans sa poche pour faire un garrot. Heldant le dévisagea avec colère, furieux de recevoir l'aide de son souffre-douleur. Une balle ricocha dans la neige, et Yaé bondit en arrière.

— ATTENTION, s'écria un soldat. ILS VOLENT UN AUTRE BUS !

ARRÊTEZ-LES !

≈

Des Humains et des Friziens mouraient partout sur la glace, sans qu'Adali puisse aider les siens. Le groupe qui devait intercepter le lieutenant était parti en s'emparant d'un véhicule. Elle ne comprenait même plus où se trouvait l'ennemi, la vision embuée par les larmes. Des Friziens parlaient mentalement dans tous les sens, et les balles fusaient. La neige se maculait de sang humain.

Deux soldats tirèrent sur Adali. Paniquée, la Frizienne se cacha derrière de gros rochers. Elle observa un appareil stationné tout proche.

« Je vais prendre le contrôle d'un bus ; que ceux qui le peuvent me suivent et montent dedans ! » dit-elle dans l'esprit des Friziens.

Des réponses confuses lui parvinrent et l'incitèrent à sortir de sa cachette. Avec le chaos alentour, elle passa discrètement et sauta dans l'engin. Là seulement, elle réalisa qu'elle ne savait pas conduire. Elle appuya sur les boutons au hasard et ne réussit pas à le faire bouger. Un Frizien s'assit alors sur l'autre siège.

« Pousse-toi, petite, je vais nous tirer de là ! » intima-t-il avec dureté.

Une poignée d'entre eux embarqua dans le bus, et il démarra sous les commandes du villageois.

≈

Des Friziens montèrent dans un véhicule ; les soldats vidèrent leurs chargeurs dessus alors que le vaisseau disparaissait déjà au loin. Un militaire plus haut gradé ordonna :

— OK, les gars, on finit le boulot ici, et on va donner un coup de main aux autres dans le centre.

Yaé abattit d'une balle dans le dos un Gris fuyant dans le désert avec un automatisme inquiétant. Les rescapés neutralisés, les militaires retournèrent au village. Le lieutenant Hart les reçut, le visage marqué de vilains hématomes.

— Ce n'est pas trop tôt, on vous attend depuis un moment, leur dit-il avec colère, des postillons sortant de sa bouche.

— Désolé, lieutenant, on...

Hart balaya sa phrase d'un geste de la main. Il les sépara en plusieurs équipes et leur donna des consignes.

— Vous quinze, nettoyez la rue principale ; vous, ajouta-t-il en désignant Yaé et deux autres, faites-moi dégager les Gris de la maison là-bas !

Il montra une habitation située à l'angle d'une rue proche, et les trois soldats se séparèrent du groupe. Ode passa en courant non loin ; Yaé se sentait un peu coupable, il ne s'était pas demandé si elle allait bien. Satisfait, il observa les barricades des Friziens. Il se tourna vers ses deux collègues :

— On envoie des grenades par les fenêtres ?

— Trop dangereux. En revanche, avec un lance-missile, ce serait facile et sans risque.

Le troisième approuva de la tête :

— C'est vrai, on se place à cent mètres, on définit la trajectoire, et le missile fera le reste. Pas besoin de nous mettre en danger !

≈

Adali déglutit. Un incendie ravageait toute la partie ouest. Des coups de feu l'accueillirent. Elle sauta hors du bus, roula dans la neige et heurta un corps inanimé. Elle ignora les pics de glace qui rentrèrent dans sa peau et repoussa le cadavre hors de portée. Humain ou non, elle n'en savait rien, mais il la terrifiait.

D'autres groupes de Friziens avaient réussi à quitter la mine sans qu'elle s'en aperçoive, et la bataille faisait déjà rage. Adali fonça vers une habitation. Un drone passa en vrombissant et, sans la voir, tira une rafale sur des ennemis postés en face. Le chauffeur du bus effectua un grand arc de cercle, écrasant des Humains dans un dérapage. Les réacteurs de l'appareil frottèrent sur la neige ; une grenade explosa, et il finit sa course dans une cahute. Adali atteignit la porte de la maison et entra en trombe à l'intérieur. Elle se retrouva nez à nez avec cinq fusils pointés sur elle.

Les Friziens la reconnurent et baissèrent leurs armes pour retourner à leurs postes de tir. Adali s'assit sous une fenêtre et s'adressa à Borth, qu'elle connaissait bien :

« Qu'est-il arrivé ? »

Sans le faire exprès, elle continua à voix haute :

— Pourquoi ça a capoté ? Où est le lieutenant !?

« Calme-toi, jeune fille », lui intima Borth, « si le plan n'a pas marché, c'est justement à cause du lieutenant. Il a été averti juste après l'explosion. »

« Mais... Comment ? »

« Apparemment, un soldat serait sorti vivant de la première vague d'explosions... »

Le visage d'Adali se décomposa. Évidemment. Cela ne pouvait être que le soldat blond qu'elle n'avait pas réussi à arrêter. Le plan ratait par sa faute. Non, pas seulement ; par sa faute ET par la faute de ce maudit humain.

« Quoi qu'il en soit, nous devons trouver une solution pour nous sortir de ce pétrin », ajouta-t-il, aussi pensif que soucieux.

Il voulut continuer sa phrase mais une grimace remplaça son air préoccupé. Il serra sa main sur sa poitrine, sans réussir à empêcher un filet de sang blanc de s'en écouler. Adali se précipita vers lui et saisit sa main.

« Borth ! Dis-moi que tu vas bien... » chuchota-t-elle désespérément par l'esprit.

« Tout... va toujours... »

Dans un soupir soulagé, le Frizien s'éteignit. Ses pensées disparurent pour s'effacer à jamais. Adali ne trouva pas la force de pleurer. Nul autre ne remarqua le décès de Borth. Une voix rapide retentit alors dans la tête des Friziens :

« FUYEZ ! Ils pointent un missile sur vous ! »

Avant que quiconque réagisse, un pan entier de la maison s'écroula, et le souffle surpuissant de la déflagration cassa l'air. Adali se catapulta en arrière afin d'éviter les poutres, mais les Friziens n'eurent pas son agilité et finirent écrasés tels des pantins. Elle suffoqua et se précipita dehors, à l'aveuglette dans la fumée. Elle s'enfuit à l'opposé d'un soldat. Des cris résonnaient dans son esprit, témoins de la douleur des siens.

≈

Le missile contourna un véhicule, frôla un militaire et frappa de plein fouet la maison. Celle-ci s'effondra en partie, et une onde de choc détruisit les objets posés sur la devanture. À la droite de Yaé, l'homme souriait en tenant encore le lance-roquette sur son épaule. Des Gris sortirent en panique, et ils en abattirent la plupart.

Durant les heures suivantes, ils traquèrent les Friziens encore vivants avec pour ordre de les tuer s'ils résistaient ou s'enfuyaient. Yaé ne comptait même plus le nombre d'extraterrestres éliminés, de peur de vomir. La nuit tomba, et les combats cessèrent progressivement. Les militaires entassèrent les corps de leurs camarades et leur prirent leur montre afin de les identifier. Une expérience éprouvante pour eux tous. Puis ils patrouillèrent autour du village pour saisir d'éventuels fugitifs. Le corps entier de Yaé tremblait en dépit de la chaleur de sa combinaison. Ses doigts engourdis n'arrivaient plus à serrer son arme, il l'accrocha à sa ceinture.

La nuit se déroula dans le calme et le froid. Il eut enfin le temps de se demander pourquoi il avait eu si mal, et la raison de l'apparition de l'oiseau. Peut-être était-ce l'effet de l'attaque mentale d'un Frizien ? Ou l'hybride, du fait de son handicap, possédait-elle des difformités particulières ? Ses pensées dérivèrent, et il s'endormit.

≈

Adali se rendit sans réfléchir à la maison d'Ulyd. Elle y trouva un groupe d'enfants friziens dans la cave dissimulée sous le sol. Ils la reconnurent et lui posèrent tous une question :

« Où sont mes parents ? »

« Pourquoi c'est toi qui viens et pas maman ? »

« J'veux qu'tu m'dises pourquoi on doit se cacher, hein ? »

« C'est quoi ce bruit dehors ? »

« Pourquoi on n'a pas le droit de sortir ? »

Elle s'attendrit de cette subite innocence mais ne se résolut pas à leur dire la vérité ; leurs parents gisaient probablement dehors, morts.

« Écoutez-moi bien, nous allons nous cacher ici cette nuit », dit-elle avec gentillesse.

Les petits protestèrent à grands cris d'esprit, et Adali essaya de les calmer :

« Arrêtez, s'il vous plaît ! Si vous ne contrôlez pas vos pensées, de méchants humains vont venir ! »

« Pourquoi ils viendraient ? » demanda l'un des enfants, « C'est parce que t'es là ? C'est parce que t'es une hybride qu'ils vont venir ? T'es leur amie, hein ? »

Comme toujours, elle fit la sourde oreille à l'insulte et chercha de nouveau à les apaiser. Un Frizien et sa compagne entrèrent alors dans la pièce. Ils l'ignorèrent et s'adressèrent directement aux gamins :

« Venez les enfants, on doit quitter le village. »

« Quitter le village ? » s'écria par la pensée Adali, « Pour aller où ? Comment ? »

« Si tu veux, viens », répondit la femme. « Nous, on ne va pas attendre de se faire tuer... ou pire ! Nous nous réfugierons dans la montagne en attendant une accalmie. »

« Ne faites pas ça », protesta-t-elle, « si on se sépare, on va tous mourir ! »

« Alors, reste là. »

À ces mots, le couple emmena les enfants. Adali s'accroupit dans la cave et tenta de contacter quelqu'un par la pensée, mais échoua à chaque fois. La nuit s'installa, et elle se dit que se connecter au Point serait un bon moyen de connaître la situation dehors. Elle eut beaucoup de difficultés à trouver la concentration nécessaire pour s'immerger.

Elle ne reconnut personne parmi la dizaine de Friziens présents autour du Point. Ils lui demandèrent de quel village elle venait et ce qui s'y déroulait. Elle raconta le désastre de leur soulèvement, et l'un d'eux prit la parole :

« Je viens de très loin de chez toi, hybride. Je suis tout de même navré de ce qui vous est arrivé. J'habite Naavntes ; dans ma cité, tout se passait bien jusqu'à présent. Nous tenions les trois casernes ainsi que le lieutenant. Mais il y a une heure, les Humains ont contre-attaqué avec leurs vaisseaux en orbite. Heureusement pour moi, j'étais dans une cave à ce moment-là, et les bombes chimiques ne m'ont pas touché directement. Les Humains nous ont bombardés alors que leurs propres hommes étaient encore en train de nous combattre... Des monstres. »

Adali vivait la scène grâce aux souvenirs que le Frizien avait reçus d'autres personnes présentes à la surface durant l'attaque. Elle voyait des missiles frapper les tours de la cité et les réduire en cendres. Ensuite venaient les gaz. Dès que le porteur des souvenirs mourait, la vision se transférait à un autre Frizien. Elle fit de son mieux pour ne pas pleurer pendant cette rude expérience.

« Et en ce moment, je meurs. »

« Pardon ? » demanda Adali, surprise.

« Oh ce n'est pas grave, j'ai eu une vie bien remplie », répondit-il, un sourire triste au coin de la bouche. « Je n'étais pas exposé aux bombes, mais les gaz se sont insinués jusque dans ma cave et ont commencé à ronger mon corps, voilà une demi-heure. Je me suis réfugié ici, dans le Point, pour ne pas souffrir. C'est peut-être un peu veule ; je souhaiterais... »

Son image se brouilla et disparut. Les autres Friziens gardèrent le silence un moment puis racontèrent à Adali leurs révoltes. Seule une minorité avait réussi à dominer les soldats, et la Force Spatiale du Gouvernement Colonial Terrien était alors intervenue. Certains partirent dans les montagnes ou dans le désert glacé... Peu, voire aucun, survivraient. Désespérée par ces mauvaises nouvelles, elle fit ses adieux aux siens encore présents et quitta le Point.

Adali émergea et se hissa hors de la cave puis sortit de la maison. L'étrange calme qui régnait la mettait mal à l'aise. Les cadavres s'entassaient par terre. Les soldats avaient apparemment gagné, car les corps humains étaient « rangés ». Ceux des Friziens gisaient au sol, couverts d'une fine couche de givre, ce qui leur donnait une allure terrifiante. Avec horreur, elle reconnut trois des enfants trouvés dans la maison, l'épaule de l'un d'eux démise, et son bras dans une position anormale. Ses yeux, de la même couleur que son sang, brillaient dans l'obscurité. Des dents manquaient au gamin mort près de lui, victime de coups de crosse dans la mâchoire.

Les flocons tombaient au ralenti, rendant cette vision macabre presque belle...

Presque.

L'air mordant attaquait les membres d'Adali, elle ne sentait quasiment plus ses blessures. Elle continuait de déambuler au milieu des cadavres en se forçant à se cacher lorsqu'un drone patrouillait. Sans même savoir pourquoi, elle alla à sa maison détruite. Sur place, elle chercha son père fébrilement, mais les flocons posés sur les ossements les cachaient entièrement. Un bruit attira son attention. Elle se retourna et remarqua un militaire. Celui-ci ne réagit pas et passa son chemin. L'Humain, autant en marge de la réalité qu'elle, devait être las d'ôter des vies pour le moment. Adali s'assit à même le sol et tomba dans une sorte de somnolence. Le froid s'insinua en elle, à tel point qu'elle n'y fit plus attention, et ses problèmes disparurent.

6

Adieux

Un horrible vrombissement réveilla Adali. Elle sortit de son état de stase en grognant et peina à ouvrir ses paupières gelées. Pendant un instant, elle ne se rappela rien.

Puis ses souvenirs revinrent dans un flash tourmenté. La révolte tournée en désastre, sans nouvelles de sa mère, la mort d'Ulyd, son combat avec le soldat blond, tous ces Friziens tués, les enfants, le Point...

Une migraine accompagna la masse d'images, et le bruit au-dessus d'elle n'arrangeait rien. Un vaisseau descendait vers le village, obscurcissant l'aube. Seule la Force Spatiale du Gouvernement Colonial Terrien possédait des appareils aussi grands ; cela ne présageait rien de bon. Ses réacteurs crachaient une flamme bleutée dont la chaleur la revigora un peu et lui fit à nouveau sentir ses extrémités qu'elle croyait perdues.

Une pile de cadavres humains disparaissait sous la neige. Seuls des bras ou jambes en émergeaient. Dégoûtée par cette vision, Adali se détourna et se releva. L'impression que ses jambes ne servaient plus depuis des lustres la saisit. Elle les força à obéir et boita vers le centre du village en rasant les murs pour rejoindre d'éventuels survivants.

Elle trouva du vide et du calme, seulement brisé par le passage de drones. Parmi les maisons désertes, elle avançait dans des rues fantômes. Des cris retentirent. Prudemment — car cris signifiaient Humains —, elle se rendit vers la source du bruit. Elle prit conscience du silence pesant qui l'enveloppait. Le vaisseau s'était posé. À la sortie du village, elle entra dans une bâtisse pour observer par la fenêtre la scène qui se déroulait à l'extérieur.

Des soldats entouraient et surveillaient avec attention un groupe d'une centaine de Friziens. Elle reconnut parmi eux sa mère, sans savoir si elle devait être heureuse ou triste. Adali remarqua son visage tacheté de sang blanc. Avec un pincement au cœur, elle se détourna pour comprendre ce qui adviendrait car, non loin de là, le grand vaisseau fumait encore de son atterrissage.

Le lieutenant discutait avec un autre Humain. Contrairement aux soldats, pour la plupart en combinaisons noires à ceintures blanches, celui-ci portait un habit blanc cerclé d'une ceinture moitié rouge, moitié jaune. Peut-être cela reflétait-il un rang important dans la hiérarchie de l'Armée Terrienne ?

Il fit un signe de main aux gardes des Friziens. Les militaires durent y voir un ordre car ils crièrent aux villageois d'avancer. L'appareil se souleva dans un grincement infernal. Des soldats attendaient, leurs armes pointées sur des Friziens déjà présents dans le transporteur.

Ils entassèrent les villageois dans la soute puis la porte se referma. Les Humains s'éloignèrent du vaisseau et sortirent du champ de vision d'Adali.

Subitement, une idée apparut, et elle se maudit de ne pas l'avoir eue plus tôt. Elle projeta son esprit à la recherche de sa mère. Elle ressentit cette présence qu'elle connaissait si bien.

« Maman ! » lui dit-elle, en gardant son esprit focalisé afin que personne d'autre ne l'entende. « C'est moi, Adali. »

« Adali ? » répondit-elle dans une pensée pleine de bonheur et de surprise, « Je suis tellement heureuse que tu ailles bien ! Je te croyais morte... Où es-tu ? Je ne te vois pas. »

« Oui, je vais bien, et je ne suis pas dans le vaisseau, je suis à l'extérieur, cachée dans une maison. »

« Oh, ma chérie... C'est magnifique que tu aies réussi à t'en tirer », pensa-t-elle, avec une tendresse mêlée à de la tristesse.

« Je ne sais plus quoi faire pour t'aider... »

« ... Ne t'occupe pas de moi, vis, et surtout, vis libre. »

« Mais maman, je pourrais peut-être... »

« Non ! » sa mère lui coupa la parole, et son esprit se ferma l'espace d'un instant. « Tu dois t'échapper ! Vis ta vie, ne la gâche pas à te faire capturer par les Humains... »

« Dis-moi au moins ce que je dois faire... Comment m'échapper d'ici... ? » sa pensée prit une allure désespérée car elle réalisa qu'elle serait dorénavant seule.

« J'ai cru comprendre que les Humains quittaient la planète, suis-les. »

« Tu veux que je quitte notre planète ? »

L'assurance qui habitait d'ordinaire Adali laissa place à de la peur :

« Comment ? Je ne connais rien à part ce village, cette montagne et cette foutue mine ! »

« Calme-toi et réfléchis. Trouve un moyen, car si ce que tu m'as dit l'autre jour est vrai, tu ne peux plus vivre ici. Si tu restes, tu meurs. »

Tout au long de sa vie, Adali avait haï cet endroit, mais sut toujours au fond d'elle que ses rêves de fuite resteraient impossibles. Aujourd'hui, plutôt que ses rêves, son pire cauchemar s'accomplissait : son village allait être détruit, sa famille disparaîtrait, et son seul vrai ami tachait déjà la neige de son sang, mort.

Ses pensées échappèrent à son contrôle, et ses émotions de peur se diffusèrent dans l'air dans un bruit. Les autres Friziens du vaisseau cherchaient à savoir d'où venaient ces images. Sa mère s'imposa dans son esprit :

« Contrôle-toi ! Si les Humains t'entendent, ils te trouveront ! »

« Oui, désolée », bafouilla-t-elle en réussissant lentement à maîtriser son esprit.

« Ne t'excuse pas, réagis ! »

Son ton se durcit, sans qu'Adali comprenne pourquoi.

« Quoi ? Comment ça ? » demanda-t-elle, et ses cheveux se hérissèrent sur sa tête.

Depuis son enfance, Adali avait toujours été très susceptible et, même en cet instant, dans une situation critique, une colère familière grondait en elle.

« Arrête ça », ordonna-t-elle, « contrôle-toi, Adali. Je ne te reverrai sûrement jamais, aussi je dois te le dire. Ton père était Humain, tu le sais, et cela a eu beaucoup de répercussions sur toi. Je sais que tu n'aimes pas ce terme : hybride. »

La rage de la jeune femme monta en pique dès qu'elle dit ce mot. Elle l'ignora :

« Comme nous l'avons tous constaté, tu as des particularités physiques que n'ont pas les autres, mais cela n'est pas important. Les changements que ce mélange d'espèces a eu sur ton esprit le sont. »

« Quoi, tu penses que je suis malade, c'est ça ? Je ne te reverrai jamais, comme tu le dis si bien, et tout ce que tu trouves à ajouter, ce sont des insultes ! » rétorqua Adali avec une profonde amertume.

« Ne dis pas n'importe quoi... » la calma-t-elle avec douceur.

« Alors, quoi ? »

« Ces changements ne sont pas une quelconque maladie, plutôt des modifications. Tu ne contrôles pas aussi bien ton esprit qu'un Frizien, pas parce que tu es moins forte, mais parce que tu as d'autres capacités. Je me rappelle, un jour, quand tu étais petite, un enfant du village t'a insultée et a voulu te frapper. Dès qu'il t'a touchée, il s'est roulé au sol sous l'effet de la douleur. Ça s'est reproduit d'autres fois. Je pense que tu es capable de l'impossible pour nous autres Friziens. »

« Pourquoi me dis-tu ça maintenant ? »

La curiosité remplaça une partie de l'emportement d'Adali.

« Si je te le précise, c'est pour t'aider dans le futur. Lorsque tu auras quitté la planète, car je sais que tu y arriveras, tu devras être prudente. Ton père m'a raconté ses voyages spatiaux ; les Friziens ne sont vraiment pas aimés. Tu n'es pas entièrement Frizienne, mais en apparence, tu y ressembles trop pour passer inaperçue. Si tu croises le chemin d'Humains, ils te voudront du mal. Dissimule ta vraie nature, apprends à être discrète, à te cacher. Je ne veux pas que tu te fasses attraper bêtement. »

Elle laissa Adali assimiler ses paroles, puis continua :

« Avec la déportation de notre peuple, je pense que cette haine envers notre espèce ne fera que s'accroître. »

« D'accord », approuva sa fille, dont la colère s'effaça, « je ferai tout ça, mais il faudrait déjà que je quitte la planète... »

« Les Humains ont sûrement plusieurs vaisseaux ; embarque sans être vue dans l'un d'eux. Mais surtout... »

À ce moment précis, un bruit sourd jaillit des réacteurs du vaisseau, et il s'éleva.

« Échappe-toi de cet enfer, ma chérie ! » répéta mentalement sa mère, « Ne te fais pas prendre... J'espère que tu seras heureuse. »

Un cri de désespoir envahit la pensée d'Adali alors que le vaisseau gagnait de l'altitude.

« Adali, je t'... »

La connexion, rompue net, ne laissa que du vide. Adali tomba à genoux, pleurant dans ses mains. Plus jamais elle ne la reverrait. Elle sanglota en silence, alors qu'au loin le bruit des moteurs faiblissait. Obligée de se reprendre, elle prit appui sur le mur gelé pour se relever. Qu'aurait voulu sa mère ? Sûrement pas qu'elle s'apitoie. Il fallait trouver l'autre vaisseau humain.

Adali sortit prudemment de sa cachette et partit à la recherche de celui-ci. Au centre du village, même les drones ne patrouillaient plus dans les rues. Elle finit par retourner au point d'envol du transporteur. Cinquante soldats attendaient en rangs serrés devant trois petits vaisseaux. Elle ne les avait ni entendus ni vus arriver, sûrement trop plongée dans ses pensées. Ils écoutaient attentivement les paroles du gradé habillé en blanc. Il appelait des militaires, qui montaient dans l'un des trois vaisseaux indiqués. Elle devait se faufiler. Étant donné le nombre de soldats à embarquer, elle disposait d'une quinzaine de minutes pour y parvenir. Une idée germa alors dans son esprit. Adali alla à la maison d'Ulyd, repoussa les peaux d'animaux posées sur le bas des murs et débusqua une planque dissimulée dans les fondations du bâtiment. Comme elle l'espérait, elle y découvrit un sac. Dans celui-ci, elle s'empara de trois explosifs non utilisés durant la bataille de la veille. Elle les fixa ensemble à l'aide d'un lacet de chaussure qu'elle prit avec dégoût sur un cadavre humain.

Sa bombe fabriquée, Adali retourna le propriétaire du lacet sur le dos. Une femme ; tant mieux. Elle déshabilla le corps en essayant de ne pas penser à la peau glacée qu'elle touchait, puis grelotta quand elle enleva ses propres habits. Elle haussa les épaules en voyant les impacts de balles au niveau du ventre, sur la combinaison, et l'enfila. Elle remarqua avec surprise et plaisir que l'uniforme, à peine trop grand pour elle, dégageait de la chaleur. Adali s'y sentit bien. Elle saisit la cagoule tombée par terre et la rangea dans sa poche.

Elle repartit pour son poste d'observation. Soudain prise d'adrénaline, elle se dressa, empoigna son laser, enflamma la mèche et jeta les explosifs vers les militaires. La bombe souleva des gerbes de neige en explosant, provoquant le chaos. Sans observer les dégâts, elle contourna l'explosion, rendue invisible par l'écran de fumée et les éclats de glace qui retombaient sur une vingtaine de mètres. Elle passa derrière la troupe, mit sa cagoule et monta dans l'un des vaisseaux, sans que nul la repère.

Dans le transporteur, elle se glissa au milieu des soldats, et son souffle s'accéléra. Sans relâcher le contrôle de ses pensées pour les empêcher de s'échapper, elle traversa la salle, les mains dans les poches et la tête baissée afin de cacher sa peau grise. Ses cheveux noirs, aussi proches de ceux d'une Frizienne que d'une Humaine, dépassaient de sa cagoule sans risquer de la démasquer. Elle franchit une porte qui menait à un couloir. Un homme aux couleurs de la Force Spatiale croisa son chemin et l'interpella :

— Hey, toi ! Pourquoi est-ce que tu n'es pas à ta place ?

Adali avala sa salive :

— ... Le lieutenant m'a dit de venir ici. Je cherche... l'infirmerie ; oui, l'infirmerie !

— L'infirmerie, hein ? Enlève ta cagoule pour que je voie si tu ne devrais pas être dans l'un des deux autres vaisseaux.

— Je ne peux pas, bégaya-t-elle, le cœur battant. Je... j'ai été blessée hier, et c'est pour ça que le lieutenant m'a dit d'aller à l'infirmerie. J'ai été touchée au ventre et au visage...

À ces mots, elle feignit une grande douleur puis elle montra d'un signe de tête les impacts de balles sur la combinaison.

— Oh, tu as été blessée pendant la fameuse révolte des Gris, dit-il, et son visage se radoucit, compatissant. Je fais partie de l'équipage du vaisseau, mais j'ai entendu des échos de la bataille par les autres soldats ce matin. Ils avaient vraiment des armes et des bombes chimiques ?

— Juste... juste les armes, balbutia Adali.

— Puisque tu es blessée, vas-y, l'infirmerie est dans le prochain couloir, sur la gauche. Désolé de t'avoir dérangée ; comment t'appelles-tu, au fait ?

— Adali, lança-t-elle par réflexe.

Elle se mordit la langue.

— C'est joli comme prénom, je ne connaissais pas. Bon, je te laisse, Adali. Au fait, je suis le quartier-maître du vaisseau, et mon nom, c'est Idès !

La Frizienne marmonna un vague « au revoir ». Elle recracha l'air retenu dans ses poumons, sidérée par sa chance. Elle entrouvrit une porte et descendit un escalier débouchant dans une cale où s'empilaient des stocks de nourriture. Elle se cacha au fond, sous une grande bâche. Elle s'allongea au sol pour enfin prendre le temps de souffler.

7

Ythkar

— Levez-vous, bande de mauviettes ! Allez, on a des Gris à embarquer aujourd'hui !

Yaé se réveilla en sursaut. Autour de lui, on courait en tous sens alors que le jour se levait à peine. Il se mit debout avec difficulté et sauta sur place pour dégourdir ses bras et ses jambes ankylosés par le froid. Loin dans le ciel, un vaisseau descendit vers le village. Le lieutenant Hart s'approcha de Yaé en gueulant :

— Je ne vous dérange pas, ça va ? Pendant que vous dormiez, vous cinq, on a attrapé tous les Gris survivants !

— Désolé, Monsieur, lieutenant, désolé, on... s'excusa l'un deux, au garde-à-vous.

— Oh la ferme, Kallovsky. Au boulot, vous tous !

— Oui, lieutenant !

Ils s'éloignèrent au pas de course pour rejoindre leurs confrères à la nervosité palpable gardant les Friziens. L'un d'eux s'adressa à Yaé :

— Hey, toi ! Va me chercher une dizaine d'hommes en plus, je ne veux pas me prendre une autre révolte sur les bras !

Yaé partit sur-le-champ en lançant un « Oui, sergent-chef » par-dessus son épaule.

— Le sergent-chef demande dix hommes de plus pour éviter une éventuelle révolte, lieutenant, dit-il lorsqu'il retrouva Hart.

— D'accord, mais pas un de plus, soupira-t-il, j'ai besoin des autres pour sécuriser l'aire d'atterrissage, le lieutenant-colonel et le transporteur arrivent.

Il appela ses subalternes les plus proches et leur ordonna de suivre Yaé. Le sergent-chef ne lui accorda aucune importance :

— Très bien, je veux des gardes là, là et là !

Dans un bruit assourdissant, le transporteur se posa sur la glace à une trentaine de mètres. Les enfants friziens, effrayés par ce géant de métal, coururent pour se cacher. Un soldat en frappa un qui voulait fuir. Le coup de crosse imposa immédiatement le calme parmi les captifs.

Un gradé dont la ceinture jaune et rouge jurait avec sa combinaison blanche descendit par la passerelle, droit et fier. Sans une attention pour les troupes, il marcha vers Hart et lui parla à voix basse. Puis, il fit un signe de la main au groupe qui gardait les Friziens :

— Je suis le lieutenant-colonel Malchus Motou, embarquez les prisonniers !

Yaé et les autres de son groupe guidèrent les Gris dans le grand vaisseau. Ceux-ci obéirent avec résignation. Lorsque la porte se referma, la tension retomba. Pendant dix minutes, ils observèrent l'engin prendre son envol bruyamment, dégageant d'immenses nuages de neige. Puis le lieutenant-colonel égrena la liste des noms pour les répartir dans l'un ou l'autre vaisseau :

— Ode, vaisseau pour Obside, affectée au 311ème régiment.

La jeune femme se plaça à l'entrée et attendit la suite.

— Yaé, vaisseau pour Obside, affecté au 311ème régiment.

Il rayonna intérieurement. Son amie leva les yeux au ciel car Heldant aussi était affecté à leur régiment, ce qui agrandit encore son sourire. L'officier termina sa liste, et chacun partit vers son vaisseau.

À ce moment précis, une explosion ébranla le calme. Yaé plaqua Ode au sol pour la protéger des projections de glace. Une botte cogna son front, il roula et se releva en cherchant une cause à l'attaque. Un nuage de neige brouillait la vue, et personne ne savait où donner de la tête. Le lieutenant-colonel fut mis en sécurité dans le vaisseau, et des drones quadrillèrent le secteur, sans trouver de responsable. « Sûrement un imbécile qui a dégoupillé involontairement une grenade », maugréa Hart.

Yaé et Ode s'arrangèrent pour être proches d'un hublot.

— Imagine, s'exclama-t-il avec une voix d'enfant, on va voir le tunnel de glace !

— Oui, c'est sûr, mais attends d'assister à l'accouchement d'un Obsidien, et ta jolie vision du tunnel doré disparaîtra instantanément.

— Certes... Ce serait aussi anormal que Heldant qui réfléchit, ajouta-t-il en baissant nettement le ton, et Ode pouffa.

À côté, des soldats regrettaient de ne pas aller sur Rosair. L'un deux, un homme blanc de peau, devait avoir des origines autres que Sud-Américaines, comme Yaé. Ses ancêtres, ainsi que des millions d'Européens, avaient été déportés dans les continents plus pauvres lors du rétablissement du Gouvernement Colonial Terrien en l'an 415, après la révolution de 396.

Yaé apercevait par le hublot le logotype de la Force Spatiale frappé sur la coque du vaisseau. Il représentait une étoile singulière composée de huit branches, entourée d'un cercle rouge sang entrecoupé par deux branches jaunes. Au-dessus de celles-ci, trois branches bleu foncé en surmontaient trois autres, noires. Au milieu, un losange blanc sublimait ces couleurs vives.

En attendant le décollage, Yaé déploya l'écran de sa montre à la recherche d'informations sur ce blason. Le sigle s'inspirait de l'emblème du Gouvernement Colonial Terrien. Il s'attarda sur la symbolique des différentes branches. Le bleu foncé représentait les « *océans de la planète Terre, en hommage aux puissances navales de l'Ère pré-spatiale, ainsi que l'immensité du ciel* ». Le noir se voulait évoquer le pouvoir par le tinotium, base même de la puissance de la Force Spatiale, et donc du GCT. Les astres, symbolisés par le jaune, rappelaient le rayonnement omnipotent de Terre qui en tirait l'énergie nécessaire pour alimenter sa flotte. Et pour finir, le rouge : rien d'autre que le sang. Sang que la Force Spatiale pouvait répandre pour le « *bien de l'espace occupé* ».

L'appareil s'ébranla et interrompit la lecture de Yaé. L'entrée dans le Néant posa une chape de plomb sur le groupe. Puis un craquement, et les sons et la lumière revinrent brusquement. Yaé se rua sur le hublot pour chercher à voir Obside. Il aperçut seulement le vide intersidéral. Un grand courant de mécontentement passa parmi les soldats, qui s'attendaient à découvrir le tunnel.

Ils patientèrent une dizaine de minutes pour que l'orientation du transporteur permette de l'admirer. Yaé l'imaginait brillant, allant dans toutes les directions, avec des milliers d'engins voltigeant autour. La réalité différa de sa vision édulcorée. Il partait d'une planète à l'allure désertique — d'une taille au moins vingt fois supérieure à celle de Terre —, traversait une courte distance et s'arrêtait dans l'espace. De son bout, des vaisseaux sortaient et filaient vers une lune blanche. Elle ressemblait à Frizen2, en plus petite. Elle ne s'alignait pas avec le tube à ce moment de la journée, mais les cargaisons faisaient quand même l'aller-retour. Le tunnel se colorait d'un gris terne. L'étoile d'Obside, Oedib, s'y reflétait par endroits, ce qui le rendait brillant, mais pas doré. Une lumière bleue l'entourait, causée par les générateurs. Ceux-ci créaient un vide de matière pour empêcher les petits astéroïdes de le percuter. Des tourelles de défense placées sur le long tube s'occupaient des plus gros. La glace ne le recouvrait pas, mais il s'imposait par sa taille et perçait l'espace en son centre ; il paraissait indestructible.

Bien que cette vision soit beaucoup moins spectaculaire que ce à quoi Yaé s'attendait, elle demeurait sans conteste splendide. Il n'avait jamais pensé que le tunnel puisse ne pas toucher Frizen, la lune d'Obside. À bien y réfléchir, la logique le voulait puisque le satellite tournait sur lui-même autour de la planète sablonneuse. Un silence comparable à celui du Néant régnait dans l'habitacle, car les passagers admiraient tous l'édifice, centre de l'attention jusqu'à ce que le transporteur se dirige vers la surface d'Obside et qu'il sorte de leur champ de vision. Les soldats quittèrent cette apparition fantasmagorique en clignant lentement des yeux. Ode donnait l'impression de sortir d'un long songe et parla d'une voix rêveuse :

— Je ne m'attendais pas à ça...

— Imagine combien de personnes ont désiré le voir. Des millions, ou des milliards.

— Comment des Hommes ont-ils pu construire un tel édifice ?

— Les aliens ont filé un coup de main, je pense, dit-il avec scepticisme. Les Humains n'auraient pas pu, sans aide...

— C'est sûr que, quand tu vois le chaos qui règne sur Terre, tu te demandes où est-ce qu'ils ont trouvé le temps de bâtir ce tunnel !

La chaleur augmenta dans la cabine alors que le vaisseau rentrait dans l'atmosphère de la planète, puis arriva au sol. Par le hublot, Yaé aperçut une piste d'atterrissage et deux tours de contrôle. Il se détacha, et la porte principale s'ouvrit doucement. Contrairement à Frizen2, où le premier ressenti fut le froid, la chaleur le frappa. Il désactiva le chauffage intérieur de sa combinaison. Enfin, l'air glacial laissait place à un climat chaud. La lumière d'Oedib fit monter sa température alors qu'il posait le pied pour la première fois sur ce nouveau monde.

≈

Un silence surnaturel s'installa dans la soute du vaisseau. Les lumières vacillèrent au-dessus d'Adali, jusqu'à s'éteindre totalement. Elle paniqua, dans le noir complet, sans rien entendre. Elle se releva et se cogna contre une caisse. Un craquement retentit, et le bruit revint. L'entité étrange s'en alla, les ampoules se rallumèrent.

Elle remit la caisse en place pour ne pas signaler sa présence aux Humains qui viendraient décharger la soute. Les réacteurs ronflèrent sous ses pieds, la température augmenta, et le sol se mit à remuer. Redoutant que le vide et le silence reviennent, Adali se blottit dans un angle de la cale, se boucha les oreilles et ferma les yeux. Un choc secoua les murs, puis tout s'immobilisa, le transporteur posé.

Consciente que sortir avec sa cagoule anti froid éveillerait les soupçons sur un autre monde que le sien, Adali la retira. Elle plaça simplement sa capuche par-dessus ses cheveux. Une heure s'écoula. Des voix résonnaient, accompagnées de raclements et de bruits de véhicules à moteur. La Frizienne s'allongea et attendit patiemment une accalmie. Nul ne vint chercher le matériel de la soute, apparemment destiné à une autre planète.

Le vaisseau vibra sous la pression des propulseurs. Soudain pleine d'énergie, Adali courut en haut des escaliers. Si le transporteur décollait, il fallait qu'elle le quitte. Elle se retrouva nez à nez avec Idès, l'Humain qui l'abordait sur Frizen2.

— Mais qu'est-ce que... tu n'es pas une... tenta-t-il de dire, mais elle le repoussa violemment.

Elle partit à toute allure vers la sortie et vit avec soulagement que l'issue n'était pas entièrement close. Une voix retentit derrière elle :

— Une Grise est à bord ! Rattrapez-la !

Adali l'ignora, se jeta en avant et dérapa sur le sol. Elle érafla le haut de la porte presque abaissée et réussit à passer dessous en se propulsant à l'extérieur. Elle atterrit brutalement sur un goudron brûlant et déchira son pantalon. Elle ne perdit pas une seconde et fonça droit devant elle. Un puissant souffle chassa l'air alentour quand le vaisseau décolla. Nul ne remarqua Adali sur la piste d'atterrissage encombrée. Par sécurité, elle tira un peu plus sa capuche, de telle sorte que sa vision se réduisit fortement.

La chaleur l'étouffait. Un rictus incontrôlable se ficha sur le visage d'Adali. Elle chercha le bouton pour éteindre son chauffage intégré. Cette sensation l'enivrait. Tout au long de son existence, elle avait eu froid, où qu'elle soit, à cause de sa moitié humaine. Une goutte de transpiration dégoulina sur son front. Elle la toucha du doigt et la scruta avec fascination et sidération.

Adali arriva au bout de la piste située sur un plateau où une ville s'étalait en contrebas. Elle ne connaissait que son village et la mine. À présent se dressaient là des tours pointant vers le ciel. Une vingtaine d'entre elles formaient le centre d'une cité qui s'étendait à perte de vue. L'endroit légèrement surélevé où se trouvait la jeune femme permettait d'observer avec attention cette découverte inouïe.

Plus les habitations s'éloignaient des tours, plus elles étaient décrépies. Adali saisit vite la division de la ville en quartiers, classés par richesse. Des vingt piques, la plus grande touchait les rares nuages dans le ciel. Sa base faite de pierre, les parois reflétaient les alentours dans de magnifiques couleurs. De spacieuses maisons grimpaient sur ses flancs. En bordure de la cité au contraire, construites dans l'ombre des tours, la plupart des baraques étaient en piteux état et menaçaient de s'écrouler à tout moment.

Au cœur de tout cela, un pont se démarquait. Comme un gigantesque arc-en-ciel, il venait des cieux et plongeait son pied dans une grande étendue d'eau à droite de la ville. Un lac plus étendu encore que tous ceux de glace. L'aube se levant, l'étoile éclaboussait de lumière les plaques de métal, grises comme la peau de la mère d'Adali. Elle chassa cette dernière de ses pensées pour ne pas pleurer et admira la cité et le pont de lumière sous chacune de ses coutures.

Un désert s'étendait aux abords de l'agglomération et se perdait dans le lointain. Les dunes dorées dessinaient des courbes à l'inclinaison délicate, contrairement aux buttes enneigées qu'Adali connaissait, anguleuses et dissymétriques. Par endroits, le sable cédait sa place à des étendues craquelées rougeâtres desquelles dépassaient des buissons épineux, des touffes d'herbe et des plantes grasses. Elle observa dans le moindre détail un amas de cactus qui bordait un bloc de béton délimitant la fin de la piste d'atterrissage. Leur consistance granuleuse l'intrigua. Les plantes partageaient des similitudes avec des végétaux de Frizen2, leur aspect torturé notamment, exception faite que ce soit en raison de la température élevée.

Un véhicule filant à une trentaine de mètres la ramena à la réalité. Elle s'arracha à ce spectacle revigorant et se mit en marche vers la ville car on ne lui proposait aucune autre destination. Elle passa par des ruines. Les restes des bâtiments, noircis par le feu, démolis ou éparpillés, empiétaient sur le chemin de terre battue. Les habitants des décombres se dissimulèrent dans l'ombre quand elle croisa leur chemin et ne lui adressèrent pas la parole. Adali vérifia encore sa capuche et accéléra le pas en essayant d'être discrète.

Alors qu'elle approchait de l'entrée de la ville et laissait derrière elle les fermes disséminées dans le sable, une créature la dépassa. L'animal au crâne chauve et bronzé lui arrivait au niveau de la poitrine, le dos recouvert d'une fourrure qui mélangeait le marron et le roux. Étrangement, il se tenait debout, et des habits crasseux couvraient ses pattes. Elle se demanda si c'était un chien — comme dans les histoires de son père — et lui tapota l'épaule. Il se retourna avec surprise, et elle réalisa qu'elle avait affaire à une personne : un alien. Trois yeux ornaient son front et la fixaient avec rudesse.

Stupéfaite par le petit être, Adali recula d'un pas. Il l'observa un moment puis lui lança d'une voix caverneuse une phrase dans une langue qu'elle ne comprit pas. Les mots frottaient sur son palais et le frappaient pour sortir. Il ajouta, toujours du même ton :

— Sois maudit, faux dieu !

Sur ce, il se détourna et s'enfuit en courant, sûrement effrayé par son origine frizienne. Bientôt, elle dut se frayer un chemin à travers la foule de « chiens », de plus en plus dense. Elle décida de les appeler ainsi puisqu'elle ignorait leur réelle nomination. Et à voir comment ils la dévisageaient, elle ne leur poserait certainement pas la question. Dès qu'elle dépassa la limite des maisons et s'engagea dans les ruelles étroites, le nombre d'Humains augmenta. Elle ne savait pas où aller et marchait là où la menaient ses pas, peu soucieuse de trouver quoi que ce soit de précis.

Selon les rues, d'autres créatures se mêlaient aux chiens et aux Humains. Certaines grandes, d'autres petites ; les unes à la peau translucide et les autres avec plus de membres qu'à la normale. Elle croisa même un humanoïde qui possédait de grands tentacules bleus et des yeux de tailles différentes. Toutes ces nouvelles découvertes fascinaient Adali autant qu'elles l'intimidaient. La chaleur devint très vite dérangeante, et le sable lui piqua le nez. Des rafales de vent en envoyaient partout, et il se glissait sous sa combinaison, ce qui l'obligeait à se gratter comme une possédée. Elle décida de détester le sable.

Quand elle en eut assez de déambuler sans but, elle s'assit en terrasse d'un restaurant où mangeait une multitude de personnes. Un fantôme bleuté sortit d'un petit objet noir posé sur la table. Elle se pencha vers lui, curieuse de savoir l'origine de cette créature. Une voix jaillit de l'objet sans prévenir :

— *Bonjour, je suis Holo-B132, et je vous souhaite la bienvenue chez ObsBar ; que voulez-vous boire ?*

Adali hésita :

— ... De l'eau ?

— *Le verre d'eau coûte six Dorts et cinquante-trois Corts*, répondit la forme bleuâtre. *Pouvez-vous payer cette consommation ou voulez-vous revenir sur votre choix ?*

— Eh bien, s'avança-t-elle, je ne me rappelle pas combien j'ai de... Dorts...

— *Veuillez placer votre bras au-dessus du point rouge.*

La table devint un écran, et un petit cercle rouge s'alluma. Adali s'exécuta, et une lumière intégrée à sa combinaison, sur son avant-bras, clignota.

— *Vous avez quarante-deux Dorts et treize Corts sur votre compte en réseau, soldat Hinnye*, débita l'hologramme de sa voix automatisée. *Vous êtes en mesure de payer la consommation demandée. Voulez-vous commander le verre d'eau ?*

Adali comprit que la combinaison contenait un code pour accéder à l'argent de la défunte Hinnye en question.

— Oui, et je voudrais manger, s'il te plaît.

Sans même qu'elle s'en rende compte, ses lèvres dirent ce que son ventre hurlait.

— *Nous avons différents plats pour plusieurs espèces, que désirez-vous ?*

— Du poisson.

Elle ne connaissait que le poisson et les fruits des glaces.

— *La portion de poisson pour une personne de morphologie humanoïde coûte onze Dorts et dix Corts. Le prix total s'élève à dix-sept Dorts et soixante-trois Corts. Voulez-vous procéder au paiement ou préférez-vous revenir sur votre choix ?*

Adali confirma, et l'hologramme l'encaissa, puis disparut. Durant son attente, elle observa ceux qui l'entouraient. Des Humains occupaient la plupart des tables, ainsi que divers aliens. Avec leurs gestes ramollis, ils devaient boire de l'alcool. Elle n'avait jamais vu de gens saouls, aussi n'en était-elle pas sûre, mais cela ressemblait bien à la description que son père lui en faisait. Lorsque son plat arriva, servi par un chien, elle se jeta dessus. La chair du poisson, plus tendre que ceux qu'elle consommait habituellement, lui plut, mais surtout, le plat fumait, cuit à la vapeur. Cette légère brûlure descendant le long de sa gorge lui fit le plus grand bien.

Les jours étant courts sur cette planète, la lumière diminua rapidement, et la température redescendit à un degré plus agréable. Adali demeura à sa place puisqu'elle ne savait pas où aller. La nuit s'installa, et des soldats humains vinrent s'ajouter aux autres. Ils commandèrent moult tournées d'alcool fort. L'obscurité cachait ses traits, et la jeune Frizienne se détendit nettement.

— Salut, toi, j'te connais pas, j'crois ; t'es une des nouvelles ?

Le militaire qui s'adressa à Adali plissa les yeux depuis la table adjacente. Sans autre alternative, elle répondit :

— Oui, je suis arrivée ce matin.

Il prit cela comme une invitation et vint s'asseoir avec elle en bougeant le bras vers ses amis d'une manière entendue.

— Bah, c'est bien ici, tu verras ! Fait un peu chaud au début mais, heureusement, y'a des rafraîchissements !

À ces mots, il engloutit son verre et tapa sur la table pour que l'hologramme apparaisse :

— Un autre sdorna ! Et un pour mon amie aussi, ajouta-t-il avec un sourire en coin à Adali.

— Non, non, ça va aller... voulut-elle avancer, mais il la coupa.

— T'occupe, fillette, c'est moi qui paie !

Être ainsi en face d'un Humain, pour ne rien arranger gorgé d'alcool et décidé à ce qu'elle le soit aussi, frôlait le supplice pour Adali. Son seul désir : disparaître, ou faire disparaître l'Humain. Elle ne pouvait s'empêcher de se répéter que peut-être il comptait parmi les assassins de son père, même s'il appartenait à un régiment local.

— Bon, ma jolie, tu me racontes une histoire ou c'est moi qui le fais ?

— Je...

— D'accord, mon tour, ignora-t-il la tentative de réponse. Tu ne devineras jamais ce que j'ai vu !

Sur son visage, l'assurance se lisait : elle succomberait forcément au charme de ses arguments inébranlables. Il attendit qu'elle montre des signes enthousiastes à l'idée du conte de ses « exploits », sans succès. Elle s'employait seulement à contrôler son esprit. Les deux verres d'alcool apportés par le serveur redonnèrent confiance au militaire :

— Je suis déjà allé dans l'espace du Block !

Adali l'ignora. Elle ne connaissait pas l'alcool, alors pourquoi pas ? Sa planète vidée de son peuple, sa mère évaporée, son ami et son père morts... Elle pouvait bien se relâcher un peu. Elle avala deux gorgées et crut s'étouffer. Une pique lui traversa l'œsophage et se ficha dans son estomac, suivie d'un horrible goût amer.

Elle en reprit.

— Ah bah, t'aimes bien, en fait ! constata le soldat avec un visage satisfait. Bon, j'allais t'parler du Block. Vu qu'tu connais pas, j'vais te résumer en deux secondes. En gros, les Gobs ont attaqué le GCT, et depuis c'est la Grande Guerre.

Adali ne pensait plus qu'à une chose : qu'il disparaisse. La boisson lui faisait tourner la tête. Une pensée lui échappa :

« Disparais. »

Elle se mordit la lèvre.

— Hein ? T'as dit quoi là ?

Partagé entre le doute et une légère frayeur, il la fixait intensément :

— Tu viens de quel régiment ?

— ... De celui de Frizen2, bafouilla-t-elle.

— Et le numéro de ton régiment, c'est quoi ?

— Euh... 200, dit-elle en précipitant ses mots sans même réfléchir à un numéro logique.

— 200 ? Tu te fous de moi, fillette !

Il se leva, montra sa ceinture verte et poursuivit en s'assurant que tous l'entendent :

— J'suis major, et j'étais adjudant sur AquaPrim, il y a deux ans. Je peux t'assurer que, là-bas, le lieutenant-chef dirigeait le régiment 200, qui protégeait les usines de robotique ! Montre-moi ton bras et identifie-toi !

Son ton se durcit. Adali était prise au piège par sa propre bêtise. Sans autre alternative, elle présenta son bras droit à l'Humain, le même qui tentait de la séduire un instant plus tôt. Il le saisit et y colla sa montre. Un écran se matérialisa. Adali n'eut pas le temps de lire qu'il posait la main sur l'arme à sa taille, son ivresse oubliée.

— Heureusement que t'es pas Hinnye, sinon tu serais dans un fossé en train de te décomposer sur Frizen2. Dis-moi, t'es quoi, toi, voleuse ou lâche ? Fais-moi plaisir, retire ta capuche.

Elle pinça sa lèvre jusqu'au sang : comment avait-elle pu se retrouver dans cette situation ? Elle commençait à paniquer, et ses pensées s'éparpillaient. Le soldat, soudain soucieux, tendit sa main vers la capuche pour l'enlever. Adali voulut fuir, mais de puissants bras se refermèrent sur son torse et lui coupèrent toute retraite.

— Je l'ai, major, allez-y.

L'officier ne se fit pas prier et scruta Adali. Son expression se teinta d'horreur :

— C'est une Grise ! Une sale Grise ! Comment t'es arrivée là, sorcière ? J'croyais que tes animaux de frangins avaient été déportés ! On a ordre d'arrêter tous les Gris dans l'espace occupé !

Ses mains prises, Adali suivit les coutumes humaines et lui cracha à la figure. Elle rassembla mentalement toute sa colère et imagina la pire souffrance envahissant l'homme qui la tenait fermement. Il hurla et la lâcha brusquement. Elle bondit, enjamba des tables et courut vers une autre rue. Un passant tendit le pied pour la piéger, et elle bascula. Dans sa chute, son menton frappa violemment une chaise imbriquée dans le sol.

Complètement sonnée, elle sentit avec impuissance des mains la hisser pour l'allonger sur une table. Elle essaya de réitérer l'attaque mentale, mais elle n'avait pas encore totalement recouvré ses esprits. Le major se planta devant elle :

— Tu ne nous auras plus comme ça, sale Grise ! Vous avez vu les gars, c'qu'on raconte sur ces aliens est vrai ! Ils attaquent votre esprit et en prennent le contrôle… Tu sais quoi, fillette, le général Baksh sera ravi de te rencontrer ! Allez, on l'emmène !

À ces mots, les soldats la soulevèrent, mais pas avant que le major lui assène un formidable coup de poing dans le ventre. Adali ne put retenir un cri et cracha ses poumons, la respiration coupée. Les militaires traînèrent leur prisonnière à travers les rues du quartier. Tout à coup, un homme tomba au sol sans un bruit, puis un autre dans la seconde qui suivit. Le major gifla Adali :

— ARRÊTE ÇA, OU J'TE BUTE ! J'ESPÈRE QUE TU M'AS BIEN…

Ses traits s'affaissèrent, et il glissa sur une dalle couverte de sable. Les soldats partirent en courant, mais ils n'eurent pas le temps d'aller bien loin ; ils subirent le même sort. Adali en profita pour se relever en mettant de côté sa douleur. Au milieu des ombres, une silhouette bougea sur une corniche. Elle fonça vers celle-ci pour démasquer son sauveur. Elle ne trouva rien.

— Dites-moi qui vous êtes, intima-t-elle à voix basse.

Au-dessus, quelqu'un sauta d'un toit à un autre. Adali essaya à nouveau :

— Je vous vois ! Montrez-vous, je ne vous ferai pas de mal...

Par réflexe, elle envoya dans l'air des pensées apaisantes. L'inconnu sauta par terre, en face d'Adali. Elle s'évanouit sans comprendre d'où venait le coup.

8

Un nouveau départ

Il est dans l'herbe. Cette couleur verte l'apaise, il oublie le froid subi ces derniers temps. Il ne bouge pas, ce n'est pas la peine, rien ne le menace. Au loin, un grand oiseau vole. Il s'approche. Un aussi grand aigle, il n'en a jamais vu. Posé là, parfaitement calme. La lumière de jour se reflète sur ses plumes dorées, caresse son bec jaune foncé, pour s'éteindre dans ses globes oculaires d'un bleu glacial.

Ils échangent un regard. Un chatouillement le picote, comme si quelqu'un grattait les parois de son crâne. C'est désagréable. Le grattement devient agressif. Il veut résister. C'est trop douloureux. Il tombe par terre, la tête entre les mains. Un voile rouge remplace la plaine paradisiaque. L'Aigle ne bouge pas. Ses pupilles bleues le transpercent.

« Tu vas souffrir si tu ne fais pas ce que nous voulons », susurre une voix dans son esprit.

Il panique, persuadé que c'est l'Aigle qui lui parle.

— Arrêtez ça !

« Ne perds pas ton sang-froid, tu mourras si tu continues. »

La pression devient insupportable. Il faut la supprimer, trouver un moyen. Il se redresse pour s'enfuir.

« Tu ne partiras pas si facilement, Humain ! »

La douleur augmente.

— PITIÉ ! Je ferai tout ce que vous voudrez...

« Voilà, ce n'était pas si compliqué. Baisse tes défenses mentales. »

Il tombe à genoux, cherche à faire ce qu'il demande. Il se concentre pour baisser ses défenses mentales. Des défenses mentales ? La douleur s'arrête. Sa vue revient.

« Tu ne peux pas nous vaincre. À l'avenir, ne nous résiste plus », dit l'Aigle dans son esprit.

Il se lève lentement. Il essaie de ne rien faire qui pourrait contrarier l'animal. La voix encore grelottante, il prend la parole :

— Pourquoi m'infligez-vous ça... ?

« Nous te donnons ce que tu mérites afin que tu fasses ce qui doit être fait, Humain. »

L'oiseau se jette sur lui, l'attrape entre ses serres. Ils volent. Le voile rouge est revenu. Non, c'est différent. C'est une mer. L'eau n'est pas bleue, elle a la couleur du sang. À la surface flottent des formes.

« Tu as participé à cela, tu es toi aussi responsable. »

Des corps. Des corps de Gris, pas d'Humains. Des milliers. La mer continue à l'infini.

— Je ne veux pas voir ça... murmure-t-il avec terreur.

« Si tu essaies encore une fois de lui faire du mal, nous t'infligerons une souffrance que tu ne soupçonnes même pas... »

— ... M'en prendre à qui ?

« Tais-toi et réfléchis pour une fois dans ta vie, Humain. Si tu fais ce que nous te disons, tu seras en paix. Il est temps que tu te réveilles. »

Yaé sursauta, le corps en sueur. Il cligna des cils avec frénésie pour éloigner les images de son cauchemar. Tout paraissait si réel, il doutait même que ce soit un rêve. Mais les aigles ne parlaient pas et, d'ailleurs, cela faisait des centaines d'années qu'ils n'existaient plus sur Terre. Dans le dortoir, l'alarme de réveil continuait de sonner bruyamment. Il se ressaisit et s'appuya sur ses coudes pour se lever. Oedib n'atteignait pas la moitié du ciel ; il dormait depuis à peine deux ou trois heures. La nuit avait été longue, et son sommeil court.

Après leur débarquement sur Obside, Yaé et son régiment suivirent Hart à la caserne principale de la ville d'Ythkar. Les militaires s'installèrent dans un dortoir, puis eurent droit au discours habituel d'un officier supérieur. Ils patrouillèrent dans la ville et découvrirent ainsi les rues de la cité surpeuplée. Aucun incident n'eut lieu jusqu'à ce que le lieutenant les arrache à leur repas pour les informer d'un attentat. Les témoins accusèrent une Grise. Fou de rage, Hart organisa des recherches près du lieu du combat.

Les soldats vidèrent les maisons de la rue et expulsèrent leurs habitants afin de chercher la fugitive. Yaé fut confronté aux Obsidiens, peuple autochtone de la planète. Contrairement aux Friziens, similaires par beaucoup d'aspects aux Humains, ceux-ci ressemblaient à des animaux. Leur agaçante manie de s'exprimer à voix basse dans leur langue et non dans celle commune à tous le rendait nerveux. Des heures plus tard — après la fouille complète de quatre quartiers —, les trois régiments de la caserne principale rentrèrent bredouilles.

Encore un peu endormi, Yaé se vêtit de son nouvel uniforme, à la fois semblable et différent du précédent porté sur Frizen2. Le haut moulant orange foncé le serrait un peu, et une ceinture blanche tenait un pantalon résistant noir. À l'opposé de son ancienne cagoule destinée à protéger du froid, sa casquette sombre en toile légère laissait passer les rares courants d'air frais. Très satisfait de la température élevée sur cette planète, le jeune homme s'habilla avec entrain.

Entrain qui s'évapora en un instant quand Heldant le bouscula. Yaé tomba sur son lit, et l'homme lui lança en ricanant :

— Recouche-toi, gueule d'ange, c'est trop tôt pour toi !

Un large bandage entourait sa jambe droite. S'il souffrait, il se gardait bien de le montrer. Ode arriva vers Yaé et posa une main apaisante sur son poing contracté, prêt à frapper, qu'il desserra alors.

— Ne t'énerve pas, tu veux ? lui dit-elle avec gentillesse. Le jour, il est plus fort.

— Oui, oui, mais j'aimerais tellement le faire taire ! La leçon de l'œil ne l'a pas marqué longtemps, souffla-t-il en baissant d'un ton.

— Chut ! Garde ça pour toi, Yaé, chuchota-t-elle, soudain sérieuse.

— T'inquiète, je disais ça comme ça. Bon, allons manger avant qu'il n'y ait plus rien.

Le déjeuner, un plat étrange, se composait d'un poisson sans écailles d'un rouge criard dont les arêtes molles pouvaient être avalées.

— Pas mauvais, ce poisson, commenta Ode, mais on aurait pu nous prévenir qu'on ne mangerait que de la poiscaille dans l'armée !

— Ha ha, s'amusa Yaé, moi en tout cas, je préfère ça au riz gluant auquel j'avais droit tous les jours à Fortaleza… enfin, quand je pouvais en trouver ! S'il y a un truc que je hais, c'est ce foutu riz.

Les yeux marron d'Ode pétillaient comme si elle n'osait pas se livrer de peur d'être réprimandée.

— Allez, dit Yaé, ça se voit que tu meurs d'envie de dire un truc, alors vas-y ! Personne ne nous écoute, ajouta-t-il en voyant sa réticence demeurer.

— Bon d'accord, mais ne te fiche pas de moi, ok ?

— Mais oui, insista-t-il.

— OK. Quand j'étais petite, mon père m'emmenait à l'extrémité du bidonville. Je me le rappelle comme si c'était la semaine dernière… Par là-bas, on trouvait les premières maisons des dealers plutôt riches. Le truc de mon père, c'était de se présenter à l'hologramme et dire qu'il avait une livraison de feu dia' à apporter. Quand le vigile sortait et lui demandait de lui montrer la cam », il disait qu'il voulait être payé d'abord. C'est à ce moment-là que j'entrais en scène. J'arrivais en courant et en pleurant vers le vigile, et je hurlais : « Il a volé l'aphamine que je devais vendre, c'est dans son sac, votre boss va me tuer ! S'il vous plaît, aidez-moi ! » Le vigile se lançait à la poursuite de mon père, et j'entrais dans la propriété. Je me débrouillais pour cacher mon visage aux micro-caméras afin de pouvoir recommencer le coup dans des maisons proches. Mais bref, une fois que j'entrais dans la baraque, je partais à la recherche de nourriture en faisant bien attention à ne pas me faire prendre. Je piquais le maximum de céréales et de conserves. Et donc, si je te raconte ça, c'est parce que, un jour, j'ai été stupide. Pour ma défense, j'avais sept ans. J'ai trouvé du chocolat, tu imagines, du chocolat !

Yaé pouvait imaginer ce qu'il voulait, il n'en connaissait que le nom. Néanmoins, il hocha la tête pour ne pas la couper dans son élan.

— J'ai mangé les plaquettes une par une. Je ne sais pas comment, personne ne m'a vue ni entendue pendant presque une heure. Je me suis goinfrée au point d'être malade, jusqu'à vomir partout... Je te laisse deviner que, comme sortie discrète, on peut quand même mieux faire !

Le jeune homme éclata d'un grand rire qu'Ode reprit de plus belle.

— J'avais du chocolat partout, et le vigile me vit sortir en vomissant ; je ne te dis pas sa tête...

— Et ensuite ? s'enquit Yaé, réellement intéressé.

— ... La suite est beaucoup moins drôle en fait...

— Allez, vas-y, au point où tu en es, tu n'as pas pu faire pire !

Voyant son visage se décomposer, il pouffa :

— Sérieusement, tu as fait pire !?

— Non, mais le vigile m'a attrapée et emmenée vers le propriétaire de la maison.

L'expression de Yaé redevint neutre en moins d'une demi-seconde.

— Ce gars était le plus gros revendeur d'aphamine sur quinze kilomètres mais, ça, mon père se gardait bien de me le dire. Il m'a attachée pendant deux jours, sur le toit, entièrement nue... J'avais sept ans, merde ! C'était pour « montrer l'exemple », et mon père ne s'est pas pointé une seule fois. Lorsqu'ils m'ont relâchée, ils se sont assurés que je m'en souvienne toute ma vie.

Elle montra sa joue gauche, les yeux humides. Cette fine cicatrice venait donc de là. Elle partait de la base de son cou et montait jusqu'à la commissure de sa lèvre. Elle ne la défigurait pas, mais lui donnait un air un peu agressif, qui ne s'accordait pas avec son visage, encore légèrement enfantin.

— Ils m'ont balancée dans la boue à l'entrée du bidonville en me laissant là, sans rien ni personne. Évidemment, mon père n'est jamais venu, mais naïve et stupide, je pensais qu'il finirait par me chercher. J'ai attendu des heures, dit-elle en reniflant doucement. À force, je compris que je devrais retrouver mon chemin seule. Je mis un jour entier à rentrer, et quand j'arrivai, mon père était défoncé à la dia'. Sa première fois, peut-être parce qu'il ne trouvait pas le courage de venir me chercher... Il ne m'embrassa pas, rien. Trois jours sans manger, et tout ce qu'il trouva à dire, fut : « Tiens, t'es là toi ! Et t'as rien rapporté en plus... J'vais te consoler, ma p'tite. Viens voir, j'vais te faire une brûlure de rien du tout. » Il était raide. Il a pris une dose d'aphamine et m'a brûlée juste là.

Ode releva sa manche, révélant une marque de peau calcinée sur son épaule droite. Yaé recouvrit doucement la cicatrice de sa main.

— Oublie ce pauvre type, la consola-t-il, ton père appartient à ton passé. Aujourd'hui, tu vaux plus qu'il ne vaudra jamais, alors laisse ce minable derrière-toi. Il ne mérite pas sa place dans tes souvenirs.

Elle plissa les lèvres, voulant montrer ses dents dans un sourire. Yaé eut un rire narquois :

— Refais-moi cette tête, je te filme et te la montre ; tu rayonneras toute la journée !

— Dans tes rêves !

Un peu rassuré de pouvoir parler de faits moins tragiques, Yaé continua à se moquer d'elle puis finit son poisson en réfléchissant. Lui-même avait eu une vie étroitement liée au trafic d'aphamine, aussi appelée *feu dia'* ou simplement *dia'*. Contrairement aux autres drogues, l'aphamine ne se contentait pas de faire s'évader la personne de son esprit, de la faire planer. Non content d'oublier tous ses problèmes, le consommateur baignait dans une plénitude totale. Chaque parcelle de son corps atteignait son nirvana, et pour se retrouver dans cet état, les gens auraient déplacé des montagnes.

À en croire les vieux articles de journaux virtuels que Yaé trouva en traînant sur des serveurs abandonnés du réseau grâce à des logiciels pirates, l'aphamine apparut en l'an 137. Créé à partir d'une mutation du virus ayant quasiment anéanti les Friziens et de certaines molécules de fer de sodium combinées à de la poudre de tinotium, le feu dia' acquit des effets jusqu'alors inconnus. Le seul problème : lors d'une trop forte consommation de cette drogue, le coma frappait, souvent suivi d'une mort douloureuse. Yaé eut de la chance de s'en tirer avec seulement trois jours de celui-ci et de retrouver la santé après son overdose, des années plus tôt.

Le lieutenant Hart arriva dans la pièce avec une cigarette virtuelle pendue aux lèvres et s'adressa à ses hommes :

— 311ème régiment, nous voilà au chaud !

De faibles acclamations accueillirent ces paroles ; la plupart des militaires étaient encore trop fatigués par la nuit pour répondre à leur officier. Hart ignora les traits tirés des soldats :

— En dehors de cette bonne nouvelle, nous n'avons pas réussi à coincer la Grise ! Cette sorcière a dû échapper à la déportation et se glisser à notre insu dans le transporteur. Je me serais volontiers chargé de la retrouver, mais le général Baksh nous a prévu un autre plan. Dans un mois, nous escorterons une mission dans le tunnel, en direction de la lune d'Obside, Frizen. Cette opération a pour but de rapporter plus d'eau que d'habitude car tous les convois envoyés ces trois derniers mois ont échoué. Si nous ne voulons pas que les nôtres meurent de la soif, nous devons les aider ! C'est pourquoi une escorte protégera la cargaison d'eau. Selon nos renseignements, la résistance locale organiserait les attentats à la sortie du tunnel, malgré la haute surveillance appliquée. D'ici notre départ, votre tâche sera de récolter le plus d'informations possible sur ces attentats. Allez dans les bars, dans les lieux populaires, et concentrez-vous sur ces animaux d'Obsidiens ; je suis persuadé que tout est de leur faute.

L'excitation monta dans l'esprit de Yaé lorsque le lieutenant dit qu'ils se rendraient dans le tunnel. Rechercher des terroristes extraterrestres n'était qu'une contrainte minime en comparaison de ce qui l'attendait au bout. Visiter cet endroit de rêve, comme il l'imagina tant de fois, certains tueraient pour avoir cette chance.

≈

Adali ouvrit les yeux. La gorge en feu, comme si de la cendre coulait de sa bouche, une quinte de toux grasse la secoua. Elle ne savait absolument pas où elle se trouvait. Une faible lumière émanait d'une tenture. Des motifs projetés sur les murs donnaient une ambiance sinistre à la petite pièce. Allongée sur un lit, elle essaya de se rappeler comment elle avait atterri ici. Son dernier souvenir était la vision d'un bras arrivant agressivement sur elle.

Elle s'assit en se frottant la nuque, et le rideau s'écarta. Quelqu'un le tenait d'une main, le visage dans l'ombre. Elle vit tout de suite que cet alien se constituait étrangement. L'un de ses bras tenait le drap, trois autres posés sur ses hanches. Adali recula, effrayée.

— N'aie pas peur, Enfant Blanche, dit la créature d'une voix grave qui pénétra la Frizienne. L'Ombre ne lui infligera nulle douleur si l'Enfant Blanche demeure calme.

— Qui es-tu ? C'est toi qui m'as assommée ? Que vas-tu me faire ? demanda Adali avec précipitation, sans pouvoir se retenir de parler.

— Beaucoup de questions dans la bouche de l'Enfant Blanche. Le temps des réponses viendra. Pour l'heure, l'Ombre invite l'Enfant Blanche à le suivre.

— L'Ombre invite l'Enfant Blanche ?

— L'Ombre invite l'Enfant Blanche, répéta-t-il calmement en présentant l'une de ses quatre mains à Adali.

Aussi incrédule qu'intriguée, elle emboîta le pas à « l'Ombre ». Ils quittèrent la pièce pour arriver dans une autre, nettement plus grande. Une lumière révéla le corps de l'Ombre. Adali lâcha une exclamation surprise quand l'alien lui tourna le dos. Derrière son crâne chauve, un œil, la paupière légèrement plissée. Stupéfaite, elle en oublia de marcher, pantoise. L'extraterrestre se retourna, tout aussi anormal de face. Un œil, similaire à l'autre, était fiché au milieu de son visage, là où aurait dû se trouver son nez. Plus grand cependant que l'autre, il partait du front et finissait au-dessus de sa bouche. La créature ne possédait pas d'oreilles, mais bel et bien quatre bras : deux normalement placés et deux légèrement en dessous.

— L'Enfant Blanche paraît surprise et effrayée de voir l'Ombre. Pourquoi cela ? questionna-t-il, sa voix toujours aussi sourde.

— Je... Qu'es-tu exactement ?

— L'Ombre ne peut pas être exactement, il ne peut qu'être flou. Lorsque l'Enfant Blanche voit son ombre, elle n'en distingue pas les détails. L'Ombre est de même ; il n'est rien, mais lorsqu'il est, le sens prend sens pour qui sait l'entrevoir.

Adali, suspicieuse, ne comprenait strictement rien à ce qu'il racontait :

— Pourquoi m'appelles-tu l'Enfant Blanche ?

— L'Ombre l'appelle ainsi car c'est ce qu'elle est en réalité ; si l'Ombre ne se trompe pas, l'Enfant Blanche n'est pas une vraie Grise.

— Comment ça, je ne suis pas une vraie Frizienne !? s'énerva Adali, comme à chaque fois que le sujet tombait.

— L'Enfant Blanche se pose des questions auxquelles elle saurait répondre seule ; l'Ombre n'a pas besoin de le lui rappeler, l'Enfant Blanche n'est ni Grise, ni Humaine. Elle est un mélange, et c'est pour cela qu'elle est ici. Les Humains d'hier soir la prenaient pour une Frizienne, illogique car elle a la capacité de parler.

Adali avait même oublié qu'elle se trouvait dans le repaire de son sauveur de la veille. Une forte toux s'empara d'elle, et sa gorge recommença à la faire souffrir. Alors qu'elle peinait à respirer, l'Ombre se rapprocha d'un bond souple et lui tendit un flacon :

— Si l'Enfant Blanche boit ceci, le mal cessera.

Adali avala d'un trait le liquide jaunâtre de la fiole. Une chaleur se répandit en elle et chassa sa douleur en un clin d'œil. Elle se tourna vers l'Ombre :

— Merci... Pourquoi m'as-tu sauvée hier soir ?

— L'Ombre n'a pas sauvé l'Enfant Blanche, répondit l'humanoïde, énigmatique.

— Mais alors, qui a assommé ces soldats ?

— L'Enfant Blanche fait encore fausse route. L'Ombre observait les

Humains emmener l'Enfant Blanche et décida d'intervenir car ils sont aussi, pour beaucoup, ses ennemis. L'Ombre n'a pourtant pas assommé les hommes, il les a tués. Si l'Ombre attaque, il tue et n'assomme jamais, sauf s'il le décide auparavant. Il allait repartir pour laisser l'Enfant Blanche tracer son chemin lorsqu'il perçut son esprit à moitié frizien. Les hybrides sont une perle rare, spécialement ceux à la fois Humains et Gris. L'Ombre s'est donc présenté à l'Enfant Blanche. Il était logique que l'Enfant Blanche ait peur ; elle aurait fui, et l'Ombre n'aurait pas eu l'occasion de l'emmener dans son repaire. Pour éviter cela, l'Ombre l'endormit en lui injectant un gaz dans la gorge, afin de l'empêcher de crier et d'attirer d'autres Humains. Pour répondre aux trois premières questions de l'Enfant Blanche, l'Ombre n'est rien d'autre que l'Ombre, c'est l'Ombre qui l'a endormie, et l'Ombre l'a emmenée ici pour la rencontrer.

— Tu m'as sauvé la vie, amenée ici et rencontrée. Que va-t-il se passer à présent ? demanda Adali, de plus en plus intéressée par celui qui se nommait l'Ombre, abstraction faite qu'il continuait à la traiter d'« hybride Grise ».

— L'Ombre va à son tour poser trois questions à l'Enfant Blanche, puis lui proposer trois options, si elle l'accepte.

— Je t'écoute.

— Pourquoi est-elle sur cette planète, si loin de Frizen2 ?

Un poids se posa sur ses épaules à l'évocation de son monde. Elle répondit quand même :

— J'ai été forcée de partir, mon peuple a été déporté par les Humains. J'ai réussi à m'échapper, mais mon père et mon ami ont été assassinés... Ma mère a disparu pour toujours.

Sans savoir expliquer pourquoi, Adali se sentait en confiance avec ce cyclope à quatre bras. Peut-être parce qu'il s'éloignait encore plus qu'elle de la normalité. Il enchaîna avec la seconde :

— L'Ombre a appris une vérité au cours de son existence, et c'est assurément la leçon la plus importante pour tout être qui se prétend libre : l'adversité, lorsque le désespoir s'installe et que la sensation de choix paraît envolée, est une erreur.

— Si tu insinues que j'avais le choix de laisser ma famille mour...

— L'Ombre ne dit pas cela, la coupa-t-il. Il insinue que si l'Enfant Blanche est ici, ce n'est peut-être pas seulement parce qu'on l'y a obligée. C'est un monceau d'événements sans lien apparent qui a provoqué cette situation, et en aucun cas une question de non choix. L'Enfant Blanche a peut-être été forcée de se cacher, de fuir, mais si elle l'avait voulu, elle aurait pu aller ailleurs.

— « Ce n'est pas vrai », protesta Adali avec colère, « ces sales Humains m'ont forcée à quitter ma planète, et je les ai combattus auprès des miens ! »

Ses pensées frappèrent l'Ombre, ne lui arrachant qu'un sourire exaspérant.

— L'Ombre ne voulait pas offenser l'Enfant Blanche, déclara l'alien. Il souhaitait seulement en apprendre davantage sur ces rumeurs qui racontent que les Gris se seraient rebellés.

— Arrête de nous appeler les Gris ! Nous ne sommes pas des animaux !

— L'Enfant Blanche vient à l'essentiel ; elle n'est pas un animal, pas une Humaine, et elle n'est pas non plus une Frizienne. Si elle se soucie de la façon dont elle est nommée, de ce que l'on pense d'elle, l'Enfant Blanche n'aura qu'une courte vie, car répondre à la provocation sans réfléchir est une façon de mourir prématurément. L'Ombre peut-il à présent poser sa deuxième question ?

— Mmmh, grogna Adali, boudeuse qu'on la rabroue de la sorte.

L'Ombre l'invita à s'asseoir sur un tabouret mais elle refusa. Il se dirigea vers un petit meuble et prit le temps d'allumer une bougie d'encens qui répandit une odeur légèrement épicée dans la pièce. Puis il enchaîna :

— La question de l'Ombre est : comment l'Enfant Blanche peut-elle ainsi faire souffrir les gens qu'elle touche ? L'Ombre l'a observée hier.

— En fait, je pense que c'est... Pour tout avouer, je n'en sais rien ! Ma mère m'a répété que je pouvais le faire depuis mon enfance mais ça n'explique rien...

— Ce n'est pas grave ; un jour, l'Enfant Blanche se découvrira elle-même. L'ultime question de l'Ombre est simplement : voudrait-elle apprendre à connaître l'Univers et à combattre ceux qui privent l'espace connu de sa liberté ?

— Si cela me permet de tuer plus d'Humains, oui, affirma-t-elle avec une conviction vengeresse. Je veux faire payer ceux qui ont réduit les miens en esclavage pendant des siècles !

— L'Enfant Blanche ne peut pas baser ses pensées sur le seul souhait de tuer des Humains, articula l'alien avec lenteur, elle est sur la mauvaise route. Qu'ils soient Humains, Friziens, Obsidiens, Atlantes, Mugg, Aquéens, Gobs, Roséans, Vams, Mugiens, Atalatéens, Hadlom ou autres, des êtres vivants restent des êtres vivants. Une espèce ne définit pas les individus, et l'Enfant Blanche en est la preuve vivante : elle est autant Frizienne qu'Humaine. Ce que l'Ombre lui propose n'est pas de parfaire son art de mort seulement sur les Humains, mais d'apprendre à tuer et à se battre pour un idéal.

— J'ai déjà tué, rétorqua Adali.

— Non, l'Ombre doute que l'Enfant Blanche ait tué au cours de sa vie. Elle a peut-être ôté des vies ; cela n'a rien à voir. Tuer, ce n'est pas simplement transpercer grossièrement d'une balle un être vivant ; c'est savoir pourquoi le tuer, comment le faire de la meilleure manière. Chaque chose en cet Univers est un art ; la mort est sûrement le plus beau d'entre eux, le plus complexe, car c'est grâce à lui que les chaînes peuvent être brisées et que le chaos peut être remplacé par l'harmonie.

— Je ne vois pas où tu veux en venir... Tu veux « m'apprendre à tuer », c'est bien ça ?

L'Ombre ignora le ton sceptique adopté par Adali :

— Chaque chose a son temps pour être dit, et l'Enfant Blanche a permis à l'Ombre de lui poser trois questions, puis de lui présenter trois voies. Ce n'est pas encore à l'Enfant Blanche d'interroger l'Ombre. L'Ombre va soumettre ses trois propositions et, bien entendu, l'Enfant Blanche pourra choisir de ne pas les accepter. Dans ce cas, elle partira, et plus jamais son chemin ne se mêlera à celui de l'Ombre.

— Très bien, acquiesça Adali en bougeant sa main pour l'inciter à poursuivre.

— Si l'Enfant Blanche accepte, l'Ombre la prendra sous sa protection et partagera ses missions avec elle lorsqu'elle sera prête à pratiquer l'art de la mort. Ce ne sera pas seulement un apprentissage ; plutôt un entraînement pour la liberté. Voilà la première proposition. La deuxième est logiquement en rapport. Si elle suivait l'enseignement de l'Ombre, l'Enfant Blanche lui obéirait jusqu'à son terme. Cela étant, elle pourrait cependant l'arrêter à tout moment, bien que ce soit sans retour en arrière. L'Ombre accepte d'enseigner à l'Enfant Blanche, mais si elle lui tourne le dos, ce sera pour toujours. La dernière proposition est simple : elle consiste à lui montrer la sortie si elle veut s'en aller.

Adali prit un moment pour réfléchir. L'Ombre lui offrait une ouverture très tentante : une arme pour affronter ses multiples ennemis. Née d'une Frizienne, elle ne saurait espérer passer le restant de ses jours sans s'attirer d'ennuis. Elle devait apprendre à se protéger et, quoi qu'en pense l'Ombre, l'idée de tuer des Humains ne lui déplaisait pas. Cependant, cela signifiait obéir aux ordres de cet alien... plutôt singulier.

— J'ai seulement une question : pourquoi me choisir moi au lieu d'un autre ? Tu ne me connais pas...

— L'Enfant Blanche pose là une bonne question. Si l'Ombre veut lui apprendre son art, c'est parce que, au fond d'elle, la semi-Grise a le potentiel d'aspirer à sa liberté, même si elle l'ignore elle-même. Elle possède aussi un pouvoir qui s'avérerait très dangereux sans une maîtrise adéquate. L'Ombre a vu son courage, elle ne s'est pas laissée capturer facilement par les Humains ; c'est essentiel. Si elle a la détermination suffisante pour travailler dur et se former, l'Enfant Blanche pourra peut-être devenir une grande artiste. L'Ombre lui demande encore une fois, quelle est sa réponse ?

— J'accepte.

9

L'Ombre

— Fais exactement ce que l'Ombre te dit, et tu t'en sortiras très bien.

Adali hocha la tête, pourtant loin de l'aisance qu'elle feignait. L'idée de se montrer à visage découvert à des soldats humains ne lui plaisait pas le moins du monde. Mais elle voulait prouver à l'Ombre sa détermination à apprendre son « art ».

— Et une fois devant eux ? s'inquiéta-t-elle.

— Qu'aimerais-tu dire à ces soldats si tu étais sûre de ne pas subir de représailles ?

— Vraiment ? Qu'ils sont des monstres, que...

— Bien, l'interrompit l'Ombre, va le leur dire.

— Vous êtes sûr qu'ils vont bien le prendre ? rétorqua-t-elle avec ironie. Et si des gens me voient ?

— L'Ombre n'est jamais sûr de rien, mais il peut parfois tordre la réalité en fonction de sa volonté. Personne ne te verra. Si quelqu'un approche, l'Ombre fera le nécessaire. Allez, va.

Le ton impératif fit avancer Adali, et elle se retrouva en dehors de la zone obscure qui la dissimulait jusqu'alors. À une trentaine de mètres, deux soldats discutaient à grands éclats de voix. La Frizienne prit son courage à deux mains et marcha vers eux, sa capuche rabattue sur la tête. Elle portait toujours l'uniforme noir de l'Armée Terrienne, et ils ne lui accordèrent pas d'attention.

— Excusez-moi, les coupa Adali. J'aimerais vous dire un mot.

— Qu'est-ce que tu veux, toi ? Qui es-tu ? lança l'homme de gauche.

Adali déglutit. Le seul moyen de savoir si l'Ombre disait vrai était d'essayer.

— Ce que j'ai envie de vous dire est simple, déclara-t-elle en oubliant son appréhension. Vous êtes les pires raclures que l'espace ait connues. Votre espèce est ridicule en tous points : votre peau est trop claire, vos cheveux hideux, votre bouche ne crache que du venin, et vos mains bougent uniquement pour tuer des innocents.

Abasourdis, les soldats ne réagirent pas. Adali frappa trois fois dans ses mains, oubliant que seuls les Friziens comprenaient cette insulte :

— Les Humains mourront seuls dans le froid ! Un jour, j'aurai ma revanche, et je ferai payer à votre peuple les horreurs endurées par le mien... Vous disparaîtrez, et l'espace s'en portera mieux.

Le soldat réagit enfin et entrouvrit la bouche :

— Répète ce que tu viens de dire ?

« Vous ne savez qu'insulter ceux qui vous sont en réalité supérieurs ! »

Adali rit elle-même de la pensée envoyée involontairement au soldat.

— Comment oses...

— Ferme-là, Siyl, elle n'a pas bougé les lèvres, murmura son coéquipier. Baisse ta capuche !

Il leva le canon de son fusil pour qu'elle obéisse. Adali se redressa, elle était allée trop loin pour fuir. Elle retira son capuchon, ses cheveux volèrent dans une rafale de vent chargée en sable, et elle le transperça du regard.

— C'est une Grise !

— Faut éliminer cette sale alien, cria l'autre militaire en sortant à son tour son arme.

Il lança son poing pour frapper la Frizienne. Elle plaça par réflexe son bras devant son visage pour se protéger, mais le coup ne l'atteignit pas. L'homme tomba mollement au sol. Son collègue ouvrit la bouche pour hurler...

Il mourut avant d'émettre le moindre son.

Adali chercha autour d'elle d'où l'Ombre avait tué les deux Humains, en vain. L'étoile d'Obside disparaissait, happée par les grandes tours de la ville, et des ombres s'allongeaient partout. À ses pieds, les deux corps sans vie gisaient avec chacun une fléchette plantée dans le cou. Une main se posa sur son épaule, et son coude partit en arrière. L'Ombre esquiva sans peine et sourit en la fixant de son œil principal :

— L'Ombre pensait bien ; tu as le courage, mais aussi la stupidité.

— Pardon ? releva Adali, piquée au vif.

— Si tu ne veux pas entendre la vérité, n'écoute pas l'Ombre. Il ne dit que ce qui est ; rien d'autre.

— Hmmm...

Il s'agenouilla près du premier cadavre et saisit un poignard à sa ceinture. Il souleva la tête du mort pour tailler une petite lune dans son cou, sous un tatouage. Peu de sang dégoulina de la blessure.

— Pourquoi faites-vous ça ?

— L'Ombre se doit de signer ses œuvres, sinon il ne serait pas craint. Voilà ta première leçon : la crainte est l'une des plus puissantes armes ;

presque autant que la mort.

— Je croyais que vous deviez être discret ?

Il grava le même signe sur l'autre Humain :

— L'Ombre tue discrètement et ne signe pas toujours, selon la situation. Mais ça ne l'empêche pas de faire savoir régulièrement qu'il est le responsable pour être craint de tous.

— Pourquoi me parlez-vous autrement depuis que j'ai accepté que vous m'appreniez votre art ?

— L'Ombre nommait l'Enfant Blanche ainsi car c'est ce qu'elle était avant de commencer à apprendre. Quelqu'un qui n'apprend pas ne quitte pas l'enfance. En revanche, quelqu'un qui apprend s'élève et grandit en lui ainsi que pour les autres. L'Ombre se permettait de t'appeler ainsi dans une intention de t'élever dans le savoir. Tout comme tu as compris qu'une apprentie doit vouvoyer son maître, ton acceptation a signé un changement dans ta vie.

Adali fut satisfaite par la réponse de son nouveau maître. De retour dans sa planque, l'Ombre lui expliqua qu'elle se trouvait dans la zone secondaire de la ville. La veille, son maître l'avait exhortée à se reposer, sans répondre à ses questions.

Elle avala une gorgée de son petit-déjeuner et reprit son questionnaire :

— Voici ce que je ne comprends pas : si vous ne tuez jamais sans raison, pourquoi avoir assassiné ces deux soldats hier, sans motif autre que me montrer votre capacité à les abattre si facilement ?

— Il est vrai que l'Ombre tue aisément, mais ce n'est pas pour cela que ces deux Humains sont morts. Ils appartenaient au Kron, une raison suffisante pour exiger une mort immédiate.

— Le Kron ?

— Le Kron est un regroupement d'Humains considérant les extraterrestres comme des abominations. Par cela, ils justifient la torture et bien pire.

— Comment connaissiez-vous leur appartenance à ce Kron ? s'enquit Adali, une fois de plus répugnée par les Humains.

— Pour qui sait observer, l'évidence devient évidente, asséna-t-il, énigmatique.

— ... Certes...

— Sur leur cou, les partisans du Kron portent un tatouage. Un carré rouge au centre d'un cercle blanc rayé de noir. De jeunes militaires formatés adhèrent assez fréquemment au Kron. L'Ombre remarqua leurs tatouages la veille de ton arrivée, et il prévoyait de les tuer. Tous les membres du Kron méritent la mort car ils infligent des atrocités aux autres.

— Vous voyez, les Humains sont bien des monstres, cracha Adali entre deux bouchées de céréales.

— Non, ce n'est pas vrai. Oui, beaucoup d'Humains sont mauvais. Pourtant, leur monstruosité n'est pas la cause de leur origine, mais de leur culture et éducation. Si tu grandissais au milieu de paroles telles que « les espèces non humaines sont inférieures » ou encore « les Gris ont des pouvoirs maléfiques », tu aurais une autre vision. D'ailleurs, ta haine envers les Humains est aussi stupide que la leur envers toi.

— C'est faux ! Ils ont exploité les miens les premiers, ils ont déporté ma mère, tué mon père et mon seul ami, s'emporta Adali.

— « Eux » ? *Les* Humains, ou *des* Humains ?

— Comment ça... ?

L'Ombre ramassa son écuelle vide et la plaça sur un comptoir. Adali avait déjà remarqué qu'il aimait laisser en suspens ses réponses, pour la faire cogiter intérieurement. Il prit le temps de se rasseoir et de réajuster ses habits avant de daigner rétorquer, la voix toujours neutre :

— Beaucoup d'Humains t'ont fait du mal, l'Ombre ne le niera point. Mais pas tous les Humains. Tu rencontreras des Humains qui se ficheront éperdument de ton origine extraterrestre. Tu as en plus la chance de leur ressembler physiquement. L'Ombre ne te le cachera pourtant pas, quels que soient les endroits où tu iras dans ta vie, tu y découvriras des gens avec l'intention de te nuire, encore davantage car tu es hybride. Mais la solution est-elle de s'abaisser à leur niveau et d'en vouloir à des dizaines de milliards des leurs ?

— Je...

Adali ne savait que répondre à ce qu'avançait son maître ; il n'y avait d'ailleurs rien à répondre.

— Si tu en veux aux Humains, reprit l'Ombre, ils ne te détesteront que mieux. En revanche, si tu essayais de ne pas généraliser, tu découvrirais qu'ils ne sont pas tous mauvais. Nombre te soutiendraient si tu leur en donnais l'occasion. Et n'oublie pas : ton père était Humain.

— Ne pas faire de généralités ? Vous venez de me dire que « tous les membres du Kron méritent la mort », lança Adali, en manque d'arguments.

L'Ombre ricana doucement :

— Tu n'as pas bien compris les propos de l'Ombre, il s'en excuse. Tous les Humains sont différents, ainsi que chaque être pensant de cet Univers — et probablement des autres, mais ceci est hors sujet. Les membres du Kron ne méritent pas d'être classés dans cette catégorie. Leur tatouage se fait en deux phases : premièrement, tatouage du cercle blanc et noir, lors de l'adhésion au Kron. L'Ombre ne tuera pas quelqu'un avec cette marque. Deuxièmement, le carré rouge ; il signifie que l'Humain a torturé à mort au moins un extraterrestre. L'Ombre considère que celui qui accomplit cette atrocité — sans autre but avéré que le sadisme — mérite la mort. Il ne torturera jamais un membre du Kron car cette méthode cruelle le répugne, mais il tuera tous les porteurs du tatouage complet s'il en a l'occasion.

— ... Selon vous, chaque être est unique, et tous méritent une chance ; on croirait entendre un Uniste. Si vous êtes Uniste, pourquoi tuez-vous des gens ? Le meurtre est prohibé dans cette... religion.

L'Ombre la regarda avec un air mystérieux qu'Adali ne parvint pas à percer :

— Il a de multiples facettes, mais l'Ombre n'est certainement pas croyant. À présent, l'Ombre va t'apprendre comment te battre, sans arme.

— Sans arme ? s'étonna Adali avec surprise.

— Oui, car tu ne saurais te servir d'une arme avec efficacité sans manier à la perfection toutes les parties de ton corps.

Adali suivit son maître vers une tapisserie accrochée à un mur. La porte cachée déboucha sur un escalier enfoncé dans le sol. Les marches serrées ne mesuraient guère plus que deux pieds. Trois paliers plus bas, ils arrivèrent dans une salle mal éclairée. L'Ombre tapota un écran inséré dans le mur à sa droite, et la pièce s'illumina d'une lumière claire tombant du plafond.

D'environ vingt mètres de longueur et de largeur, la cave débordait d'objets : des phénoménales armes accrochées sur les murs au plus petit poignard en passant par un fusil d'assaut humain. Au milieu, des mannequins abîmés reposaient sur des ordinateurs encastrés. Le plafond éclairé en entier transformait les ombres en minuscules formes et donnait au lieu une allure inhabituelle.

— Tu travailleras pendant la journée, dit l'Ombre. Quand tu seras prête, tu sortiras la nuit pour apprendre à combattre le monde réel.

— Très bien, acquiesça Adali, pressée de se former au combat.

≈

Adali frappa du poing, sa cible bougea trop rapidement, et elle tomba la tête la première vers le sol. Elle se releva péniblement en se frottant le crâne, puis déchargea sur son maître sa frustration :

— Ce n'est pas juste, vous allez trop vite ! En plus, vous avez quatre bras pour m'attaquer !

L'œil de l'alien se plissa :

— Dénoncer une injustice et t'en plaindre t'aidera-t-il à avancer ? Évidemment, ce combat est en ta défaveur, car l'Ombre sait se battre, et ce mieux que beaucoup. Pourtant, si tu ne tentes pas de le vaincre, tu n'y parviendras jamais. Au cours de ta vie, tu combattras des créatures bien plus dangereuses que l'Ombre, et elles ne rendront pas le combat plus équitable pour te ménager et te satisfaire.

— Oui… Mais ça fait un mois que je m'entraîne, et je ne vois aucune différence…

— Le temps te semble long, c'est normal. Tu ne battras pas l'Ombre en combat au corps à corps avant longtemps. Il s'entraîne depuis des décennies. Cela dit, penses-tu être prête pour sortir cette nuit ?

Adali rêvait de quitter cette cave, et son cœur s'emballa :

— Oui ! Je suis prête, vous verrez !

— Bien, répond son maître, toujours aussi calme. Ce soir, l'Ombre et toi rendrez visite à des Obsidiens.

— Leur rendre visite ? Vous voulez les tuer ?

— Non, l'Ombre ne tuera pas ce soir, sauf s'il est menacé, évidemment. Il doit seulement leur parler, car les choses bougent.

— … C'est-à-dire ?

— Une émeute a éclaté en ville. La première à Ythkar depuis fort longtemps. Les Obsidiens n'ont pas pour habitude de se révolter contre leurs dieux… et les Humains sont leurs dieux.

— Pardon ? s'étonna Adali, estomaquée.

— En l'an 180 avant la libération des planètes, les Terriens posèrent pour la première fois le pied sur Obside. Les autochtones, à l'époque, se battaient encore avec des armes primitives et ne connaissaient rien de l'espace. Ils les prirent pour des envoyés du ciel. Les Humains en profitèrent et s'emparèrent de la planète rapidement sans rencontrer de résistance. Depuis près de sept cents années terriennes, ils font croire aux Obsidiens qu'ils sont une espèce supérieure.

— Personne ne leur a jamais dit la vérité ? Je veux dire… Ils ont bien dû s'en rendre compte…

— Tu fais partie de l'un des rares peuples chez lequel l'argent n'existe pas, mais il est possible que ton père t'en ait appris le fonctionnement, est-ce exact ?

Avec un pincement au cœur, la jeune femme confirma :

— Oui… Je m'en suis même servi dans un bar, le jour de mon arrivée.

— L'Ombre peut donc reprendre. Bien sûr, un grand nombre d'Obsidiens désavouèrent leurs « dieux », particulièrement après qu'ils visitèrent eux-mêmes d'autres planètes. C'est pour cela que de puissants Terriens payèrent des extraterrestres, les soutinrent politiquement et les placèrent à la tête de la planète. En échange, les dirigeants obsidiens n'eurent qu'une tâche : continuer à adorer les Humains et s'arranger pour que la population fasse de même. Le gouvernement obsidé fut créé. Auparavant, des centaines de petits pays indépendants se partageaient la surface d'Obside. Les Obsidiens n'avaient presque aucune connaissance scientifique ; ils ne savaient pas que leur planète était sphérique, ni que les voyages spatiaux existaient, et l'Ombre en passe. Les nouveaux politiciens construisirent des temples et indiquèrent au peuple non instruit qui vénérer.

— Les Humains se font passer pour des dieux...

— Certains Humains. Évite les généralisations sans connaître ceux que tu critiques. Seuls les puissants de Terre imposèrent cette doctrine ; les pauvres Terriens mourant de faim sur leurs continents ravagés y sont pour peu.

— Je ne comprends pas, dit Adali, comment, après toutes les misères que *certains* Humains leur ont infligées, les Obsidiens peuvent-ils encore les adorer... ?

Elle accentua ce mot, et son maître sourit de manière fugace.

— Du fait de ta moitié Grise, il est normal que tu aies du mal à saisir cette notion de divinité.

— En quoi être Frizienne — elle força le ton pour montrer son mécontentement dû au terme « Grise » — a-t-il un lien avec ça !?

Son maître la fixa de son œil frontal, apparemment amusé :

— Avant de rencontrer les Humains, les Friziens — il eut une moue moqueuse — possédaient une culture totalement différente. Même si, comme la plupart des races extraterrestres qui croisèrent leur chemin, ils furent fortement influencés par les Terriens, les Friziens n'eurent jamais de dieux ; ils n'ont que leur Point.

— Vous connaissez le Point ? s'exclama Adali. Personne en dehors des Friziens ne doit connaître le Point, sanctuaire sacré et inviolable.

— L'Ombre n'y est jamais allé. Mais vous parliez des dieux. Les Friziens comprirent l'idée de divinité en se confrontant aux Humains, mais à aucun moment ils ne devinrent croyants. Contrairement aux Gris, les Obsidiens vénérèrent différentes divinités durant les millénaires précédant la venue des Terriens. Il est donc logique qu'ils aient adoré des êtres venus du ciel. Ceux-ci leur apportèrent leur façon de vivre, et les Obsidiens découvrirent les inégalités du monde humain...

— Justement, l'interrompit Adali, pourquoi ne pas se rebeller ?

— La peur les figea jusqu'à aujourd'hui. Il y a des centaines d'années, de grandes révoltes s'amorcèrent. Terre les réduisit à néant.

— Au point de tenir une planète entière soumise pendant sept cents ans ? insista-t-elle.

— Oui, le Gouvernement Colonial Terrien, ou son prédécesseur le Grand Empire, a toujours eu un don pour soumettre les peuples. Les exemples sont multiples : le génocide presque total des Vams sur Héli, les bombardements chimiques sur Atalata, l'assaut d'AquaPrim... ou encore le virus sur Frizen2, dont tu dois probablement connaître l'histoire.

Elle hocha tristement la tête :

— Ce sont des monstres ! Une partie d'entre eux, rectifia-t-elle car son maître s'apprêtait à la reprendre.

— À la place des Humains, peu de races connues auraient fait mieux... hormis les Friziens d'autrefois, profondément pacifiques, ou bien les Atlantes...

Adali l'ignora, avide d'en apprendre plus sur l'histoire d'Obside :

— Il y a eu des génocides, des bombardements, des attaques, des virus... Qu'est-ce que les Humains ont fait aux Obsidiens pour qu'ils continuent à les vénérer par peur d'être punis ?

— Obside n'était que la deuxième planète que le Grand Empire annexait. Il voulait paraître terrifiant et invincible. Autrefois, la puissance des Terriens reposait sur leur don à manier à la perfection les bactéries... Aujourd'hui, ils transforment le tinotium en arme de destruction qui ferait passer une bombe nucléaire pour un simple pistolet enrayé. D'immenses manifestations d'Obsidiens qui ne croyaient plus en ces « faux dieux » eurent lieu. Le gouvernement obsidé, soutenu par les Humains, mit à mort une très grande partie de ces « hérétiques ».

— Ils les attaquèrent avec un virus, comme sur mes ancêtres ?

— En effet, mais différemment. Shalad II dirigeait l'Empire en ce temps-là. Il ne possédait pas la technologie pour supprimer seulement une partie des Obsidiens. Il ne voulait pas détruire l'espèce entière car, sans esclaves ou main d'œuvre à exploiter, le système ne pourrait tenir. Les Terriens ne lancèrent pas un virus directement dans la population ; ils attendirent que le plus grand rassemblement d'Obsidiens rebelles jamais vu ait lieu. Au même endroit, huit cents millions d'entre eux se réunirent, et l'Empire frappa. Des vaisseaux survolèrent la foule et l'aspergèrent d'une bactérie toxique avec la particularité de mourir en même temps que son hôte, pour empêcher une transmission à grande échelle. La plupart des manifestants trépassèrent, et plus jamais une révolte obsidienne de si grande ampleur n'éclata... de peur de recevoir un autre « châtiment divin ». Les seuls qui osent désobéir au GCT se cachent aujourd'hui dans des villes souterraines, dans des abris perdus dans les déserts de la planète ou dans des zones irradiées. Certains défient encore le gouvernement, mais ils ne sont pas majoritairement Obsidiens. Il y a bien les rebelles d'Athrkar... il ne vaut mieux pas les prendre en exemple.

— C'est horrible... murmura Adali.

— L'Univers est ainsi. Quoi qu'il en soit, il semblerait que les Obsidiens se décident enfin à réagir. Ils meurent de soif depuis trop longtemps. La nourriture ne leur est pas indispensable à court terme, mais s'ils ne boivent pas au moins une fois par semaine, ils se dessèchent et meurent très vite.

Sans l'installation massive des Humains sur la planète, l'eau suffirait pour tous. Mais elle manque. Voilà la raison de la construction du tunnel. Malheureusement, l'eau de Frizen n'est jamais distribuée aux Obsidiens, et le lac sous le tunnel, réserve d'eau et de nourriture, est étroitement surveillé.

Pour assimiler ces informations, Adali croqua dans un cube de nourriture synthétique :

— Vous pensez qu'ils ont décidé de se rebeller ?

— L'Ombre n'a aucune certitude, mais une manifestation précédée et suivie d'attaques dans le tunnel est de bon augure. Il est temps.

Il attrapa un poignard sur le mur et le donna à Adali :

— Tu ne sais pas encore t'en servir, mais il pourrait te sauver la vie.

— Nous ne prenons pas d'armes à feu ? s'étonna-t-elle.

— Tu comprendras que l'art de tuer dignement ne peut être accompli que s'il y a un contact avec la victime. Ôter la vie avec un vulgaire pistolet est à la portée de tous ; pas avec une lame. L'harmonie est importante, et ce n'est que lorsque tu enlèves la vie à ta victime en la touchant que tu peux aspirer à l'atteindre, à terme.

Adali saisit l'arme. Rangée dans un fourreau de métal, elle mesurait deux mains de long. Elle la sortit et l'observa avec attention. Une lame effilée, avec en son centre une rainure pour laisser le sang s'écouler sans qu'il coagule. D'un noir profond, un sobre poignard sculpté pour l'action, non pour la décoration.

— Dorénavant, il ne te quittera plus quand tu sortiras, déclara l'Ombre. Le monde te veut plus de mal que tu ne lui en veux toi-même, et les dangers qui t'attendent ne seront pas forcément ceux que tu imagines.

La jeune femme le replaça à sa ceinture. Ils remontèrent à l'étage supérieur, puis à la surface. Sous terre depuis des semaines, Adali sourit à pleines dents en sentant une légère brise la caresser. La nuit était fraîche, fait rare sur Obside.

Ses habits, donnés par son maître pour se fondre discrètement dans la masse, lui seyaient plutôt bien. Son pantalon ample en toile marron laissait une grande liberté de mouvements. Le haut, en matière synthétique noire, qui moulait et serrait sa poitrine, la dérangeait un peu. L'Ombre affirmait qu'elle se déplacerait ainsi plus aisément qu'avec un pull détendu. Par-dessus, elle portait une veste de la même matière avec une large capuche. Elle adorait ses chaussures en toile. Elle avait eu froid aux pieds toute sa vie. Le climat d'Obside, bien que beaucoup plus chaud que celui de Frizen2, ne l'empêchait pas de penser que seules ses chaussures étaient à l'origine du bien-être de ses pieds.

— Suis l'Ombre et ne traîne pas, intima son maître pour la sortir de sa béatitude.

Il partit à vive allure. Adali lui emboîta le pas et mit soigneusement sa capuche et ses gants pour cacher ses ongles blancs. Elle se devait d'être prudente au cas où ils rencontreraient des soldats. Elle eut une très mauvaise impression d'Ythkar de nuit. Elle ne trouva qu'un mot pour la décrire : glauque. Les rares personnes dans les rues rasaient les murs. Des ivrognes vomissaient par terre, et des drogués se battaient dans des ruelles adjacentes. De la zone secondaire, ils se dirigeaient vers la tertiaire. Des lumières volaient à trois mètres du sol et l'éclairaient faiblement, étirant les ombres. Nul ne leur accorda de l'attention. Adali s'étonna de croiser des gens dehors aussi tard ; il n'y avait pas de couvre-feu en vigueur dans cette cité. Dès qu'ils pénétrèrent dans la zone tertiaire, le changement fut flagrant. Les maisons au style inspiré de l'architecture terrienne laissèrent place à un vaste bidonville où quelques habitations miteuses perçaient au milieu des cabanes en tôles. Des clochards obsidiens dormaient à même le sol, et l'air empestait l'urine. Les habitants se cachaient lorsqu'ils voyaient qu'ils n'étaient pas de leur espèce. Ici, nul ivrogne ou drogué ; seule la peur régnait. Tout cela n'avait pas frappé Adali en arrivant dans la ville, sûrement à cause du choc de se retrouver aussi brutalement sur un autre monde.

Ils marchèrent au milieu des poubelles crasseuses et s'arrêtèrent devant une ruine se distinguant des autres par sa façade noircie par un incendie. À l'entrée, trois Obsidiens formaient un triangle autour d'un bidon enflammé. Il dégageait une odeur fétide. Le maître de la Frizienne s'avança vers eux. Ils bondirent pour barrer le passage, armés de vieux pistolets à barillets.

L'Ombre montra ses quatre mains vides et s'adressa à eux dans une langue étrange. Ils se détendirent, mais demandèrent à voir leurs visages. L'Ombre s'approcha du feu et enleva sa capuche, dévoilant un œil aux Obsidiens pendant que l'autre fixait Adali sans ciller. Les trois petits êtres poilus eurent aussitôt un mouvement de recul précipité et leur firent signe de passer. Adali remarqua que l'un d'entre eux la dévisageait de ses trois globes suspicieux. Elle l'ignora et prit sur elle pour ne pas trembler devant ces créatures.

L'intérieur de la maison était en aussi mauvais état que l'extérieur. Des poutres de bois et de grosses pierres tombées des murs parsemaient le plancher calciné. On voyait même le bidonville à travers des trous béants dans les parois. Une antique ampoule vacillante au plafond projetait de faibles rayons de lumière dans la pièce. Adali ne vit pas tout de suite la silhouette dissimulée dans la pénombre. Son maître prononça une phrase, toujours dans la même langue, et avança à grandes enjambées vers l'alien caché.

L'inconnu se dévoila : un Obsidien. Il arrivait à peine au niveau des bras inférieurs de l'Ombre, particulièrement petit, même pour quelqu'un de son espèce. Ils échangèrent des phrases en chuchotant puis le maître d'Adali fit signe à son apprentie de les rejoindre.

— Si tu l'acceptes, l'Ombre s'adressera à toi dans la langue commune, *Günaar de la ruine noire*, dit-il solennellement.

— Très bien, *Ombre qui marche dans la nuit*, nous parlerons ainsi afin que ton élève nous comprenne. Nous avons beaucoup à nous dire, Ombre ; il vaut mieux s'installer confortablement.

Ils prirent place tous les trois, Adali et son maître sur un canapé déchiré de part et d'autre, et l'Obsidien sur un fauteuil à moitié brûlé.

— Je vous proposerais bien un sdorna, mais nous n'en possédons plus depuis des centaines d'années, navré, s'excusa cyniquement Günaar.

Il eut un rire triste, et ses trois yeux se fermèrent l'espace d'un instant.

— Trêve de plaisanteries ; pourquoi es-tu venu me voir, Ombre ?

— L'Ombre a entendu des murmures, ils parlaient des révoltes. L'une dans cette zone de la ville, et d'autres à l'intérieur du symbole même de la puissance de Terre : le tunnel de Frizen.

— Tes murmures ont dit vrai, les miens se sont enfin réveillés. L'émeute a été provoquée par un soldat qui a assassiné un enfant.

— Et pour les autres ? demanda Adali, en oubliant qu'elle ne connaissait pas l'Obsidien.

Un sourire cruel se ficha sur son visage :

— Nous envisagions notre dernière attaque depuis des semaines déjà ; elle a encore mieux réussi que prévu, et que les précédentes. Nous avons pris en embuscade le groupe de Dhormunds qui devait rapporter le convoi d'eau de Frizen.

≈

— Soldats, garde à vous !

Yaé imita les cinquante hommes de son régiment. Il rapprocha les talons, mit la tête droite, plia le bras sur sa poitrine, le poing sous son cou et le coude vertical.

— Embarquez dans les bateaux, et plus vite que ça ! gueula l'officier.

Les militaires montèrent à la hâte dans les barques de dix places. Le tunnel se dressait dans toute sa grandeur, dans toute sa splendeur. Comme s'il ne pesait rien, l'arc argenté semblait flotter au centre d'un lac aussi grand qu'une mer. Le pont scintillant s'ancrait sur un large socle circulaire prolongé en une jetée. Celle-ci s'arrêtait à la moitié de l'étendue d'eau et formait un ponton d'amarrage. L'édifice de métal, infini, plongeait jusqu'à perte de vue vers l'espace. Yaé se tordit le cou pour en apercevoir le bout, mais celui-ci était à des milliers de kilomètres de là. En raison de la forte sécurité déployée autour du lac, les vaisseaux aériens n'étaient pas autorisés dans cette zone, aussi devaient-ils se rendre au tunnel en bateau. Au milieu des flots du lac, à des kilomètres du bord, des gerbes d'eau soulevées par le vent secouaient le navire. À cent pas de là, le tunnel transperçait les vagues.

— Allez, bougez-vous, on n'a pas toute la nuit, les pressa le lieutenant Hart.

L'officier, les deux mains posées sous sa ceinture orange, une cigarette virtuelle dans la bouche, affichait une mine qui montrait sa mauvaise humeur.

— Faudrait qu'il se détende, chuchota Ode à l'oreille de Yaé, on va dans le tunnel, il devrait être content !

Il acquiesça discrètement ; le lieutenant aurait pu se servir de n'importe quel prétexte pour le discréditer. Au bout du ponton, la cinquantaine de soldats embarqua dans un transporteur posé sur des rails. Le véhicule se mit en marche doucement, glissa dans la bouche béante sur le flanc du tube métallique et s'immobilisa à nouveau. Hart prit la parole, la botte posée sur le siège voisin d'un homme à la ceinture moitié bleue, moitié verte.

— Soldats du 311ème, nous voici affectés à une nouvelle mission : assurer que la cargaison d'eau en provenance de Frizen parvienne jusqu'aux réserves de la ville d'Ythkar. Ces trois derniers mois, cinq attaques terroristes ont eu lieu à la sortie du tunnel. Soyez très vigilants. Sur Frizen, le chargement durera six heures. Cinq groupes de dix seront formés, et chacun aura pour tâche d'inspecter et surveiller un compartiment. Le même froid que celui de Frizen2 règne sur cette planète. Vous trouverez vos combinaisons thermiques sous vos sièges. Si vous ne les mettez pas bien, c'est votre problème ! Le mien, c'est d'assurer le bon déroulement de l'opération, alors si l'un de vous n'obéit pas à la lettre à mes ordres, je m'arrangerai pour qu'il soit muté dans le Block ! Le gouvernement porte beaucoup d'importance à cette mission qui doit ravitailler une planète entière en eau. Vous avez, avec la combinaison, des lentilles de contact, elles vous serviront ! Compris ?

— OUI, LIEUTENANT, clamèrent les soldats à l'unisson.

Un silence suivit, puis l'engin démarra. Plus tôt dans la matinée, Yaé entendait deux militaires parler du fonctionnement des transporteurs dans l'infrastructure. Des rails fixés sur les bords équipaient l'édifice, large d'un kilomètre. Les véhicules plutôt petits et légers — comme celui dans lequel ils se trouvaient — ne les utilisaient pas et volaient dans le tube librement. En revanche, les énormes transporteurs de cargaisons pesant des centaines de millions de tonnes se fixaient aux rails et se déplaçaient seulement à huit cents kilomètres à l'heure. Donnée méconnue : l'ensemble du tunnel tournait sans cesse sur lui-même pour recréer de la pesanteur.

Le vaisseau s'éleva lentement au début, puis accéléra. Impossible d'estimer la vitesse du fait de l'absence de hublots. Yaé en profita pour enfiler sa combinaison chauffante. Le voyage dura une petite éternité. Ils ralentirent peu à peu, et le pilote les informa qu'ils pénétraient dans l'espace. Il ne perçut aucun changement, et ce ne fut que lorsqu'ils entrèrent dans l'atmosphère de Frizen que la différence se fit sentir. Un léger choc leur signala l'atterrissage. Une minute passa, puis la porte se releva sans grincer. La lumière de l'extérieur s'immisça dans la cabine, talonnée par le froid. Le jeune homme retrouva cette sensation de mal-être qui l'habitait pendant son séjour sur Frizen2. Sous ses gants, ses doigts s'engourdirent ; il activa le chauffage et se procura ainsi une agréable chaleur le long du torse. Un petit nuage de buée sortit de sa bouche, et il contrôla le claquement de ses dents.

Sur un ordre de Hart, le régiment se mit en marche. Le vaisseau s'était posé sur une plate-forme similaire à celle d'Ythkar, hormis son installation sur de la glace, et non de l'eau, et le fait qu'il n'y ait pas de tunnel. Yaé eut beau tendre le cou vers le ciel, il ne distinguait pas le tunnel. La blancheur l'éblouit, et il se protégea des reflets agressifs. Il glissa la main dans sa poche et saisit les lentilles. Il demanda à Ode comment les utiliser, car il s'en servait pour la première fois.

— J'ai vu Hart en mettre sur Frizen2, dit-elle.

Elle lui montra, et la lumière qui le blessait se teinta alors de bleu, rendant sa vue plus nette.

— C'est drôle, commenta Ode, ça ne te fait pas des yeux verts comme d'habitude ! Tu les as noirs avec ces lentilles...

Yaé observa les prunelles de son amie et constata qu'elles n'étaient plus marron. Il allait répondre quand Hart donna un ordre. La colonne de soldats se dirigea vers un immeuble autour duquel de colossaux vaisseaux attendaient leur cargaison. Des barricades électrifiées protégées par des tourelles entouraient tout le périmètre — soit la taille d'un bon quart d'Ythkar, au moins — afin de prévenir une possible attaque des monstrueux animaux vivant sur Frizen, ou pire, un raid gob. D'autres bâtiments, plus petits, encerclaient le bloc situé en face d'eux. Des conteneurs s'empilaient un peu partout, et cette vision d'industrialisation au milieu d'un désert enneigé créait un très fort contraste.

Au loin, au-delà du mur d'enceinte, on apercevait les mines de glace. Des pelleteuses de taille démesurée remplissaient inlassablement de gros camions volant au ras de la neige. Cette exploitation intensive des sols sur cette partie de la lune d'Obside depuis plus de cent cinquante ans façonnait un relief variable. Des trous dans la couche glacée sillonnaient le satellite, à l'origine plutôt plat.

De l'autre côté, on distinguait les anciennes mines désaffectées. Noires de pollution, on les confondait avec des forages de pétrole ou de charbon. Les Humains semblaient avoir décidé un jour de salir les environs pour repeindre le blanc en gris-noir. Ce monde abîmé rappelait étrangement Terre à Yaé. Pas un recoin non pollué sur cette planète, hormis l'Eurasie. Durant son enfance, il admirait souvent dans le ciel de gros nuages sombres venant de l'autre bout du continent, où les usines crachaient leur saleté dans l'air.

Yaé trébucha sur une irrégularité du sol et retrouva le sens des réalités. À des milliers de parsecs de son ancienne planète, il ne devait pas la laisser le distraire. Le groupe arriva à l'entrée de l'immense hangar entouré de conteneurs vides que des machines emmenaient. À l'intérieur, le moteur de l'un des transporteurs d'eau, en très mauvais état, fumait énormément. Les câbles usés qui dépassaient du trou béant dans sa coque évoquaient la carcasse désossée d'un animal, dont la taille surpassait largement celle de l'appareil qui avait emmené les soldats jusque-là. Hart y jeta un coup d'œil :

— Vous voyez ça ? C'est le résultat du dernier attentat ! Il date d'il y a une semaine et demie. Allez, à vos postes !

Il donna les consignes pour chaque escouade, et tous se hâtèrent vers un autre vaisseau. Yaé et son équipe patrouillaient à la porte E.3, près d'un réacteur arrière. Ils se déployèrent en colonne avec un intervalle de vingt mètres entre chacun d'eux, puis commencèrent à inspecter les alentours. Des camions conduits par des Obsidiens apportèrent la cargaison avec une lenteur exaspérante. Pendant les trois heures suivantes, Yaé contrôla des fiches d'identité, fouillant les véhicules lorsque leurs conducteurs rechignaient à l'exercice. Les soldats plaquaient un appareil sur les portes des conteneurs pour les scanner et détecter toute anomalie.

Hormis le froid glacial régnant dans la station minière, aucun réel problème n'était à déplorer. Les militaires ne parlaient presque pas entre eux. De temps à autre, Hart venait vérifier leur travail, toujours aussi désagréable. Un caporal fumait sans relâche son C.2, expulsant une volute bleutée qui se mélangeait à la buée de sa respiration.

Yaé ressassait d'obscurs souvenirs, appuyé sur le bord de la grande porte, lorsque des éclats de voix retentirent. Il se releva brusquement et courut dans cette direction, talonnant le caporal. Un porte-conteneurs était à l'arrêt devant une femme à ceinture blanche et combinaison noire. Même de dos, Yaé reconnut les muscles saillants et le corps imposant de l'amie de Heldant. Elle insultait avec véhémence deux Obsidiens dans le véhicule. Hart arriva et, essoufflé par sa course, haleta :

— Soldat Johnse, au rapport ! C'est quoi ce foutoir !?

— Lieutenant, répondit-elle en baissant le ton, ces salauds d'aliens refusent d'ouvrir leur conteneur pour une vérification ! Ils prétendent détenir une autorisation spéciale du directeur de la mine, mais leur document pue l'embrouille, si vous voulez mon avis !

— Montrez-moi cette « autorisation du directeur », ainsi que vos plaques d'identités, ordonna Hart aux Obsidiens en caressant la crosse de son arme.

Les extraterrestres échangèrent un regard et présentèrent leur bras droit. Le lieutenant plaça la machine et attendit qu'elle bipe vert. Il examina minutieusement les deux écrans puis leur fit signe d'ouvrir le conteneur.

— Peux pas ! Dhormund directeur donne autorisation à moi, refusa l'un des conducteurs dans une langue commune approximative.

— Montre-moi cette autorisation, minable ! s'emporta Hart.

— Peux pas ! Ai pas autorisation ; Dhormund directeur garde autorisation, pas ma faute !

— Te fous pas de nous, cria Johnse avec colère.

Son supérieur l'approuva, sortit son pistolet RVL33 et le posa sur la tempe de l'Obsidien à travers la vitre baissée du camion.

— Allez, menaça-t-il entre ses dents, obéis ou je te troue le crâne.

Une expression de peur passa dans les trois yeux de l'alien, et il sortit. Hart le garda en joue tout en signalant à l'autre de les rejoindre. Il escorta les deux suspects à l'arrière du conteneur, encadré par les trente soldats attirés par l'incident. Yaé, près d'Ode, les suivait à distance. Le premier Obsidien leva son poignet, hésita un instant puis s'adressa au lieutenant :

— Si Daÿ ouvre porte, Dhormund va scanner glace et rien trouver !

Le gradé l'ignora et lui fit signe de s'exécuter. L'Obsidien plaqua sa montre sur la porte. Elle s'ouvrit en silence. L'intérieur était totalement sombre, Hart alluma une lampe et la pointa vers l'obscurité. Au lieu de trouver de plus petites caisses superposées, il découvrit une capsule ronde, au fond.

Les deux aliens réagirent extrêmement vite ; ils sortirent chacun une arme à feu de leurs grosses vestes et tirèrent dans le groupe de soldats. Yaé se jeta au sol par réflexe et saisit Ode par le bras. La plupart des militaires eurent la même réaction, mais plusieurs d'entre eux manquèrent de temps et s'effondrèrent. Hart reçut une balle dans le tibia et trébucha sans réussir à toucher ses ennemis. Ces derniers vidèrent leurs chargeurs sur les Humains puis coururent dans la cabine.

Ils montèrent dans la capsule ronde à peine assez grande pour eux. Le battant se referma et les emprisonna dans le grand cube de métal. Une gigantesque explosion frappa la porte E.3 du transporteur et envoya des morceaux du vaisseau aux alentours. Yaé enserra Ode et roula sur le côté pour les éviter. Une autre déflagration secoua le hangar. Yaé enfouit la tête dans sa combinaison pour tenter de se protéger, mais il ne put rien contre la dernière détonation qui eut lieu dans le conteneur où se trouvaient les deux Obsidiens.

L'air se vida autour de lui, suivi d'une chaleur destructrice qui lui rongea la colonne vertébrale. Un bloc de métal le heurta derrière le crâne.

10

Tuer en jouant la comédie

— L'*Ombre qui marche dans la nuit* aurait-il enfin choisi son camp ?

Adali scruta son maître. Son œil un peu resserré trahissait son visage encore neutre et révélait son souci de répondre sans ambiguïté :

— L'Ombre n'appartient et n'appartiendra jamais à un camp, car personne ne peut prétendre à la liberté en se rattachant à une organisation. En revanche, il pourrait soutenir la Coalition Libre si celle-ci décidait de ne pas reproduire les erreurs de ses adversaires.

— Notre résistance est peut-être soutenue par la Coalition Libre, mais ce n'est pas pour autant qu'elle partage toutes ses idées, répondit Günaar avec calme.

— L'Ombre est ravi de l'apprendre, aussi souhaiterait-il entendre les propositions de la « Résistance » afin de pouvoir y réfléchir.

Adali essayait de comprendre le sens de ces mots, mais elle ne connaissait pas le terme « Coalition Libre ».

— Tu dois savoir, Ombre, que notre combat a un but : l'indépendance d'Obside. Nous laissons à la Coalition le loisir de se battre pour prendre le contrôle du Gouvernement Colonial Terrien.

— Comment comptez-vous y arriver ? questionna l'Ombre.

— En détruisant les réserves de survie des Dhormunds sur notre planète. Sans l'eau, ils n'auraient aucun pouvoir sur nous.

— Tu oublies que la plupart des tiens croient encore en la nature divine des Humains.

— Ça ne change rien ! S'ils voient leurs dieux mourir de soif, ils comprendront bien qu'ils sont aussi mortels qu'eux et qu'aucun pouvoir divin ne les habite ! Les Dhormunds mentent à mon peuple depuis plus de sept cents ans terriens ; il est temps que cela cesse ! Et quoi que tu dises, de plus en plus des miens défient les Dhormunds ; il paraît que, à Hal, de nouvelles recrues arrivent sans cesse pour aider les rebelles.

— Excusez-moi, intervint Adali, « Dhormund » signifie Humain, c'est exact ?

— Oui, dans ma langue natale, acquiesça Günaar, et de poursuivre : pour en revenir à ta question, Ombre, notre objectif est de saboter tout transport entre Frizen et Obside.

— Les Obsidiens meurent déjà de soif ; penses-tu qu'il faille leur couper les maigres réserves d'eau données par les Humains ?

— J'ai dit saboter, pas détruire ; nous avons besoin du tunnel, c'est incontestable ! Nous devons en prendre le contrôle à la fois sur Frizen et à Ythkar. Pour la zone tertiaire, il ne devrait pas y avoir trop de résistance dans le peuple, hormis les fanatiques religieux que nous éliminerons méthodiquement avant la révolution, évidemment. Le réel problème sera de prendre la zone secondaire où se trouvent les garnisons de soldats dhormunds, et la zone primaire, protégée en permanence par des drones et des mercenaires à la botte des riches.

— En admettant la réussite de votre révolte, que ferez-vous une fois la ville prise ? Pour vous protéger des bombardements de tinotium ?

— Ils ne peuvent pas nous attaquer avec du tinotium, rétorqua Günaar. Cela rendrait impossible la vie d'espèces pensantes sur des centaines de kilomètres en plus d'assécher le lac et les cargaisons. Le GCT ne peut pas se permettre de perdre le tunnel ; il n'a même pas remboursé les trois quarts de son prix à Héli en cent cinquante ans. Et il ne risquerait pas une attaque bactériologique, il y a eu trop de dérapages avec ces armes.

— En espérant qu'ils ne détournent pas le tunnel… Mais cela ne répond pas à la première question ; que ferez-vous une fois la ville prise ? insista l'Ombre.

— Nous imposerons nos volontés aux Dhormunds ; le libre accès au tunnel sans être pris d'assaut par la Force Spatiale. Et nous saboterons tous les réseaux de la planète pour immobiliser les communications et les déplacements des Dhormunds. Nous attaquerons à l'intérieur même des structures les plus défendues d'Obside, sans qu'ils le remarquent immédiatement. Cela prendra des années, mais c'est absolument nécessaire.

— Quant à l'eau que vous rapporterez du tunnel, allez-vous l'utiliser pour faire pression sur le peuple et le forcer à se rebeller ? Ou la distribuer librement et prendre le risque que les Obsidiens restent chez eux à attendre que d'autres s'occupent de la révolution ?

— Si tu penses que nous emploierions des méthodes comparables à celles des rebelles d'Athrkar, tu nous insultes ! Les Rharks, ou « Obsidiens » pour vous autres, veulent seulement ne plus mourir de soif. Cela me peine de le dire, mais la plupart d'entre nous sont facilement influençables et prêts à prendre pour sauveur n'importe qui, à condition qu'il leur donne de l'eau. Nous devons être ce sauveur, pour qu'ils nous suivent et se joignent à notre combat. Pour moi, il est clair qu'il n'existe aucun « dieu » ou créature supérieure dans cet Univers ; j'aimerais que tous les miens pensent de même mais ce n'est pas le cas. Il faut les éloigner de leurs croyances envers les Dhormunds et les faire se tourner vers la Résistance.

— Je ne comprends pas, coupa Adali, comment remplacerez-vous des dieux par la Résistance ?

Günaar réfléchit un instant puis répondit :

— Nous voulons que notre résistance devienne un idéal, et que, en l'adoptant, les Rharks désacralisent leurs faux dieux.

≈

— Oublie ce que l'Ombre a pu te dire pour ton entraînement.

— Comment ça ? s'enquit Adali.

— Tu n'es pas prête pour tuer sans risque, mais le temps n'est plus à la seule préparation. L'action et l'immédiat vont devenir ton quotidien car, à partir de maintenant, tu accompagneras l'Ombre lors de certaines de ses sorties.

— Je croyais qu'il fallait savoir « manier son corps à la perfection » avant de pouvoir tuer avec « beauté », se moqua-t-elle.

Dans un sourire discret, son maître rétorqua :

— Tu retiens les paroles de l'Ombre, c'est bien. Pourtant, les événements vont s'enchaîner très vite, et, bien qu'il aurait aimé te préparer plusieurs mois pour te laisser sortir, l'Ombre va être obligé d'accélérer ses plans.

— Vous dites ça parce que vous avez accepté d'aider Günaar et de participer à sa révolution ?

— En effet ; beaucoup de cadavres tomberont dans les prochains mois, et tu devras apprendre « sur le tas », comme disent les Humains.

Adali, consciente de la difficulté, était pourtant ravie d'agir au lieu de se préparer indéfiniment.

— Dès demain, l'Ombre et toi commencerez à intervenir. Il est temps que tu te reposes à présent.

— Mais je...

— Ton entraînement ne va pas s'arrêter, il va s'intensifier ; tu devras être forte. Comme les Humains, les Friziens ont besoin de beaucoup de repos chaque nuit.

— Parce que votre espèce, non ? questionna Adali.

— Les Atalatéens dorment avec un œil ouvert dans le dos, et lorsque cet œil est fatigué, l'autre prend le relais. Ils n'ont donc pas besoin de dormir réellement, mais seulement de reposer leurs muscles de temps à autre.

À court d'arguments, la Frizienne monta l'escalier de la cave pour s'allonger sur sa couchette.

≈

— Arrêtez ça ! Pitié, arrêtez, s'époumone-t-il.

Tout est noir.

Il sent, il voit : une chaleur horrible brûle son dos. Elle le transperce, joue à en attaquer chaque partie, le pique dans les plus infimes recoins. Il crie encore. Dans sa tête, deux forces disjointes se rejoignent pour détruire son cerveau. Il a si mal.

Tout s'arrête. Le noir devient rouge. L'Aigle apparaît.

« Tu es encore là », constate-t-il avec une pointe de colère, « nous croyions t'avoir dit de ne pas gâcher la chance dont nous te faisions don. »

— Qu'est-ce que… ?

« Silence, Humain ; nous sommes déjà contrariés, n'en rajoute pas. Nous n'allons pas te sauver la vie continuellement ! »

— Vous ne m'avez pas sauvé la vie, vous n'êtes qu'un cauchemar, rien d'autre !

L'oiseau glatit d'indignation. Ses paroles deviennent haineuses :

« Misérable insecte ! NOUS t'avons sauvé la vie, NOUS avons fait en sorte que cette explosion ne te tue pas ! »

— Ah oui ? Comment ?

« En t'emmenant ici, Humain ! Nous regrettons de n'avoir que toi pour l'aider ; ton don pour frôler la mort est pire que nos prévisions… »

— … Je ne fais pas tellement exprès, répond-il avec un sarcasme appuyé.

« Arrogant en plus de ça… Écoute bien, nous allons te laisser encore une chance. Il vaudrait mieux ne pas la gâcher. Réveille-toi, retrouve ton corps de mortel. Pose-toi cette question : ce que tu fais est-il juste ? »

L'Aigle disparaît dans un nuage de brume. Tout s'éteint.

Yaé sentit la douleur revenir d'un seul coup dans son dos brûlé. Il émergea de sa torpeur en toussant à s'en arracher les poumons. Allongé sur le ventre dans une salle aux murs d'un blanc éclatant, des gémissements lui parvenaient des couchettes proches. Il voulut se lever mais ne réussit qu'à bouger de manière infime, et retomba dans sa position initiale lorsque sa colonne l'élança. Une femme d'une quarantaine d'années aux traits fatigués s'approcha :

— Bonjour, je suis le docteur Vikta ; comment vous sentez-vous ?

— J'ai… Mon dos…

Chaque mot que prononça Yaé déchira sa gorge. Il lâcha une nouvelle quinte de toux et réussit seulement à articuler :

— De l'eau…

Le docteur souleva légèrement sa tête et lui fit avaler une gélule avec un peu d'eau. Une sensation de fraîcheur l'envahit.

— Vous avez été exposé à une bombe terroriste il y a deux jours, expliqua-t-elle ; sur les cinquante soldats de votre régiment, vingt-sept sont encore en vie ; sans compter bien sûr les quatre maintenant amputés.

— Ode... ? demanda-t-il, soudain inquiet pour son amie qu'il avait vue pour la dernière fois sur Frizen.

Elle alluma un écran accroché sur sa manche, et une liste de noms défila.

— Le soldat Ode est encore en vie. Elle a perdu la vue.

— ... Elle est aveugle ?

— Oui.

Une boule se forma dans le creux du ventre de Yaé.

— Allez-vous lui mettre une prothèse de vue ?

La femme le dévisagea avec tristesse :

— Ç'aurait été le cas si j'avais eu le contrôle du bloc médical... Pour le médecin en chef, « il ne faut pas dépenser de l'argent inutilement en ces temps de crises ». Avec une famille riche, elle aurait été soignée, mais ce n'est pas le cas. Je suis navrée.

— Pourtant, protesta Yaé, Heldant a reçu un tanost sur Frizen2...

— Il avait les moyens de se le payer, j'imagine.

— Les moyens ? Il n'a pas de nom de famille, il est dans l'Armée Terrienne, et il a été envoyé sur une planète de glace ; il ne doit pas être riche !

— Alors, il s'est lié d'amitié avec les bonnes personnes. Le lieutenant Hart, votre supérieur, est connu pour avoir des favoris dans ses troupes. Il m'a d'ailleurs recommandé de ne pas vous soigner avec attention... On dirait que vous avez un ennemi haut placé.

— L'avez-vous écouté... ? murmura-t-il faiblement.

— Le jour où je ne soignerai pas un soldat sous prétexte qu'il est en mauvais termes avec son officier n'est pas encore arrivé, jeune homme.

Yaé essaya de sourire par reconnaissance, mais son dos l'élança tout à coup, comme si quelqu'un enfonçait un poignard chauffé à blanc entre ses omoplates. Il poussa un râle et serra les dents. Le docteur lui immobilisa un bras et colla un tube sur sa peau. Une petite brûlure le piqua à l'endroit du contact, et la moindre once de douleur s'évapora tel un lointain souvenir.

— C'est de la dia'... balbutia-t-il.

— En effet, seule l'aphamine vous procurera un peu de répit. Rassurez-vous, c'est une faible dose... Je n'aurais même pas eu l'autorisation de vous en donner autant en demandant à mes supérieurs.

— Merci...

Il allait poursuivre quand le visage de la femme se déforma. Yaé connaissait ces effets : l'aphamine. Les murs se rapprochaient de lui, et le matelas sur lequel il était à plat ventre se ramollissait. Une vague voix lui parla, au loin. Sans importance. Il fixa avec intensité un bouton sur la housse de son oreiller qui se transforma en un trou noir, béant. Un rire incontrôlable lui saisit les entrailles, et il oublia le temps présent.

≈

Adali observait son maître écrire des noms sur un écran tactile.

— Qui sont-ils ? demanda-t-elle avec curiosité.

— Ceux susceptibles d'empêcher la rébellion des Obsidiens.

— Vous allez tous les tuer ?

— Pour la plupart, oui.

— Comment ?

— Probablement avec un poignard, ou peut-être avec une autre arme. Le problème est que ces personnes sont éparpillées un peu partout dans l'espace occupé. Et la liste contient aussi les noms de ceux qu'il faut convaincre de rejoindre la Coalition Libre.

— Alors, nous quitterons Obside ? comprit Adali.

— Pas immédiatement, mais oui. Cette liste est longue ; il faudra des années à l'Ombre pour supprimer les personnes s'y trouvant.

— Il y a tant de monde à tuer ? l'interrogea-t-elle avec surprise.

— Vois-tu, l'espèce humaine est la plus répandue dans l'espace du GCT ; ils sont, en réunissant Terre, Terre2, Héli et Obside, plus de cinquante milliards ; cela en excluant les colonies mineures. Je te laisse imaginer le nombre d'Humains potentiellement nuisibles à la révolution sur Obside.

— Mais vous répétez sans cesse qu'il ne faut pas mettre tous les Humains dans le même sac...

— C'est vrai ; heureusement, l'Ombre ne tuera pas cinquante milliards d'Humains. Puisque les Humains sont présents sur la quasi-totalité des planètes, il est très difficile de repérer les plus dangereux. Et cette liste ne contient pas seulement des noms d'Humains ; bien des extraterrestres aident le GCT.

— Je ne comprends pas, réfléchit Adali, vous comptez faire la révolution sur Obside ou sur toutes les colonies terriennes ?

— Le but de l'Ombre est et sera toujours la liberté. L'harmonie. Il s'efforce de supprimer ceux qui l'entravent, mais il est souvent difficile de discerner ses vrais ennemis.

— Ça ne répond pas à ma question, rétorqua-t-elle.

Son maître l'observa intensément de son œil frontal, un moment, et pesa chacun de ses mots :

— L'Ombre ne croit pas qu'une révolution totale soit une solution aux maux de cette partie de l'Univers ; cependant, il comprend que les personnes comme Günaar aient cette seule idée en tête. Faute de mieux, l'Ombre aidera Obside à se libérer autant qu'il le pourra. Pour les autres planètes, le temps viendra où elles réaliseront par elles-mêmes que le GCT est faillible.

— Si vous souhaitez seulement délivrer Obside, poursuivit Adali, pourquoi tuer des gens aux quatre coins de l'espace ?

Sans répondre, le maître de la Frizienne se leva et lui somma de l'imiter. Elle se massa rapidement le cou et se prépara à encaisser les attaques de l'Ombre. Celui-ci frappa sans attendre et toucha le poignet d'Adali. Elle réagit, feinta sur la gauche et envoya son pied vers ses côtes. L'alien attrapa sa chaussure en plein vol, plia son genou et heurta la jeune femme sous la poitrine, lui coupant la respiration. Elle tomba, en profita pour attaquer avec sa main droite, mais échoua.

— Ceux qui oppriment ouvertement la population sont connus de tous, reprit l'Ombre comme si de rien n'était, tout en plaquant son talon contre le tibia de son élève. Ils ne sont que des pions dans le jeu du pouvoir. Même les trois dirigeants terriens sont des pantins dont les ficelles sont tirées par les vrais puissants : ceux qui possèdent l'argent, les capitaux.

Adali entreprit une botte vouée à l'échec en visant le crâne chauve de l'Ombre et se vit retournée sur le dos. Elle se releva d'un bond et évita un crochet gauche de son maître, qui n'arrêta pas de parler :

— Khastivska Ahoy, Sade Rhavin et Winstée Dard'ö — les « trois Grands » — sont totalement soumis à Héli et aux grandes Firmes Inter-Spatiales. Ces Firmes ont une main de fer sur le GCT car, sans leur soutien, le gouvernement terrien n'aurait plus les moyens d'exploiter le tinotium, d'entretenir trois armées et de continuer la recherche scientifique pour combattre les Gobs. Tout cela pour dire qu'il serait presque inutile de tuer les gouvernants d'Obside. Il faut découvrir qui les contrôle, les localiser et trouver un moyen de les assassiner ou de les enrôler — il asséna trois coups rapides sur l'épaule d'Adali avec le tranchant de l'une de ses mains droites. Tuer des soldats dans la rue, ou encore des nobles de la zone primaire ou secondaire est aisé, mais abattre certaines des personnes les plus puissantes de l'espace occupé est une autre affaire... tout comme il est presque impossible de les convaincre de rejoindre l'opposition.

— Et comment comptez-vous les tuer, dans ce cas ? demanda Adali en se frictionnant le bras.

— En faisant des recherches, en piratant le réseau militaire du GCT, en traquant les contacts, les espions à leur botte. Pour lui faciliter la tâche et gagner du temps, l'Ombre aura besoin de toi, si tu l'acceptes.

— Évidemment, réagit-elle naturellement, j'ai consenti à suivre une formation pour apprendre à tuer ; je ne vais pas m'arrêter maintenant !

— L'Ombre se doutait que tu répondrais cela, aussi a-t-il déjà un plan pour éliminer sa première cible. Ce sera sûrement la plus facile à abattre, car elle se trouve sur Obside. Cet Humain s'est habitué au climat de ce monde, il habite dans une ville située vers le Pôle Nord. Ensuite viendra le temps de se rendre dans les différentes bases rebelles pour essayer de les convaincre de s'unir sous la bannière de la Coalition Libre.

— Nous partons aujourd'hui ?

— Non, refusa-t-il catégoriquement, tu devras d'abord parfaitement connaître ton rôle.

— Mon rôle... ?

— Un tueur doit parfois camoufler ses actes afin que nul ne puisse le soupçonner. Il devient comédien. Pour abattre la cible, tu deviendras une excellente comédienne.

≈

Adali consacra les jours suivants à répéter son rôle inlassablement, à apprendre chaque mot qu'elle prononcerait. Dès qu'elle connaissait par cœur son personnage, elle passait à de l'entraînement physique et continuait jusqu'à l'épuisement pour oublier ce qu'elle venait d'ingurgiter ; ensuite, elle recommençait. Pendant ce temps, l'Ombre cherchait des informations sur les cibles suivantes et s'absentait des nuits entières. Lorsqu'elle fut prête, il l'emmena en ville, dans un hangar où stationnaient des dizaines de vaisseaux. Certains petits, d'autres grands et ronds ; des mécaniciens s'acharnaient à démonter, remonter et réparer des véhicules en piteux état.

La capuche de sa veste rabattue par-dessus son haut moulant noir, Adali portait de larges lunettes de soleil afin de cacher un maximum sa couleur de peau. Depuis qu'elle suivait l'apprentissage de l'Ombre, elle n'était plus sortie en plein jour, et l'impression que tout le monde la regardait et perçait à jour son origine frizienne l'obnubilait. Les rues regorgeaient d'activités, à tel point qu'elle tenait la manche de son maître pour ne pas le perdre. Des régiments de soldats patrouillaient car des conflits éclataient çà et là entre Humains et Obsidiens. La situation s'était fortement dégradée depuis leur visite chez Günaar.

L'Ombre se dirigea droit vers un vaisseau garé au fond du hangar. Le speeder possédait une forme taillée pour la vitesse, en dépit de son âge certain. Des plaques de métal grossièrement vissées sur des trous et une vague peinture brune peinaient à cacher les traces de balles.

— Ce... vaisseau... va nous conduire à travers le désert... ? s'étrangla

Adali sans cacher son appréhension.

Son maître, flegmatique, observa le speeder de son œil arrière :

— Ne t'inquiète pas, il vaut plus qu'il n'en a l'air. C'est un SpE-324, un ancien bolide de course. Il date seulement du siècle dernier !

Pas rassurée pour autant, Adali s'assit du côté passager à la droite de l'Ombre. Un petit drone vint voleter à la fenêtre du conducteur.

— *Sept semaines, deux jours, treize heures et vingt-sept secondes terriennes ; veuillez payer votre stationnement : trois-cent-deux Dorts et treize Corts.*

L'Ombre enfila à la hâte une veste posée sur son siège, tendit l'un de ses quatre bras vers le robot et patienta pour que le point rouge devienne vert sur la machine. Puis le drone reprit la parole :

— *Merci ; veuillez présenter votre fiche d'identité.*

Il avança à nouveau son bras, et un écran se déploya. Avec un peu d'insistance, Adali parvint à déchiffrer les sigles.

Spécificités :

— Espèce : Atalatéen

— Sexe : Mâle

— Âge : Inconnu

— Nom : Moklaÿ Ebretk

Autorisations :

— Zones délimitées : Autorisation d'aller sur Obside, dans les zones primaires, secondaires et tertiaires.

— Voyage spatial et travail : Autorisation de voyager dans l'espace du Gouvernement Colonial Terrien, excepté sur Terre en raison des lois anti-extraterrestres.

— Permis de travail : Marchand de services ; chasseur de primes.

— *Fiche d'identité valable*, débita le robot, *bon voyage.*

Dans un léger vrombissement, il s'éloigna vers un autre groupe de personnes. Semblable aux drones de la planète d'Adali, il ne tirait pourtant pas sur tout ce qui bougeait... bien qu'il soit probablement armé.

L'Ombre alluma les réacteurs. Ils projetèrent un nuage de fumée, au grand mécontentement des deux Humains passant par là. Il ignora leurs gestes vulgaires. Le vaisseau s'éleva d'une dizaine de mètres, et le toit du hangar s'ouvrit pour les laisser passer. Ils survolèrent Ythkar en direction du désert. Lorsqu'ils le surplombèrent, le speeder perdit de l'altitude pour se stabiliser et fila vers le nord.

Le silence régnait, et Adali prit la parole :

— Votre vrai nom est Moklaÿ Ebretk ?

— Oui.

— Avec un nom de famille, vous devez sûrement venir d'une grande lignée... ?

— En effet.

Désespérant d'engager le sujet, Adali tenta à nouveau sa chance :

— Comment êtes-vous passé de simple chasseur de primes à... vous ?

Au grand étonnement de son apprentie, l'Ombre se lança d'un ton un peu hésitant :

— L'Ombre ne te donnera aucun détail, mais il n'a pas toujours appliqué les principes qu'il s'efforce de suivre aujourd'hui. Il tourna le dos à sa famille rongée par la gangrène de l'argent humain et survécut en vendant ses talents pour le meurtre. Ce n'est que bien des années plus tard qu'il décida de tuer non plus pour survivre, mais pour vivre.

— Quelle différence ?

— Tuer pour survivre n'a pas de sens, mis à part celui de manger grâce aux Dorts gagnés par le meurtre. Tuer pour vivre, en revanche, est son opposé. C'est atteindre un objectif ; l'Ombre s'est fixé comme objectif l'harmonie, la liberté. Il faut d'abord gagner sa propre liberté, puis, affranchi de l'argent et des relations, essayer de délivrer les autres de leurs propres chaînes.

— Si ma mère est encore en vie, je la libérerai, un jour, promit Adali avec résolution.

— L'Ombre l'espère. Avant tout, il faudra te libérer toi-même.

— Je suis libre ! s'écria-t-elle.

— Tu le seras sans doute un jour, mais tu ne l'es pas encore. Tu es prisonnière de tes émotions, de tes haines, de tes peurs... L'Ombre t'a entendue faire des cauchemars étranges ; ils parlent de mort et de désolation. Le jour où tu ne craindras plus rien, tu seras libre. La peur est ton ennemie ; il te faut la vaincre.

Adali observa le paysage doré, et une phrase de son père lui revint en mémoire :

— Mon père disait que, sans peur, on avance sans se méfier, et on risque de tomber dans un piège.

— Ces paroles sont sages, mais l'Ombre a une vision différente. La peur aide certaines personnes à avancer, les empêcher de commettre des actes immoraux. Mais la peur paralyse. La terreur, les phobies et la crainte sont les seules forces qui peuvent réellement immobiliser quelqu'un et lui ôter toute force pour se battre. Sans peur, plus de limite.

Elle réfléchit à ces mots, la tête appuyée sur la vitre. Le désert jaune parsemé de plantes à l'aspect torturé dessinait des dunes à l'infini. Ils survolaient de temps à autre des points d'eau cerclés de tentes blanches plantées dans le sol. Le vaisseau filait à des centaines de kilomètres à l'heure : difficile de distinguer les habitants de ces villages non sédentaires. Les nomades préféraient rester à l'écart des autres espèces de l'espace.

Le voyage dura plusieurs jours durant lesquels l'Ombre apprit à Adali moult savoirs sur l'espace connu. Ils parlèrent des astres lointains, certains occupés, d'autres à peine foulés. Le Gouvernement Colonial Terrien en laissait beaucoup vierges, car inintéressants et habités par des espèces non intelligentes. Dénués de ressources précieuses, ou trop sauvages, ils ne valaient pas la peine d'être colonisés. Beaucoup de fuyards partaient vers ces terres sauvages, peu survivaient. Des rumeurs de colonies perdues venaient parfois aux oreilles des citoyens de l'espace occupé, mais la plupart se fondaient sur des fabulations. En réalité, le GCT s'efforçait d'empêcher la naissance de telles organisations, pour éviter la concurrence à long terme. S'il ne les détruisait pas, il leur coupait l'approvisionnement, les destinant au dépérissement sur leur monde presque vide. Seuls les plus forts survivaient, comme les Adeptes du Qaträn, habitants de Kepler-973.

Lorsque le speeder ralentit, des sommets couverts de neige sillonnaient l'horizon.

— Voici les seuls glaciers d'Obside, dit l'Ombre.

— Nul ne les exploite pour leur eau ?

— Si, mais ils appartiennent à une entreprise privée qui vend cette glace extrêmement cher. Seuls les riches qui préfèrent l'eau d'Obside à celle de Frizen l'achètent. Sur Obside, l'eau est comme le vin sur Héli : elle est sujette aux affabulations et à de nombreux fantasmes sur son goût, sa provenance et ses vertus.

Il bifurqua vers une ville jusqu'à présent cachée dans un mirage. Elle traçait le pied de la chaîne de montagnes, marquant la fin du désert.

— Voici Ondkar, commenta le maître d'Adali ; sur ce monde, les villes les plus importantes se terminent par « kar », et les villages par « tar ».

— Les deux se ressemblent beaucoup ; l'obsidien a l'air difficile à parler.

— Il existait des milliers de dialectes sur cette planète. Petit à petit, ils se sont mélangés pour former la langue obsidienne ; il arrive pourtant que des habitants des terres non colonisées d'Obside ne sachent ni parler la langue commune, ni leur langue mondiale. Cette ville est moins grande qu'Ythkar, ajouta-t-il sans rapport, mais elle est aussi divisée en trois zones. Ta cible habite évidemment dans la primaire.

— L'homme que je tuerai dirige-t-il l'entreprise propriétaire de ces montagnes ?

— Effectivement, il en possède une part non négligeable. Il est à la tête du réseau de communications civiles. Le problème, expliqua-t-il, ce n'est pas que les gens parlent entre eux, mais qu'ils ne puissent dire ce qu'ils veulent. Le réseau est entièrement surveillé et censuré. En le tuant, tu permettras à son successeur, secrètement au service de la Coalition, de contrôler les installations.

— Désolée, quelle est cette « Coalition » ? Vous en parliez tout le temps avec Günaar... C'est une sorte de résistance au GCT ?

— La Coalition Libre est le principal organisme indépendant opposé au Gouvernement Colonial Terrien ; elle est la Résistance.

— Alors, il y a une vraie Résistance organisée ! Mon père se le demandait souvent... Mais il en doutait, ajouta pensivement Adali.

— Il avait raison d'en douter. La Résistance n'est pas toute blanche. Beaucoup de ses membres éminents recherchent le pouvoir et, faute d'y accéder autrement, se servent de la Coalition. Elle est le plus grand espoir des colonies pour se libérer, mais aussi une de leur plus pesante menace. L'Ombre a appartenu à la Coalition ; ses dirigeants, les co-consuls, visent eux aussi le contrôle de l'espace connu.

L'engin s'éleva et traversa des taudis, au-dessus des baraques de tôles et de leurs habitants vêtus de haillons. Ils arrivèrent devant une rue plutôt étroite qui s'enfonçait dans la cité. De grands mâts plantés dans le sol entouraient les frontières de la ville. Des vaisseaux, personnes à pied ou sur des montures difformes constituaient des files d'attente interminables pour entrer dans Ondkar.

— Pourquoi ne pas trouver une rue moins importante, comme à Ythkar ? proposa Adali.

— Ondkar est bien plus riche qu'Ythkar... pour les zones primaires et secondaires, en tout cas. Les portes sont surveillées et chaque véhicule fouillé. Cette entrée n'est pas la plus fréquentée car elle est plutôt petite. Les poteaux métalliques, des tourelles de surveillance, sont jonchés de squelettes. Toute personne tentant de pénétrer à Ondkar sans passer par les entrées officielles est immédiatement abattue.

— ... Ils sont à ce point paranoïaques ?

— Oui.

Ils attendirent longtemps dans la chaleur avant d'enfin arriver à l'entrée où patrouillaient gardes et drones. Incontestablement impossible d'entrer ou sortir de cette ville sans être repéré.

— L'Ombre oubliait, dit précipitamment le maître d'Adali, tu as une nouvelle identité. Tu t'appelles Raÿh. Tu as vingt ans terriens, et tu es Frizienne à part entière. C'est très important, tu ne dois surtout pas parler.

— Mais... Pourquoi ?

— Après la déportation des Gris, le GCT a mis en place la recherche de potentiels évadés.

— Justement, le contredit Adali, pourquoi dire que je suis Frizienne s'ils me recherchent ?

— Parce que tu seras désormais la prisonnière de l'Ombre. Officiellement, il t'emmène à la caserne pour ton jugement et ton exécution.

À ces mots, il donna une veste à son apprentie, puis il lui accrocha un anneau autour de chaque poignet. Les deux morceaux de métal se collèrent l'un à l'autre pour empêcher Adali de bouger ses mains. Sans écouter ses protestations, l'Ombre reproduisit le même processus sur ses jambes. Pour finir, il en crocheta un sur le siège de sa passagère et fixa le dernier sur le dos de la Frizienne. Elle fut plaquée contre son dossier, seule sa tête encore libre de mouvement.

— C'est ridicule, protesta Adali, enlevez-moi ça !

Le véhicule les précédant avança et libéra la place. Un soldat leur fit signe de s'approcher, et l'Ombre, le visage éclairé par la mauvaise humeur de son apprentie qu'il ignora délibérément, actionna les réacteurs. La fenêtre s'abaissa pour révéler le visage d'une humaine. Ses traits plutôt doux mais fatigués trompaient sur son âge moyen.

— Bonjour, veuillez présenter vos deux fiches d'identités, et celle du véhicule.

— Bonjour, répondit poliment l'Ombre en dévoilant sa manche.

Elle vérifia son identité puis désigna Adali du menton, suspicieuse :

— Pourquoi a-t-elle une capuche sur le visage ?

Adali ignora son interlocutrice. Son maître devança la militaire :

— Cette Grise est une prisonnière. Comme vous l'avez constaté, Moklaÿ est chasseur de primes et ramène ce monstre aux autorités.

Elle fronça les sourcils :

— Vous avez un avis de recherche ?

L'Ombre tendit une barre de métal, appuya sur un bouton et lui montra l'écran.

— ... Ça m'a l'air juste. Je voudrais voir son visage et sa fiche d'identité à elle aussi. Et tout de suite, ajouta-t-elle car l'alien ne réagissait pas.

L'œil arrière de l'Ombre observa son élève un temps, puis l'Atalatéen attrapa la machine de la militaire. Il la plaça sous la manche de la Frizienne et attendit. Un instant avant qu'elle bipe vert, il la lui rendit. Une lumière émeraude s'alluma, et l'Humaine se détendit un peu. Du coin de l'œil, Adali eut encore plus de mal à lire la fiche.

Spécificités :
— Espèce : Frizien
— Sexe : Femelle
— Âge : Vingt ans terriens

— Nom : Raÿh

Autorisations :

— Zones délimitées : Interdiction de se rendre ailleurs que dans la prison de Mars.

— Voyage spatial et travail : Interdiction de se déplacer et de travailler.

— Permis de travail : Aucun.

ARRÊTER L'INDIVIDU. Recherché mort ou vif, signalé dangereux. Doit être livré aux autorités représentant le GCT les plus proches.

« Satisfaite ? » interrogea mentalement Adali à la militaire pour la secouer.

La femme eut un mouvement de recul, et son teint se peignit d'une couleur blafarde.

— Très bien, circulez ! Allez, dégagez-moi la zone !

L'Ombre accéléra et contourna les autres gardes ainsi que les robots de sécurité. Enchanté, il s'adressa à Adali :

— Parfait, cette Humaine a tellement eu peur de toi qu'elle a même oublié de vérifier la fiche du speeder et sa cargaison !

Pour réponse, Adali se contenta de grogner pour montrer sa non-appréciation de la bonne humeur de l'Ombre. Elle résista un peu à protester puis abandonna :

— Vous voulez bien me détacher ?

— Bien sûr, accepta-t-il en lui jetant un coup d'œil sans tourner la tête.

Il s'arrêta, la libéra et repartit. Hormis la densité de population moins importante, la zone secondaire d'Ondkar ne différait pas diamétralement de celle d'Ythkar. De hautes maisons — indiscutablement copiées sur celles des Humains de la zone primaire — bordaient les rues et cachaient un peu le ciel bleu. L'Ombre se gara sur une place presque déserte où une douce odeur de viande fumée régnait. Il ouvrit le coffre du vaisseau et en sortit un sac vert kaki :

— Là-dedans, tu trouveras le nécessaire pour faire de toi une Humaine des plus splendides.

11

Actrice

Yaé faillit tomber, prit appui sur le docteur Vikta et parvint à garder l'équilibre.

— Allez-y doucement, conseilla-t-elle gentiment, inutile de vous blesser à nouveau.

Le jeune homme grogna un remerciement en avançant à petits pas sans réveiller la douleur de sa brûlure au dos. Une bénigne mais désagréable sensation de picotement, mais, s'il tombait, la souffrance reviendrait immédiatement. Il se tenait à la femme et à une rambarde fixée sur le mur de la salle de soins.

Depuis bientôt deux semaines, Yaé suivait une rééducation intensive, comme une bonne partie des rescapés de son régiment. Au milieu de la pièce, Ode vacillait telle une ivrogne, à la recherche de repères autour d'elle. Aveugle, elle faisait son possible pour être autonome, ce qui n'était pas une mince affaire. Dans sa main droite, elle tenait un petit bâtonnet qui émettait un *bip* lorsqu'elle approchait d'un obstacle. Le bandage enroulé autour de sa tête ne dissimulait pas les séquelles de l'explosion sur son visage. Une large cicatrice barrait sa joue, divisée en deux au niveau de sa bouche pour former un sourire éternel ; elle rejoignait presque son autre marque qui, datant de son enfance, montait de son cou jusqu'à sa lèvre inférieure.

Tous les jours, Yaé claudiquait vers sa couchette pour lui parler. Au début, Ode désespéra et pleura beaucoup. Puis le chagrin laissa place à un désir de se battre. Il fut marqué par ses mots : « Je suis peut-être infirme, mais j'ai bien l'intention de vivre. L'armée me rejettera bientôt ; si je n'apprends pas à me débrouiller, je mourrai seule ! » À cette vérité, Yaé ne sut que répondre. Pour l'instant, Terre prenait soin d'elle, mais cela ne durerait pas. Il espérait qu'elle réussirait à survivre, seule dans le noir. Le docteur lui garantit qu'Ode bénéficierait du logis au moins jusqu'à la fin du mois. Au-delà, son influence ne suffirait plus pour la protéger.

La deuxième semaine d'hôpital fut aussi inintéressante que la précédente. Yaé enchaîna les assouplissements pour se remettre en forme. Durant son temps passé enfermé là, d'autres soldats lui apprirent que des régiments arrivaient en renfort à Ythkar, car dehors, la situation empirait. L'attentat sur Frizen n'avait été qu'un début, et à chaque fois qu'il s'en produisait un nouveau, des Humains mouraient. La rumeur voulait que le général Amaur Baksh dirige en personne les opérations anti-terroristes. Les Obsidiens, si longtemps tranquilles, avaient apparemment décidé de se révolter en tuant des Humains. La fureur de Yaé envers ces maudits aliens s'accroissait à mesure que de nouveaux blessés rejoignaient l'infirmerie.

Le docteur Vikta l'emmena à part à la fin de la troisième semaine :

— Soldat Yaé, vous n'êtes pas entièrement guéri, mais il faut libérer de la place pour les arrivants qui nécessitent plus de soins que vous.

— Et Ode ? rétorqua-t-il.

— Je suis navrée... Nous avons accompli notre maximum avec les moyens fournis ; elle part aussi.

— Le lieutenant Hart a-t-il glissé une remarque à son propos ?

— J'en ai bien peur, opina-t-elle tristement, il ne veut plus en entendre parler ni la revoir dans son régiment. Il estime qu'il ne peut s'encombrer d'une *infirme*...

Yaé sentit le rouge lui monter aux joues tellement il aurait voulu aller voir Hart pour lui révéler ce qu'il pensait de ses paroles. La simple évocation mentale de son visage satisfait l'enivrait de rage.

— Je suis désolée, Yaé, s'excusa-t-elle en baissant les yeux avec sincérité, ce sont les ordres...

— Ce n'est pas votre faute, Hart est un enfoiré, maugréa-t-il en lui faisant un signe d'adieu. Merci quand même, docteur Vikta...

Sans attendre sa réponse, il rejoignit Ode, allongée sur son lit, les mains serrées autour de son bâtonnet électronique. Il s'agenouilla à son chevet, ravalant une grimace lorsque son dos l'élança légèrement, et chuchota :

— Ode, on doit partir.

— Ça y est, sursauta-t-elle, ils nous virent ?

Une force brutale et désespérée habitait sa voix.

— Si on veut, oui. Accroche-toi à mon bras, on s'en va.

Ode ne prit pas la peine de protester et s'agrippa à Yaé. Le docteur les regarda une dernière fois avec compassion avant d'être réclamée par un homme mutilé. Les deux amis sortirent du bloc de soins, traversèrent une cour à ciel ouvert et arrivèrent dans une rue peu fréquentée d'Ythkar. Les seules personnes présentes étaient de rares extraterrestres dans des stands de nourriture et autres. Au loin, des coups de feu retentirent, mais Yaé les ignora. Ils s'assirent sur un muret.

— Que vas-tu faire... ? questionna-t-il car le silence s'éternisait.

Ode déglutit, la voix soudain brisée :

— J'en sais rien... J'EN SAIS RIEN !

Elle se leva et frappa l'air avec hargne. Elle manqua de tomber, Yaé la rattrapa et la serra dans ses bras pour calmer ses sanglots.

— Je parlerai à Hart, proposa-t-il en se mentant à lui-même.

Une bourrasque de vent chargée de sable les heurta de plein fouet, et le bandeau sur le visage d'Ode s'envola. Ils s'abritèrent sous une ombrelle en attendant qu'elle passe, et Yaé vit les yeux de son amie. Des traits violacés formaient deux coquards autour des orbites aux paupières noircies par le souffle de l'explosion. Des veines éclatées rougissaient son globe dépourvu de pupille à demi entrouvert. Ode ne se ressemblait plus en rien.

Elle cacha son visage de peur d'effrayer Yaé. Il se contenta de déchirer un pan de sa chemise et de le lui attacher autour de ses blessures en lui assurant qu'elle ne le dégoûtait pas.

— Viens, dit-il alors qu'elle séchait ses larmes, allons à la caserne voir s'il n'y a pas un moyen pour que tu occupes une place quelconque dans l'armée. Qui sait, un poste pourrait te correspondre. Tu es très douée en codage et en piratage, non ? Peut-être que le GCT va se reconvertir dans les attaques terroristes !

Ode sourit, sans réel espoir. Néanmoins, ils se rendirent à la caserne. Lorsqu'ils arrivèrent, elle broyait le bras de Yaé si fort que son sang ne circulait plus. À l'entrée, deux soldats assistés par un drone montaient la garde.

— Dégagez, seuls les militaires de l'Armée Terrienne ont le droit d'entrer, leur lança l'un d'eux.

Yaé présenta son bras et celui de son amie. L'homme haussa les sourcils :

— Vous n'avez pas la tête de l'emploi, vous, on dirait plutôt des rats d'égouts !

— Tu nous laisses entrer, ou pas ? demanda-t-il simplement.

Le garde eut une moue déçue, visiblement dérangé car personne ne riait à sa « plaisanterie ». Il sortit une boîte carrée et la plaça sous la manche de Yaé. Une lumière verte clignota. Il examina sa fiche d'identité et effectua le même contrôle sur Ode. Il s'adressa à elle d'un ton où il n'était pas possible de savoir si la moquerie dominait, ou bien une certaine pitié :

— Désolée, petite, mais tu es déclarée infirme et inapte à continuer ta carrière dans l'armée.

Une autre voix s'éleva :

— Qui voilà ? Ne seraient-ce pas gueule d'ange et sa catin préférée accrochée au bras ?

Sans même se retourner, Yaé reconnut cette voix. Heldant. Avec tous les événements survenus, il avait oublié jusqu'à l'existence de son pire ennemi.

Il pivota lentement et planta son regard dans son œil.

— Qui est là ? demanda Ode sans comprendre qui l'avait insultée.

— C'est Heldant, ma jolie ! répondit l'intéressé. Enfin, jolie...

Ses deux fidèles chiens de garde gloussèrent avec stupidité.

— Je te croyais mort, minable, éructa-t-il. On dirait bien que je vais encore un peu pouvoir m'amuser avec toi !

— C'est quoi ton problème, Heldant !? s'énerva Yaé, las qu'on le rabaisse continuellement.

— Tu serais prié de m'appeler sergent Heldant quand tu me parles !

L'homme avait en effet troqué sa ceinture de caporal pour une autre moitié bleue, moitié blanche. Il demeura silencieux car cela n'annonçait rien de bon pour lui.

— Hé Faguar, lança le nouveau sergent au garde de la caserne, tu vas laisser passer ces deux dégénérés ?

— ... Lui, rien ne l'en empêche, mais la fille n'entrera pas.

Il parlait avec des mots hachés qui trahissaient son désir de ne pas contrarier la brute.

— On veut seulement voir Hart, indiqua Yaé.

— Impossible, cracha Heldant. Et c'est *lieutenant* Hart !

— Oh toi, ferme-la ! fustigea Ode en tournant sa tête un peu trop sur la gauche. On ne t'a rien fait, alors tais-toi et fiche-nous la paix !

Les mâchoires de Heldant se resserrèrent. Il dévisageait Ode comme s'il comptait l'écraser par la simple force de sa présence. Il avança d'un pas pour les intimider. Yaé s'inquiétait de la tournure des événements et jetait des coups d'œil rapides autour de lui à la recherche d'une hypothétique aide. Pour ne rien arranger, Heldant, ses acolytes et les deux gardes portaient des armes à feu, et Yaé un simple poignard.

— Tu vas regretter de l'avoir ouvert si tu ne t'excuses pas sur-le-champ, rugit Heldant en pivotant vivement vers Ode.

Elle lui lâcha un rire inquiétant au visage en prenant une expression indécise, mélange de frustration, de tristesse et d'ostentation.

— Tu crois que je vais m'excuser ? Je suis aveugle, j'ai perdu ma place dans l'armée, et je mourrai peut-être demain... Je me moque bien de tes menaces !

— Répète ça pour voir, s'écria l'une des brutes.

— J'EN AI RIEN À FOUTRE !! s'énerva Ode en rougissant.

Voyant Heldant lever la main pour la frapper, Yaé la poussa sur le côté et se mit devant lui. Privée de ses repères, elle s'effondra sans réussir à trouver un objet où s'agripper. La gifle monumentale du sergent projeta Yaé sur les gardes. Ils ne perdirent pas une seconde et le ceinturèrent durement. Il se débattit en vain alors que son ennemi s'approchait d'Ode et posait un pied sur son torse. Elle cria et se roula au sol pour lui échapper, mais la pression augmenta sur sa poitrine, et elle se calma. Heldant avait la même allure que s'il surplombait un trophée de chasse extrêmement rare. Il attrapa le pistolet flambant neuf et le dirigea sur la tête d'Ode.

— ARRÊTE ! supplia Yaé. Pose ça !

— On fait moins les malins, hein ? rétorqua-t-il.

Brusquement, le drone, jusqu'alors immobile, vola vers eux, ses deux canons déployés sur Heldant.

— *Attention, vous êtes en zone surveillée. Si vous ne baissez pas votre arme ou ne donnez pas de raison valable à votre menace, je serai contraint de vous supprimer.*

— On se calme, machine. Je suis le sergent Heldant.

— *Veuillez présenter immédiatement votre fiche d'identité.*

Il s'exécuta, et le drone l'examina :

— *Papiers en règle, justifiez votre action armée contre un citoyen humain.*

— Cet homme a voulu nous agresser, mes collègues et moi. Sa complice a essayé de nous prendre par surprise ; je vais régler ça sans ton aide, robot !

— *Bonne journée, sergent.*

Le drone s'éloigna en crépitant, au grand dépit de Yaé. Satisfait, Heldant pointa à nouveau son arme sur Ode.

— On va enfin en finir ! jubila-t-il.

Avant qu'il appuie sur la détente ou fasse quoi que ce soit, Yaé balança sa tête en arrière et heurta le nez du garde qui le retenait prisonnier. L'homme hurla et plaqua ses mains sur son os cassé. Yaé attrapa à la volée le pistolet à sa ceinture et tira en plein torse des deux complices de Heldant. Alors que celui-ci réagissait à peine, il le braqua sur la face boursouflée de haine du sergent, qui grogna entre ses dents :

— Tu paieras pour ça, gueule d'ange !

Yaé le coucha d'un coup de crosse sur l'arcade sourcilière. Le deuxième garde se précipita vers lui et le désarma habilement. Il allait saisir lui aussi son revolver, mais Yaé fut plus rapide. Il tendit ses doigts vers la hanche de l'homme, s'empara de son poignard et l'enfonça dans son estomac.

Le drone filmait la scène depuis le début. Il fonça sur Yaé en répétant :

— *Agression d'un officier ; supprimer le responsable.*

Le jeune homme ignora les cris d'Ode toujours au sol et se propulsa vers le drone. La machine cracha deux salves de balles qui transpercèrent les battants de sa chemise et frôlèrent sa peau. Il le percuta de plein fouet, glissa sur lui et chuta à terre. Se préparant déjà à tirer de nouveau, le robot pivota son axe de gravité pour se retrouver au-dessus de sa cible. Yaé ignora sa brûlure au dos et l'empoigna. Il planta son poignard dans l'armure de l'engin, entre les plaques de métal, qui était pris de grands spasmes. Il enfonça sa lame jusqu'à la garde et sentit des câbles se sectionner et des puces exploser. Le drone tomba à ses pieds, telle une masse.

— YAÉ !? s'écria Ode, désespérée de ne pas voir la scène.

— On doit partir d'ici, et vite, haleta-t-il. J'ai eu de la chance, allons-y !

Il ramassa à la volée les pistolets, des munitions, et les fourra dans le sac de l'un des morts. Heldant se roulait au sol, le visage ensanglanté. Yaé accrocha le poignard à sa ceinture, alla chercher Ode et partit en courant.

Les caméras à l'entrée de la caserne avaient obligatoirement filmé. Il serait recherché pour homicide et considéré comme mutin et déserteur.

≈

— Pourquoi ne pas m'être déguisée pour entrer en ville, au lieu de passer pour une prisonnière ? interrogea Adali en s'observant dans la glace.

Son visage entièrement maquillé, elle portait du rouge à lèvres et des boucles d'oreille adhésives. Vêtue d'une courte robe rouge sombre, de bottines et d'un couvre-tête ridicule, elle se dévisageait avec scepticisme. Le plus dur dans sa préparation avait été d'apprendre à marcher en talons ; ses pieds s'emmêlaient, et elle perdait souvent patience. Elle se satisfaisait pleinement d'arriver maintenant à se déplacer correctement. Ses bras, eux aussi recouverts de fond de teint pour cacher ses cicatrices violacées, arboraient de longs gants qui remontaient jusqu'aux coudes. Des collants bordeaux gainaient ses jambes, soulignaient sa finesse et ses muscles. Deux points ne changeaient pas : ses yeux et ses cheveux. Les premiers bleus et les seconds noirs confirmaient son aspect humain.

Adali passa la main dans sa chevelure tressée avec soin par son mentor. Elle ne s'habituait toujours pas à se voir dans un miroir sans se reconnaître. Plantée là depuis une heure, elle se fixait avec fascination ou dégoût, selon les instants.

— Ta fiche d'identité aurait trahi ton sang frizien, répondit son maître.

— Pourtant, j'ai du sang humain, et il ne l'a pas détecté !

— L'appareil est plus sensible au sang extraterrestre, il a capté les gènes friziens, et l'Ombre l'a retiré de ton bras avant la fin de son diagnostic.

L'Humaine déguisée hocha la tête et se détourna enfin de son reflet :

— Je suis prête.

— Bien, approuva l'Ombre, il est temps.

— Comment entrerons-nous dans la zone primaire de la ville ?

— En passant pour des riches, évidemment. Ce soir, ta cible organise une soirée ; il ne laisserait jamais entrer un alien comme l'Ombre. Toi, tu as toutes tes chances. Il est connu pour son sens de la débauche. Ce soir, il devra croire que tu cherches à le séduire afin qu'il t'ait dans ses bonnes grâces.

Adali le savait pertinemment, pas la peine de répéter une énième fois le plan. L'Ombre matérialisa un écran et tapa des mots dessus à l'aide de ses trois mains alors que la dernière intimait à Adali de se tenir prête à partir. L'Atalatéen troqua ses habits pour un justaucorps qui lui donna un style un peu pittoresque. Le sourire de la Frizienne n'échappa pas à son œil arrière. Il haussa les épaules :

— L'Ombre préfère les combinaisons permettant de se déplacer vite, mais aujourd'hui, il n'a pas le choix s'il veut s'infiltrer dans la zone primaire d'Ondkar.

Ils quittèrent l'hôtel et attendirent à la porte. Un vaisseau se gara contre celui de l'Ombre. Il brillait comme s'il sortait de l'usine. Un noir étincelant, un design élégant et compact ; en un mot : rutilant. Un grand pare-brise incrusté avec grâce reflétait le coucher d'Oedib. La portière du conducteur lévita au-dessus du toit.

Un Obsidien en descendit, habillé d'un costume sombre et blanc avec un col légèrement remonté, maquillé de faux cernes verts. Il s'approcha d'Adali et, alors qu'il ne lui arrivait qu'au niveau de la poitrine, se courba.

— Madame Malvaisan, votre véhicule, l'engagea-t-il respectueusement.

— ... Merci, parvint-elle à balbutier sous le coup de la surprise.

— Allez, dit soudain l'Ombre avec arrogance, laisse la maîtresse tranquille et va-t'en, serviteur !

L'Obsidien sourit mécaniquement à Adali, regarda l'Atalatéen sans rien dire puis tourna les talons et s'en alla à pied.

— Pourquoi croit-il que c'est à moi ? demanda Adali quand il fut hors de vue.

— Parce que c'est le cas. L'Ombre vient de t'offrir l'un des véhicules les plus chers de la planète. Ne te réjouis pas trop vite, la tempéra-t-il car son visage s'éclairait, c'est pour que tu entres en zone primaire. Tu en disposeras évidemment librement après ton apprentissage. Après ton apprentissage, insista-t-il.

— Très bien, accepta-t-elle, un peu déçue, merci maître.

— Une personne aussi riche que la femme que tu incarnes ne conduit pas, expliqua-t-il en prenant le volant. Elle utilise des chauffeurs, souvent extraterrestres, de préférence originaires d'une planète différente de celle où elle se rend, pour montrer ses moyens. L'Ombre a traité l'Obsidien avec mépris, rentre dans ton rôle et considère-toi comme supérieure à tous, excepté ta cible.

L'appareil s'envola, et ils arrivèrent vite à la zone primaire. Au pied de hauts murs où siégeaient des tourelles de surveillance à intervalle régulier, des mercenaires humains secondés de drones gardaient l'entrée.

— Déclinez votre identité et votre motif pour entrer en zone primaire, ordonna-t-on.

L'Ombre tendit le bras que le garde scanna.

— Madame Malvaisan se rend à la soirée privée d'Edgah Irokzs, dit le maître assassin.

— Passez une bonne soirée, Madame, et il s'effaça en les incitant d'un signe à circuler.

L'Ombre laissa derrière eux la zone secondaire.

— Ils n'ont rien vu... s'étonna Adali. Ils n'ont même pas vérifié mon identité...

— Détrompe-toi ; à la façon dont il te dévorait du regard, le plan fonctionnera à merveille, c'est certain.

Elle ignora la remarque et se contenta d'observer la ville, en parfait état, contrairement aux zones inférieures. Seuls des robots et des riches personnes arpentaient les rues. Plus ils approchaient du centre, plus les immeubles grandissaient. Les tours ne rivalisaient pas avec la taille de leurs cousines ythkaréennes, mais leur hauteur défiait néanmoins le ciel. Des arbres et des parcs se montraient de temps à autre sur de petites places, donnant l'impression que cette partie de la cité ne se trouvait pas sur la même planète.

Ils s'arrêtèrent devant une bâtisse à l'allure de palais. Son architecture sortait du lot avec ses grandes arches. Elles contrastaient avec les formes cubiques des autres habitations. À travers les fenêtres légèrement teintées, on apercevait des convives siroter des boissons en bougeant la tête, comme s'ils dansaient timidement.

— Descends avant de paraître suspecte, intima l'Ombre à son apprentie.

Adali inspira un bon coup, remit en place son soutien-gorge trop serré puis actionna la porte qui s'éleva au-dessus du véhicule pour lui laisser la place de descendre.

— N'oublie pas ; si tu as un problème, active la balise d'urgence dans ton élastique à cheveux, lui rappela son maître.

Elle ne releva pas et partit vers la maison. Elle se remémora les informations essentielles de sa couverture : elle s'appelait Nohal Malvaisan, originaire de la Planète Sainte, héritière d'Alek Malvaisan. Son père, l'un des trois plus grands représentants du commerce dans l'espace occupé, siégeait au gouvernement terrien. Sa fille, d'environ le même âge que la Frizienne, constituait la couverture idéale.

Arrivée à l'entrée, deux gardes demandèrent son identité et la laissèrent passer. Un majordome humain vint l'accueillir.

— Nohal Malvaisan, si c'est une surprise ! s'exclama-t-il. Nous n'avons pas reçu un membre de votre famille depuis une éternité. Venez, je vais informer Monsieur Irokzs de votre venue.

— Faites donc.

À travers un large couloir aux murs tapissés d'œuvres d'art de différentes écoles, le domestique la conduisit à un escalier en cristaux. La Frizienne les aurait reconnus entre mille ; elle en avait extrait des mines presque toute sa vie. Un flot de souvenirs remonta en elle à la vue des marches en diamants noirs. Les visages de sa mère, de son père, d'Ulyd et de tant d'autres lui apparurent, alors qu'elle s'appliquait à ne plus y penser depuis le début de son apprentissage. Elle tituba sous le choc des émotions en contenant ses pensées et se rattrapa à la rampe, noire elle aussi. Le majordome se précipita pour l'aider, paniqué à outrance :

— Madame, Madame, piailla-t-il, que se passe-t-il ?

Adali se ressaisit, ne voulant pas tout gâcher si près du but.

— Rien, j'ai un peu manqué d'air. Continuons.

Le serviteur insista pour qu'elle se repose, mais finit par céder et la mena à l'étage supérieur. Majestueux. Entouré de colonnes en pierres blanches, un sol en marbre, des fenêtres en cristal, et surtout, une fresque qui décorait le plafond de la salle. Elle le couvrait entièrement, représentant une bataille entre des Obsidiens grossièrement simplifiés et des Humains à la mine héroïque et triomphante.

Les verres tenus par les invités qui dansaient doucement en remuant leurs hanches vibraient au son d'une musique grave. Des femmes se regroupaient autour d'un homme vers lequel se dirigea le majordome.

— Monsieur, j'ai l'honneur de vous présenter Nohal Malvaisan ; et vous, Madame, voici le maître de ces lieux, Edgah Irokzs.

Adali exécuta parfaitement sa révérence dûment travaillée, et en réponse, Edgah Irokzs inclina la tête avec peu d'intérêt. Ce quarantenaire possédait, pour un Humain, un certain charme. Ses pommettes relevées soulignaient ses yeux sombres accordés avec ses cheveux bleu foncé. Les Humaines qui l'entouraient lançaient des regards assassins à l'une des leurs, en robe mauve, dont le décolleté frisait le ridicule, et qui accaparait l'attention de leur hôte.

— Je n'étais pas invitée, j'en ai conscience, dit Adali à l'homme, mais je n'ai pu m'empêcher de venir en entendant la rumeur d'une soirée ici aujourd'hui.

— Prenez un verre et faites comme chez vous, glissa-t-il distraitement.

Durant une seconde, il scruta son corps et faillit faire une remarque sur la beauté d'Adali supérieure à nombre de ses prétendantes. La courtisane en mauve l'en empêcha :

— Edgah, vous étiez sur le point de me conter votre chasse à l'urkaï sur la planète Dénostankl.

Le majordome s'éclipsa discrètement, et l'Humain oublia Adali. Il sirota une gorgée de champagne puis répondit avec assurance :

— Êtes-vous certaine de vouloir entendre cette histoire, ma chère ? Ce n'est pas un récit que les femmes aiment écouter, car il porte sur un sport purement masculin dont la gente féminine n'a pas la nature pour le comprendre. C'est une pure affaire d'instinct et de réflexes, et seule la force compte en ces moments.

— J'aimerais beaucoup, détrompez-vous, m'imaginer à vos côtés, vous observant faire preuve de toute votre... force.

La femme souffla ce dernier mot comme s'il décrivait l'essence même de sa vision d'Edgah Irokzs. Adali comprit que sa cible était totalement accaparée par cette Humaine et qu'elle allait devoir jouer différemment le plan envisagé par l'Ombre pour accomplir sa mission.

— Pensez-vous réellement qu'une femme ne serait pas capable de chasser l'urkaï ? Les interrompit-elle, soulevant un sourcil étonné d'Irokzs et une réaction scandalisée chez l'Humaine.

— Vous oseriez affirmer que vous réussiriez à surpasser les prouesses d'Edgah ? s'indigna-t-elle.

— Loin de là, répondit la Frizienne à nouveau au centre de l'attention, au contraire. Je pense que vous sous-estimez — elle plongea ses yeux bleus dans ceux de l'homme — ce que peut accomplir une femme lorsqu'elle désire quelque chose... ou quelqu'un.

Elle reprit la même intonation que sa rivale avait utilisée précédemment et intrigua Irokzs :

— Vous paraissez... singulière ; rappelez-moi votre nom.

— Nohal Malvaisan, fille d'Alek Malvaisan, de la Planète Sainte.

— Que venez-vous faire aussi loin de Héli ? Ma réputation est-elle si étendue que vous ayez fait le voyage pour me connaître ?

— Mon père m'a envoyée à Ondkar pour rencontrer le gouverneur. Puisque c'est ma première fois sur Obside, j'ai pensé rendre visite à une personne que je rêve depuis longtemps de connaître.

Adali n'entra pas dans les détails de sa couverture car Irokzs se désintéressait déjà d'elle pour revenir à sa contemplation de la femme en mauve. Elle reprit sa stratégie improvisée :

— Vous disiez avoir chassé un urkaï ; pourquoi un homme aussi influent que vous prendrait-il le temps de se rendre sur une planète uniquement peuplée de monstres ?

— Je me constitue un tableau de chasse depuis des années, se rengorgea-t-il ; les urkaïes de Dénostankl sont parmi les plus grands prédateurs de l'espace connu. Ma crédibilité m'aurait fait défaut sans en ajouter un à mes trophées. Mais, ne vous en déplaise, je soutiens ce que j'ai dit précédemment : c'est un sport si physique et éprouvant qu'une femme, sauf exception — et encore —, ne saurait supporter un tel effort. Vous êtes toutes habituées à une vie casanière, où peu vous est réclamé, alors une telle chasse…

Au fond d'elle, Adali bouillonnait. La moindre trace de charme trouvée en cet Humain disparut. Elle rêvait de rendre muette l'arrogance qu'il dégageait et se hâtait d'en finir. Elle feignit l'indignation, non sans conserver un discret sourire empli d'envie pour ne pas braquer Irokzs :

— La plupart des femmes, comme vous le dites, en seraient incapables…

Adali effaça la fausse contrariété de son visage et la remplaça par de l'assurance.

— Vous seriez étonné de voir ce que les femmes… non, se rattrapa-t-elle, ce que de rares femmes, et j'espère compter parmi elles, sont capables de faire lorsqu'il s'agit d'effort physique…

— Edgah, dit la femme en mauve dans une tentative de récupérer sa proie, et si vous me racontiez cette chasse au lieu de discuter forme physique avec une enfant ?

Irokzs ne prit pas cette intervention dans le sens où l'Humaine l'espérait :

— Je suis à même de choisir les sujets de discussions intéressants, et lesquels sont lassants, tout comme les personnes qui les proposent !

Il se tourna vers Adali :

— Votre main est vide, suivez-moi pour la garnir d'un verre.

La mâchoire de l'Humaine se crispa de colère, et Adali la toisa avec une pointe de défi dans les yeux. Les cinq autres, silencieuses pendant le « duel », restèrent en retrait. Irokzs convia la Frizienne à s'asseoir sur un canapé doté d'accoudoirs en or, et un serviteur lui remit une coupe. Adali résista à la tentation de gratter sa joue prise d'une démangeaison afin de ne pas abîmer son maquillage, et Irokzs l'invita à goûter le breuvage :

— Vous me direz votre pensée sur ce vin, il arrive du Nouveau Monde.

Ils entrechoquèrent leurs verres qui tintèrent d'une note aiguë puis les portèrent à leurs lèvres. Divinement meilleur et moins fort que le sdorna goûté le jour de son arrivée à Ythkar, le vin coula dans sa gorge, rafraîchissant et revigorant.

— Il est délicieux, dit-elle sincèrement, j'en ai rarement goûté de meilleur.

La femme en mauve se rabattait sur un autre homme dont le ventre gras se devinait sous son costume trois-pièces. Adali l'oublia et posa l'un de ses sujets préparés :

— Je me demande depuis longtemps quelle est la clef de votre réussite ?

Car si mes sources sont exactes, si vous êtes né dans une famille qui vous a permis de créer une entreprise, vous n'étiez pas aussi fortuné et apprécié qu'aujourd'hui...

— En effet, rayonna-t-il, comme si parler à nouveau de lui le ravissait au plus haut point. Je n'ai pas toujours été bien vu dans le milieu des affaires. Mais c'est un long récit et la plupart des femmes n'aiment pas ce genre d'histoire.

— Dois-je redire que je ne suis pas la plupart des femmes ? s'avança Adali.

— Dans ce cas, se ravit-il d'un tel intérêt pour sa personne, voici comment l'homme devant vous est devenu ce qu'il est.

Il but une gorgée, toussota et commença :

— Vous le savez apparemment, ma famille était plutôt aisée lors de ma naissance, me permettant d'étudier à l'Université Parisienne de l'Espace. J'y suivis un double cursus en informatique et en communication, qui me donna les moyens d'ouvrir une modeste boîte de services en réparation des réseaux endommagés. Ma cinquantaine d'employés et moi-même n'aidions jamais les gros meneurs, plutôt les villes en difficulté sur divers mondes. Lors de mes vingt-cinq ans, Dmitry Asmov en personne m'appela pour reprogrammer entièrement un réseau de communication entre des usines de robotique sur la planète AquaPrim. Les entreprises auxquelles il s'adressait habituellement avaient coulé, et c'est donc moi qui pris la suite.

« Cela me renvoie à mes propos sur votre âge tout à l'heure, ajouta-t-il en appuyant son bras sur le canapé, au-dessus de l'épaule d'Adali. Lorsque je disais que votre manque d'expérience devait avoir des conséquences — même si dans le contexte où vous vous exprimiez, j'espère me tromper —, c'était une suite de ma pensée sur les capacités différentes entre les hommes et les femmes.

— Qu'entendez-vous par là ? ironisa Adali en sentant la remarque désobligeante arriver.

— Rien d'offensant, rassurez-vous ; nul affront dans le choix de la nature à nous distribuer des attributs différents lors de notre naissance. Si vous connaissez un tant soit peu ma réputation, vous savez que je suis originaire de Terre. Là-bas, des lois strictes interdisent aux extraterrestres d'y mettre pied, et plus particulièrement dans la ville d'Ancienne Paris, d'où je viens.

— Je ne vous suis plus, gloussa Adali comme s'il plaisantait, quel est le rapport entre ce que la nature nous attribuerait et ces lois terriennes ?

— Ces lois ont pour objectif, en plus de nous protéger de ces engeances, de nous rappeler l'ordre naturel du monde. Chacun a un statut défini dans l'Univers, que ce soit par espèce, ethnie, ou sexe. Vous m'avez l'air d'être plutôt intelligente, mais l'âge chez une femme et chez un homme n'a pas le même impact. Je suis né naturellement avec un avantage, et je vous félicite de réussir à être aussi maligne en dépit de ce retard naturel à la naissance. Revenons-en à ce qui vous intéressait tant : la suite de ma « biographie », si je puis dire.

Adali montra son attente de la reprise de son histoire sans cesser de mordre l'intérieur de ses joues. L'Ombre lésinait sur les qualificatifs en parlant de la personnalité d'Edgah Irokzs. Vivement qu'il pende au bout d'une corde, se répétait-elle en souriant.

— Durant les années suivantes, poursuivit-il, je consolidai ces réseaux et finis par m'occuper de toutes les communications industrielles d'AquaPrim. Ma société comptait alors des centaines de techniciens et une centaine d'ingénieurs très prometteurs. Nous fûmes appelés pour réparer une section du réseau interstellaire, ce qui nous apporta une célébrité non négligeable. C'est en l'an... 516, si mes souvenirs sont exacts, que la plus grande entreprise de communication de l'espace occupé de cette décennie s'intéressa à la mienne. Elle voulut me racheter, mais son prix n'était pas assez intéressant pour que j'accepte. Je continuai à étendre ma renommée en aidant les religieux de Héli à renforcer leurs défenses virtuelles. Le point positif avec les Christants, c'est que leurs poches débordent d'or ; ils me payèrent, et je pus racheter des entreprises plus petites qui démarraient sur Obside.

Irokzs prit un air faussement désolé et posa sa main sur la cuisse d'Adali comme si de rien n'était :

— Excusez-moi, j'oubliais, vous venez de la Planète Sainte, ne croyez pas que j'aie quoi que ce soit à l'encontre des Christants.

— Ne vous inquiétez pas ; je ne vous en tiendrai pas rigueur ; nous avons beaucoup d'argent, c'est vrai... et pourtant, aujourd'hui, vous êtes largement plus riche que bien des cardinaux christants. Seriez-vous converti ?

— Pour ainsi perdre le droit de toucher autant que je le veux au plus agréable des fruits en ce monde ? s'indigna-t-il en déshabillant Adali intérieurement et en remontant légèrement sa main.

— Alors, vous ne connaîtrez jamais le plaisir d'enfreindre certaines règles sacrées, rétorqua-t-elle. Et je vous assure que c'est souvent bien plus excitant que ce que l'on raconte...

Irokzs eut une moue satisfaite et reprit sans enlever sa main, feignant de chercher ses mots :

— Où en étais-je ? Ah, oui. Je compris l'intérêt stratégique de contrôler les réseaux civils sur Obside, car, à l'époque, ils étaient frêles et faciles à contourner... Un enfant aurait pu les pirater ! Je passai un accord avec le gouvernement obsidé. Il m'assurait une immense fortune si j'immunisais ses réseaux à tous les pirates potentiels. Mon équipe et moi mîmes une année entière pour abattre ce travail colossal, mais le combat en valait la peine. Devant mes réseaux fonctionnels et indestructibles, les Obsidiens m'arrosèrent de Dots, au point que j'eus peur de saturer mes comptes en banque !

« En 519, j'étais assez riche pour racheter un quart des actions des réseaux de communication au gouvernement d'Obside. Presque toutes les parts furent acquises par la société qui voulait m'avaler trois ans auparavant. En si peu de temps, je devins un concurrent sérieux pour eux. Le gouvernement ne contrôlait plus rien des réseaux de sa propre planète. Quelques années plus tard, j'achetai des parts dans de multiples entreprises, dont celle située ici-même, à Ondkar.

— L'entreprise d'exploitation de la glace des montagnes ? s'enquit Adali.

— Exact, celle-là même. En investissant mon argent, j'en gagnais encore plus. La seule grosse épine dans ma carrière fut lorsque, en l'an 524, j'investis des millions de Dots dans une industrie spécialisée dans l'eugénisme. Elle créa des dizaines de milliers de *Faux-êtres*, mais ils moururent tous de maladies dans les mois suivant les achats des propriétaires. J'ai toujours soupçonné un adversaire commercial d'avoir introduit un virus pendant leur gestation, mais, sans preuves, nulle indemnisation.

« Mis à part ce point noir, je pense être en mesure de décrire mon parcours comme une franche réussite. Pour revenir sur un plan plus récent, en l'an 527, il y a trois ans, je vendis mes réseaux d'AquaPrim à Dmitry Asmov. Avec les Dots qu'ils me rapportèrent, j'achetai la quasi-totalité des actions des réseaux civils d'Obside. Mes concurrents eux-mêmes ne purent refuser une offre aussi alléchante que celle proposée. Je contrôle les réseaux d'Obside depuis trois ans, et j'en tire d'énormes bénéfices en m'associant avec le gouvernement local, le GCT, et son armée.

— Eh bien, Edgah, votre vie est passionnante ; je doute cependant que ce soit grâce à des capacités innées.

Il fronça les sourcils :

— Ah oui ?

— Oui, car vous n'auriez aucun mérite pour ce long chemin, se rattrapa Adali, et je vous assure que vous en avez.

— Merci, ma chère, et il retrouva son air loquace. Accordons-nous sur ce désaccord, car pour moi, chacun est voué à suivre un destin plus ou moins glorieux dans sa vie, mais vous avez raison : j'en suis là, aujourd'hui, grâce à mes capacités.

Adali respira calmement. Sa rage bouillonnait un peu plus à chaque seconde. Edgah Irokzs était un être profondément narcissique. En plus de censurer les communications d'une planète entière et de vendre des informations au Gouvernement Colonial Terrien, il laissait glisser ses yeux sur la poitrine et les jambes d'Adali et remontait toujours plus sa main. La jeune femme savait qu'elle devait le séduire, mais cela ne l'empêchait pas de ressentir un profond dégoût.

La soirée se déroula ainsi, Irokzs racontant en majorité des anecdotes, seulement intéressé par lui-même, bien qu'il pose de temps à autre des questions à la fausse Nohal. Elle dansa même avec lui, dans un intense effort de concentration pour ne pas chuter du haut de ses talons. Elle visita les toilettes à deux reprises pour vérifier la bonne tenue de son maquillage et souffler un peu. Plus il buvait de vin, plus Irokzs se rapprochait d'elle, son regard lubrique trahissant ses intentions. Adali enfouissait sa répugnance au fond d'elle-même et lui présentait ses plus beaux yeux, sans jamais lâcher cette pointe d'arrogance et d'assurance qui lui valut d'être remarquée par l'homme.

Lorsque les invités remarquèrent qu'Irokzs caressait avec toujours plus d'insistance les courbes d'Adali, ils se retirèrent. La nuit avancée, un serviteur tamisa les lumières.

— Que diriez-vous d'aller sur la terrasse, puisque nous sommes seuls ? proposa l'hôte à son invitée.

— Avec grand plaisir, accepta Adali en feignant l'entrain.

Ils montèrent encore d'un étage et s'engagèrent sur une avancée de la maison surplombant la majorité de la ville. Des lumières illuminaient la zone primaire ; la tertiaire seulement éclairée de feux presque invisibles vus d'ici. La secondaire, encore une fois un mélange, ne regorgeait pas de réverbères, mais n'était pas entièrement plongée dans l'obscurité. La vue n'en restait pas moins splendide : le *soo*, ce vent du désert propre au nord d'Obside, semblait souffler des braises sur la cité pour tempérer son flamboiement en rougeoiement.

Irokzs se plaça derrière Adali, la saisit par la taille — elle retint un sursaut — et la fit pivoter afin qu'elle aperçoive les montagnes. Sur leurs flancs, des installations de filtrage de l'eau se prolongeaient en longs tuyaux vers Ondkar. Toute la beauté résidait dans l'étoile Oedib qui se levait à l'horizon. La ville cachée sous l'ombre des monts, la lumière reflétait mille feux sur la neige immaculée qui les recouvrait. Des nuages gris accrochés à leurs sommets donnaient la sensation d'un temps figé. Adali en oublia Edgah.

Ce dernier remonta ses mains le long de la taille de la jeune frizienne, ce qui la ramena dans l'instant présent. Elle ne protesta pas, car elle savait que pour accomplir le nécessaire, il devait se sentir en totale confiance. Il provoqua un léger frisson le long de sa colonne vertébrale en effleurant son cou de ses lèvres. Ses mains passèrent sous sa robe avec assurance, et il l'entraîna au sol.

12

Fuite

Yaé courait à travers les rues d'Ythkar en tenant fermement Ode. À chaque fois qu'il apercevait un groupe de soldats ou des drones, il plaquait son amie contre le mur et lui mettait la main sur la bouche. Il fallait absolument quitter la ville. Ils pénétrèrent dans la zone tertiaire, et les patrouilles se raréfièrent pour laisser place à une multitude d'extraterrestres. Une voix s'éleva dans le ciel :

— *Votre attention, s'il vous plaît, nous recherchons deux soldats mutins. Si vous les interceptez ou êtes en possession d'informations pouvant mener à leur arrestation, vous recevrez une récompense. Avis de recherche, morts ou vifs. Récompense morts : 1000 Dots. Récompense vivants : 5000 Dots.*

Le jeune homme sentit son cœur rater un battement. Un vaisseau projetait leurs deux portraits dans le ciel. Il enfonça aussitôt sa casquette et celle d'Ode. Ils traversèrent la zone tertiaire la tête baissée, suscitant parfois des regards méfiants d'Obsidiens. Alors qu'ils quittaient les taudis, un alien les accosta. Une créature étrange haute de trois bons mètres, avec un crâne en forme de poire disproportionnée et effilée, à la peau extrêmement claire et même translucide à certains endroits. Ses habits trop courts lui donnaient un aspect grotesque.

— Je vous connais, Humains, dit-il avec un accent feutré.

Ses intonations se rapprochaient d'une sorte de chuchotement à voix haute.

— Vous vous trompez, nia précipitamment Yaé en reprenant sa marche.

— Non, attendez !

L'extraterrestre les suivit et pencha sa face difforme vers eux pour mieux les scruter. Ses deux yeux globuleux se retrouvèrent en face de Yaé qui sursauta et accéléra nettement. L'être eut une révélation et se mit à crier à qui voulait l'entendre :

— CE SONT EUX ! LES FUGITIFS TUEURS !

Yaé saisit brutalement Ode pour ne pas la perdre et, abandonnant la discrétion, sprinta droit devant. À chaque foulée, sa brûlure au dos lui infligeait un supplice et le ralentissait de façon inquiétante, mais il continuait de se frayer un chemin à grands cris et coups de coudes. La zone tertiaire laissa vite place à des fermes abandonnées. Yaé risqua un coup œil par-dessus son épaule et manqua de peu un arrêt cardiaque. Une trentaine de personnes brandissait des armes, à leurs trousses.

Le chauffeur d'un vaisseau, un Obsidien arrêté non loin, urinait sur un muret fracassé. Yaé y trouva leur porte de sortie. Il fonça sur lui, le frappa du poing et sauta dans son véhicule. Ode tenta tant bien que mal de s'agripper à une prise, plongée dans l'incompréhension la plus totale.

— Comment démarrer un transporteur léger de classe A-X2 !? s'écria-t-il, désespéré, en lisant la fiche du speeder à la va-vite.

Il n'avait jamais rien conduit de plus gros qu'une aémoto et était incapable de saisir le fonctionnement de ce vaisseau. Il verrouilla les portes juste avant que la foule se jette contre les vitres providentiellement renforcées de branches en acier.

— Appuie sur le gros bouton noir au-dessus de toi, débita précipitamment Ode. Baisse les deux leviers au centre, allume les réacteurs...

Une salve de balles traversa la cabine et manqua de peu Yaé.

— ... allume les réacteurs en tirant sur la manette qui dépasse en haut à gauche du tableau de bord et dirige avec le troisième levier, le plus à gauche, au centre !

Il s'exécuta, fébrile. Les réacteurs laser s'allumèrent dans un tourbillon de lumière, et le speeder décolla à deux mètres du sol, sans avancer.

— Ça ne marche pas !

— J'sais pas, dit-elle, paniquée par les raclements des couteaux sur la coque, tu as dû te tromper !

— Non, j'ai fait exactement ce que tu m'as dit !

— ... JE SAIS ! Le guidage automatique doit être endommagé. Il faut le contourner ; il y a sûrement deux câbles qui pendent sous ton siège, fais-les se toucher et fonce !

De nouvelles balles frappèrent l'une des vitres. Heureusement, les Obsidiens qui les attaquaient, plus petits que des Humains, ne parvenaient pas à atteindre le vaisseau en suspension. Yaé plongea sous son siège et trouva deux gros câbles noirs. Il les mit en contact, et une gerbe d'étincelles blessa son visage. Il se rassit en vitesse et saisit à pleine main le manche directionnel. Il allait l'abaisser quand une tête en forme de poire s'insinua dans l'habitacle.

L'alien projeta ses deux bras pour enserrer le cou de Yaé et coupa sa respiration. Ce dernier appuya sur le levier avec hargne, et le véhicule partit dans une embardée. L'extraterrestre s'accrocha, son emprise accentuée par l'accélération de l'engin. Yaé tenta de le frapper et d'attraper son pistolet, mais la pression écrasait sa gorge. Il parvint à grommeler :

— Ode… aide… moi…

Il ne sut pas si elle l'entendit, et il suffoqua. Des étoiles se dessinaient quand un poing heurta sa joue. Ode, aveugle, essayait de frapper son ennemi. Elle le toucha la fois suivante à l'abdomen, puis réussit enfin à envoyer ses doigts tendus dans le visage de l'alien. Elle planta ses ongles dans son front et le griffa violemment. L'énergumène poussa un cri strident et relâcha sa prise, permettant à Yaé d'aspirer une goulée d'air salvatrice. L'être s'accrocha à la vitre, des morceaux de verre enfoncés dans les mains. Yaé saisit son poignard et le planta dans ses poignets. La créature s'écrasa au bas des dunes et disparut dans le sable alors que le vaisseau continuait sa route.

Le speeder fila droit dans le désert. Ythkar n'était pas plus grosse qu'un village.

— Ça va ? demanda-t-il à Ode, la voix rauque.

— Oui, mais qu'est-ce qu'il s'est passé ? sanglota-t-elle, presque hystérique.

Il lâcha une quinte de toux, et la douleur de son dos remonta en flèche.

— D'abord, donne-moi ta montre !

— Ma montre ? Pourquoi ?

— Elle contient un localisateur. Je n'ai pas vraiment envie que l'armée nous retrouve.

Ode n'ajouta pas un mot et lui remit sa montre, visant un peu à côté de l'endroit où il se trouvait. En gardant le levier dans une main, Yaé détacha la sienne et balança les deux par le trou de la fenêtre pulvérisée.

— Tu sais où tu nous emmènes ? s'inquiéta Ode, un peu plus tard, alors que la chaleur montait rapidement dans l'appareil dénué d'air conditionné.

— Loin d'Ythkar et de l'armée. J'imagine qu'ils ont des satellites qui peuvent nous repérer s'ils le veulent vraiment. Je compte trouver un endroit où abandonner ce vaisseau pour en prendre un autre.

— Tu vas me dire ce qu'il nous est arrivé ?

— En résumé, Heldant a essayé de nous tuer. Je l'ai assommé, j'ai tué ses complices, et j'ai détruit le drone de surveillance. Ensuite, on a fui pour ne pas se faire prendre, et ils ont diffusé un avis de recherche dans toute la ville, tu l'as entendu. Un alien nous a reconnus, je nous ai emmenés hors de la zone tertiaire, et j'ai volé ce vaisseau à un Obsidien. Ce taré d'extraterrestre à grosse tête a décidé de me tuer, et tu lui as lacéré le visage.

Il reprit sa respiration, encore retourné par les événements :

— Tu pourrais m'expliquer comment tu connais aussi bien le fonctionnement de cet engin vieux comme le monde ? la questionna-t-il, intrigué.

— On a eu de la chance. Petite, j'ai volé plusieurs transporteurs des séries A-X2, X3 et X4, pour revendre les pièces détachées. Une fois, un gars m'a expliqué qu'ils étaient faciles à démarrer, et c'est comme ça que j'ai su pour les deux câbles. Ce vaisseau était déjà volé, pour ménager ta conscience ; sinon, les deux câbles auraient été reliés au système de blocage sécuritaire du moteur.

Ils filèrent jusqu'au cœur ténébreux de la nuit. Dans l'obscurité, le moteur illuminait les environs. Ces réacteurs du passé fonctionnaient à la lumière intense des lasers créés sous la coque du vaisseau. Ils permettaient d'atteindre une vitesse de pointe et ne produisaient presque pas de pollution sonore. Du moins, sur les nouveaux modèles, car celui-ci crépitait, bricolé. Une lueur apparut au loin. À un kilomètre du petit village, Yaé s'arrêta et improvisa un plan :

— Garde le vaisseau ; je te laisse un pistolet, sers-t'en seulement si tu es sûre que quelqu'un d'autre que moi arrive.

— C'est très attentionné, mais je te rappelle que, pour viser, il faut des yeux...

— Tire en l'air pour effrayer les intrus. Je vais essayer de voler un autre vaisseau.

Ode ne perdit pas son scepticisme. Il mit une arme dans sa main et partit à pied vers le village. Des dunes sillonnaient le paysage et ralentirent un peu sa progression. Au bout d'une demi-heure environ, il arriva à proximité des tentes blanches regroupées autour d'une oasis. Yaé repéra les trois uniques vaisseaux du campement. Il rampa dans leur direction, attentif car des voix s'élevaient non loin.

Au pied de l'un des véhicules, il aperçut un Obsidien montant la garde à deux pas de lui. Il parlait avec quelqu'un hors du champ de vision de Yaé. Ils s'exprimaient dans une langue plus râpeuse que celle qui sortait de la bouche des Obsidiens ordinaires. Des claquements sur le palais ponctuaient leurs paroles, comme si deux insectes conversaient.

Yaé se faufila vers le speeder le plus éloigné d'eux, rafistolé par de multiples plaques de métal usagé. Il frissonna dans la fraîcheur causée par la proximité de l'eau et tenta sa chance en ouvrant la porte du sas qu'il trouva ouverte. Il se glissa à l'intérieur et s'immobilisa car quelqu'un approchait. Une ombre passa sur le cockpit, et il se plaqua contre le siège pour disparaître. Le coffre grinça, puis claqua. Yaé patienta un instant pour se relever. Heureusement, le fonctionnement de ce vaisseau ressemblait à celui qu'il pilotait depuis Ythkar. Il se remémora tous les points de la procédure car il n'aurait qu'une chance : appuyer sur un gros bouton noir au-dessus de lui, baisser les deux leviers à gauche... non, au centre, puis tirer la manette en haut à gauche du tableau de bord. Il vérifia qu'aucun câble ne pendait sous son siège.

Il agit alors le plus rapidement possible. Il décolla et effectua une marche arrière saccadée. Parvenu au véhicule où attendait Ode, il s'annonça pour qu'elle ne tire pas. Il la porta dans ses bras pour ne pas perdre de temps et démarra dès qu'elle monta sur le siège passager. Ils s'éloignèrent de l'oasis et volèrent pendant des heures vers l'est, guidés par la boussole incrustée sur le tableau de bord. Lorsque Oedib se leva, il s'arrêta pour dormir. Il couvrit la jeune femme de sa veste pour la réchauffer, mais elle nageait déjà dans l'inconscience.

≈

Adali ouvrit ses lèvres et laissa Irokzs l'embrasser à pleine bouche. Fébrile, il allait et venait sur sa poitrine et son ventre. Elle lui rendit ces caresses en touchant son corps avec passion, puis le retourna sur le dos pour s'accroupir sur son bassin. Elle sentait l'Humain totalement à sa merci. Ses prunelles charmeuses cédèrent la place à une rougeur de folie avec un seul désir : elle.

La fausse Nohal se glissa jusqu'à sa braguette, qu'elle effleura pour lui faire oublier le sens du mot « méfiance ». Elle dégagea sa chemise, tandis qu'il s'attaquait à la base de ses cuisses et remontait sa robe. Il atteignit presque son but, et elle saisit un étui fixé dans l'un de ses gants. Elle l'embrassa pour effacer son air interrogateur.

Adali sortit de la housse une aiguille et repoussa doucement les mains de l'homme finissant de la déshabiller. Il lâcha un soupir de frustration remplacé par un autre de satisfaction quand elle posa ses lèvres sur son torse, et se baissa jusqu'à être au niveau de sa ceinture. La tête penchée en arrière, il ne pensait plus qu'à son plaisir proche. La Frizienne planta presque délicatement la pointe dans le ventre d'Irokzs. Elle étouffa son gémissement.

Elle l'immobilisa en appuyant de tout son poids sur son abdomen pour l'empêcher de respirer. Le poison l'endormit, et elle le relâcha. Étendu au sol, la bouche grande ouverte, la ceinture défaite, des traces de rouge à lèvres sur le visage et le corps, elle soupira en voyant son état pitoyable. La jeune femme était torse nu, son collant déchiré. Elle se rhabilla à la hâte et constata que son maquillage avait mal vécu la scène de *passion* avec l'Humain. Sa peau grise se trahissait à de nombreux endroits, mais l'obscurité l'avait cachée à Irokzs.

Elle traîna le corps au bord de la terrasse, puis arracha les rideaux de la pièce la plus proche. Elle les attacha solidement les uns aux autres. Quand elle passa le nœud coulant autour de la gorge de sa victime endormie, un filet de bave dégoulina sur son menton, et l'aversion qu'Adali ressentait s'accentua encore. Elle fixa l'autre extrémité de la « corde » à la balustrade et la noua à plusieurs barreaux pour qu'ils ne cèdent pas. Adali souleva l'homme avec difficulté et l'envoya valser par-dessus la rambarde. Elle s'assura qu'il pende bien, contempla cette danse macabre et sauta à son tour dans le vide en s'accrochant aux draps.

Son plan d'assassinat constituait aussi sa porte de sortie, car des gardes surveillaient toutes les entrées de la demeure. Elle glissa sur une bonne dizaine de mètres, puis s'agrippa au corps qui virait au bleu. Suspendue à ses pieds, elle se laissa tomber au sol. La chute fut brève, et elle se rattrapa en souplesse. Dans le jardin, elle s'accroupit pour atteindre le mur d'enceinte et l'escalada en veillant à se placer hors du champ de vision de la caméra, à sa droite. Elle marcha une centaine de mètres dans une rue adjacente. L'Ombre l'y attendait dans le vaisseau noir. Elle n'eut qu'à prononcer :

— C'est fait.

Le temps du retour, ils n'échangèrent pas un mot, sauf lors du contrôle de sécurité. Oedib éclairait la vallée, et Adali baissa la tête pour cacher sa peau grise visible sous son maquillage abîmé. Elle se sentait souillée d'avoir dû s'abaisser à presque coucher avec l'homme pour le tuer sans éveiller de soupçons. Elle savait pourtant que si elle s'était contentée de l'assassiner d'une balle ou d'un coup de poignard, cela aurait suspendu la succession pendant des mois, le temps de l'enquête. Or, Edgah Irokzs était connu pour son goût de l'alcool : peu s'étonneraient que, trop saoul ou drogué, il ait fait une crise d'angoisse et se soit pendu.

À l'hôtel, Adali se lava immédiatement en frottant rudement sa peau avec un produit désinfectant, faute d'eau courante pour la salle de bains. Elle se gratta pour enlever la moindre trace de la soirée et de l'Humain, ne s'arrêtant que lorsque son odeur eut entièrement disparu.

≈

Le lendemain, l'Ombre matérialisa une image d'un bâtonnet métallique. La version officielle de la mort d'Irokzs. Adali n'avait jamais avoué à son maître ses difficultés de lecture. Elle prit le journal virtuel pour tenter de le déchiffrer, mais le repoussa violemment, frustrée par son incapacité à lire correctement.

— Si tu le souhaites, l'Ombre travaillera avec toi les lettres.

— Je lis très bien ! se défendit-elle.

— Alors, tout va bien.

— Tout va bien.

Le petit sourire de son maître énervait particulièrement Adali. Elle ne pipa mot. Il changea subitement de sujet :

— Tu as réussi à merveille ta première mission, bien que plutôt simple, étant donné que la cible aurait invité n'importe quelle jolie femme riche dans sa maison. Le prochain objectif sera beaucoup plus dur.

— De qui s'agit-il ?

— Le général Naïl N'enestpak.

— Naïl Nenequoi ? répéta-t-elle, incrédule.

— N'enestpak, et c'est une femme, ajouta l'Ombre.

— Qui est-ce, cette Naïl, pour mériter ce sort ?

— Elle compte parmi les dix généraux supérieurs de l'Armée Terrienne. L'Ombre ne sait ni où elle est, ni comment passer outre sa protection rapprochée. Les dix généraux supérieurs sont les seuls à porter la ceinture noire, le grade suprême. Leurs gardes du corps sont, comme pour les « trois Grands » et leurs ministres, des Aquéens.

— Cela pose un problème ?

— L'Ombre a assassiné des individus de la plupart des espèces connues. Les seuls qui faillirent en réchapper et le tuer étaient Aquéens. Ils viennent de la planète AquaPrim, et sont les maîtres de tout l'espace connu en ce qui concerne la robotique. Leur peuple s'implante des prothèses pour mieux vivre ou mieux tuer. Ils ont une apparence cousine des pieuvres terriennes et sont en grande majorité des cyborgs.

— Combien de ces Aquéens protègent notre cible ? se soucia Adali.

— Étant donné son grade, ses gardes devraient être une dizaine.

— Pourquoi...

— Ne pose plus de questions, les réponses viendront d'elles-mêmes.

Coupée dans son élan, elle se tut, frustrée. Satisfait, l'Ombre reprit :

— Pour avoir une chance de tuer N'enestpak et ceux qui suivront, tu devras être capable de te débrouiller seule.

— Je ne comprends pas, rétorqua Adali, vous me disiez l'autre jour que le temps pressait et que, à cause de ça, mon entraînement se finirait sur le tas.

— En effet, mais lorsque l'Ombre dit cela, il ne prévoyait pas d'avoir à tuer un général supérieur. Les Obsidiens ont envoyé l'information par réseau protégé pendant ton sommeil, il est crucial de supprimer N'enestpak. Elle contrôle les troupes humaines d'Obside avec le général Amaur Baksh, et la Coalition a fabriqué un clone pour la remplacer.

— Un clone...

— Oui, ils y travaillent depuis des années. Comme tu le sais peut-être, les clones ont tendance à ne pas vouloir obéir à leurs créateurs et à revendiquer une autonomie plus forte que les Humains. La Coalition l'a fabriquée de façon qu'elle suive précisément les ordres, sous peine qu'elle devienne totalement inutile. Pendant tout ce temps, ils l'ont formatée pour qu'elle imite N'enestpak sans éveiller les soupçons. Un agent aussi haut placé serait un important changement dans la lutte.

« C'est aussi pour cela que l'opération sera particulièrement délicate, car il faut la supprimer sans que ses gardes du corps s'en rendent compte. Ils préviendraient immédiatement le gouvernement, et cette longue préparation s'avérerait vaine. L'Ombre ne peut pas mener à bien cette mission seul, il a besoin de toi. Actuellement, tu ne serais pas très efficace. Mais, mieux entraînée, ton aide sera précieuse.

— Vous préférez perdre du temps à m'entraîner plutôt que de vous associer à quelqu'un de plus expérimenté ? demanda Adali, à la fois flattée et surprise.

— Oui, car sans tes dons, l'opération a trop de risques de capoter. Si l'Ombre t'a prise en tant qu'apprentie, c'est entre autres pour ton pouvoir unique ; ton esprit, formé et préparé, deviendra une arme d'une puissance phénoménale. En attendant, tu accompliras des missions seule pour te former pendant que l'Ombre négociera des arrangements avec des cités rebelles.

Adali était partagée. Heureuse de reprendre son entraînement car elle deviendrait ainsi plus forte, mais apeurée par ce qui l'attendait. Sa formation à « l'art de l'assassinat » tournait à la formation d'une arme. Elle voulait bien incarner cette arme à condition de se servir elle-même. D'autant plus après avoir entendu les dires de son maître sur la Coalition Libre. Elle n'avait aucune envie de finir au service d'une cause qui prétendait se battre pour la liberté mais défendait en réalité son opposé.

L'Ombre ne lui laissa pas le temps de réfléchir plus longtemps et la poussa dans le dos de l'une de ses multiples mains :

— Arrête de rêvasser. Ton réel entraînement commence.

13

Cités rebelles

Yaé et Ode s'éloignèrent des agglomérations. Ils ne firent des pauses que pour acheter de la nourriture, de l'eau et du carburant. Par chance, le propriétaire du speeder avait laissé la plupart de ses affaires dans le coffre. Les trois cent trente Dots suffirent largement pour voyager pendant plus d'une semaine sans subir de pénuries. Faute de carburant, Yaé décida de s'arrêter dans une ville, Couqhtar, pour se connecter au réseau planétaire et reposer son dos toujours aussi douloureux. Ode pirata un transmetteur local sans difficulté, prouvant son talent au jeune homme.

Ils cherchèrent où se rendre sans risquer l'arrestation. Leurs visages s'affichaient partout dès qu'il était question d'Obside. Ode pirata des sous-réseaux de l'armée peu protégés, et ils tombèrent sur une carte montrant les endroits de cette partie de la planète non occupés militairement. Leur voyage reprit le soir venu, avec pour destination le Pic Noir. Selon les vagues informations récoltées sur le réseau, les troupes du Gouvernement Colonial Terrien n'occupaient pas ce lieu car il ne contenait aucune ressource exploitable. De surcroît, les habitants représentaient un danger. Les dissidents qui y vivaient, de diverses origines, s'obstinaient à ne laisser aucun militaire approcher. Sans intérêt à posséder cette montagne sans valeur pour eux, les colons se désintéressèrent des rebelles reclus et se contentèrent de poser des barrières de sécurité autour de la zone. Aisé d'y entrer, pas d'en sortir.

Ode et Yaé arrivèrent en vue du Pic Noir au bout d'une quinzaine d'heures de vol. À environ dix kilomètres, des piquets plantés dans le sol encerclaient la masse sombre. De grosses mitrailleuses surmontées de caméras de surveillance portaient la trace d'impacts de balles sur leur blindage. Elles pivotèrent en un dixième de seconde, et ils se retrouvèrent dans le viseur des tourelles. Une voix robotique jaillit d'un haut-parleur :

— *Vous allez entrer dans une zone interdite. En y pénétrant, vous vous engagez à ne plus en sortir. Au moindre geste agressif, vous serez éliminés. Cette zone est classée à 8/10 en dangerosité pour un Humain. Veuillez faire demi-tour ou pénétrer dans la zone. Vous avez vingt secondes.*

Yaé hésita un instant puis actionna le levier de commande. Ils dépassèrent les tourelles qui les suivirent jusqu'à ce qu'ils soient hors de portée — et foncèrent vers le Pic Noir. Immense, son sommet défiait les cieux. Son cratère éteint n'en restait pas moins effrayant. Une pierre d'un noir usé coulait sur les flancs du volcan, puis s'éclaircissait pour devenir rouge à sa base, jusqu'à se fondre dans les couleurs du désert, sans aucune trace de végétation. Logeait à son pied une petite ville, insignifiante en comparaison de la masse qui la dominait. De loin, elle semblait moins grande que Couqhtar et abritait, tout au plus, une vingtaine de milliers de personnes. Les murailles qui entouraient les habitations mélangeaient divers styles architecturaux.

Un groupe de gardes armés les stoppa à la porte de la ville, vêtus de casques et de cuirasses marqués par le temps. Des Humains, des Obsidiens, ainsi que d'autres aliens dont Yaé ne parvint pas à déterminer l'appartenance. Cela ne fit qu'accentuer l'aura inquiétante qu'ils dégageaient.

Yaé n'entrevit pas un instant la possibilité de leur désobéir en découvrant de terrifiantes tourelles qui les gardaient en joue. L'un des soldats les somma d'ouvrir la fenêtre et, sans retirer son doigt de la gâchette, s'adressa à eux d'un ton agressif :

— Qui êtes-vous et que faites-vous là !?

L'accent saccadé de l'Humaine trahissait son origine non terrienne.

— Nous ne souhaitons pas nous battre, assura Yaé en mettant ses mains en évidence. Nous cherchons asile, il paraît que votre ville ouvre ses portes aux réfugiés.

— Vous entendez ça ? se moqua un humanoïde à quatre bras. Ils ne viennent pas se battre, comme c'est étonnant !

La garde humaine parut sourire sous son casque mais ne releva pas. Elle se contenta de répondre à Yaé :

— Nous sommes une cité guerrière, nous n'accueillons aucun réfugié ! Les seuls acceptés sont ceux utiles, et ton amie est un peu... handicapée, non ?

Ode serra les dents de colère.

— Pourquoi fuyez-vous les autres villes de la planète ? s'enquit l'Humaine, méfiante.

Sans autre choix apparent, Yaé avoua :

— Nous étions dans le 311ème régiment de l'Armée Terrienne sur Obside. Nous avons eu des problèmes avec notre officier et des soldats de notre groupe. Ils nous ont attaqués, et j'en ai tué la plupart, c'est pourquoi nous sommes recherchés et nous fuyons. Nous voulons trouver un endroit où l'armée ne nous débusquera jamais.

— En quoi nous seriez-vous utiles ? Chaque personne ici a mérité sa place, et pour être honnête, je n'ai aucune sympathie envers les soldats de l'Armée Terrienne…

— Je suis soldat, rétorqua Yaé, si vous êtes vraiment une cité guerrière, une arme en plus ne vous encombrera pas.

Elle désigna Ode du menton dans un geste méprisant :

— Et pour la fille ?

Yaé ouvrit la bouche pour répondre et la referma car il se rendit compte qu'Ode ne saurait encore être considérée comme une militaire. L'intéressée intervint avec détermination :

— Je suis peut-être aveugle, inutile comme soldat, mais vous ne trouverez personne d'aussi doué que moi dans votre ville pour pirater des réseaux. J'ai fait ça toute ma vie, je n'ai pas besoin de mes yeux pour continuer ! Je suis capable de créer n'importe quel algorithme pour vos systèmes de défense, ou pirater des réseaux cryptés pour obtenir des informations, détourner des drones…

Yaé retint sa surprise ; Ode lui avait prouvé qu'elle savait pirater des réseaux, mais pas précisé sa haute expertise dans ce domaine, comme elle venait de le prétendre. Il fallait espérer que ce soit le cas ou ils seraient en mauvaise posture. La femme sonda le visage d'Ode.

— Prouve-le, et nous vous accepterons à Pic.

Elle se tourna vers ses hommes et aboya des ordres. Yaé et Ode descendirent du vaisseau, et une escorte les emmena dans la ville, dans une salle au sous-sol, où des ordinateurs branchés en série émettaient une lumière blafarde.

— Très bien, petite, dit la garde, tu vas pirater l'une de nos tourelles de protection du mur d'enceinte. Si tu y arrives plus vite que nos techniciens, je vous accepterai à Pic.

Yaé accompagna son amie à l'écran et lui posa les mains sur le clavier virtuel. Un homme plaça un dispositif contre l'oreille d'Ode et ouvrit l'interface qui correspondait à la tourelle ciblée. Elle adopta un air grave, fronça les sourcils et entra des lignes de codes dans un ensemble. Ses doigts hésitaient parfois, comme s'ils cherchaient un chiffre perdu. Au bout d'une ou deux minutes, la page virtuelle emplie de formules mathématiques, Ode s'arrêta. Elle se tourna vers l'endroit où elle pensait trouver la garde en réalité à l'opposé.

— Votre tourelle est désactivée, affirma-t-elle, confiante.

Un extraterrestre chuchota à l'oreille de la responsable, qui déclara :

— Vous avez mérité votre place ; soyez les bienvenus dans la ville de Pic.

Yaé sourit instantanément, heureux qu'Ode réussisse à se faire accepter dans la ville du Pic Noir aussi facilement. Il mit la main sur son épaule d'un geste amical et observa la garde retirer son casque et ranger son arme dans son étui. Son visage montrait sa trentaine d'années, encadré de cheveux blonds et illuminé par des yeux verts. Reflétant la vie de soldat qu'elle menait, les muscles de son corps fin gonflaient légèrement sa cuirasse. Elle interpella Ode :

— Tu nous seras utile !

Fière de ne plus être considérée simplement comme une infirme, la jeune femme esquissa une moue satisfaite. La garde, de son nom Xeï, les invita à la suivre dans la cité :

— Venez, nous ne recevons pas souvent de visiteurs !

À Pic habitaient presque toutes les espèces intelligentes connues et, à la différence des autres villes d'Obside, elles vivaient ensemble, unies. Comme Xeï le précisa, chacun occupait un rôle bien précis : réparer les armes, remettre en état les ordinateurs, nettoyer les canalisations… Le hasard n'entrait pas en compte, la ville baignait dans une organisation surprenante. Aucun enfant ne courait, rien ne perturbait l'ordre, et les miliciens patrouillaient uniquement sur le mur d'enceinte. Xeï leur expliqua qu'un couple de Mugiens, nommés les Régents, dirigeait Pic depuis plus de cent ans terriens.

— Ce n'est pas le régime idéal, et il y aurait beaucoup à redire sur la politique des Régents. C'est quand même mieux que les villes sous tutelle du GCT, si l'on omet les attaques gobs. Chaque habitant de Pic remplit son rôle dans la vie quotidienne pour mériter la protection de notre milice. Ici, l'ordre règne et, même si ce n'est pas parfait, nous sommes en paix les uns avec les autres. Je ne sais pas si deux soldats de l'Armée Terrienne peuvent comprendre cela… ajouta-t-elle.

Dans cette phrase se glissa un soupçon d'ironie. Ce n'était pas la première boutade de Xeï sur l'Armée Terrienne ; elle avait visiblement une dent contre cette dernière, et Yaé ignora la provocation.

Dans cette stricte organisation de Pic, Xeï jouissait de prérogatives en tant que commandante de la défense, notamment celle de guider Yaé et Ode dans la cité. Elle devait profiter de leur présence pour échapper à ses obligations car elle s'appliqua à détailler des éléments plutôt superflus sur la vie à Pic. Les rebelles étaient entièrement autonomes, sauf pour l'armement. Pour se procurer les pièces détachées nécessaires à leur sécurité en cas d'attaque du GCT ou des Gobs, ils organisaient des excursions en dehors de la zone clôturée par les tourelles. Ils avaient mis en place un système de piratage assez développé pour ne pas alerter les autorités obsidées. Grâce à lui, des petits groupes sortaient parfois de la cité. L'espace demeurait inaccessible depuis le Pic Noir car une base spatiale du gouvernement obsidé bloquait toute fuite des insurgés. Hormis cela, Pic assumait sa population via le volcan qui la surplombait. Grâce au lac du cratère et à des pertes minimes grâce à un recyclage constant, l'eau ne posait pas problème, permettant des cultures vivrières.

Dès le lendemain, les nouveaux arrivés commenceraient à leur tour à œuvrer pour la communauté. Ils seraient bien entendu affectés à des postes différents. Ode se crispa en entendant cela. Depuis l'explosion qui l'avait rendue aveugle, elle s'était rapprochée de Yaé, rassurée par sa présence. Il réussit à convaincre Xeï de leur accorder une chambre commune, bien que la commandante refuse net au début. Elle changea d'avis en comprenant qu'Ode ne travaillerait pas efficacement sans ce sentiment de sécurité.

— Très bien, accorda-t-elle, mais je vous préviens, vous serez à l'étroit ! On ne possède pas des chambres pour deux à volonté ici. Si vous en voulez une plus confortable, méritez-la. Ici, tout privilège s'obtient au mérite… C'est ainsi !

Le sujet clos, ils se dirigèrent vers le lieu de distribution de la nourriture. À Pic, aucune monnaie n'était en vigueur ; si une personne travaillait pour la ville, celle-ci la nourrissait. Yaé et Ode partagèrent un repas frugal avec leur guide. Xeï parut au départ méprisante mais, le ventre plein, elle s'avéra de très bonne compagnie. Ses histoires regorgeaient de faits amusants, et son caractère aussi railleur que provocateur plut au jeune homme. Il plaisanta avec elle jusqu'à ce que la nuit tombe, Ode demeurant silencieuse. Xeï les mena à leur chambre, située dans un immeuble inspiré d'une habitation terrienne. Elle laissa à Yaé un plan afin qu'il trouve son affectation le lendemain matin. Un véhicule viendrait récupérer Ode.

Les deux amis se couchèrent côte à côte. Très vite, Ode vint se serrer contre Yaé pour s'endormir. Ce dernier se prit à rêver que cette ville, si différente de ce qu'il connaissait jusqu'alors, pourrait le rendre heureux.

≈

Adali et son maître interrompirent leur périple l'espace d'une soirée, dans un camp de nomades obsidiens. L'Ombre, qui y avait d'anciennes connaissances, tenait à les rallier à la rébellion obsidienne. Ce fut un échec, et l'Ombre, frustré, se mit en tête de convaincre les groupes importants de la planète de rejoindre l'opposition au Gouvernement Colonial Terrien, au lieu de se concentrer sur les petites formations. Celles-ci, guère plus d'une dizaine, voyaient leurs centres d'opération éparpillés aux quatre coins du monde. Ils prirent la route pour Hal-M2.

Le voyage dura des semaines, et l'Ombre ne rata pas une occasion de tester Adali, autant physiquement que mentalement. Les exercices de rapidité, d'agilité, de réflexes se mêlaient aux cours magistraux plus généraux. Bien que découvrir l'histoire du GCT et de Terre l'exaspère, elle passait au moins deux heures par jour à écouter des dates se succéder et à les mémoriser. Contrairement au passé du GCT, celui des autres mondes l'intéressait énormément. Elle connaissait l'existence de beaucoup de planètes habitées, mais jamais elle n'aurait espéré en apprendre autant sur elles et leurs habitants. Mumeg, AquaPrim, Rosair, Terre2, Tad, Milif, Bief, Héli, Atalata, Cumscie, Kepler-973... Ces noms se bousculaient dans son esprit, suivis de ceux des espèces extraterrestres intelligentes.

Épuisée par la quantité d'informations et d'exigences physiques soudain nécessaires, Adali ne voyait pas le temps filer. Presque un mois après avoir quitté les nomades, ils arrivèrent à Hal-M2. Ils furent obligés de faire un détour qui leur prit une semaine pour éviter les sauvages du Désert Épineux, qui attaquaient quiconque passait sur leur territoire.

Hal-M2 : pire qu'un désert, pire qu'un cimetière désolé. Des centaines d'années auparavant, une mer magnifique occupait cet espace, comme en témoignaient les archives du réseau. En restait une bande de terre noircie et irradiée, conséquence de son peuple de refuser l'emprise du GCT. Autrefois habitée par des tribus vivant sur les flots, Hal-M2 servit de point de ralliement à une grande partie de l'opposition obsidienne. La réponse du GCT fut rapide : la destruction pure et simple de ce qui s'y trouvait.

Hal-M2, ancien symbole de liberté, devint avec le temps celui de la peur. Depuis une cinquantaine d'années seulement, des rebelles s'y installaient à nouveau. La raison, évidente : même le GCT n'osait plus y venir. D'ailleurs, pourquoi le ferait-il ? Personne n'envisagerait d'habiter dans cette ancienne mer, située au milieu de nulle part. Et pourtant, un important groupe de rebelles s'était formé dans ce désert ardent. De loin, impossible d'y deviner des signes de vie, aussi Adali douta-t-elle qu'ils soient arrivés au bon endroit.

— Ne te leurre pas, réagit l'Ombre en réaction à son désarroi. Une ville souterraine en expansion constante fourmille d'activités, sous cette mer asséchée. Vois-tu ces tuyaux d'évacuation au centre du désert ?

Adali plissa les yeux dans des jumelles. Ce qu'elle prit au départ pour des roches était en réalité de larges bouches d'aération.

— Personne ne serait assez inconscient pour venir chercher des résistants aussi loin au centre de Hal-M2, poursuivit l'Ombre.

— Nous si ? s'amusa Adali.

— N'aie pas d'inquiétudes, l'Ombre t'a prévu une tenue antiradiation des plus sophistiquées.

Lors d'une courte halte dans la ville de Briktar, à la limite du Désert Épineux, L'Ombre avait acheté divers accessoires. Joignant les gestes à la parole, il tendit un masque à son apprentie.

— C'est censé me protéger entièrement des radiations ? frémit-elle, réellement inquiète à présent. Vous n'auriez pas l'équipement qui va avec, par le plus grand des hasards ?

Imperturbable, l'Ombre attendit qu'elle l'enfile. Adali soupira et s'exécuta sans rien ajouter. Il recouvrait ses yeux, son nez et sa bouche, fixé par une attache à l'arrière de sa tête. Un gel frais coula sur sa peau et lui arracha une petite grimace. La Frizienne frissonna de dégoût au contact de la matière visqueuse. Le fluide passa sous ses vêtements pour recouvrir la moindre parcelle de son corps. Bientôt, une carapace translucide l'isolait entièrement. Malgré une sensation d'étrangeté, elle se mouvait librement.

L'Ombre alluma le moteur.

— Vous ne mettez pas de masque ?

Adali sursauta en entendant sa voix grave et rocailleuse dont la combinaison filtrait les aigus.

— Les Atalatéens ne craignent pas les radiations telles que celles-ci, c'est pourquoi ils sont très utiles aux Humains pour travailler dans des zones irradiées.

N'attendant pas de réponse à ceci, l'Ombre démarra. Au fur et à mesure qu'ils se rapprochaient de Hal-M2, toute trace de végétation disparaissait, le sol se craquelait, et des panaches de fumée sortaient de multiples cratères. Au centre planait une sensation de non vie. Ils avançaient rapidement vers les bouches d'aération. Soudain, des tourelles surgirent à une centaine de mètres. L'Ombre ralentit avec confiance et se rangea devant l'une d'elles. Une caméra les scruta, puis elle s'effaça, et il reprit sa route.

— L'Ombre est déjà venu de nombreuses fois à Hal, expliqua l'Atalatéen, les gardiens le connaissent.

Adali s'abstint de tout commentaire ; l'Ombre dévoilait continuellement de nouvelles parcelles étonnantes de sa vie. Chaque jour, elle percevait davantage la complexité de son maître, qu'elle considérait au départ comme un simple — mais non moins excellent — tueur. Il comptait en réalité parmi les acteurs majeurs des événements se déroulant sur Obside — et peut-être sur d'autres mondes aussi ?

L'Ombre s'arrêta au-dessus d'un rocher sans particularité. Un périscope émergea d'une casemate camouflée. Un instant, il ne se passa rien, puis le vaisseau s'ébranla. Sous eux, une plate-forme s'enfonça avec lenteur. Adali déglutit ; aucune lumière n'éclairait la fosse dans laquelle ils s'engouffraient. L'obscurité régnait depuis plusieurs minutes lorsqu'enfin un puissant projecteur les éblouit. À contre-jour, une rangée de gardes armés jusqu'aux dents les surveillait attentivement. Avec leurs larges combinaisons antiradiation, difficile de deviner exactement à quelle espèce ils appartenaient.

— *Descendez du véhicule en gardant vos membres bien en vue*, grésilla une voix dans un haut-parleur.

— Sympathique, l'accueil, ne put s'empêcher de glisser Adali dans un chuchotement.

— Le bon accueil viendra, la rassura son maître, mais refoule ton ironie avec eux ; ils voient généralement leur sens de l'humour diminuer grandement en vivant à deux kilomètres sous terre au milieu de radiations mortelles...

Ils sortirent du speeder les mains en évidence. Les canons de leurs collègues braqués sur eux, des soldats fouillèrent le vaisseau. Ils se détendirent nettement en n'y découvrant rien de suspect.

— Ravi de te revoir, Moklaÿ, lança l'un d'eux en s'approchant à grands pas. Tu te souviens de moi, j'espère !

Sa taille démesurée et sa tête allongée donnaient des indices sur son origine extraterrestre, masquée par sa combinaison.

— Bien sûr, affirma le maître d'Adali. L'Ombre n'a pas croisé ton chemin depuis de longues années, Urw, et il est heureux de te retrouver.

— Ça, c'est sûr ! Je t'ai vu pour la dernière fois il y a plus de deux siècles ! Alors, qui est ton amie ?

D'un geste amical, il désigna Adali.

— L'Ombre est fier de te présenter Adi, son apprentie.

— Tu acceptes de former des gens, toi, maintenant ? s'étonna Urw. Je suis enchanté de te rencontrer, Adi.

Elle le salua sans montrer son trouble ; l'Ombre ne révélait pas son vrai nom, il y avait obligatoirement une raison. L'Ombre n'agissait jamais sans raison.

— Allez viens, *l'Ombre* — Urw prit un ton moqueur —, tu n'es pas venu simplement pour me rendre visite, je me trompe ?

— En effet, l'Ombre aimerait s'entretenir avec les représentants de Hal.

Urw hocha la tête, salua brièvement les soldats et invita les étrangers à le suivre. Le trio s'éloigna à travers des galeries si basses qu'Urw pliait le dos sans cesse. Ils déambulèrent dans l'humidité étouffante qui remplaçait la chaleur sèche de la surface. Les halos de lumière diffusés par les faibles éclairages ne permettaient pas de voir plus loin que cinq pas. Un bruit naquit, comme si des dizaines de plaques de métal s'entrechoquaient.

La gigantesque caverne à l'entrée de laquelle ils arrivèrent défiait les lois de la physique. Pourtant, sous terre, une cité entière s'y trouvait. Des immeubles tombaient du plafond, littéralement, creusés dans le roc, telles des stalactites de glace. Le bruit venait du fond de la grotte, cent mètres en contrebas. Une rivière démesurée s'écrasait en une cascade et s'enfonçait dans les tréfonds de la planète. À sa surface, des dizaines d'installations y récoltaient l'eau. Le liquide frappait à la fois la roche et le métal et produisait un vacarme assourdissant qui se répercutait sur les parois de la grotte dans un interminable écho. Sur les berges de la rivière, de grandes cuves filtrant les radiations occupaient le fond du gouffre. Des petits vaisseaux virevoltaient çà et là dans le vide, d'un bâtiment à l'autre, suivant une coordination incompréhensible pour un étranger. Ils grimpèrent à la suite d'Urw dans une navette. L'Ombre se pencha à l'oreille d'Adali :

— Cette ville souterraine est le plus grand centre rebelle de la planète ; l'Ombre ne voulait pas t'en dire plus avant que tu la découvres. Si la cité de Hal acceptait de rejoindre la lutte directe contre l'emprise du GCT sur Obside, la victoire serait imaginable. Le problème est que les dirigeants de ces rebelles sont des politiciens qui ne veulent ni se mouiller, ni prendre de risques. Sois prudente, ils feront tout pour éviter que l'Ombre cause des troubles au gouvernement de la planète. Une grande partie d'entre eux préfère se terrer plutôt que de combattre.

Adali et l'Ombre furent accueillis par une délégation de politiciens à la voix usée, plutôt indifférents à leur arrivée, réservés dans leur bref échange avec l'Ombre et son apprentie, présentée sous le nom d'Adi. Ils convièrent les voyageurs à dîner le soir même. Urw les conduisit à leur chambre. Il se félicitait de passer un moment avec eux et ne cessa de parler durant le trajet. Les anecdotes sur les périples de l'Ombre et lui-même se succédaient, parlant de traques et autres aventures. Autrefois chasseurs de primes, ils collaborèrent parfois. Ses histoires sautaient d'une planète à une autre, Adali suspendue à ses lèvres. Après tout ce temps passé avec l'Ombre, entendre quelqu'un s'exprimer sans énigmes sonnait étrangement à ses oreilles. La conversation d'Urw lassait probablement à la longue, mais la Frizienne éprouvait du plaisir à l'entendre.

Leur chambre équipée d'un filtre antiradiation, Urw et Adali retirèrent leurs combinaisons. Elle n'eut qu'à ôter son masque, mais le soldat enleva chaque partie de sa tenue noire. Elle l'observa plus attentivement. L'alien mesurait trois bons mètres de haut. Son visage se colorait du même blanc pâle maladif que ses yeux. Son corps musclé — hormis sa taille et sa peau presque translucide — ne différait pas tant de celui d'un Humain ou d'un Frizien. Excepté son visage qui trahissait son appartenance à une autre espèce, lui aussi étiré, à l'inverse de ses oreilles, difformes et rabougries.

— Tu dois savoir, Adi, ton maître ne s'appelait pas *Ombre* autrefois ; c'est seulement depuis son retour de son voyage dans le Block qu'il se nomme comme ça...

— Vous êtes allé dans le Block !? s'exclama Adali en se tournant vers son maître, estomaquée.

Le Block, zone sous contrôle des Gobs, ennemis jurés des races étrangères à la leur. Personne ne se rendait dans le Block — aussi appelé espace de la tri-alliance —, car ses habitants pulvérisaient n'importe quel vaisseau s'en approchant. L'armement des Gobs était presque aussi développé que celui du GCT, et une guerre terrible faisait rage entre ces deux puissances depuis plus de deux cents ans. Les Terriens voulaient exploiter le tinotium de la tri-alliance, et vice-versa.

— L'Ombre a accompli de nombreux voyages durant sa vie, ponctua l'Atalatéen, il est en effet allé sur la planète Tad.

Tad, Milif et Bief formaient ensemble la tri-alliance, uniquement peuplée de Gobs.

— Comment êtes-vous revenu vivant ? Personne n'a jamais pénétré le Block, hormis durant les raids du GCT au début de la Grande Guerre.

— Presque personne, rectifia son maître. L'Ombre compte parmi les chanceux à avoir mis le pied sur les planètes gobs. Chaque être sensé devrait aspirer à effectuer ce périple car, parmi tout ce que l'Ombre vécut, c'est incontestablement en cet endroit qu'il apprit le plus.

— C'est peu dire, reprit Urw. Dès l'instant où Moklaÿ... quand l'Ombre est revenu de chez les Gobs, son caractère a profondément changé. Les Atalatéens sont particuliers, mais en rentrant du Block, il n'était plus le même. Du jour au lendemain, il a laissé tomber le métier de chasseur de primes pour se consacrer à je ne sais quel « art »...

Urw prononça cela sur le ton de la plaisanterie mais on y décelait une certaine amertume. Adali s'abstint de répondre. La conversation durait depuis un moment quand l'alien prit congé, contraint par ses obligations de garde de Hal. Il franchit le seuil de la porte, alors la Frizienne interpella son maître :

— Urw est votre ami, pourquoi lui cacher ma véritable identité ?

— Si quelqu'un te connaît, expliqua-t-il, cela lui donne un avantage sur toi. Urw connaît en partie le passé de l'Ombre, il était nécessaire qu'il n'en apprenne pas trop sur toi. La mission qui explique ta présence et celle de l'Ombre doit être un succès, il est nécessaire de la mener à bien.

— Oui... Alors, pourquoi ne pas révéler nos vraies motivations à votre ami pour qu'il nous aide à réussir notre objectif ? rétorqua Adali.

— Sois certaine qu'Urw n'est pas retourné à son poste ; il s'est empressé d'aller rendre un rapport aux gouverneurs de Hal. Il fut un jour l'ami de l'Ombre, il y a fort longtemps. Aujourd'hui, il est au service de ses supérieurs, et ses motivations personnelles n'ont pas d'importance.

— Nous ne pouvons donc faire confiance à personne...

— Tu as gagné la confiance de l'Ombre, et sache qu'il espère que c'est réciproque. Plus tu te lieras à des personnes, plus tes ennemis auront de l'emprise sur toi ; tu es jeune, et tu as déjà beaucoup d'adversaires… ce n'est qu'un début.

14

Étreintes et intrigues

Yaé eut la bonne surprise de se retrouver assigné au groupe commandé par Xeï. Quand elle ne s'occupait pas de tâches importantes, elle venait plaisanter avec lui en effectuant des rondes sur les remparts. Elle devait l'apprécier car à aucun autre soldat elle ne parlait autant. Sans doute parce qu'il était Humain, comme elle. Native de Terre2, sa vie avant Pic demeurait très floue, comme si elle souhaitait la laisser enfouie.

Finalement, le travail du jeune homme ne différait pas tellement de celui accompli au sein de l'Armée Terrienne, excepté qu'il ne vivait plus dans la peur de personnes telles que Heldant. Comme dans son ancien régiment, une série d'exercices physiques clôturait l'après-midi. Le groupe de Xeï se composait de quatre-vingts gardes, dont une vingtaine la suivait dans ses rondes. Une partie des Obsidiens s'avéra plus aimable que dans les craintes de Yaé, mais d'autres montraient clairement leur haine envers les Humains. Même s'ils obéissaient au doigt et à l'œil à Xeï, celle-ci en rappelait certains à l'ordre de temps à autre. Alors que les différents extraterrestres s'entendaient bien entre eux, les Obsidiens avaient beaucoup de mal à accepter les Humains comme les leurs, car nombre de leurs anciens proches les vénéraient comme des dieux.

Chaque nuit, Yaé retrouvait Ode dans leur chambre. Elle rentrait souvent plus tard que lui, épuisée, mais relativement heureuse. En ville, on relatait le génie aveugle de l'informatique. Elle se révéla bien plus douée que tout ce qu'imaginait Yaé ; à moins de dix-sept ans, elle surpassait la totalité des informaticiens de Pic. Les deux amis ne discutaient pas beaucoup car Ode tendait à légèrement se vexer lorsqu'il évoquait Xeï. Elle n'aimait guère la commandante, même si la réciproque n'était pas forcément vraie. Ça ne l'empêchait pas de dormir contre Yaé, bravant la chaleur monstrueuse de la chambre. Une intimité partagée s'installait ; inutile d'en parler pour qu'elle existe.

Un soir, Xeï proposa à Yaé — et donc à Ode, indirectement — de manger dans ses quartiers privés. Situés non loin des remparts, ils permettaient à la commandante d'intervenir rapidement en cas d'attaque. L'appartement pourtant peu luxueux le restait indiscutablement pour les deux Terriens, élevés dans des bidonvilles. Des peintures représentant l'histoire des réfugiés sur Terre2, apparemment les ancêtres de Xeï, décoraient cette résidence.

On y voyait des milliers de personnes quitter la Planète Sainte et arriver sur le Nouveau Monde. Accueillis par les armes des Terriens2, leur misère reprenait. Puis venait leur prophète, nimbé d'une aura lumineuse, créateur du Théadïsme. Plus la fresque avançait dans le temps, plus les fidèles théadïstes se multipliaient, jusqu'à se scinder en deux groupes distincts : les Théadïstes et les Théadïens. Les images, dont les détails frôlaient le réalisme, montraient la période de guerre sur Terre2, puis elles se terminaient dans l'angle d'un mur, pour laisser place à une simple peinture d'un tunnel de lumière.

Des lampadaires flottant à deux mètres du sol éclairaient la pièce d'une douce et agréable clarté. Pour parfaire le tout, un souffle frais se dégageait d'un appareil posé sur un meuble. Il rendait l'air moins étouffant que dans la ville. La garde n'était peut-être pas la plus gradée de la cité, mais elle bénéficiait néanmoins d'une dépendance plus que confortable.

Exceptionnellement, le repas leur fut servi à table, sans le temps d'attente habituel dans la chaleur de la rue ; un grand privilège. Xeï versa à chacun un verre d'un liquide rouge sombre :

— Pour l'occasion, j'ai sorti l'une de mes bouteilles de sdorna, alors je vous conseille de le déguster.

— Vous arrivez à entrer de l'alcool ici ? s'étonna Yaé.

— Pas exactement, réagit-elle avec bonne humeur, la roche permettant de fabriquer le sdorna se développe dans les cratères éteints des volcans de la planète... Une chance que celui au pied duquel nous sommes possède un gisement. Il paraît que les Régents passent plus de temps à boire dans leur palais qu'à gouverner !

— Ce soir, nous les imitons, rétorqua Ode d'un ton neutre.

Xeï ignora délibérément sa remarque :

— Si on s'amusait, pour une fois, en racontant des anecdotes personnelles ! Tu veux commencer *Ode* ?

Yaé sourit en entendant l'intonation avec laquelle Xeï prononça son nom ; les deux femmes se connaissaient depuis bientôt un mois, et la commandante prenait un malin plaisir à jouer de la jalousie qu'Ode éprouvait envers elle.

— Une anecdote amusante de ma vie... ? rétorqua Ode. Pour tout t'avouer, je n'ai pas énormément eu l'occasion de m'amuser pendant mon enfance ; entre mon père drogué au feu dia' à longueur de journée et la faim qui me hantait, je ne trouvais pas le temps de me divertir. Et toi, tu as été élevée dans la joie et la bonne humeur ?

Xeï retint une grimace et garda un ton enjoué :

— Peut-être pas à ce point, mais je n'ai pas connu votre enfance, c'est sûr. J'espère ne jamais aller sur Terre, quelle planète horrible ! Non, je viens du Nouveau Monde ; mes parents étaient des ingénieurs qui travaillaient dans les usines de raffinerie des minéraux. Nous n'étions pas très riches, mais je mangeais tous les jours.

— Comme quoi certains ont eu la chance de naître sur la bonne planète, remarqua Ode, taciturne.

Yaé ne voulait pas prendre part au duel semi-ironique qui opposait son amie et Xeï, mais il hocha la tête en entendant ces mots. La Terrienne2 s'en rendit compte et s'empressa de se rattraper :

— Cette situation plutôt tranquille n'a pas duré. Ma sœur aînée reprenait les rênes de la modeste entreprise familiale, et mon père avait été tué par un *Faux-être* ; je constituais un obstacle, et j'ai été envoyée chez les militaires dès mes treize ans. Enfin, ce n'est pas très drôle tout ça... Et la suite, après que j'ai quitté Terre2, non plus, ajouta-t-elle pensive, après mon emprisonnement sur Mars avec les pirates...

— Alors, raconte-nous une histoire amusante, coupa Ode.

— J'y viens, poursuivit Xeï sans se démonter. Une fois, petite, je me promenai aux abords du temple théadïste du coin quand j'entendis des cris. Encore gosse, je ne savais pas ce que c'était. Dans le temple, je surpris le prêcheur du village — un vieillard d'au moins cent trente ans, rajeuni de nombreuses fois — en train de se farcir un animal de la ferme du coin.

— Sérieusement ? demanda Yaé, amusé par cet étrange souvenir.

— Oui ! Vous n'avez pas de siidans sur Terre ; ces genres de chèvres sont couverts de poils, et la seule l'idée qu'un homme pense à copuler avec l'un d'entre eux est immonde...

— Charmant, sourit Ode malgré elle.

— Attendez, ce n'est pas fini ! Comme je disais, encore enfant, j'étais choquée ! Naturellement, j'enregistrai et balançai tout sur le réseau ! Le soir, le prêcheur se retrouva avec la ville se fichant de lui, et il voulut se venger. Ensuite, ça devient moins drôle... Vas-y, Yaé, à ton tour !

Le jeune homme faillit l'inciter à continuer puis se ravisa et se lança dans une histoire :

— Je me rappelle une nuit où je me promenais dans le bidonville avec Noa, ma petite sœur. J'avais une quinzaine d'années, et elle pas loin de cinq. Je la portais sur mon dos quand une bande de rafleurs nous est tombée dessus. Pour ta gouverne, Xeï, les rafleurs sont des membres de gangs qui volent les enfants pour en faire des prostitués ou des esclaves à leur service.

J'ai fui, mais ma sœur m'empêchait de les semer ; je n'avais aucune chance. C'est alors que j'ai senti une puanteur incroyable, et j'y ai vu ma porte de sortie. Je me suis précipité au bord du bassin d'épuration en attendant que les trois rafleurs me rattrapent. Quand ils se sont retrouvés à mon niveau, je me suis décalé brusquement, et ils sont tombés dans la fosse. J'ai enlevé l'échelle pour les empêcher de s'échapper du trou profond de cinq bons mètres. Ils nageaient dans les eaux usées en nous insultant et en jurant de nous retrouver un jour. Nous avons beaucoup ri, ma sœur et moi, cette nuit-là ; je ne me rappelle pas s'ils ont réussi à sortir ou s'ils se sont noyés dans les excréments. En tout cas, jamais plus l'un de ces trois gars ne m'a approché.

Xeï éclata de rire, reprise plus timidement par Ode. Ravi que l'ambiance s'assouplisse, Yaé but une gorgée de sdorna. Une flamme descendit le long de son thorax et lui procura une sensation de bien-être. Xeï raconta de nombreuses plaisanteries, et Ode se mêla au jeu, détendue par le breuvage. Ils coulèrent la deuxième bouteille, tous bien éméchés. Une joie nouvelle habitait Yaé, rappelant les effets de l'aphamine.

Il posa la tête sur la poitrine d'Ode, adossée à un mur ; à moitié couchée par terre, Xeï tenait une autre bouteille dans la main. Les verres dans un coin de la pièce beaucoup trop éloignés pour être accessibles, ils buvaient à même le goulot et se l'échangeaient avec des sourires béats. Xeï bondit soudain sur ses pieds et exsuda d'une voix incertaine :

— Mu... sique !

Elle activa un hologramme et lui souffla un mot. Il déclencha une mélodie harmonieuse doublée de percussions. De la musique, Yaé n'en avait pas entendu depuis une éternité. Totalement saoul, il se leva, saisit Ode par les bras et dansa avec elle en faisant virevolter Xeï de son autre main. Les mouvements de la jeune aveugle furent hésitants au début, puis l'alcool prit le dessus, et elle s'élança bientôt dans la pièce sans aucune crainte de heurter un obstacle. Ils traversaient l'appartement au rythme des basses qui s'enchaînaient dans un tempo effréné.

À bout de souffle, ils s'affalèrent sur le lit de Xeï dans la chambre, écroulés de rire par leur propre état. L'hôte de la maison dégringola du matelas pour aller s'écraser au sol, endroit d'où elle ne bougea plus. Sa respiration ralentit progressivement, et elle s'endormit.

— Je ne sais pas ce que j'ai... J'ai l'impression que tout est beau ici, balbutia Ode, les pupilles complètement dilatées.

Le charabia informe de Yaé en guise de réponse arracha un gloussement à son amie, et elle se redressa. Elle effleura sa main, se pencha sur lui et l'embrassa. Aussi surpris qu'alcoolisé, il lui rendit son baiser. Après trois bouteilles de sdorna, inutile de réfléchir, il suffisait de laisser faire ;

pourquoi lutter alors que son être entier lui criait de continuer ? Ode et Yaé échangèrent une étreinte intense. Il glissa, presque inconsciemment, le long de son corps, et la déshabilla.

≈

Xeï termina sa tasse de jlodf. Sur son lit, Ode et Yaé dormaient nus, les membres entremêlés. Elle hésita à les réveiller puis se ravisa, sourit vaguement et quitta la pièce ; ils avaient encore un peu de temps avant de se quitter pour la journée. Un petit peu de naïveté et de passion dans ce monde de violence n'apporteraient que du bien.

≈

Adali se tenait avec l'Ombre, entourée d'Humains et d'aliens. Le repas venait de commencer, et les vieux politiciens l'ignoraient délibérément. Des banalités sur la critique de divers fonctionnements de la cité de Hal constituaient la discussion, chacun tournant autour du sujet principal : la raison de la venue de la Frizienne et de son maître. L'Ombre finit par s'adresser directement à l'un des extraterrestres, las de ses jérémiades :

— La dernière visite de l'Ombre dans votre cité remonte loin en arrière ; à l'époque, vos prédécesseurs se considéraient encore ouvertement comme les ennemis du Gouvernement Colonial Terrien. Est-ce toujours le cas ?

L'Obsidien visé toussota :

— Vous devriez savoir que le GCT est notre ennemi, évidemment…

— Il semblerait qu'un « mais » demande à suivre vos mots, remarqua l'Atalatéen.

L'alien se dandinait sur sa chaise, mal à l'aise à l'idée de tenir tête à l'Ombre. Il essaya de dissimuler son trouble :

— Nous sommes opposés au GCT… mais il faudrait être fou pour entreprendre une offensive à son encontre.

— Fou ou bien organisé, rétorqua l'Ombre, impassible.

— Ne jouez pas sur les mots, Ombre, s'imposa un vieil homme, pas le moins du monde intimidé. Nous essayons de survivre à Hal, nous n'allons pas attaquer la première puissance de l'espace connu ! Nous savons ce qui vous amène : des informateurs nous ont appris que des agents de la Coalition Libre essayaient de recruter partout sur Obside et sur les autres mondes.

— Et parlons-en, de cette *Coalition Libre*, ajouta un autre Obsidien en prenant une voix sarcastique. Elle est le ramassis de profiteurs qui n'ont que faire de nos intérêts ! Si leur révolution aboutissait, elle nous mènerait purement et simplement à une autre dictature.

— L'Ombre doute aussi des réelles motivations de la Coalition, tempéra le maître d'Adali, mais faut-il laisser le pouvoir en place tyranniser l'espace occupé sous prétexte d'une opposition pas exemplaire ? Non, le GCT doit être renversé. Ensuite, si nécessaire, la Coalition Libre sera l'ennemie suivante. Pour l'instant, elle n'est qu'un moyen pour se rapprocher de la liberté.

— Gardez vos rêves pour vous, Moklaÿ Ebretk ! jeta un Atalatéen avec dédain. Les rebelles sont bien là où ils sont, sous terre. Personne ne viendra les ennuyer ici. S'ils entraient en conflit avec le GCT, les Terriens n'auraient de cesse de les anéantir.

Les deux Atalatéens se battaient dans un duel silencieux sans cesser de se scruter. Une personne au fond de la salle s'engagea alors dans la conversation ; jusque-là, Adali n'avait pas remarqué sa présence.

« Nous n'entrerons pas en guerre ouverte contre le GCT. »

Un Frizien. Le cœur d'Adali bondit. Ses pensées quittèrent son esprit avec frénésie, emplies de bonheur. Cette joie disparut dès que le Frizien reprit la parole :

« Ce ne sont pas un ancien chasseur de primes et une vulgaire hybride qui nous convaincront. Le simple fait d'amener ton apprentie ici est une insulte pour nous tous, Ombre ! »

Des ricanements à peine dissimulés sortirent des bouches de certains politiciens. Adali explosa :

— JE SUIS AUSSI FRIZIENNE QUE TOI !

« Et en plus », rétorqua-t-il, « elle parle avec sa voix d'Humaine... »

L'Ombre poussa son élève en arrière d'une main pendant que ses trois autres se posaient chacune sur un poignard dans sa veste :

— Qui insulte Adi insulte l'Ombre. Si tu as une remarque, Gris, parle à l'Ombre et assumes-en les conséquences.

L'espace d'une seconde, une expression de peur voila la face hautaine du Frizien. Mais il se ressaisit :

« Ce que j'affirme est vrai ; nous parlerons avec toi, Ombre, mais nous ne voulons pas d'abominations génétiques dans notre ville. C'est à cause de gens comme elle que le Point n'est plus. »

— Tu oses... gronda l'Ombre. Vous qui accueillez des Faux-êtres, des robots libérés et des clones marginaux.

— Ça n'a rien à voir, s'offusqua faussement un Obsidien.

— L'Ombre et son apprentie vont prendre congé, conclut le maître d'Adali en l'observant à la dérobée sans se retourner. Il serait souhaitable que, aux prochaines réunions, le Gris réponde absent... sauf s'il tient à mourir prématurément.

Tous bégayèrent, mais personne ne voulait réellement mettre l'Ombre en colère. Adali fut entraînée par son maître et, au moment où elle quitta la salle, une voix venimeuse qu'elle seule entendit s'éleva dans son esprit :

« Un jour, tu paieras, hybride... »

Les pensées d'Adali fuirent à nouveau de son esprit dans un tourbillon de haine. L'Ombre la saisit fermement et l'emmena loin des politiciens.

15

Gobs

Il est dans l'herbe. L'Aigle le scrute.
Aucun bruit, pas même un souffle de vent.
— Vous ne me faites pas mal aujourd'hui ?
« Pour une fois, ce n'est pas la peine. »
Ils s'envolent. Les douces plumes du rapace l'apaisent.
« Nous sommes ici pour te mettre en garde. »
— Contre qui ?
« Ce n'est pas contre quelqu'un que nous te mettons en garde. »
— Contre quoi, alors ?
« Nous n'avons aucune raison de te le dire. Nous sommes venus te prévenir, pas nous justifier. Sois sur tes gardes, tu cours un grave danger. »
— …
« Réveille-toi. »

Yaé ouvrit les paupières, et une migraine atroce emplit son crâne. Il émergea doucement, ses cils remplis de croûtes. Il remarqua, étonné, ses habits au sol. Les souvenirs affluèrent, et il tourna la tête. Ode dormait avec lui. Le drap ne couvrait qu'une partie de sa poitrine. Sans une tenue militaire taillée pour des personnes de corpulence plus forte, ses formes aux courbes généreuses ressortaient. Le cerveau encore embrumé, il se rhabilla en l'observant. Prenant conscience de la situation, il se détourna pour lui laisser un peu d'intimité. Il s'apprêtait à quitter la pièce quand Ode se réveilla.

— Il y a quelqu'un ? bâilla-t-elle en tendant ses bras.

— Je suis là, la rassura Yaé en se rasseyant sur le lit.

Elle attrapa sa main pour se donner un repère. Xeï entra et eut un regard moqueur pour Ode, encore dévêtue :

— Vous êtes bien mignons tous les deux, mais il est l'heure ! Ode, un chauffeur t'attend à l'entrée ; Yaé, suis-moi.

≈

Un léger malaise demeura entre Ode et Yaé. Ce dernier ne voulait pas en parler de peur de briser leur amitié ; s'engager ne lui apporterait rien hormis de la souffrance. Pas de place pour les sentiments, beaucoup trop dangereux, sur Terre. De même sur Obside ; l'amour rendait stupide. Il avait vu tellement de personnes amoureuses manipulées par leurs ennemis qu'éprouver une telle émotion était tout simplement inconcevable pour lui. Ode respectait son choix et se taisait, gardant ses pensées pour elle.

Xeï le taquinait avec cela. Si certaines allusions amusaient Yaé, il ignorait royalement les autres « Évite de la mettre enceinte, tu serais un père horrible ».

Un jour, alors qu'ils accomplissaient une ronde sur le haut du mur d'enceinte, un séisme secoua la ville. Yaé glissa et se rattrapa, in extremis, à une poutre proéminente. Xeï, forgée par ses réflexes, s'agenouilla pour saisir une prise dans le sol. La cité entière trembla avec une puissance sauvage.

— C'est quoi, ça !? s'écria Yaé en s'agrippant fermement.

— J'ai peur de le savoir, haleta Xeï.

À peine acheva-t-elle sa phrase qu'une explosion déchira le ciel. Les cieux se fendirent dans une immense fissure au-dessus du volcan du Pic Noir. Un vide sombre remplaça le ciel bleu, bordé de jets violacés.

— Merde ! cracha Xeï. Les Gobs !

Elle brava le séisme et se releva.

— Qu'est-ce que les Gobs font ici !? paniqua Yaé.

— Ils nous attaquent parfois ! Suis-moi, et attention aux vaisseaux ennemis !

— Les vaisseaux ? Quels vaiss...

Cinq chasseurs jaillirent de la faille. Noirs, de cinq mètres de long, ils tirèrent des salves de balles et de lasers sur la ville, mais échouèrent à détruire les habitations car un bouclier bleuté se forma au-dessus de Pic. Yaé courut à la suite de Xeï vers le point de ralliement en s'inquiétant du déflecteur vacillant.

Des bombardiers rejoignirent leurs alliés et submergèrent la cité de leurs projectiles. Dans les rues, la panique à laquelle s'attendait Yaé ne régnait pas. Chacun connaissait son rôle. Les soldats commandés par Xeï se retrouvèrent à la porte principale et écoutèrent leur commandante, confiante :

— Ce n'est pas la première attaque de Gobs qu'on essuie cette année. Comme les fois précédentes, nous les renverrons dans leur foutu Block ! Écrasons ensemble ces Gobs, pour Pic et les dieux !

Une clameur monta parmi les miliciens qui prirent leur arsenal en main. De simples fusils ou des armes si complexes que l'on aurait cru des ordinateurs : chaque époque et manufacture étaient représentées. Yaé serra fort son fusil XVL19 et configura le mode de tir en rafale. Il accrocha un bouclier sur son bras gauche, prolongé d'un champ de force sommaire qui ralentirait les balles.

Le séisme cessa brusquement. La fissure demeurait dans le ciel. Xeï donna des ordres rapides aux sergents :

— Un groupe sur les toits, un autre sur le rempart au-dessus de la porte et le dernier avec moi, au sol !

Les gardes s'exécutèrent, et Yaé intégra le groupe de Xeï. Dans toute la ville, des commandants criaient des ordres et des centaines de soldats couraient à leur poste. Le champ de force pâlissait et tressautait de plus en plus. Une attente nerveuse débuta. Les locaux, certains apeurés, d'autres pressés d'en découdre, accomplissaient toutes sortes de rituels. D'aucuns priaient leurs divinités, en appelaient à leurs ancêtres ou à la nature. Yaé pensa à sa sœur, Noa. Il espérait plus que tout la revoir, la serrer à nouveau dans ses bras, la protéger comme autrefois...

Une déflagration surpuissante réduisit le générateur à néant. La lueur bleutée du ciel s'effaça instantanément. Les hommes postés dans les bombardes anti-aériennes réagirent aussitôt en harcelant les vaisseaux ennemis pour les forcer à s'éloigner de la ville.

Le bouclier tombé, trois transporteurs de taille démesurée arrivèrent par la déchirure. Ils se posèrent au pied des portes de la cité et leurs passerelles laissèrent sortir un flot de soldats. Tout se passa très vite. Un obus explosa, et un mur partit en éclats. Yaé fut projeté à cinq pas de là sur l'architrave d'un temple. Les tourelles se déchaînèrent sur les assaillants et, étrangement, les balles semblèrent les traverser. Au niveau des gardes de Pic, les Gobs ouvrirent le feu à leur tour.

Rien. Absolument rien ne sortit de leurs canons.

Yaé se releva et surplomba un être de cinquante centimètres de haut. Il possédait une queue prolongée d'une lame, et la totalité de ses cheveux dans la nuque. Le jeune homme le frappa à coups de crosse. Son arme transperça l'alien en provoquant un grésillement. Un hologramme. Autour, les soldats, pantois, observèrent des faux gobs les attaquer sans résultat.

— C'EST UNE DIVERSION, LEVEZ LES YEUX !

Yaé observa le ciel et déglutit. Cinq bombes venaient d'être larguées sur Pic. Elles explosèrent un dixième de seconde avant de toucher leurs cibles — une caserne, le palais des Régents et trois autres endroits. Une pluie de feu inonda des pans entiers de la ville. Les explosifs chargés d'un carburant extrêmement inflammable, l'incendie se répandit à tout un quartier.

— REPLIEZ-VOUS !! hurla une voix féminine.

La panique s'empara des soldats. Plus personne ne savait où donner de la tête car des hologrammes gobs couraient dans tous les sens. Xeï saisit Yaé par la main et l'entraîna en direction du centre-ville :

— En cas de retraite, on se retranche dans les égouts. On a une base de secours sous la ville !

Ils coururent à en perdre leurs poumons à travers les rues de Pic. Du ciel débarquèrent des Gobs — bien réels cette fois — et, mêlés aux hologrammes, ils firent un carnage dans les rangs des rebelles. Les projectiles éclaboussaient les frontons des maisons déjà léchés par les flammes. Alors qu'un transporteur allait se poser sur des habitations, une salve de missiles aussi gros que des arbres le frappèrent de plein fouet. Dans une embardée, il tenta d'atterrir en catastrophe mais fut victime d'un laser et s'écrasa sur le flanc du volcan. Il se brisa dans un terrible grondement et provoqua une avalanche de débris.

Xeï, suivie de Yaé, plongea dans une bouche d'égout à un coin de rue et se retrouva la cible d'une centaine de fusils. Un régiment entier gardait l'entrée d'un hangar souterrain. Les miliciens reconnurent la commandante et baissèrent leurs armes. Xeï partit rendre son rapport à un officier supérieur. Des dizaines de pilotes dirigeaient des drones ou des mitrailleuses depuis des ordinateurs. Au-dessus, une véritable guérilla se déroulait. Les soldats des différents camps se traquaient dans chaque ruelle de la cité au milieu des barricades improvisées qui se dressaient un peu partout.

Yaé rejoignit l'attroupement au fond de la salle. Une femme entrait avec frénésie des codes sur un écran virtuel grésillant sous le flux incessant de lourdes données qu'il traitait. La mâchoire du jeune homme se décrocha lorsqu'il reconnut Ode. Ses doigts devenaient invisibles tellement ils bougeaient vite. Un Atalatéen lui parlait à l'oreille en touchant parfois l'écran de l'une de ses quatre mains.

— *Bombardier ennemi en approche*, débita mécaniquement une voix automatique dans des haut-parleurs. *Sans bouclier, les égouts seront touchés. Arrivée dans vingt secondes.*

— À terre ! Couvrez-vous avec ce que vous trouvez !

Des voix donnèrent des directives aux personnes présentes, civiles ou militaires. Chacun se coucha sur les dalles de béton et se protégea laborieusement. Seuls les informaticiens demeurèrent à leurs écrans. Yaé se précipita vers Ode pour la mettre à l'abri, mais il fut bloqué par un Obsidien. En dépit de sa petite taille, l'alien était étonnamment musclé. Yaé voulut le frapper. Il se retrouva plaqué au sol avec un bras retourné dans le dos.

— Bombardier en place au-dessus des égouts. Préparez-vous à l'explosion.

≈

Ode repensa une fois de plus à la soirée passée avec Yaé. La mélancolie l'envahit, mais elle s'était juré de ne rien laisser paraître. Il l'avait désirée une fois, cela arriverait à nouveau. Si elle se montrait faible, il se détournerait d'elle. Depuis cinq jours, elle y pensait à chaque instant. Même si elle écrivait inlassablement des codes sur des écrans, son esprit se tournait entièrement vers Yaé.

Il était la première personne à l'aider dans toute son existence. Il accepta son amitié si facilement qu'elle crut au début qu'il se moquait d'elle. Si différent des autres hommes... Pas un instant il n'essaya de la manipuler, pas une fois il ne la maltraita, pas une seconde il ne douta d'elle. Même après l'attaque du tunnel sur Frizen, aveugle et inutile, il ne la rejeta pas.

Non, elle n'abandonnerait pas. Il fallait juste lui laisser le temps de la considérer autrement que comme une simple amie. D'ailleurs si, sous l'emprise de l'alcool, il céda à la tentation, cela ne voulait-il pas dire que cela arriverait en temps normal ?

Les gens se révélaient avec l'alcool... Non ? Ode regrettait aussi de ne plus le voir. Elle pouvait encore le toucher — bien qu'elle fasse attention à moins l'approcher depuis la nuit fatidique —, le sentir, l'entendre, mais plus l'observer. Autrefois, dès qu'il se détournait, elle le regardait en cachette, étudiant ses mouvements et ses habitudes. Mais, aveugle à présent, elle ne contemplerait plus jamais son visage encadré de cheveux blonds, sa tête encore un peu enfantine rendue si attirante par ses pupilles vertes.

Elle acheva de rentrer une ligne de codes configurant un drone de combat. Oedib atteignait sûrement son zénith, sa chaleur tombait sur les vitres de la pièce avec une intensité agressive. Ode aimait son travail, elle se sentait utile. Et Yaé serait fier d'elle si elle accomplissait toujours plus de prouesses dans la configuration des machines vitales à la défense de la cité. Pour le code, ses yeux ne lui manquaient pas. Petite, son père l'obligeait parfois à forcer des réseaux privés pour voler l'argent de leurs propriétaires. Elle ne savait pas encore lire, et elle apprit l'ordre des touches de clavier par cœur pour pirater même dans les plus improbables situations où l'attirait son géniteur.

Ode se leva en tenant son *biper* à bout de bras. Il sonnait quand elle approchait d'un obstacle, et elle se déplaçait sans aide sur de courtes distances grâce à lui. Elle s'apprêtait à s'étirer quand un puissant tremblement secoua la terre. Elle chuta rudement au sol et se retrouva privée de tout repère, son *biper* introuvable.

— Tiens-toi à moi ! ordonna son collègue de travail mugien.

Il la saisit par l'épaule, et elle s'accrocha à sa main pour se relever. Il était si grand qu'elle lui arrivait à peine à la taille. Comme une enfant suivant un adulte, Ode se cramponna à l'alien qui la guida dans les rues. Des explosions terrifiantes saturaient la ville. Le Mugien la lâcha un instant. Des bruits de lutte, puis il la souleva et descendit un escalier. La fraîcheur ambiante indiquait à Ode qu'ils se trouvaient sous terre. Elle fut menée à un siège ; on posa ses doigts sur un clavier, et on lui parla enfin :

— Vous m'entendez, Ode ?

— OUI ! Que se passe-t-il ici !? s'énerva-t-elle, angoissée.

— Nous sommes attaqués par les Gobs, les dégâts sont lourds. Nous avons perdu notre bouclier, plusieurs bâtiments-clés et la moitié de nos effectifs armés.

— Qu'attendez-vous de moi ?

— Reprogrammez un champ de protection ; nos ingénieurs sont morts ou introuvables.

— S'il a été détruit, je ne peux rien faire ! paniqua Ode.

— Il faut trouver une solution... ou nous mourrons tous.

Ode se mordillait nerveusement la lèvre ; une idée lui venait en tête, presque impossible...

— J'ai peut-être une solution, avança-t-elle. Ce n'est pas un bouclier, mais un moyen de détruire les Gobs autour de la ville...

— C'est parfait, s'enthousiasma l'inconnu. De quoi avez-vous besoin ?

— Orientez toutes les tourelles laser vers le même point ; si un seul tir est dévié, ça ne marchera pas. Celles chargées de balles ne devront pas ouvrir le feu.

— Entendu, nous allons pointer un marqueur dans le ciel pour leur permettre de se repérer.

— Ça ne fonctionnera que si vous possédez une bombe T.

— Nos bombes... Oui, nous en avons deux, mais... Vous risquez de tous nous tuer !

— J'ai besoin d'une charge au tinotium pour réussir ! Je ne vais pas la faire exploser, je veux récupérer sa puissance de frappe.

Ode nageait dans une totale improvisation. Elle ne savait même pas si la physique rendait son cheminement purement théorique réalisable.

— *Bombardier ennemi en approche. Sans bouclier, les égouts seront touchés. Arrivée dans vingt secondes.*

— VITE !! s'emporta Ode.

Quelqu'un murmura les codes des ogives à son oreille, et elle les mélangea avec des algorithmes complexes. À l'autre bout de Pic, une tête chargée au tinotium décolla droit sur la faille.

— *Bombardier ennemi en place au-dessus des égouts. Préparez-vous à l'explosion.*

— MAINTENANT ! hurla-t-elle.

Elle tapa un dernier code et se jeta au sol, les mains sur les oreilles.

La bombe T perdit sa charge. Désarmée et inoffensive, elle se retrouva à l'endroit précis où les tourelles tirèrent leurs lasers. La puissance et la chaleur des lasers ajoutées à la vitesse et aux derniers grains de tinotium dans le missile créèrent une onde de choc d'une puissance monstre. La déflagration forma une bulle au-dessus de la ville et pulvérisa tous les vaisseaux — rebelles ou gobs — qui se trouvaient dans sa trajectoire. Elle frappa violemment le volcan qui, sous un tel choc, perdit un pan entier de son flanc qui termina dans le désert.

Dans les égouts, l'air fut chassé pendant dix secondes. La terreur envahit chacun dans la salle. Un calme de mort succéda au chaos. Entre les murs, les Gobs survivants prirent tous leur poignard et se l'enfoncèrent dans la nuque, point faible de leur espèce. En cas de défaite, une seule alternative : la mort.

≈

Adali et son maître passèrent trois jours à Hal, durant lesquels l'Ombre rendit inlassablement visite aux politiciens. Ceux-ci ne ressentant que du mépris envers la Frizienne, elle ne participa plus aux réunions. Pour s'occuper, elle partit à la découverte de la cité. Lorsqu'elle quittait les zones décontaminées, elle enfilait sa combinaison antiradiation. La ville regorgeait de couloirs et, même si elle se perdait régulièrement, Adali adorait explorer les entrailles de l'immense caverne. Elle rencontra des habitants vaquant à leurs occupations et passa même du temps en compagnie d'un enfant atalatéen. Il l'emmena visiter ses cachettes en montrant une multitude de curiosités avec ses quatre petites mains. L'alien appartenait à la même espèce que l'Ombre et n'avait pas besoin de porter de protection. Il se moquait d'elle à cause de sa voix déformée par les filtres de son masque.

Le troisième jour, il vint la retrouver dans sa chambre. Amusée par son entrain, Adali le suivit jusqu'à un bâtiment auquel ils accédèrent en prenant une navette. Ils se retrouvèrent au milieu d'un grand marché où se vendaient toutes sortes d'objets et de la nourriture variée. La zone filtrée, elle retira son masque et dégagea ses longs cheveux noirs sur son épaule. Elle se mêla à la foule hétérogène et perdit le gamin de vue. À Hal, l'argent utilisé se présentait sous la forme de billes translucides. Sans valeur à l'extérieur de la ville, on l'échangeait illégalement contre une somme virtuelle qui s'ajoutait à un compte en réseau. Le Gouvernement Colonial Terrien ne reconnaissait aucune monnaie non virtuelle dans l'espace occupé, hormis ce qui touchait aux minerais tels que l'or, le tinotium et autres.

Une vendeuse héla Adali :

— Venez par là, je vends les meilleurs poissons de Hal !

Car elle s'approchait, la commerçante continua :

— Péchés dans la rivière d'O, sous nos pieds ! Ces poissons sont décontaminés, aucun risque de contracter une maladie en les mangeant !

Un champ de force gardait au frais une multitude de fretins disposés sur l'étalage de l'Humaine.

— Je vois que vous êtes Frizienne ; si vous ressemblez aux Friziens que j'ai rencontrés, vous connaissez certainement encore mieux que moi les poissons.

Adali répondit par la pensée avec plaisir car la femme ne donnait pas l'impression d'éprouver de la rancune à l'égard des siens :

« Je vais prendre ceux-là », montra-t-elle des spécimens d'où suintaient des gouttes d'eau.

— Bien sûr, ce sont les meilleurs, votre œil ne vous a pas trompée.

Elle enfourna une poignée de poissons dans une pochette réfrigérée.

— Ce sera trois billes, s'il vous plaît.

Adali saisit l'argent confié par l'Ombre et le remit à l'Humaine.

— Merci, bonne journée, conclut la vendeuse.

— À vous aussi ! la salua Adali de vive voix en souriant.

En entendant sa voix, elle se crispa. Elle lui rendit avec brutalité l'argent et récupéra son paquet :

— Comme si j'allais vendre mes produits à une hybride. Va voir ailleurs, sale monstre !

Adali, sidérée, balbutia une protestation :

— Mais... je croyais...

— Dégage de ma vue !

— Je ne vous ai rien fait, s'indigna-t-elle, pourquoi réagissez-vous comme ça !?

— Je t'ai dit de dégager ! À l'aide, une hybride me menace, cria la vendeuse à ses voisins.

Adali leva les mains dans un mouvement de recul car de nombreux Haléites s'approchaient d'elle, armés.

— Je l'ai vue voler à l'étalage tout à l'heure, dénonça un extraterrestre dans la foule.

De nombreuses remarques l'approuvèrent. Elle comprit qu'il était trop tard pour les raisonner et tourna les talons.

— Hey, où crois-tu aller comme ça ? l'arrêta agressivement un homme à l'accent local.

Il attrapa le bras d'Adali et la cloua sur place. Elle réagit sans même le vouloir. Son esprit partit comme une flèche sur l'Humain quand il toucha son épaule nue. Il s'effondra en hurlant, provoquant un vent de panique dans la foule. Des armes se braquèrent sur elle. Un coup de crosse dans le dos l'empêcha de prendre la fuite. Elle tomba à genoux dans un râle. Elle était coincée. Dix personnes n'attendaient qu'un geste de sa part pour la descendre d'une balle.

Une flèche traversa tout à coup la jugulaire de l'Humain qui menaçait Adali. Il s'effondra dans un gargouillis, suivi par deux autres aliens qui subirent le même sort. Une femme sauta du toit d'un étalage pour atterrir sur les épaules d'un Obsidien. Il eut la gorge tranchée sans comprendre d'où venait sa mort. Les autres attaquèrent la jeune humaine. Les cheveux de celle-ci, d'un roux flamboyant, virevoltaient autour d'elle alors qu'elle assommait ou tuait ses assaillants, un à un. Ses bras partaient en tous sens, ne rataient jamais leur cible, prolongés de deux lames. De fines tiges dépassaient d'un carquois à sa taille, accompagnées d'un arc dans son dos.

— Suis-moi ! intima-t-elle à Adali entre deux coups d'estoc.

La Frizienne ne se fit pas prier et s'élança. Un homme tira une rafale de balles, manquant de la toucher. Adali planta deux doigts dans ses côtes, reproduisant les techniques auxquelles elle s'entraînait depuis des semaines. Les fuyardes sortirent en trombes du marché, droit dans les galeries. Elles passèrent leurs masques antiradiations sans s'arrêter. Leurs poursuivants enfin semés, elles s'accordèrent une pause à la sortie d'un tunnel pour souffler.

— Enchantée, l'engagea la jeune femme en plaçant sa main sur sa poitrine. Je m'appelle Elvira, et toi ?

Malgré le combat qui venait de se dérouler, elle paraissait de très bonne humeur et arborait un sourire que son masque ne parvenait pas à cacher.

— ... Moi, c'est Adi.

Elle mit de même la main sur sa poitrine. Ce signe, de Terre2, représentait le respect et l'amitié.

— Salut, Adi, contente de te connaître.

— Merci de m'avoir aidée !

— Je n'allais quand même pas laisser ces brutes s'en prendre à toi sans raison ! Tout ça parce que tu es une hybride... Sans rire, à force de vivre sous terre, les Haléites deviennent aussi stupides que les poissons dont ils se gavent !

— Beaucoup ne pensent pas comme toi, merci...

— Bon, on ne va pas s'éterniser ici ! Tu viens ?

Sans même vérifier si *Adi* la suivait, Elvira partit d'une démarche enjouée dans une galerie adjacente. Adali, surprise, laissa la bonne humeur contagieuse de sa sauveuse la convaincre de lui emboîter le pas.

— Donc, tu n'habites pas ici ? s'enquit la Frizienne.

— Ça ne va pas, non !? Jamais je ne vivrais sous terre avec des abrutis comme les rebelles de Hal ! À chaque fois qu'on vient ici, on a des problèmes. Non, je suis de La Dague.

— La Dague ?... C'est une ville ? essaya Adali.

Elvira rit alors qu'elles montaient dans une navette :

— Presque... Non, sérieusement, c'est un vaisseau !

— Tu vis dans un vaisseau ?

— Oui, et pas dans n'importe quel vaisseau ! Celui du capitaine Dant ; c'est le vaisseau pirate le plus redouté de l'espace occupé !

Une note de fierté pointait dans la voix d'Elvira.

— Un vaisseau pirate ?

— Le meilleur de tous ! Chaque année, nous pillons des dizaines de cargaisons du GCT !

— Mais alors, que fais-tu ici, sous terre ?

— Nous commerçons avec les villes rebelles. Hal est particulièrement riche, nous venons au moins une fois par an.

Elvira et Adali descendirent de la navette.

— Si tu n'as rien d'autre de prévu, Adi, je te fais visiter La Dague ?

— Je préviens mon maître, et je te suis, accepta-t-elle, contente de profiter d'un peu de compagnie.

Cette femme, pourtant Humaine, avait l'air très sympathique, et puisque Adali ne savait que faire dans la ville de Hal... Être agressée de la sorte freinait ses envies d'explorer la cité de fond en comble. Elle saisit un transmetteur dans sa poche et l'activa. Un écran se matérialisa avec le visage de l'Ombre dessus.

— *Un problème ?* questionna son maître en plissant son œil.

— Non, ne vous inquiétez pas. Je vais visiter le vaisseau pirate « La Dague » avec un membre de son équipage ; je voulais vous prévenir que je ne serai pas à la chambre quand vous rentrerez.

— *Très bien, à plus tard.*

Adali se tourna vers Elvira en massant son dos encore douloureux :

— Allons-y !

Elles entrèrent dans un sas de décontamination et enlevèrent leurs masques. Elvira, la vingtaine, plutôt grande, arborait de grands yeux bleus qui éclairaient son visage bordé d'une chevelure frisée roux clair. Elle dégageait une aura de joie qui mettait Adali en confiance, attirant la lumière avec sa peau d'un blanc presque brillant. Pour une Humaine, elle était très belle, et d'une expression beaucoup plus gentille que tous les Humains rencontrés par Adali. L'ascension du sas dura une dizaine de minutes. Elvira en profita pour l'interroger :

— Et toi, que fais-tu là, dans une ville qui hait les hybrides ?

— Je suis venue avec mon maître pour une mission. Les dirigeants de Hal me détestent, alors il se charge seul des négociations. Je tue le temps en visitant les environs. On m'a agressée pour la première fois aujourd'hui. Je ne sais pas comment te remercier de m'avoir aidée ; rien ne t'y obligeait.

— Sur La Dague, il y a des Humains et des aliens. J'ai grandi parmi eux, et je sais bien que nous sommes tous pareils. Je ne vois pas en quoi ce serait différent avec les hybrides, ça ne sert à rien de se battre entre nous ; notre véritable ennemi est dehors.

≈

Adali posa le pied sur le sol de La Dague, dans une salle gardée avec attention par trois aliens. Ils demandèrent à Elvira l'identité de la Frizienne qui l'accompagnait et la laissèrent passer lorsque la jeune humaine la désigna comme son amie.

— N'importe quel *ami* d'une personne de l'équipage peut monter à bord ? s'étonna Adali car ils ne la fouillèrent pas.

— Ça dépend ; les gardes me connaissent et me font confiance, expliqua Elvira d'une voix complice.

De larges plaques argentées recouvraient les parois intérieures des couloirs du vaisseau, entièrement métalliques. Le premier sentiment d'Adali en pénétrant dans La Dague fut l'étonnement. En cause : sa taille démesurée. Les salles défilaient, se défiant les unes les autres par leur grandeur et leur utilité ; de la pièce remplie de tourelles de combat à celle regorgeant d'ordinateurs, en passant par l'entrepôt de matériel divers.

Elvira assaillait Adali de questions. Sans oublier de dissimuler les informations concernant ses missions avec l'Ombre, elle prenait un plaisir certain à y répondre, et lui en retournait elle aussi. La pirate bouillonnait d'une énergie rare que ne manquaient pas de remarquer les personnes qu'elle croisait, à qui elle balançait des sourires éclatants pour les embarrasser. Adali se prêta au jeu avec amusement, riant sincèrement pour la première fois depuis bien longtemps.

La Frizienne fut présentée aux membres de l'équipage disponibles, qui parlèrent futilement avec elle. Les pirates de La Dague étaient décidément beaucoup plus aimables que les Obsidés, Obsidiens et Haléites. La journée passa ainsi, les rires se succédant. Les deux jeunes femmes sympathisaient avec une facilité déconcertante. Adali rentra dormir à Hal et raconta sa journée à l'Ombre en minimisant son agression du marché. Son maître, au fait de la chance de sa protégée, ne la sermonna pas :

— Tu devras malheureusement cacher tes origines à beaucoup pour éviter des situations similaires. Mais cette mésaventure t'a permis de rencontrer Elvira. C'est bien, autant pour toi que pour la Coalition Libre.

— Quel rapport avec la Coalition ? s'étonna Adali.

— Le rapport est simple.

— ... Je déteste quand vous ne finissez pas vos phrases !

— L'Ombre a fini sa phrase. Il n'a pas besoin de dire ce à quoi il te faut penser seule.

Adali réfléchit un instant :

— Si c'est bien que j'aie rencontré Elvira, c'est parce que... vous comptez parlementer avec les pirates de La Dague ?

— Tu vois, se moqua son maître, tu es capable d'arriver aux mêmes conclusions que l'Ombre.

— Très drôle, rétorqua la Frizienne, faussement vexée.

En vérité, l'après-midi passée avec la pirate l'avait mise d'excellente humeur, et elle s'était habituée aux remontrances — souvent ironiques — de son maître.

— Mais tu n'as pas tout juste, rectifia l'Ombre.

— Ah ?

— L'Ombre ne parlementera pas avec les pirates de La Dague. Ce sera toi, jeune apprentie.

Adali perdit de son assurance, confrontée à un changement totalement imprévu :

— Moi, mais... Je ne les connais absolument pas ! Vous avez visité presque entièrement l'espace connu, je suis sûre que vous sauriez mieux les convaincre que moi ! Et en plus, qu'est-ce qu'un vaisseau pirate et son équipage, aussi puissants soient-ils, changeraient-ils dans la guerre pour la liberté d'Obside ?

Elle s'exprima d'une traite et, sous l'œil amusé de l'Atalatéen, inspira une grande goulée d'air.

— Encore beaucoup de questions et de doutes t'habitent, cela passera.

— C'est facile de dire ça au lieu de répondre !

Elle regretta son ton accusateur ; son maître ne lui demanderait sûrement pas cela sans une bonne raison. Insensible, l'Ombre reprit toujours aussi calmement :

— Si un autre choix s'offrait, tu n'aurais pas à agir ainsi.

— L'adversité, lorsque le désespoir s'installe et que la sensation de choix paraît envolée, est une erreur.

Adali répéta mot pour mot les paroles prononcées par l'Ombre lors de leur première rencontre.

— Au moins, tu écoutes l'Ombre, s'amusa son maître sans se démonter. En effet, il y a un autre choix : accompagner l'Ombre dans la mission qu'il mènera au lieu d'agir seule, faire ainsi gagner beaucoup de temps à la Coalition, et engranger de l'expérience.

— Vu de cette façon...

— Tu t'engageras à bord de La Dague puis tu te rapprocheras du capitaine Dant pour, à terme, le convaincre.

— Je vois, pensa Adali à voix haute. Et si je n'arrive pas à être recrutée ?

— L'Ombre a confiance en toi, tu n'auras aucun problème. Tu as un potentiel et des capacités grandes, il serait stupide de ne pas en profiter pour un homme aussi avisé que le capitaine Dant.

Son maître, craint par les maîtres de Hal eux-mêmes, venait de la complimenter largement. Que répondre à cela ? Une certitude : elle se démènerait pour se montrer à la hauteur des espérances de l'Ombre.

16

Le faux-être

La déflagration secoua les entrailles de Yaé et l'obligea à se recroqueviller au sol sous la puissance du choc. En rouvrant les yeux, il réalisa que l'explosion ne l'avait pas tué. Un amas de personnes se formait autour d'Ode. Ils la félicitaient avec entrain, des larmes de joie sur les joues. Apparemment, ils lui devaient tous la vie. Yaé se précipita vers elle et la serra dans ses bras. Elle le reconnut en effleurant son visage de ses doigts et lui rendit son étreinte avec force. Il la congratula joyeusement et, après qu'elle eut expliqué comment elle sauva la ville, il promit de ne plus jamais la mettre en colère de peur qu'elle lui envoie une ogive de tinotium dessus.

Ode nageait dans le bonheur ; tout le monde la remerciait, et Yaé l'enlaçait. Que demander de plus ? Peut-être... Non, elle ne prendrait pas le risque qu'il la rejette maintenant. Juste profiter de l'instant présent. Le jeune homme la conduisit à l'écart pour qu'elle souffle loin de la foule, et elle s'affaissa, épuisée. Avec Xeï, ils partirent vers la résidence de cette dernière pour qu'Ode, exténuée par tant d'efforts et de concentration, se repose.

Yaé n'en revenait pas, la cité était dans un état lamentable. Des maisons écroulées de part et d'autre, les rues se voyaient envahies par des cadavres des deux camps. L'incendie qui ravageait l'est de la ville peinait à être contenu et dégageait une épaisse fumée noire dans le ciel. Les derniers transporteurs dégringolaient du ciel, seuls depuis la fermeture de la fissure atmosphérique des Gobs par Ode.

— Comment les Gobs sont-ils arrivés ici sans passer par l'espace ? demanda Ode à Yaé alors qu'ils marchaient.

— Le GCT peut seulement effectuer des voyages d'un endroit de l'espace à un autre grâce au déchirement spatial. Les Gobs ont une technique plus évoluée. Je ne sais pas pourquoi le gouvernement terrien en est incapable, mais les Gobs savent déchirer l'espace pour arriver où ils veulent, même dans l'atmosphère d'une planète. C'est pour ça qu'ils sont si dangereux, ils peuvent attaquer partout, n'importe quand. Quand j'étais gosse, je rêvais de voir ça un jour, mais j'avoue que, aujourd'hui, j'aurais préféré éviter...

Ils entrèrent dans leur chambre — miraculeusement épargnée par les bombes — et s'écroulèrent sur leur lit. Ignorant son appréhension, Ode se blottit contre Yaé et s'endormit sans délai.

≈

Pendant cinq jours, Adali passa son temps sur La Dague et ne rentra à Hal que pour dormir le soir venu. Elle s'entendait à merveille avec Elvira qui, telle une enfant, voulait lui montrer chaque recoin et merveille de son vaisseau. Sur La Dague, les pirates connaissaient tous Elvira et, bien que beaucoup éprouvent des réticences à accepter aussi rapidement Adali, l'équipage s'accoutuma vite de la proximité qui s'installa entre les deux jeunes femmes. La Frizienne avait désormais hâte d'être enrôlée, ce qui ne saurait tarder selon ce qu'elle pressentait. Lorsque Elvira annonça que le vaisseau quitterait Hal la semaine suivante, elle se décida à parler de son désir de rejoindre l'équipage.

— Dis-moi Elvira, entama Adali sur le pont principal au milieu d'hommes qui s'affairaient à leur tâche, est-ce que La Dague recrute régulièrement de nouveaux membres dans l'équipage ?

Elvira sourit, comme à chaque fois qu'elle parlait :

— Honnêtement, non. Enfin si !

Elle eut un court rire gai et reprit :

— En fait, on ne recrute presque jamais, sauf après les batailles, quand on a besoin de grossir à nouveau nos rangs.

— Et vous ne sortez pas d'une bataille, là ? demanda Adali, légèrement refroidie.

— Non. Mais tu sais, Adi, si tu veux intégrer l'équipage, il suffit de me le dire !

— ... Tu as assez d'influence pour recruter quelqu'un aussi facilement ?

— Je ne te l'ai jamais expliqué clairement, mais je n'ai pas exactement le même statut que les autres matelots ici ; je vis sur La Dague depuis mes sept ans, et je connais très bien ceux qui commandent.

— Je me disais aussi que tu ne travaillais pas beaucoup, se moqua Adali, enfin par rapport aux autres !

Loin de se vexer, l'hilarité envahit Elvira. À peine plus sérieuse, elle reprit :

— Bon, arrête de tourner autour du pot.

— Eh bien... J'aimerais beaucoup intégrer La Dague.

— Quand même, je croyais que tu ne te lancerais jamais, ça fait deux jours que j'attends la question !

— En même temps, j'ai dû bien réfléchir pour décider si je voulais me cloîtrer dans une grosse boîte en métal pressurisée au beau milieu de l'espace, rétorqua Adali en essayant de ne pas sourire.

— C'est vrai, tu t'amuserais probablement plus en te baladant dans Hal avec ton masque et en risquant la mort à tous les coins de rues. Et ne t'avise plus jamais de comparer La Dague à une grosse boîte en métal ! Que vas-tu dire à ton maître ?

— Il me répète sans cesse que je dois apprendre seule de mon côté, et il part pour une mission où je ne lui servirai pas.

— Ça m'a l'air sérieux ça, encore une mission confidentielle, je suppose ?

Adali acquiesça en ignorant la moue moqueuse d'Elvira. Heureuse qu'elle l'accepte aussi facilement et pressée de passer plus de temps avec la pirate, elle se rappelait qu'une fois dans l'équipage de La Dague, elle devrait suivre les directives de l'Ombre.

La semaine fila à toute vitesse. Les pirates achevaient de régler leurs affaires en cours et se préparaient au départ. Adali rencontra le second du capitaine, un Humain nommé Kastellane. Il l'enrôla dans l'équipage après un échange privé avec Elvira. Il lui donna rendez-vous lors de l'envol pour son affectation. L'Ombre se félicitait de la facilité de recrutement de son élève. La veille de décollage de La Dague, ils consacrèrent leur journée à parler des pirates. Il répondit aux questions de la Frizienne et lui apprit comment procéder pour convaincre le capitaine de rejoindre la Coalition Libre. Tout d'abord, se lier encore davantage à Elvira puis, à travers elle, se rapprocher des personnes éminentes sur le vaisseau.

Peu avant l'embarquement, l'Ombre prit Adali à part :

— L'Ombre espère te revoir bientôt, chère apprentie. Tu mèneras à bien ta tâche, c'est sûr, mais n'oublie pas : ta place sur La Dague sera provisoire ; ta formation est loin d'être achevée.

Adali hocha la tête avec gravité, puis salua son maître d'une pensée pleine de gratitude et monta dans le sas. Elle se retourna au dernier moment et demanda :

— Comment vous contacterai-je si je réussis ?

— L'Ombre viendra te chercher lorsque tu auras réussi, et non si tu réussis, car tu réussiras. Et souviens-toi toujours, en cas de problème, si tu ne revois pas l'Ombre : la mort est la réponse à plus d'une énigme.

Il n'ajouta rien, et Adali ne comprit pas le sens de cette phrase. Elle lui lança un ultime regard, et la porte du sas de décontamination qui menait à La Dague se referma.

≈

— Les Régents sont morts, je gouvernerai Pic dorénavant !

Yaé observait avec une pointe d'appréhension l'homme qui parlait à la foule des habitants de Pic. Grand, solidement bâti, les yeux marron et les cheveux d'un vert criard, il s'imposait par sa carrure. Debout sur un mur de pierres, il toisait avec mépris ses prétendus nouveaux sujets.

— Toi, l'apostropha une voix, tu n'es même pas un Humain ! Tu n'es qu'un Faux-être, je crache sur ceux de ton espèce !

L'homme aux cheveux verts grogna de rage et saisit son arme :

— Que celui qui vient de m'insulter se montre ! Je suis Noys Hadlom, tous ceux qui me défieront en paieront le prix !

Le matin même, Xeï venait réveiller Yaé et Ode, complètement paniquée. Elle leur expliquait que, durant la nuit, trois personnes avaient formé des groupes armés dans la ville et s'étaient battues pour le contrôle de Pic. Les deux rivaux de Noys Hadlom tués par ce dernier, il organisait le rassemblement des habitants de la ville pour leur faire comprendre qu'il remplacerait les Régents. Des tas de cadavres tombés lors de la bataille cernaient la place où la foule s'agglutinait ; les corps des Gobs avaient été balancés hors des murs d'enceinte et brûlés, sans plus de cérémonies.

Une salve de balles partit soudain vers Noys Hadlom et le manqua de peu. Il lâcha des ordres, et les combats reprirent. Xeï saisit Yaé et Ode et les entraîna à l'écart. Elle les conduisit dans son appartement en évitant soigneusement les endroits où les luttes dégénéraient. Elle barra les portes et tourna vers Yaé, le visage ravagé par la tristesse :

— Je n'arrive pas à y croire. Tout allait bien avant que ces sales Gobs nous attaquent… Comment des hommes tels que Noys peuvent-ils profiter de la ruine de notre ville pour en prendre le contrôle ? Il n'y a qu'un Hadlom pour faire ça…

Yaé n'avait jamais vu Xeï laisser tomber sa couverture d'arrogance et d'ironie. Elle fondit en pleurs, et il laissa Ode sur un fauteuil pour se rapprocher d'elle. Il la prit dans ses bras et murmura des paroles réconfortantes à son oreille. Les lèvres du jeune homme bougeaient d'elles-mêmes, en parallèle de la réalité, perturbé par la tournure des événements, mais ce n'était rien comparé à Xeï. La commandante sombrait en même temps que Pic, qui représentait toute sa vie.

Des cris, témoins des luttes dans les rues, firent tressaillir Xeï. Ode ne disait rien, son visage rendu encore plus impénétrable par le mince bandeau qui cachait ses yeux. Yaé serra Xeï le temps qu'elle se calme. Elle s'essuya le nez du revers de la manche et passa derrière le bar. Elle y attrapa une bouteille et but un verre avant de servir Ode et Yaé. Ils s'assirent en silence sur un canapé et écoutèrent la cité se déchirer de l'intérieur. Au bout d'une éternité, Xeï prit la parole :

— Je dois partir d'ici.

— Tu ne veux pas attendre de voir comment ça se présentera ? s'enquit Yaé.

— Non. Cette nuit, je me suis battue auprès des ennemis de Noys, et ce traître m'alignera sur un poteau d'exécution s'il me retrouve. Je vous lègue cet endroit, si vous le souhaitez. Je partirai demain.

— Où comptes-tu aller ? intervint Ode, parlant pour la première fois de la journée.

— Je pense quitter Obside.

— Quitter la planète ? s'écria Yaé. Pourquoi ? Il y a sûrement d'autres bases rebelles !

— La prime sur ma tête est au moins aussi importante que celle sur la tienne, expliqua gravement la commandante. J'étais en sécurité à Pic parce que j'y avais des amis hauts placés, mais n'importe quel rebelle sensé me livrerait au GCT si j'allais ailleurs. Et cette planète m'a trop pris...

— Pas sûr, rétorqua Yaé. On ne connaissait personne ici, et pourtant on ne nous a pas dénoncés.

— Disons que j'ai parlé aux bonnes personnes en votre faveur.

Il ne sut que répondre, touché de son attention pour eux.

— Peut-être irai-je retrouver mes vieux amis pirates, reprit-elle, ils haïssent tellement le GCT qu'ils préféreraient se suicider plutôt que de dénoncer quelqu'un.

— Tu as des amis pirates ? questionna Ode, intriguée.

— Oui. Il y a des années, j'ai fait mon temps de piraterie, sous les ordres du capitaine Dant. J'ai eu la bonne fortune de les aider, lui et son ami Kastellane, à s'évader de prison. Il m'a toujours assuré que si un jour je quittais Pic, il m'accueillerait à bras ouverts sur son vaisseau.

— Tu as fait évader Dant, LE Dant ? Le plus puissant capitaine pirate ? n'en revint pas Yaé.

— Honnêtement... j'y suis pour peu, j'ai fait les bons choix au bon moment. Nous étions enfermés dans la prison de Mars ; j'étais encore une adolescente à cette époque, et c'est grâce à la chance que je nous en ai tirés.

Les histoires de piraterie berçaient, avec celles sur les voyages spatiaux, l'enfance de Yaé. Il avait évidemment entendu parler du célèbre capitaine Dant. En plus d'attaquer des convois protégés du Gouvernement Colonial Terrien, il défiait les Gobs. Son vaisseau, La Dague, était réputé pour son armement, mélange des plus puissantes armes de chaque espèce intelligente connue. Il ne craignait que les convois lourdement armés de la Force Spatiale, et se moquait de Terre depuis plus de dix ans. Dant vola La Dague, cet ancien vaisseau d'élite du GCT, alors qu'elle sortait à peine du chantier spatial, pour la transformer en véritable machine de guerre. Tous les enfants terriens connaissaient la légende créée autour de lui.

— Comment la simple chance permettrait-elle une évasion de la prison la plus sécurisée de l'espace occupé ? souleva Ode, incrédule.

— La prison est sécurisée, oui, mais gardée par des hommes. J'ai usé de mes dons pour me retrouver seule avec l'un des gardiens. Ce jour-là, les effectifs des geôliers étaient réduits à cause d'une attaque des Gobs sur Mars. Je me suis débarrassée de l'imbécile qui pensait s'amuser avec moi, et j'ai emmené Dant et Kastellane loin de là.

— Tu penses que les pirates accepteraient de nous prendre à bord, nous aussi ? suggéra Yaé, encore abasourdi. Enfin, si tu le veux, Ode, mais je pense que traîner à Pic nous mettrait en danger...

— Je n'ai pas l'intention d'habiter une ville gouvernée par un Faux-être ! cracha Ode avec dédain.

La plus grande partie des Humains et des extraterrestres haïssaient les Faux-êtres, créés artificiellement. Produits sur demande ou à la chaîne, conçus plus résistants, plus endurants, plus beaux et plus intelligents. Répandus dans l'espace occupé, ils prirent, avec le temps, part à sa vie politique. Certaines personnes éminentes du Gouvernement Colonial Terrien étaient des Hadlom. Car si la plupart les nommaient « Faux-êtres », leur appellation véritable demeurait « Hadlom », nom de leur inventeur. Ils se donnaient eux-mêmes des prénoms et ceux non formatés pour accomplir une tâche en particulier prenaient leur liberté et traçaient leur propre route. Ode détestait les Hadlom car, enfant, deux d'entre eux la rouèrent de coups. Le père de Xeï, tué par un Faux-être lors d'une bagarre sur Terre2, elle les haïssait aussi. Yaé n'avait jamais eu de problèmes avec l'un d'eux, mais il ressentait un blocage lorsqu'il croisait ces individus si parfaits ; si parfaits qu'il était impossible de se sentir à l'aise en leur compagnie.

— Oui, reprit Xeï, et son accent saccadé ressortit plus qu'à l'ordinaire, a priori le capitaine Dant acceptera si je le lui demande.

— Alors, c'est décidé, conclut Yaé, nous partirons demain. Mais comment va-t-on s'enfuir avec le blocus du GCT autour du Pic Noir ?

Il se rappelait les dizaines de tourelles automatiques qui cernaient Pic et empêchaient toute sortie de la cité.

— Je peux m'occuper des tourelles, avança Ode avec conviction, à condition d'avoir un ordinateur connecté au réseau. Je les désactiverai pendant une heure, maximum.

— Noys a confisqué les ordinateurs les plus puissants, dit Xeï. Mon appareil personnel te conviendrait ? Il ne vaut pas ceux auxquels nous n'aurons pas accès, mais il suffit pour se connecter aux réseaux obsidés dans le périmètre compris entre Ondkar, les Falaises Blanches, l'est de Couqhtar et l'orée du Désert Épineux.

— Apporte-le-moi, et je verrai. Enfin, je verrai... je toucherai !

Xeï prit un air navré, mais Ode éclata de rire. La fatigue remplaçait la logique, et elle s'amusait de son propre sort. La commandante s'éclipsa pour chercher son ordinateur. Yaé parla avec douceur à Ode :

— Tu ne veux pas te reposer un peu ? Depuis hier, tu n'as pas arrêté, tu dois être épuisée...

— Je vais vérifier l'ordinateur, et ensuite je dormirai... Tu as raison, je n'en peux plus. L'attaque des Gobs, ce Faux-être qui veut nous séquestrer dans la ville... Les deux derniers jours ont été un peu trop agités pour moi.

— Je suis sûr que tout s'arrangera quand on aura quitté Pic et rejoint les pirates, tempéra Yaé.

— Oui, en espérant qu'ils nous acceptent...

≈

Tôt le lendemain, Yaé, Xeï et Ode se levèrent avec Oedib. La jeune aveugle se lança dans le piratage des tourelles et eut du mal à configurer le petit ordinateur pour accéder au réseau très protégé qui les contrôlait. Elle y arriva, non sans recommencer à plusieurs reprises. Pendant ce temps, Yaé et Xeï rassemblèrent des vivres et des armes. Des soldats à la solde de Noys Hadlom patrouillaient partout en ville, aussi se contentèrent-ils du strict minimum pour ne pas courir de risques. Le problème du moyen de transport pour quitter Pic se posa à eux. Inenvisageable de s'en aller à pied car un désert aussi aride qu'étendu entourait le volcan. Il leur fallait un vaisseau. Et vite.

À Pic, tous les véhicules étaient réunis dans deux grands hangars pour que la communauté s'en serve sans définir de propriétaire en particulier. Xeï consulta la liste des vaisseaux sur le réseau de la ville et en choisit un garé aux abords d'une entrée secondaire, certainement moins surveillée que les autres. Ils partiraient à la tombée de la nuit par souci de discrétion, mais quitteraient l'appartement de Xeï sous peu, car Noys pouvait envoyer des hommes arrêter la commandante à tout moment.

— Ça y est, lança Ode en fin de matinée, j'ai réussi à accéder au réseau des tourelles !

Sa cécité ne l'empêchait pas de travailler. Deux oreillettes lui envoyaient les informations directement par des vibrations. Quand elle leur annonça son succès, elle plaqua sa main sur l'une de ses deux oreilles et grimaça un sourire en reconnaissant les impulsions à longue durée signifiant un piratage abouti.

— Très bien ! se réjouit Xeï. On va se rapprocher du hangar en se déplaçant de maison en maison pour éviter les patrouilles.

N'attendant aucune protestation, la commandante distribua des affaires aux deux amis et saisit elle-même un gros sac et un fusil équipé d'un écran de configuration. Elle glissa l'ordinateur dans la poche de son pantalon et leur fit signe de la suivre en silence. Ode prit la main de Yaé, et ils se mirent en route. Deux fois, ils se plaquèrent contre des murs pour se cacher des miliciens, mais personne ne les remarqua, hormis de rares habitants qui verrouillèrent les portes de leurs habitations. En vue du hangar, ils pénétrèrent dans une maison à moitié en ruine qui sentait encore le brûlé. Les cadavres retirés des rues, seuls les dégâts matériels témoignaient de la bataille.

Ils attendirent, puis Ode désactiva les tourelles, leur laissant ainsi soixante minutes pour quitter Pic. La nuit s'installait. Xeï partit la première pour jauger les défenses du hangar. Vingt minutes plus tard, elle revint et résuma la situation à Yaé :

— La grande entrée est surveillée par quinze gardes, aucune chance de passer par là.

— Et la secondaire ?

— Il n'y a que deux gardes et un drone.

— Un drone ? s'exclama le jeune homme. Ça va tout compliquer !

— Oui. Je crois bien qu'on va être obligés de le détruire, aucune chance de passer à moins de trente mètres de lui sans qu'il nous repère.

— Comment veux-tu procéder ?

Xeï s'approcha de la petite entrée du hangar et carra les épaules. Le drone pivota et bascula en position de tir en vrombissant.

— Hey ! lança l'un des deux hommes à Xeï. Qui es-tu ? Identifie-toi ou on tire !

— Je suis Xeï, commandante de la milice de défense de Pic, alors attention à tes dires, soldat !

— Commandante Xeï, s'écria l'autre, vous êtes folle de vous montrer ! Le nouveau Régent a lancé un avis de recherche sur tous les officiers qui ne l'ont pas soutenu ; partez, vite !

— Je n'y crois pas, cracha son collègue, tu défends une traîtresse ! Mettez-vous à genoux, commandante, et montrez-moi vos mains !

Le drone cliqueta, prêt à intervenir :

— Attention, vous êtes en zone surveillée. Si vous n'obéissez pas, je serai contraint de vous supprimer.

Xeï s'agenouilla, plaça ses mains en évidence et baissa la tête. Le milicien qui lui conseillait de s'enfuir baignait dans la confusion ; s'il lui venait en aide, il perdrait la vie. Avant qu'il se décide, une tête explosive heurta de plein fouet le drone qui se désintégra dans une gerbe d'étincelles.

Caché dans une ruine, Yaé laissa tomber le court lance-missile et saisit un fusil automatique. Il visa brièvement et abattit un homme. L'autre connut le même sort car Yaé ne l'avait pas entendu prendre la défense de

Xeï. L'entrée libre, il rassembla ses affaires à la hâte, attrapa Ode et la rejoignit. Il lui donna une arme, et ils pénétrèrent dans le hangar. Une centaine de vaisseaux étaient entreposés sous un haut toit de dizaines de mètres de haut. Xeï trouva rapidement le speeder qu'ils cherchaient et, alors qu'ils y arrivaient, Yaé vit du coin de l'œil du mouvement. Trente soldats arrivaient à tout allure.

Le temps était compté, et les trois fuyards ne gagneraient pas un combat tel que celui-ci. Yaé chuta à terre, et une balle le manqua d'un millimètre. Il se releva et propulsa Ode dans le vaisseau, tirant au passage dans le tas d'ennemis qui se rapprochait beaucoup trop vite. Xeï en abattit, mais pas encore assez. La commandante s'installa à la hâte aux commandes du speeder alors que Yaé se cachait derrière un autre appareil pour se protéger des tirs.

Xeï démarra, pivota l'engin et ouvrit le feu. Deux larges missiles s'écrasèrent sur les soldats de Noys Hadlom et provoquèrent des cris atroces. Les grenades lancées par les survivants explosèrent l'un des réacteurs du vaisseau. Yaé n'attendit pas plus et grimpa à son tour dans le cockpit. Xeï fonça droit vers la sortie. Celle-ci était beaucoup trop étroite pour qu'ils passent avec le speeder large de trois mètres qui zigzaguait à cause de son unique propulseur encore fonctionnel.

La commandante déchaîna sur les murs de métal toute la puissance de ses mitrailleuses et perça une ouverture à peine assez grande pour s'engouffrer. Ils traversèrent le mur qui s'écroula dans un grondement, ébranlant tout le hangar. Ils filèrent dans les rues de Pic en slalomant au milieu des ruines. Yaé entra les codes de Xeï pour déverrouiller la porte arrière de la ville. Elle coulissa et les laissa s'enfuir en dehors de la cité. Les soldats sur les remparts tentèrent de les arrêter mais furent pris de court ; l'ennemi ne venait habituellement pas de l'intérieur de Pic, ils ne s'attendaient pas à cela. Avant que les gardes les interceptent, les fuyards disparaissent dans le désert.

Le vaisseau crachait une fumée noirâtre et grinçait dangereusement car Xeï poussait son réacteur au maximum de ses capacités. Le volcan rétrécit et, bientôt, il n'en demeura qu'une silhouette floue. Ils dépassèrent en trombe cinq tourelles immobiles, et poussèrent un long soupir de soulagement.

Ils volèrent longtemps, droit vers leur avenir. Yaé prit le temps de repenser au chemin parcouru depuis son départ de Terre, et à ce qu'il adviendrait de lui dans un futur proche ou lointain. Voilà qu'il partageait une cabine avec deux rebelles, voguant dans une direction inconnue, pour quoi ? Pour trouver un équipage pirate légendaire, et s'enfoncer encore davantage dans l'illégalité. Mais, l'adrénaline de leur fuite de Pic passée, cela lui procurait un doux sentiment, celui de l'aventure, de l'inconnu. Il se revoyait, enfant, se rêvant aventurier de l'espace… S'il avait su qu'il le serait, malgré lui, un jour ! L'armée, une cité libre, la piraterie ; et ensuite, où irait-il, qui deviendrait-il ? Parlerait-on de lui, longtemps après sa mort, comme d'un criminel, d'un aventurier, d'un héros ? Tout ce qu'il savait, tout comme ses deux acolytes, c'était qu'un nouveau périple les attendait. Ils devaient encore trouver un moyen de rejoindre les pirates de La Dague, en admettant qu'ils les localisent un jour. Ce ne serait que le début, il le sentait au plus profond de son cœur, et cela le galvanisait.

Partie 2

Piraterie

17

L'espace

Adali planta ses yeux dans ceux de Kastellane et les soutint pour montrer qu'il ne l'intimidait pas — ce n'était pas exactement la vérité. Les cheveux blancs du second du capitaine, un Humain de deux mètres, contrastaient avec son regard aussi sombre que sa peau. Ses muscles saillaient à travers sa chemise entrouverte, et de nombreuses cicatrices marquaient son corps. Trois mots inconnus accompagnaient le tatouage d'une dague dans son cou. Un écarteur large d'un pouce traversait son oreille droite, et un morceau de cristal noir taillé en pointe remplaçait l'une de ses dents. Il portait aux doigts des bagues argentées et dorées, ainsi que des bracelets colorés aux poignets. L'insigne d'une dague grise brodé sur sa chemise signifiait son rang de second ; il recevait uniquement des ordres du capitaine Dant, en personne. Glissé sous une large ceinture marron usée, un poignard effilé dissuadait quiconque de le contredire.

— Elvira m'a convaincu de t'accepter à bord, mais ne crois pas avoir gagné mon respect, petite, grommela Kastellane d'une voix caverneuse. Tu devras le mériter ; je t'aurai à l'œil pour que tu ne te tournes pas les pouces !

— Que dois-je faire ?

— Tu travailleras avec le voilier, Val. Son dernier assistant a enfilé une combinaison défectueuse et a péri mort dans l'espace, il y a un mois ; tant mieux pour toi, car sinon tu te serais retrouvée en cuisine !

— D'accord, où puis-je le trouver ?

Kastellane apprécia d'un hochement de tête le calme d'Adali et il croisa les bras, gonflant les muscles de ses épaules sans même s'en apercevoir.

— Voici une montre contenant une carte de La Dague. Ne la quitte jamais, car c'est à travers elle que nous t'appellerons si besoin. Précision : tu dormiras avec le gros de l'équipage dans le dortoir central. Demande quelle était la couchette de l'ancien assistant de Val, et prends-la. Si tu as des emmerdes avec un des matelots, pas la peine d'aller te plaindre au maître d'équipage ! Tu règles tes comptes toi-même, et je ne veux pas non plus en entendre parler. Et pas de morts dans mon équipage, c'est clair ?

— Très clair, confirma la Frizienne en attrapant la montre que l'homme lui tendait.

Elle l'attacha à son poignet gauche et fit des moulinets avec sa main pour s'habituer à sa présence.

— Allez, fous-moi le camp, et va voir Val ! la congédia sans méchanceté Kastellane en la poussant dans le dos pour qu'elle s'en aille.

Adali le salua d'un geste maladroit et tourna dans le premier couloir venu. Là, elle activa le gadget pour comprendre comment il fonctionnait. Elle eut du mal à lire les instructions et, lorsqu'elle dénicha la carte du vaisseau, elle se dirigea vers la cabine du voilier. La Dague s'organisait entièrement pour les combats spatiaux. Des portes blindées fermaient les corridors qui menaient aux installations de commandement, doublés de coursives extérieures — avec pour but d'empêcher la fuite de l'oxygène en cas de trou dans la coque du bâtiment. Les salles des canons et des tourelles bordaient ces galeries, placées en proue ou dans les soutes pour la plupart, permettant d'attaquer les ennemis en venant du dessus.

Plus haut que long, le navire évoquait un peu la forme d'un couteau de chasse, d'où son nom. Une longue dague était peinte sur le flanc droit, tenue par une main décorée de trois bagues : une en or, l'autre en diamant et la troisième en tinotium. On trouvait ce sigle, choisi par le capitaine Dant, gravé régulièrement sur les murs du vaisseau, et des pirates le portaient également sur leurs vêtements. Seuls les plus méritants pouvaient prétendre au droit de se le tatouer, expliqua Elvira à Adali.

La jeune Frizienne descendit dans les niveaux inférieurs en traversant les salles d'armes. Elle arriva à une porte verrouillée où s'inscrivaient les mots : « Réacteurs. Zone interdite à tout personnel étranger. Danger de mort. » Adali déglutit et activa l'interphone. Au bout d'une minute, une voix grinçante sortit de l'appareil :

— *Ouais, c'est pour quoi ? Vous n'en avez pas marre de me déranger tout le temps, bande de branleurs !?*

— Je suis envoyée ici pour travailler avec le voilier, Val, rétorqua Adali sans tressaillir.

— *Ah, t'es la nouvelle ? Deux secondes, j't'ouvre.*

La porte coulissa dans un cliquetis. Un homme court sur jambes, à l'embonpoint débordant, l'attendait, le visage fatigué envahi de cheveux gris sales.

— Qu'est-ce que t'as à m'observer comme ça, toi ? lança-t-il sans même la saluer. Allez, suis-moi, tu vas devoir apprendre un tas de trucs, et j'ai pas que ça à faire de te former, moi ! D'ailleurs, j'aurais pas à le faire si ce con d'Otid n'avait pas gelé dans l'espace !

Adali lui emboîta le pas en sentant qu'elle devrait se forcer à garder son calme avec un Humain aussi désagréable que le voilier.

— C'est quoi ton nom ? demanda-t-il sans daigner tourner la tête.

— Je m'appelle Adi ; tu es Val, j'imagine ?

— Ouais, c'est moi. Bon, c'est sympa et mignon de parler avec toi mais on a du travail. Le cinquième réacteur à fusion fuit. C'est pas très grave pour l'instant, mais il faut trouver d'où ça vient et le réparer avant qu'il pète en plein Néant !

Sur ce, il emmena Adali dans une grande salle des machines et lui expliqua sa tâche avec une mauvaise foi exaspérante. La Frizienne apprit rapidement. Elle vissa ce qu'on lui dit de visser, souda du métal et programma des petits robots qui se rendaient dans les endroits radioactifs du réacteur abîmé. En fin de journée, Val la congédia car La Dague allait s'envoler. Si besoin, il la contacterait grâce à sa nouvelle montre. Elle obéit sans discuter, impatiente de quitter la compagnie de cet Humain aigri.

Sa montre bipa, et un message se matérialisa :

— *Adi, je suis sur le pont ; si tu veux venir, on observera le décollage de La Dague ! Elvira.*

Adali se mit en route pour la proue du vaisseau. De larges vitres entouraient la salle. Par le grand hublot, on apercevait la désolation du désert de Hal-M2. Des dizaines de pirates se préparaient au départ. Elvira se tenait à la rambarde, une main dans les cheveux. Elle héla Adali pour qu'elle la rejoigne.

— Alors, cette première journée ? l'accueillit Elvira en penchant la tête sur le côté comme souvent quand elle posait des questions.

— Hormis l'exécrable compagnie de Val, je pense que c'est plutôt bien parti, sourit Adali.

— Ce gars m'a toujours dégoûtée, mais il a un bon fond... enfin, je pense, quelque part sous ses bourrelets ! Et puis c'est un génie de la mécanique, et il nous a plus d'une fois sortis de la galère, en pleine bataille spatiale.

Le vaisseau s'ébranla. Sous leurs pieds, les réacteurs crachèrent leur souffle, et La Dague s'éleva dans un vacarme monstre. Un nuage de poussière s'éparpilla sur des centaines de mètres lorsque le mastodonte de métal gagna de l'altitude. Adali se colla à la vitre pour mieux voir. Le désert de Hal-M2 se déroulait jusqu'à l'horizon, et seuls des monticules érodés isolés venaient casser l'étendue plate et craquelée. La température autant que la radioactivité noircissaient la terre meurtrie.

— Où allons-nous ? interrogea Adali.

— Mmm... marmonna son amie en feignant une réflexion intense. Puisque tu fais partie de l'équipage, je peux te le dire ! Nous partons pour le Nouveau Monde. On devait faire escale sur Rosair pour marchander avec la station Manik'a, mais le capitaine a eu des désaccords avec le Gros, le gérant des trafics locaux.

— Les fanatiques théadïstes règnent sur Terre2, non ? s'étonna Adali.

— Fais attention quand tu parles des religieux, murmura l'Humaine en baissant nettement le ton. Beaucoup de pirates sont théadïstes ou appartiennent à d'autres religions comme l'Unisme ou le Christantisme. Si tu te retrouves devant un Théadïste ou un Théadïen, mesure tes paroles : ils ne sont pas tous tolérants, loin de là.

« Je ne les critique pas, je demande juste ! »

La phrase sortit de l'esprit d'Adali sans qu'elle le veuille, et elle lança un regard désolé à Elvira, honteuse de s'être emportée. La jeune femme fit une moue moqueuse sans se formaliser :

— En plus, je suis née sur le Nouveau Monde, attention... Bon, d'accord, je n'en garde aucun souvenir, alors je n'y suis pas plus attachée qu'à une autre planète.

— Pourquoi allons-nous sur Terre2 ? l'interrompit Adali, souhaitant changer de sujet.

— Il y a d'importantes poches de résistance sur la planète.

L'Ombre abordait ce sujet lors de ses leçons, aussi Adali connaissait-elle la situation du Nouveau Monde, de son nom officiel Terre2. Avec la chute du Gouvernement Colonial Terrien en l'an 396, Terre2 et Rosair prirent le monopole du tinotium et se proclamèrent indépendantes. Dix ans plus tard, Héli coupa l'électricité sur Terre2 en piratant ses réseaux et plongea ainsi la planète dans une guerre civile. L'année suivante, Héli s'empara par la force du Nouveau Monde et aida le GCT à se remettre en place, jusqu'en 414. Depuis, Terre2 était l'un des mondes les plus encadrés militairement. Ses habitants ne pouvaient rien faire qui contredise les plans du GCT, qui y manipulait le gouvernement local, simple écran de fumée totalement soumis à Terre et aux Christants de Héli.

Les Terriens, pour imposer leur domination sur les Terriens2, les laissaient conserver le gouvernement religieux théadïste et interdisaient à n'importe quel autre parti et religion d'exister. Les dirigeants posaient sur leur peuple une main autocratique à laquelle le GCT ajoutait ses troupes pour juguler toute résistance. Mais Terre ne prévoyait pas que cet asservissement et cette répression entraîneraient un important mouvement rebelle, presque assez fort pour menacer l'ordre établi. Au lieu de suivre docilement leur dogme officiel, les Terriens2 trouvèrent dans le Théadïsme la force de lutter.

Un schisme scinda le Théadïsme originel — créé par le prophète Deb'oa Transt en l'an 7, qui se basait sur un dérivé de la religion du Qaträn — en 420 après la libération des planètes. L'apparition du Théaïen, opposé au dogme gouvernemental, fut amenée par le prophète Ami'en Transt, un

Terrien2, vite suivi par ses nouveaux fidèles théadïens. Il aspirait à ce que, un jour, le Nouveau Monde redevienne indépendant. Il s'inspirait des bases des premiers pas du Théadïsme et prônait la haine envers les « hérétiques » christants et, plus généralement, les Héliés. La nuance : cette aversion s'étendait aux « païens » du Gouvernement Colonial Terrien, diabolisés et détestés par les Théadïens. Pour pallier cette menace rebelle, le GCT déploya son armée sur la totalité de la planète. Une grande partie de la population active soutenait les résistants, cachés dans des bases analogues à celle de Hal. Cela rendait la tâche d'autant plus difficile pour le GCT. Terre se démenait pour garder une emprise totale sur le Nouveau Monde, véritable raffinerie de l'espace occupé. Le tinotium et les autres minerais rares y passaient pour transformation avant d'être réexpédiés dans les colonies, d'où l'importance de contrôler Terre2 et Frizen2 conjointement.

La Dague quitta l'atmosphère et pénétra dans le vide infini de l'espace. Oedib disparaissait derrière Obside, dont la surface s'obscurcissait à mesure que les pirates s'en éloignaient. Des étoiles blanches, bleues et rouges scintillaient à des distances faramineuses. Dès qu'ils furent suffisamment loin, deux lasers partirent de l'avant du vaisseau et se heurtèrent. Une faille violacée apparut sans un bruit, et ils s'y engouffrèrent lentement. Des volets blindés recouvrirent les vitres.

Un calme pesant s'installa dans la salle, et chacun se retrouva seul avec lui-même. Adali trébucha lorsque la lumière laissa place à un noir insondable. Elle s'agenouilla et s'agrippa à la rambarde qu'elle trouva à tâtons. Un silence total oppressant, un grand craquement, et les éclairages se rallumèrent. Adali cligna des yeux pour se réhabituer à la clarté et constata avec surprise qu'Elvira, campée sur ses jambes, n'avait même pas bronché durant leur passage dans le Néant :

— Tu n'as pas beaucoup dû voyager dans l'espace, Adi. On dirait que tu vas vomir partout sur le pont et ne plus jamais remonter dans un vaisseau !

— Ce n'est que mon deuxième passage dans le Néant, je déteste ça !

— T'inquiète pas, va, j'avais peur aussi avant... enfin, il y a une quinzaine d'années ! se moqua-t-elle, malicieuse.

Adali balaya la raillerie d'un geste vague. Les volets s'ouvrirent et dévoilèrent une immense planète. La Frizienne se leva et se rapprocha du hublot pour ne pas rater une miette du magnifique spectacle qui s'offrait à elle. Le diamètre de la sphère mesurait au moins cent fois celui d'Obside, tellement qu'il paraissait aussi grand qu'une étoile. Un bleu électrique s'en dégageait, et l'on apercevait des tempêtes balayer sa surface. Des satellites naturels, dont Terre2, gravitaient autour. En réalité d'une taille élevée, le Nouveau Monde était minuscule en comparaison du monstre qui lui faisait face. Des océans le recouvraient en majeure partie, et deux continents le coupaient en son milieu. Contrairement à Frizen2 et à Obside — la première glaciale et la seconde aride —, elle possédait un climat tempéré, comme le prouvaient les forêts qui parsemaient ses terres.

— Je te présente T-359, commenta Elvira en montrant l'astre bleu, surnommé le Titan. Il est très pratique pour se cacher des radars du gouvernement du Nouveau Monde ; il émet des ondes électromagnétiques si puissantes que leurs détecteurs ne nous repèrent pas si on se place à distance.

— Comment vous posez-vous sur Terre2 s'ils vous repèrent dès que vous approchez ?

— On ne se pose jamais sur la planète, on orbite autour du Titan et on envoie des navettes chargées de matériel. C'est moins pratique, mais le capitaine Dant ne prendrait pas le risque de se confronter aux canons lourds qui entourent le Nouveau Monde.

— Tu vas aller avec les navettes quand elles partiront ?

Elvira arbora une expression déçue :

— Non, j'aurais bien aimé. Mon père a entendu parler de mon intervention au marché de Hal et il refuse de me laisser courir le moindre risque « tant que je ne me serai pas calmée ». C'est injuste, j'atterris avec les navettes depuis dix ans, et il décide d'un coup que je ne suis pas assez responsable !

Adali voyait pour la première fois son amie énervée et elle essaya de la réconforter en s'excusant :

— Je suis désolée ; c'est parce que je n'ai pas réussi à me défendre seule à Hal que tu as dû me venir en aide. Je pourrais peut-être expliquer à ton père que, sans toi, ces gens m'auraient battue à mort ?

Un rire sarcastique secoua Elvira :

— Expliquer ça à mon père ? Tu y gagnerais une expulsion de l'équipage pour avoir mis ma vie en danger ! Le jour où quelqu'un arrivera à lui faire entendre raison à mon sujet, je crois que j'accepterai de passer une nuit entière avec Khastivska Ahoy !

— Ton père est si puissant que ça sur La Dague ? releva Adali.

— Je te le présenterai peut-être un jour, et tu verras.

La jeune humaine, énigmatique, l'emmena à l'extérieur du pont :

— Val ne devrait pas avoir besoin de toi ce soir, ça te dirait de t'amuser un peu ?

— ... Oui, hésita Adali, c'est-à-dire ?

— C'est une surprise, fais-moi confiance ; je suis sûre que tu adoreras !

≈

Yaé, Ode et Xeï arrivèrent dans la ville de Couqhtar. Toute la journée, ils cherchèrent un moyen de se rendre sur Mumeg, où La Dague se trouvait selon Xeï. Dans la soirée, la commandante débusqua des contrebandiers acceptant de les emmener sur cette planète moyennant une somme conséquente. Le départ se ferait au lever du jour.

Dans la chaleur montante du matin, les trois Humains enfilèrent de longues vestes à larges capuches de peur qu'on les reconnaisse, car une prime non négligeable pesait sur chacune de leur tête. Trempé de sueur, Yaé suivit Xeï jusqu'à un entrepôt situé un peu à l'écart des habitations, dans un quartier malfamé où dormaient des drogués et des sans-abris. Un extraterrestre qui aimait à être appelé le Désosseur, un Roséan aussi puant que laid, aux multiples tatouages sur ses bras rasés, les accueillit froidement. Après avoir tenté — et partiellement réussi, faute de meilleur choix — de les escroquer, il leur vendit une vieille conque abîmée. Xeï y perdit ses économies, mais malgré l'odeur pestilentielle qui régnait dans la cabine, elle et ses compagnons souriaient ; ils s'apprêtaient à laisser, avec leur passé, leur malheur sur Obside, prêts à partir pour une nouvelle vie qui se déroulerait dans les étoiles, avec les pirates.

La commandante enclencha les réacteurs. Le toit du hangar s'ouvrit, et le vaisseau s'éleva en grondant. La lumière du jour emplit la salle. Il s'envola au-dessus de Couqhtar, et la ville se dévoila dans son intégralité. Perdue au milieu du désert, la cité se fondait dans le sable. Ses habitations en pierres se mélangeaient les unes aux autres. Oedib montait dans le ciel et frappait de ses rayons agressifs l'étendue infinie qui brillait comme une torche. La chaleur dégagée par les réacteurs était aussi forte que s'ils se trouvaient dans le désert, et de grosses gouttes dégoulinaient le long de leur cou, traçant des sillons dans la crasse qui salissait leur peau.

Le vaisseau quitta l'atmosphère d'Obside et arriva dans l'immensité obscure de l'espace. Xeï augmenta la puissance des réacteurs pour se mettre à l'écart de la planète de sable. Elle enchaîna des directives brèves. Yaé appuya rapidement sur des boutons, dans l'ordre prévu. Elle mit une heure à emmagasiner une puissance suffisante pour provoquer un déchirement spatial à cause de la qualité médiocre du transporteur. Elle abaissa un levier sur sa position la plus reculée. Sous la coque, les réacteurs à fusion crachèrent des lasers qui se rejoignirent au loin. Le vaisseau s'engagea dans la déchirure, et Yaé frissonna. Des protections couvrirent les hublots, et le silence s'installa.

C'était la partie la plus difficile pour Xeï, car elle n'avait que très rarement dirigé elle-même un voyage spatial. Elle laissa de côté la sensation de solitude morbide qui l'envahissait et se concentra sur le tableau de bord. Le Néant l'appelait à oublier jusqu'à son existence. Elle réussit à appuyer sur l'écran de contrôle, mais elle peinait de plus en plus à distinguer les inscriptions qui le recouvraient. Elle sélectionna *Mumeg* parmi les destinations, une présélection préparée avant le départ.

Elle relança les réacteurs à fusion, et ses yeux se fermèrent. Elle tenta de résister à l'attraction du Néant, mais ses paupières se scellèrent. C'était la première fois que le Néant l'affectait autant, physiquement et mentalement. Ses bras s'engourdissaient, ses jambes se ramollissaient, et sa tête dérapait. Comme au ralenti, Xeï glissa, et seules ses sangles l'empêchèrent de descendre plus bas.

≈

Adali trottinait derrière Elvira pour ne pas la perdre de vue dans les multiples couloirs de La Dague. La pirate la guida jusque dans un entrepôt de combinaisons spatiales.

— Enfiles-en une, proposa-t-elle en se dévêtant.

— Que j'en enfile une ?

— Oui ! À moins que tu préfères que j'aille dans l'espace sans toi, ou que tu aies trop peur pour sortir !

Grâce au défi lancé par son amie, Adali oublia l'appréhension qui la gagnait et attrapa une combinaison à sa taille. Elvira se déshabilla sans paraître se soucier de la moindre pudeur. Les yeux de la Frizienne se posèrent sur le corps de l'Humaine, et elle pivota précipitamment en s'apercevant que cette dernière l'observait, amusée. Adali se tourna en rougissant et enleva ses habits en feignant l'inattention.

Adali, nue, frissonna et se hâta d'enfiler le scaphandre. Il moulait ses courbes d'un noir brillant qui soulignait le gris de ses mains et le bleu de ses pupilles. Elle passa des gants, qu'elle fixa à ses manches avec le système magnétique prévu à cet effet, et appuya sur le bouton sous sa nuque. Un fluide transparent se glissa dans son cou puis sur sa tête jusqu'à prendre la forme de ses cheveux et de son visage. Le dispositif était similaire au masque antiradiation fourni par l'Ombre à Hal-M2, et Adali tressaillit au contact du liquide frais. Il durcit comme du verre pour lui permettre de bouger librement. Un générateur miniature envoyait et recyclait l'oxygène dans la combinaison. Logé dans son dos, il la gênait à peine quand elle se déplaçait.

Elvira acheva de s'habiller et parla d'une voix légèrement déformée par son masque :

— *Règle ton canal de parole sur 28 pour qu'on discute sans que les techniciens du centre de contrôle de La Dague entendent ; je n'aimerais pas que mon père apprenne quoi que ce soit à propos de cette sortie.*

Adali s'exécuta grâce à l'écran placé sur son poignet, par-dessus sa montre. Les deux amies testèrent leur radio et, lorsqu'elles furent synchronisées, Elvira entra dans une salle adjacente. Elles accédèrent à un sas qui se referma hermétiquement et se dépressurisa. La pirate glissa un dernier sourire à Adali et actionna le levier de la porte extérieure. Dès qu'elle s'ouvrit, elles se retrouvèrent en microgravité et elles sortirent du sas en se donnant un peu d'élan sur le mur.

La réalité l'attendit dans le vaisseau. Adali vivait un rêve. Au loin, les étoiles lui murmuraient mille promesses d'aventure. En-dessous, le Titan l'appelait. Son bleu hypnotique criait de le rejoindre. Si calme, si beau, si terrifiant. Non. Merveilleux. L'espace était grandiose, splendide. Jamais une vision si belle n'était apparue à Adali. Dans le lointain, l'étoile Prométh éclairait les multiples satellites naturels de ses rayons dorés qui effleuraient l'atmosphère de Terre2. Son masque se polarisa pour la protéger de la lumière, mais elle ne s'en rendit pas compte, trop subjuguée par l'émotion.

Elvira observait Adi. D'une certaine manière, elle l'enviait. Elle se tenait si souvent dans l'espace comme en cet instant qu'elle ne ressentait plus l'émerveillement vécu par son amie. Adi se démarquait indéniablement par sa force et son courage car le vide absolu en rendait certains malades.

« Merci », souffla mentalement Adi, sans pouvoir exprimer autrement le sentiment qui l'envahissait jusqu'au plus profond de son être.

Elvira n'ajouta rien. Elle profitait seulement.

18

Le Peintre

Le mois passa aussi vite qu'un souffle. Les journées où Adali travaillait avec Val n'étaient que des préludes aux moments partagés avec Elvira. La pirate la subjuguait ; son esprit jamais à court d'inspiration enchaînait les nouvelles idées plus déjantées les unes que les autres. Les deux jeunes femmes participèrent à des entraînements au combat théoriquement réservés aux Aquéens — aussi hideux que désagréables, comme l'Ombre l'assurait —, se saoulèrent avec les réserves personnelles du cuisinier, se baignèrent dans les bains de Kastellane et tentèrent même de débarquer sur Terre2 — un échec qui leur valut de vives remontrances. Pourtant, étrangement, tous fermaient les yeux lorsque Elvira s'impliquait dans une affaire, comme s'ils la craignaient, au grand bonheur et amusement d'Adali.

La Frizienne apprit rapidement à faire ce que Val, le voilier, voulait d'elle, et il cessa de se plaindre de son inefficacité. Quand il n'avait pas besoin d'elle, il la renvoyait, et elle se dépêchait de retrouver son amie qui, apparemment, ne travaillait jamais. Adali lui demanda plus d'une fois pourquoi on l'autorisait à vivre sur La Dague sans travail défini, mais Elvira se contentait d'un sourire et esquivait la question. Adali se promit d'élucider ce mystère ; pourquoi personne ne la punissait alors que n'importe quel autre pirate aurait été sanctionné ?

Un soir, alors qu'elles observaient le Titan par le hublot principal, Elvira prit la parole sans prévenir, comme à son habitude :

— Ça te dirait de voir ma cabine, Adi ?

Adali sursauta de surprise ; la pirate disait toujours qu'elle logeait dans un dortoir comparable au sien. Seuls les membres éminents de l'équipage accédaient au privilège de posséder une cabine personnelle.

— Oui ou non ? s'impatienta Elvira.

— Oui, bien sûr ! Seulement, je croyais que...

— On y va ?

Sans plus attendre, elle tira légèrement Adali par la manche et l'entraîna dans les entrailles de La Dague. Elles empruntèrent le même chemin que lorsqu'elles s'introduisirent par effraction dans la cabine du second, Kastellane, passant par des couloirs aux murs dorés à l'or fin ou à la poudre de tinotium. Quand Elvira poussa la porte d'une cabine située en face de celle du capitaine Dant, Adali crut à une plaisanterie. Elle pénétra à sa suite sans en revenir. Pourtant, aucun doute, c'était la chambre d'Elvira. Des sous-vêtements traînaient un peu partout, laissant parfois place à des poignards ou à des flèches étalés en pagaille sur le sol. Des hologrammes qui représentaient des étendards pirates et des planètes aux couleurs plus vraies que nature décoraient les murs. Assez petite, la pièce était immensément spacieuse en comparaison des dortoirs remplis de couchettes inconfortables qu'Adali occupait la nuit. Un miroir couvrant une paroi donnait une impression de profondeur.

Elvira affichait un air embarrassé qui surprit encore plus Adali, car ce n'était pas son genre :

— Je n'avais pas trop prévu de t'emmener ici ce soir, alors navrée pour le désordre...

— Cette cabine est géniale ! s'émerveilla-t-elle, redevenue enfant.

Ce désordre, elle l'adorait ; il représentait son insouciance perdue trop tôt sur Frizen2, et elle n'aurait voulu pour rien au monde se trouver ailleurs en ce moment.

— Viens voir ! l'alpagua Elvira en retrouvant son assurance.

Les amies grimpèrent sur le lit deux places, et Elvira attrapa une petite boîte noire dans l'armoire. Elle la remit à Adali qui la dévisagea, interrogative. Un signe du menton l'invita à en découvrir le contenu par elle-même. Elle souleva le couvercle, et une délicieuse odeur s'insinua en elle. Un parfum qu'elle ne connaissait pas, le meilleur qu'elle ait jamais senti. Au fond de la boîte, deux scarabées effectuaient inlassablement des cercles. Alors qu'elle s'apprêtait à en attraper un, Elvira retint son geste avec sa main et la fixa droit dans les yeux :

— Sais-tu ce que c'est, Adi ?

— Non.

— Cet animal est un P21, plus couramment appelé Peintre. Il vient d'un satellite naturel d'une planète non viable du système T-210 ; c'est un tatouage vivant.

— Comment ça ?

— Si tu le touches, il choisira une partie de ton corps et s'y fondra pour dessiner une forme sur ta peau. S'ils grandissent par paire, les Peintres développent des capacités hors du commun. Si deux personnes ont chacune l'un de ces Peintres élevés en binôme sur la peau, elles deviennent capables de savoir en permanence comment va l'autre. Une fois qu'un Peintre s'est imprégné de quelqu'un, c'est irréversible, et plus jamais un autre de ces scarabées ne pourra s'insérer sur la peau de cette personne. Ils sont extrêmement rares, et ces deux-là font partie des plus beaux que les Humains possèdent aujourd'hui ; mon père me les a offerts un jour en me disant que je saurais quand les partager.

— Et… tu veux me…

— Oui, l'interrompit Elvira en retrouvant son sérieux. Sache que tu peux refuser, je ne t'en voudrai pas ; si tu acceptes, nous serons liées pour toujours.

— Je…

Incapable de trouver les mots pour exprimer ce qu'elle voulait partager avec Elvira, Adali dégagea délicatement son bras de l'emprise de son amie et toucha du bout du doigt l'un des scarabées. Le Peintre grimpa à une vitesse folle le long de sa main et escalada sa manche pour atteindre son cou. Là, il planta ses mandibules dans la peau grisée. Elle tressauta, traversée d'une souffrance intense qui dura l'espace d'un instant. Le scarabée se fondit dans sa peau, et Adali le vit devenir un dessin dans le miroir. L'insecte disparut pour laisser place à un magnifique tatouage. Entièrement noir, celui-ci recouvrait la partie droite de son cou, partait de sa mâchoire et allait jusqu'à la limite de son épaule. Simplement magnifique, il ne représentait rien de concret. Cousu d'un entrelacs de fils fondus les uns dans les autres qui devenaient ensemble un tout respirant l'harmonie et la beauté. Une douce odeur s'en dégageait et hypnotisait Adali. Elle ne pouvait arrêter d'admirer cet être partageant dorénavant sa vie.

Elvira affichait le plus beau sourire imaginable. Elle effleura le deuxième scarabée. Son visage s'éclaira lorsqu'il se mêla à son avant-bras pour draper sa chair et sa personnalité. Dès que le dessin se concrétisa sur le bras droit de la pirate, Adali sentit une bouffée d'émotions s'insinuer en elle, et comprit qu'elles étaient désormais liées. La jeune humaine se pencha lentement en avant pour déposer un doux baiser sur ses lèvres.

Adali lui rendit son étreinte. Elle l'enlaça, et les deux femmes s'allongèrent sur le lit. Elvira descendit lentement ses doigts le long de sa poitrine et la fit frissonner. Elle embrassa le cou de la Frizienne, frôla son corps avec délicatesse. Sa langue glissa sur son ventre alors qu'Adali, le souffle rapide, caressait ses cheveux. Sans le vouloir, elle envoya mentalement des sensations et des émotions qui accentuèrent leur étreinte.

≈

Adali serra encore plus fort Elvira dans ses mains à mesure que le plaisir montait en elle. Ses pensées s'envolaient et incitaient la pirate à accélérer ses mouvements. Dans un dernier cri mental, les deux amantes se laissèrent tomber sur les draps, aussi épuisées l'une que l'autre. Elvira l'enlaça, collant sa peau nue contre la sienne dans une étreinte délicate. Les heures s'égrainèrent sans qu'elles ressentent le besoin d'échanger le moindre mot. Leurs tatouages semblaient aspirer à se rapprocher l'un de l'autre.

Longtemps après, Adali recouvrait lentement ses esprits :

— Pourquoi as-tu une cabine personnelle ? demanda-t-elle en effleurant le tatouage d'Elvira.

— Je suis la fille du capitaine Dant, répondit la pirate sans se détourner.

Sous le coup de la surprise, la Frizienne se redressa. Elle chercha une trace de moquerie, sans résultat.

— La fille du... balbutia-t-elle.

— Oui, c'est pour ça que je vais où je veux sur La Dague sans risquer d'être fouettée par le maître d'équipage, même s'il aimerait beaucoup m'attraper pour me punir.

— Les autres pirates savent qui tu es réellement ?

— Non, seuls les officiers et quelques matelots sont au courant. Ils n'en parlent à personne par peur de mon père.

Prenant soudain un air d'enfant un peu craintif, Elvira détourna la tête et s'exprima à voix basse :

— Maintenant que tu sais qui je suis, que vas-tu faire ?

Devant sa mine déconfite, Adali éclata de rire :

— Absolument rien, que voudrais-tu que je fasse ? Au moins, je sais que, à partir d'aujourd'hui, si j'en ai assez de supporter les ronflements des pirates imbibés d'alcool avec qui je partage le dortoir, je me réfugierai ici !

Le sourire d'Elvira fut si beau et sincère qu'Adali se jeta sur elle et l'embrassa avec fougue. Elles tombèrent du lit sans le vouloir. Hilares, elles observèrent l'hologramme de la planète Mumeg qui flottait dans la cabine. La pirate désigna le globe du doigt :

— Tiens, c'est notre prochaine destination.

— Vous commercez avec les Mugiens ? Je croyais que, à cause de la guerre civile, personne ne se risquait sur leur planète tellement elle est irradiée.

— À ma connaissance, les seuls pirates qui s'y aventurent sont ceux de La Dague, ou alors des équipages constitués entièrement d'Atalatéens car ils ne craignent pas les radiations. Des contrebandiers s'y rendent parfois pour évacuer des civils en échange de fortunes. Le GCT n'y va que lorsque des rumeurs de résistance se répandent et qu'il juge nécessaire de les éradiquer.

— L'endroit parfait pour le trafic alors, déduisit Adali. Il n'y a aucune surveillance du GCT ?

— Si, c'est la partie compliquée de l'approche de Mumeg. Pour éviter que la planète devienne un repaire de rebelles, le GCT a mis en orbite des stations militaires avec pour seul objectif de détruire tous les vaisseaux qu'elles croisent. Mumeg est une zone interdite ; si quelqu'un s'y rend, il doit être supprimé. Mais on a trouvé des moyens de les contourner, ne t'en fais pas !

— Quand s'éloignera-t-on du Titan ? Les affaires avec les Terriens2 sont finies ?

— La Dague quittera ce système dans quatre jours. J'essaierai de descendre avec l'équipe à la surface de Mumeg, ça te dirait ?

Elle retrouva sa mine espiègle, signe qu'elle prévoyait une facétie interdite. Amusée, Adali répondit :

— Pourquoi pas, mais je ne suis pas sûre que Val m'accorde une permission.

— Pff, souffla Elvira dans un geste méprisant, ce vieux fainéant de Val peut très bien se débrouiller seul avec les réacteurs. Il a simplement la flemme et demande des assistants parce qu'il est trop gras pour visser un écrou sans transpirer comme un Roséan !

Adali pouffa en s'imaginant le voilier avec des poils bleus et une gueule de singe. Convaincue, elle accepta.

— Très bien, dès qu'on arrivera aux environs de Mumeg, on s'arrangera pour se faire la malle ! promit Elvira, persuadée de leur future réussite.

≈

Adali ouvrit péniblement les yeux au son du bip de sa montre. Elle s'était endormie par terre, enserrant Elvira. Avec difficulté, elle activa son écran et découvrit le visage de Val, rouge de colère. Elle monta le volume et entendit la voix du voilier, toujours aussi douce et délicate :

— *T'as intérêt à te bouger les miches si tu ne veux pas que je te foute un rapport au cul !*

— J'arrive, soupira-t-elle sans se formaliser — répondre à Val, sans cesse désagréable, ne servirait à rien.

Elle éteignit sa montre et se releva en essayant de ne pas réveiller Elvira. Elle observa un instant la pirate dormir, ses longs cheveux roux étalés autour d'elle. Même si plus le temps passait, plus Adali appréciait l'Humaine — et commençait peut-être à l'aimer —, elle ne perdait pas de vue la raison de sa présence ici et la mission confiée par son maître. Elle ne décevrait pas l'Ombre ; elle convaincrait les pirates de se rallier à la Coalition Libre pour libérer Obside. Aussi proche d'Elvira — qu'elle soit la fille du capitaine de La Dague lui faciliterait la tâche —, elle devrait se concentrer sur son objectif. Mais elle craignait qu'Elvira prenne mal le fait qu'elle soit, au départ, venue sur La Dague uniquement pour la cause de la

Coalition Libre, et pas par affection pour elle. Mais si elle l'aimait réellement, elle comprendrait. Du moins, elle l'espérait.

Dès que possible, Adali demanderait à Elvira de rencontrer son père et, si l'occasion se présentait, elle révélerait à son amante son but initial.

≈

Il est dans l'herbe. L'Aigle. Il le sonde de son regard bleu sans fond. Au loin, une mer de sang recouvre la plaine.

— Qui êtes-vous ? demande Yaé, hanté par ce rêve.

« Nous sommes ton passé. Nous sommes ton futur. Nous influons sur l'infini du possible qui s'offre à toi à chaque instant. »

— Vous faites partie de moi ?

L'Aigle rit :

« Non, tu ne nous intéresses pas. Elle est la clef. »

— Elle ? Qui ça, elle ?

« Si tu ne le sais pas, tu n'es pas encore prêt à le comprendre. Tu croyais que nous te sauvions la vie par simple gentillesse ? Non. Nous t'aidons pour qu'un jour tu l'aides, à condition que les événements suivent le cours prévu. Si ce jour-là tu nous déçois, tu connaîtras une douleur éternelle. »

— Je ne sais même pas de qui on parle ! s'écrie-t-il. C'est Ode ? Vous m'aidez pour que je la sauve ?

« Ode ? » Du dédain se dégage de sa pensée. « Ode est un détail dans ta vie. Elle te tournera le dos, et tu l'oublieras. »

Il est abasourdi. Ode ne le trahirait pas.

— Xeï alors ?

Nouveau rire.

« Si tu n'es pas capable de comprendre seul, il faudra attendre que les événements te révèlent ton avenir. À présent, réveille-toi, nous n'avons plus de temps à t'accorder. Essaie de ne pas te mettre en danger de mort dès que tu reprendras conscience. »

L'Aigle s'envole. Il l'attrape dans ses serres. Ils sont haut dans le ciel. Il le lâche. Le sol se rapproche. Il crie. Il touche le sol.

Yaé se réveilla au son du craquement de sortie du Néant. Xeï avait perdu connaissance, et Ode gigotait, paniquée. Il détacha ses sangles de sécurité et se leva en se tenant à son dossier. Il rassura l'adolescente et secoua doucement la commandante, plongée dans un sommeil agité. N'obtenant aucune réaction, il y mit plus d'énergie. Il claqua sa joue, assez fort, et elle sursauta, les yeux écarquillés. Elle vérifia les écrans et grogna :

— On est sortis trop loin de Mumeg. Je passe en vitesse de croisière, en espérant que ce tas de ferraille tiendra le coup.

Elle joignit les gestes à la parole et entra une série de commandes. Un ronflement monta du moteur, et un compte à rebours retentit dans les haut-parleurs.

— Accrochez-vous ! recommanda la commandante en ajustant sa ceinture.

Le vaisseau accéléra progressivement puis bondit brusquement. Il fila droit dans l'espace, à une vitesse phénoménale. Un signal de surchauffe clignota sur la gauche, mais Xeï n'y prêta pas attention. Concentrée, elle s'efforçait de garder assez d'énergie dans le système pour ne pas ralentir. Elle dévia la puissance des déflecteurs et des canons pour tout concentrer dans les réacteurs. La naine rouge grossit rapidement, et la pilote courba sa trajectoire pour l'éviter. Un bon quart d'heure plus tard, Mumeg se dévoila. Xeï désactiva la vitesse de croisière. Deux grands continents étaient visibles sur la planète. Ravagés. Les larges cratères qui parsemaient les terres rappelaient à Yaé les images du continent nord-américain sur Terre. Des nuages survolaient l'océan dont la couleur hésitait entre un bleu foncé, un vert crasseux et un marron boueux. Sale, la grande étendue d'eau abîmée prenait par endroits l'apparence d'un cloaque démesuré. Mumeg, une planète en décomposition, vouée à mourir sous le joug de la guerre nucléaire qui ravageait sa nature depuis des millénaires.

— On doit éviter les stations du GCT, dit Xeï sans prêter attention au spectacle macabre. Ode, brouille notre signal pour au moins une heure.

≈

Pendant les trois jours qui suivirent, Adali travailla comme une éreintée au service de Val. Le voilier découvrit une nouvelle fuite dans un réacteur à fusion et tint absolument à la réparer avant que La Dague parte pour Mumeg. Elle consacrait son peu de temps libre à Elvira. Les deux femmes, diamétralement opposées dans leur façon d'être, partageaient aussi une infinité de points communs, ce qui les ravissaient autant l'une que l'autre. Adali trouvait chez l'Humaine ce dont elle manquait, et elle espérait que cette situation durerait toujours. Mais elle sentait que la réalité ne tarderait pas à la rattraper. Elle repoussait sans cesse le moment où elle annoncerait à Elvira la vraie raison de sa présence sur La Dague.

Le jour du départ pour Mumeg, Val réussit enfin à colmater la fuite. Il renvoya Adali dans la matinée en disant à sa façon qu'elle avait fait du bon travail. *J'ai déjà vu plus efficace que toi, mais t'es moins mauvaise qu'il y paraît.* La Frizienne contacta Elvira à l'aide de sa montre, et elles se donnèrent rendez-vous sur le pont principal. La pirate prit sa main et se tourna vers les grands hublots. Le Titan, inchangé, inaltérable, aurait effrayé le plus robuste des êtres par son incroyable dimension. La Dague s'éloigna dans l'espace. Les volets se refermèrent, et le vaisseau entra dans la déchirure spatiale. Adali serra fort la main d'Elvira. Pour la première fois, elle ne traversait pas le Néant seule. Elle sentait son tatouage frétiller dans son cou, chercher le contact de son jumeau. Une sensation terriblement plaisante. Dans le silence et l'obscurité, Adali sourit.

Mumeg, une planète désolée. La Dague à des milliers de kilomètres de sa surface, les cratères qui constellaient les continents étaient plus que visibles. Un frisson parcourut son échine, frisson qui devint agréable lorsque Elvira caressa son bras du bout des doigts.

Soudain, une voix sortit des haut-parleurs placés un peu partout dans le vaisseau :

— *Ici le capitaine Dant. Nous sommes à proximité de Mumeg. Les canonniers doivent immédiatement rejoindre leurs postes de combat, ainsi que tous les autres matelots. Les stations spatiales du GCT ont changé leurs itinéraires ; nous n'avons aucune idée d'où elles se trouvent. Si elles nous ont repérés, nous risquons une attaque à tout instant. Ceci n'est pas un exercice !*

Dans une parfaite coordination, les pirates s'éparpillèrent sur le pont.

— Viens avec moi, commanda Elvira à Adali d'une voix autoritaire.

Elle la suivit sans discuter car elle ne savait comment agir en cas d'attaque. La pirate la conduisit à une salle d'armes et lui donna un fusil. La Frizienne le passa en bandoulière et posa la main sur son poignard, par réflexe. Elvira rangea deux pistolets dans ses jambières et chargea son carquois de flèches.

— Rejoins le groupe de défense intérieur de La Dague, dit Elvira ; c'est la procédure puisque tu n'es affectée à aucun bataillon. Je viens avec toi, même si j'ai pour ordre de me cloîtrer en cas d'attaque...

— Si ton père l'apprend... commença gentiment Adali.

— Celui qui nous séparera n'est pas encore né, et mon père a trop à faire pour s'occuper de moi en ce moment. On était censés connaître tous les parcours possibles des stations spatiales, mais s'ils ont changé, ça remet en question l'intégralité de notre marchandage avec Mumeg.

Adali montra qu'elle ne protesterait pas. Elles rejoignirent un groupe armé posté à l'arrière du pont et se fondirent discrètement dans les rangs. La Pieuvre darda sur eux un regard cruel. Cet Aquéen devait son surnom à ses nombreux tentacules dont il se servait pour fouetter les matelots. Connu pour son manque de pitié et le plaisir qu'il prenait à punir ceux qui rechignaient à la tâche, il occupait la fonction de maître d'équipage. Tous le haïssaient. Il restait toujours un peu de sang frais appartenant à ses dernières victimes sur ses appendices bleutés, bardés de lanières de cuir.

La Pieuvre posa ses yeux de tailles différentes sur Elvira et, étrangement, ne se permit aucune remarque. L'alien ne se priva pas pour autant de crier des injures aux retardataires qui se hâtèrent de rejoindre la masse de pirates pour se faire oublier. Cinquante matelots rangés en colonnes attendaient les ordres. Ils patientèrent pendant de longues heures, car l'attaque qu'ils redoutaient tous ne venait pas. Elvira s'assit la première, vite imitée par les matelots. La Pieuvre l'observa haineusement sans piper mot. Adali se mit à bâiller quand la voix du capitaine émana des enceintes :

— Nous avons évité les stations ennemies, la suite des opérations se déroulera comme prévu. Retournez travailler. Fin de l'alerte au combat.

Dans un soupir général, chacun repartit de son côté, et Elvira chuchota à Adali :

— Si tu es toujours partante pour venir avec moi sur Mumeg, je pense que c'est le moment. Le débarquement était censé avoir lieu dès notre arrivée. Maintenant que la menace est passée, la navette ne va pas tarder à partir.

Adali approuva, et elles se rendirent dans le hangar de décollage. Elles effectuèrent un détour par le vestiaire où elles revêtirent des combinaisons antiradiation. Ce scaphandre englobait la totalité de son corps d'une fibre fine et solide. D'un gris un peu plus foncé que la couleur de sa peau, il épousait ses formes et la laissait libre de ses mouvements. Elle y ajouta sa ceinture où elle accrocha son poignard, plaça son fusil sur son épaule et fixa sa montre par-dessus le tissu souple. Elvira fit de même, sans pouvoir résister à la tentation d'observer son amante alors qu'elle se changeait. Le physique plutôt musclé de l'hybride correspondait tout à fait aux goûts de la pirate, tout comme sa poitrine mise en valeur par sa tenue.

Arrivées à la navette prévue pour transporter les marchandises vers Mumeg, elles se fondirent discrètement dans le groupe de pirates vêtus comme elles. Lorsque le commandant de mission approcha du transporteur, elles rabattirent leurs capuches par-dessus leurs masques. La chevelure rousse d'Elvira ne trompait pas, il l'aurait reconnue. Les pirates montèrent dans le vaisseau et s'assirent. Des caisses en métal et des conteneurs entreposés dans un rangement relatif menaçaient de déraper sur l'équipage. Les matelots discutaient entre eux sans prêter attention aux deux femmes ; ils se fichaient éperdument de qui les accompagnait, car seule comptait pour eux la prime de fin de mission.

Ils décollèrent et passèrent à travers un sas de dépressurisation à l'arrière de La Dague. La cabine ne contenait aucun hublot, aussi Adali ne sut qu'ils pénétraient dans l'atmosphère de Mumeg qu'en sentant la température augmenter jusqu'à devenir insoutenable. Puis la chaleur s'atténua, et la navette entama une descente moins violente. Un choc ébranla l'appareil. Elvira remarqua son inquiétude :

— Pas de souci, on est sous l'eau.

— Sous l'eau ? s'exclama Adali. Je croyais qu'on se rendait dans une base de surface !

— Ah... quand je disais « à la surface », c'était une expression ; en fait, on va sous la surface.

— Je vais finir par croire que toutes les bases rebelles dans lesquelles je me rends sont destinées à être enterrées... maugréa-t-elle.

— Les cités de surface ennemies du GCT ne durent jamais longtemps. Hal est sous terre ; Porhés est une ville sous-marine. Je n'y suis jamais allée mais beaucoup de pirates me l'ont décrite ; j'ai hâte de la visiter ! Dès l'atterrissage, on file ; si le commandant nous remarque et dit la vérité à Kastellane ou au capitaine, on risque de passer un très mauvais moment.

— Combien de temps La Dague orbitera-t-elle autour de Mumeg ?

— Pas plus de trois ou quatre jours, j'imagine ; avec les stations du GCT — qui peuvent repérer le vaisseau à tout moment —, le capitaine ne prendra aucun risque inutile. On a peu de temps pour profiter au maximum !

Le vaisseau se posa dans une secousse, et ses portes s'ouvrirent pour révéler une magnifique cité sous-marine.

19

Recalé

Ode entra des séries de codes afin de brouiller le signal de leur appareil, et Xeï lança des appels dans l'espace à la recherche des fréquences du vaisseau pirate. Au bout d'une attente interminable, elle poussa un cri de victoire qui fit sursauter Yaé et parla avec précipitation :

— Ici le vaisseau contrebandier Vx-3241.bal, demande de toute urgence à parler au capitaine Dant ou à son second ; je suis la commandante Xeï de la cité autonome obsidée Pic.

— *Le capitaine et son second sont actuellement occupés,* crachotèrent les haut-parleurs.

— Je me fiche qu'ils soient occupés, je veux leur parler. Transmettez l'appel immédiatement.

— *Laissez-moi un message si vous le souhaitez, mais le capitaine n'est pas disponible.*

— Je suis une amie de Dant, gueula Xeï dans son micro, transmettez cet appel sur-le-champ !

— *Identifiez-vous à nouveau.*

— Vaisseau contrebandier Vx-3241.bal dont je suis la capitaine, Xeï. Je vous assure que vous aurez de graves problèmes si vous n'obéissez pas...

— *Veuillez patienter, j'appelle un officier supérieur.*

De longues minutes passèrent durant lesquelles Xeï tripota nerveusement son arme, puis une autre voix grésilla :

— *Je suis le second du capitaine, Kastellane. Vous prétendez être Xeï ?*

— Oui, je suis Xeï, et je me souviens très bien de toi. C'est réciproque ?

— *Je me souviens de Xeï. Prouvez que vous êtes bien cette personne.*

La commandante activa les caméras, et Kastellane fit de même sur son vaisseau. L'image d'un Humain gigantesque se matérialisa. Les cheveux blancs du second de La Dague surmontaient un trou dans son oreille, et le tatouage d'un grand couteau dans son cou. Séparé de lui par des milliers de kilomètres, Yaé eut un frisson ; cet homme n'était clairement pas le genre de personne à se mettre à dos.

— *Très bien*, reprit Kastellane, *je vous vois. Essayez à présent de me convaincre que vous n'êtes pas un vulgaire clone envoyé pour infiltrer mon équipage.*

Xeï devint rouge de colère, outrée par une telle insinuation.

— Je vous ai sauvés, Dant et toi ! s'écria-t-elle soudainement. J'aurais pu m'évader tranquillement de la prison sur Mars, mais j'ai risqué ma vie pour vos deux têtes de vauriens ! Alors, évite de m'insulter, à moins que tu veuilles entendre l'histoire de Baastar s'étendre dans l'espace entier !

Un rire gras le parcourut, et son visage bourru refléta une profonde nostalgie :

— Je n'arrive pas à le croire, sourit-il en essuyant une larme de rire sur sa joue. C'est donc toi, Xeï. Tu es la bienvenue sur La Dague, je t'envoie notre position. Je te retrouve tout à l'heure.

L'image se brouilla, et la transmission se coupa. Xeï eut une moue satisfaite et rentra les coordonnées reçues dans le pilote automatique.

— L'histoire de Baastar ? releva Yaé.

Un rictus cruel sur le visage, Xeï savoura chacun de ses mots :

— Ne le répète surtout pas ; Kastellane te ferait balancer dans l'espace ! Peu après notre évasion de Mars, une bande de chasseurs de primes nous captura. Dant et moi étions bâillonnés, et ils décidèrent de s'amuser avec notre ami Kastellane. Ils lui injectèrent de grandes doses de feu dia', jusqu'à ce qu'il délire et raconte ses souvenirs d'enfance. Je te passe les détails, mais un épisode qui a particulièrement fait rire nos ravisseurs fut le conte de son premier amour de jeunesse... avec une Aquéenne !

Une image répugnante s'imposa dans l'esprit de Yaé et lui arracha une grimace de dégoût. Les Aquéens trônaient en première place des créatures les plus repoussantes croisées dans sa vie. Hilare, Xeï continua :

— Dant réussit à nous libérer grâce à la déconcentration des chasseurs de primes. Cette aventure s'est passée dans la ville de Baastar, sur Obside.

Yaé sourit, autant écœuré qu'amusé. Ode toussota :

— Excuse-moi, Xeï, pourrait-on rejoindre le vaisseau pirate puisqu'on sait tout de cette intéressante histoire ? Dans mon souvenir, des stations armées du GCT risquent accessoirement de nous tomber dessus, n'importe quand...

La commandante s'apprêtait à répondre, mais Yaé l'en dissuada d'un geste, et elle se contenta d'activer les réacteurs du vaisseau d'un mouvement brusque. Ils traversèrent l'espace durant un long moment, Xeï reprenant régulièrement le contrôle manuel pour éviter les zones dans lesquelles Ode détectait des signaux de stations du Gouvernement Colonial Terrien. Enfin, ils arrivèrent au vaisseau pirate. La Dague, tel un poignard, fendait les ténèbres et s'imposait par sa taille dans le vide de l'espace. Sur sa coque, une main dessinée ornée de trois bagues tenait un couteau de chasse. Des dizaines d'engins automatisés chargés de la maintenance de La Dague pullulaient autour d'elle.

Le rafiot contrebandier se rapprocha lentement du pont d'amarrage en suivant les directives de la voix dans le micro. Il s'accrocha à une amarre mécanisée, et la porte arrière s'ouvrit. Xeï descendit la première, suivie par Yaé et Ode. Enfin, ils étaient sur La Dague.

≈

Adali et Elvira restèrent sans voix à la vue de la cité sous-marine de Porhés. Une véritable ville sous l'océan. Elle reflétait ses mille lumières sur les boucliers qui empêchaient les flots de la réduire à néant. La présence de champs de force, de la couleur de l'eau, ne se devinait que par leur ondulation qui suivait les courants marins. Les habitations rondes qui constituaient la métropole se fondaient les unes dans les autres pour former des colonnes empilées jusqu'à érafler l'eau. Les galeries piétonnes dissimulées sous terre rappelaient une gigantesque fourmilière. La cité évoquait une seule grande demeure aux multiples ouvertures.

Alors que les pirates déchargeaient les soutes et que les négociations débutaient avec les Mugiens, les deux jeunes femmes s'éclipsèrent. Elles quittèrent la piste d'atterrissage et pénétrèrent dans la cité par une entrée surveillée par deux aliens peu concernés. Dans les rues, elles ne croisèrent que des Mugiens. Ces extraterrestres dépassaient Adali de plus d'un mètre. Une peau claire parfois translucide recouvrait leur corps et leur tête de forme allongée. Les enfants, plus petits, mesuraient la taille d'un homme. Tous armés, les Mugiens toisaient de leur hauteur les deux pirates avec méfiance, peu habitués à recevoir de la visite.

Elvira l'entraîna au hasard des carrefours, parlant à des inconnus — qui, pour la plupart, ne prenaient pas la peine de répondre. Elles se retrouvèrent sans vraiment le vouloir dans un bar fréquenté uniquement de Mugiens. Elles s'assirent à une table près de la sortie, afin de partir en vitesse si la situation venait à tourner à leur désavantage. Le patron de l'établissement accepta leur commande, non sans leur demander ce qu'elles faisaient là. Elvira justifia leur présence par leur appartenance à l'équipage de La Dague. Elles goûtèrent un alcool local — selon les dires du serveur, cultivé dans la mer, non loin de la cité. L'Humaine paya l'addition, ainsi que les suivantes. Les verres s'enchaînèrent et, bientôt, les deux femmes perçurent la réalité d'un œil trouble. Elles abordèrent nombre de Mugiens en réussissant parfois à arracher des mots à ces aliens soupçonneux. La majorité feignait de ne pas les remarquer, mais certains parmi les plus jeunes se prêtèrent au jeu et burent avec elles.

Des litres et des heures plus tard, une bonne partie des bars de la ville visités, un groupe d'adolescents mugiens — d'une moyenne d'âge de quarante ans — les accepta tacitement, pour un temps. Épuisées, elles s'endormirent dans une ruelle peu fréquentée, longtemps après l'extinction des lumières artificielles. Elvira enlaça Adali et l'étreignit dans son sommeil.

Elle est dans l'herbe. L'Aigle la scrute.

« Nous ne t'avions pas rendu visite depuis bien longtemps, jeune hybride », pense-t-il.

— Je suppose que tu vas encore me montrer des personnes mortes ? ironise-t-elle, rodée à ce cauchemar récurrent de sa vie passée.

« Non, pas aujourd'hui. Nous sommes là parce que tu n'as jamais été aussi proche de nous. »

— Aussi proche ? Comment ça ?

« Nous vivons évidemment sur Mumeg, nous pensions que tu l'avais compris avec le temps. »

— Comment aurais-je pu comprendre quoi que ce soit ? proteste-t-elle. Tu n'es qu'un cauchemar qui me hante ! À chaque fois que je t'ai vu, j'ai perdu quelqu'un que j'aimais !

« Nous te donnons l'opportunité de nous rencontrer. Tu es la première personne depuis des générations à qui nous proposons cela. Certains tueraient pour avoir ta chance ! »

— Tu crois peut-être que j'ai envie de rencontrer celui qui m'a infligé tous ces maux ? Je te déteste.

L'Aigle la soulève dans les airs à des milliers de mètres de hauteur. Il la lâche. Elle tombe. Elle hurle. Le sol se rapproche. Elle heurte le sol.

Adali a un long soupir de soulagement en se réveillant. De courte durée. Elle se sent basculer à nouveau dans le monde des rêves, sans réussir à lutter contre la puissance titanesque qui l'y attire.

Elle est dans l'herbe. L'Aigle la scrute.

« Ne t'avise plus de nous manquer de respect. »

Un oiseau, même aussi puissant, ne lui donnera pas d'ordre.

« Tu ne t'excuses pas », reprend-il. « Prévisible. Mais c'est aussi grâce à ton caractère horripilant que tu survis dans ce monde... »

Elle demeure silencieuse.

« Nous te proposions de nous rencontrer. Nous avons beaucoup à te révéler. Te voir dans ton sommeil n'est plus suffisant. Pour ce qui t'attend, nous devons nous parler de visu. »

— Je ne comprends pas, articule-t-elle lentement. Pour moi, tu n'es qu'un mauvais rêve… Comment te rencontrer dans la réalité alors que tout se passe dans ma tête ?

« Nous sommes l'entité la plus réelle que tu aies rencontrée, jeune hybride. Nous apparaissons dans tes rêves car c'est notre seul moyen pour communiquer avec toi à distance. À présent, tu es sur Mumeg, comme nous le prévoyions. Nous allons enfin discuter. »

— Comment aurais-tu pu prévoir quoi que ce soit ? grince-t-elle, horripilée.

« Les réponses viendront d'elles-mêmes, sois patiente. »

— Ah non ! On dirait mon maître qui parle : « Sois patiente, il ne sert à rien de poser des questions… » Si tu veux que je croie réellement à ton existence, sois plus convaincant. Peut-être que je suis en plein délire, ou alors droguée…

« Lorsque tu te réveilleras, un Mugien viendra à toi. Il mettra longtemps à accepter de te conduire à nous, montre-toi persuasive. N'emmène pas l'Humaine avec qui tu copules. »

— … L'Humaine avec qui je copule !? Sans rire ? Si Elvira veut me suivre dans la recherche de je ne sais quel oiseau, elle viendra avec moi !

« Non. »

— Hey, m'dames, levez-vous !

Adali émergea de son sommeil difficilement. Elvira s'étira en dévisageant un Mugien.

— C'est interdit, indiqua l'alien. Les gardes vous expulseront de la ville s'ils vous trouvent comme ça. Vu vos têtes, je parierais que vous avez beaucoup bu avant de vous endormir là. Deux étrangères qui se comportent ainsi ne feront pas long dans la cité, c'est moi qui vous le dis.

L'Humaine hocha vaguement la tête et se leva en tirant Adali par la main :

— Moi, c'est Elvira, et, elle, c'est Adi. Merci de tes conseils, l'ami.

— Je peux vous offrir un petit-déjeuner, proposa le Mugien du haut de ses trois mètres, vous m'avez l'air bien dans le coaltar, une bonne tasse de jlodf vous ferait le plus grand bien !

— Pourquoi pas, accepta la pirate en retrouvant son aplomb et sa sociabilité habituelle.

Le Mugien les conduisit à travers les rues, et ils pénétrèrent dans l'une des cases rondes qui parsemaient la cité. Malgré l'appréhension d'Adali à suivre ainsi un total inconnu, Elvira s'assit avec plaisir sur l'un des larges hamacs en cuir d'animal marin. Les meubles, comme l'habitation, ne comportaient aucun angle ; le tout épousait la forme d'une vague. Un mélange de sable durci et de plastique constituait les murs, offrant une matière largement malléable. L'extraterrestre les laissa pour aller préparer du jlodf. Inquiète, Adali se tourna vers Elvira :

— Que fait-on là ? On ne le connaît pas ; si ça se trouve, il nous veut du mal !

— Justement, se moqua l'Humaine, on ne sait pas ce qu'il nous veut. S'il souhaite simplement bavarder un peu, pourquoi pas, et s'il cherche la bagarre, ça nous fera de l'action !

Adali secoua la tête, désespérée de rendre un jour son amante raisonnable, mais amusée par son caractère si imprévisible.

— Pour vérifier qu'il ne nous empoisonne pas, reprit Elvira, mutine, passe ta montre au-dessus de ta tasse ; une alarme se déclenchera si elle contient une substance dangereuse.

Leur hôte revint, une carafe et trois bols dans les mains. De manufacture mugienne, ces derniers étaient démesurés, de la taille d'une gourde. Un motif les ornait, mélange entre un poisson et un mammifère. Sur un simulacre de terre recouverte d'arbres, sa queue trempait dans des vagues dessinées géométriquement, et ses pattes cherchaient à atteindre le sol.

L'alien servit à chacune une dose de jlodf suffisante pour cinq personnes, puis versa du liquide vert dans sa propre tasse. Adali approcha discrètement sa montre du récipient, et rien ne se passa. Elvira hocha le menton dans sa direction ; qu'elles boivent en toute quiétude.

— Moi, de mon nom, c'est Balhvrouda, se présenta le Mugien avec un léger accent feutré, soucieux d'engager la conversation, mais tout le monde m'appelle Balh.

— Nous sommes ravies de vous rencontrer, Balh.

— Moi aussi, je suis ravi, croyez-le ! Souvent, les étrangers n'ont que faire de mes paroles, c'est rare que j'aie la chance d'accueillir des gens dans ma demeure. Comment vous êtes-vous retrouvées dans la rue, cette nuit ?

Elvira entama le récit de leurs aventures de la veille, et Adali se prit parfois au jeu en ajoutant des détails. Balh les écoutait, candide, comme si on ne lui avait pas parlé depuis une éternité. Le sujet dériva sur la vie dans la cité sous-marine. La Frizienne posa des questions pour approfondir ses connaissances sur le sujet, et le Mugien répondit avec plaisir.

— Reste-t-il des villes en surface ? demanda Adali avant de boire une énième gorgée amère du jlodf.

— Il y a bien des rumeurs, mais à part une ou deux cités mugg sur l'autre continent, je les pense infondées.

— Vous voulez dire, chez vos ennemis ? s'intéressa Elvira.

— Oui, chez ces fichus mugg, ces monstres qui se prennent pour des dieux !

— Il n'existe plus aucun contact entre les Mugiens et les Mugg ?

— Non, lâcha Balh avec amertume. La guerre dure depuis des centaines d'années, et, à chaque tentative de négociations, les Mugg ont voulu prendre le contrôle total de la planète. Les Aigles nous gardent d'une entente avec eux !

Adali tiqua. « Les Aigles nous gardent. » Dans un flash, son rêve lui revint en mémoire : *Lorsque tu te réveilleras, un Mugien viendra à toi.* Était-il envisageable que l'Aigle qui hantait ses nuits existe réellement ? Balhvrouda représentait-il le Mugien dont l'oiseau prédisait qu'il la guiderait à lui ? Elle se plongea dans les yeux de Balh :

— Qui sont ces Aigles que tu as cités ?

— Vous ne connaissez pas les Aigles de Mumeg ? s'étrangla-t-il, ahuri. Mais… Les Aigles sont des dieux !

≈

Xeï posa le pied sur le pont de La Dague. Des tourelles de surveillance braquées sur elle se détournèrent lorsque Kastellane arriva. Hormis le tatouage d'un poignard qui ornait son cou, ses cheveux blancs et de nouvelles cicatrices, le second du capitaine Dant reflétait son souvenir. Sa musculature pas changée d'un pouce, et bien qu'il ne soit plus dans la force de la jeunesse, il inspirait le respect par sa carrure. Un sourire éclaira son visage. Il s'avança pour la prendre dans ses bras, comme s'ils s'étaient quittés la veille. La femme rendit l'étreinte.

— Ça me fait plaisir de te revoir, ma vieille amie ! l'accueillit-il d'un timbre grave.

— Moi aussi, je suis heureuse. Je me demandais si vous vous souveniez de moi, Dant et toi !

— Comment oublier une peste comme toi ? lança-t-il en riant grassement. Viens donc boire un pot avec moi, le capitaine nous rejoindra.

— Avec plaisir ! sourit Xeï à pleines dents. Avant, laisse-moi te présenter mes deux compagnons.

Kastellane retrouva son sérieux en remarquant la présence de Yaé et Ode.

— Je ne savais pas que tu venais accompagnée, jeta-t-il assez sèchement.

— Voici Yaé ; il appartenait au groupe que je commandais à Pic, et sa droiture d'esprit ne fait aucun doute.

L'intéressé fut touché par ce compliment, mais il ne laissa rien paraître pour ne pas se décrédibiliser.

— Et la jeune humaine que tu vois là, ajouta-t-elle d'une voix moins enjouée, était la meilleure programmeuse de Pic.

— Je suis désolé, Xeï, je ne peux les accepter comme ça, même si j'ai confiance en toi. Nous sommes sur La Dague ; qu'ils rencontrent le maître d'équipage s'ils veulent nous rejoindre, lui seul décidera. Je suis persuadé que tu avais recours à des méthodes similaires au Pic Noir.

— C'est exact… avoua la commandante avec regret.

— Bien, conclut Kastellane. Emmenez ces deux-là dans la salle d'accueil aux étrangers.

Des pirates escortèrent Ode et Yaé hors de la pièce. Ce dernier lança un regard à Xeï qui lui signifiait de ne pas s'inquiéter pour eux.

— Nous les traiterons bien, la rassura le second du capitaine, ne te fais pas de sang d'encre.

Xeï acquiesça car il ne lui laissait pas le choix.

— Et ce pot avec Dant, alors ? questionna-t-elle, désireuse de briser le malaise qui s'installait.

— Oui, suis-moi, allons dans ma cabine.

≈

Yaé et Ode furent conduits le long de couloirs grisés qui rappelèrent au jeune homme l'intérieur de la station spatiale en orbite autour de Terre. Il eut une pensée pour cette époque, où il voulait devenir soldat du Gouvernement Colonial Terrien et chasser les aliens aux quatre coins de l'espace. Il se remémora tristement sa sœur qu'il avait quittée depuis bientôt cinq mois, Noa, âgée d'onze ans terriens. Fallait-il encore qu'elle ait survécu. Yaé ne pouvait la joindre car, dans le bidonville, seule une poignée de privilégiés détenait un accès aux réseaux de communication. Mais en vérité, il ne pensait que peu à sa sœur ces temps-ci, et il s'en sentait coupable ; il espérait réellement la revoir un jour. Rien de moins sûr.

Les pirates menèrent Ode dans une salle, et Yaé dans une autre. La jeune aveugle protesta un instant, mais se résigna quand son ami lui dit d'obéir. La porte se referma sans un bruit. Yaé était seul, et personne ne se manifesta durant l'heure qui suivit. Il s'assit sur l'une des deux chaises. Les gardes revinrent enfin pour le fouiller et le dépouiller de ses armes. Lorsqu'il ne représenta plus aucun danger, un extraterrestre entra dans la pièce. Un Aquéen.

Répugnant. C'est le premier mot qui vint à l'esprit de Yaé. La peau de l'alien, qui ressemblait à du cuir abîmé, penchait entre le verdâtre et le bleu. Huit tentacules habillaient son corps, dont trois chaussés de semelles et d'un pantalon déchiré. L'Aquéen se tenait debout sur ceux-là, les cinq autres bardés de lanières qui ne pouvaient avoir qu'une seule fonction : fouetter. Deux yeux jaunes de tailles différentes fichés sur son visage — ça, un visage ? plutôt un masque d'épouvante — soulignaient son absence totale de nez. Une chemise à moitié boutonnée laissait deviner le tatouage d'un poignard sur son torse.

Répugnant, oui, mais aussi terrifiant. Un frisson parcourut la colonne vertébrale de Yaé quand l'alien s'assit sur le deuxième siège de métal.

— Alors, avorton, t'es qui ? lança-t-il d'une voix traînante en posant l'un de ses tentacules sur la table dans un bruit de succion.

— Je m'appelle Yaé, je viens du Pic Noir.

— Pourquoi j'aurais besoin de toi dans mon équipage ? J'ai déjà suffisamment de rebelles en fuite.

— Je suis venu avec la commandante Xeï, c'est une amie du capitaine Dant et…

— Je me fous de qui t'es l'ami, gamin, le coupa l'Aquéen. C'est moi le maître d'équipage. Je ne compte pas te prendre sans bonne raison, sois-en sûr.

— Avant, j'étais dans l'armée ; je suis très bon au tir et je n'ai pas peur de me battre.

Le ton de Yaé se durcit. Même avec la nécessité de rejoindre l'équipage de La Dague, il ne se laisserait pas insulter de la sorte par un vulgaire calmar. Le vulgaire calmar en question balança avec violence deux autres de ses tentacules sur la table et joua avec ses lanières de cuir.

— Tu crois peut-être qu'un ancien soldat à la botte de Terre m'intéresse ? Et ne me dis surtout pas que tu es doué, Humain ; tu sors à peine du berceau ! Un gosse ne serait d'aucune utilité pour nous aider à piller les convois du GCT !

Yaé serra la mâchoire et se retint de répondre.

— Au moins, tu sais la fermer, constata l'Aquéen avec satisfaction. Que sais-tu faire d'autre ?

— Je suis bon viseur avec des armes à feu, comme je vous l'ai dit ; un soldat en plus ne fera jamais de mal, surtout dans votre équipage, non ?

— On dispose de suffisamment de soldats, et je n'ai pas envie de m'encombrer d'un ex-militaire terrien. Tu es trop jeune et tu m'as l'air réticent à l'autorité. Beaucoup trop pour que ça le fasse entre toi et moi.

— Je suis prêt à me battre pour intégrer votre équipage ! intervint Yaé. Je n'ai aucun autre endroit où aller, et vous ne perdrez rien à me prendre à l'essai !

— Tu ne serais pas en train de me contredire ? Personne n'a le droit de me contredire !

— Ce n'est pas moi qui vous contredis, mais vous qui refusez d'entendre raison ! Je vous demande simplement une chance !

— Je retire ce que j'ai dit, tu parles trop, gamin. Un séjour dans les geôles te fera du bien le temps que je réfléchisse.

20

Les paroles de Balhvrouda

— Les Aigles sont des dieux ? s'exclama Adali, sidérée.

— Et pas qu'un peu, confirma Balhvrouda, ce sont nos créateurs !

— Sans vouloir vous manquer de respect, dit Elvira avec son tact habituel, qu'est-ce qui vous rend si sûr de vous ?

Balh but une gorgée de jlodf et asséna à la pirate :

— Je ne suis pas en train de vous parler de superstitions telles que le Théadïsme, le Qaträn, l'Unisme ou encore le Christantisme. Non, les Aigles nous ont créés il y a de ça deux mille ans, et ils sont capables d'intervenir et de modifier le cours des événements dans l'Univers entier.

— Euh... hésita Elvira, dubitative. Je ne veux pas vous vexer, mais nous existons depuis bien plus de deux mille ans... En tout cas nous, les Humains, avons habité Terre pendant des milliers et des milliers d'années, on ne nous a pas créés ; nous descendons de centaines de millions d'années d'évolution.

Adali hocha la tête car elle rejetait aussi l'idée d'une quelconque divinité, comme tous les Friziens. Balh teinta sa voix de moquerie :

— Je ne parle pas des Humains, Friziens ou autres, je sais bien que vous descendez des animaux. Non, les Aigles ont créé les Mugiens.

— Vous voulez dire que vous pensez que ces Aigles ont créé uniquement votre espèce et que le reste ne vient pas d'eux ?

— C'est à peu près ça, acquiesça-t-il.

— Les Mugiens et les Mugg sont en guerre pour cette raison ? Les Mugg ne reconnaissent pas les Aigles comme des dieux ?

— Pas exactement, articula froidement Balh, et ses yeux se plissèrent sur son visage en forme de poire. Quand les Aigles nous ont créés, les Mugg ont refusé notre légitimité à exister et ont essayé de nous supprimer en nous infectant d'un virus. Nous avons résisté et fui vers l'Afdo. À l'époque, ce continent était le grenier à nourriture des Mugg. Nous nous en sommes emparés, et la guerre a éclaté, inévitablement. Les missiles nucléaires ont détruit la surface de la planète en moins d'un siècle. C'est pourquoi nous sommes forcés de nous cacher en permanence, pour survivre. La guerre dure depuis deux mille ans ; nous n'avons jamais connu la paix... Les Mugg nous ont attaqués dès notre création.

Un silence pesant s'installa dans la pièce. Adali voulut ramener le sujet sur les Aigles et détendre Balh :

— Ces Aigles, tu sais s'ils vivent toujours sur Mumeg ?

— Il y a bien des rumeurs, tressaillit légèrement le Mugien. De temps à autre, des fidèles font le pèlerinage pour se rendre au Rocher, mais personne n'a aperçu les Aigles ce dernier millénaire.

— Le Rocher ?

— On raconte que les Aigles nous y créèrent. Mais il y a deux inconvénients. Le premier : le Rocher se situe en plein territoire mugg, sur l'autre continent.

— ... Et le second ? s'enquit Elvira, qui commençait à s'intéresser plus en profondeur à ces « dieux ».

— Nul n'est revenu de ce pèlerinage.

Adali réfléchit un instant. L'Aigle existait hors de son esprit, ou du moins elle n'était pas la seule à le penser. L'Aigle lui avait donné rendez-vous sur Mumeg la nuit précédant sa rencontre avec Balhvrouda. Trop de coïncidences. Si Balh savait comment la conduire à ce « dieu », peut-être trouverait-elle des réponses à ses questions. Elle décida de rencontrer l'Aigle. Elle sonda l'extraterrestre et parla avec calme :

— Serais-tu capable de te rendre à ce Rocher ?

Elvira se tourna vers Adali, confuse, mais la Frizienne l'ignora.

— Je sais où est le Rocher, oui, mais je ne suis pas près d'y aller.

— Pourquoi ça ? questionna Adali, qui venait de se rappeler qu'elle devait se montrer « *persuasive* » pour le convaincre de l'aider.

— Parce que, lors de mon dernier pèlerinage, mes amis ont péri.

— Et vous, non ? souligna Elvira. Je croyais que toutes les personnes qui s'y étaient rendues avaient perdu la vie !

Une pointe de tristesse habita sa réponse :

— J'aurais dû dire toutes sauf une... J'ai vu le Rocher, oui. Avec mon groupe, nous nous tenions non loin du Rocher lorsque c'est arrivé. Mes amis ont suffoqué et sont devenus transparents jusqu'à disparaître totalement. Je me suis enfui.

« Alors, tu as déjà vu le repaire des Aigles », pensa Adali. « Si je te proposais de m'y emmener, tu refuserais ? »

— Je refuserais net ! s'exclama-t-il.

— Qu'irais-tu faire là-bas ? s'étonna Elvira.

Adali inspira une grande goulée d'air et décida de leur révéler la vérité :

— Depuis mon enfance, je fais des rêves. Ce ne sont pas des rêves ordinaires, je l'ai toujours pressenti. Un grand Aigle m'apparaît en vision. Il me parle, m'emmène dans le ciel et survole des personnes mortes. Et dès qu'il me montre quelqu'un, je sais qu'il est condamné. C'est arrivé avant la mort de mon père, avant la mort de mon ami Ulyd, et avant la rébellion manquée de mon peuple sur ma planète natale. Cette nuit, ce même Aigle m'a donné rendez-vous sur Mumeg. Il a assuré que, à mon réveil, un Mugien viendrait me parler et qu'il faudrait que je le persuade de me conduire à lui afin que nous nous rencontrions. Il a aussi ajouté que ce Mugien serait dur à convaincre et que j'aurais besoin de me montrer persuasive. Peut-être est-ce la raison pour laquelle tu as survécu alors que tes amis ont péri lors de votre pèlerinage, Balh...

Balhvrouda se leva et adopta une expression pensive. Il parla lentement, ce qui renforça son accent délicat :

— Vous affirmez que l'un de mes dieux vous est apparu en rêve et vous a sommé de le rencontrer, mais en vous réveillant, vous ne saviez pas s'il était réel ou un fruit de votre imagination. Pourquoi vous croirais-je ?

— Je n'étais pas sûre que l'Aigle de mon rêve existe avant que tu m'en parles. Quel intérêt aurais-je à risquer ma vie pour me rendre dans un sanctuaire de divinités pour lesquelles je n'ai jamais eu le moindre intérêt ? Je suis à moitié frizienne ; mon peuple ne croit pas en des dieux, nous rejetons cette idée à sa base même car, pour nous, croire est synonyme de dépendre.

— Alors, si vous ne croyez pas en l'existence des Aigles, pourquoi voulez-vous aller au Rocher ? insista Balh.

— Je ne les crois pas dieux, mais je pense que les rencontrer m'apporterait des réponses.

Balhvrouda hocha la tête, mais ne se démonta pas :

— Je suis revenu vivant d'un endroit craint de tous ; pourquoi risquerais-je ma vie de nouveau pour, ne vous vexez pas, une pirate étrangère que je connais à peine ?

« Parce qu'au fond de toi », lui envoya Adali par la pensée, « tu rêves de rencontrer les Aigles. »

Et elle lui transmit mentalement l'image de l'un de ses rêves avec l'Aigle, rendant Balhvrouda coi. Il en oublia de tenir son assiette qui se fracassa au sol. Après un long moment, il parla :

— Si je vous emmène au Rocher, me promettez-vous que je reviendrai avec la vie sauve ?

— Non, asséna sérieusement Adali, je ne saurais le promettre...

L'alien réfléchit durant de pesantes minutes et, enfin, se décida :

— J'accepte de vous y conduire.

Cette phrase arracha un sourire à Adali. Pas à Elvira.

— Adi, on ne peut pas se rendre sur ce Rocher ! Nous repartons dans maximum deux jours pour La Dague, et si nous ne sommes pas dans la navette au moment opportun, nous serons coincées sur cette planète !

— Est-il faisable d'effectuer l'aller-retour avant deux jours, Balh ?

— Si nous partons ce soir, oui.

— Même, s'écria la pirate, pourquoi prendre le risque ?

— Je ne te demande pas de venir, Elvira.

Adali adopta un ton plutôt doux, mais une flamme glacée passa dans les yeux de l'Humaine.

— Je croyais qu'on resterait ensemble quoi qu'il arriverait, articula-t-elle froidement.

— Bien sûr, mais tu ne peux pas venir avec moi, je suis désolée...

— Tu ne veux pas que je vienne ?

— Si, trembla Adali, désespérée de la tournure de la conversation, mais tu ne peux pas venir !

Dans la tête de la Frizienne, les paroles de l'Aigle résonnèrent bruyamment :

N'emmène pas l'Humaine avec qui tu copules.

— Pourquoi ça ? la défia la pirate.

— L'Aigle me l'a interdit... avoua Adali.

— Tu es en train de me dire que ce piaf t'a interdit de m'emmener avec toi ?

— Oui...

— Et alors ? ironisa Elvira. Un oiseau va nous dicter notre conduite, maintenant !?

— Mesurez vos paroles, Humaine, intervint Balhvrouda, leur rappelant sa présence dans la pièce. Nous sommes ici chez moi, et nul n'insultera l'un de mes dieux dans ces lieux.

— Elle ne voulait pas t'offenser, Balh, le calma Adali. Elvira, finissons cette discussion dehors sans Bahl, et revenons quand tout sera clair.

Le Mugien approuva de la tête, et les femmes quittèrent la maison voûtée pour se retrouver dans la rue. Les pupilles bleu perçant d'Elvira ne cillaient pas devant son amante :

— Je viens avec toi, quoi qu'en pense ce dieu de pacotille.

— C'est impossible... J'aurais aimé, mais je ne veux prendre aucun risque.

Sa voix s'adoucit, et elle enserra la main d'Adali dans les siennes :

— Qu'est-ce qui te fait si peur ?

— C'est cet Aigle. Je ne veux en aucun cas le contrarier et le pousser à te blesser. S'il te plaît, je serais tellement rassurée si tu attendais mon retour ici...

— Alors, si cet Aigle ne te terrifiait pas autant, tu m'emmènerais ?

Le ton d'Elvira redevint enfantin, sans une trace d'animosité. Adali s'approcha d'elle jusqu'à sentir son souffle. Elle déposa un baiser sur ses lèvres et pensa un « Oui ». La jeune pirate l'étreignit et la conjura d'être prudente. La Frizienne comprit que le moment venait de révéler ce qu'elle portait en elle, car l'occasion ne se présenterait peut-être plus jamais. Elle s'assit dos au mur arrondi de la maison de Balh et l'invita à la rejoindre :

— Je dois t'avouer un secret.

— À propos de l'Aigle ?

Elle crispa ses poings pour ne pas trembler :

— Non, ça n'a rien à voir. Tu sais, je t'ai dit que mon maître avait accepté que je m'engage sur La Dague afin de parfaire mon entraînement de mon côté pendant qu'il s'occupait de missions en solitaire ?

— Oui, je me rappelle.

— Ce n'est qu'une partie de la vérité...

— C'est-à-dire ?

— Pour que tu comprennes, il faut que je revienne un peu en arrière. Lorsque mon maître, l'Ombre, me prit comme apprentie, il se donnait de me former jusqu'à ce que je devienne capable de « tuer avec art », comme il disait. Pendant mon entraînement, nous avons rencontré Günaar, un Obsidien d'Ythkar. Il luttait pour l'indépendance d'Obside, et, pour cela, il se servait de la Coalition Libre. Il demanda à mon maître de l'aide, et nous avons mené des missions pour la Coalition. Lorsque je t'ai rencontrée dans la ville de Hal, nous étions là pour ça. Je ne participais pas aux négociations avec les dirigeants rebelles car, en tant qu'hybride, ils me méprisaient. C'est là que tu m'as sauvée sur le marché et que nous nous sommes liées d'amitié. L'Ombre me demanda alors de me faire recruter sur La Dague.

Adali se détourna pour trouver le courage de continuer :

— J'ai pour mission de me rapprocher des personnes importantes du vaisseau, et, à terme, de convaincre le capitaine Dant de rejoindre la Coalition Libre.

Elvira se tut. Une multitude de sentiments passa sur son visage. Elle s'exprima d'une voix neutre, vidée de toute émotion :

— Pourquoi me racontes-tu cette histoire ?

Adali se figea, prise de court par cette question. Elle s'attendait à être littéralement incendiée, pas à ça.

— Pourquoi me racontes-tu cette histoire, répéta Elvira, alors que tu aurais très bien pu ne rien me révéler et arriver à tes fins ?

— Parce que je... J'en ai assez de te mentir sans cesse...

— Tu crois que m'avouer que tout ce que tu m'as raconté était faux arrangera quoi que ce soit ?

— Non, tu ne comprends pas ! gémit-elle. J'étais au départ en mission, mais je ne m'attendais pas à vivre un rapport aussi intime avec toi. Je ne veux pas te perdre, je n'ai jamais rien connu d'aussi agréable que toi dans ma vie !

Elvira ne sut masquer que ces mots la touchaient. Encouragée, Adali poursuivit sur sa lancée :

« J'ai avoué, non pas pour détruire notre relation, mais pour la renforcer ; je ne veux plus de mensonges entre nous. Comme tu m'as révélé être la fille du capitaine Dant, je reconnais que je ne suis pas venue simplement pour toi sur La Dague. Et je m'appelle Adali, pas Adi... Avec mon maître, nous nous battons pour la liberté d'Obside, et pour que celle des autres planètes devienne aussi possible un jour. Tu es l'enfant unique du plus grand capitaine pirate de l'espace occupé ; avec toi dans notre camp, nous rallierions ton père à notre cause, et ainsi unirions des dizaines de vaisseaux pirates sous la bannière de la Coalition Libre. Et si nous réussissons à libérer l'espace de l'emprise du Gouvernement Colonial Terrien, nous vivrons ensemble, libérées de l'omniprésence du pouvoir terrien. »

Adali s'exprima mentalement sans s'en rendre compte. Elle parla avec autant de conviction pour la première fois, et mettre des mots sur ce qu'elle ressentait lui procura le plus grand bien.

Les émotions envoyées par Adi submergèrent Elvira, autant par la pensée que par l'intermédiaire du Peintre qu'elle portait dans le cou. Elle ne pouvait nier l'émotion que lui procurait tant de sincérité de celle qu'elle savait à présent aimer. Elle glissa délicatement ses doigts dans ceux de son amante et posa la tête au creux de son cou.

— Je t'aiderai dans ta quête de liberté, Adi... s'engagea Elvira. Je ferai tout pour nous débarrasser de ce qui empêche l'espace entier de vivre libre !

≈

Yaé passa des heures dans la petite pièce de son interrogatoire. Il rumina ses sombres pensées, maudissant l'alien qui avait quasiment refusé de l'intégrer à l'équipage de La Dague. Aucune certitude, mais la situation n'augurait rien de bon. Au bout d'une éternité, une Humaine entra dans la salle. La cinquantaine, elle portait un bandana rouge dans les cheveux et un imposant fusil dans les mains.

— Suis-moi, intima-t-elle avec autorité.

Le jeune homme, inquiet, emboîta le pas à la pirate dans le dédale de La Dague. Elle le conduisit toujours plus profond, pour arriver à une porte blindée. Elle tapa un code sur un écran et inséra son avant-bras dans une machine. Une lumière verte clignota, et un panneau métallique s'ouvrit pour révéler un couloir plus large que les autres, bordé d'issues numérotées. La pirate emmena Yaé à la salle numéro 37. Elle entra un mot de passe, et le battant coulissa.

Un robinet de métal, une couchette abîmée et des toilettes imbriquées dans le mur meublaient la cellule.

— Vous resterez là jusqu'à nouvel ordre, indiqua la pirate d'un ton monotone.

— Laissez-moi contacter Xeï ! cria Yaé.

— J'obéis aux ordres du maître d'équipage, et il n'a pas l'intention de te laisser quitter cet endroit.

— C'est une erreur, je devais être accepté dans l'équipage sans problème, appelez la commandante Xeï !

Les traits de la pirate se durcirent. Elle ne lui offrit pas l'occasion de la convaincre :

— Entre dans ta cellule, immédiatement !

— Vous ne comprenez pas, protesta Yaé, je...

La femme l'interrompit d'un coup de crosse à l'estomac, et il perdit son souffle.

— Entre là-dedans sur-le-champ ou le suivant sera pour un peu plus bas, ordonna-t-elle en le pointant de son fusil.

L'adrénaline envahit Yaé car il sentait que bientôt il ne pourrait plus se sortir de cette situation. Il décida d'agir avant qu'il ne soit trop tard. Il la frappa au visage par surprise sans lui laisser la moindre chance d'esquiver, et elle tomba en arrière. Il ramassa son fusil et fonça vers la sortie. La porte du couloir encore ouverte, il courut à l'extérieur. À un mètre de lui, des lasers se matérialisèrent pour lui barrer la route. Il jura et chercha une autre issue. Deux hommes arrivèrent, leurs armes braquées sur lui.

— Appelez la commandante Xeï, hurla-t-il d'une voix mêlant la colère et l'angoisse, c'est une amie du capitaine Dant et de son second ! C'est une erreur, je n'ai aucune raison d'être là ! Laissez-moi partir !

Un choc le fit vaciller. Il porta la main à son crâne, et un mince filet de sang coula sur sa nuque. Il perdit connaissance.

≈

Adali s'émerveillait de la vue grandiose des fonds marins qui bordaient Porhés. Les phares du vaisseau dans lequel elle se trouvait avec Balhvrouda éclairaient les ténèbres de l'océan et révélaient des centaines de poissons et autres créatures déformées par la radioactivité des eaux. L'appareil remontait vers le ciel en éructant une traînée blanchâtre. Il perça les vagues et s'éleva dans les airs. L'intérieur du cockpit se dépressurisa, et les oreilles de la Frizienne se bouchèrent.

Une heure plus tôt, Adali disait au revoir à Elvira et partait avec Balhvrouda. Ils avaient loué un rafiot clandestin dans un quartier malfamé de la ville sous-marine en raison de l'interdiction des expéditions hors de l'eau, sauf autorisation spéciale du Chancelier. Elvira les attendrait et continuerait à explorer Porhés seule. En théorie, le voyage durerait tout au plus deux jours afin de permettre aux jeunes femmes de reprendre la navette pour La Dague.

La beauté de l'océan laissa place au paysage déchiré de la surface. Pire encore qu'à Hal-M2, une planète entière ravagée. Pas une plante non contaminée ne sortait du sol. Des cratères parfois de la taille d'une cité parsemaient ce que furent autrefois des villages et des plantations. Seules des ruines demeuraient. Le vaisseau filait au-dessus de ce cimetière décharné géant. Adali apercevait des gens déambuler dans les décombres d'une civilisation presque disparue. Quand elle voulut connaître leur nature, Balh s'exprima d'une voix morne :

— On les appelle les *morts qui marchent*. Autrefois Mugg ou Mugiens, aujourd'hui on les qualifie à peine d'êtres pensants. Ils sont les descendants des malheureux qui ne purent se réfugier sous terre lors de l'apogée de la guerre nucléaire. Partout sur la planète, les morts qui marchent rôdent. Même s'ils n'ont plus l'intelligence nécessaire pour construire des villages ou faire du feu, ils forment des groupes, des *meutes*. Ils se rassemblent rarement à plus d'une vingtaine et passent une bonne partie de leur temps à s'entre-déchirer. Cependant, un certain équilibre s'est installé dans les meutes, et ils se comportent comme des animaux. Ils chassent en bande, se rassemblent par temps froid et arrivent même à se reproduire.

— Ils appartenaient à la même espèce que toi ? s'étonna Adali.

— Oui, soupira Balh, pourtant il n'existe pas la moindre ressemblance dans le comportement d'un Mugien et dans celui d'un mort qui marche. Ce sont des bêtes extrêmement dangereuses si des personnes isolées croisent leur chemin. Par le passé, des cités souterraines subirent leurs attaques, car ils sentent la nourriture à des kilomètres, et creusent rudement bien des galeries. Nous nous sommes habitués et préparés à ce genre d'intrusions, mais ça n'a pas toujours été le cas.

Adali s'appuya contre le hublot pour apercevoir d'autres morts qui marchent. Balhvrouda parla des différentes espèces qui mutèrent au contact des radiations, et la Frizienne souhaita de tout son cœur ne jamais croiser le chemin d'une meute ou de créatures abominables du genre. Le vaisseau survola l'océan Chipaoh, séparation naturelle entre le continent des Mugiens et celui des Mugg. Soudain, un flash de lumière déchira le ciel. Suivirent un bruit monstrueux et un tremblement qui ébranla les flots. Au loin, un tourbillon enflammé monta dans les airs.

— C'est magnifique... murmura Adali. Qu'est-ce que c'est ?

— Ça, Adi, c'est notre pire folie. Vous n'aviez jamais vu de champignon nucléaire auparavant ?

— Non, avoua-t-elle en gardant les yeux rivés sur la masse incandescente qui se transformait en fumée blanche. J'ai grandi sur Frizen2 ; je n'avais rien connu d'autre que la mine à laquelle je travaillais avant de quitter ma planète.

— J'ai entendu parler des mineurs de Frizen2, qui exploitent du tinotium, commenta Balh. Ça — il montra du doigt l'explosion —, c'est à la fois une bonne et une mauvaise nouvelle.

— Pourquoi ?

— Nous sommes près des terres mugg. S'il y a une explosion ici, cela signifie que les Mugiens en sont à l'origine. Comme à leur habitude, nos ennemis vont s'empresser de riposter, et cela les occupera. C'est la bonne nouvelle. La mauvaise est que, s'ils arrivent à localiser la source de notre attaque, ils risquent de détruire une ville de plus et de tuer des milliers des miens... Ce genre de joyeuseté marque notre triste quotidien...

Adali posa une main compatissante sur l'épaule de Balhvrouda car elle comprenait plus que quiconque la perte d'une partie de son peuple. À son contact, elle envoya sans le vouloir des pensées réconfortantes, et il sourit, sans comprendre la provenance de ce nouveau bien-être.

Bientôt, la côte se dessina. Balh descendit le vaisseau au ras du sol pour éviter de servir de cible à un potentiel appareil de surveillance qui patrouillerait dans les environs. La nuit venue, ils survolèrent les terres désolées et ne s'arrêtèrent que pour manger et se reposer un peu. Ils effectuèrent des détours pour éviter les zones sous surveillance mugg. Encore davantage que sur le continent mugien, les morts qui marchent, partout, hantaient les cités en ruine. Ils déambulaient au milieu d'autoroutes recouvertes de sable et se cachaient à leur passage, apeurés par le bruit. Un mélange de beauté et de désespérance. Adali s'émouvait en voyant les déserts infinis engloutir les vestiges d'un peuple autrefois maître de la nature. Des habitations abandonnées couvraient ce continent — alors que l'autre servait à l'agriculture, et seules de petites agglomérations le parsemaient. Le temps en avait détruit autant que les bombes. Les plantes envahissaient les ruines, à l'image du monde dans lequel elles grandissaient : noirâtres, avec de grosses épines et peu de feuilles.

Elvira se trouvait à des milliers de kilomètres d'elle, mais Adali sentait sa présence. Le Peintre tatoué dans son cou la réconfortait car il lui soufflait que son frère jumeau et son hôte se portaient bien. Caressant son tatouage, la Frizienne ne se rendit pas compte que le vaisseau ralentissait. Une masse se devinait à l'horizon.

— Nous arrivons, murmura Balh, la peur accompagnant ses mots.

La silhouette du Rocher se découpa lentement. Il aurait été plus correct de nommer cet endroit les Rochers, car même si l'un d'entre eux dépassait les autres par sa taille, une quinzaine de pics escarpés sourdait du sol. Au centre d'un gigantesque cratère, telle une épine dans une plaie ouverte.

— C'est ici que mes amis ont disparu, déclara l'alien avec angoisse à trois kilomètres de la masse rocailleuse.

« Continue », lui souffla mentalement Adali, « ça ira, tu verras. »

— J'espère que vous savez ce que vous faites...

Elle se retint de répondre « Moi aussi » et se crispa. Malgré sa détermination, elle nageait dans l'improvisation depuis sa rencontre avec le Mugien. Et si elle se trompait ? Si l'Aigle qu'elle voyait en rêve n'avait rien à voir avec ceux de Mumeg... Une boule d'appréhension se ficha dans son ventre. Ils stationnèrent au pied du Rocher. Adali enfila son masque antiradiation et pressurisa la combinaison qu'elle portait déjà sur elle. Balh l'imita avec difficulté à cause des tremblements qui secouaient ses mains. Elle prit une grande inspiration et ouvrit la porte du cockpit.

Elle posa le pied sur le sol, et la terre s'effrita sous son poids. La pesanteur à l'extérieur du vaisseau différait de celle de la ville souterraine. Adali se sentait plus légère qu'à l'ordinaire, et ses jambes perdirent des kilos du fait de la gravité plus faible qu'à Porhés. Visiblement, la densité atmosphérique était équivalente sur Frizen2 et Obside, mais pas sur Mumeg.

Une falaise dont elle ne distinguait pas la fin l'écrasait par sa taille. Elle se tordit le cou pour chercher un quelconque passage dans la pierre, en vain. Un cri déchira alors le silence. Un cri atroce. Un cri qui transperça ses tympans. Balhvrouda tomba au sol. Adali se précipita vers lui en plaquant ses mains sur ses oreilles. Le Mugien s'était évanoui. Alors qu'elle s'apprêtait à l'aider, une ombre passa sur elle.

Adali leva la tête avec terreur. Il était là. Un aigle géant. Il descendit droit vers elle. Elle échoua à l'éviter, et il la saisit dans ses serres. Pire que dans son rêve. Le vent fouettait son visage, et les griffes de l'oiseau menaçaient de déchirer sa combinaison. Le rapace l'emmena droit vers l'une des falaises. Du coin de l'œil, la jeune femme aperçut un couple d'aigles voler au-dessus d'un autre pic. Elle fut lâchée dans le vide. Un hurlement incontrôlable sortit du fond de ses entrailles, et elle heurta la pierre.

Non. Pas la pierre. Le bois. Du bois tressé. Un nid. Un grand panier de plus de cinquante pas de large. Et quatre paires d'yeux surmontés de plumes et de becs qui la fixaient avec avidité. L'aigle n'avait rien de la description déiste de Balhvrouda ; cet animal sauvage nourrissait ses bébés.

Les oisillons — qui mesuraient un bon mètre cinquante de haut — s'avancèrent vers leur repas avec entrain. Adali leur tourna le dos et fonça jusqu'au bord du nid. Elle escalada les troncs de bois déformés et jura en trouvant un vide de centaines de mètres la séparer du sol.

L'aigle géant n'apprécia guère que sa proie veuille s'enfuir et piqua sur elle. Il la frappa dans le dos et la projeta au pied de ses petits.

≈

Xeï avala une gorgée de vin rouge. Elle échangeait des banalités avec Kastellane en attendant l'arrivée du capitaine. Dant entra dans la cabine. La commandante se leva sans rien dire. Le visage du pirate avait vieilli ; s'y inscrivaient les lourdes responsabilités qui pesaient sur ses épaules, les traces d'insouciance de sa jeunesse disparues. Il saisit le bras de Xeï.

— Je suis enchanté de te retrouver, mon amie, déclara-t-il formellement, avant de la serrer contre lui.

Xeï lui rendit son étreinte, bien que surprise par tant d'entrain.

— Je me demandais si un jour tu viendrais nous rendre visite sur La Dague, après toutes ces années, ajouta-t-il en souriant. Je suis ravi que tu te sois décidée !

— Je t'avoue que j'aurais volontiers attendu encore un peu pour vous rendre visite, non pas en réfugiée, mais en simple amie.

— Ça fait tellement de temps qu'on ne s'est pas retrouvés tous ensemble, dit Dant avec nostalgie, asseyons-nous et buvons un bon verre en racontant nos histoires respectives.

Les trois vieux amis s'installèrent sur les fauteuils en soie, et le capitaine remplaça le vin par une bouteille de whisky terrien. Kastellane demanda à Xeï de leur conter son périple, en commençant dix-huit ans auparavant, au moment de leur séparation.

Elle décrivit sa fuite aux prises avec les chasseurs de primes et comment elle arriva au Pic Noir, quatre ans après son évasion de la prison de Mars. Son intégration à la cité rebelle à la suite de la victoire dans un duel à l'arme blanche l'opposant à deux Rosariens. Comment elle se lia avec l'un des commandants et partagea son lit pour gagner sa confiance. Elle en tomba réellement amoureuse et passa deux années heureuses en sa compagnie. Puis la venue des Gobs. Rien d'inhabituel, mais ils tuèrent son conjoint cette fois-ci. Elle hérita du poste du défunt, sautant les échelons et s'élevant dans la hiérarchie de Pic. Durant les onze années suivantes, elle se retrouva souvent en danger de mort et mena des expéditions hors de Pic pour renforcer les défenses de la ville. Elle leur raconta sa rencontre avec Yaé, l'attaque des Gobs qui suivit et l'usurpation du pouvoir par un Hadlom, qui expliquait leur présence sur La Dague.

Plus Xeï progressait dans son récit, plus elle se détendait. Au bout d'une heure, elle ressentit à nouveau l'intimité d'autrefois avec Kastellane et Dant. Les deux pirates ne se privaient pas de poser des questions et se moquaient gentiment de certains détails, notamment de ses histoires d'amour et autres. Puis elle les incita à parler de leurs vies. Le capitaine but une longue rasade d'alcool pour s'échauffer la voix, puis il conta leurs aventures : leur amour pour l'espace, leurs mille coups dans la piraterie de bas étage, puis le vol de La Dague — alors joyau de la Force Spatiale terrienne — alors qu'elle n'était même pas encore sortie de l'usine.

— Le nom trouvé et la peinture faite, nous n'avions qu'à créer notre propre légende. La Dague est devenue le symbole redouté des transports du GCT, et même des convois armés dont nous surpassions la puissance. Pour te dire, nous nous sommes même déjà frottés aux Gobs ! Pas de là à aller dans le Block, ce serait suicidaire. À chaque pillage d'un vaisseau appartenant à une espèce différente, nous ajoutions son armement à La Dague. Enfin bon, tu connais la suite, j'imagine ; nous avons poussé le GCT à bout, et il a fini par réagir. C'est là que sont apparus les vaisseaux avec un armement supérieur au nôtre. Plus d'une fois, nous avons failli y laisser notre peau, mais Kastellane et moi avons toujours su sauver La Dague.

— Tu me présenterais ta fille ? proposa Xeï, réellement intéressée.

— Bien sûr, j'ai confiance en toi. Elvira a vingt ans, peut-être que vous vous entendrez bien, même si tu es un peu plus vieille ! plaisanta le capitaine.

— C'est ça, vieille branche, moque-toi. Moi, je n'ai que trente-trois ans !

Le trio plaisanta une grande partie de la nuit, et Xeï oublia totalement l'existence de Yaé et Ode.

21

Les dieux n'existent pas

Adali plaqua les mains sur ses oreilles. Le hurlement venait de reprendre, plus strident encore que la fois précédente. Les oisillons qui s'apprêtaient à l'attaquer piaillèrent de douleur et s'égaillèrent dans le nid. Une ombre passa sur la Frizienne, et le cri s'arrêta. Craignant une nouvelle attaque de l'aigle, elle se baissa. Des bruits de claquements attirèrent son attention, et elle découvrit deux aigles luttant férocement dans les airs. L'un des deux rapaces s'effondra et dégringola dans le vide pour s'écraser en bas. L'autre oiseau pivota vers Adali. En trois battements d'ailes, il fut là. Elle voulut fuir, mais au moment où elle tournait les talons, une conscience effleura son esprit :

« N'aie pas peur, jeune hybride, nous t'avons attirée ici. »

Elle se figea, incapable de se détacher des yeux bleu ciel de l'animal.

« Tu es ici pour nous rencontrer. »

L'Aigle. Celui qui hantait ses nuits. Large de deux mètres — sans compter ses ailes — et haut de cinq, le rapace s'imposait autant par sa taille que par sa présence. Tout en lui criait sa différence par rapport aux autres oiseaux de proie, de sa posture fière à ses pupilles intelligentes en passant par sa voix.

— C'est toi que j'ai vu... ? balbutia-t-elle.

« Oui. Accroche-toi à nos serres, ce n'est pas notre nid. Le mâle sera fou de rage en découvrant la mère de ses petits morte. »

En état de choc, Adali grimpa entre les pattes de l'oiseau et s'agrippa à la base de ses serres. Ses gants l'empêchèrent de profiter de la douceur des plumes, mais leur vue la rassura. L'Aigle prit son envol. Il fila haut dans le ciel, au-dessus de la plus grande pointe rocailleuse, puis redescendit vers elle. Adali y distingua les ruines d'un ancien temple. Son porteur se posa en son centre et la scruta. Le sentiment d'être mise à nue la fit frissonner.

« Pourquoi m'a-t-il attaquée ? » l'interrogea-t-elle mentalement.

« Il voulait simplement nourrir ses petits. »

« Tu trouves ça normal, toi, d'attaquer les gens que tu fais venir ? Tu aurais pu prévenir tes amis de mon arrivée ! »

« Ils ne sont pas comme nous », rétorqua l'oiseau sans hausser le ton, « ce sont des animaux sauvages, ils suivent leurs instincts primitifs ».

Adali regarda autour d'elle pour calmer les battements de son cœur. Elle avait tout de même failli finir dans les estomacs d'oisillons géants. Des colonnes de pierres s'élevaient çà et là, à moitié effondrées pour la plupart. Les milliers d'années réduisaient le sanctuaire en pièces, et seule une partie du toit tenait encore bon. Elle déglutit. Quatre autres Aigles braquaient leur attention sur elle.

« Ne t'inquiète pas », la rassura l'Aigle, « nous sommes tous ensemble. »

— Alors, vous êtes réellement plusieurs ? Qui êtes-vous ?

« Notre histoire est très ancienne. Nous allons tout te raconter, jeune hybride, assieds-toi. »

Elle s'exécuta et s'installa sur un bloc de pierre noirci par le temps. L'Aigle se gratta une plume de la patte et prit la parole :

« Il y a un peu plus de deux mille ans terriens, les Mugg peuplaient Mumeg, seuls êtres intelligents de cette planète. À son apogée, leur civilisation tirait sans cesse vers le progrès, militaire ou scientifique. Mais des scientifiques creusèrent trop loin dans la recherche bactériologique, et un virus s'échappa. Un virus qui, faute de vaccin, éradiquerait l'espèce mugg entière, et une grande partie de la faune et de la flore de Mumeg. Sans remède, les chercheurs se lancèrent dans la création en série d'une forme de vie capable d'accueillir les esprits des Mugg ; de simples coquilles vides. Des centaines de milliers de transferts eurent lieu, et grâce à cela, l'espèce mugg survécut, en utilisant des corps étrangers pour implanter ses esprits.

« Le virus se répandit plus rapidement que dans les prévisions et eut le temps de tuer des milliards de Mugg. La situation était complexe : trop de corps vides ne recevraient jamais de consciences. Les non imprégnés réagirent d'une façon inattendue : ils développèrent une conscience totalement originale. On les nomma Mugiens. Seuls leurs yeux les distinguaient des Mugg, qui les ont, pour leur part, entièrement blancs. Les Mugiens furent gardés en captivité, dépendants du bon vouloir des dirigeants mugg. De grandes révoltes éclatèrent dans les camps de prisonniers, et la plupart d'entre eux s'échappèrent. Les Mugiens demandaient à être reconnus en tant qu'êtres pensants soumis aux mêmes lois que les Mugg, et à posséder les mêmes droits. Mais ces derniers n'avaient aucune intention de les laisser vivre de façon autonome, car cela aurait signifié plus de personnes à nourrir. Or, le virus détruisit la majorité des plantations sur la planète, ainsi qu'une bonne partie des espèces animales. Les Mugg refusaient de reconnaître les Mugiens libres comme leurs égaux.

« À la suite du transfert des esprits dans les corps sans conscience, un état dictatorial se mit en place et lança une purge après les révoltes. Tout Mugg croisant le chemin d'un Mugien se devait de le dénoncer aux autorités. Les soldats arrêtèrent des milliers de Mugiens et en abattirent autant. Les survivants fuirent. Ils se rassemblèrent sous une même bannière et prirent d'assaut le continent d'Afdo, où seuls des agriculteurs vivaient. Avant que les Mugg réagissent, l'Afdo tombait entre les mains des Mugiens. En fuyant le Dol', le continent des Mugg, les Mugiens volèrent une quantité non négligeable d'armes et de plans.

« L'inévitable arriva. Une guerre totale entre les deux camps éclata. Durant deux cents ans, des combats eurent lieu pour la grande majorité en Afdo, grâce à la puissance militaire mugg largement supérieure. Mais une flamme de survie animait les Mugiens. Ils volèrent, après de nombreux échecs, les plans des armes nucléaires mugg et construisirent une série de bombes. Ils orchestrèrent la première attaque atomique, qui détruisit l'une des plus grandes métropoles mugg. La réponse vint immédiatement, et la guerre, déjà terrible, se transforma en conflit nucléaire. Il réduisit la planète à l'état d'épave. Les rescapés se réfugièrent sous la surface. Cela fait mille huit cents ans terriens que les Mugg et les Mugiens s'entre-déchirent dans ce conflit nucléaire. »

— Quel rapport avec vous ? s'enquit Adali, captivée par le récit de l'Aigle, très éloigné de la vision manichéenne de la guerre contée par Balhvrouda.

« Nous y venons », glatit l'oiseau. « Nous, les Aigles, étions des Mugg. Nous étions dix-sept chercheurs. Lorsque le virus arriva, nous eûmes l'idée de créer une forme de vie compatible à nos esprits. Grâce à l'aide du gouvernement, nous menâmes notre projet à bien, sans prévoir que le virus détruirait autant des nôtres, ni que les Mugiens seraient indépendants et développeraient un esprit égal au nôtre. La situation nous échappa. Le nouveau gouvernement ferma nos recherches et obligea nos créations à se soumettre. Après les révoltes mugiennes, nous décidâmes d'agir. Le pouvoir avait en tête d'utiliser notre savoir pour se créer une armée de Mugiens totalement soumise, mais nous refusâmes. Nous fûmes dans des endroits reculés pour prendre le temps de mettre au point une nouvelle technique de transfert d'esprit. Il était hors de question d'être utilisés dans le conflit entre les Mugg et les Mugiens.

« Nous envoyâmes nos esprits dans les plus belles et les plus sages créatures de cette planète : les aigles géants. Une idée totalement expérimentale ; jamais auparavant des Mugg n'avaient mêlé leur esprit à ceux d'animaux. Deux d'entre nous ne survécurent pas au processus de transfert, mais nous autres fusionnâmes totalement avec les aigles.

Personne ne prévoyait ce qu'il se passa. Notre conscience se mêla à celle des oiseaux, et nous acquîmes tous leurs souvenirs, instincts et capacités. Nous en fûmes transformés à jamais et nous devinrent presque immortels. La longévité des aigles de Mumeg est unique ; ils sont capables de vivre des milliers d'années. Imagine cela en sachant que les Mugg et les Mugiens vivent naturellement jusqu'à cinq cents ans terriens...

« Le transfert fini, nous nous employâmes à rendre notre monde meilleur. Notre esprit mêlé à celui des aigles nous révéla des capacités inconnues, et les radiations de cette planète ne firent qu'accroître notre pouvoir. Nous étions capables de percevoir une grande partie de l'Univers, ainsi que toute action qui s'y passait à chaque instant, et les infinités de possibilités déclenchées en permanence. Quatre des nôtres ne réussirent pas à contrôler ce flux d'informations et se donnèrent la mort. Nous n'étions plus que onze, et les deux derniers millénaires réduisirent notre nombre à cinq. Des Mugiens et Mugg découvrirent notre existence et établirent un culte autour de nous. Il est vrai que cela ne nous dérangeait pas, mais la propagation de cette religion mettait notre existence en péril. Certains Mugg quittèrent même leurs galeries pour venir construire un temple sur notre lieu de vie, ici, et des fanatiques s'adonnèrent à d'horribles pratiques. Cela provoqua des mouvements de haine à notre égard, et nous ne pouvions perdre du temps à empêcher sans cesse des Mugg ou des Mugiens de nous nuire. Nous créâmes un champ de force invisible qui, encore aujourd'hui, réduit à néant toute personne que nous ne souhaitons pas voir ici. De nombreux pèlerins tentèrent leur chance, mais aucun ne survécut à ce bouclier.

« À présent, tu connais notre histoire, jeune hybride », conclut-il. « Tu es la seule personne en vie à en savoir autant sur nous. »

Adali était ébahie par tant de révélations. Loin d'être des dieux, ces Aigles accédaient à l'Univers entier par la pensée et y modifiaient des événements sans se déplacer. Si Balhvrouda avait entendu cela, sa foi aurait été ébranlée dans ses fondements les plus intimes.

— Dire que vos fidèles Mugiens vous croient dieux et s'imaginent que les Mugg les traquent par jalousie, remarqua Adali, consternée par la bêtise de ce dogmatisme.

« Les Mugiens soutiennent que nous sommes leurs créateurs, et c'est vrai », affirma l'Aigle d'un ton péremptoire. « Mais cette création, purement scientifique, ne contenait rien de divin. Nous avons arpenté l'espace durant des millénaires ; il est quasiment certain que les dieux n'existent pas. Pourtant, nous avons découvert des milliers d'espèces intelligentes, sans parler des autres. Votre Gouvernement Colonial Terrien croit tout connaître, mais il n'a pas conscience que ses savoirs représentent une infime parcelle de ce qui existe dans l'Univers. Il y a tellement de systèmes et de planètes viables qui vous sont inconnus... Nous-mêmes n'avons qu'effleuré l'essence profonde de l'Univers. Alors, ceux qui pensent détenir la vérité et parlent de leurs dieux, en comprenant dans cette globalité les personnes qui nous vouent un culte, ne sont que des ignorants aveugles. »

— Pourquoi n'intervenez-vous pas pour expliquer aux gens qu'ils se trompent ? s'exclama Adali, sans comprendre que l'on reproche ainsi aux autres ce que l'on refusait de leur expliquer.

« Ceux qui pensent tout savoir n'ont que faire de la vérité. Cette réalité, la leur, est pour eux aussi vraie que la réalité intrinsèque de l'Univers. Qui plus est, nos recherches et nos tentatives de changer les événements nous ont accaparés. Découvrir ces milliards d'informations nous prit un temps que tu ne peux même pas conceptualiser, et nous n'avons certainement pas vu un dixième de ce qui existe. Et encore, nous nous restreignons à cet univers ; explorer les autres nous prendrait une éternité. Quant à changer les événements, c'est l'acte le plus difficile que nous ayons entrepris... Toute action minime dans l'Univers a une répercussion sur sa totalité, et il se passe une infinité d'imperceptibles mouvements à chaque seconde.

« Nous extrapolons l'avenir avec des formules mathématiques réalisées et améliorées par nous-mêmes sur des centaines d'années. Nous avons tout misé sur quelques personnes dont tu fais partie. Tu as été choisie pour cela, jeune hybride. Tu es le fruit d'une série de causes à effets, d'actions et de choix ayant subi notre influence durant le dernier millénaire. »

Les jambes d'Adali tremblaient d'émotion. Était-ce seulement possible ? Sa vie, simple résultat d'une équation de scientifiques extraterrestres vieux de deux mille ans ? Inconcevable. La notion de destinée était irrationnelle pour tout Frizien, Adali comprise. Elle ne pouvait concevoir sa naissance même comme conséquence d'un choix arbitraire posé à un moment donné. Ses pensées s'échappaient et s'éparpillaient dans l'esprit des Aigles.

« Contrôle-toi, jeune hybride », intima l'oiseau géant, « nous avons peu de temps à t'accorder, ne le gâche pas ».

Adali se força à maîtriser ses pensées enflammées, mélange de colère et d'incompréhension. Des sentiments paradoxaux s'affrontaient en elle. Comment accepter de se réduire à incarner le pantin d'une entité orgueilleuse ? Comment faire abstraction de ce qu'elle venait d'entendre ?

« Comment voulez-vous que je me calme ? » s'étrangla-t-elle mentalement car sa langue refusa de fonctionner. « Vous voudriez que j'admette que tous les événements liés à ma naissance ont été programmés ? Que mon père a été exilé sur Frizen2 parce que vous l'aviez prévu, que mon maître m'a formée de votre fait, que j'ai rencontré Elvira grâce à vous, que mon peuple a été déporté et que mon père est mort par votre faute ? Parce que vous aviez *tout misé sur quelques personnes*, dont moi !? »

« SILENCE ! »

L'Aigle poussa un cri mental qui vrilla l'air telle une trompe. Adali se recroquevilla au sol, terrifiée par ce bruit qui pénétra son esprit jusqu'au plus profond et la renvoya à l'état d'enfant vulnérable.

« Ne laisse pas la peur te dominer ; elle est l'obstacle à la raison. »

Ces mots qui appartenaient au maître d'Adali la revigorèrent. La peur : rien hormis une barrière dans la progression de sa vie. Penser à l'Ombre l'aida à recouvrer son sang-froid. Elle se redressa. L'Aigle hocha légèrement sa tête ornée de plumes dorées par la lumière et reprit :

« Nous ne sommes pas responsables de tous ces événements, mais pas non plus innocents. Nous avons fait en sorte que, toi, hybride de deux espèces, tu naisses avec un pouvoir unique et puisses t'échapper de Frizen2. Quant à la déportation des Friziens et les manipulations opérées par le Gouvernement Colonial Terrien sur ta planète natale, nous n'y pouvions rien. Nous influençons des phénomènes mineurs, comme le geste d'une main ou les pensées fugaces d'une personne, guère plus. C'est pour cela qu'il nous a fallu aussi longtemps pour aboutir à nos efforts : la naissance d'êtres tels que toi. »

— Si je comprends bien, enchaîna Adali, cette fois calme, je ne suis pas la seule de mon genre.

« C'est exact, tu es la dernière de nos expériences... de nos réalisations. »

— Et qu'est-il arrivé aux précédentes *expériences* ? — Adali ne retint pas une pointe d'indignation en répétant les mots du rapace — Et dans quel but existons-nous ?

« À l'origine, nous souhaitions rendre ce monde meilleur. Mais nous avons perdu espoir en cette planète. Mumeg agonise. Nous en sommes en partie responsables, avec la création des Mugiens. Cependant, nous espérons changer suffisamment d'événements pour apporter la paix dans l'espace, ou tout du moins dans une partie. Il y a bien des empires dans l'Univers, et la guerre répond trop souvent présente... Vouloir rétablir la paix universelle n'est pas envisageable, à moins de vivre éternellement. Nous avons choisi une partie de l'espace dont nous soupçonnions un potentiel de concorde. L'espace du Gouvernement Colonial Terrien couplé à celui de la tri-alliance gob nous paraît désigné, car nous sentons que le déclin des empires y est amorcé. De plus, Mumeg est connue de cet empire, ce qui nous en rapproche symboliquement. »

— Alors, vous soutenez la Coalition Libre ? demanda Adali.

« Nous ne soutenons aucune institution de votre monde », martela l'Aigle. « Elles sont pour la plupart aussi mauvaises que ce qu'elles dénoncent. Cette Coalition Libre et ses dirigeants sont pourris jusqu'à la moelle. Nous savons bien que ton maître et toi voulez l'aider ; méfie-t'en. Votre monde ne se libérera pas de ses chaînes grâce à elle. »

— Comment alors ?

« C'est une question difficile, sans réponse. Nous t'avons créée dans ce but. Nous ne pouvons renverser le Gouvernement Colonial Terrien, mais nous pensons que toi, si. »

— Vous pensez ? se moqua Adali. Je ne suis personne, juste une fuyarde qui survit au jour le jour. Et vous ne répondez pas à ma première question ; qu'est-il advenu de mes prédécesseurs ?

« Il y en a eu sept ; tu es la huitième. Ils se dérobèrent à leur devoir ou échouèrent. Ils furent tués ou rejoignirent le camp de l'ennemi. »

Adali désespérait :

— Alors, comment imaginer que je réussisse… ?

« Parmi tes prédécesseurs, nul ne fut comme toi. Le premier était un Mugg. Nous pensions l'influencer car nous appartenions autrefois à son espèce, mais il nous trahit et révéla notre existence au monde. Le deuxième, un Mugien, se suicida en comprenant sa vraie nature. La troisième, Frizienne, fut tuée alors qu'elle s'apprêtait à assassiner l'un des hauts dirigeants de Terre. Le suivant, Aquéen, se mit en tête de nous détruire, et nous dûmes le pulvériser lorsqu'il parvint à nous localiser, ici-même. La cinquième était une Humaine. Elle alla plus loin qu'aucun autre : Aëlita Choulks créa la Coalition Libre en l'an 340 de votre ère, voilà cent quatre-vingt-dix années terriennes. Malheureusement, la félonie de son associé entraîna sa mort prématurée. La sixième, une enfant Vam, fut arrêtée et éliminée par des extrémistes christants sur Héli. Enfin, le septième, un Gob, n'avait que faire de ramener la paix dans l'espace. Il devint un grand général qui lutta contre la Force Spatiale terrienne. »

— Tu crois me donner confiance ? l'interpella Adali avec sarcasme en ignorant le regard foudroyant de l'Aigle. C'est raté !

« Si quelqu'un doit réussir, ce sera toi. Les plus courageuses de nos expériences étaient une Frizienne et une Humaine. L'hybridation de ces deux espèces constitue notre plus grand espoir. Quant à la manière dont tu aboutiras, à toi d'en décider. Mais contrairement aux fois précédentes, quelqu'un t'aidera. »

— Quelqu'un m'aidera ? demanda-t-elle, surprise.

« Oui. Nous lui sommes venus en aide, afin qu'il te rende la pareille. Il faut avouer que nous aurions préféré ne pas choisir un soldat humain, mais il était le plus susceptible de se trouver sur ta route. Nous le menaçons régulièrement pour nous assurer que, lorsque le moment viendra, il t'aidera. D'ailleurs, tu as déjà croisé son chemin et failli prendre sa vie. Il appartenait à une garnison sur Frizen2, dans le village où tu vivais. »

Une vague de souvenirs douloureux déferla sur Adali. Les images de la révolte revinrent. Le visage du soldat au bandeau s'imposa dans sa tête. Elle l'avait totalement oublié. L'assassin de son père. Elle projeta une image de cet Humain à l'Aigle. Elle espérait de tout cœur que ce soit lui, afin de le tuer à la moindre occasion.

« Ce n'est pas cet homme », infirma l'oiseau.

Il ouvrit son esprit, et un jeune humain à l'allure plutôt sympathique apparut. Des cheveux blonds encadraient ses yeux verts. Les marques sur son visage témoignaient d'une vie difficile. La Frizienne mit un instant à reconnaître le soldat à peine plus âgé qu'elle, qui, les matins précédant la révolte des Friziens, faisait l'appel. Un élan de colère la brûla.

Elle n'avait pas tué cet Humain dans la galerie de la mine. Il avait prévenu le lieutenant Hart et sabordé la révolte. Il l'avait menacée dans la neige. Il était responsable de la mort de son ami Ulyd.

Cet homme était condamné, quoi qu'en pensaient les Aigles.

≈

Ode passa la journée à attendre, seule dans le noir. Elle entendait la respiration du garde qui surveillait l'entrée, mais il l'ignora quand elle l'apostropha. Épuisée, elle s'endormit, affalée sur la table.

La porte qui s'ouvrait la réveilla. Elle se concentra. Un léger bruit de succion se rapprochait d'elle, comme si une matière visqueuse avançait sur le sol. Le son s'arrêta, une chaise racla par terre, et une voix à l'intonation agressive s'éleva :

— Une infirme... Je me demande où ils dénichent les recrues potentielles !

— Qui... qui êtes-vous ? balbutia Ode.

— Je... je suis le maître d'équipage, se moqua la créature en imitant la jeune femme. Je suis là pour juger si tu apporterais suffisamment à La Dague. À en juger par ton air, je ne pense pas. Laisse-moi deviner, ce bandeau sur tes yeux signifie que tu es aveugle ?

— Oui, répondit-elle en essayant de garder un peu de crédibilité dans sa voix.

— Vous êtes vraiment gonflés... Et le pire, c'est que vous croyiez réellement qu'on allait vous engager ? Sans blague... Bon, puisque je dois poser cette question, je vais le faire : de quoi es-tu capable ?

— Dans la cité rebelle Pic, commença Ode avec toute la conviction qu'elle trouva au fond d'elle, j'étais la meilleure programmeuse. Je suis à même de réaliser n'importe quoi si on me donne un ordinateur et un accès à un réseau.

— Ah oui, la meilleure programmeuse... ?

— Avant de venir ici, j'ai déjoué l'attaque des Gobs en synchronisant tous les tirs des tourelles sur la puissance de frappe d'une bombe T à laquelle j'ai enlevé sa charge avant le choc. J'ai sauvé la ville de la destruction.

— Toi, tu as fait ça ? Alors, que fais-tu là ; pourquoi avoir quitté Pic si tu es tellement douée ?

— Parce qu'un Faux-être a pris le pouvoir !

Sans ajouter un mot, la créature se leva dans un bruit écœurant et s'éloigna. Ode attendit une bonne heure, sans savoir si elle avait réussi à le convaincre ou non. Elle se redressa d'un bond quand la porte coulissa. De puissantes mains la saisirent et l'emmenèrent, au bout d'une longue marche au cœur de La Dague, ils s'arrêtèrent enfin. Une voix de femme s'éleva :

— Tu as devant toi un ordinateur connecté au radar du vaisseau. Tu as trois minutes pour découvrir quel virus y a été implanté, le désactiver et lancer un programme de balayage automatique de la zone.

Ode s'abstint de commentaire, enfila une oreillette, posa les doigts sur le clavier et commença à écrire. Elle entra des codes basiques pour comprendre le problème. Elle se fiait aux vibrations envoyées dans son oreille pour savoir si elle suivait la bonne voie. Elle repéra le virus et entama une série de lignes de code destinée à ériger une barrière virtuelle et à l'isoler du système. Elle le supprima. Ses doigts effleuraient à peine les touches. En deux minutes, elle enclencha les automations réclamées.

Un murmure s'éleva autour, et elle comprit que de nombreuses personnes l'observaient. La voix de la femme reprit, beaucoup moins autoritaire, et même admirative :

— Dorénavant, tu travailleras ici. Voici ta montre — elle la lui attacha au poignet — ; un robot t'escortera en permanence pour t'aider dans tes déplacements.

— Quel sera mon rôle ? soupira Ode, soulagée d'être acceptée sur le vaisseau pirate.

— Tu feras équipe avec les autres programmeurs. Nous sommes dans la salle de contrôle, tout ici est connecté aux différents réseaux. Allez, bonne chance, petite !

Ode balbutia un vague « merci ». À sa gauche, elle entendit un :

— Bonjour, Madame, je suis un robot de classe L. Je m'appelle Larry. Je serai à votre disposition à tout moment. Mon rôle consistera à vous aider à vous déplacer et à réaliser votre travail. Suivez-moi, s'il vous plaît.

Ode frissonna au contact de la peau synthétique du robot. Un peu plus loin, un homme à la voix douce l'aborda :

— Salut, je suis Hervksfal !

Ode tendit le bras pour lui serrer la main, et elle fut surprise de ne rencontrer que du vide. Elle descendit un peu et toucha la peau drue de l'extraterrestre de petite taille. Sûrement un Obsidien.

— Ode.

— Enchanté, appelle-moi Herv, comme tout le monde. Je suis ton nouveau binôme.

— Que fera-t-on ici, exactement ? s'enquit la jeune aveugle avec curiosité.

— Tant que nous n'aurons pas quitté le système Ettehc, nous serons à la merci des stations du GCT qui ont récemment modifié leurs plans de vol. Nous cherchons à prévoir leurs mouvements afin d'anticiper une potentielle attaque.

Ode se mit au travail dans l'heure. Recrutée sur La Dague, et malgré son bonheur, elle se demandait comment Yaé s'était sorti de son entretien, et si elle le reverrait bientôt.

22

Retrouvailles mouvementées

Xeï se réveilla sur un canapé dans la cabine de Kastellane. Ce dernier et le capitaine Dant ronflaient bruyamment, l'un sur un fauteuil et l'autre à même le sol. La commandante bâilla longuement et se rappela son arrivée sur La Dague. Ode et Yaé avaient-ils été recrutés sur le vaisseau ? Elle avait oublié son ami. S'il arrivait malheur à Yaé, elle ne se le pardonnerait pas. Xeï se précipita vers Kastellane et le secoua. Il ouvrit les yeux avec réticence :

— Ouais, qu'y a-t-il ?

— Il faut que je sache si mes amis ont été acceptés dans l'équipage ou non !

— Ça ne pouvait pas attendre la fin de la nuit ?

— Il est déjà plus de midi ! s'écria-t-elle.

— Midi ? Merde !

Il se releva et s'étira, bombant ses muscles puissants. Il remarqua Dant couché par terre et lui administra une grande claque sur la joue. Le capitaine sursauta, porta la main à sa ceinture et en sortit un poignard qu'il dirigea droit vers la gorge de Kastellane. Ce dernier esquiva le coup et parla à son ami d'un ton bourru :

— Lève-toi, il est plus de midi !

Comprenant qu'il n'était pas victime d'une attaque, Dant se frotta les yeux et rangea son arme.

— Ces incapables de pirates ne se commanderont pas seuls, si je comprends bien, maugréa le capitaine en s'aspergeant le visage à l'eau du robinet. Suis-nous, Xeï, tu découvriras comment fonctionne La Dague.

— Avec plaisir, répondit la commandante, mais je voudrais d'abord m'assurer que mes deux amis vont bien et ont été acceptés à bord.

Dant réfléchit un instant et désigna son second :

— Accompagne-la voir la Pieuvre, Kast'. Je vais vérifier qu'aucune station ennemie n'a été repérée durant la nuit.

— Aucun problème. Accorde-moi une minute, Xeï, et nous irons retrouver le maître d'équipage pour connaître sa décision.

Xeï acquiesça, et le pirate se prépara alors que Dant partait retrouver son poste. Une dizaine de minutes plus tard, la commandante et le second marchaient dans les couloirs métallisés de La Dague. La garde fut sidérée par la taille du vaisseau, et elle eut un sifflement d'admiration lorsqu'ils arrivèrent sur le pont principal. De grands hublots bordaient la salle et révélaient la planète Mumeg. Des pirates s'affairaient à toutes sortes de tâches et saluaient Kastellane en claquant les paumes de leurs mains quand ils le croisaient. Ils débordaient d'un mélange de crainte et de respect ; pour sûr, ils l'admiraient tous. Xeï le suivit jusqu'à un Aquéen à l'aspect particulièrement repoussant.

— Maître d'équipage, l'apostropha Kastellane pour qu'il se retourne.

La Pieuvre le salua d'un signe de tête, et sa voix donna à Xeï un frisson dans le dos :

— Vous avez besoin de moi, Kastellane ?

— Mon amie ici présente, Xeï, ancienne commandante en chef de la cité rebelle Pic, voudrait savoir comment se sont déroulés les entretiens entre vous et ses deux protégés, hier.

La Pieuvre jeta un regard torve à Xeï en agitant ses tentacules :

— J'ai accepté la fille, apparemment douée pour le codage.

— Et Yaé ? s'enquit Xeï, à peine heureuse pour Ode.

— Cet avorton n'est qu'un minable arrogant, je n'en veux pas dans mon équipage !

— Yaé n'est pas un minable, s'écria-t-elle, sa colère montant d'un cran.

— Calme-toi, mon amie, intervint Kastellane, autoritaire. Maître d'équipage, où est le garçon ?

— Je voulais le faire garder en attendant de l'expulser à la prochaine escale, mais ce petit malin a essayé de s'enfuir et a attaqué l'une des nôtres.

— Il n'aurait pas eu à s'enfuir si vous l'aviez accepté, commenta Xeï.

— C'est moi qui décide ceux qui méritent d'être à bord ! cracha la Pieuvre. Déjà que j'ai dû accepter de prendre la Grise que se tape la fille du...

— Ferme-la ! lui intima Kastellane. Si je te prends encore une fois à parler d'elle en dehors de la cabine du capitaine ou de la mienne, j'arracherai tes huit tentacules gluants et te les ferai avaler ! Tu subiras le même sort si tu parles mal d'elle ou contestes la moindre décision que j'ai prise concernant celle qui l'accompagne ! Me comprends-tu bien, *Pieuvre* ?

— Oui, céda à contrecœur le maître d'équipage d'une voix étouffée comme s'il avait peur du second.

— J'espère bien ! Dis-nous dans quelle cellule se trouve le garçon pour que mon amie et moi lui rendions visite.

L'alien donna le numéro et s'éloigna sans daigner saluer son supérieur et la commandante.

— J'ai l'impression que c'est une bonne ordure celui-là, souffla Xeï à son ami lorsque la Pieuvre eut traversé le pont.

— Ça, c'est certain, confirma Kastellane. L'un des pires Aquéens que je connaisse, mais diablement efficace en ce qui concerne les hommes de l'équipage. Il les a traumatisés à force de les maltraiter dès qu'ils faisaient une erreur et, à présent, même s'ils le haïssent tous, personne n'ose discuter ses ordres parmi les matelots. Ces criminels s'entretueraient sans une discipline stricte.

— Je comprends, vu la bestiole que c'est, acquiesça-t-elle en suivant Kastellane. Et cette fille dont il parlait ? L'amante d'Elvira, c'est bien ça ?

— Ouais, dans le genre… C'est une hybride que la petite a rencontrée alors qu'on était à Hal, sur Obside. Je ne la connais pas vraiment, mais elle a l'air de rendre Elvi' heureuse, et c'est bien qu'elle se trouve une amie. Elle a passé son enfance dans les griffes du GCT, il n'y a rien de mal à ce qu'elle s'amuse un peu. C'est pour ça que j'ai accepté que l'hybride rejoigne l'équipage. En plus, on avait besoin d'un nouvel assistant pour notre voilier. Je me fiche de savoir ce qu'elles font toutes les deux la nuit venue, je ne suis pas son père. Et justement, son père est bien content qu'elle se divertisse, car il n'a jamais eu beaucoup de temps pour s'en occuper.

Kastellane déverrouilla la porte d'une cellule blindée, et Xeï grimaça : Yaé, du sang séché sur le crâne, se débarbouillait dans un lavabo rouillé.

— Ben, mon gars, tu t'es mis dans un beau pétrin, balança le second.

— Que s'est-il passé ? demanda Xeï, sidérée de trouver son ami dans une telle posture.

— Ce qu'il se passe, cracha Yaé, c'est que ce maudit calmar gluant m'a envoyé en prison parce que, selon lui, je n'avais rien à apporter à l'équipage de La Dague ! Alors, évidemment, j'ai tenté de m'enfuir…

Kastellane observa Yaé avec intensité. Son visage buriné se fendit d'un sourire, et il flanqua une grande tape sur l'épaule du prisonnier :

— Tu as vraiment l'air d'avoir du cran !

— Je n'aime pas beaucoup qu'on m'enferme comme un animal, souffla Yaé, sans savoir s'il devait prendre à la légère les paroles du géant.

— Tu as de la chance d'être un ami de Xeï et que je sois de bonne humeur. Tu sais quoi, je vais t'engager, au diable les paroles du maître d'équipage !

— Vraiment ? s'étrangla la commandante, qui n'en revenait pas que Kastellane n'ait pas encore abattu Yaé d'une balle dans le crâne.

— J'en ai assez d'être entouré d'incapables, rugit le second. Au moins, ton ami semble dire ce qu'il pense, et, après ta description de lui hier soir, comment refuser de le recruter ?

— Merci ! s'écria Xeï en sautant au cou de Kastellane pour témoigner sa reconnaissance. Je te revaudrai ça !

— Tss, ne dis pas n'importe quoi ! Dant et moi te devons la vie, pas vrai ! Tu n'as aucune dette envers moi.

Yaé remercia à son tour le pirate, aussi surpris que fier d'avoir été recruté en détruisant deux portes lors d'une tentative d'évasion.

— Si on rejoignait Dant ? proposa le second. Puisque tu es là, gamin, suis-nous. Nous verrons plus tard à quel poste tu seras assigné.

≈

Adali se força à contrôler ses pensées. Les Aigles ne devaient rien deviner de son intention de mettre à mort le soldat censé l'aider. Elle refoula sa colère au fond de son esprit et afficha un air calme et serein.

— Pourquoi aurais-je besoin de l'aide de ce soldat humain ? demanda-t-elle pour ne pas penser à la vengeance qu'elle planifiait déjà.

« Tes prédécesseurs ont échoué parce qu'ils étaient seuls », répondit l'Aigle mentalement. « Nous ne commettrons pas la même erreur avec toi ; il te faudra un jour de l'aide, et cet homme te l'apportera. »

— Et je suppose que vous ne me laisserez pas choisir la personne qui me viendra en aide ? Une amie par exemple, quelqu'un que j'aime, à qui je tiens.

« Celle avec qui tu copules t'aidera peut-être, mais ce ne sera pas grâce à elle que tu détruiras tes ennemis. »

— Si vous arrêtiez de l'appeler *celle avec qui je copule*, j'apprécierais beaucoup, grinça Adali en s'offusquant du qualificatif donné à son amante. Son nom est Elvira, et je pense qu'elle m'aidera bien plus que cet Humain avec qui mes seuls rapports ont été un combat. Et l'Ombre, vous y avez pensé ?

« Ton maître t'assistera, bien entendu, mais il en est de même pour lui. Il n'est pas la clef qui te permettra de gagner cette guerre. Son combat diffère dans ses fondements. »

— Bon… accepta Adali. Ai-je le droit de savoir ce qui m'attend, ou le découvrirai-je en temps voulu ?

« La raison pour laquelle nous t'avons sommée de venir à nous, hormis le fait que tu aies été sur Mumeg au bon moment, est que nous n'arrivons plus à percevoir ton avenir. Ce qui va suivre nous reste inconnu, et cela nous inquiète. Nous prévoyions depuis ta naissance, et même avant, que tu combattes un jour le gouvernement terrien, ta rencontre avec ce soldat humain, et d'autres faits, mais jamais nous n'avons été aussi aveugles qu'aujourd'hui. »

— Que cela signifie-t-il selon vous ? l'interrogea la Frizienne en fronçant les sourcils.

« Des événements graves se passent. Nous t'expliquions que nous avons accès à l'Univers entier par la pensée, mais nous aurions dû parler au passé. Nous *avions* accès à l'Univers entier. »

— Vous insinuez que vous ne voyez plus rien de ce qui s'y déroule ?

« Presque. Nous ne voyons plus que par le biais de ton esprit et de celui du soldat humain. Cela a commencé avec la déportation des Friziens. Avant, nous vagabondions librement où nous le voulions sans aucune limite, mais quand ton peuple a été emmené loin de Frizen2, nos pouvoirs ont régressé. Cela fait des mois que nous cherchons une solution, mais plus le temps passe, plus il nous est difficile de voyager par la pensée dans l'Univers. Notre champ d'action se restreint petit à petit, et, depuis peu, nous ne sommes plus capables de voir ou changer quoi que ce soit plus loin que le système Ettehc. Heureusement, nous avons encore un accès illimité à ton esprit et à celui de l'Humain, et ainsi nous te guiderons dans tes faits et gestes lors de ta quête. »

— Comment cela pourrait-il avoir un rapport avec la déportation des miens ?

« Cela est probablement lié aux manipulations du Gouvernement Colonial Terrien sur Frizen2 et sur les Friziens. »

— De quoi parlez-vous... ? murmura-t-elle.

« Frizen2 a récemment subi des modifications, mais notre manque de pouvoir nous interdit d'en savoir plus. Et cela fait des centaines d'années que les chercheurs du GCT veulent atteindre un endroit que tu as souvent arpenté : le Point. »

— Quoi !? Comment de simples Humains sauraient ce qu'est le Point... C'est un endroit que seuls les Friziens ont le droit de connaître !

« Malheureusement, certains Friziens travaillent pour les Terriens, de gré ou de force. »

— Je n'arrive pas à croire que des traîtres collaborent avec ces monstres...

Les paroles du politicien frizien qui avait essayé de la tuer lui revinrent alors en mémoire :

« C'est à cause de gens comme elle que le Point n'est plus. »

« Les Friziens ont rencontré les Humains il y a sept cents ans terriens », reprit l'Aigle. « À cette époque, ils ignoraient tout des folies qui rongent le monde des hommes, des dieux et de l'argent. Mais depuis, certains ont été corrompus, et beaucoup ont appris à profiter de ce système. Quand l'un des Friziens a révélé aux Terriens la nature du Point, ils y ont discerné un instrument de pouvoir pour contrôler les autres espèces. Comment arrêter une attaque mentale suffisamment développée ? Depuis tout ce temps, les Humains n'ont jamais réussi à y pénétrer. Mais ces changements dans les forces de l'Univers et notre récente incapacité à y voyager mentalement nous font penser qu'ils y sont peut-être enfin arrivés. As-tu récemment visité le Point ? »

— Non, avoua Adali, pas depuis mon départ de ma planète.

« Nous pensons que tu en serais capable. »

— Pourtant, vous venez de dire que les Humains en ont probablement le contrôle...

« Tu oublies souvent que tu es autant Humaine que Frizienne, jeune hybride. Grâce à ton hybridation, tu réussiras certainement, même si des Humains s'y trouvent. »

— Comment être sûre que le Point a bel et bien été souillé ? Peut-être que votre baisse de pouvoir est due à votre âge...

L'Aigle grogna de mécontentement :

« Notre âge n'a rien à voir là-dedans ! Nous avons sondé l'esprit d'un Frizien lorsque notre accès à l'Univers commençait à décroître. Incapable de pénétrer dans le Point, il en devenait fou de rage. Il faudrait que tu nous rendes un service pour nous fixer définitivement : tenter de pénétrer dans le Point. »

— Je le ferai, à une condition, avança Adali avec audace, une idée en tête.

« Une condition ? Tu oublies à qui tu parles ! Nous ne t'avons pas amenée ici pour que tu poses des conditions, mais pour que tu t'exécutes ! »

— Je comprends mieux pourquoi certains de mes prédécesseurs refusaient de vous obéir, releva la Frizienne, pleine de défi. Vous avez vécu des milliers d'années, mais vous ne comprenez toujours pas qu'il vaut mieux proposer qu'ordonner.

« Qui crois-tu être ? » s'emporta le rapace géant. « Tu nous dois tout, tu n'as pas à discuter nos paroles, et tu as besoin de nous ! »

— J'ai peut-être besoin de vous, mais apparemment vous avez aussi besoin de moi ! Je doute que si je décide de m'en aller vous prendriez le risque de m'en empêcher. Si vous ne m'accordez pas ce que je veux, je partirai, et vous ne serez plus rien, car sans moi vous ne saurez jamais pourquoi vous êtes désormais impuissants !

Adali improvisait sans savoir si elle poussait le bouchon trop loin. Elle voulait voir à qui elle se confrontait, car elle n'avait pas confiance en ces rapaces prétentieux. Surtout, s'assurer une vie sans subir leurs voix incessantes et contraignantes dans sa tête à chacun de ses gestes à l'avenir.

« Attends un peu que nous... » commença l'oiseau mentalement, mais il n'acheva pas sa phrase à cause d'un autre Aigle qui bondit et s'interposa entre eux.

Les deux oiseaux se fixèrent intensément.

« D'accord, pose-nous ta condition », céda l'Aigle d'un ton frustré alors que son congénère regagnait sa place.

— Je veux votre parole que vous ne me cacherez rien, que vous n'interviendrez que si c'est vraiment nécessaire, et que si j'accomplis votre souhait, vous me laisserez vivre ma vie comme je l'entends.

« Nous acceptons tes conditions ; si tu réussis, tu vivras librement. »

La Frizienne s'assit en tailleur. Elle se concentra, fit le calme en elle et ne pensa plus qu'au Point. Il s'insinua progressivement dans son être. Ses paupières rouvertes dévoilèrent une étendue de glace infinie. Le Point, là, devant elle. Mais une chose clochait. Des Humains s'affairaient autour de lui. Ils plongeaient leurs bras à tour de rôle. L'un d'eux se retourna et aperçut Adali.

— Une Grise est là ! s'écria-t-il avec effroi.

Elle fut ceinturée brutalement par surprise.

— Lâchez-moi ! hurla-t-elle de toute la puissance de sa voix.

— Y'a un problème, les gars, haleta l'un des Humains en resserrant sa prise. Elle parle ! C'est une hybride !

— Vous n'avez rien à faire ici, exulta Adali avec haine, cet endroit n'est pas pour les Humains !

— On dirait bien que maintenant il est pour nous, sale Grise, cracha l'homme. Abattez-moi cette alien !

Sans perdre une seconde, Adali ferma les yeux, se força à respirer posément et réussit à quitter le Point au moment où le premier coup heurtait son visage. Elle inspira une grande goulée d'air et s'affaissa, désespérée.

— Ils n'ont pas le droit d'aller dans le Point, sanglota-t-elle, c'est notre sanctuaire depuis toujours...

« C'est ce que nous craignions... » s'affligea l'oiseau. « Les Humains ont réussi à entrer dans le Point. Il faut les arrêter avant qu'ils trouvent comment s'en servir, ou leur pouvoir sera sans limite... »

≈

Adali serra Elvira dans ses bras et huma son parfum. Quand elle revint du Point, l'Aigle insista pour qu'elle se remette vite en route. Elle retrouva Balhvrouda en bas du Rocher. Elle le réveilla et dut le convaincre de rentrer pour la cité sous-marine. Le Mugien la submergea de questions, et elle y répondit sans pour autant lui dire ce qu'il n'avait pas à savoir. Elle fit une impasse sur le passage de l'histoire où les Aigles révélaient qui elle était, ainsi que sur son voyage dans le Point. Néanmoins, elle raconta la vérité sur la création des Mugiens et l'origine de la guerre nucléaire.

Balh s'énerva et l'accusa de mensonges et de blasphèmes. Adali lui repassa mentalement cette partie du dialogue avec les Aigles, et le Mugien cessa de protester. Il n'approuva pas cette version, mais ne chercha pas à poursuivre. Il se mura dans le silence jusqu'à ce qu'ils arrivent à bon port. Le front plissé, la mâchoire crispée, il dardait sur la Frizienne un œil accusateur ou s'arrangeait pour ne pas croiser son regard.

Lorsque l'étreinte des deux jeunes femmes s'acheva, elles suivirent Balh à sa maison pour y passer la nuit car l'extraterrestre et Adali étaient épuisés par le voyage. La navette pour La Dague décollerait le lendemain. Enfin seule avec Elvira, Adali raconta à nouveau sa discussion avec l'Aigle, révélant les détails omis auparavant. Elle parla même du Point ; après tout, les Humains connaissaient son existence désormais, alors autant partager ce secret avec celle qu'elle aimait. La fille du capitaine s'arrêta vite de questionner Adali pour noyer ses problèmes et ses préoccupations dans une longue étreinte.

Au matin, elles firent leurs adieux à Balhvrouda en promettant de revenir le voir un jour. L'alien, plongé dans ses pensées car profondément perturbé par les révélations de la veille, les salua distraitement, et elles partirent vers la navette. Elles arrivèrent juste à temps pour se mêler à l'équipage. Elles soulevèrent un ou deux regards méfiants, mais sans plus. La cargaison du vaisseau entièrement déchargée permettait aux matelots de prendre leurs aises lors du voyage qui dura une heure. Ils se posèrent dans le hangar de La Dague, et les deux amantes s'éclipsèrent.

— Ça te dirait de rencontrer mon père ? pirouetta Elvira tout à coup, changeant de sujet de conversation, comme à son habitude. Si on veut renverser le GCT, un coup de pouce de sa part nous aidera.

— C'est sûr que, sauver le monde à deux, ça risque d'être difficile, concéda Adali. Oui, j'aimerais beaucoup que tu me le présentes.

— Suis-moi ! Juste... N'arrive pas en lui disant « Salut, beau-papa ». Quand nous y serons, parle-lui comme au capitaine ; je ne suis pas censée être sa fille pour l'équipage.

≈

Même si elle insista auprès d'Hervksfal pour savoir où se trouvait Yaé, Ode n'obtint aucune réponse. L'Obsidien répétait qu'il ne parlerait pas du recrutement de l'équipage et qu'il n'avait de toute façon pas accès à ces dossiers. La jeune aveugle se contentait donc d'espérer et travaillait sur son ordinateur pour se vider l'esprit. Larry, le robot qui l'accompagnait partout où elle se rendait, était plutôt de bonne compagnie. Il obéissait à la lettre à son programme initial ; de lui-même, il évoluait et développait un certain sens de l'humour, à sa manière. Ode l'appréciait. Il guidait ses gestes et ses pas lorsqu'elle se perdait dans l'une de ses tâches. La veille, il la conduisit à sa couchette et veilla sur elle toute la nuit.

Hervksfal travaillait en binôme avec Ode. Tous deux s'efforçaient de détecter d'éventuelles stations du Gouvernement Colonial Terrien en approche de La Dague. Avalant une bouchée de riz synthétique, Ode entra une série de codes sur son écran et reçut de courtes impulsions dans l'oreille. Elle déglutit et tapa une nouvelle ligne de chiffres pour s'assurer qu'elle ne se trompait pas. Les vibrations reprirent de plus belle. Elle se leva d'un bond et s'exclama :

— J'ai repéré une station du GCT ! Nos ennemis arrivent !

— SONNEZ L'ALARME ! hurla Herv de toute la puissance de sa voix.

≈

Kastellane, Xeï et Yaé traversèrent le pont principal et montèrent un escalier pour arriver sur une passerelle surélevée où se tenait une dizaine de personnes. L'homme à côté d'un pirate pianotant sur un écran ne pouvait être que le capitaine Dant. Un Humain, de grande stature, qui dégageait une aura d'assurance et de force. Une cicatrice barrait son visage, de sa bouche à son front en passant par son œil droit à demi fermé qui laissait deviner une pupille blanche. Des touffes cendrées parsemaient ses cheveux bruns. Il portait à la main droite trois bagues, comme sur le dessin qui ornait la coque de son vaisseau. La première en tinotium, à son annulaire, contrastait de son noir avec les deux autres, qui, sur son majeur, se composaient, l'une, en diamant blanc et l'autre, en or.

— Dant, interpella Kastellane, je te présente Yaé, l'ami dont Xeï nous parlait hier. Quand je te dirai d'où il sort, tu n'en reviendras pas. Yaé, voici le capitaine de La Dague, Dant.

— Je suis ravi de vous rencontrer, capitaine, salua le jeune homme. J'entends parler de vous et de La Dague depuis mon enfance, c'est un grand honneur.

Il serra sa main, se rappelant les dizaines d'histoires lues et entendues, gamin. Il se tenait devant une légende vivante, un homme craint des convois du Gouvernement Colonial Terrien, partout dans l'espace occupé.

— Enchanté, rétorqua le capitaine, Xeï nous a beaucoup parlé de toi, et en bien.

Yaé allait répondre, mais une voix de femme le coupa :

— Hey, cap' Dant, je veux te présenter quelqu'un.

Yaé se retourna et découvrit deux jeunes femmes. La première, Humaine, était magnifique. Grande d'un bon mètre quatre-vingts, ses yeux bleus perçaient ses cheveux roux flamboyants. L'autre, la peau légèrement

grisée, une Frizienne, donnait à Yaé une impression de déjà-vu.
La Grise se jeta sur lui.

≈

Adali et Elvira marchèrent vivement jusqu'au pont supérieur. Deux marins et une militaire tenaient compagnie au second du capitaine.

— C'est le grand brun, désigna la pirate. Hey, cap' Dant, je veux te présenter quelqu'un.

La Frizienne s'approcha, prête à saluer le père d'Elvira. Elle reconnut alors l'Humain près de Kastellane. Elle l'avait vu la veille, par les Aigles. L'Humain blond aux yeux verts, le responsable de l'échec de la révolte sur Frizen2. La colère monta d'un seul coup dans le corps d'Adali en remplaçant toute raison. Elle fonça sur lui, oubliant Elvira, le capitaine et son second. Elle le plaqua au sol, posa la main sur son visage et envoya toute la souffrance qu'elle ressentit dans son esprit. L'Humain hurla, possédé par le pouvoir d'Adali.

≈

Elvira vit avec horreur Adali se précipiter sur l'Humain. L'homme cria au supplice. La pirate attrapa son amante par les bras. Elle lui intima d'arrêter. Kastellane la saisit par la taille et la souleva comme une simple poupée.

— C'est quoi, ce foutoir !? gueula Dant en giflant Adali à la volée.

Les pensées de la jeune femme éparpillées dans la pièce fusèrent et montrèrent des images de combats dans un village enseveli sous la neige. Le capitaine braqua un pistolet sur Adali.

— Calme-toi, ou je te promets que je te descends sur-le-champ ! grimaça-t-il de rage. Personne ne se bat sur mon bâtiment !

— Non, arrête ! supplia Elvira. Pitié, ne lui fais pas de mal...

— Alors, qu'elle se contrôle !

La pirate saisit la main d'Adali et murmura :

— Je t'en prie, Adi, contrôle-toi, ne gâche pas tout...

La Frizienne s'apaisa et réussit à reprendre le contrôle de ses pensées. Elle se redressa. L'Humain se remettait à peine.

« Cet homme mérite la mort », fit-elle résonner dans la pièce.

Des matelots approchaient, curieux de connaître la cause de ce raffut. Kastellane les dégagea du pont supérieur d'un ordre sec et se tourna vers Adali :

— Pourquoi l'as-tu attaqué ?

≈

Yaé saisit le bras tendu par Xeï pour se relever. La Grise venait de lui infliger une douleur incommensurable, et il avait cru mourir un millier de fois. Un souffle de haine traversa ses veines. Il voulait une explication.

— Pourquoi l'as-tu attaqué ? exigea Kastellane de la Grise, prêt à l'intercepter si elle récidivait.

Rouge de rage, échevelée, elle accusa Yaé du doigt et utilisa sa voix :

— Cette ordure a fait capoter notre révolte, sur Frizen2 ! Nous étions les esclaves des Humains. Quand nous avons découvert qu'ils allaient nous déporter, on s'est soulevés. Il nous a condamnés en prévenant son supérieur...

Tout s'éclaira pour Yaé. Il reconnaissait celle qu'il avait combattue dans la mine de tinotium :

— C'est toi, l'hybride Grise de la cage, souffla-t-il.

— Oui, c'est moi, je ne t'ai pas oublié, et j'ai juré de venger mon peuple.

≈

Xeï observait Yaé avec stupeur car elle ne savait rien de cette histoire.

— Yaé, balbutia la commandante, qu'est-ce que ça veut dire... ?

— Rien du tout, annonça le jeune homme d'un ton catégorique. À l'époque, j'étais dans l'Armée Terrienne, n'importe qui aurait agi comme moi pendant la révolte des Gris ! Tu as essayé de me tuer, je te rappelle — martela-t-il en fixant la Frizienne. Tu aurais voulu que je te laisse me descendre ?

— Tu obéissais au lieutenant Hart, cracha-t-elle, c'est de ta faute si ma mère a été déportée.

— Tu rêves, ton peuple ne pouvait rien contre la puissance du GCT ! Je suis désolé de ce que j'ai fait, je ne me rendais pas compte à l'époque que je me battais dans le mauvais camp. Quant au lieutenant Hart, sache que je le déteste sûrement autant que toi.

— Par ta faute, mon père est mort, mon seul ami aussi, et ma mère a disparu !

Les larmes qui débordaient des yeux de l'hybride atténuèrent la colère de Yaé. Elle avait tout perdu, et, même s'il ne s'estimait pas responsable, il éprouvait de la compassion envers elle.

— Je n'ai pas tué ton père... C'est Heldant. Je lui ai un jour crevé un œil et j'ai failli le tuer sur Obside. Je le haïssais aussi. Pendant la bataille sur Frizen2, il s'apprêtait à t'abattre quand j'ai tiré une balle dans sa jambe. Je ne l'ai peut-être pas fait exprès, mais ça ne change rien, je t'ai sauvée. Nos ennemis sont les mêmes, maintenant. J'ai changé. Aujourd'hui, je n'obéirais pas à de tels ordres... je n'en avais pas conscience.

Xeï eut un sourire encourageant pour montrer qu'elle comprenait ce qu'exprimait Yaé. L'hybride baissa la tête. Malgré sa colère, elle paraissait se rendre compte qu'il n'était pas son véritable ennemi.

≈

Des larmes roulaient sur les joues d'Adali, bouleversée. Elvira la prit par les épaules pour la consoler. Le pire : elle croyait les mots de l'Humain, honnête, comme elle le distinguait en lui. Mais comment tirer un trait sur tant de haine accumulée en elle ? Il faudrait du temps, beaucoup de temps.

— SONNEZ L'ALARME, UNE STATION DU GCT ARRIVE !

23

Nous le vengerons

Une sonnerie stridente sortit des haut-parleurs et brisa le calme installé dans le groupe. Le capitaine poussa un juron et débita une série d'ordres à des pirates en se penchant par-dessus le bastingage. Kastellane partit en courant rejoindre des hommes armés. Adali aperçut par le hublot une colossale station approcher. Par sa taille imposante, la base orbitale était conçue pour demeurer à proximité de Mumeg et non pour effectuer des voyages spatiaux. Circulaire, un pilier central trois fois comme La Dague la traversait. L'émotion de la Frizienne s'effaça instantanément.

— Envoyez-nous dans le Néant, ordonna le capitaine aux deux officiers, arrivés à la hâte.

Adali s'agrippa à la rambarde, saisit la main d'Elvira et la pressa fort dans la sienne. Deux lasers formèrent une déchirure violacée dans l'espace. Les réacteurs s'activèrent, et le conque s'élança. Alors qu'elle allait s'engouffrer dans la faille, une explosion ébranla La Dague, jusqu'au plus profond de ses entrailles. Adali et Elvira tombèrent au sol, et seul le capitaine parvint à ne pas fléchir les jambes sous le choc. Il activa son microphone et projeta son image sur tous les écrans. Sa voix résonna dans les moindres recoins du vaisseau :

— *Tout le monde à son poste de combat, nous sommes attaqués par une station du GCT. Préparez-vous à une bataille totale.*

Il désactiva les haut-parleurs et se tourna vers sa fille :

— Va dans ta cabine, Elvi'.

— Je peux t'aider ici, je sais me battre ! protesta la jeune femme.

— Silence ! Obéis-moi et mets-toi à l'abri !

Elvira défia son père du regard mais hocha la tête. Elle savait qu'elle ne devait pas le déconcentrer dans une telle situation.

— Toi, rejoins ton poste sur-le-champ, ajouta-t-il à l'adresse d'Adali.

— Quoi ? s'écria Elvira. Il est hors de question qu'on se sépare !

— Vas-tu un jour faire ce que je te dis ? s'énerva le capitaine, les joues rouge sang. Le voilier a sûrement de graves problèmes avec les réacteurs à fusion, sinon nous serions déjà dans le Néant ! Il a besoin de son assistante ! Je refuse que quiconque conteste mes ordres, toi comprise, Elvi'. Obéissez immédiatement ou je vous fais mettre aux arrêts.

Elvira secoua la tête avec désolation, indiqua à Adali de la suivre et quitta le pont supérieur.

— Viens, entraîna-t-elle la Frizienne une fois dans les couloirs, allons retrouver Val.

— Mais... hésita Adali, ton père veut que tu ailles dans ta cabine...

— Je me contrefiche de ce qu'il veut, je ne compte pas manquer un combat contre les tortionnaires de mon enfance !

Comme pour confirmer ses dires, une nouvelle bordée de missiles ébranla La Dague. Les deux femmes se frayèrent un chemin au milieu de dizaines de pirates qui couraient dans tous les sens, les bras chargés d'armes, de combinaisons, de munitions et de plans. Les canons de La Dague vidaient leurs projectiles chargés au tinotium sur la station ennemie, secouant l'ensemble du bâtiment à chaque salve tirée. Elles arrivèrent à la porte sur laquelle un écriteau indiquait : « Réacteurs. Zone interdite à tout personnel étranger. Danger de mort. »

Adali entra la première dans la salle et eut une exclamation en découvrant l'état du cinquième réacteur. Des flammes montaient vers le plafond, et de la fumée s'échappait de l'énorme tuyau de métal troué de part et d'autre. Val, le voilier, se précipita vers la Frizienne :

— C'est pas trop tôt, tu crois que j'ai pas mieux à faire que t'attendre !? Maintenant que t'es là, bouge tes fesses et viens m'aider. Elvira, je ne sais pas ce que tu fous ici, mais ne te mets pas au milieu.

La pirate se retint de répondre. Adali aida Val à éteindre l'incendie qui débutait. Elle rafistola à la hâte des morceaux du réacteur. Le voilier sollicita même l'aide d'Elvira. Des pirates vinrent en renfort pour réparer les différents propulseurs que les canons ennemis harcelaient. Adali, trempée de sueur, ne sentait plus ses mains à force de serrer des écrous et d'utiliser son laser pour souder les plaques de métal entre elles. Les heures s'égrenaient, interminables, et elle ignorait si La Dague gagnait la bataille.

≈

Yaé se précipita vers Xeï quand La Dague subit une décharge de missiles.

— Ces ordures ont endommagé nos réacteurs à fusion, avertit le capitaine, hors de lui. Je veux une équipe en renfort dans la salle des moteurs ! Que les autres se préparent à un possible abordage !

— Viens avec moi, Yaé, l'attrapa la commandante, allons nous équiper !

Sans réfléchir, il la suivit à travers les couloirs, peinant à garder l'équilibre à chaque secousse. Dans une des nombreuses salles d'armes, Yaé s'arma d'un fusil XVL21. Il le mit en bandoulière et glissa des chargeurs et des grenades dans les poches de la combinaison noire qu'il venait d'enfiler.

— Où va-t-on ? demanda-t-il à son amie, harnachée elle aussi.

— On va rejoindre le groupe de défense anti-abordage, c'est ce que Dant m'a dit de faire en cas d'attaque.

Yaé accepta d'un mouvement de tête, et ils repartirent vers le pont principal. Ils se mêlèrent à un escadron placé sous les ordres de la Pieuvre. Yaé fit une moue dégoûtée, mais rejoignit le rang.

— Leurs vaisseaux d'abordage vont arriver, annonça d'une voix puissante l'alien tentaculaire. Enlevez vos crans de sécurité et activez vos filtres à air !

Yaé observa les autres pirates et appuya sur un bouton sous sa nuque. Un liquide semblable à de l'eau monta le long de son cou, jusqu'à lui former comme une deuxième peau, suivant parfaitement les reliefs de son visage. Un petit générateur accroché sur son dos envoyait de l'oxygène dans ses narines. Il parla, et le fluide s'adapta à son faciès, bougeant tel un être vivant.

— Tu sais s'il y a une stratégie spéciale en cas d'abordage ?

La voix légèrement déformée de la commandante, dont le scaphandre collait au corps et faisait briller le visage, s'éleva :

— *Aucune idée. Si j'avais la charge de gérer la défense, je placerais des hommes à intervalle régulier dans les couloirs pour m'assurer qu'aucune intrusion ne se produise.*

— Formez des groupes de trois et déployez-vous sur les pourtours, commanda la Pieuvre. Je veux des hommes tous les trente mètres ; ne perdez jamais le visuel avec ceux qui vous précèdent.

Xeï offrit un clin d'œil à Yaé, et ils rejoignirent un pirate extraterrestre seul. Le Mugg aux pupilles emplies de blanc les apostropha :

— *Vous êtes nouveaux ?*

— *Oui*, confirma Xeï.

— *Je me disais, aussi ; suivez-moi et faites exactement comme moi !*

L'alien partit en courant, les deux Humains sur les talons. Ils descendirent les étages de La Dague et se placèrent à l'entrée du hangar d'embarquement. Les hublots couverts de panneaux blindés empêchaient de voir l'extérieur. Le Mugg leur apprit que les abordeurs pirates engageaient le combat. Un magnétisme reliait ces assaillants à La Dague. Leur but : ralentir la progression des appareils d'attaque et leurs homonymes ennemis, et endommager le bâtiment de la Force Spatiale. Ils devaient leur efficacité à leur grande mobilité, car ils se dirigeaient rapidement dans l'espace en alternant entre la poussée du réacteur fixé dans leur dos et l'attraction magnétique du vaisseau d'origine.

Le Mugg qui leur expliqua tout cela parlait pour évacuer la pression palpable installée dans le groupe. Durant des heures, changeant parfois de position selon les ordres reçus, ils ne furent pas mêlés aux conflits.

Alors que Yaé commençait à partir dans ses pensées, une explosion retentit à l'angle du couloir. Des bruits de combat leur parvinrent, ils s'y précipitèrent. Un missile venait de percer la coque du vaisseau, et dix abordeurs ennemis pénétraient dans le couloir. Yaé mit son fusil en joue et tira une rafale de balles sur un soldat. Il activa les crampons magnétiques de ses chaussures qui lui permirent de résister à la puissance du souffle qui l'attira vers la brèche dans la coque donnant directement sur l'espace.

Les portes automatiques des deux côtés de l'allée se fermèrent afin d'isoler la partie de La Dague éventrée et d'empêcher l'oxygène de s'échapper. Yaé et les autres se retrouvèrent dans une zone en micro gravité. L'air s'enfuit par le trou dans le mur métallique, et le son s'effaça. Un calme tourmenté s'imposa. Le jeune homme s'efforça de s'accrocher grâce à ses crampons. Les soldats du GCT dégoupillèrent et balancèrent des grenades dans le couloir. Ils activèrent leur système magnétique et furent attirés en dehors du vaisseau pirate. L'explosion ne produisit aucun bruit. Elle pulvérisa le Mugg du groupe de Yaé dans l'instant ; son sang et ses os brisés baignaient en apesanteur.

— *Partons d'ici avant qu'ils reviennent !* hurla Xeï dans son micro, rappelant à Yaé l'existence des communications.

— Suivez-moi, intima Yaé à la commandante et l'unique survivant auquel ils avaient porté secours.

Il désactiva ses crampons. Il se propulsa en avant et atteignit la porte à l'autre extrémité du couloir. Il essaya de l'ouvrir en tapant dessus et en entrant des données sur le cadran, mais une sécurité la verrouillait de l'intérieur. Ils étaient coincés là. Alors que Xeï tentait à son tour de court-circuiter l'ouverture, un pan entier du couloir partit en morceaux. Yaé plaqua son amie contre lui et esquiva les débris. Le troisième pirate n'eut pas cette chance. Un morceau de métal déchira sa combinaison en deux, taillant un large passage dans son estomac.

Un vaisseau de combat léger, orné du logo de l'étoile de la Force Spatiale, leur faisait face. Il s'apprêta à tirer de nouveau. N'écoutant que ses réflexes, Yaé saisit Xeï et frappa le mur. L'impulsion le projeta dans l'espace, et ils se retrouvèrent cramponnés sur le cockpit ennemi. L'appareil effectua une embardée pour les expulser, mais ils s'agrippèrent de toutes leurs forces. Xeï saisit une grenade à sa ceinture, glissa sur la coque et l'enfourna dans l'un des réacteurs alors que Yaé attrapait sa main pour l'éloigner. La déflagration réduisit en silence l'aile de l'appareil de combat.

Le pilote s'éjecta de la cabine en direction de la gigantesque station du Gouvernement Colonial Terrien.

— *Il faut qu'on retourne sur La Dague,* s'époumona Xeï, perçant le tympan de Yaé. *On n'est pas équipés pour se déplacer dans l'espace, on n'a même pas de moteurs pour se diriger ! On va être happés dans le vide !*

Yaé donna un coup de pied sur le cockpit brisé pour se rapprocher de La Dague.

Autour, le chaos.

Des chaloupes de la Force Spatiale poursuivaient leurs homonymes pirates qui virevoltaient dans un tourbillon de lumière. L'absence de son rendait la scène irréelle.

Yaé allait atteindre le couloir dévasté de La Dague quand il remarqua avec horreur un groupe d'abordeurs ennemis accrocher des grappins magnétiques sur les portes blindées. Un vaisseau du GCT activa ses réacteurs. Le blindage céda sous une telle pression. L'engin fit demi-tour et tira deux missiles sur l'ouverture endommagée. Des pirates chargés de garder cette entrée furent aspirés dans l'espace.

Les abordeurs du GCT pénétrèrent dans le tunnel et abattirent tous ceux qu'ils croisaient. Yaé flotta dans le vide, caché derrière une plaque de métal tordue en attendant sa chance pour entrer dans La Dague. Xeï lui tapota l'épaule, et ils se tirèrent mutuellement jusqu'à l'ancien battant. Le chasseur ennemi explosa, victime d'une tourelle fixée sur la coque inférieure du bâtiment pirate. Les deux amis entrèrent dans La Dague et trouvèrent les abordeurs de la Force Spatiale, qui essayaient de forcer l'accès suivant. Yaé voulait tirer avec son fusil, mais un trou perçait son chargeur.

— Il me reste une grenade, grogna-t-il, forcé de constater que Xeï ne possédait plus son arme.

Il la saisit, plana jusqu'à ses ennemis et la dégoupilla. Alors qu'elle allait exploser et le tuer lui aussi, Xeï l'attrapa fermement par le bras et le tira en arrière tout en faisant passer une plaque de métal par-dessus. Ils furent de nouveau expulsés au dehors par la puissance de la déflagration, mais la grenade accomplit sa mission : les abordeurs furent hachés menus dans le couloir noirci. Satisfait, Yaé ne mit pourtant pas longtemps à prendre conscience de leur situation des plus précaires. Ils s'éloignaient inexorablement du vaisseau. Une peur profonde remplaça l'inquiétude. La Dague venait de tirer deux lasers violets dans l'espace, qui ouvrirent une nouvelle déchirure vers le Néant.

Si Xeï et Yaé ne rejoignaient pas le vaisseau, les pirates partiraient à l'autre bout de l'Univers, sans eux.

≈

Adali peinait à serrer un écrou quand un cri attira son attention. Un pirate gisait au sol, l'intestin hors du ventre. Un soldat du Gouvernement Colonial Terrien attaquait un autre homme avec son coutelas enduit de sang. Il fut rejoint par un groupe d'une quinzaine de militaires, et, très vite, la salle des réacteurs se transforma en champ de bataille. La Frizienne empoigna sa dague et se jeta dans la mêlée, frappant tout ce qu'elle trouvait. Elle aperçut Elvira qui virevolta, aux prises avec trois Humains. Adali se précipita vers elle et égorgea l'un d'eux dans un juron de haine. Une balle arracha une touffe de ses cheveux, et elle se plaqua au sol. Un soldat lui asséna un coup de pied dans le ventre puis la braqua de son arme. Adali agrippa son poignet et envoya les pires images par la pensée. Il tomba en hurlant. Elle le réduisit au silence d'un coup de poignard dans la mâchoire, appuyant la lame jusqu'à ce qu'elle traverse son crâne.

Les doigts du voilier se tendirent pour l'aider à se relever, et Adali sourit à Val. Il hocha le menton et ramassa un fusil au sol. Dans un cri de rage, il avança droit vers les militaires et les abattit un à un, touchant sa cible à chaque fois. Les pirates en supériorité numérique, le combat se termina assez vite. Deux hommes du GCT s'agenouillèrent, les mains sur la tête. Val les descendit froidement, et leur sang gicla sur les parois. Une exécution sommaire.

Adali était en état de choc. Un bras passa autour de sa taille, et elle se retourna pour frapper son agresseur. Elle se détendit en découvrant Elvira.

— Allez, on n'a pas de temps à perdre, gueula Val. Tout le monde au boulot, on y est presque, alors activez-vous !

Adali eut un dernier coup d'œil aux cadavres entremêlés des soldats et des pirates avant de retourner s'affairer sur le réacteur principal. À force de remplacer du matériel et de colmater les brèches, la fuite s'arrêta. À l'extérieur du vaisseau, des robots réparaient la partie du réacteur non accessible depuis la salle, protégés par les abordeurs et les tourelles. Lorsque Val s'estima satisfait — satisfaction qu'il exprima par un grognement sourd —, il contacta le capitaine Dant pour le prévenir qu'ils pouvaient pénétrer dans le Néant et fuir la bataille. L'image de Kastellane se matérialisa.

— Le réacteur est réparé, Monsieur !

— *Très bien, nous partons*, répondit le second, une expression triste sur son visage ensanglanté.

≈

Yaé cherchait désespérément une solution pour rejoindre La Dague alors que celle-ci commençait à s'éloigner.

— *Là !* cria Xeï en montrant un corps sans vie qui dérivait dans l'espace et se rapprochait d'eux au ralenti. *C'est un abordeur pirate, si son magnétisme marche encore, on a une chance !*

Yaé tendit le bras. Le cadavre était à un mètre de lui. Xeï attrapa son ami et le projeta en avant. Il réussit à saisir le mort et se tourna vers elle. La commandante s'éloignait dans le vide, poussée en arrière par l'impulsion qu'elle lui avait donnée.

— Non ! s'exclama-t-il.

Il voulait activer le réacteur dorsal du pirate mort mais, le réservoir percé, il ne bougea pas d'un centimètre.

— Il n'y a plus de carburant ! grogna-t-il dans son micro.

Xeï jeta des regards autour d'elle, mais ils devaient se rendre à l'évidence : La Dague s'en allait, et rien ni personne ne les aiderait.

— Le magnétisme des abordeurs est indépendant du carburant, dit-elle d'une voix étonnamment calme. *Tu peux encore rejoindre La Dague.*

— Je n'ai pas l'intention de te laisser ! protesta Yaé, persuadé qu'un autre moyen existait.

— Pars, Yaé. La Dague s'en va, et nous mourrons tous les deux ici. Sauve-toi. Ne t'inquiète pas pour moi.

Yaé refusa d'écouter l'injonction et sonda l'espace pour trouver une solution. Mais La Dague s'approchait dangereusement de la faille spatiale et elle s'y engouffrerait bientôt.

— *Va-t'en !* ordonna Xeï, autoritaire et déterminée. *Je ne te laisserai pas mourir pour me sauver.*

À ces mots, elle mit la main sur son casque et s'apprêta à l'enlever.

— Qu'est-ce que tu fais !? s'étrangla Yaé. Arrête !

Mais la commandante ne l'écoutait plus, elle enclenchait la commande manuelle pour retirer sa combinaison. Sans même réfléchir, Yaé balança le corps sans vie du pirate vers Xeï, ce qui le déséquilibra. Il partit en vrille.

— Attrape-le ! cria-t-il à la commandante.

Le cadavre percuta Xeï, et elle s'y agrippa dans un dernier sursaut d'espoir. Elle activa le magnétisme, attirée par une force invisible vers La Dague. À toute vitesse, elle saisit in extremis le bras de Yaé. Il glissa le long de son corps et s'accrocha à sa ceinture.

— FREINE ! hurla-t-il car la coque du vaisseau pirate se rapprochait beaucoup trop vite.

La commandante appuya brutalement sur l'écran accroché à la manche du cadavre mais rien ne se passa.

— *Impossible de freiner sans carburant ! Retiens ta respiration. Expulse l'oxygène de ta combinaison par le système de secours, ça nous arrêtera peut-être ! On synchronise ? Trois, deux, un. Zéro !*

Ils prirent une grande inspiration, et leur oxygène sortit d'un tuyau sous leurs omoplates. Ils se tournèrent dos à La Dague et furent violemment stoppés à un mètre de la cloison. Yaé lâcha Xeï et se hissa vers le trou le plus proche dans la coque. L'air manquait. Un mur entier avait été percé par un missile, et ils s'y engouffrèrent. Ils avancèrent dans le couloir alors que La Dague pénétrait dans la déchirure violacée.

— Il ne faut pas qu'on soit dans une zone exposée au vide quand on entrera dans le Néant, ou on sera désintégrés ! haleta Xeï, à bout de souffle.

Ils s'engagèrent dans le vaisseau, ignorant les corps qui dérivent. La porte automatique s'abaissa, et une lumière orange clignotante signala l'arrivée imminente dans le Néant. Yaé frappa de toutes ses forces le mur et vola vers l'ouverture en tirant Xeï. Ils passèrent sous la porte avant qu'elle se referme.

Les simulateurs de pesanteur se remirent en marche une fois l'accès à l'espace condamné, et l'air revint. Les deux amis chutèrent au sol, et le son réapparut autour d'eux.

La Dague pénétra dans le Néant.

≈

Sorties du Néant, Elvira et Adali aidèrent Val à consolider les réparations, puis il les congédia en leur expliquant qu'ils ne pouvaient pas mieux faire tant qu'ils ne seraient pas posés sur une planète. Les deux femmes partirent vers le pont principal et constatèrent avec une peine profonde les dégâts sur La Dague. La plupart des couloirs qui bordaient la coque étaient condamnés, et des dizaines de morts jonchaient le sol. Elles aidèrent des blessés à rejoindre l'infirmerie débordée puis arrivèrent sur le pont, où des hommes finissaient d'y éteindre un incendie.

La balustrade du pont supérieur effondrée avait écrasé des pirates dans sa chute. Kastellane était agenouillé, devant un cadavre. Le teint soudain blanc de peur, Elvira se précipita vers lui. À la vue du visage du mort, elle poussa un hurlement. Le second l'enserra en enfouissant la tête dans ses cheveux. Adali s'approcha prudemment et déglutit. Le capitaine Dant gisait sans vie, un trou dans le front et du sang sur la figure. Elle posa doucement la main dans le dos d'Elvira et lui envoya mentalement des images de réconfort. Par l'intermédiaire du tatouage gravé dans son cou, la Frizienne ressentait sa détresse et éprouvait une partie de sa tristesse. Elle ne savait que dire.

Des pirates formèrent peu à peu un cercle autour d'eux. Nombreux vinrent toucher le corps du capitaine dans un ultime hommage. Tous le respectaient, et beaucoup le regretteraient. La Pieuvre assuma la direction du vaisseau en attendant que Kastellane donne de nouveaux ordres.

≈

— J'ai cru que cette fois on allait y rester, murmura Xeï à Yaé.

— Moi aussi...

Ils marchaient vers la salle où Ode était censée se trouver, car Yaé s'inquiétait pour elle. Deux cadavres barraient l'entrée. Avec soulagement, il entendit Ode discuter avec un Obsidien au ventre rebondi. Un robot lui tenait le bras.

— Ode !

— Yaé, c'est toi ? s'exclama-t-elle en tournant vivement la tête.

— Oui, je suis là !

Il se précipita vers elle, mais le robot le menaça de son arme.

— Vous n'êtes pas autorisé à approcher. Faites demi-tour ou je serai contraint de vous supprimer.

— C'est bon, Larry, dit Ode en touchant le robot, c'est un ami, il ne représente pas de danger.

— Êtes-vous sûre ?

— Oui, ne t'inquiète pas, il ne me fera pas de mal.

— Comme vous voudrez.

Le robot dénommé Larry abaissa son pistolet et laissa passer Yaé. Celui-ci prit Ode dans ses bras et lui raconta brièvement la bataille.

— Et toi, demanda-t-il, tu n'as pas été attaquée ici ?

— Non. Deux soldats ont essayé de pénétrer dans la pièce mais Larry s'en est occupé, puis il a verrouillé les portes blindées. J'étais tellement inquiète pour toi, ajouta-t-elle d'une petite voix en accentuant son étreinte.

Yaé lui assura qu'il allait bien. Enlacés, ils profitèrent de l'instant présent.

— On devrait rejoindre le capitaine, proposa Xeï.

— Bonne idée. Tu viens avec nous, Ode ?

— Je ne peux pas quitter mon poste, on a encore beaucoup de travail avant de se reposer.

— D'accord, on se retrouvera plus tard.

La jeune femme approuva d'un signe de tête et déposa un baiser sur la joue de Yaé en lui soufflant de la retrouver vite. Il pressa délicatement son bras et s'éloigna en compagnie de Xeï.

— J'ai failli lâcher une larme... tellement romantique, se moqua-t-elle alors qu'ils se rendaient sur le pont principal.

— Oh ça va, la bouscula-t-il gentiment ; ne te fiche pas de moi !

— Je n'oserais jamais, vous faites un si beau couple : la courageuse codeuse et le courageux soldat.

Yaé leva les yeux au ciel et ignora la boutade. Le pont était ravagé, mais ce qui attira leur attention fut l'attroupement de pirates. Un Mugien leur résuma la situation.

— Le capitaine Dant est mort.

Xeï accusa la nouvelle, s'avança en titubant et traversa le groupe. Elle se baissa et posa la paume de sa main sur le cœur de Dant. Elle murmura une prière théadïenne en guise de paroles d'adieu et eut un regard désolé pour la femme rousse, secouée de sanglots. Kastellane prit une longue inspiration et se releva pour s'adresser aux pirates :

— Aujourd'hui, notre capitaine est mort par la faute du Gouvernement Colonial Terrien. C'était un grand homme. Toute sa vie, il a défendu nos valeurs et a lutté contre l'oppression terrienne. Nous ne faillirons pas à ses principes.

Il toucha l'épaule de la rousse, qui pleurait dans les bras de l'hybride. Elle le regarda et se mit debout, séchant ses larmes. Kastellane reprit la parole, l'un de ses bras musclés autour de la jeune rouquine :

— Plusieurs d'entre vous s'en doutaient, et certains étaient au courant. Elvira — que vous connaissez tous comme l'enfant que nous avons trouvée dans une station ennemie et accueillie — est la fille du capitaine Dant. Ensemble, nous honorerons sa mémoire. Nous le vengerons.

24

Lutte perfide

Adali se tenait assise à côté d'Elvira. La pirate lui avait demandé de venir avec elle au conseil que Kastellane réunissait pour décider de l'avenir de La Dague. L'insistance de son amante pour qu'elle l'accompagne supplanta la peur de la Frizienne d'apparaître comme une intruse en raison de son simple poste d'assistante. Elle y voyait une occasion de la familiariser avec les plus hauts gradés de l'équipage, mais surtout, puiser du courage en elle. Xeï répondait également présente, à la demande de Kastellane. Autour de la grande table se faisaient face la Pieuvre, les trois maîtres artisans — Val et deux frères atalatéens, respectivement maître calfat et maître charpentier — et le maître canonnier, dénommé Pi'll Guez. À la gauche de ce dernier répondaient présents Opinel — le chirurgien, un Hadlom au visage enfantin —, ainsi que le cambusier et le pilote de La Dague, surnommé la Taupe. Les yeux crevés de cet Obsidien lui valaient son surnom. Il portait un masque qui lui ceinturait la tête, sous lequel on distinguait des tanost.

Si le nez rougi d'Elvira trahissait la récente perte du capitaine, Kastellane, ressaisi, affichait un calme mortel. Il prit posément la parole :

— Notre capitaine est mort. Quelqu'un prendra sa suite. Je vais écouter vos propositions avant d'énoncer les miennes.

— N'importe quoi, glapit Opinel, il n'y a rien à discuter. C'est à toi, Kastellane, de devenir capitaine ! Tu étais le second de Dant depuis des années, personne ne connaît mieux La Dague que toi.

Les deux Atalatéens hochèrent vigoureusement la tête. Pi'll Guez se leva à demi :

— Je suis d'accord, tu es le plus habilité à prendre la suite du capitaine, et je pense que sa fille devrait t'assister.

— C'est une blague ? cracha la Pieuvre. Vous êtes aveuglés par l'habitude ! Il faut quelqu'un de fort pour diriger cet équipage. Quelqu'un qui sache ce qu'il est nécessaire de faire. Depuis trop longtemps nous avons cessé d'être des pirates. Regardez-nous ! Redevenons-le ! Ce n'est pas parce que Kastellane a secondé Dant pendant tout ce temps que c'est à lui de prendre le commandement du vaisseau, et encore moins à une gamine. Je ne compte pas être sous les ordres de cette gosse à peine sortie du berceau et qui n'a aucune expérience.

Un silence funeste accueillit cette diatribe.

Elvira et Kastellane ne sourcillèrent pas. Adali fut impressionnée par le sang-froid de son amante. Elle paraissait savoir exactement quelle attitude adopter dans cette situation.

— Dant avait des principes, poursuivit la Pieuvre, et ces principes nous ont affaiblis. Nous ne sommes plus que de vulgaires contrebandiers ! Nous volons de planète en planète pour commercer, et nous nous contentons d'attaquer des convois isolés. Ce n'est pas ça, la piraterie ! Non, la vraie piraterie, c'est prendre d'assaut tous les vaisseaux que nous croisons, inspirer la crainte chez nos ennemis. Le GCT nous a écrasés tout à l'heure, ça n'arrivera plus. Le nouveau capitaine doit reprendre la situation en main, et donner à l'équipage ce qu'il veut : du sang.

— Nous ne sommes pas des meurtriers, le contrecarra Pi'll Guez, nous sommes respectés dans l'espace, pour notre force, non pour nos crimes.

— C'était valable il y a des années, mais c'est fini, s'emporta fébrilement la Pieuvre. Le GCT nous a vaincus ; combien de temps faudra-t-il avant que les autres pirates se liguent et nous attaquent pour nous voler La Dague ? Nous devons réagir et les terrifier pour que plus jamais quelqu'un n'ose nous défier.

— Je n'ai rien contre vous deux, Kastellane et Elvira, renchérit la Taupe en se redressant sur son siège, mais la Pieuvre a raison sur un point : si nous ne changeons pas notre politique, nos ennemis finiront par nous avoir. Réveillons-nous, redorons notre réputation ! Et je pense aussi qu'Elvira n'a pas assez d'expérience pour être la seconde de qui que ce soit.

— Tu t'exprimes bien trop poliment, vitupéra la Pieuvre, cette garce inexpérimentée nous conduirait à notre perte ! Et si elle est la fille du capitaine, pourquoi beaucoup ne l'apprennent qu'aujourd'hui ? Si le capitaine ne faisait pas assez confiance à l'équipage pour lui révéler qui elle était, alors, moi, je n'ai pas de raison de me fier à sa foutue progéniture.

— Attention, siffla Xeï entre ses dents, ne t'avise plus d'insulter la fille de Dant...

— Sinon quoi ? ricana l'Aquéen. Tu n'es même pas de l'équipage, sale Théadïste !

— Si tu tiens à la vie, ne me traite plus jamais de Théadïste... fulmina Xeï d'une voix si froide que tous se tournèrent vers elle.

— Je crache sur les Terriens2, sur Elvira et sur toi !

Xeï se crispa et mit par réflexe la main sur son arme. Kastellane secoua la tête pour la décourager d'insister. La femme toisa avec dégoût la Pieuvre et se rassit. Elvira l'observait avec curiosité et respect. Elles ne se connaissaient pas, mais Xeï prenait sa défense.

— Voilà ce que sont les amis de Dant, renchérit la Pieuvre, des pleutres et des idiots. Kastellane, je reçois des ordres de ta part depuis trop longtemps. Je succéderai au capitaine.

À la surprise générale, Kastellane sourit. Il planta ses yeux dans ceux de l'Aquéen et répondit :

— Si tu étais capitaine, Pieuvre, tu réduirais La Dague en morceaux, et ceux qui te suivraient dans ta folie mourraient avec toi. Je serais presque tenté de te laisser faire pour voir combien de temps tu tiendrais, et jusqu'où tes hommes te seraient fidèles. Mais j'ai conquis ce vaisseau avec mon ami Dant, et je ne permettrai à personne de le conduire à sa perte. Pour que tu sois capitaine de ce bâtiment, il faudrait que je flotte sans vie dans l'espace. J'en fais le serment, tant que je serai en vie, je t'en empêcherai.

— Tu commets une grave erreur, second. Quand je serai capitaine, je te balancerai par le fond pour admirer ton agonise.

— Inutile de me menacer, objecta Kastellane. Que proposes-tu, Pieuvre, un vote ?

— C'est aux hommes de choisir leur camp, riposta l'Aquéen, pas à nous, dans cette pièce. Ils suivront ma force, et non tes soi-disant bonnes intentions.

— Nous sommes tous dans le même camp, commenta Opinel, tous des pirates de La Dague. Nous ferons comme le veut notre code : voter ici-même ; ce n'est pas à l'équipage de choisir, ça n'a jamais fonctionné comme ça sur La Dague.

— Je n'ai pas d'ordre à recevoir de toi, Faux-être, rétorqua la Pieuvre, dédaigneux.

— J'essaie d'aider tout le monde, se défendit Opinel. Vous ne pouvez pas vous permettre de diviser l'équipage maintenant, le vaisseau a besoin de réparations et les hommes de repos. Alors, choisissons un capitaine et arrêtons cette comédie. Vous aurez le temps de vous menacer quand nous serons remis de cette attaque.

— Tu as raison, Opinel, approuva Kastellane. Votons.

— Dans ce cas, je vote pour prendre le contrôle de La Dague, s'excita la Pieuvre en soulevant l'un de ses appendices, qui est avec moi ?

La Taupe réfléchit et leva le bras. Le cambusier et Val l'imitèrent. Adali retint une exclamation de surprise lorsque ce dernier se plaça en faveur de l'Aquéen. Elle considérait le voilier comme une ordure, mais une ordure avec une conscience juste. Elle se trompait.

— Vous êtes quatre, compta Pi'll Guez. Je vote pour que Kastellane soit notre capitaine, et qu'Elvira devienne sa seconde.

Suivant l'exemple du maître canonnier, les deux Atalatéens, Kastellane et Elvira levèrent la main. Adali ne savait pas si elle devait participer, et elle constata que Xeï était aussi indécise qu'elle. Dans le doute, elle tendit le bras, et l'Humaine fit de même.

— Leurs voix ne valent rien, récusa la Pieuvre, la Grise n'est que l'assistante de Val, elle devrait lui obéir, et cette Théadïste n'est pas des nôtres !

— Nous sommes en majorité, trancha Pi'll Guez, que tu le veuilles ou non. Kastellane est le nouveau capitaine, et Elvira sa seconde.

— Ça ne se finira pas comme ça, menaça la Pieuvre, croyez-moi...

Sur ce, il quitta la pièce, suivi par ceux qui le soutenaient.

— Ce n'était pas une menace sans fondement, souligna Kastellane. Faites tous attention à vous, la Pieuvre essaiera de s'emparer du pouvoir, d'une manière ou d'une autre. Ne traînons pas. Il faut rallier un maximum de matelots si l'on veut éviter une mutinerie. Le pire, c'est que la Pieuvre est encore maître d'équipage, et même si la plupart des hommes le détestent, il saura trouver les arguments pour les convaincre de le rejoindre.

— Quels sont vos ordres, cap'taine ? demanda l'Atalatéen maître calfat.

Kastellane les désigna lui et son frère :

— Vous deux, reprenez votre travail habituel ; La Dague a besoin de réparations majeures, et puisque le voilier n'est plus dans notre camp, montrez à l'équipage que vous contribuez le plus à la remise en état du vaisseau.

Les frères approuvèrent, saluèrent Kastellane et Elvira puis tournèrent les talons.

— Maître canonnier, reprit le nouveau capitaine en s'adressant à Pi'll Guez, dresse l'inventaire de nos ressources, rassemble tes hommes et mets à disposition un stock d'armes, par prudence.

— Compte sur moi, assura l'Humain avant de partir, on ne laissera pas ce poulpe détruire l'héritage du capitaine Dant !

Kastellane, entouré d'Adali et Xeï, pivota vers Elvira :

— Te sens-tu d'attaque pour assumer dès maintenant ton nouveau rôle de seconde ?

— Oui, je ne veux plus être inactive.

— Alors, j'ai besoin de toi pour établir notre prochaine destination. Analyse les différentes possibilités et viens me présenter ton rapport lorsque tu auras choisi les plus pertinentes. Xeï, j'aimerais, avec ton accord, que tu protèges Elvira au cas où la Pieuvre tenterait une action. Tu sais te battre, ajouta-t-il à l'attention de sa nouvelle seconde qui levait un sourcil surpris, mais je ne prendrai aucun risque. Si le maître d'équipage t'attaque, il ne sera pas seul, et Dant n'aurait pas permis que je joue avec ta sécurité.

— Ce sera un honneur de protéger la fille de mon ami Dant, accepta Xeï avec sincérité. Et je sollicite la présence de Yaé ; une gâchette de plus ne sera pas superflue, en cas d'embuscade.

— Pas de problème, assura Kastellane, de toute manière, je n'ai pas besoin de lui.

Pour avoir son avis, Elvira regarda Adali qui partagea silencieusement sa pensée :

« Ça ne m'enchante pas de côtoyer ce Yaé, mais je préfère te savoir en sécurité ; après tout, c'est un soldat... »

Elvira opina :

— Qu'ils m'accompagnent.

— Bien, approuva Kastellane, je serai rassuré.

— Assez tergiversé, trancha la pirate, nous avons un vaisseau à commander.

≈

Yaé ne savait rien d'Elvira, mais il voyait bien qu'elle cachait sa tristesse. Avec Xeï et Adi, ils l'accompagnaient partout, une main sur leur arme. Elle bravait la fatigue pour se vider la tête en s'épuisant à la tâche. Dans La Dague, les camps commençaient à se former, et la tension croissait de manière tangible. Les pirates exténués, des rixes eurent lieu durant la nuit. La Pieuvre et Kastellane appliquaient la même stratégie : amener au plus vite un maximum de partisans à les soutenir.

Lorsque enfin Elvira accepta de se reposer, ils l'escortèrent dans sa cabine et se répartirent les tours de garde. La pirate et l'hybride occupèrent le lit et s'endormirent, enlacées. Xeï s'allongea sur l'unique canapé de la pièce. Yaé endossa le premier quart. Pour tuer le temps, il posa son fusil sur ses genoux et démonta son pistolet qu'il nettoya, puis il se lança dans l'exploration visuelle de la chambre.

Une multitude d'habits de femme encombrait le sol, donnant un style rebelle à la cabine. Des hologrammes de planètes et d'étendards de la piraterie flottaient dans l'air, et le signe de La Dague était peint sur plusieurs cloisons. Observant les dormeuses enlacées, Yaé s'attarda sur leurs tatouages.

Celui dans le cou d'Adi, mélange de fils noirs croisés depuis son épaule jusqu'à sa mâchoire, teintait d'agressivité un visage pourtant doux et fin. Celui d'Elvira étalait, sur son avant-bras droit, ses motifs à la fois voisins et différents de ceux de l'alien. Les deux femmes respiraient l'harmonie. Yaé repensa au temps où il considérait les Gris comme des animaux. Mais Adi semblait très Humaine.

Le jeune homme réveilla Xeï lorsque son tour de garde fut achevé et se coucha sur le canapé. Il sombra dans un sommeil agité, l'esprit empli des horreurs de la bataille contre la station du Gouvernement Colonial Terrien.

≈

— Nous nous comprenons, Hervksfal, proféra la voix du maître d'équipage que l'on nommait la Pieuvre.

— Parfaitement, pactisa l'Obsidien. Mon équipe t'appuiera, à condition que tu honores ton engagement, bien entendu.

— N'aie crainte. Je tiendrai parole quand je serai capitaine.

Ode écoutait, impassible, les manigances des deux extraterrestres. Le maître d'équipage venait proposer un marché à Hervksfal. Si l'Obsidien s'assurait que les codeurs soutiendraient la Pieuvre dans sa quête de pouvoir, ils y gagneraient beaucoup d'avantages. L'alien promit une prime pour tous ceux qui l'aideraient, ainsi que des richesses grâce à la reprise du harcèlement de convois marchands. Il proposait un « retour aux sources de la piraterie », pour s'éloigner du modèle de vaisseau-justicier dont l'ancien capitaine avait imprégné La Dague.

Ode se moquait de l'identité du prochain capitaine, tant qu'elle conserverait sa place avec Yaé. Yaé, à peine passé la voir au sortir de bataille, repartit aussitôt avec Xeï, cette idiote insolente qu'elle détestait. Ode sentait que la commandante accaparait Yaé pour qu'il s'éloigne d'elle.

Sans l'intrusion de Xeï dans leur vie, Yaé se serait certainement rapproché davantage d'Ode. Car c'était évident qu'ils partageaient des sentiments que nul ne comprendrait jamais, et peut-être que Yaé lui-même ne soupçonnait pas. Mais Ode avait réussi à le séduire, à Pic, l'espace d'une nuit. Cette nuit qui hantait ses pensées et ses rêves. Et elle haïssait Xeï qui empêchait que cela se reproduise. Qu'elle aurait aimé que la commandante meure pendant l'attaque des Gobs, en affrontant le Désosseur, ou lors de la bataille contre la Force Spatiale.

Alors, en entendant Herv et la Pieuvre parler de renverser Kastellane, l'ami de Xeï, Ode ne pouvait qu'envisager cette solution pour éloigner sa rivale et enfin retrouver Yaé, comme autrefois. Car avant leur arrivée au Pic Noir, Ode et Yaé se rapprochaient continuellement, et cette complicité lui manquait.

— Ode, tu seras de notre côté, n'est-ce pas ? l'interpella Hervksfal, coupant court à ses pensées enflammées.

— Je me fiche éperdument des jeux de pouvoir de la Pieuvre et du second. Tout ce que je veux, c'est rester ici avec Yaé.

— Je t'assure que je ferai le nécessaire. Nous sommes d'accord, si je vous aide, toi et ton Yaé, tu nous soutiendras ?

— À une autre condition, avança-t-elle en voyant sa chance de mettre en pratique ses projets personnels.

— Je t'écoute.

— Je suis ton binôme, tu as besoin de moi maintenant. J'accepte de vous aider, toi et le maître d'équipage, si vous vous arrangez pour expulser Xeï de La Dague.

Hervksfal eut un petit rire amusé :

— Ta seule condition est que l'une des rares amies de Kastellane, escorte permanente de sa protégée, soit expulsée du vaisseau ? Même si tu ne le voulais pas, ce serait une évidence. Quant à ce Yaé dont tu nous rabâches le nom, il conservera sa place à bord, s'il s'avère être loyal à la Pieuvre. J'ai appris qu'il était aussi dans la garde rapprochée de la fille de Dant ; je te laisse le soin de le convaincre de prendre la bonne décision. Un allié aussi proche d'elle nous sera très utile dans les jours à venir.

— J'essaierai. J'espère qu'il comprendra.

≈

Adali passa la journée à aider Elvira lorsqu'elle le demandait, ou à se contenter de surveiller ceux qui l'approchaient. Nul ne l'attaqua directement, mais des pirates crachèrent au sol en croisant son chemin. Ils se déplaçaient en bande et la provoquaient avec des paroles grossières, allant même jusqu'à injurier la mémoire de son père. Certains démentaient sa parenté avec Dant en prétextant une manipulation et contestaient donc sa légitimité à les commander. La Frizienne intervint une fois alors qu'une Humaine insultait violemment la pirate. Elle lui attrapa la main : et la femme se plia de douleur par la simple force de sa pensée. Elle partit en sanglotant, et ses comparses traitèrent Adali de sorcière Grise.

Kastellane planifiait les événements à venir, mais il se forçait à quitter son poste pour parler aux matelots et faire acte de présence. La Dague prendrait la direction de Leto, une planète non viable située dans un système stellaire inconnu du Gouvernement Colonial Terrien. Des flibustiers avaient élu domicile sur cette planète sans atmosphère, amenant progressivement un commerce florissant, malgré le secret de sa localisation. Seuls les capitaines et leurs seconds connaissaient son emplacement dans l'Univers, afin d'éviter les fuites et l'intervention militaire du Gouvernement Colonial Terrien pour empêcher ce trafic. Adali ne soupçonnait pas l'existence de Leto avant un cours de l'Ombre où elle apprit par cœur les coordonnées des mondes peuplés, et des plaques tournantes illégales. L'endroit idéal pour réparer La Dague, qui partit dans la nuit, traversant une fois de plus le Néant.

Alors que le vaisseau arrivait en vue de Leto, une femme accompagnée d'un robot frappa à la porte de la chambre de la pirate. Yaé la reconnut et se leva pour l'accueillir. Ils s'éloignèrent tous deux dans le couloir pour parler seul à seul. Pendant ce temps, Adali observa par le hublot pour découvrir la planète. Elle tenait Elvira dans ses bras, que la mort de son père ravageait, en dépit du mal qu'elle se donnait pour dissimuler ses sentiments.

Des cratères parsemaient sa surface grise. Une ceinture d'astéroïdes orbitait autour, ce qui obligea La Dague à effectuer un détour pour passer de l'autre côté du globe. Sur la face cachée, des lumières révélèrent la présence d'une ville. Au début, Adali n'y prêta pas attention, mais alors qu'ils se rapprochaient, elle remarqua un voile irisé au-dessus d'une petite partie de la planète. Comme un drap étendu. Elle se remémora les leçons de son maître et se rappela que cette base était, elle aussi, creusée dans le sol. La partie apparente ne rassemblait que des pistes d'atterrissage. Un générateur fabriquait une atmosphère artificielle imitant celle de Terre.

— Je n'avais entendu que des rumeurs à propos de cette base, songea à haute voix Xeï en contemplant la planète.

— Je déteste cet endroit, réagit Elvira d'un ton morne. L'anarchie règne : les pirates ne cessent de se battre entre eux.

— Pourquoi venir ici, dans ce cas ? s'étonna la commandante, car Elvira avait proposé cette destination.

— Nous trouverons de quoi réparer La Dague. Mais préparez-vous à repousser ceux qui voudront s'emparer du vaisseau ; tout capitaine rêve de posséder le joyau de la flotte pirate.

≈

Yaé rejoignit Ode dans le couloir. Il toucha gentiment son bras pour signaler sa présence et ignora son robot qui posa la main sur son arme.

— C'est moi, Yaé. Il y a un problème ?

— Non, je suis venue te parler ; on peut s'isoler ?

— Suis-moi.

Il l'emmena à l'écart, fronçant les sourcils devant les traits tirés et anxieux de son amie. Ils entrèrent dans une salle vide marquée par la bataille de la veille. Une trace de brûlure courait sur les murs, et des impacts de balles parsemaient le sol. Ils s'articulaient dans une forme qui rappelait étrangement un visage souriant.

— C'est à propos de la Pieuvre, commença Ode.

— Il t'a fait du mal ? s'exclama Yaé.

— Non, pas du tout. Justement, je sais que tu es dans la garde d'Elvira, et je me demandais si tu accepterais d'y réfléchir.

— Comment ça ? questionna-t-il sans comprendre.

— La Pieuvre est venu voir Hervksfal, mon binôme, avec une proposition. Si nous l'aidons à devenir capitaine, je garderai mon poste sur

La Dague, et tu seras définitivement recruté dans l'équipage. On n'aura plus à avoir peur et on sera ensemble...

— Tu rigoles ? La Pieuvre est une pourriture ! dit Yaé, scandalisé.

— Je ne sais pas si tu te rends compte, rétorqua-t-elle, mais ce n'est pas notre combat ! Qu'est-ce que ça change pour nous que lui ou un autre devienne capitaine ? On est arrivés il y a deux jours sur le vaisseau ; on se fiche de qui succédera à Dant !

Ode parla d'une voix suraiguë sans prendre sa respiration, comme dans un besoin de déverser tout ce qu'elle retenait en elle.

— Non, vociféra Yaé, c'est toi qui ne comprends pas ! La Pieuvre veut transformer La Dague en un vaisseau sanguinaire, alors que Kastellane et Elvira ont des idéaux !

— À quoi bon avoir des idéaux s'ils nous expulsent ? Avec la Pieuvre, notre place est assurée.

— Je suis dans la garde d'Elvira, j'ai un poste. Et si je le lui demande, elle nous gardera, toi, Xeï et moi ! Xeï est une vieille amie de Kastellane ; il acceptera qu'on fasse partie de l'équipage si on les aide, j'en suis convaincu.

— Je ne veux pas que Xeï m'obtienne quoi que ce soit, articula Ode dédaigneusement. J'ai été prise dans l'équipage sans elle, je n'ai pas besoin de sa pitié !

— Tu te rends compte de ce que tu dis ? murmura Yaé. Tu parles de nous mettre au service d'un monstre, de trahir ceux qui veulent le bien et, surtout, de rejeter Xeï...

— Mais je m'en fiche de Xeï ! s'énerva Ode. Elle t'a entraîné avec elle, mais elle ne te mérite pas ! Elle se sert de toi !

— Arrête, dit Yaé en haussant le ton à son tour, Xeï n'a rien à voir avec ça. Elle nous a aidés, nous a amenés ici et nous a sauvés du Désosseur ! Alors, pour une fois, s'il te plaît, oublie ta rancœur et écoute-moi. Je ne trahirai ni Kastellane, ni Elvira, ni Xeï. Il n'est pas trop tard pour que tu changes d'avis ; aide-nous à lutter contre la Pieuvre !

— Non, tu te trompes de camp... Je t'en prie, rejoins-moi, pour qu'on soit enfin ensemble ! Si tu refuses, la Pieuvre te tuera ou te bannira loin de moi, et je ne le veux pas. Je t'aime, Yaé... s'il te plaît, viens avec moi...

Sans voix, il prit Ode dans ses bras, se rapprocha de son oreille :

— Je ne peux pas te suivre sur cette voie.

Ode le repoussa brutalement :

— Alors, dégage ! Si tu préfères être avec Xeï, rejoins-la !

— Ce n'est pas ça, protesta Yaé, atterré. Je ne suis pas amoureux d'elle, mais pas non plus de toi. Je veux seulement faire ce que je trouve juste, et même si tu comptes beaucoup pour moi, je n'aiderai pas la Pieuvre à renverser Kastellane ! Je ne servirai plus ceux qui oppriment les faibles comme quand on était dans l'armée ! Pourquoi choisir son camp ?

Désespérée, Ode fondit en larmes.

— Larry, emmène-moi loin de lui !

Le robot saisit la main de la jeune femme et sortit de la pièce. Yaé voulut la rattraper, mais Larry dégaina une arme en un dixième de seconde :

— *Vous n'êtes pas autorisé à approcher. Faites demi-tour ou je serai contraint de vous supprimer.*

Yaé demeura immobile alors qu'Ode s'éloignait dans le couloir. Il éprouvait un mélange de tristesse et de colère. Pourquoi Ode refusait-elle d'entendre qu'elle prenait la mauvaise décision ? Et pourquoi avait-il fallu qu'elle tombe amoureuse de lui ? Il l'avait pourtant prévenue qu'il ne voulait pas de ça. Elle se persuadait qu'il lui préférait Xeï, mais c'était faux. Il adorait Ode et appréciait la commandante, mais il ne désirait pas son amour. L'amour, ce sentiment inutile qui poussait à la stupidité, comme elle venait parfaitement de l'illustrer.

Il retourna dans la cabine d'Elvira ; La Dague amorçait sa descente vers Leto. Xeï l'accosta :

— Qu'est-ce qu'Ode voulait ?

— Elle a tenté de me convaincre de soutenir la Pieuvre.

— Quoi ? s'exclama-t-elle. Depuis quand est-elle avec lui ?

— Je n'en sais rien ! réagit Yaé avec colère.

25

L'équilibre parfait

La Dague se posa dans la ville contrebandière. Durant une semaine, l'équipage pirate, aidé par des ouvriers engagés sur Leto, s'acharna à réparer le vaisseau et remplaça une grande partie de la coque inférieure. Adali assistait Elvira et l'escortait dans tous ses déplacements. Les premiers jours, les matelots furent trop occupés pour que les luttes de pouvoir ressortent, mais, fatalement, les tensions augmentèrent. Les hommes qui soutenaient la Pieuvre refusaient de travailler avec ceux de Kastellane et même de leur adresser la parole, sauf pour les insulter.

Adali marchait dans un couloir de La Dague en compagnie d'Elvira, de Xeï et de Yaé. Un cri attira leur attention dans une cabine proche. Ils s'y précipitèrent, leurs armes en main. Elvira poussa une exclamation horrifiée en découvrant la Pieuvre, entouré de quatre pirates, surplombant une femme en sang. Le maître d'équipage tenait de l'un de ses huit tentacules un poignard et s'acharnait à ravager le visage de l'Humaine.

— Éloigne-toi immédiatement ! menaça Elvira en pointant son pistolet sur lui.

— Ah, Elvira, dégoisa d'une voix détestable la Pieuvre. Je suis content de te voir. J'imagine que tu reconnais cette traîtresse.

— Bien sûr que je la reconnais, espèce d'enfoiré, c'est la fille de Pi'll !

— Figure-toi que votre amie Ode et son robot de compagnie l'ont surprise en train d'épier une conversation entre mes amis et moi, assura la Pieuvre, un sourire mauvais sur les lèvres.

— C'est pour ça que tu la tortures ? s'indigna la pirate.

— Je ne veux pas de tes espions dans ma partie de La Dague !

— Ta partie ? Tu as perdu la tête, tu es sous mes ordres et sous ceux du capitaine Kastellane, c'est notre vaisseau !

— Kastellane ? Il est mort, comme ton père, et tu es la suivante.

— Kastellane n'est pas mort, et c'est toi qui vas mourir ! Tu es allé trop loin cette fois, je te ferai exécuter.

— Tu veux que je le tue ? demanda Adali sans desserrer les dents.

— La tentation est forte...

— Tue-moi, dit la Pieuvre, et tu ne sauras jamais la vérité sur Dant.

— Quelle vérité ? s'exclama Elvira.

Le maître d'équipage éclata de rire, imité par ses hommes :

— Tu es naïve, Elvira, je vous ai toujours haïs, toi et ton père !

À ces mots, la Pieuvre projeta un appendice vers eux, et ses complices se déployèrent dans la cabine. Elvira fut balayée par le tentacule et chuta. Adali sauta derrière un fauteuil et ouvrit le feu. Xeï et Yaé firent de même, et un combat s'engagea.

— STOP ! hurla le maître d'équipage.

Adali jette un regard furtif par-dessus le siège et déglutit. La Pieuvre enserrait le cou d'Elvira avec un tentacule.

— Encore un geste, et sa cervelle giclera, susurra-t-il, mielleux.

— Ne l'écoute pas, Adi ! suffoqua Elvira.

La Frizienne lâcha un juron et balança son arme vers les hommes de la Pieuvre, imitée par Yaé et Xeï.

— Bien, savoura le maître d'équipage avec supériorité. À genoux, les mains sur la tête.

Adali s'exécuta en réfléchissant à toute vitesse, à la recherche d'un plan pour les tirer de cette situation. La Pieuvre s'adressa à ses hommes :

— Tuez-les !

Elvira grogna de rage alors que les mutins les mettaient en joue. Adali inspira lentement par le nez. Elle se força à faire le calme en elle. Elle ne mourrait pas comme ça. Elle avait trop à accomplir pour finir ainsi. Elle se concentra. Elle visualisa ses ennemis présents dans la pièce et focalisa sa volonté sur un seul point : qu'ils souffrent.

≈

Yaé s'agenouilla au sol, comme Xeï et Adi. Dans son esprit, les contradictions se succédaient : Ode avait donc livré la fille de Pi'll Guez à la Pieuvre. Pire, en agissant ainsi, ce n'était pas qu'Elvira et l'équipage qu'elle avait trahis, mais bien lui ! Pourquoi ? Ne prétendait-elle pas l'aimer ?

— Tuez-les ! ordonna la Pieuvre, cruel et insensible.

Yaé s'efforça de maîtriser ses tremblements, mais ses mains s'agitaient d'elles-mêmes. Son bourreau lui plaça le canon du fusil sur le front. L'homme poussa alors un hurlement et s'écroula, tordu de convulsions. Tous les mutins subirent un sort similaire, y compris la Pieuvre, qui relâcha Elvira en faisant tourbillonner ses tentacules autour de lui pour arrêter le mal qui l'assaillait. Y voyant une chance de s'en sortir, Xeï et Yaé se précipitèrent sur leurs armes et abattirent leurs ennemis. Elvira se releva et s'interposa au moment où la commandante s'apprêtait à tuer le maître d'équipage :

— Non, cracha-t-elle avec mépris, il sera exécuté en public, pour montrer l'exemple ! Pareil pour ceux qui l'ont aidé aussi, ajouta-t-elle en posant sur Yaé un regard lourd de sens.

Il voulut réagir, mais Adi s'effondra soudain par terre, inconsciente.

≈

Elle est dans l'herbe. L'Aigle est là.

« Nous savions que tu serais à la hauteur de nos attentes », l'accueille-t-il. « Le mélange de tes parents t'a donné des capacités incroyables. Tu as un pouvoir phénoménal. »

— De quoi parlez-vous ?

« Tu le sais bien, tu viens de sauver tes amis par la force de ta pensée, c'est une première pour quelqu'un de ton espèce. Les Friziens ont des capacités mentales supérieures à celles des Humains, mais elles sont limitées. Toi, tu es l'équilibre parfait entre les deux. Les autres enfants issus de l'hybridation humano-frizienne n'ont jamais développé de telles aptitudes. »

Les souvenirs reviennent. Elle a attaqué les hommes de la Pieuvre. Il faut qu'elle y retourne.

« Avant de repartir, écoute bien », préconise le rapace. « Nous ne pouvons plus t'aider, sois prudente. Nos pouvoirs sont devenus insignifiants par rapport à ce qu'ils étaient. Ne meurs pas. Nous avons de plus en plus de difficultés à te contacter. Fais ce que tu dois ; côtoie tes amis si tu le veux, mais n'oublie jamais ton vrai objectif. »

— Je n'ai rien oublié...

Adali émergea de son sommeil en grommelant. Une migraine martelait son crâne, et elle eut du mal à retrouver le sens de la réalité. Enfin consciente de ce qui l'entourait, elle eut la surprise de découvrir Elvira, Xeï et Yaé penchés au-dessus d'elle, le visage inquiet.

— J'ai raté un épisode ? demanda-t-elle en se massant la tête.

— Adi ! s'exclama Elvira en la prenant dans ses bras. Ça fait dix minutes que tu es inconsciente.

— J'ai l'impression de m'être endormie une seconde seulement... Vous me résumez ce que j'ai manqué ?

— Nos ennemis ont eu comme une attaque, expliqua Elvira, et tu t'es évanouie. On les a tous tués, excepté la Pieuvre. Des hommes de confiance le conduisent à une cellule en ce moment.

— Tout s'arrange, on dirait, sourit Adali.

— On vient d'apprendre que Kastellane est mort... balbutia Xeï, les yeux embués. La Pieuvre l'a tué avant de capturer la fille de Pi'll Guez.

Adali retint son indignation et serra plus fort Elvira. En l'espace d'une semaine, la jeune pirate venait de perdre les deux personnes qu'elle aimait le plus à bord du vaisseau. La Frizienne voulut lui envoyer le peu d'images de réconfort qu'elle possédait encore, mais elle était mentalement exténuée.

— Que comptes-tu faire ? lui demanda-t-elle lorsque leur étreinte prit fin.

— Je suis la capitaine à présent, se résigna tristement Elvira. J'ai des responsabilités. Je mettrai tout en œuvre pour honorer la mémoire de Dant et de Kastellane ; je ferai ce que tu voulais : je rejoindrai la Coalition Libre et transformerai La Dague en un vaisseau de justice et non en un vaisseau de peur. Mais d'abord, je vais m'assurer que personne ne remettra en cause ma légitimité à ce poste.

Elle se tourna vers Xeï et la scruta :

— Si tu l'acceptes, Xeï, je voudrais te nommer maître d'équipage.

L'Humaine eut une moue surprise qui dura un instant. Laconique, elle cacha ses émotions :

— J'en serais honorée.

— Adi, ajouta Elvira en prenant la main de son amante, voudrais-tu être ma seconde ?

Adali s'apprêtait à accepter lorsqu'elle se rappela sa mission. Elle était sur La Dague parce que l'Ombre le voulait, et pas indéfiniment.

« J'aurais beaucoup aimé », regretta-t-elle par la pensée, afin qu'elle seule l'entende. « Malheureusement, c'est impossible... Je me suis engagée envers mon maître, et, lorsque nous aurons rejoint la Coalition Libre, je suis persuadée qu'il voudra que je prenne mes distances... »

— Mais tu reviendras ? angoissa la nouvelle capitaine.

« Je reviendrai toujours pour toi... »

Elvira sourit et pivota cette fois-ci vers Yaé.

— Je ne te connais pas bien, Yaé, mais il est évident que tu es quelqu'un de bien. Cependant, comprends bien que ton amie Ode est allée trop loin. Elle sera arrêtée et jugée comme les autres.

Elle empêcha une protestation de sa part d'un geste de la main et se dirigea vers l'angle de la pièce, où Adali remarqua la fille de Pi'll Guez toujours accroupie, tremblotante.

— Mani'ka, la sollicita-t-elle en posant délicatement la main sur son épaule, est-ce que ça va ?

— Je... je ne sais pas... balbutia l'adolescente au visage déchiré.

— Je voudrais que tu ailles retrouver ton père, et que tu lui dises que je dois lui parler au plus vite.

— Oui, Elvi'...

— Adi, ajouta la pirate, tu l'accompagnes, s'il te plaît ?

Adali acquiesça et conduisit Mani'ka à son père.

— La Pieuvre a raison sur un point, reprit Elvira. Je n'ai aucune expérience en tant que capitaine, et toute aide sera la bienvenue. Yaé, ma décision vis-à-vis de ton amie ne changera pas, cependant j'aimerais te prendre comme conseiller. Tu m'as prouvé ta fidélité, ça me suffit.

— Évidemment, accepta simplement Yaé. Je t'aiderai.

— Merci... je ne sais plus à qui me fier en ce moment. Tu es l'ami de Xeï qui était l'amie de mon père et de Kastellane, tu m'as protégée durant toute la semaine, et je sens que tu ne me trahiras pas.

Elvira se frotta le front avec anxiété et carra les épaules pour continuer :

— Il est temps que j'aille parler à l'équipage pour expliquer que c'est moi la capitaine, et que quiconque se mettra en travers de mon chemin sera écrasé.

Elle quitta la cabine, suivie par Xeï et Yaé. La nouvelle du combat avec la Pieuvre s'était répandue comme une traînée de poudre, et, sur leur passage, les hommes chuchotaient en les dévisageant. La pirate envoya un message depuis sa montre sur les enceintes de La Dague où elle ordonna à l'ensemble de l'équipage de se rendre sur le pont. Lorsqu'ils y arrivèrent, un attroupement se formait.

Elvira monta sur le pont supérieur à peine rénové, qui surplombait l'assistance de trois bons mètres. Yaé et Xeï l'encadrèrent, leur arme à portée de main au cas où la situation dégénérerait.

— Vous êtes sûrement déjà pour la plupart au courant, commença Elvira d'une voix amplifiée par les haut-parleurs ; Kastellane est mort aujourd'hui. Il a été assassiné lâchement par la Pieuvre.

Une nuée de protestations s'éleva du pont principal, et les pirates dans le camp du maître d'équipage crièrent leur indignation.

— ÇA SUFFIT ! tonna Elvira.

Le calme revint en un instant, et chacun braqua ses yeux sur elle.

— Je ne tolérerai aucun débordement, reprit-elle avec force. La Pieuvre a assassiné notre nouveau capitaine, et il sera exécuté pour son crime. Je ne suis pas venue pour parlementer avec ceux qui le soutiennent. Je vous laisse le choix. Quittez La Dague sur-le-champ, et ne vous en approchez plus jamais, ou restez à bord avec moi comme capitaine. Mais sachez que, ici, vous serez sous mes ordres ! Je n'accepterai pas le moindre écart ni la moindre discussion ; comme mon père, je ferai régner l'ordre sur mon bâtiment, et quiconque refusera de m'obéir sera expulsé ou puni.

— De quel droit prendrais-tu la suite de Dant et Kastellane, Humaine ? l'apostropha un Mugg imposant par sa taille au milieu des matelots.

— Je suis la fille de Dant et l'amie de Kastellane. Je vis sur La Dague depuis des années. Mon père m'a enseigné tout ce qu'il savait, et je suis celle qui a le droit de succession le plus légitime ici. J'ai été élue par le conseil de La Dague ! Mais si quelqu'un n'est pas d'accord, je lui offre sa chance. Je défierai dans un duel singulier n'importe lequel d'entre vous qui se targuerait de vouloir usurper mon titre.

Xeï se rapprocha d'Elvira et chuchota à son oreille. La capitaine la repoussa gentiment.

— Tu me combattrais, moi ? clama une voix.

— Montre-toi ! ordonna Elvira.

Un alien se fraya un passage dans la foule, au milieu de l'équipage, et se plaça en-dessous d'Elvira. Yaé déglutit. Le pirate, un Roséan massif, ressemblait comme deux gouttes d'eau au Désosseur, avec ses poils bleus, ses quatre pieds et ses bras rasés couverts de tatouages hideux. Seul son ventre était moins proéminent.

— J'enverrai ta tête rouler sur le sol, Adfeth, si tu oses prétendre que tu ferais un meilleur chef que moi, riposta Elvira.

— Je le prétends. Mais je combattrai au nom de la Pieuvre, car c'est lui qui est digne d'être notre capitaine. Je te tuerai pour lui, et pour tous ceux qui maudissent la dépouille de ton père !

— Alors, nous combattrons dans une heure, ici-même, conclut Elvira.

— Ta carcasse finira dans l'espace avec celles de tes chers amis, catin !

Des voix s'élevèrent pour contester ces insultes, et d'autres leur répondirent. L'équipage se divisa. Les pirates qui soutenaient Elvira s'installèrent sous le pont supérieur, en face de leurs ennemis. Ceux-ci, moins nombreux, représentaient presque un tiers de l'assemblée.

— Maîtrise tes chiens, Adfeth, intima Elvira au Roséan, personne ne mourra à part toi, aujourd'hui.

— Toi seule périras, Elvira, lui renvoya le singe bleu avant de lui tourner le dos et d'emmener les fidèles de la Pieuvre hors du pont principal.

≈

Adali conduisit Mani'ka à Pi'll Guez, son père. Ce dernier veillait, avec cinq pirates, à ce que personne n'approche de la cellule retenant le maître d'équipage. Lorsqu'il vit sa fille, une expression de colère passa sur son visage, et il se précipita vers elle pour la prendre dans ses bras. L'adolescente fondit en sanglots et se blottit contre sa poitrine.

— La Pieuvre paiera pour ça, je te le promets, lâcha Pi'll Guez en crispant la mâchoire.

— Elv... Elvira veut te voir au plus vite, balbutia Mani'ka.

— Ça attendra ! je dois d'abord t'emmener pour te soigner.

— Non, sanglota sa fille, je vais bien... Les entailles sont superficielles, il me les a infligées seulement par provocation… je ne sens déjà presque plus rien. Elvi' a besoin de toi, j'irai à l'infirmerie…

À ce moment-là, la voix d'Elvira amplifiée résonna dans les couloirs :

— *C'est votre nouvelle capitaine qui vous parle. Rendez-vous tous immédiatement sur le pont principal.*

Pi'll Guez se tourna vers l'Obsidien qui gardait la porte avec lui :

— Udher, emmène Mani'ka à l'infirmerie et assure-toi que personne ne lui fasse de mal, s'il te plaît.

— Bien sûr, Pi'll, je veillerai sur elle, ne t'en fais pas ; va aider Elvira, je suis persuadé que nos ennuis ne sont pas terminés avec les partisans de la Pieuvre…

L'homme remercia l'alien, enlaça tendrement sa fille et s'adressa à Adali.

— Allons retrouver Elvira, dit-il avec détermination.

Ils trouvèrent le pont principal en train de se vider en partie. Elvira, fière et droite, toisait ses adversaires. Ils la rejoignirent sur le pont supérieur.

— Pi'll ! l'accueillit Elvira avec un air soucieux. Comment va Mani'ka ?

— Elle s'en remettra, affirma le canonnier, le visage dur. J'ai hâte que la Pieuvre paie. Si je m'écoutais, j'irais lui trancher la gorge et je brûlerais ses tentacules un à un…

— Je partage ta colère, nous rendrons la justice.

— Que leur as-tu annoncé ? s'enquit Pi'll en montrant les pirates.

— J'ai expliqué que je leur laissais le choix entre quitter La Dague ou m'être fidèle, et que si l'un d'entre eux remettait en cause mon autorité, je le défierais dans un combat singulier.

— Rassure-moi, personne n'a accepté… ? murmura Adali.

— Je combattrai Adfeth dans une heure.

— Quoi ? s'exclama Pi'll. Tu as perdu la raison ? Cet alien est une arme vivante ; c'est un Roséan, et pas n'importe lequel, il est recherché par le GCT pour des dizaines de meurtres !

— Tu vas affronter un Roséan en duel singulier ? déglutit la Frizienne.

— Je n'avais pas le choix… se justifia-t-elle. Si je ne l'avais pas fait, ils auraient tous remis en doute mon autorité à être capitaine, et j'aurais été assassinée dans mon sommeil !

— Je ne veux pas t'offenser, partagea Xeï en s'approchant, mais cet Adfeth est un véritable monstre. Yaé et moi avons combattu un Roséan. Nous avons réussi à nous en sortir par miracle, et Yaé y a perdu une partie de son visage. J'ai moi-même déjà affronté des Roséans en duel singulier et j'ai failli perdre…

— Je sais que c'était suicidaire d'accepter de combattre Adfeth, admit Elvira. Je suis terrifiée à l'idée de me retrouver seule contre lui, mais je n'avais pas d'autre alternative pour conserver ma crédibilité.

≈

Les mains d'Elvira tremblaient. D'ici une demi-heure, elle serait confrontée à Adfeth, et elle doutait sérieusement de ses chances. Elle était très douée avec un arc, une épée, un poignard ou n'importe quelle arme à feu légère, mais se battre contre un Roséan — dont les mains faisaient la taille du buste de la pirate — à l'arme blanche présentait un immense risque. Adali essayait de la réconforter, sans grand résultat.

Pi'll Guez, parti une minute, revint et chuchota :

— J'ai en ma possession un poison rare qui ne laissera pas de traces.

— Quoi ? s'indigna-t-elle. Tu imagines le déshonneur si j'utilisais ça ?

— Je t'imagine morte, et je ne le souhaite pas. Il suffit d'enduire ton poignard et de l'approcher de son visage pour le désorienter. Les hommes ne s'en rendront pas compte, je n'ai pas beaucoup chargé le dosage. Ça lui fera tourner la tête, juste assez pour porter un coup fatal.

— Je ne sais pas... hésita Elvira. Si quelqu'un l'apprend, plus personne ne voudra me suivre, et je perdrai toute crédibilité vis-à-vis de mes amis.

« Accepte », murmura la voix d'Adi dans son esprit. « Désolée, j'ai entendu. Je préfère te savoir vivante avec du poison que morte pour t'être battue loyalement. »

Elvira réfléchit longuement, puis en baissant toujours plus la voix :

— Je vais essayer de le battre, mais je prendrai ton poignard empoisonné en deuxième lame, si je sens que je n'ai plus aucune chance...

— Tu fais le bon choix, approuva Pi'll dans un hochement de tête. Quoi qu'il arrive, sache que tu as mon respect, et je ne verrai aucun déshonneur si tu bats ce monstre avec le poison.

— Merci de ta confiance...

La pirate se redressa et descendit vers le pont principal, suivie de ses amis.

— Réduis ce traître en bouillie ! l'électrisa un Mugien.

Des pirates l'encourageaient, ce qui remonta un peu sa confiance en elle. L'heure du duel était imminente. Pi'll Guez lui tendit une dague sans faire de commentaire. Elvira plaça l'arme dans un fourreau, sur sa jambe droite. Adali s'approcha à son tour et dégaina son propre poignard. Elle le contempla et déclara :

— C'est l'Ombre qui me l'a offert. Si tu le veux pour te battre, je te le prêterai avec joie. C'est une arme qui a servi à tuer toutes sortes de créatures, et je suis sûre que mon maître approuverait ton courage d'affronter seule ce Roséan.

— Je te remercie, Adi. Je le planterai dans la gorge d'Adfeth.

Le fin poignard entièrement noir mesurait deux mains de long, et une rainure le fendait en son centre. Elvira le saisit avec force. Le manche de la dague épousait parfaitement sa main. Les doigts posés sur sa poitrine, Xeï prononça solennellement :

— Qu'Oklaïm te protège et qu'Ülua rende tes coups durs comme le fer. Que l'amour d'Ätea te porte et, si tu échoues, qu'Izanaï soit témoin de ton courage et t'épargne le Néant en attendant la résurrection des corps, à la fin des temps.

Comme le valait la tradition du Nouveau Monde où elles étaient toutes deux nées, Elvira imita le geste et sourit à la nouvelle maître d'équipage.

— Il arrive ! cria quelqu'un dans la foule.

Adfeth entra sur le pont, entouré des hommes de la Pieuvre. Il tenait dans la main gauche une large épée enduite de graisse, qui réfléchissait les lumières sur le sol. La lame patinée par l'usage était pour sûr aiguisée à la perfection. Elvira regarda une dernière fois Adali et s'avança.

Les matelots formaient un grand cercle autour des deux adversaires et scandaient le nom de leur champion.

Adfeth dévoila ses crocs jaunâtres dans un sourire carnassier :

— Je souillerai ton corps avant de le donner en pâture aux charognards. L'espace entier saura que la lignée de Dant n'est plus, et qui aura tué sa bâtarde de fille. Les légendes parleront de la Pieuvre et de moi comme ceux qui auront supprimé les soi-disant « héros » de la piraterie.

— Ferme-la et viens te battre, articula Elvira d'un ton glacial.

Toute peur l'avait quittée pour laisser place à de la concentration. C'était elle ou lui.

26

Une mare de sang

Elvira fit un pas en avant, réduisant le mètre qui la séparait d'Adfeth. Le Roséan poussa un grand cri de rage et abattit son épée. La pirate esquiva au dernier moment dans une enjambée sur la droite et donna un coup de poignard rapide vers le bras du monstre. Il balaya son attaque du poing et la heurta au ventre, lui coupant le souffle. Elle recula en haletant et joua de sa souplesse pour éviter une série d'attaques endiablées. Une faille s'ouvrit dans sa garde ; elle bondit dans les airs et enfonça son pied dans la mâchoire de la brute. Elle eut plus mal que lui.

— Tu es encore moins intéressante à combattre que Kastellane, se moqua Adfeth. Lui, au moins, s'est débattu avec plus d'ardeur.

Elvira se fendit sur la gauche et érafla le pantalon de l'alien. Il la repoussa brutalement et continua de l'insulter en perçant l'air avec amusement. La jeune femme se plaça en face de lui et fit sauter son arme dans sa main gauche. Surpris de ce geste imprévu, le Roséan ne put éviter le heurt et grogna lorsque la lame entama sa peau rasée. Un filet de sang coula le long de son bras, et il retrouva son sérieux.

— Si tu crois que tu m'auras avec une botte aussi ridicule ! débita-t-il en augmentant la rapidité de ses coups.

Il accula Elvira dos aux partisans de la Pieuvre. L'un deux lui frappa les omoplates, provoquant des réactions de rage de la part de ceux qui la soutiennent.

— Non, n'intervenez pas ! ordonna-t-elle à ses hommes. Je vais m'en occuper moi-même !

Elle laissa Adfeth s'approcher d'elle. Il abattit son épée, et elle se baissa, sentant le souffle de l'arme la frôler. Un gargouillement lui apprit la réussite de ce qu'elle projetait : le Roséan venait d'égorger l'un de ses partisans en essayant de la toucher. Profitant du désarroi de son ennemi, elle se jeta sur lui et passa sous sa garde, pour l'empêcher de se servir de son épée. Elle enchaîna trois rapides coups avec son poignard qui s'enfonça dans le ventre du monstre. Celui-ci contracta les abdominaux et beugla puissamment. Il attrapa le bras gauche d'Elvira dans sa main titanesque et le serra pour l'obliger à lâcher son arme. Il continua à appuyer jusqu'à ce que le bruit des os se brisant retentisse. Elvira se déchira les cordes vocales dans un cri qui résonna dans la salle. De son autre main, elle voulut empoigner le poignard empoisonné, mais le Roséan fut plus rapide et balança la dague au loin. Il lâcha son épée, plaça les deux battoirs sur la tête de la pirate et appuya avec force. Elvira arracha des touffes de poils bleus du ventre d'Adfeth, mais la pression sur son crâne ne se réduisit pas.

Alors qu'elle commençait à perdre espoir, l'esprit d'Adi effleura le sien et lui insuffla la force de poursuivre le combat. Elle puisa de l'énergie dans celle de la Frizienne et frappa avec de plus en plus de hargne. Les pensées d'Adi faisaient plus que lui redonner de la puissance mentale, elles augmentaient considérablement sa force. Elvira cogna si puissamment que le Roséan dut desserrer son emprise pour se protéger d'une main. La pirate lança son bras vers son visage, saisit son oreille et la tira vers elle.

Dopée par la présence d'Adi, Elvira arracha le lobe du monstre, et une mare de sang se répandit sur son visage. Adfeth tituba en arrière, permettant à la capitaine de reprendre son souffle et ses esprits. Sa tête l'élançait atrocement, son bras gauche était réduit en purée, mais les pensées de son amante la maintenaient consciente. Investie d'une force surhumaine, Elvira ramassa l'épée du Roséan et se rapprocha de lui. Elle réussit à la soulever alors que cela paraissait infaisable, et, pour la première fois, une lueur de peur passa dans les yeux d'Adfeth. Il se dressa sur ses quatre pieds, dépassant Elvira de six têtes, et balança ses poings vers elle. Elle esquiva avec plus d'agilité qu'elle en aurait eu en temps normal, et finit dans une roulade en arrière pour se retrouver à deux mètres de lui.

Les pirates retenaient tous leur respiration, on n'entendait plus que les respirations saccadées des deux combattants. Dans une vocifération bestiale, l'alien courut sur son ennemie qui, au lieu de parer l'attaque, fonça elle aussi vers lui. Alors qu'ils allaient s'entrechoquer, elle remonta l'épée d'un seul coup et trancha la main droite d'Adfeth. La plainte qui s'éleva fut atroce, tout comme le torrent de sang qui éclaboussa le sol et teinta le poil bleu de rouge. Des gouttes giclèrent dans les yeux d'Elvira et la firent lâcher la lame sous le coup de la surprise. Le Roséan en profita pour ramper vers la dague empoisonnée dans un dernier élan de détermination.

Il se releva. La colère remplaça toute forme de pensée ou de douleur. Il n'aspirait plus qu'à tuer. Il se jeta sur Elvira et l'écrasa de tout son poids. Il enfonça le poignard dans son bras blessé. Sa vision se troubla, et les formes autour d'elle devinrent floues. Les crocs jaunes d'Adfeth dégoulinant de sang la terrifièrent soudain, et Elvira eut l'horrible impression que tout ce qu'elle voyait lui voulait du mal. Les effets du poison se répandaient en elle.

L'alien la roua de coups, mais Elvira nageait dans son délire et ses hallucinations. Elle s'apprêtait à s'évanouir quand Adi s'insinua à nouveau dans sa tête et irradia en elle plus d'énergie que jamais, se vidant de ses propres forces pour combattre le poison. La pirate retrouva ses esprits et comprit que son corps allait céder à la puissance monstrueuse du Roséan. Le moignon d'Adfeth déversait du sang sur elle et la gênait dans ses attaques que la souffrance rendait déjà imprécises.

Elvira remonta violemment son genou dans les parties génitales de l'alien, et il se propulsa loin d'elle en geignant comme un animal blessé. Elle avança malhabilement à quatre pattes vers lui, l'esprit poussé par la conscience d'Adi. Elle s'empara de l'épée démesurée, se releva et tituba jusqu'à Adfeth. À genoux et tenant son moignon, il gémissait bruyamment, oubliant le danger mortel s'il ne bougeait pas. C'était l'hallali. Elvira leva l'arme au-dessus d'elle et hurla à pleins poumons :

— PERSONNE NE PRENDRA LA PLACE QUI ME REVIENT DE DROIT !

Et elle abattit la lame pour le décapiter. L'arme ripa sur la nuque de l'extraterrestre, mais Elvira ne se découragea pas et frappa à l'envi jusqu'à ce que la tête roule au sol. Adfeth mort, elle se tourna vers les pirates pétrifiés qui les avaient soutenus, lui et la Pieuvre :

— Je pardonnerai à ceux qui voudront demeurer sur La Dague, mais je vous tuerai au moindre écart ! Restez ou fuyez ! Choisissez !

Un vent de panique souffla sur le groupe de pirates, et près de la moitié des renégats partit en courant. Elvira tomba à genoux, vidée de son énergie. La présence d'Adi se retirait de son corps, et elle n'avait plus aucune once de volonté. Juste la force de chercher son amante du regard. Adi, allongée par terre, le teint livide, était inconsciente.

≈

Ceux qui désertèrent La Dague s'enfuirent par les premières navettes quittant Leto. Leur seule idée : mettre des milliers de parsecs entre eux et la femme qui leur promettait une mort violente. Mais avant, ils aidèrent la Pieuvre à s'évader de sa cellule, provoquant une colère monstrueuse chez Elvira, qui organisa la fouille des moindres recoins du vaisseau et d'une grande partie de la cité souterraine.

Yaé vécut une véritable épreuve morale et sentimentale. Ode déserta La Dague. Elle pirata le système de sécurité de la cellule de la Pieuvre pour lui permettre de s'enfuir. Elle partit avec son robot et Hervksfal, ainsi qu'une poignée de codeurs et de mutins. Le jeune homme fut d'abord très triste de la fuite de son amie, puis la colère remplaça les regrets. Ode l'avait trahi, lui, celui qu'elle prétendait aimer. Lui qui la sauva et s'en occupa malgré son handicap. Elle libéra et rejoignit leur pire ennemi, lui tournant le dos au mépris de toute l'amitié et l'affection qu'il lui portait. Il savait qu'il ne lui pardonnerait jamais ses actes. Même si c'était par jalousie envers Xeï, dont elle croyait Yaé amoureux. La commandante ne fut pas affectée par la désertion d'Ode et se retint d'en plaisanter pour ne pas blesser son ami, mais elle ne la regretterait pas.

Elvira dressa une liste noire de tous les déserteurs, avec pour ordre à quiconque croiserait leur route de les abattre, moyennant une prime. Ainsi acheva-t-elle d'effrayer les membres de l'équipage qui ne l'avaient pas soutenue mais étaient toujours à bord, plus par crainte que par loyauté. Aucun ne se rappelait ni l'âge d'Elvira — vingt ans terriens —, ni le doute qui planait sur son droit de succession au capitaine Dant et à Kastellane.

La jeune capitaine se dopa aux médicaments pour assurer son poste. En une dizaine de jours, et notamment grâce à l'aide des médecins spécialistes de Leto, elle put reprendre son commandement. Elle portait à présent une attelle robotique sur son bras gauche, qu'elle se procura chez un marchand aquéen. Ses os étaient broyés, et, malgré sa prothèse, elle peinait encore à bouger son membre facilement. Les médecins lui promirent qu'elle se remettrait vite, mais elle doutait.

Le récit du duel entre Elvira et Adfeth se répandit comme une traînée de poudre dans la base de Leto. Chacun l'amplifiait et le magnifiait. La nouvelle capitaine de La Dague passa du statut de simple Humaine à celui d'héroïne à la force inconcevable, qui décapitait ses ennemis à mains nues. Ses fidèles pirates intensifièrent la légende en mythifiant cette victoire d'Elvira pour la placer hors d'atteinte de ses ennemis.

Après dix jours d'un coma agité, Adi se réveilla. En présence d'Elvira, Xeï et Yaé, ils convinrent de taire la vérité sur les détails du rôle d'Adi dans ce triomphe. Yaé ne saisissait pas vraiment comment l'hybride avait rendu la capitaine puissante à ce point, mais il comprit qu'elle possédait un pouvoir incroyable et unique, et qu'il valait mieux ne pas se la mettre à dos. Il se félicitait que les événements récents aient effacé une partie de la rancœur qu'elle éprouvait envers lui, et espérait qu'un jour elle tournerait définitivement la page.

Elvira, un mois auparavant une inconnue sur Leto, devint le sujet de conversation de tous les habitants de la cité et gagna rapidement en importance. Elle renoua avec les anciens acolytes de son père, pour s'assurer des alliances qui lui permettraient de couvrir ses arrières en cas de trahison de la part d'une autre confrérie pirate. Dès qu'Adi reprit connaissance, les deux femmes entreprirent de rallier à leur cause un maximum de capitaines avec leurs équipages. Elles voulaient organiser au plus vite des négociations pour se joindre à la Coalition Libre, et abandonner temporairement la piraterie. Ces idées ne plurent pas à tous, et beaucoup de vaisseaux quittèrent Leto. Les réfractaires se dirent révoltés qu'Elvira choisisse de se battre pour la Résistance, ce qui, dans la tradition pirate, était contre-nature. Ces hommes-là ne défendaient que leurs propres intérêts.

À bord de La Dague, Mani'ka succéda à son père, Pi'll Guez, au poste de chef canonnière. Celui-ci devint le second d'Elvira, qui le convainquit en invoquant la mémoire de Dant et Kastellane. Adi, qui n'occupait pas de poste particulier dans l'équipage de La Dague, aidait son amante dans ses choix. Yaé remplissait aussi ce rôle, en tant que conseiller officiel de la capitaine, et accompagnait les deux femmes lors de leurs réunions. Pendant que les négociations battaient leur plein, Pi'll Guez gérait le vaisseau et l'équipage, afin d'assurer un décollage en vitesse si nécessaire.

Une alliance s'établit entre les capitaines qui acceptaient de rejoindre la Coalition Libre. Elle se dota du nom d'Entente Temporaire des Pirates de Leto, et trente vaisseaux y prirent part. Certains aux équipages réduits, et d'autres, dont La Dague, avec des centaines de pirates. Elvira enrôla maintes recrues pour combler le vide laissé par la désertion d'une partie de ses hommes. Xeï sélectionna des matelots pour l'aider à interroger les intéressés, et la conque se remplit de nouveaux visages.

Les membres de l'Entente Temporaire des Pirates de Leto procédèrent à un vote pour élire leurs chefs. La séance fut troublée de violentes querelles. Ils choisirent Elvira et deux autres importants capitaines à force de persévérance. En bons pirates peu coutumiers des choix démocratiques, nombre de capitaines provoquèrent des scandales lorsqu'ils ne furent pas élus. Deux d'entre eux se braquèrent au point de quitter l'Entente. Les nouveaux chefs de l'ETPL mirent des jours à imposer leur autorité, usant parfois de la force et punissant ceux qui désobéissaient.

Quand un troisième capitaine menaça de les abandonner lui aussi s'il n'obtenait pas une place plus importante au sein de la hiérarchie, Elvira le traîna en place publique. Il reçut un coup de fouet de la part de chaque capitaine de l'ETPL, et lui et son équipage furent chassés de Leto afin de dissuader quiconque de reproduire la même erreur. L'Entente prit vite une tournure autocratique, mais c'était ça ou permettre au chaos de s'installer encore davantage sur Leto. Aucun autre capitaine n'osa contredire les choix des trois dirigeants ; le nombre d'équipages s'élevait à vingt-sept.

Avec ce semblant d'ordre en place, l'on décida de contacter la Coalition Libre afin de négocier les termes d'une alliance. Même si les pirates acceptaient de se battre pour la Résistance, leurs dirigeants ne concevaient pas de les y intégrer de manière permanente, ni d'en oublier leurs propres intérêts. Des émissaires partirent aux quatre coins de l'espace connu pour trouver les représentants de la Coalition car celle-ci excellait pour se dissimuler.

La seule journée où les préoccupations politiques laissèrent place à du loisir fut la veille de la nouvelle année terrienne, le 31 du mois de Cumsca. Même si cette date était tirée du calendrier officiel du Gouvernement Colonial Terrien, les pirates la célébraient avec joie. Le décompte de ce calendrier commençait le jour de la libération des planètes — par Shalad III, en l'an 0 —, qui avait rendu leur autonomie à plusieurs colonies, cinq siècles plus tôt. Dans l'espoir que cela se reproduise un jour, les rebelles festoyaient chaque année, oubliant leurs problèmes et leurs querelles. C'est ainsi que l'an 531 après la libération des planètes débuta.

Une semaine de plus passa sans que les messagers trouvent le moindre signe des rebelles. Des pistes se présentèrent, mais pas assez sûres pour les suivre. Nul risque ne serait pris, car elles auraient aussi bien pu être des pièges tendus par le GCT. Elvira tentait de garder l'ETPL unie, mais les chefs pirates s'impatientaient. Certains parlaient de quitter l'Entente pour retourner à leurs pillages.

≈

Adali se rappelait les dernières paroles de son maître avant qu'elle embarque à bord de La Dague : « L'Ombre viendra te chercher lorsque tu auras réussi. » Pourtant, l'Ombre ne venait pas. Pour la première fois, la Frizienne se demanda ce qu'avait fait son maître depuis leur séparation, trois mois auparavant. Elle réalisa qu'elle avait passé autant de temps loin de lui qu'avec lui, mais elle se sentait toujours liée, en dépit de la distance et des péripéties récentes. L'Atalatéen se montra clair lors de leur première rencontre : il laissait à Adali le choix d'accepter qu'il la forme ou non, mais si elle disait oui, elle devrait achever son apprentissage. Et, bien qu'elle souhaite au fond de son cœur rester avec Elvira, une partie d'elle se languissait que l'Ombre la retrouve et reprenne ses leçons. Elle aimait sincèrement la pirate, mais elle sentait qu'elles ne suivraient pas exactement le même chemin pour au moins un temps. Elle quitterait forcément La Dague, tôt ou tard.

Son maître était-il mort ? La question taraudait Adali. Comment le savoir ? Qui aurait réussi à le tuer ? Tuer l'être le plus mystérieux et puissant qu'elle ait jamais rencontré ; il lui semblait invincible. Après tout, qui d'autre saurait se targuer de revenir vivant d'un voyage dans le Block, zone sous contrôle des Gobs, un exploit considéré comme inconcevable ? Sans compter qu'Urw, à Hal, sous-entendait que l'âge de l'Ombre dépassait largement les deux cents ans, alors que la longévité moyenne d'un Atalatéen équivalait à celle d'un Humain ou d'un Frizien.

Mais, la mission d'Adali réussie, l'Ombre ne se manifestait toujours pas.

≈

Elle est dans l'herbe. L'Aigle est là. Elle sait qu'elle dort, pourtant tout ceci est réel.

« Que veux-tu nous dire ? » demande le rapace dans son esprit.

— Ce n'est pas moi qui choisis quand je viens ici, rétorque-elle, c'est à toi de me dire pourquoi tu m'as contactée.

« Tu te trompes, tu peux nous joindre quand tu le veux, tu n'as seulement pas encore appris comment le faire volontairement. Nous ne serons bientôt plus en capacité de communiquer avec toi, sauf si tu viens vers nous. Crois-tu que tu réussiras à renverser tes ennemis par le biais de la Coalition Libre, et cette nouvelle Entente Temporaire des Pirates de Leto ? »

Lorsqu'il prononce le nom de l'Entente, son ton se teinte de scepticisme.

— Je ne sais pas, mon maître doute des convictions de la Coalition, alors moi aussi. Au moins, j'agis !

« Mais tu te demandes combien de temps les pirates attendront les émissaires ; si cela marchera vraiment. »

— Oui... je n'ai pas le choix puisque mon maître est absent.

« Alors, trouve-le. »

— Comment ?

« Tu ne sembles pas percevoir l'étendue de tes potentielles capacités mentales. Si tu t'entraînes suffisamment, tu sauras un jour tuer quelqu'un se trouvant à l'autre bout d'une planète par la seule force de ta pensée. Alors, si tu veux trouver ton maître, contacte-le. »

— Je ne sais pas comment faire ! s'écrie-t-elle. C'est facile pour vous les Aigles de dire ça, vous qui vous entraînez depuis des siècles ! Si vous traversez l'Univers par la pensée, c'est grâce à l'animal dans lequel vous vivez et aux radiations sur Mumeg.

L'Aigle ne tient pas compte du ton accusateur :

« Nous étions des Mugg sans aucune capacité psychique particulière. Toi, tu es à moitié frizienne, ton esprit est capable de sortir de son enveloppe corporelle, naturellement. Ta partie humaine a entraîné des mutations anormales dans ton corps qui ont développé en toi des pouvoirs possédés par nul autre. Sois assurée que, avec de la volonté et de l'entraînement, tu transcenderas ton état. Peut-être pas en voyageant dans l'Univers à notre façon, car c'est une particularité que nous avons acquise par la science et le temps, mais tu développeras des sens et des possibilités encore inconnus. Au sein des espèces que nous avons découvertes dans l'Univers, les Friziens ne sont pas les seuls télépathes, mais jamais encore

quelqu'un comme toi n'a existé à notre connaissance ; une hybridation avec des atouts aussi forts au lieu de dégénérescences handicapantes ou de faibles avancées évolutives. »

— Comment le contacter ?

« C'est à toi de le découvrir, nous ne le savons pas. Tu en es capable. »

— J'essaierai, mais j'en doute...

Elvira dormait avec Adali, la respiration paisible. Sa prothèse robotique émettait un léger ronflement qui signifiait qu'elle se rechargeait. La Frizienne se redressa et scruta l'obscurité. Les hologrammes de planètes et les décorations pirates luisaient faiblement, reflétant des motifs sur les murs de la cabine, qui rappelaient ceux du Peintre qu'elle portait sur le cou. Malgré son nouveau poste de capitaine, son amante tenait à conserver sa cabine au lieu d'emménager dans celle de son père. Adali s'était installée avec elle, et Xeï et Yaé en avaient hérité, puisque Pi'll Guez dormait dans celle de Kastellane avec sa fille.

Adali s'assit en tailleur sur les draps et se concentra. Elle se remémora les moments partagés avec son maître et focalisa ses pensées sur lui. Elle passa de longues minutes ainsi à tenter de projeter son esprit. Elle sentit sa conscience sortir de son corps et quitter la cabine. Elle parvint à arpenter les couloirs de La Dague par la pensée, mais dès qu'elle entendait un bruit, son esprit revenait immédiatement en elle. Au bout de nombreuses tentatives, elle se résigna et jura à voix basse. L'Aigle avait beau l'assurer de sa réussite certaine, elle ne savait pas le moins du monde comment atteindre celle-ci.

En venant au secours d'Elvira lors de son duel, elle agit d'instinct, sans s'en rendre compte, et elle se vida de ses forces au point de tomber dans le coma. Si on lui demandait de recommencer, elle en serait incapable ; son subconscient avait réagi, pas elle. Si seulement les Humains ne bloquaient pas le Point, elle s'y serait rendue pour quérir conseil auprès des sages friziens, les gardiens du savoir qui connaissaient mieux que quiconque les mystères du psychisme.

Le Point.

Depuis son voyage dans le repaire des Aigles, elle n'y était pas retournée. Peut-être accessible, à présent ? Peut-être que les Humains avaient échoué dans leur tentative de le contrôler ? Peut-être même que sa mère s'y trouvait...

Furieuse de ces questions sans réponses, Adali décida de courir le risque. Elle calma son pouls en prenant de grandes inspirations, posa les mains sur ses cuisses et laissa le Point s'insinuer en elle.

Elle se trouvait sur une immense étendue de glace. Le Point, là, un trou béant d'un mètre de large.

Mais les Humains aussi.

27

Les rebelles ont détruit ma vie

— Tu crois qu'on va s'en sortir ?

— Je ne sais pas, Madame.

Ode était terrifiée.

— Larry, dis-moi ce que tu vois, murmura-t-elle au robot qui tenait sa main.

— Il fait très sombre, mais je distingue les signes vitaux de neuf personnes. Il y a deux Obsidiens, un Aquéen, trois Humains en vous comptant, deux Atalatéens et un Mugien.

— Je suis un Mugg, pas un Mugien, abrutie de machine ! s'exclama quelqu'un.

— *Pardon, Monsieur,* s'excusa Larry, *les signes vitaux des Mugg et des Mugiens sont trop proches pour que mes capteurs les différencient. Je suis un robot de classe L, ce n'est pas ma spécialité.*

— Ouais, ouais, de toute façon, ce n'est pas ça notre plus gros problème pour le moment !

— Non, releva une voix qu'Ode reconnut comme celle de la Pieuvre, notre problème, c'est que, à cause de cette traînée d'Elvira, on est coincés ici !

— *D'un point de vue strictement logique,* reprit Larry, *ce n'est pas directement de sa faute si nous sommes tombés entre les mains du Gouvernement Colonial Terrien, Monsieur, mais celle des chasseurs de primes d'Obside.*

— Ferme-la avant que je te débranche, robot, répondit la Pieuvre d'un ton dédaigneux.

— *Vous devriez savoir que j'ai des tissus organiques sous mon enveloppe mécanique, Monsieur ; je possède même un cerveau hybride. Il est donc impossible de me débrancher, au sens premier du terme.*

— Tu parles, se moqua un autre pirate, t'as été créé par des Terriens, et même si t'as un semblant de cerveau, tu n'en es pas moins une machine programmée !

— D'un point de vue éthique peut-être, mais d'un point de vue biologique, je possède certaines caractéristiques d'un être vivant, en dépit du fait que les Humains m'ont fabriqué. Et encore, j'ai conscience de moi-même, on ne peut donc me réduire au simple état de machine programmée.

— Laisse tomber, Larry, dit Ode, ils vont te désactiver si tu n'es pas d'accord avec eux.

— À vos ordres, Madame.

Ode se laissa glisser contre le mur de la cellule et s'assit en se prenant la tête dans les mains. Enfermés depuis des heures sans qu'on ne daigne les informer de leur sort prochain, ils seraient sûrement, à terme, exécutés. C'étaient des pirates, et seul la Pieuvre intéresserait le Gouvernement Colonial Terrien parmi eux. Grâce à lui, les chasseurs de primes ne les avaient pas abattus ; ils valaient plus vifs que morts.

Ode ressassait les événements qui l'avaient précipitée dans cette situation. Après le refus de Yaé de rejoindre la Pieuvre, elle bouillonnait de colère. Puis, sa rage passée, elle décida finalement de quitter la Pieuvre pour retrouver celui qu'elle aimait. Mais, alors qu'elle s'apprêtait à lui annoncer sa décision, des hommes vinrent pour l'arrêter, soi-disant pour avoir participé à l'assassinat du second de La Dague. Clamer son innocence s'avéra inutile : une action en entraînant une autre, Larry fut forcé de tuer les sbires d'Elvira. Dès lors, son sort avait été scellé. Elle tenta bien d'approcher Yaé pour se justifier, sans y parvenir : ce dernier ne lâchait plus d'une semelle Elvira, gardée en tout temps par une armée prenant Ode pour une terroriste assoiffée de sang. Coincée, frustrée et en colère, elle aida finalement la Pieuvre à s'enfuir, choix qu'elle ne tarda pas à regretter. Elle savait qu'elle laissait derrière elle quelqu'un qu'elle aimait, que rien ne remplacerait jamais. Pourtant, ce regret se teinta rapidement d'amertume, car Yaé, loin de partager ses sentiments, n'avait pas hésité une minute à lui tourner le dos. Oui, elle regrettait de l'avoir laissé, mais elle savait désormais, après tout ce qu'elle avait traversé, qu'il ne méritait pas son amour. Et désormais, quel que serait son avenir, elle subirait éternellement les conséquences de ses propres décisions, sans retour en arrière.

Ode, les mutins, et la Pieuvre, se rendirent sur Obside pour reconstituer un groupe pirate. Au bout d'une vingtaine de jours, alors qu'ils commençaient à recruter suffisamment, les chasseurs de primes arrivèrent. Des dizaines d'entre eux leur tendirent une embuscade. Le GCT paierait cher pour leurs têtes, eux, les membres du plus grand vaisseau pirate de l'espace connu, admirés et craints de tous ; particulièrement pour celle de la Pieuvre.

Certains mutins réussirent à s'enfuir, mais Ode, Hervksfal, Larry et elle, restés avec la Pieuvre, n'eurent pas cette chance. Les chasseurs de primes les emmenèrent, attachés au fond de leur cale, sur Mars, prison redoutée de tous les criminels. On y enfermait les pires brutes de l'espace occupé.

Une éternité plus tard, le grincement d'une porte automatique parvint aux oreilles d'Ode. Elle se releva d'un bond et empoigna la main de Larry, qui ne s'éloignait jamais d'elle.

— Mettez-vous en ligne avec les mains sur sa tête ! ordonna une voix bourrue. Et toi, le calmar, fais gaffe à ne pas approcher tes morceaux de poisson de moi !

L'insulte que rétorqua la Pieuvre s'ensuivit d'un choc sourd et d'un grognement bestial.

— Refais ça, et tu le regretteras !

La jeune femme mit une main sur sa tête et garda l'autre dans celle de Larry.

— Toi, la gamine, j'ai dit les deux mains sur la tête !

Il la bouscula violemment.

— *Vous n'êtes pas autorisé à approcher*, s'interposa Larry. *Faites demi-tour ou je serai contraint de vous supprimer.*

— C'est à moi que tu parles, le grille-pain !? s'offusqua le gardien.

— Non, laisse-le faire, Larry, le stoppa Ode précipitamment. Je suis aveugle, c'est mon robot d'assistance, j'ai besoin de lui, s'il vous plaît...

— Toi, ne parle pas si je ne t'en donne pas la permission, rétorqua l'homme. Tiens la main de ton petit copain si tu veux, mais, au moindre geste, je vous balancerai dans la zone sans oxygène !

Ode baissa la tête en signe de soumission et reprit la main de Larry dans la sienne. Ils marchèrent sous la menace du gardien. Ode trébuchait parfois, mais Larry la rattrapait et la guidait.

— Stop ! intima l'homme au bout d'un moment. Alignez-vous et attendez ici.

Durant l'heure qui suivit, on vint contrôler l'identité de chacun des pirates et analyser leur rétine. Les yeux d'Ode brûlés, on lui préleva un morceau de peau. On les appela ensuite un à un dans une salle où serait déterminée leur sentence. À son tour, Ode s'avança avec l'aide de Larry. Des voix résonnaient autour d'elle, certaines incompréhensibles. On l'assit sur une chaise en métal, et quelqu'un prit la parole :

— Comprenez-vous la langue commune ?

— Oui.

— Bien. Selon le registre, vous êtes Ode, ex-soldat de l'Armée Terrienne au sein du 311ème régiment, commandé par le lieutenant Hart sur Obside. Est-ce bien vous ?

— Oui, répéta-t-elle en tremblant à l'idée du jugement qui s'en venait.

— Vous êtes accusée de complicité dans l'assassinat de plusieurs soldats, de tentative d'assassinat envers le sergent Heldant, de dégradation d'un drone de l'Armée Terrienne, de désertion, de participation à la défense d'une cité rebelle, d'utilisation et détournement de réseaux confidentiels et de piraterie. La peine pour ces crimes est la mort par éjection dans l'espace. Qu'avez-vous à dire pour votre défense ?

La voix de l'homme était dénuée de toute émotion, machinale, implacable.

— Rien, se résigna Ode.

— Détaillez les circonstances de votre perte de vue.

Surprise par la demande, elle s'exécuta néanmoins :

— J'étais en mission sur Frizen avec mon régiment pour protéger le tunnel de glace quand des rebelles nous ont attaqués. Il y a eu une explosion et, quand je me suis réveillée, je ne voyais plus...

— Avez-vous menacé le sergent Heldant vous-même ?

— ... Comment ça ?

— Avez-vous attenté directement à la vie de cet officier ?

— Oui, enfin non... balbutia-t-elle. J'étais là quand ça s'est passé mais j'étais couchée au sol...

— Confirmez-vous que l'agresseur était bien un dénommé Yaé ?

— Pourquoi me demandez-vous tout ça ?

— Contentez-vous de répondre.

— Oui, c'était Yaé, avoua-t-elle, il faisait ça pour nous protéger ; Heldant m'humiliait et il a essayé de nous tuer...

— Ce serait donc, selon vous, la faute du sergent Heldant ?

— Oui ! s'écria-t-elle, les nerfs à fleur de peau. Cette ordure nous a poussés à bout pendant tout notre service, et il s'apprêtait à me tuer quand Yaé est intervenu.

Ode était déchirée ; elle voulait juste oublier Yaé et en finir au plus vite, pas se rappeler ces souvenirs, ni subir ce stupide interrogatoire.

— La scène a été filmée par le drone que votre ami a endommagé.

— Ce n'est plus mon ami ! cria-t-elle, perdant ses moyens et fondant en larmes.

— Dans votre fuite, avez-vous rejoint la cité rebelle Pic ? s'enquit le juge, sa voix ne réagissant pas le moins du monde aux pleurs de la prisonnière.

— Mais... pourquoi me questionner... si vous êtes déjà au courant ? Et comment savez-vous... qu'on était au Pic Noir ?

Ode haletait et peinait à aligner ses mots, entrecoupés de sanglots.

— Le Gouvernement Colonial Terrien sait tout. Nos espions sont partout. C'est pour cela que vous êtes là. Vous nous intéressez, parce que nous savons ce qu'il s'est passé à Pic.

— Comment ça ? hésita-t-elle. Que voulez-vous dire ?

— Nous savons que vous avez repoussé une attaque gob en vous servant uniquement d'un ordinateur.

— Et alors ? Je sais coder et pirater, depuis quand ça intéresse le GCT ?

— Depuis que nous avons appris qu'une gamine aveugle de seize ans était capable de mettre à mal des dizaines de vaisseaux de la tri-alliance gob grâce à un simple ordinateur, au fond d'un égout. Depuis que vous avez réalisé ce que personne n'a jamais réussi auparavant, refermer une faille atmosphérique sans faire exploser la bombe T que vous avez utilisée.

— Mais... que voulez-vous ? se redressa Ode en essuyant ses larmes sous son bandeau.

— Nous voulons vous engager.

— Quoi ? C'est une blague ? Il n'y a pas deux minutes, vous me condamniez à mort !

— Nous vous laissons le choix : assumer vos responsabilités et encourir la peine de mort, ou nous aider.

— Le choix ? ricana Ode. Soit je meurs, soit je vous aide, je crois que le choix est vite fait !

— Exactement, affirma le juge. Cependant, que ce soit clair : vous êtes une mutine, une rebelle et une pirate ; nous ferons en sorte que vous ne nous trahissiez plus.

Une légère quinte de toux prit l'homme, et une autre voix termina la phrase :

— Si vous travaillez pour nous, vous serez équipée d'un dispositif placé contre votre cœur qui, en plus de nous informer continuellement de l'endroit où vous vous trouverez, explosera si nous jugeons que vous nuisez au Gouvernement Colonial Terrien. En résumé, vous mourrez si vous ne nous êtes plus utile.

Ode déglutit. Elle se sentait piégée, tiraillée entre sa raison qui lui hurlait d'accepter, et son cœur, resté malgré elle sur La Dague avec Yaé. Si seulement elle pouvait revenir en arrière, agir différemment... Pourtant, le passé ne changerait pas, il lui rappellerait chaque jour que, aveuglée par la jalousée, elle avait pris la mauvaise décision. Cependant, elle ne voulait pas mourir : cela, elle en était certaine. Cette offre ne se représenterait pas. Soit elle l'acceptait et elle vivait, soit elle refusait et elle mourait.

— J'accepte, souffla-t-elle.

— Parfait, répondit le premier juge d'un ton satisfait. Sachez que vous occuperez un haut poste au sein du Gouvernement Colonial Terrien. Une équipe sera mise à votre disposition dès votre transfert sur Terre.

— Je vais retourner sur Terre ?

— Vous êtes affectée au département scientifique du Gouvernement Colonial Terrien, en Eurasie, à Ancienne Paris.

— En Eurasie ? s'étrangla Ode, estomaquée, alors qu'elle avait cru un instant retourner dans son bidonville de São Paulo.

— En effet. Vous occuperez le poste de « Co-directrice en expérimentation et en recherche dans la lutte contre le Block et l'avancée technologique du Gouvernement Colonial Terrien ». Votre badge portera les inscriptions CDEB, soit « Co-Direction Expérimentation Block ».

— En quoi cela consiste-t-il, précisément ?

— Toutes les ressources nécessaires seront mises à votre disposition pour que vous trouviez le moyen de rendre notre technologie de voyage spatial équivalente à celle des Gobs.

— Mais... je n'y connais rien !

— Peut-être, répondit le juge en durcissant la voix, mais il vaudrait mieux que vous réussissiez quand même. Après tout, vous avez réussi à refermer une faille atmosphérique gob.

— J'ai seulement utilisé une bombe T que j'ai désarmée, et fait converger tous les lasers sur un même point pour créer une explosion !

— Nous savons repérer les jeunes talents. Vous avez un lourd passé, nous vous donnons la chance de vous racheter. Si vous parvenez à nos fins, vous serez largement récompensée. Nous sommes la première puissance de l'espace, nous ne pouvons nous contenter de notre moyen de voyage spatial actuel.

— Très bien... accepta Ode sans plus de conviction.

— Vous serez conduite sur Terre dans moins d'une heure, où vous subirez votre opération, puis un nouveau robot vous sera remis pour vous guider.

— J'aimerais bien garder mon robot...

Ode regretta ses dires alors qu'elle finissait sa phrase. Elle n'occupait pas une position avantageuse pour imposer ses conditions, seulement pour accepter la chance qu'on lui offrait. Mais elle s'était attachée à Larry, car, en plus d'être une machine, elle appréciait sa réflexion personnelle, lorsqu'il n'était pas confronté à des situations où son programme intégré l'obligeait à agir selon la volonté de ses concepteurs. De plus, il était le dernier vestige qui la rattachait à son ancienne vie. À sa grande surprise, elle entendit :

— Gardez-le si vous voulez. Comme je vous l'expliquais, travailler pour le Gouvernement Colonial Terrien offre beaucoup d'avantages, souvenez-vous-en.

≈

Adali concentra instantanément ses pensées sur son corps pour quitter le Point lorsqu'elle aperçut les Humains. Une douleur inouïe l'envahit. Elle tomba par terre, les mains dans la neige. L'un des hommes avait tiré sur elle un dard électrique qui l'empêchait de retrouver son état physique.

— Où tu crois aller comme ça, sale hybride ? lança l'Humain qui tenait l'arme et se rapprochait d'elle. Depuis la dernière fois, on attend ton retour. Tu as été assez stupide pour revenir !

Des spasmes incontrôlables secouèrent le corps d'Adali.

— Tu croyais t'enfuir ? reprit-il. Mais non, tu devrais le savoir, puisque tu es à moitié Grise, tout se passe dans ta tête, et tu as l'impression que c'est réel ! Ce que je tiens dans les mains — il lui infligea une autre décharge en appuyant sur le bouton de son arme —, ça n'existe pas, mais tu es tellement idiote que ton esprit croit que si ! Ah, vous êtes beaux, vous, les Gris, à croire que votre Point est inaccessible. Pourtant, nous sommes là, cet endroit est à nous maintenant ! Dis-moi comment tu as passé les barrages qu'on a posés sur les Gris !

Adali se tut et fut de nouveau prise de convulsions. Les autres Humains ne lui accordaient pas même un regard et se contentaient d'insérer dans le Point toutes sortes d'appareils.

— Comment... grimaça-t-elle entre deux gémissements. Comment avez-vous réussi... ?

— Tu veux que je te dise ? On a torturé des Gris jusqu'à ce qu'ils en crèvent, on a pénétré dans leurs têtes pour découvrir ce qu'il s'y cachait, on a déplacé ta chère Frizen2, on a fabriqué des machines pour forcer vos barrières, et on a imposé notre domination ! C'est l'évolution, les Humains sont supérieurs à vous, les animaux. Ce n'est pas un hasard si nous régnons pendant que vous dépérissez dans des camps !

Adali ne comprenait pas la moitié de ce qu'il racontait car la souffrance emplissait chaque parcelle de son être. Il fallait qu'elle s'enfuie. Elle se démena à attaquer l'Humain par la pensée, mais l'électricité bloquait entièrement son esprit. L'homme s'approcha jusqu'à la surplomber. Là, il leva le poing et lui asséna un coup au visage. La Frizienne grogna, mais se refusa à crier.

— Ça fait mal, hein ? se délecta l'Humain. Et le pire, c'est que ça se passe dans ta tête ! Alors, tu vas gentiment m'indiquer où est ton corps pour que j'envoie un escadron te récupérer.

— Plutôt mourir !

— Oh, tu mourras, mais pas avant de parler...

Il enfonça son pied dans ses côtes puis saisit sa mâchoire. Il la gifla avec violence, et Adali réagit par réflexe. Elle attrapa sa main et le tira vers lui. Surpris, l'homme dérapa sur la glace et tomba sur elle. Elle saisit ses cheveux et lui administra un monstrueux coup de tête, se faisant presque aussi mal que ce qu'elle lui infligea. Elle s'éloigna en direction du Point, mais à peine commençait-elle à se recentrer pour rejoindre son corps que son ennemi appuya sur le bouton de son arme. Adali fut coupée dans sa course et se retrouva le nez au sol, juste à côté du Point. Les autres Humains, des civils, remarquèrent enfin sa présence et s'éloignèrent avec crainte. Le soldat se déchaînait sur sa gâchette :

— Si tu crois que tu vas m'échapper, Grise !

Adali, roulée en boule sur le sol, subissait des spasmes plus violents les uns que les autres. Elle se tourna vers le Point et, dans un élan de folie, sauta dedans.

Partie 3

Des pions sur un échiquier

28

Le Point

Adali ne voyait rien. Elle n'entendait rien, comme dans le Néant, incapable de comprendre ce qui lui arrivait. Elle demeura seule avec ses pensées pendant une minute, ou une journée entière, sans notion du temps. Puis, une lueur rougeâtre se dessina au loin. Elle grossit, comme si elle se rapprochait. Adali cligna des yeux, et une multitude de lumières apparut. Elle mit un instant à réaliser que c'étaient des étoiles et se sut alors dans l'espace. Mais comment s'y retrouver en sautant dans le Point ? Et comment diable respirait-elle sans scaphandre ? Peut-être que seul son esprit errait en ce lieu onirique ?

Bientôt, Adali distingua une planète gravitant autour de l'étoile. Toute de blanche vêtue, elle ressemblait trop à Frizen2 pour croire à une coïncidence. Mais le système Poée-Ulander possédait deux astres, et il n'y en avait qu'un ici. La Frizienne fila droit sur la boule incandescente. Elle ne ressentit aucune chaleur lorsqu'elle pénétra dans l'astre, et une lumière presque douce l'inonda. Elle le traversa dans son épaisseur à une vitesse incroyable. Derrière, elle trouva une seconde étoile.

Le Point, deux étoiles, un monde de glace. Forcément le système Poée-Ulander, et donc Frizen2. Mais elle ne voyait plus la planète à l'opposé de l'astre. Alors qu'elle essayait de l'apercevoir, tout son être fila dans l'espace pour arriver à distance égale des deux corps célestes, et Frizen2 revint dans son champ de vision. Elle pouvait contrôler la direction dans laquelle elle voulait se rendre. Elle concentra son attention, et dès qu'elle réussit à se diriger de façon convenable et à gérer sa vitesse, elle se focalisa sur Frizen2. Son esprit partit à une allure moins élevée.

Un trouble la gagna. Frizen2 aurait dû être ailleurs dans le système stellaire. Avec l'Ombre, Adali avait étudié attentivement l'orbite et l'emplacement de cette planète, car avec ses gisements de tinotium, elle représentait un point clef de la puissance du Gouvernement Colonial Terrien. Frizen2 orbitait d'ordinaire beaucoup moins loin d'Ulander, l'étoile la plus massive, pourtant elle se trouvait à l'extrême inverse. Comment la planète avait-elle changé ainsi d'orbite ? Adali fonça sur elle, oubliant même qu'elle errait dans le Point et qu'elle ignorait comment elle accomplissait cela.

Alors qu'elle approchait de l'immense globe, elle remarqua des dizaines d'imposants vaisseaux le ceinturer, disposés à intervalle régulier. Tout en longueur, de centaines de mètres chacun, un flux violet passait de l'un à l'autre pour les relier. Adali s'en désintéressa et envoya son esprit vers l'appareil le plus proche. Le signe de la Force Spatiale ornait sa coque : une étoile bleue, jaune, rouge et noire qui pointait vers le bas avec en son sein un losange blanc. La Frizienne déglutit. Tout cela était-il réel ? Si oui, que cela signifiait-il ? À sa connaissance, jamais rien de semblable n'avait eu lieu. Les paroles de l'Humain qui l'attaquait dans le Point prirent alors un sens : « On a déplacé ta chère Frizen2. » Le Gouvernement Colonial Terrien pouvait-il réellement enlever une planète de son orbite ? Cela paraissait inimaginable et monstrueux. Et pourtant... une question demeurait : pourquoi ?

Adali plongea vers le sol de Frizen2. Elle traversa l'atmosphère comme si la couche de gaz n'existait pas. Alors qu'elle tutoyait presque la surface, elle aperçut une grande ville. Elle s'y rendit et se posa dans une rue. Déserte, mais surtout, gelée. Pas gelée comme en temps normal. Un froid glacial régnait en permanence sur Frizen2, mais ce froid différait, comme si la température ambiante avait perdu cent degrés depuis le départ d'Adali.

Des monceaux de glace recouvraient les maisons, les changeant en statues figées dans le temps. Une tempête faisait rage, mais la Frizienne ne sentait rien. La neige la traversait, comme irréelle, et le blizzard ignorait sa présence. Adali retourna dans les airs et survola la cité désertée, à la recherche de signes de vie. Elle vit au coin d'un pâté de maisons un groupe de personnes. Elle les rejoignit en une seconde. La vision macabre la tétanisa.

Près de cinquante Friziens gelés et immobiles, parfaitement conservés. Des femmes, des hommes, des enfants, des bébés. Tous morts. Adali tomba à genoux devant une petite fille qui tendait les bras vers sa mère, sans réussir à la toucher avant de se figer. Le froid les avait emprisonnés sans leur laisser la moindre chance.

Ces visions d'horreur étaient bien trop réalistes pour découler de l'imagination d'Adali, piégée dans le Point.

Une seule explication : Frizen2 éloignée des étoiles Poée et Ulander par le GCT, la température avait chuté exponentiellement et foudroyé ces Friziens, rescapés de la déportation.

Mais pourquoi éloigner Frizen2 des astres qui la rendaient viable ? Une telle opération devait demander une somme d'argent colossale à Terre et ses alliés. Dans quel intérêt ? Il fallait absolument qu'Adali trouve une explication à ce massacre.

Elle prit son envol, poussée par la colère et la tristesse de voir son monde ravagé. Elle retourna dans l'espace, vers un vaisseau de la Force Spatiale, en quête de réponses. Elle ne comprenait pas comment elle réussissait à accomplir tout cela, mais cela resterait sans importance tant qu'elle n'aurait pas compris les causes de ce désastre.

À l'entrée de l'appareil, des navettes automatisées filaient vers Frizen2, et d'autres en revenaient. Adali entra à la suite d'une capsule ronde de deux mètres de long, et la suivit alors qu'elle déposait des caisses au fond du sas. Là, un mécanisme automatisé expédiait les conteneurs sur un tapis roulant qui s'enfonçait plus loin dans le paquebot, et la sonde repartait vers Frizen2.

Adali s'allongea sur le tapis et se laissa emporter dans un autre sas. Une porte pressurisée se ferma, et de l'oxygène fut envoyé dans la pièce. Des Humains vinrent chercher la caisse et la placèrent sur un diable maintenu en lévitation par deux réacteurs. Les hommes ne portaient pas l'uniforme de la Force Spatiale. Par-dessus leurs habits entièrement blancs, un insigne cousu représentait un poisson. Noir, hormis son œil nacré haché par endroit, ainsi que sa bouche en forme de croix, et deux croix rouges positionnées à la verticale peu avant sa queue.

Ce symbole était celui de la Planète Sainte, Héli, sous contrôle du pape Floridus IV. Cela signifiait que Héli se servait du matériel du GCT pour travailler sur Frizen2. Encore cette question : pourquoi ?

L'indépendance de Héli datait de l'an 5 après la libération des planètes, peu avant que la Guerre Profane entre elle et le GCT éclate. Par la suite, Héli aida le GCT — renversé par une révolution en l'an 396 qui toucha

Terre et plusieurs de ses colonies — à se remettre en place. En l'an 415, le GCT fut rétabli sur Terre grâce à l'aide de la Planète Sainte et récupéra ses colonies. À partir de là, Héli et le GCT lièrent de forts liens commerciaux car Terre aurait été incapable de conserver sa suprématie sans elle. Celle-ci touchait depuis des intérêts financiers à travers le GCT, grâce aux grandes Firmes Inter-Spatiales, réelles marionnettistes des gouvernements. Ces Firmes firent en sorte de concilier les ambitions politiques de chacune des superpuissances spatiales pour favoriser le commerce.

Mais, en dépit de ces liens économiques qui unissaient Terre et la Planète Sainte, une certaine rivalité idéologique persistait entre elles. Terre n'oubliait pas que les mêmes fanatiques religieux qui gouvernaient encore aujourd'hui Héli avaient massacré des millions de fidèles d'une religion rivale d'Eurasie en l'an 2469 de l'ancien calendrier. Ils avaient déclenché une guerre civile sur Terre puis s'étaient exilés sur la Planète Sainte. Et cela avant qu'ils attaquent à l'arme nucléaire les installations d'exploitation du tinotium sur Frizen2 en l'an 11 après la libération, puis qu'ils réduisent en morceaux la lune terrienne lors de la suite de la Guerre Profane, en l'an 13.

Ces siècles de rivalités et ces morts innombrables ne s'effaçaient pas si facilement. Les Héliés et les Terriens travaillaient rarement ensemble. Ils se contentaient de passer des accords, de se prêter de l'argent ou encore de liguer leurs forces pour attaquer la tri-alliance gob. Aussi était-il étrange que des Héliés utilisent des vaisseaux de la flotte du Gouvernement Colonial Terrien.

Toujours invisible, Adali suivit les Humains alors qu'ils emmenaient la caisse dans les couloirs. Seules décorations, les insignes de la Force Spatiale personnalisées par les hommes au cours du temps passé à bord — ils y ajoutaient parfois leur nom ou des citations qu'ils aimaient pour laisser leur trace — venaient casser le terne gris métallique.

Le groupe arriva dans une grande salle qui servait de stockage à des dizaines de caisses semblables. Les hommes posèrent la nouvelle avec les autres et l'ouvrirent. Du diamant noir. Adali aurait dû s'en douter. Qu'est-ce qui pousserait le Gouvernement Colonial Terrien à déporter le peuple frizien hormis le tinotium ? Terre se plaignait depuis des années de l'inefficacité des mineurs. Mais comment bien travailler dans des conditions aussi déplorables ? Des robots remplaçaient désormais les Friziens. Pourtant, ceux-ci ne nécessitaient aucune rétribution financière de Terre, alors pourquoi les déporter ? Et surtout, quel intérêt de déplacer la planète ?

Adali faussa compagnie au groupe de Héliés et se dirigea vers le centre du vaisseau. Elle se rappela alors qu'elle n'était qu'une projection de son esprit et traversa les parois pour finir par arriver dans une salle de commandes. Cinq hommes jetaient des coups d'œil à un tableau de temps à autre en parlant de futilités. Adali se rapprocha des grands écrans où défilaient toutes sortes d'indications. Elle se maudit de ne pas avoir appris à lire de façon plus satisfaisante. Depuis le début de son aventure, elle prenait conscience de ce réel handicap.

Elle déchiffra fastidieusement les coordonnées du vaisseau, la vitesse à laquelle il se mouvait autour de la planète, et l'état du carburant non utilisé en vol stationnaire. Lorsqu'elle tomba sur « *température ambiante sur Frizen2 et impact sur le développement du tinotium* », elle comprit.

Les cristaux noirs commençaient à se faire rares dans les mines de la planète, ces dernières années. Le Gouvernement Colonial Terrien livrait une guerre au Block depuis l'an 303, non sans raison. L'une des planètes du Block, Frizen3.G — les Terriens étaient-ils dénués d'imagination au point de numéroter les planètes au lieu de leur trouver des noms originaux ? —, abritait aussi du tinotium, et ce de manière largement plus importante. Le GCT, dès la découverte de la tri-alliance gobs, voulut l'exploiter. Le refus des Gobs fut la cause majeure de la Grande Guerre, qui durait encore.

Frizen3.G possédait un climat plus froid que Frizen2. Les scientifiques du GCT devaient donc considérer la température comme facteur favorable au développement du tinotium. Les Humains essayèrent longtemps de le reproduire en laboratoire, mais le minerai ne semblait vouloir apparaître que sur Frizen2 et Frizen3.G, sans raison apparente.

Tout se tenait. Le tinotium manquait, et le Gouvernement Colonial Terrien ne parvenait pas à s'emparer des mines gobs depuis plus de deux cents ans. Il en fallait toujours plus pour continuer la guerre contre le Block et agrandir l'espace du GCT, et le seul moyen connu consistait en l'exploitation du tinotium de Frizen2. Alors, le GCT déplaça la planète de son orbite pour que la température y chute et que le tinotium y naisse plus vite et en plus grande quantité. Et sans la déportation orchestrée par le GCT, les Friziens seraient tous morts. Pourtant, Adali ne comprenait pas l'intérêt de Terre à garder les Friziens vivants s'ils n'exploitaient pas les mines.

Adali ne s'attarda pas sur cet aspect en réalisant la vérité sur Frizen2. Elle fixa l'écran de longues minutes. Elle donnait enfin une origine compréhensible à la fuite de sa planète.

Que faire à présent ? Trouver un moyen de retourner dans la réalité. Elle s'en était absentée depuis peut-être déjà des jours. Elle concentra son esprit sur son corps, comme d'ordinaire pour quitter le Point. Rien ne se produisit. Elle réessaya, sans résultat. Alors qu'elle désespérait, une idée germa. Quitte à rester coincée, autant en profiter. En profiter pour contacter son maître et lui demander de la rejoindre pour guider l'Entente Temporaire des Pirates de Leto à la Coalition Libre. Cependant, avant toute action, il était nécessaire de s'assurer qu'elle saurait communiquer avec lui.

Elle tapota l'épaule de l'un des Héliés. L'homme ne réagit pas. Les actes d'Adali ne l'affectaient pas. Elle lui demanda à l'oreille s'il l'entendait puis parla de plus en plus fort. Rien. Elle réfléchit un moment. Dans le monde réel, son pouvoir se décuplait lors d'un contact physique avec sa cible. Elle atteignait des gens sans les toucher, mais pas si elle voulait les blesser sans se vider de ses forces. Elle effleura la main de l'Humain et, au contact de sa peau, parla.

Le Hélié sursauta, regarda autour de lui et interrogea ses camarades. Adali prononça d'autres mots, et cette fois l'Humain se leva d'un bond, cherchant attentivement la source de ces paroles. Satisfaite, la Frizienne décida de trouver l'Ombre. L'Aigle l'assurait de sa capacité à entrer en contact avec son maître par la pensée. En son sein, le Point stimulait son esprit plus que jamais, aussi l'endroit représentait-il sa plus grande chance de le joindre mentalement. Elle focalisa ses pensées sur les souvenirs qu'elle partageait avec l'Ombre, avec en tête la question de son emplacement actuel.

Adali s'éleva et traversa la coque du vaisseau pour filer dans l'espace. Elle ne pensait plus qu'à son maître, et accéléra jusqu'à transcender le Néant lui-même, transformant des millions d'années de voyage en secondes. Elle arriva en vue d'une planète qu'elle avait déjà observée depuis l'espace : Leto, avec sa base creusée dans le sol, protégée de boucliers irisés. Et La Dague, à demi-enfoncée dans la terre au centre de l'un des hangars, dépassant hors de la cité pirate. Elle fila droit dedans, passant par les parois et les salles qu'elle connaissait bien. Elle se retrouva dans la cabine où elle habitait avec Elvira. Adali poussa une exclamation lorsqu'elle se vit, elle, assise en tailleur sur le lit. La tête de Yaé, endormi sur le canapé, dodelinait. Et l'Ombre veillait avec ses quatre bras et ses deux yeux, l'un devant la tête et l'autre derrière, dans des vêtements moulants. Adali attrapa sa main.

— Maître, m'entendez-vous ?

L'Ombre jeta un coup d'œil dans la pièce et ne répondit pas. Adali réitéra.

— Est-ce toi, Adali ?

Se fendant d'un sourire, la Frizienne répondit :

— Oui ! Je suis tellement contente que vous m'entendiez !

— Es-tu toujours dans ton corps ?

— Non. Je suis coincée dans un monde parallèle où je me déplace librement. J'étais dans le Point quand un Humain a essayé de me capturer. J'ai sauté à l'intérieur du Point pour m'enfuir et je me suis retrouvée là. Je ne sais pas comment sortir ! Savez-vous ce qu'il m'arrive ?

— Oui. L'Ombre sait. Il suffit que tu touches la peau de ton corps comme tu es probablement en train de toucher celle de l'Ombre.

— C'est tout ?

— Si tu es dans la situation que l'Ombre pense, oui.

Adali vola vers le lit et posa la main sur sa propre peau, dans le monde réel. Elle fut aspirée dans son corps, et chacune de ses parties se fondit dans celles de sa réalité. Elle ouvrit les yeux en criant, effrayée par ce qui venait de lui arriver.

En face d'elle, l'Ombre.

29

L'Ombre et les co-consuls

Le cri d'Adi tira Yaé de son sommeil. Un Atalatéen la surplombait. Un Atalatéen armé ! Le jeune homme sauta sur ses pieds et dégaina son pistolet avant de se rendre compte que l'alien venait de bouger si rapidement qu'il posait désormais une lame sur sa gorge.

— Arrêtez ! s'écria Adi en se levant. Yaé, il est dans notre camp ! Maître, lâchez-le !

Le poignard retrouva son fourreau, et son propriétaire s'exprima en le bornoyant :

— Pardonne l'Ombre, et sache qu'il s'enchante de te rencontrer, Yaé.

Ce dernier lui rendit un regard vide, sans saisir qui s'enchantait de le rencontrer.

— Ne t'inquiète pas, Yaé, s'amusa Adi, moi non plus je ne comprenais rien à ce que mon maître disait au début. Les Atalatéens parlent d'eux à la troisième personne, tu t'y feras.

Elle se tourna vers l'intéressé :

— Comment m'avez-vous retrouvée ?

— L'Ombre serait ravi de tout t'expliquer en détail, mais, pour le moment, il doit s'entretenir avec la nouvelle capitaine de La Dague.

— Vous venez d'arriver ?

— Oui. L'Ombre passait voir comment tu allais. Il t'a trouvée en stase, et n'a eu qu'à attendre que tu te manifestes.

— Vous voulez rencontrer Elvira tout de suite ?

— Au plus vite.

— Elvira est probablement sur le pont supérieur avec Xeï, indiqua Yaé à l'adresse d'Adi.

L'Atalatéen, guidé par sa disciple, sortit de la cabine. Désireux d'en apprendre plus sur le coma de deux jours d'Adi et sur son maître, Yaé les suivit. Avec sa nomination comme conseiller de la capitaine, il bénéficiait d'une certaine renommée à bord de La Dague, et plus d'un pirate le salua dans les couloirs. Sur le pont supérieur, Elvira enserra Adi avec passion. La Frizienne se tourna vers son mentor, un peu embarrassée, et procéda aux présentations :

— Elvira, voici mon maître, l'Ombre ; maître, je vous présente la capitaine de La Dague.

— L'Ombre est ravi de te revoir, Elvira, salua l'Atalatéen. Cela faisait bien longtemps, il est peu probable que tu t'en souviennes.

— Enchantée. Adi m'a beaucoup parlé de vous. Adi, ajouta-t-elle, je m'inquiétais terriblement pour toi ; tu as été inconsciente deux jours !

— Je vous raconterai quand nous serons seuls, répondit-elle à l'adresse d'Elvira, Yaé et l'Ombre.

Elle désigna la commandante qui les rejoignait :

— Voici Xeï, maître d'équipage du vaisseau.

— Ce qui est arrivé à Pic est regrettable, l'accueillit l'Ombre. Sache que l'Ombre a entendu des histoires sur ton courage et qu'il t'offre sa compassion pour la perte de ta cité.

Xeï se contenta de le remercier poliment, dubitative, étonnée que l'alien la connaisse.

— L'Ombre doit te parler, Elvira. Que tes amis viennent si tu le souhaites.

— Bien, allons dans ma cabine.

Ils partirent tous les cinq. L'Ombre profita du trajet pour aborder Yaé :

— Ne te sens pas obligé de répondre. Est-ce toi le Yaé qui a déserté l'Armée Terrienne après avoir eu un différend avec un officier, sur Obside ?

— ... Oui. Comment savez-vous tout cela sur Xeï et moi ?

— L'Ombre se doit de connaître ce qui se déroule en ce monde.

Peu satisfait de cette réponse vague, Yaé se tut. Adi arborait un petit sourire, comme si son maître l'amusait. Elvira offrit à chacun un verre de vin rouge :

— Adi et moi attendions avec impatience votre venue. Si vous êtes tel qu'elle vous décrit, nous partageons un objectif commun : libérer l'espace du GCT.

— Tu as créé une fédération de capitaines pirates souhaitant se battre pour la Coalition Libre. Vous avez envoyé des émissaires dans l'espace pour la trouver, mais l'Ombre suppose que cela n'a rien donné.

— Exact. Selon Adi, vous connaissez la localisation des rebelles.

— Oui. Mais d'abord, il faut que tu comprennes que la Coalition n'est pas ce que les gens imaginent. C'est une organisation qui, lors de sa création par Aëlita Choulks, avait comme seul but de renverser Terre pour instaurer une démocratie. Mais depuis deux cents ans terriens, les jeux de pouvoir l'ont corrompue. Elle sera utile pour porter des coups durs au GCT, notamment avec la prise d'Obside, mais sache que ses dirigeants feront tout pour t'embrigader afin que tu deviennes un simple soldat à leur solde.

— Personne ne fera de moi un soldat, croyez-moi, assura Elvira avec détermination. Avec l'Entente Temporaire des Pirates de Leto, je lutterai contre le GCT et tous ceux qui bloqueront notre liberté, la Coalition Libre comprise si nécessaire.

— L'Ombre te donnera les coordonnées de l'emplacement du siège principal de la Coalition. La localisation de Leto est gardée secrète par les pirates, mais ce n'est rien par rapport à celle de la Coalition. Toi seule ainsi que les autres capitaines aurez en votre possession les coordonnées précises.

— Ne vous inquiétez pas, ironisa Elvira, je ne révélerai pas les secrets de la Résistance.

— Bien. Les vaisseaux resteront à distance du siège, et les capitaines prendront leurs navettes pour s'y rendre.

— Quand partirons-nous ?

— Dès que vos équipages seront prêts.

Elvira se leva et s'adressa à Xeï :

— Informe les hommes que nous décollerons dans cinq heures ; qu'ils répandent la nouvelle en ville. Nous laisserons sur place ceux qui ne seront pas dans La Dague à ce moment-là. Yaé, avertis Pi'll Guez que, arrivé à destination, il aura la charge du vaisseau durant mon absence. Xeï, tu préviendras toute attaque à bord avec Yaé et Pi'll, qu'elle vienne de l'intérieur ou de l'extérieur. Adi, que ferez-vous, toi et ton maître ?

L'Atalatéen répondit :

— L'Ombre et Adi t'accompagneront au siège de la Coalition, puis partiront de leur côté.

Elvira attrapa la main de son amante et la caressa délicatement, puis hocha la tête, emplie d'une grande tristesse.

L'Ombre lui tendit une tige de métal :

— Voici les coordonnées. Si tu l'acceptes, maintenant, l'Ombre souhaiterait s'entretenir avec Adi en privé.

≈

Adali et son maître laissés seuls, il s'exprima :

— Il est temps que tu racontes à l'Ombre ton périple en solitaire. L'Ombre est curieux de savoir comment s'est passée ton escapade sur Mumeg et la raison pour laquelle tu as accepté un Peintre sur ta peau.

— Yaé a raison, on ne peut rien vous cacher ! Personne sur La Dague ne savait que nous étions sur Mumeg...

— Depuis le temps qu'il arpente l'espace, l'Ombre a noué des liens sur la plupart des mondes habités connus, ce qui lui permet d'être au fait de ce qui s'y déroule. Il aurait été étrange de ta part de croire que l'Ombre te laisserait partir seule sans garder un œil sur toi, même si cet œil n'était pas le sien.

Adali se contenta de cette réponse car elle savait pertinemment qu'elle n'obtiendrait rien de lui s'il ne décidait pas de se livrer auparavant. Elle se lança dans le récit de ses aventures. Elle raconta son travail avec Val le voilier et réalisa qu'elle avait appris plus qu'elle ne le croyait en mécanique, puis passa de longues minutes à dépeindre l'évolution de sa relation avec Elvira et son aboutissement, les Peintres tatoués sur leur peau. Elle se livrait à l'Ombre comme jamais, parlant de ses sentiments intimes en confiance totale. Elle réalisa que l'absence de son maître avait laissé un vide en elle. L'idée qu'elle quitterait bientôt Elvira l'attristait, toutefois elle savait que l'Ombre la ferait grandir et lui apprendrait plus qu'elle n'en découvrirait par elle-même en une vie sur La Dague.

L'Ombre n'intervint pas, même quand elle raconta sa rencontre avec les Aigles et la vérité sur leur origine. Elle révéla qu'elle n'était que le fruit de causes à effets provoquées par les Aigles, d'où ses pouvoirs selon eux uniques, bien qu'elle ne les contrôle pas encore assez bien. Puis elle décrivit ses retrouvailles avec Yaé et sa réaction. La colère qui l'envahit, coupée par l'attaque de la station du GCT et la mort du capitaine Dant.

Adali en vint au passage où elle réduisit la Pieuvre et ses sbires à l'impuissance par la seule force de sa pensée ; le duel entre Elvira et Adfeth, ainsi que la transe qui s'ensuivit. Elle relata en détail les étapes des négociations avec les capitaines durant la création de l'Entente Temporaire des Pirates de Leto. Elle dévoila pour finir ce qu'elle apprit lors de son voyage dans le Point, sur Frizen2.

Sans s'en rendre compte, elle envoya des images et des souvenirs à l'Ombre qui rendirent son récit plus réaliste.

— Ce que tu racontes à propos des Aigles de Mumeg est intéressant, dit son maître. L'Ombre avait entendu des rumeurs à leur propos et essayé de se rendre à leur repaire sans succès. Cela confirme ce que l'Ombre pressentait : tu possèdes des pouvoirs exceptionnels. Tu contrôles de mieux en mieux ce don, bien qu'il te coûte encore trop d'énergie, au point de sombrer dans une inconscience prolongée. Dès que les pirates auront rejoint la Coalition Libre, ton entraînement reprendra de plus belle. Et, lorsque tu seras prête, il sera temps d'accomplir cette mission dont l'Ombre t'avait parlé : remplacer une générale supérieure de l'Armée Terrienne, Naïl N'enestpak, par son clone aux ordres de la Coalition Libre. L'Ombre a enquêté durant les deux derniers mois. Les dix Aquéens de sa garde rapprochée sont bien des cyborgs redoutablement formés. Ce sont les meilleurs gardes du corps de l'espace occupé, et même l'Ombre n'aurait aucune chance contre dix d'entre eux.

— Dans mon souvenir, intervint Adali, il était question de ne pas les tuer.

— En effet. S'ils se rendaient compte de quoi que ce soit, le plan échouerait, et des années de préparation avec. Il faudra remplacer Naïl N'enestpak incognito, et cela n'en sera que plus compliqué. Mais pour l'instant, ajouta-t-il en se levant, la priorité est de rejoindre la Coalition Libre.

≈

Adali observait par la fenêtre des paysages verts défiler. La Dague et les autres vaisseaux de l'ETPL se posaient une heure plus tôt sur Tortran, micro-planète où siégeait la Coalition Libre depuis l'an 345. Ce monde inconnu du Gouvernement Colonial Terrien était l'un des innombrables satellites gravitant autour d'un astre gigantesque. Les Raniens, un peuple ayant choisi de ne pas prendre part à la conquête spatiale après leur rencontre avec les premiers colons de la Coalition, l'habitaient.

Les Raniens vivaient en symbiose avec la nature de Tortran. Ils toléraient la Coalition à condition que celle-ci fasse son maximum pour la dissimuler aux yeux de toutes les formes de vie intelligentes qui peuplaient l'espace. Les Raniens étaient reliés entre eux, et aucun n'avait jamais quitté la planète car cela signifierait trahir les siens. La Coalition se satisfaisait très bien de cette situation. Ainsi, elle prospérait sur une lune non connue du GCT, perdue au fin fond de l'Univers, cohabitant avec les autochtones.

L'Ombre raconta brièvement cela à Adali et Elvira alors que leur navette survolait des lacs, forêts et montagnes. Aucune trace d'occupation, jusqu'à ce qu'ils arrivent dans une vallée cernée par des monts aux sommets recouverts de neige éternelle.

— Comment la Coalition a-t-elle colonisé Tortran sans que le GCT l'apprenne ? s'enquit Elvira avec curiosité.

— Par étapes, répondit l'Ombre, cela ne fait qu'une cinquantaine d'années que la ville a été achevée.

Une cité singulière s'étendait dans la plaine. Les habitations, mélange hétéroclite d'architectures de l'espace occupé, allaient de la cabane en bois aux formes alambiquées à la maison de pierre en passant par la tour de métal aquéenne. Tout s'entremêlait, sans zone distincte visible à l'œil nu comme à Ythkar ou Ondkar. Des ponts enjambaient une large rivière coulant en son centre. Des machines exploitaient le bois d'une forêt qui s'étalait à perte de vue, à l'extrémité sud de l'agglomération.

— *Identifiez-vous ou nous vous abattrons*, crachota le haut-parleur de la navette.

Le pilote déclina leur matricule et la raison de leur venue, et ils descendirent droit vers une piste d'atterrissage, un peu excentrée. Des Aquéens lourdement armés les accueillirent. L'Ombre s'avança, les mains en évidence, et ils placèrent sur son bras un appareil qui vérifia son identité. Les aliens escortèrent les capitaines, Adali et l'Ombre dans un transporteur qui s'éleva et pénétra en ville. Il atterrit devant une grande structure, assemblage de pierres et de morceaux d'anciennes carrosseries de vaisseaux. Le groupe pénétra dans le quartier général, encadré par les Aquéens. Un Humain les conduisit en haut d'un escalier, dépouillés de leurs armes, dans une salle de réunion spacieuse.

Des plans holographiques représentaient l'espace et les planètes connues avec pour chacune des coupes détaillées et des points stratégiques. Onze personnes assises autour d'une longue table ovoïde les attendaient. La plupart des espèces de l'espace occupé répondaient présentes : une Atalatéenne, un Rosarien, deux Mugiens, un Obsidien, un Mugg, un Aquéen, deux Humains, un Roséan, et même une Frizienne. Le cœur d'Adali s'emballa lorsqu'elle remarqua cette dernière, mais elle se contrôla pour ne pas répéter la situation rencontrée à Hal avec le politicien frizien.

Les Humains en bout de table, côte à côte, présidaient la réunion. Des jumeaux. Leurs traits identiques troublèrent Adali, en raison de la rareté extrême de jumeaux chez les Friziens. L'un d'eux, un homme à la peau métissée bâti solidement, se leva et courba le dos en signe de respect :

— Bienvenue, Ombre. Sont-ce les capitaines pirates ?

— Oui. Voici la capitaine de La Dague, Elvira, fille de Dant et fondatrice de l'Entente Temporaire des Pirates de Leto.

Elvira s'inclina à son tour.

— Votre renommée vous précède, capitaine. Je suis Jenya Al'ekh, co-consul de la Coalition Libre.

Les deux autres pirates se présentèrent, et Jenya les invita à prendre place à la table. Il retourna s'asseoir et désigna son jumeau :

— Hel Al'ekh, mon frère, second co-consul de la Coalition Libre.

Il cita le nom de chacun des extraterrestres présents, tous des sénateurs. La Frizienne n'accorda qu'un bref regard à Adali et s'en désintéressa aussi vite. Les deux capitaines — une Mugg et un Humain —, mal à l'aise de tant de formalités, se tortillaient sur leurs sièges. Il n'était pas commun chez les pirates que les réunions commencent autrement que par de l'alcool et finissent sans bagarre. Elvira, plus au fait des coutumes de bonne conduite outre son tempérament énergique et imprévisible, complimenta les sénateurs sur la beauté de leur ville et le secret entourant la planète Tortran. Lorsque Jenya Al'ekh mit enfin un terme aux palabres, il s'adressa directement à l'amante d'Adali, imposée implicitement comme la voix des pirates :

— Capitaine, avec votre Entente des pirates, vous souhaitez nous rejoindre pour lutter contre le Gouvernement Colonial Terrien ?

— À certaines conditions.

— Lesquelles ? se rétracta l'homme d'un ton moins amical.

— Que ce soit clair, nous, les pirates, ne sommes pas des soldats. Nous voulons vous aider à renverser le GCT autant que conserver notre liberté. Si nous combattons avec vous, comprenez que vous ne disposerez pas pour autant de nos vies comme bon vous semblera.

— Nous acceptons cela. Il était évident que, en nous alliant à des pirates, nous ne contrôlerions pas vos choix. Chaque capitaine gardera l'autorité sur son équipage et, vous trois — il montra les chefs de l'ETPL —, vous assurerez l'obéissance des capitaines.

— Bien. En revanche, nous avons dû faire certaines promesses pour qu'autant rejoignent l'Entente. Nous sommes avant tout des pirates, et les pirates pillent pour vivre. Le conseil de l'Entente a convenu que nous grossirions vos rangs si, lors des attaques, nous touchons une part non négligeable des richesses du GCT. Nous avons refréné les envies de piller et saccager les villes, aussi je pense que c'est un bon compromis. Vingt-sept vaisseaux dans votre rébellion représenteraient un atout non négligeable, d'autant que d'autres arriveront par la suite, en réalisant les avantages qu'ils en tireraient.

Jenya Al'ekh observa son frère, qui bougea légèrement la main droite.

— Accordé, opina Jenya. Nous discuterons plus tard des détails de cet accord.

Durant l'heure qui suivit, des sujets disparates tombèrent, y compris le ravitaillement et l'équipement dont bénéficieraient les pirates. Vint le moment où Elvira posa la question que les capitaines et Adali attendaient :

— Quand nous emparerons-nous d'Obside ?

— Obside n'est plus notre priorité, déclara simplement Jenya.

— Pardon ? lâcha l'Ombre, qui ne disait mot depuis les présentations.

Le co-consul eut l'air gêné de devoir se justifier à l'Atalatéen et pesa ses paroles :

— Nous n'oublions pas cette planète, loin de là, mais elle ne constitue pas un point stratégique dans notre lutte.

— Que faites-vous du tunnel de Frizen ? le contra l'Atalatéen. Le GCT n'a pas fini de rembourser les Firmes Inter-Spatiales qui l'ont financé. En prenant Obside, vous pourriez passer un accord avec elles et exercer une pression colossale sur Terre. Vous la ruineriez et l'empêcheriez ainsi de récolter du tinotium, d'accroître son armement et de résister à la tri-alliance gob.

— Nous savons bien cela... l'apaisa Jenya. Mais Obside n'est pas notre meilleure chance de déstabiliser le GCT. Nous voulons prendre la Planète Sainte.

Pour la première fois, Adali lut de la surprise chez son maître :

— Héli ? Elle n'appartient même pas au GCT !

— Il n'empêche qu'elle est la partenaire commerciale la plus importante de Terre, et qu'elle abrite la majorité des plus influentes Firmes Inter-Spatiales. En la plaçant sous notre contrôle, nous détruirions l'économie du GCT et provoquerions une guerre civile qui le mettrait à bas, tout en utilisant les richesses de Héli pour empêcher les Gobs d'envahir l'espace occupé.

— Causer une guerre civile au sein même du GCT ferait des millions, voire des milliards de morts, contrebalança l'Ombre en retrouvant sa sérénité habituelle.

— Il y aurait des dégâts, oui, mais les rescapés n'en seraient que meilleurs, libérés de l'oppression de Terre. Une grande peine pour une encore plus grande récompense. Ne partagez-vous pas cet avis ?

L'Atalatéen se redressa sur son siège, de marbre, sans rien à ajouter. Pour le moment.

— Héli est la planète la mieux défendue de l'espace occupé après Terre, intervint Elvira. Comment la Coalition aurait-elle la moindre chance de l'annexer ?

— Nous avons infiltré des hommes à des postes clés. Le moment venu, ils se manifesteront et attaqueront de l'intérieur pendant que nous ferons diversion.

— Je ne comprends pas, ne put se retenir Adali. Pourquoi nous avoir confié des missions sur Obside, à l'Ombre et moi, si vous ne comptiez pas la libérer ?

— Nous nous en remettons à la résistance locale obsidienne pour occuper les autorités obsidées.

— Pour les occuper ? s'exclama Adali. Nous devions libérer la planète, et il ne s'agit plus que d'une vulgaire diversion ?

— Non, pas d'une vulgaire diversion. D'un plan calculé d'un bout à l'autre. Depuis des années, nous semons le trouble sur les colonies du GCT pour occuper les armées de Terre. Nous ne serions pas capables, comme l'a dit l'Ombre, de battre Héli si le GCT l'aidait. Notre objectif est de faire en sorte que les armées au service de Terre et de ses colonies ne puissent pas intervenir le jour de l'invasion de la Planète Sainte.

— Oui, ça paraît cohérent... admit Adali. Mais pourquoi ne pas nous avoir dit la vérité avant ?

— C'est bon, Adi, l'apaisa l'Ombre en posant la main sur la sienne, ces questions attendront. Il est sûr que les co-consuls avaient leurs raisons de ne pas partager leur plan.

Adali se tut. Son maître lui expliquerait plus tard pourquoi il ne voulait plus qu'elle intervienne dans la conversation. La tension autour de la table chuta d'un cran.

— Pour quand prévoyez-vous l'attaque de Héli ? interrogea la capitaine pirate mugg.

— Avant que vous décidiez de nous rejoindre, nous avions choisi d'attaquer dans quatre mois terriens. Maintenant que vous grossissez notre flotte, il est envisageable de passer à l'action d'ici trois mois.

— Jamais nos équipages n'attendront aussi longtemps... lâcha l'alien.

— Pourtant, il le faudra bien. Nous avons accepté vos conditions, à vous de tenir vos hommes en contrepartie.

— Que ferons-nous d'ici-là ? reprit Elvira.

— Vous réfléchirez aux meilleures stratégies de combats spatiaux avec nous afin de coordonner notre armée à votre Entente. Mais surtout, vous garderez vos hommes en place.

La réunion dura l'après-midi entière. Adali, silencieuse, suivait l'exemple de son maître. Enfoncé sur sa chaise, celui-ci scrutait les sénateurs un à un, en silence. Le conseil se termina enfin. Elvira et les deux capitaines pirates tenaient entre leurs mains des tiges mémorielles contenant des plans, des ordres et des coordonnées. Alors qu'ils se rendaient au banquet organisé en leur honneur, l'Ombre emmena Adali à part :

— Fais ce qu'il te plaît, ce soir ; demain, il sera temps de partir.

— Déjà ? s'exclama-t-elle. Vous venez d'arriver...

— Ta formation est loin d'être finie, et l'Ombre ne restera pas un jour de plus parmi ces comploteurs et ces menteurs de la Coalition Libre. Il y a mieux à faire.

— D'accord... céda-t-elle, déçue d'avance de ne plus profiter de la présence d'Elvira.

La soirée passa à une vitesse folle. Adali ne trouvait pas la force d'annoncer son départ à la pirate. Elles mangèrent entourées d'extraterrestres qui partagèrent volontiers des histoires plus improbables les unes que les autres. Les récits perdaient du sens au fur et à mesure des verres consommés. Quand les amantes se couchèrent dans une maison mise à disposition, la Frizienne avoua :

— Mon maître et moi partons demain…

— Je m'en doutais. L'Ombre a mal digéré le mensonge des co-consuls à son égard, ça sautait aux yeux.

— Oui…

— Tu reviendras, n'est-ce pas ? demanda la capitaine d'une voix qui perdit toute assurance à la simple idée du contraire.

— Bien sûr ! Je ne sais pas quand, ni où, mais je te promets qu'on se retrouvera. Et, même si l'Ombre est en colère contre la Coalition, je doute qu'il se désengage totalement de la guerre à venir. Je suis persuadée qu'on se reverra avant que je finisse ma formation. Tu sais, tu représentes beaucoup pour moi… Si je n'étais pas tant attirée par l'inconnu et par ce qu'a à m'apprendre mon maître, je resterais avec toi.

— Pour qu'on finisse par se détester ? s'exclama Elvira, moqueuse. Non merci, va donc visiter des planètes que seul ton maître connaît pour rattraper les années de maturité que j'ai d'avance.

— Quoi ? s'écria la Frizienne en plaquant son amante sur le dos. Moi, j'ai des années de maturité à rattraper ? Non mais tu t'es vue ? Toi, la grande capitaine Elvira qui fait croire à l'espace entier qu'elle a des pouvoirs surhumains, au point de battre un Roséan à mains nues ! Je suis folle de jalousie…

Les deux femmes éclatèrent de rire et s'enlacèrent pour ne plus se lâcher de la nuit. Le lendemain matin, Adali se leva discrètement, déposa un baiser sur les lèvres d'Elvira et partit sans la réveiller. Il n'y avait plus rien à dire, et elle ne voulait pas fondre en larmes.

30

Nouvelle vie

Yaé marchait dans les rues de Choulks, capitale de la Coalition Libre sur la planète Tortran. La Dague s'était posée six jours auparavant, à quelques centaines de kilomètres de là, avec les vingt-six autres vaisseaux pirates. Elvira rentra le deuxième jour, sans Adi et son maître. Elle n'en parla pas, alors Xeï et Yaé respectèrent son silence. La capitaine tint un discours aux matelots durant lequel elle expliqua les accords négociés avec les chefs de la Coalition. Elvira était douée pour parler aux hommes. Alors qu'en privé elle manifesta son mécontentement à Xeï, Yaé et Pi'll Guez, les pirates acclamèrent ses mots.

Puisque La Dague ne bougerait pas pendant des mois, Elvira autorisa une partie de l'équipage à faire un tour en ville. Des anciens triés sur le volet formaient les nouvelles recrues, consignées à bord. Yaé profita de son temps libre pour visiter Choulks. Il partit seul, car Xeï séjournait sur le vaisseau à cause de ses obligations de maître d'équipage, et Elvira souhaitait que personne ne la dérange.

Yaé, durant les quatre jours passés à explorer la cité, rencontra des personnes fort intéressantes, dont un vieil Atlante. L'on connaissait bien ce peuple extraterrestre pour avoir, en 2571 de l'ancien calendrier, fui sa planète natale. Originaires d'Atalata, les Atlantes cohabitaient à l'époque avec leurs cousins, les Atalatéens. Ceux-ci occupaient la surface de la planète, quand les Atlantes arpentaient les abysses marins. Lorsque, en 2553, les Terriens découvrirent leur monde et essayèrent de l'envahir, les Atalatéens les repoussèrent grâce à leur arsenal nucléaire. Louid, le fils de l'empereur terrien Shalad II, monta sur le trône après la mort de son père dans un attentat. Il renforça les attaques contre la planète. Les bombes T permirent d'en prendre le contrôle rapidement. Les Atlantes refusèrent de demeurer sur ce monde souillé par la guerre et le tinotium — à la caractéristique néfaste d'assécher les zones visées, et d'inoculer aux victimes de son fléau une rage incurable. Ils fuirent vers Cumscie, une planète voisine dans leur système astral. Elle ne contenait pas de denrées rares, aussi Terre ne les y poursuivit-elle pas.

Les Atlantes peuplaient Cumscie depuis environ cinq cent soixante ans terriens, reclus. Nombreux furent ceux qui s'y rendirent en pèlerinage. Ils en revinrent avec des histoires fantastiques et de nouvelles connaissances. L'on considéra vite les Atlantes comme les sages de l'espace connu. Ils refusaient toute forme de violence et recelaient de savoirs philosophiques que les plus courageux partaient chercher chez eux. Car beaucoup craignaient les tréfonds dans lesquels vivaient ces aliens, et des rumeurs terrifiantes circulaient à leur sujet. Les Terriens les nommèrent Atlantes en référence à l'antique mythe disparu dans les abîmes des mémoires voilà des siècles.

Yaé réalisa en parlant à cet extraterrestre qu'il ignorait tout de ce peuple. Sur Terre, l'on parlait vaguement des Atlantes, une espèce exilée sous la mer par peur des Humains. Ils auraient provoqué le GCT et se cacheraient pour éviter des représailles. Ils lui avaient été présentés comme une espèce faible et stupide, comme tant d'autres. Alors qu'il connaissait de plus en plus d'aliens, Yaé se demandait comment ces rumeurs perduraient. En écoutant l'Atlante, il se sentit si ignorant, si stupide. Le vieillard lui exposa des théories sur l'Univers auxquelles il n'aurait jamais pensé. Pourquoi les Humains méprisaient-ils les extraterrestres si nombre d'entre eux en savaient bien plus ? Peut-être la réponse se trouvait-elle dans la question. Le GCT redoutait peut-être qu'ils réclament le pouvoir au vu de leurs connaissances.

Yaé s'habitua au fil des heures au physique dérangeant de l'Atlante. Il illustrait l'image qu'il se faisait d'une sirène avec des jambes. Son corps recouvert d'écailles, il possédait les deux modes respiratoires : des branchies et des poumons. Des nageoires pointaient de ses membres, lui permettant aussi bien de marcher que de nager à toute vitesse. Pour tout dire, il n'était pas beau à voir, mais si singulier que l'on dépassait vite cette première impression.

Leur discussion dura jusque tard dans la nuit. Yaé logea en ville. Au matin, l'Atlante demeura introuvable. Le jeune homme continua donc son exploration de Choulks. Un marchand lui expliqua que, auparavant, la ville ne s'appelait pas ainsi. Dans les années 340, Aëlita Choulks, une Humaine, créa la Coalition Libre, découvrit Tortran et posa la première pierre de cette cité. Pour l'anniversaire des cent ans de la Coalition, en l'an 440 après la libération des planètes, ses dirigeants lui accordèrent un ultime témoignage de respect en changeant le nom initial « Centre Résistant » en « Choulks ».

Yaé déambulait sans but au milieu d'un marché quand une main s'abattit sur son épaule. Il réagit au quart de tour, fléchit les jambes, frappa du coude arrière, dégaina son poignard et le plaqua sur la gorge de son assaillant. Assaillant qui se révéla être une assaillante. Assaillante qui se révéla être Elvira.

— ARRÊTE, C'EST MOI ! paniqua-t-elle en mettant ses mains en évidence.

Yaé la lâcha et se répandit en excuses. Il avait failli égorger sa capitaine, tout de même. Elle ne se formalisa pas :

— Je préfère que tu réagisses trop vite que pas assez, oublie ça !

Il acquiesça en souriant à moitié, et les curieux qui les dévisageaient se détournèrent, un peu déçus de ne pas assister à un combat.

— Tu me cherchais ? demanda-t-il à la pirate qui se massa le ventre dans une grimace.

— Oui, j'ai besoin de toi. Je ne voulais pas passer par les communications, de peur qu'un indiscret les intercepte. J'ai utilisé le localisateur de ta montre pour te retrouver. Allons dans un endroit plus calme.

Il la conduisit dans l'auberge où il logeait. Elle s'assit sur le lit avec un air songeur :

— La base de Leto est tombée.

— Quand ça ? Comment ?

— Aujourd'hui même ; c'est l'œuvre du GCT et de Héli, mais ça n'aurait pas dû arriver... Je pense que c'est un coup de la Pieuvre.

— Tu crois réellement que, pour se venger, il aurait révélé à ses pires ennemis le lieu de rencontre des pirates ? Les mêmes avec qui il a passé des années ?

— Je connais la Pieuvre depuis que Dant m'a sauvée du GCT, voilà treize ans. Il m'a toujours considérée comme une erreur du capitaine. Il savait que j'étais sa fille, mais ne comprenait pas la raison de ma présence. Il a déjà essayé de me supprimer discrètement, et il aurait réussi sans l'intervention de Kastellane. Que je succède à mon père, et non lui, l'a mis dans une rage folle. Je ne pensais pas qu'il nous livrerait au GCT, mais maintenant que Leto a été balayée, je suis presque sûre que c'est lui. Qu'il soit allé vers les Terriens ou qu'ils l'aient capturé, je n'en sais rien, mais il a vendu les pirates.

— Tu vas en parler à l'équipage ? s'enquit Yaé.

— Tous les fidèles de la Pieuvre ne sont pas partis avec lui. Un nombre non négligeable de pirates encore à bord de La Dague serait prêt à me trahir à la première occasion. S'ils apprennent que la Pieuvre est à l'origine du massacre, ils auront peur et s'empresseront de me tuer pour éviter sa colère. Pour l'instant, seuls Pi'll et Xeï sont au courant. Je te considère comme mon ami, c'est pourquoi je te le dis ; que cela ne quitte pas cette pièce.

— Je ne te trahirai pas, répondit-il fermement, je préfère mille fois servir à ton bord que n'importe où ailleurs, et particulièrement avec la Pieuvre. Aie confiance. Mais comment être sûrs que la Pieuvre a bien vendu Leto au GCT ?

— Peut-être ne le saura-t-on jamais. Reste que si la Pieuvre travaille pour le GCT, de gré ou de force, nous sommes tous en danger.

Elle cala sa tête sur l'un des oreillers :

— Jusque-là, La Dague devait sa force au fait qu'elle était imprévisible et inconnue du GCT. Bien que ce soit un ancien vaisseau de la Force Spatiale, mon père l'a tellement modifiée que les Terriens ne savaient jamais à quoi s'attendre en nous combattant. Mais la Pieuvre connaît le moindre recoin de La Dague, nos faiblesses et points forts, nos stratégies d'attaque, nos effectifs, nos membres éminents...

— Calme-toi, souffla Yaé pour qu'elle cesse de débiter des paroles en se renfrognant.

Elvira baissa les yeux :

— Désolée, je ne suis pas comme ça en temps normal, je suis forte...

Yaé sentait qu'elle avait besoin de se débarrasser de ses pensées :

— Que se passe-t-il ?

— Je n'en sais rien... C'est... Je ne sais pas... Mon père est mort, Kastellane est mort, et Adi est partie avec son maître parce que la Coalition leur a menti pour que nous, les pirates, les rejoignions...

Elle fondit en larmes. Yaé l'enserra, désemparé par la situation. Il lui releva une mèche de cheveux rousse trempée et lui assura que tout irait bien et qu'elle retrouverait bientôt Adi, ce qu'il ignorait. Mais il ressentait de la compassion et il la garda blottie contre lui, en posant la tête sur sa tignasse. Elle se redressa plus tard, la nuit avancée, ses larmes séchées, la voix usée :

— On devrait retourner sur La Dague.

Yaé approuva, et ils partirent à bord de la navette d'Elvira. Dans l'obscurité intense, le jeune homme se fiait aux radars pour s'orienter. Ils survolaient une forêt lorsqu'un grincement retentit à l'arrière de l'appareil. La capitaine, sourcils froncés, partit voir ce qu'il se passait. À peine Yaé effleura-t-il le bouton des alarmes du vaisseau qu'un bruit strident vrilla ses oreilles. Il sursauta sur son siège et désactiva le son. Des lumières rouges clignotèrent au-dessus du troisième moteur. Un cri horrifié lui parvint, et il activa le pilotage automatique pour rejoindre Elvira. La tête enfoncée dans une trappe, elle s'acharnait à tirer des câbles hors de leurs boîtes.

— Quelqu'un a saboté ce moteur ! cria-t-elle, sa voix étouffée par le grincement qui s'accroissait.

Sans laisser le temps à Yaé de répondre, une explosion secoua la navette. Une épaisse fumée sortit de la trappe où se trouvait Elvira et envahit le cockpit. Il la tira par les pieds avant qu'elle s'étouffe et la ceintura solidement sur son siège alors qu'elle perdait conscience. Une voix synthétique l'informa que le pilotage automatique ne fonctionnait plus. Il saisit le manche de guidage à pleines mains et braqua avec hargne. Il n'obtint qu'une seconde détonation qui réduisit en morceaux un autre réacteur. Le vaisseau, privé de la moitié de ses propulseurs, plongeait.

— *État de la navette critique*, débita l'automate, *éjection recommandée. Des parachutes sont à votre disposition sous chacun des sièges. Impact au sol dans cent cinquante-deux secondes.*

Dans un juron, Yaé enfila un stato-parachute. Il souleva Elvira et lui passa un sac-à-dos avec difficulté, alors que les haut-parleurs entonnaient un compte à rebours. Il porta la pirate jusqu'à la trappe de secours et y donna un violent coup de pied. Avant qu'il trouve le courage de sauter, ils furent aspirés au-dehors par la dépressurisation.

≈

Ode croyait rêver. Sous ses yeux s'étendait la ville de l'Ancienne Paris. En haut d'une tour, elle voyait des immeubles plus loin que l'horizon. Elle voyait !

Ça lui avait tellement manqué. Voir, admirer. Mettre des images sur des sons. L'étoile de Terre, Sol, se reflétait sur les vitres de verre.

Depuis un mois, elle travaillait pour le Gouvernement Colonial Terrien. Elle ne regrettait rien. Retrouver la vue dépassait même ses sentiments déçus pour Yaé.

Lors de ses deux premières semaines de recherche pour Terre, elle eut beaucoup de mal à s'adapter. Elle, qui n'avait jamais occupé de fonction de direction, se retrouva avec une équipe de dix personnes à superviser et des moyens illimités. Au début, ses collègues de travail méprisèrent cette insignifiante adolescente sortant d'un bidonville, mutine et ancienne pirate. Mais vite, le respect remplaça le dédain. Avec le matériel mis à sa disposition, Ode repoussa les limites du connu. Ses recherches portèrent leurs fruits, et tous la considérèrent vite comme un génie indiscutable de l'informatique.

En un mois, elle obtint des algorithmes qui amélioraient le déchirement spatial. Elle-même ne soupçonnait pas ses propres capacités. Autodidacte, elle était surdouée. Pour de tels résultats, on lui octroya des faveurs. On l'installa dans un immeuble cossu, habité de riches gens, et lui versa un salaire plus que satisfaisant. De la pacotille par rapport à ce que lui proposa son supérieur, la veille :

— Si tu le veux, nous te rendrons la vue. Nous connecterons ton système oculaire aux yeux artificiels de ton robot de compagnie, tu verras à travers lui. Et si tu continues à avancer à ce rythme, nous te récompenserons en remplaçant tes yeux par des prothèses dernier cri. Tu retrouveras la vue.

Et, pour la première fois en quatre mois, elle voyait, par le biais de Larry. Ce jour se graverait à jamais parmi l'un des plus beaux de sa vie. Des larmes dégoulinaient sur ses joues balafrées. Rien n'aurait su la rendre plus heureuse à cet instant.

— *Voulez-vous que je règle différemment ma vision, Madame ?* proposa son robot.

Ode ne prit pas la peine de répondre. Debout sur son balcon, elle admira des heures durant Sol se coucher.

L'Ancienne Paris, une ville gigantesque. La plus grande de l'espace occupé. Naissant sur la côte ouest de l'Eurasie, elle s'étendait jusqu'à la mer Méditerranée et se terminait au pied de la chaîne montagneuse des Alpes. Son vieux centre, point culminant du Gouvernement Colonial Terrien abritant son siège, datait de milliers d'années. Ode se trouvait non loin du fleuve Garon-A, depuis longtemps détourné de son cours naturel pour longer les habitations des éminents membres du gouvernement.

Entrecoupé d'écluses et surmonté de dizaines de ponts, le fleuve se montrait peu. Les rares parties qu'Ode apercevait brillaient de mille feux, éclairées par des projecteurs immergés. Sur son bord, une foule compacte se mouvait.

L'Ancienne Paris, une ville unique. Un havre où l'on ne craignait ni vol, ni meurtre, ni viol, ni enlèvement. Grâce à la surveillance omniprésente, aux drones et aux tourelles automatiques à chaque coin de rue, n'importe quelle agression était contrôlée dans les trois secondes.

Sa vue retrouvée, Ode décida de se promener afin de découvrir la mégalopole. Elle n'avait pas pris cette peine jusqu'à ce jour puisqu'elle n'utilisait que son toucher pour se faire une idée. Larry l'emmena sur le quai de Garon-A, la main sur son épaule. Quand elle voulait viser un endroit spécifique à travers ses yeux, elle tournait la tête dans cette direction, et Larry suivait son mouvement, toujours sensible à ses attentes.

Cette partie de l'Ancienne Paris recouvrait une ville d'antan. Le quartier se nommait Toulouse. Les vestiges de maisons vieilles de centaines d'années étaient précieusement conservés, et les nouvelles constructions gardaient le style architectural d'autrefois : des hologrammes simulant des briques d'un rose délavé recouvraient les gratte-ciels.

Seuls les Humains détenaient le droit de se rendre sur Terre, et plus spécifiquement en Eurasie, qui ne tolérait aucun alien, sous peine de mort. Des hommes et des femmes sortaient des bars, ivres, riant à gorge déployée et beuglant des chansons populaires. Ici, nul ne luttait pour sa survie au jour le jour, et une certaine innocence les imprégnait. Les citoyens de l'Ancienne Paris ignoraient pour la plupart que les extraterrestres les égalaient, voire les surpassaient en intelligence.

Larry, mis à jour sur le réseau local, donnait toutes sortes de détails à

Ode sur la ville. Il parla de la tendance du moment chez les habitants de ce quartier : se déguiser, soit en Gob, soit en soldat de l'Armée Terrienne, et simuler des batailles. Les joueurs se retrouvaient sur des terrains vides et jouaient à la guerre avec des armes holographiques. Chaque camp devait abattre le maximum d'adversaires dans un temps imparti, et les perdants écopaient de gages.

Ode se sentait bien dans cette ville, mais elle trouvait anormal de « jouer à la guerre » quand celle-ci était des plus réelles au dehors. Aucun motif ne pouvait justifier de rire de l'horreur qui existait au-delà des frontières et des boucliers étincelants de l'Eurasie.

Au bord de Garon-A, Larry observa le fond du fleuve. Les éclairages sous-marins multicolores projetaient des lumières en tous sens, formant des arcs-en-ciel sur des geysers artificiels. Les plus belles créatures de l'espace connu y nageaient paisiblement, rivalisant par leur beauté et leur taille entre elles. Des pêcheurs installés sur la rive d'en face discutaient avec fierté de leurs exploits passés. Pour obtenir l'autorisation de pêcher dans l'eau de Garon-A, il fallait payer une somme colossale. Tous les habitants de l'Ancienne Paris étaient extrêmement riches, mais peu s'accordaient le luxe de dépenser tant de Dots dans le seul but de se divertir. Ces hommes appartenaient sans conteste au haut du panier.

Ode admira les poissons extraterrestres longtemps, la fatigue disparue de son corps avec le retour à la vue. Lorsque, tard, elle rentra, ce fut avec un plaisir non feint qu'elle ferma les paupières pour retrouver l'obscurité, rassurante, car éphémère.

31

Un simple arbre de plus

Adali et son maître quittèrent Tortran à bord d'un vaisseau pirate dont le capitaine devait une faveur à l'Ombre. Il les déposa sur Obside, à distance d'Ythkar, soucieux que les autorités ne le remarquent pas. L'Ombre informa son apprentie que, après leur départ de la ville, le gouvernement obsidé avait augmenté la garnison. Terre y affecta même un nouveau régiment spécialement pour défendre le tunnel relié à Frizen. Les contrôles se multipliaient en ville, où les soldats traquaient les rebelles sans relâche.

Cette pression sur la population aggravait la situation. Les habitants d'Ythkar, las d'être sans cesse considérés comme des terroristes, manifestaient leur mécontentement en compliquant la tâche des militaires. Les sympathisants des résistants se multipliaient, ainsi que les caches d'armes et les altercations avec les forces de l'ordre. Même les Humains de la zone secondaire saturaient.

Mais la situation se dégradait vraiment depuis un mois, avec les rumeurs concernant les massacres d'Ondkar, ville où Adali avait assassiné Edgah Irokzs. À Ondkar, les miséreux de la zone tertiaire se rebellèrent et prirent d'assaut la zone secondaire. Les autorités mirent le feu à ce district pour contenir la révolte et tuèrent des milliers d'innocents, la plupart Obsidiens. Quand la nouvelle traversa le désert pour parvenir à Ythkar, elle provoqua la colère du peuple. Les combats contre les soldats et les miliciens grimpèrent en flèche, autant que les temples à la gloire des Humains se vidèrent de leurs adeptes. Alors que le gouvernement obsidé pensait faire peur, il attisa seulement la colère.

L'Ombre et Adali marchèrent une journée entière dans le désert avant d'atteindre Ythkar. Ils pénétrèrent dans la zone tertiaire en évitant les patrouilles qui pullulaient, pour se rendre dans la maison noircie à moitié détruite de *Günaar de la ruine noire*. Lorsque l'Ombre annonça au chef de la résistance locale le retrait de la Coalition Libre de leur lutte sur Obside, son visage s'affaissa, ses espérances et ses rêves comme arrachés. Il décida de ne pas partager la nouvelle à ses troupes, pour ne pas leur ôter cet espoir, puis se replia dans le silence. Adali et son maître se retirèrent pour regagner leur planque à Ythkar.

≈

Le vent fouetta le visage de Yaé avec violence et le propulsa loin d'Elvira. La pirate cria, violemment réveillée par les bourrasques. Ils dégringolaient vers la cime des arbres. Tout tournait, et la nuit les privait de leurs repères alors que la sensation de chute leur serrait les entrailles.

— OUVRE TON PARACHUTE ! hurla-t-il en tirant sur la manette du sien.

La toile se déploya dans un craquement, l'arrêtant net et lui secouant le dos. Il aperçut Elvira enclencher le sien et disparaître entre les arbres. Il activa les réacteurs du sac et se dirigea difficilement vers l'endroit où son amie s'était abîmée. Il frôla un arbre au feuillage touffu et son stato-parachute se déchira sur une branche. Déstabilisé, Yaé perdit l'équilibre et tenta de se rattraper à l'aide des propulseurs. Son bras cogna le tronc de l'arbre, et il atterrit lourdement sur un tapis de feuilles. Lorsque son cœur se calma enfin, il constata l'étendue des dégâts : son bras gauche balafré d'une grosse entaille, son poignet foulé et sa montre brisée. Il se débarrassa du sac et s'étira à s'en faire craquer les os du dos.

Au loin, une voix de femme retentit. Yaé se précipita dans cette direction en hélant la capitaine. Il trouva Elvira dans une clairière, une jambe coincée sous une grosse branche, se débattant dans la toile de son stato-parachute.

— Ça va ? s'inquiéta Yaé, encore essoufflé par sa course.

— Je ne sens plus mon pied.

Yaé tenta de soulever la branche alourdie par la forte pesanteur de la planète, en vain. Il empoigna son pistolet.

— Wow, que fais-tu ? l'interpella Elvira.

— Je n'y arrive pas, alors je vais la couper en deux.

Pas le moins du monde rassurée, elle se cacha derrière un morceau de toile pour se protéger. Yaé tira une rafale de balles mais s'arrêta lorsque que l'une d'elles frôla le mollet d'Elvira.

— Je n'arriverai à rien comme ça… constata-t-il. Je peux toujours la scier avec mon poignard, mais ça prendra la nuit. Si seulement la pression atmosphérique était comme sur Terre, je pourrais la soulever… Je ne m'en rendais pas vraiment compte, mais ça fait une sacrée différence avec cette satanée branche !

Il essuya son front couvert de sueur et tourna sa langue dans sa bouche pour se rafraîchir.

— Je suppose que ta montre est cassée aussi ? présuma-t-il, et elle acquiesça dans un grognement de frustration.

Un bruit attira l'attention de Yaé à l'orée de la clairière. Il s'agenouilla et plaça le viseur de son arme contre son œil. Le feuillage dansait calmement au gré du vent. Les arbres étaient plutôt similaires à ceux de Terre, hormis leurs racines formant de grosses boules au pied des troncs. Des fruits ténus jaune vif fourmillaient dans les buissons. Yaé plissa les yeux. Ce qu'il prenait pour un arbre se révéla alors être un animal à moitié caché dans des feuilles adipeuses. Il l'examina, curieux, et abaissa le canon de son pistolet.

Tout en longueur et en finesse, l'être fondu dans l'environnement avec un naturel bluffant mesurait trois mètres. Une peau proche de l'écorce couvrait sa tête macrocéphale légèrement verdâtre. Debout sur deux pattes, il tenait un large bâton. Il s'approcha d'un ample bond en conservant une distance respectable avec les pirates. Sorti du couvert des arbres, il paraissait beaucoup moins animal. Il ne possédait ni bouche ni nez ni oreilles. Une douce odeur submergea Yaé, et il se sentit rassuré. La créature dégageait une aura de bien-être. Elle ouvrit sa main parsemée d'appendices jumeaux de branchages. Ses sept doigts rappelaient les pétales d'une fleur hypertrophiée, sous lesquels des pousses partaient dans de multiples sens. Yaé était fasciné. Le bras du Ranien gonflait légèrement au-dessus du coude, signalant la présence d'un muscle, et noircissait en arrivant au niveau de l'épaule. Des nervures couraient le long de son torse bombé. Ses pieds, quasiment identiques aux racines des arbres, excepté leur base plate, s'arrondissaient sur le dessus.

— Je crois qu'il veut que tu donnes ta main, toi aussi, commenta Elvira.

Yaé s'arracha avec regret à la contemplation du Ranien et s'exécuta. L'extraterrestre la scruta puis y plaça la sienne. Ce contact lui remémora celui du vieux bois. Un pressentiment l'envahit. Il ne pouvait le nommer, mais il savait à présent que cette créature ne lui nuirait aucunement. Le Ranien retira sa paume et chaloupa vers Elvira. Celle-ci eut un mouvement de recul lorsqu'il s'accroupit. Un sourire remplaça son appréhension, et elle posa ses doigts sur le thénar de l'alien :

— Je pense qu'il propose de nous aider.

Le Ranien s'étira de toute sa hauteur et lança son bras interminable vers la jambe coincée de la capitaine. Il attrapa la branche et la souleva comme si elle ne pesait rien. Il la déposa délicatement sur le sol, et la jeune femme poussa un soupir de soulagement. Elle entreprit de se masser le pied et contempla son sauveur avec gratitude, qui se tourna de nouveau vers Yaé. Une pensée flotta vers celui-ci ; malgré l'absence de mots, il en comprit l'intention :

— Il nous invite. Je n'ai pas l'impression qu'il nous veuille du mal et, de toute manière, nous sommes perdus au milieu de la forêt sans moyen de transport pour rejoindre La Dague ou Choulks.

Elvira accepta et se releva en gémissant de douleur. Un pas en avant, et elle tomba la tête la première. Le Ranien l'intercepta avant qu'elle touche le sol et la souleva. La pirate eut une grimace inquiète en se retrouvant subitement à plus de deux mètres dans les bras d'un arbre vivant, mais elle ne dit rien. L'extraterrestre fit un signe à Yaé et se dirigea vers la forêt.

Ils marchèrent longtemps à travers les bois. Yaé le surveilla d'abord, puis il se laissa distraire par les environs. Les environs regorgeaient de mystères qu'il se plut à observer. Les racines en forme de boules se joignaient parfois en amas où des animaux creusaient des terriers. Des rongeurs, hormis leurs reflets roux, se distinguaient diamétralement des écureuils terriens : un poil parsemé de pics bleu foncé, une tête plus grosse que leur corps et deux pattes supplémentaires dans le dos, qui leur permettaient de se retourner pour courir à l'envers, au sol ou dans les arbres. L'un d'eux grimpa sur le Ranien et se glissa dans un trou, sur son torse. Il fut chassé par l'un de ses semblables y élisant déjà domicile. Il déguerpit en expulsant une fumée jaunâtre qui s'échappa de ses pics dorsaux.

Les arbres montaient très haut, ou ne dépassaient pas la taille d'un homme adulte. Tout frôlait l'extrême : les plantes, soit immenses, soit ridiculement petites. Une sorte de cerf détala au galop alors qu'ils traversaient un ruisseau, et Yaé eut le temps d'apercevoir ses sabots rougeoyants, comme hantés de flammes ardentes.

Ils longèrent un torrent dans le sens inverse du courant et débouchèrent sur une cascade. Un village s'installait à son pied. Plus un prolongement de la forêt qu'un réel village, d'ailleurs. Les habitations, à moitié incrustées dans des troncs massifs, bordaient la rivière. Des arbres — penchés lors de leur pousse pour qu'ils grandissent de cette manière — enjambaient l'eau dans des courbes parfaites. Yaé n'y prêtait pas attention auparavant, mais il remarqua qu'il avait déjà vu des habitations analogues plus tôt. Tellement en symbiose avec la nature qu'il les prenait pour des racines. Des Raniens vaquaient à leurs occupations, se mêlant aux environs en totale harmonie. Certains plus courts et massifs que le porteur d'Elvira, et d'autres encore plus élancés. Leur guide ne reflétait pas la norme de son espèce.

Lors de ses promenades dans la ville de Choulks, il avait recueilli des informations sur le mode de vie des Raniens. Tous reliés par un lien invisible, ils ne formaient qu'une seule et même entité. Les capacités physiques à la naissance déterminaient la place des Raniens dans leur société. Les forts s'occupaient des tâches physiques, les plus légers devenaient éclaireurs et « arpenteurs » — ceux qui vivaient en haut de la cime des arbres ou exploraient les forêts sans relâche. Ils ne pouvaient prétendre à accomplir un autre but que celui pour lequel ils existaient ; ils s'organisaient comme les parties d'un corps, nécessaires les unes aux autres.

Leur guide les mena à travers le village sans que les Raniens présentent la moindre intention de l'en empêcher. À son extrémité, ils l'observèrent pénétrer dans une grotte ouverte dans une roche magmatique parée de plantes grimpantes aux couleurs variées. Un hurlement leur perça les tympans. L'arpenteur sortit comme si de rien n'était, accompagné d'un animal des plus étranges.

Encore plus grand qu'un Ranien, les écailles qui caparaçonnaient sa peau, hésitant entre le vert le marron, s'arrêtaient au niveau de son cou, plus gros que le buste d'un homme. De taille imposante, l'animal respirait la souplesse. Deux oreilles retombant telles les pages froissées d'un vieux livre surmontaient sa tête. De larges griffes, aussi irisées et belles qu'un diamant raffiné, ornaient ses quatre pattes. Une crête émaciée de la même couleur que ses écailles courait sur son dos. Sa tête allongée se terminait par un museau qui cachait une bouche garnie de deux rangées de crocs acérés translucides. Contrairement aux Raniens, il était indubitablement carnivore. Une petite bosse luisait faiblement sur son front, du même jaune vif que le gaz relâché par les rongeurs observés par Yaé. Une queue de deux bons mètres le prolongeait, presque ridicule à côté de ses ailes, splendides, ornées d'une membrane transparente nacrée similaire à l'apparence de ses griffes et ses crocs. Mais le plus dérangeant : il n'avait pas d'yeux. Ses oreilles ne cessaient de bouger, et son museau flairait les odeurs qui lui parvenaient.

Les deux pirates, pantois, étaient incapables d'esquisser le moindre geste, sidérés par la grandeur, la beauté et la bestialité dégagées par cette créature fantastique. Yaé eut un mouvement de recul lorsqu'un esprit inconnu, indubitablement celui de la bête, caressa ses pensées. Sa conscience n'approchait en rien celle de l'arpenteur, d'Adi ou des Friziens. Non dotée d'une forme de réflexion rationnelle, des lois plus primales la régissaient. Yaé éprouva les sentiments de l'animal à leur sujet. Il considérait les Humains comme des étrangers sur son territoire, mais ne se sentait pas menacé par leur présence, car l'arpenteur lui assurait qu'ils venaient en amis et qu'il devait les aider.

Le Ranien élança son long bras d'écorce vers l'animal.

— Il veut que nous montions sur le dos du dragon... comprit Elvira, émerveillée, appuyée sur Yaé pour tenir debout.

— Le dragon ? s'amusa-t-il, tout aussi ébloui.

L'arpenteur souleva Elvira pour la placer sur le dos de l'animal. Un frémissement secoua le « dragon », et elle sursauta. Le Ranien prit la main de la pirate posée sur les écailles et la plaça sur la crête avec délicatesse. Il hissa ensuite Yaé. Lorsque le jeune homme effleura l'arête moirée, son esprit pénétra dans celui de la monture. Il saisit instantanément qu'il ne pourrait contrôler une telle puissance, mais il lui envoya sans le vouloir des images de La Dague. Le dragon rugit et battit des ailes.

Il cahota les feuilles autour de lui alors qu'il s'envolait, et l'arpenteur s'éloigna. Elvira lui fit un grand signe de la main avant de saisir fermement une prise pour ne pas glisser. La poussière tourbillonna, et Yaé éternua. Il éclata d'un grand rire heureux lorsqu'ils dépassèrent la cime des arbres. Ils toisaient une forêt sans fin. Les cheveux roux d'Elvira fouettaient son visage, mais il s'en fichait éperdument. Il baignait dans un état de liberté jusqu'alors inconnu. La pirate poussa un cri de joie que Yaé reprit de bon cœur. Tous leurs problèmes disparurent, et seul le bonheur demeura.

32

La perte

Sous son éternel visage impassible, l'Ombre était plus touché par la trahison des co-consuls de la Coalition Libre qu'il ne voulait l'admettre. Adali le voyait à la façon dont il l'entraînait depuis trois semaines. Froid, il souriait encore moins qu'à l'ordinaire et la submergeait de travail. Elle comprit vite l'objectif de son maître à présent : la former, elle, pour qu'elle devienne plus puissante que quiconque. Adali se démenait et ne marquait des pauses que pour manger ou dormir. Ses journées débutaient aux alentours de midi par une « remise en forme » de trois heures consistant à expulser toute la sueur emmagasinée dans son corps. Suivaient les leçons sur l'espace connu jusqu'au repas, puis l'entraînement au combat. Elle affrontait l'Ombre en duel singulier en attendant la nuit.

Alors commençaient ses moments favoris. Tous deux quittaient leur repaire pour arpenter les rues obscures d'Ythkar. Ils déambulaient avec pour seul but de stimuler les sens et réflexes d'Adali. L'Atalatéen s'acharnait à la coincer dans des situations plus périlleuses les unes que les autres. Elle reçut comme instructions de neutraliser une patrouille de dix soldats, sans les tuer. Malgré ses protestations, son maître ne transigea pas. Selon lui, il fallait qu'elle apprenne à contrôler sa puissance, qui comprenait autant son pouvoir psychique que ses capacités physiques grandissantes. Car Adali progressait à une vitesse folle.

Son corps, déjà sculpté par le travail dans les mines, gagnait en agilité et en fluidité. Sur Frizen2, elle avait toujours souffert de malnutrition, mais elle mangeait désormais à sa faim depuis des mois. Pour la première fois, elle prenait pleinement conscience de son potentiel. L'Ombre multipliait les exercices démentiels. Un matin, il la réveilla en plaquant sur son visage un mouchoir empli d'une substance soporifique. Elle se débattit et parvint à se dégager, mais pas sans en inhaler une dose non négligeable. Son maître lui lança alors des poignards dessus. Elle en évita la plupart, mais pas tous. L'Atalatéen utilisa des dagues en bois. Le lendemain, c'étaient de vraies armes, mais non affûtées. Et le jour suivant : aussi tranchantes que si elles sortaient de chez le forgeron.

La nuit, si elle n'affrontait pas des soldats du GCT, il soumettait Adali à des épreuves variées. Parfois, l'Ombre lui bandait les yeux et l'emmenait dans la ville sans lui dire où. Puis il disparaissait, et elle devait retrouver la planque dans un temps imparti, sous peine de recommencer jusqu'à ce qu'elle réussisse. L'entraînement prenait une tout autre tournure qu'avant le départ de la Frizienne pour La Dague. L'Ombre la formait réellement, et son apprentie comprit que, précédemment, elle n'avait qu'effleuré son enseignement.

Peu après qu'ils eurent quitté Tortran, Adali ressentit une démangeaison dans le cou, à l'endroit exact de son tatouage. Elle s'inquiéta tellement que l'Ombre contacta l'une de ses « connaissances » au sein de la Coalition Libre pour s'assurer qu'Elvira se portait bien. La Frizienne voulut retourner sur Tortran pour tuer quiconque avait attenté à la vie de son amante lorsqu'elle apprit le sabotage de la navette de la capitaine. L'Ombre l'en dissuada et il redoubla la difficulté de ses exercices pour vider son esprit.

— Tu as le droit d'aimer, expliqua-t-il à son élève, c'est même heureux car tu chéris une bonne personne. Mais tu ne dois pas réagir de cette manière. L'inquiétude pousse au déraisonnable. L'attachement mène souvent à l'inconscience. C'est pourquoi tu apprendras à contrôler tes sentiments. Tu as le droit d'aimer, mais sache quand aimer, et quand il vaut mieux s'abstenir. Dans le cas présent, tu sais qu'Elvira va bien, mais tu souhaites la rejoindre. Si elle était en danger et qu'il y avait une chance de la sauver, l'Ombre te laisserait la retrouver, t'aiderait même, mais ce n'est pas le cas. Bien qu'elle ne soit en sécurité nulle part, elle est maîtresse de sa vie. À elle de résoudre ses propres problèmes et de quérir de l'aide si elle pense cela nécessaire.

— Je ne suis pas sûre qu'elle aille bien ! s'écria Adali avec colère, furieuse que son maître la retienne.

— Si le message que tu as reçu ne te suffit pas, alors trouve un autre moyen de t'en assurer. Sans t'y rendre. N'y a-t-il aucune façon pour quelqu'un comme toi ?

Adali se maudit pour sa propre bêtise. Comment oublier que le Point lui ouvrait les portes de l'Univers, et ce sans aucune limite ?

— Les Humains contrôlent le Point, je suis convaincue qu'ils m'attendent de pied ferme.

— Alors, il suffit que tu apprennes à contrôler suffisamment ton pouvoir pour t'en servir même dans le Point. Tu n'y craindras plus les Humains qui l'occupent, car tu les réduiras à l'impuissance par ta seule force mentale. Tu es capable de voyager dans l'espace comme nul autre avant toi, et ton pouvoir se décuple dans le Point, alors imagine que tu le contrôles.

Et Adali travailla davantage chaque jour. Elle concéda à l'Ombre que le message attestant la bonne santé d'Elvira était sûrement fondé, d'autant que le Peintre ne se manifestait plus. Elle passait une heure avant de se coucher, assise en tailleur, à aguerrir son pouvoir en évitant le Point. Au début, elle désespérait du résultat, et elle aurait abandonné sans les encouragements de l'Ombre. Outre tous les exercices, il veillait à lui accorder ce temps de travail journalier. Adali améliorait ses facultés. Désormais capable de s'en servir sans toucher physiquement ses ennemis, elle s'évanouissait néanmoins après chaque utilisation. Elle mit à mal bon nombre de soldats qui ne furent, pour elle, que des expériences.

En ville, le nombre d'arrestations ne cessait de croître, et la révolte grondait. Seuls les habitants de la zone primaire ne se plaignaient pas. La guerre civile que la Coalition Libre attendait ne tarderait pas à exploser, et elle causerait des dégâts considérables. Günaar de la ruine noire continuait d'encourager ses troupes avec l'espoir qu'Obside deviendrait bientôt indépendante, dès que les rebelles s'empareraient du tunnel de Frizen.

L'Atalatéen partit par trois fois accomplir des missions pour la Coalition Libre, sans réclamer l'aide d'Adali. Il considérait son entraînement plus important que les assassinats pour des « menteurs ». Bien sûr, il se doutait depuis longtemps que les dirigeants de la Coalition n'étaient pas de preux défenseurs de la justice et il savait que des Firmes Inter-Spatiales les contrôlaient en partie. Toutefois avait couvé en lui l'espoir en leur cause, au moins pour libérer Obside et éviter à tout prix une guerre.

≈

Adali scrutait l'obscurité, perchée sur le toit d'un immeuble de la zone secondaire.

— Ce soir, dit l'Ombre, tu te rendras dans les quartiers privés de la gouverneure d'Ythkar.

La Frizienne haussa un sourcil :

— Juste m'y rendre ? Pas la tuer ?

— Non.

Cette manie de l'Ombre de ne pas s'expliquer l'irritait toujours autant :

— D'accord, pourquoi me rendrais-je chez l'une des personnes les mieux protégées de la ville si ce n'est pour l'assassiner ? C'est une mission pour la Coalition ?

— Non. La Coalition n'en saura rien. Ceci restera entre toi et l'Ombre, dans le plus grand secret. Personne ne doit remarquer ta venue.

La curiosité d'Adali balaya son scepticisme :

— De quoi s'agit-il ? Vous pensez que la Coalition vous cache des données quant à la gouverneure ?

— C'est ce que l'Ombre compte découvrir ce soir. La Coalition n'agit plus selon les principes attribués lors de sa création par Aëlita Choulks. La question est de savoir jusqu'où les co-consuls se sont aventurés dans leur déni de ces valeurs. Il est possible qu'ils entretiennent un contact avec la gouverneure d'Ythkar. Si c'est le cas, cela condamnerait la révolte des Obsidiens menée par Günaar à l'échec. Et, surtout, que les co-consuls cacheraient la vérité dans un but inconnu. C'est ce but que l'Ombre et toi éluciderez. Un tel enjeu ne permet pas d'ignorer d'éventuelles manigances politiques.

— Je comprends, mais en quoi cela concernerait-il la gouverneure ? Il y a de multiples grosses villes sur Obside, et la gouverneure d'Ythkar n'a pas de réel impact au gouvernement de la planète, que je sache.

— Tu te trompes, assura l'Ombre. Le gouverneur d'Ythkar n'est plus le même. Le nouveau, ou plutôt la nouvelle, n'est autre qu'une ancienne politicienne éminente du Gouvernement Colonial Terrien. Tu la connais forcément : Sade Rhavin.

— Sade Rhavin ? s'exclama Adali. Mais... elle fait partie des trois Grands ; des trois personnes les plus éminentes du GCT !

— Plus maintenant. Elle a cédé sa place à un dénommé Dmytri Asmov. T'en souviens-tu ?

Adali fouilla dans les tréfonds de sa mémoire. Elle avait appris par cœur les noms des personnes haut-placées au sein de l'espace du GCT. Elle eut un sourire satisfait :

— Oui, Dmytri Asmov est à la tête de l'une des plus grandes Firmes Inter-Spatiales de l'espace occupé. Sa mainmise sur les usines de robotique d'AquaPrim lui octroie un fort impact sur les décisions du GCT par sa puissance et son influence commerciale.

— Bien. Depuis cinq jours, Dmytri Asmov a remplacé Sade Rhavin.

— Pourtant, s'avança Adali, je croyais les trois Grands nommés à vie.

— C'était le cas pour la plupart, même si leur vie s'achève souvent de façon prématurée. Mais les trois Grands n'ont plus de réel pouvoir depuis que les Firmes Inter-Spatiales les contrôlent. En voici la preuve : Dmytri Asmov, simple chef d'entreprise extrêmement puissant, se tient maintenant à la tête du GCT. Les Firmes Inter-Spatiales ne se contenteront plus désormais de manipuler le GCT dans leur intérêt ; elles le dirigeront de l'intérieur.

Adali descendit du toit en équilibre sur une poutrelle.

— Qu'attendez-vous de moi ?

Son maître la rejoignit et s'accroupit en gardant son assiette grâce à ses quatre bras tendus :

— Tu pirateras le compte personnel de Sade Rhavin avec l'intégralité de ses messages afin que l'Ombre les étudie et sache si oui ou non elle entretient des relations avec la Coalition Libre.

— Je ne possède que de basiques notions de piratage, je me vois mal infiltrer l'un des réseaux les mieux protégés de la planète.

— Te souviens-tu d'Edgah Irokzs ?

La Frizienne eut un petit rire caustique :

— Pourquoi m'en souviendrais-je ?

L'Ombre ne releva pas, et Adali soupira avec résignation :

— Oui, je m'en souviens, c'est l'homme que j'ai assassiné à Ondkar. Ça vous suffit, ou vous voulez un résumé complet de la soirée ?

— Bien. L'assassinat d'Edgah Irokzs avait comme fin de le remplacer par un agent au service de la Coalition. Irokzs contrôlait la totalité des réseaux de communications civiles d'Obside, et son successeur en a hérité. La

Coalition espionne désormais les conversations civiles au travers des installations qui appartenaient à Edgah Irokzs. Cela a permis d'approcher au moins en partie les réseaux militaires, et de pirater un bon nombre d'accès confidentiels sans que le gouvernement s'en aperçoive. Ils te permettront d'infiltrer le compte personnel de Sade Rhavin. Si la Coalition traite avec Sade Rhavin, elle utilisera les réseaux qu'Edgah Irokzs contrôlait de son vivant.

Adali s'éclaira en comprenant :

— Je vois, mais ça ne résout pas le problème du piratage.

Son maître lui tendit une courte tige de métal :

— Branche ceci sur l'ordinateur de Sade Rhavin, et l'Ombre s'occupera de finaliser le processus à distance. Allez, tu n'as que trop perdu de temps.

— Une dernière question. Pourquoi m'envoyer là-bas alors que vous y arriveriez sans effort ?

L'Ombre ne répondit pas et disparut dans un souffle de vent. Adali eut beau scruter les environs, plus aucune trace de l'Atalatéen. Elle rangea la tige mémorielle dans sa poche et déploya l'écran d'une carte virtuelle de la ville. Elle s'élança et se faufila au travers des avant-postes gardant l'entrée de la zone primaire en sautant de toit en toit. Les exercices de l'Ombre portaient leurs fruits, ils la rendaient invisible. Elle dérapa deux fois sur des tuiles ensablées et se rattrapa in extremis. Elle progressait à vitesse élevée, et des gouttes de sueur dégoulinaient sur son front. La chaleur — même la nuit — était quasi insoutenable sur Obside, particulièrement pour une hybride humano-frizienne à l'organisme conçu pour de basses températures.

Elle s'arrêta près de l'une des grandes tours qui perçaient le ciel d'Ythkar. Un jardin fleuri se déroulait sous les quartiers de Rhavin. Car oui, la gouverneure possédait un jardin où poussaient des plantes vertes ; un luxe que seuls les plus aisés s'offraient sur Obside.

Adali se plaqua contre un mur en entendant un vrombissement. Un drone la dépassa sans la repérer : un soldat sortit d'une ruelle adjacente et attira l'attention du robot en toussant à cause d'une rafale de vent. La Frizienne se glissa le long des escaliers de secours et arriva à la hauteur du toit de l'appartement. Cinq gardes humains ainsi que deux Aquéens montaient consciencieusement la garde. Sade Rhavin n'était probablement pas dans ses quartiers, car la petite armée qui l'accompagnait partout aurait empêché Adali de s'approcher autant. La semaine précédente, cette femme siégeait parmi les trois Grands, elle bénéficiait encore de la protection rapprochée la plus efficace de l'espace occupé. Mais si l'Ombre envoyait son apprentie, cela signifiait qu'il croyait en sa réussite.

Adali analysa longuement les possibilités qui s'offraient à elle pour pénétrer dans l'immeuble. Elle avait déjà de la chance de ne pas avoir été repérée par les caméras thermiques ou les drones de haute altitude. Ces derniers patrouillaient au-dessus de la zone tertiaire pour prévenir un potentiel attentat.

En dépit de l'obscurité, le verre opaque de la grande tour reflétait les étoiles que la géante s'enorgueillissait d'effleurer. Les quartiers de la gouverneure, insignifiants à son assise, totalisaient une bonne dizaine d'étages. Adali observa attentivement les patrouilles pour comprendre leurs rondes ainsi que les rotations des caméras de surveillance. Quand elle saisit les parcours, elle bondit dans le vide.

Elle sauta au moment où les trois caméras se détournaient et qu'un soldat allumait une cigarette, distrayant ainsi ses collègues. Elle retomba souplement, dans une élégante roulade, sur le toit de l'immeuble visé. Une couche de sable se colla aux vêtements moulants d'Adali, et une bourrasque projeta des grains dans ses yeux. Elle se protégea le visage et s'approcha du rebord.

Dessous, une véranda surplombait d'un bon mètre la plupart des habitations pour offrir une mirifique vue d'Ythkar. Adali se pendit à un tuyau d'aération et fixa un objet adhésif sur la vitre teintée. Un bref flash vert illumina la fenêtre. Adali demeura immobile, mais son muscle tressaillait de plus en plus. Les soldats, dix étages plus bas, cherchèrent partout la source de lumière. Ils finirent par abandonner. La Frizienne, ayant désactivé l'alarme grâce au dispositif, entreprit de faire coulisser la vitre. Fermée. Évidemment, pensa-t-elle, quel gouverneur laisserait grands ouverts ses appartements ?

Elle changea son bras d'appui par une traction afin de soulager son muscle et saisit son poignard. Toujours suspendue dans le vide à vingt-cinq mètres du sol, elle cala la lame sur le bord de la véranda et, d'un geste fort et précis, arracha le verrou. Elle ouvrit la fenêtre sans le moindre bruit, se balança pour se donner de l'élan et atterrit sur une moquette moelleuse. Elle referma la vitre, puis inspecta la pièce. Une caméra dirigée en direction de la porte lui tournait le dos. Adali attrapa une chaise et la plaça sous la sphère accrochée au plafond. Elle posa la main sur le boîtier et la remonta très légèrement, de telle sorte que l'angle de cadrage ne filme plus qu'à partir d'une trentaine de centimètres du sol. Elle replaça ensuite le siège à sa place initiale et se coucha à plat ventre. Elle rampa hors de la pièce en scrutant le plafond. D'autres sphères le parsemaient régulièrement. Adali mit une éternité à parcourir le couloir. Enfin, elle trouva une porte avec l'inscription « *Bureau de la gouverneure* », et s'y faufila avec soulagement.

La pièce était ordonnée de façon totalement calculée : des écrans disposés parallèlement sur les murs, des dossiers sur papier rangés symétriquement dans des tiroirs. Sade Rhavin devait être une obsessionnelle de la perfection. Sur le bureau, la disposition si pertinente des stylos soufflait le doute sur la justesse de leur emplacement. Des images générées aléatoirement défilaient lentement sur les écrans, formant tantôt des arabesques fantaisistes, tantôt des photos ou des vidéos avec une femme au centre. Certainement Sade Rhavin. Adali nota son physique plutôt engageant : jolie, avec un visage ovale, de longues jambes, une poitrine légèrement proéminente et des cheveux noirs en bataille. Elle illustrait l'inverse de l'image que la Frizienne s'en faisait. Elle l'imaginait ridée, proche de la mort, avec une jupe serrée et des cheveux courts. Même si son âge doublait ou triplait celui d'Adali, Sade Rhavin ressemblait à une jeune femme au sommet de sa beauté. Les miracles de la médecine terrienne. Elle portait sur certaines photos des habits lâches avec seulement une broche en forme de l'étoile du GCT ; sur les autres, un uniforme militaire de l'Armée Terrienne au décolleté ouvert avec ostentation.

Adali s'arracha à sa contemplation. Un léger soupçon de thym flottait dans l'air. Elle avait senti pour la première fois cette odeur sur Elvira, qui parfois s'en parfumait. Elle huma avec plaisir en fermant les paupières. Toute adrénaline, peur, appréhension ou stress quitta son corps. Elle se força à retourner dans la réalité et rouvrit les yeux à contrecœur. À l'extérieur, une légère teinte orange et rose colorait le ciel. Elle trouva rapidement l'unité centrale de l'ordinateur, une simple plaque à peine plus fine qu'un poignard, posée sur le bureau en bois sombre. Elle y inséra la tige mémorielle remise par l'Ombre, et un écran se matérialisa. Soudain, une alarme stridente se déclencha. Adali réagit dans la seconde et partit en courant dans le couloir, vers la fenêtre qu'elle avait forcée.

— Plus un geste ! tonna une voix.

Elle l'ignora et continua, mais fut bloquée par un Aquéen massif qui débarqua de nulle part. Elle fut contrainte de s'arrêter, coincée entre deux aliens. Leurs tentacules visqueux portaient chacun soit un coutelas, soit une arme à feu, et les trois derniers leur servaient de jambes. Ils auraient pu être les frères jumeaux de la Pieuvre, excepté pour leur taille encore plus massive et leur peau virant plus vers le noir que vers le vert bleu. Une armure protégeait leur buste. Leurs yeux de tailles différentes fixaient la Frizienne avec attention, prêts à réagir au moindre geste.

— Lâche ton arme ! ordonna le plus proche.

Adali maudit intérieurement l'Ombre de ne pas lui avoir laissé emporter d'arme à feu, et laissa tomber sa dague. Le monstre posa son gros pistolet sur son épaule :

— Agenouille-toi et mets les mains sur la tête.

Elle s'exécuta, et l'autre Aquéen s'approcha. Il tenait une paire de menottes magnétiques. Adali attendit qu'il soit à portée pour agir. Elle tendit ses deux bras et attrapa un tentacule de chaque alien en déchaînant la puissance de son esprit sur eux.

Mais rien ne se passa. Absolument rien. Elle reçut seulement une gifle qui lui laissa une traînée gluante sur la joue, et les menottes lui furent passées. Son pouvoir n'était plus là.

33

Vol à dos de dragon

Le dragon s'avéra réceptif aux sentiments de ses « cavaliers » — dragonniers ? —, et les deux amis le soupçonnèrent même de comprendre exactement ce qu'ils ressentaient et pensaient. Ce qui le fit dire à Yaé et Elvira : le plongeon monumental de leur monture, manquant de les désarçonner. Le dragon se lança dans une suite de figures acrobatiques à des centaines de mètres du toit de la forêt et, à chaque fois que les pirates riaient, il accélérait en réponse.

Il finit par se stabiliser et à voler droit alors que l'étoile Esper se couchait. Yaé réalisa qu'il n'avait pas dormi depuis plus d'un jour, mais tant d'énergie le remplissait qu'il ne s'en rendait pas compte. Et ce n'était pas l'endroit adéquat pour s'assoupir à une telle hauteur. Il se contenta de s'installer plus confortablement entre les courbes osseuses de la crête pour observer la toison étoilée. Une fois de plus, la paroi de constellations n'avait strictement aucun rapport avec celles admirées sur les autres astres qu'il connaissait.

Un amas — des étoiles, des galaxies ou des planètes, il ne sut le dire — prenait une grosse partie du ciel. Plus proche, on apercevait la colossale planète autour de laquelle Tortran gravitait lentement. Ils traversèrent un nuage dont ils ressortirent trempés, et le froid les attaqua violemment. Ils se serrèrent pour partager leur chaleur et parlèrent pour tuer le temps, car ils ne rejoindraient La Dague qu'à la fin de la nuit ; avec un vaisseau, cela aurait pris moins d'une heure, mais le dragon, aussi puissant soit-il, n'égalait pas la vitesse d'une navette équipée de réacteurs.

— Comment c'était sur Terre ? s'intéressa Elvira, qui ne connaissait rien de la vie de Yaé avant qu'il rejoigne La Dague.

Le jeune homme se remémora son enfance. Bien qu'il n'ait quitté sa planète natale que six mois plus tôt, il lui semblait que cela faisait des années.

— Je vivais dans un bidonville en bordure de Fortaleza, une grande ville d'Amérique du Sud. J'ai cinq grands frères et une petite sœur.

— Vous étiez sept ? Tes parents ne perdaient pas leur temps !

— Ils auraient dû, objecta-t-il d'un ton terne. Je les détestais tous, excepté ma sœur. Mes parents ont arrêté de s'occuper de moi dès que j'ai été capable de me débrouiller ; j'avais dix ans. Si j'ai survécu, c'est grâce à mon gang. Pas des tendres, ceux-là... ils m'ont forcé à me brûler à la dia' pour mon initiation. Pour eux, j'ai commis des atrocités que je préférerais oublier ; j'ai tué des gens, des innocents, des clients qui ne payaient pas... Je dealais pour leur compte pour manger et m'occuper de ma sœur, Noa.

— Tes parents t'ont abandonné alors que tu n'avais que dix ans ? s'indigna Elvira.

Yaé sentit une boule se coincer dans sa gorge. Depuis son départ, il n'avait que peu pensé à son ancienne vie, et il se rendait pleinement compte à quel point il n'oubliait ni ne pardonnait rien.

— Oui. À mon entrée dans le gang, Noa avait à peine deux ans, et moi douze. Je savais que mes parents s'en débarrasseraient vite car elle les encombrerait. Ce sont de beaux salopards, mes parents... Jusqu'à ce que je m'engage dans l'Armée Terrienne, en 530, j'ai appartenu à ce gang. Alors que mes parents commençaient à délaisser Noa, je m'en occupais chaque jour un peu plus.

— Pourquoi es-tu parti sans elle ? demanda Elvira, non sans délicatesse, de peur de le blesser.

— L'année dernière, j'ai eu des problèmes avec des membres éminents de mon gang. Ils voulaient faire le tri dans nos rangs parce qu'ils soupçonnaient certains d'entre nous de travailler pour un groupe rival. L'un de mes amis fut accusé, mais je le savais innocent. Ils l'auraient tué sans mon intervention. Je faisais partie des anciens du gang, car j'étais avec eux depuis huit ans. Ils m'ont donné une chance de prouver son innocence, mais ça a dégénéré. J'ai voulu le disculper, mais il a pris peur en comprenant que sa vie ne tenait qu'à un fil. C'est là qu'il a commis sa plus grosse erreur...

Elvira laissa le temps à Yaé de se remettre de ses souvenirs. Il se plongea dans les étoiles pour trouver le courage de reprendre :

— Il a volé une grosse somme d'argent au chef et s'est enfui de Fortaleza. J'étais le seul à savoir qu'il comptait rejoindre l'Eurasie en soudoyant un passeur. Mon gang enleva ma sœur de dix ans et me menaça de la torturer si je ne rapportais pas leur argent. J'ai dû trahir mon seul ami. Je l'ai retrouvé pour essayer de le convaincre de revenir sur ses intentions... Il a refusé et a tenté de me tuer pour sauver sa peau.

Des larmes brillaient dans les yeux de Yaé. Elvira s'en rapprocha encore plus et posa la tête sur son épaule pour le réconforter.

— Que s'est-il passé ensuite ?

— Il ne m'a pas laissé le choix. Je l'ai étranglé, il est mort dans mes bras. J'ai récupéré l'argent pour le rendre à mon gang. Mon chef a relâché ma sœur, mais plus jamais il ne m'a fait confiance. Pour lui, j'étais l'ami d'un traître. C'est là que je me suis décidé à partir. Ce n'était plus qu'une question de temps avant qu'il me considère comme un danger et cherche à m'éliminer. J'ai passé l'année à économiser un maximum d'argent pour tout donner à Noa avant de m'engager. Cette somme devrait la mettre à l'abri jusqu'à ce qu'elle soit assez grande pour s'en sortir seule.

— Et... hésita Elvira, tu as eu des nouvelles de Noa durant ces derniers mois ?

— Non, lâcha-t-il d'une voix étranglée. Je me suis juré qu'un jour je retournerais la chercher et l'emmènerais loin de Terre. Cette planète est la pire qui soit. Peut-être pas pour les Eurasiens, qui vivent tranquillement sous leurs boucliers, mais pour les gens comme moi, les pauvres, c'est un enfer quotidien. Et si seulement il n'y avait que notre pauvreté... Chaque année, nous subissions les caprices de l'environnement ; les catastrophes naturelles s'enchaînaient tellement vite qu'on passait notre temps à reconstruire nos baraques en tôle. Le pire, c'étaient les séismes. Ils ravageaient le bidonville. Une glaciation n'est rien en comparaison.

Silencieux, ils observèrent la nuit, les paupières lourdes. Yaé quitta son mutisme :

— Et toi ? Tu n'as pas passé toute ta vie sur La Dague, j'imagine.

— J'avais sept ans la première fois que j'y ai posé le pied.

— Où as-tu grandi alors ? Avec ta mère ?

— Ma mère est morte en couches, le jour de ma naissance, et mon père a été emprisonné sur Mars. On m'a placée en foyer dans une station spatiale du GCT avec d'autres enfants de « criminels », ou plutôt, de personnes osant défier Terre. On me répétait que mon père était un monstre. Je le haïssais… mes gardiens avaient accompli leur mission : me laver le cerveau. Après son évasion de Mars grâce à Xeï, il s'est lancé à ma recherche. Je l'ignorais, mais le GCT se doutait bien qu'il essaierait de me récupérer. J'ai été transférée dans une station sous haute surveillance. L'année de mes sept ans, mon père s'est emparé de La Dague et est venu me chercher.

Elvira chuchotait presque, et ses mains allaient et venaient sur les écailles du dragon pour se réchauffer à la chaleur du corps de l'animal. Le froid, moins que ses souvenirs, la frigorifiait :

— Il n'a pas révélé à son équipage qui je représentais vraiment pour lui et a prétexté attaquer cette station pour faire passer un message au GCT, ce qui a d'ailleurs été le cas. Il a été l'ennemi numéro un pendant de nombreuses années. Sauf pour les amis proches et les lieutenants de mon père, je n'étais qu'une gamine prise sous son aile par bonté d'âme. Au début, je lui ai infligé un enfer. Je le prenais pour un meurtrier, et le GCT pour un défenseur de la justice. C'est alors qu'il m'a emmenée sur Frizen2 pour me faire visiter en secret les mines, et me montrer comment Terre traitait les Friziens ; j'ai compris ce jour-là que ces extraterrestres n'étaient que des esclaves… J'ai aussi réalisé qu'on m'avait menti toute mon enfance et décidé de ne plus me fier à mes anciens geôliers, qui se présentaient faussement comme mes amis. J'ai appris à connaître mon père et La Dague, qui devint pour moi la seule maison où je me sentirai toujours chez moi.

— Pourquoi le capitaine Dant a-t-il recruté quelqu'un comme la Pieuvre ? questionna Yaé pour dévier le sujet.

— Malheureusement — ou heureusement, en fait —, la Pieuvre a un jour sauvé la vie de Dant, lors d'une bataille voilà une dizaine d'années. Pour honorer sa dette, il lui a donné le poste de maître d'équipage.

— Seuls les amis proches du capitaine, comme Kastellane ou Pi'll Guez, connaissaient la vérité sur ton identité. Comment la Pieuvre l'a-t-il appris ?

— Il l'a simplement surpris un jour où il me parlait en privé. Il a juré de se taire, mais nous avons eu la preuve, toi et moi, que ce n'est pas le genre à honorer sa parole. Je me demande d'ailleurs si le sabotage de notre navette n'a pas un rapport avec lui…

— Impossible, la contredit Yaé, il ne sait pas que Tortran existe. Personne ne le sait.

Elvira grogna et haussa les épaules pour montrer son scepticisme :

— Il n'empêche, on a de la chance d'encore respirer. Dorénavant, il n'est plus question de prendre le moindre risque. Je veux que tu m'accompagnes partout où j'irai avec d'autres gardes du corps. Xeï court moins de danger, je pense, elle est maître d'équipage et n'a donc pas d'impact direct sur le commandement de La Dague. Si tu as raison et que ça n'a aucun rapport avec la Pieuvre, ça signifie que soit quelqu'un au sein même du vaisseau convoite ma place, soit une personne à Choulks a saboté ma navette.

Yaé modifia sa position sur la crête du dragon et se massa le front pour apaiser le mal de tête naissant dû à la fatigue :

— Je crois qu'on a eu la preuve que les co-consuls ne sont pas clairs.

— Oui, approuva-t-elle en se redressant. Le maître d'Adi ne serait pas parti, sinon. J'ai cru comprendre que c'est un assassin aux capacités incroyables, qui sait tout de l'espace connu. Adi m'a même dit qu'il est déjà allé dans le Block...

— Quoi ? la coupa Yaé. C'est impensable ! Personne ne revient vivant de chez les Gobs.

— Pourtant, je doute qu'elle me mente... Réfléchis, il savait où se trouvait Tortran, les co-consuls en personne l'ont salué, il connaissait aussi l'emplacement de Leto, et Adi a une confiance aveugle en lui. Je crois que c'est clair : il se bat de notre côté, et il ne se fie pas à la Coalition. Ce que je ne comprends pas, ajouta-t-elle, pensive, c'est l'intérêt qu'auraient les co-consuls à me supprimer, alors que je suis celle qui a uni les pirates pour qu'ils se battent au sein de la Coalition...

— Tu as envisagé la possibilité que ce soit un autre capitaine de l'Entente Temporaire des Pirates de Leto, jaloux de ton pouvoir ?

— Je ne pense pas, les seuls qui ont accepté de faire partie de l'Entente savent que, si je venais à mourir, elle se dissoudrait et qu'ils y perdraient beaucoup...

Ils arrivèrent en vue de La Dague aux premières lueurs du jour. Les irritations, le froid et les courbatures remplaçaient l'euphorie de leur départ. Elvira s'accrochait à Yaé pour ne pas risquer de tomber si elle s'endormait par inadvertance. Le jeune homme, des larmes cristallisées sur les joues, se sentait comme dans un rêve. Il ne remarquait plus le vent battant sa chemise, ni les nuages lorsqu'ils en traversaient. Alors que le frottement des écailles déchirait son pantalon, il ressentait à peine le mince filet de sang qui dégoulinait sur son mollet et de ses doigts engourdis. Ses cheveux se dressaient sur sa tête, figés comme une sculpture de glace.

Elvira se releva au ralenti et murmura en pointant fébrilement son doigt vers l'avant. Dans un effort surhumain, Yaé se secoua pour clarifier ses idées. Le vaisseau volait à une dizaine de mètres du sol, relié à la terre ferme par de grandes passerelles. Des pirates y circulaient pour prendre l'air. Ils avaient installé des tentes dans la plaine en attendant de repartir pour l'espace. Les autres vaisseaux de l'ETPL l'entouraient, disposés en cercle. La Dague les dépassait largement par sa taille, tel un mat planté dans la terre.

Les pirates s'emparèrent de leurs armes avec une rapidité exemplaire en voyant la bête arriver. Le dragon se posa entre deux barnums. Le souffle des ailes les arracha de leurs piquets et les envoya valser au loin comme de simples draps.

— Capitaine ? s'exclama un Atalatéen en reconnaissant Elvira.

— Tout va bien, assura-t-elle au prix d'un immense effort. Il ne vous fera aucun mal.

Ils se laissèrent glisser le long du flanc du dragon, et Yaé soutint Elvira, à la jambe blessée. Des dizaines de matelots sidérés les accueillirent. La capitaine les ignora et posa la main sur la tête de leur monture. Yaé fit de même et il sentit ses pensées. Il concentra son esprit sur un élan de gratitude pour le remercier. Un frissonnement parcourut l'échine de l'animal. Il ouvrit la gueule, poussa un rugissement et prit son envol. Les pirates cachèrent leurs visages pour se protéger du nuage de poussière qu'il projeta. Lorsqu'ils les rouvrirent, le dragon déjà haut dans le ciel repartait chez lui.

— Elvira ? scanda alors une voix.

Pi'll Guez, son second, courait sur la passerelle.

— Tu vas bien ? haleta-t-il, la main sur les côtes. Nous avons perdu le contact radio depuis presque vingt-quatre heures, nous n'avions aucune idée d'où tu te trouvais.

— Je t'expliquerai en privé, assura Elvira en se redressant pour ne pas paraître faible. Préparez-vous à tout moment à recevoir une attaque, ajouta-t-elle à l'encontre de ses hommes. Nous ne sommes pas en sécurité. Le repos est terminé, rangez-moi ces tentes et ce barda dans l'heure ; je veux chacun à son poste au plus vite !

— Oui, capitaine ! clamèrent les matelots en la saluant, et ils se déployèrent pour remballer le matériel précipitamment.

— Dans ma cabine, intima la capitaine à Pi'll Guez.

Yaé s'apprêtait à l'accompagner mais Elvira l'interrompit :

— Non, va te reposer.

— Il n'est pas question que je te laisse sans...

— C'est un ordre, Yaé, trancha-t-elle autoritairement. Je te veux en pleine forme au plus vite pour que tu sois opérationnel quand j'irai dormir à mon tour.

Il hocha la tête à contrecœur et monta sur la passerelle métallique.

≈

Adali cligna des yeux avec frénésie. On venait d'enlever le sac de sa tête. Un projecteur dirigé droit sur elle l'éblouit et l'empêcha de distinguer quoi que ce soit de précis. Une voix de femme s'éleva :

— Pour qui travaillez-vous ?

« Où suis-je ? » rétorqua mentalement Adali.

— Vous êtes dans un endroit inaccessible pour quiconque voudrait vous venir en aide. Je répète : pour qui travaillez-vous ?

La Frizienne ferma les paupières pour supporter la migraine que lui infligeait la lumière. Dans un clic, le projecteur s'éteignit. Elle vit enfin où elle se trouvait : dans un grand hangar dénué de fenêtres avec pour seule source d'éclairage une vieille ampoule tremblotante au plafond. Une fine pellicule de sable encrassé cachait partiellement le sol de béton surplombé de murs couleur terre. Quatre Aquéens encadraient une femme. Massifs, ils portaient chacun un imposant fusil de chasse accroché à deux de leurs tentacules, et une armure. À leur taille : une machette, une hache et des poignards.

Des liens électriques attachaient les mains d'Adali au dossier de sa chaise, et deux moules incrustés dans le sol emprisonnaient ses pieds. Elle ne pouvait que remuer la tête. La femme avança d'un pas, et ses gardes du corps la suivirent dans une parfaite synchronisation. Elle sortit de l'ombre : la gouverneure d'Ythkar, Sade Rhavin. Ses cheveux décoiffés créaient une crinière autour de son visage angélique.

— Je ne le redirai pas, menaça-t-elle d'un ton si froid qu'il s'opposa radicalement à son physique, pour qui travaillez-vous ?

Adali redressa la tête dans un signe de défi.

— Écoute-moi bien, la Grise, cracha la gouverneure en abandonnant le vouvoiement, je vais te torturer, et tu avoueras tout, alors autant t'éviter cette peine.

« Je ne travaille que pour mon propre intérêt », répondit mentalement Adali.

— Alors, pourquoi fouinais-tu dans mon ordinateur personnel ? Je te déconseille de mentir, ou je me ferai une joie de redessiner ton visage à l'image de mes chers gardes du corps.

« Je voulais voler des informations pour les revendre. »

Elle improvisait pour ne surtout pas révéler les réelles causes de sa venue. Peu importait son supplice, si les soupçons de son maître s'avéraient sur la relation entre Sade Rhavin et la Coalition Libre, nul ne devait apprendre que l'Ombre savait tout.

— Qui t'envoie ? N'essaie pas de me duper ! Quelqu'un t'a obligatoirement aidée, sinon tu n'aurais pas eu les codes d'accès de mon ordinateur.

Adali masqua sa surprise. Elle ignorait que la tige mémorielle remise par l'Ombre contenait ces codes.

— Qui est la taupe dans mon équipe ? gueula Sade Rhavin en déformant ses traits.

La Frizienne ne savait plus quoi répondre. Son maître avait l'air si sûr qu'elle réussirait sans être prise ; elle n'avait même pas envisagé un plan de secours ou une excuse en cas de capture. Elle ne savait absolument pas qui était le traître :

« Je ne sais pas. On m'a demandé de pirater votre ordinateur et d'en collecter les données. Je n'ai jamais rencontré mon employeur. »

— Ne joue pas à ce petit jeu avec moi. Tu vas tout me dire, que tu le veuilles ou non.

La gouverneure attrapa un couteau à fine lame :

— Avant de m'engager dans la politique, j'étais dans l'armée. J'appartenais à un groupe que tu connais peut-être... Le Kron.

Elle dégagea ses cheveux d'un geste dédaigneux et révéla un tatouage à la base de son cou. Un cercle blanc et noir surplombé d'un carré rouge. Adali se rappelait très bien les paroles de l'Ombre au sujet des membres du Kron : « Leur tatouage se fait en deux phases : premièrement, tatouage du cercle blanc et noir, lors de l'adhésion au Kron. Deuxièmement, le carré rouge ; il signifie que l'Humain a torturé à mort au moins un extraterrestre. »

Elle envoya une pensée pleine de haine à Sade Rhavin. Si l'impression initiale qu'elle eut d'elle fut bonne — une belle femme à l'allure amicale —, elle la détestait désormais du plus profond de son être.

— Oui, sourit Rhavin, tu sais pertinemment ce qu'est le Kron. J'ai eu l'occasion de torturer et tuer des Friziens dans ma vie, sept exactement, mais jamais de Frizienne. Tu seras la première. Vous, les aliens, êtes pathétiques...

Elle découpa la veste moulante d'Adali, satisfaite du dégoût de celle-ci, et enleva d'un coup sec les dernières bandes de tissu. Un léger frisson parcourut la peau gris clair de la Frizienne, dressant les poils de ses bras malgré la chaleur étouffante qui régnait. La gouverneure l'observa avec insistance. Elle arracha brutalement son soutien-gorge, et Adali se retrouva à moitié nue, tremblante de rage.

— Quel dommage de devoir gâcher ça, commente Rhavin dans un murmure presque compatissant. Si seulement tu étais Humaine, tu serais parfaitement à mon goût.

La lame froide du couteau forma une entaille sous la poitrine d'Adali, qui serra les dents sous l'effet de la douleur. Elle essaya de toutes ses forces de l'attaquer à distance avec son esprit mais son pouvoir était bloqué. Si seulement la gouverneure venait à effleurer sa peau ne serait-ce qu'avec un doigt, elle déchaînerait sa psyché sur elle.

La politicienne eut une moue satisfaite devant le filet de sang blanc qui s'écoula de la blessure. Elle sortit une paire de gants de sa poche et les enfila.

— Je n'avais jamais vu de peau aussi peu grise chez quelqu'un de ton espèce, observa-t-elle en glissant doucement la dague sur l'épiderme gris à un millimètre de l'entaille.

Puis, dans un geste brusque, elle la poignarda dans la cuisse. Un flot de sang tacha le pantalon d'Adali de blanc, et elle laissa échapper un gémissement.

— Tu es donc une hybride... Allez, abomination, dis-moi ce que je veux entendre, et j'abrégerai tes souffrances.

La Frizienne puisa au fond d'elle-même du courage, pensa à Elvira et empêcha les larmes de couler.

— C'est un joli tatouage que tu as là, remarqua Rhavin en le caressant de son poignard. Un Peintre, si je ne m'abuse ? Ton prince charmant devra se passer de ta présence, je suis navrée ma belle... Je vais moi aussi te graver un souvenir, si tu le permets.

Elle se pencha au-dessus du cou d'Adali et gratta avec la lame. Le tatouage parut pousser un cri d'au-secours, et la Frizienne hurla à pleins poumons. Cela provoqua un petit rire satisfait chez la gouverneure, qui continua à dessiner de la pointe du couteau sur le Peintre.

— D'accord, sanglota Adali à bout de nerfs, je vais tout vous dire, mais par pitié arrêtez.

Rhavin eut une exclamation de victoire et se plaça si près de sa prisonnière que son parfum au thym remplaça les autres odeurs.

— Allez, hybride, dis-moi qui t'envoie. Les rebelles obsidiens, un organisme indépendant ?

Adali chuchota une réponse.

— Qu'as-tu dit ? demande Sade Rhavin en venant quasiment coller son oreille contre la bouche de la Frizienne.

Adali envoya brusquement sa tête en avant. Ses lèvres heurtèrent le lobe de la gouverneure, et son pouvoir se déchaîna comme jamais. Sade Rhavin recula d'un bond en serrant sa tête entre ses mains. Elle cria à la mort et se cogna le front au sol. Les Aquéens se précipitèrent sur la Frizienne mais tombèrent avant de l'atteindre. Adali sentit au fond de ses entrailles sa force mentale retrouvée, et elle infligea le même sort aux aliens qu'à la gouverneure. Les cinq victimes se roulèrent dans le sable alors que les tentacules tentaient sans succès d'atteindre Adali pour l'arrêter.

Tout à coup, les menottes qui la retenaient prisonnière se détachèrent. Elle pivota vivement, prête à se défendre. Elle découvrit l'Ombre.

34

Meurtre

— Qu'est-ce que... commença Adali avant que son maître l'interrompe en posant un doigt sur ses lèvres.

— Plus tard.

L'Ombre ramassa des bandes de tissu sur le sol et entoura la cuisse de son apprentie. Par terre, les Aquéens et la gouverneure gisaient, inconscients.

— Comment va ta jambe ? s'enquit l'Atalatéen en effectuant un dernier nœud rapide de ses quatre mains.

— J'ai connu mieux.

Elle se releva et boitilla jusqu'à Sade Rhavin.

— Viens, il faut partir, l'appela l'Ombre.

— Quoi ? vous ne comptez pas en finir avec elle ? s'indigna-t-elle.

— L'Ombre n'est pas venu pour tuer ce soir.

Adali eut une grimace scandalisée qui arracha un sourire à son maître. Elle perdit son sang-froid :

— Qu'est-ce qui vous amuse !? Que j'aie failli être tuée par une psychopathe ?

— Il n'a jamais été question que tu meures ici.

— Donc vous allez la laisser s'en tirer ?

— Ce n'est pas à l'Ombre de faire ce choix. Tu as été victime de la gouverneure, c'est à toi de trancher. Décide si elle mérite de vivre ou non, si tu vas faire preuve de clémence.

— Mais...

— Fais ton choix.

Adali dévisagea l'Ombre avec défi et attrapa le poignard couvert de son propre sang. Elle souleva la tête de Sade Rhavin en la tenant par les cheveux et posa la lame sur sa jugulaire. Elle contempla une dernière fois son maître, impassible. Toute trace de perversité disparue, seule l'innocence demeurait sur le visage si paisible, si sage de la gouverneure. Comment quelqu'un comme elle pouvait-il être mauvais à un tel paroxysme ?

Mais Adali remarqua le tatouage du Kron.

Sa peau nue se teinta de rouge quand elle égorgea la gouverneure.

— Il est temps de partir, murmura l'Atalatéen.

≈

L'Ombre refusa de donner la moindre explication à Adali tant qu'elle ne se serait pas reposée. À contrecœur, elle partit dormir et, dès le matin, retrouva son maître dans la salle d'entraînement. Elle appliqua sur sa cuisse une pommade cicatrisante visqueuse.

— Comment saviez-vous que j'étais dans ce hangar ? attaqua-t-elle sans détour.

— L'Ombre n'aurait pas pris le risque de te laisser mourir entre les mains de la gouverneure.

— Alors, vous étiez présent depuis le début ?

— Oui.

Adali envoya valser sa chaise d'un coup de pied et trébucha en s'appuyant sur sa jambe blessée :

— Vous avez laissé Rhavin me torturer sans agir !?

— Oui.

— Mais... pourquoi ? lâcha-t-elle entre ses dents serrées par la colère.

— Lorsque les Aquéens t'ont capturée, tu as été incapable d'utiliser ton pouvoir. Mais, grâce à ta colère et à la douleur, tu les as mis hors d'état de nuire sans même t'évanouir. C'était un bon entraînement.

— Un bon entraînement ? proféra-t-elle dans un rictus. J'ai failli être tuée par cette folle de Sade Rhavin, et vous trouvez que c'était un bon entraînement !?

Ses lèvres tremblaient de rage. Elle acceptait de suivre tous les exercices de son maître, mais là c'en était trop !

— Jamais l'Ombre n'aurait laissé la gouverneure te tuer.

— Mais me transpercer la jambe, m'humilier et me torturer, oui ? Que je sache, vous ne vous êtes manifesté que lorsque j'en ai eu fini avec eux !

Laissez-moi deviner, vous aviez prévu que je me fasse prendre ?

— Évidemment. Mais tu as tout de même réussi à pirater l'ordinateur.

— Est-ce qu'au moins ce que vous m'avez dit quant à vos soupçons sur un rapport entre la Coalition et la gouverneure était vrai ? Ou ai-je risqué ma vie pour rien ?

— Tes actes seront très utiles, et, de plus, cela t'a permis d'atteindre un nouveau stade de puissance avec ton pouvoir.

— Si par « nouveau stade » vous entendez ne pas réussir à m'en servir alors que deux aliens s'en prenaient à moi, oui, je suppose, grogna-t-elle en se rasseyant sur le tabouret que lui tendait l'Ombre.

— Tu ne comprends pas, reprit l'Atalatéen, plus aimable qu'à son habitude. Les exercices précédents ne te mettaient pas dans de réelles situations de danger.

Adali leva les yeux au ciel. Elle se retrouvait depuis trois semaines en face d'hommes armés ; ils ne définissaient pas « danger » de la même manière.

— Tu savais pertinemment que, si tu échouais, l'Ombre t'aiderait. Alors qu'hier soir tu pensais être livrée à toi-même. Tu sais à présent que tu dois mieux contrôler ton pouvoir sous le coup de la surprise. Mais tu as aussi appris que tu es capable de t'en servir sans t'infliger du mal à toi-même, si tu canalises suffisamment de rage.

— Bon, l'interrompit Adali pour changer de sujet car elle sentait qu'une fois de plus elle finirait par se ranger à l'opinion de l'Ombre. Que vais-je faire ? Parce que, avec ma blessure, je ne marcherai pas normalement avant une bonne semaine, même avec nos meilleurs médicaments.

Son maître s'avança jusqu'au mur d'une démarche souple. Il attrapa l'une des nombreuses lames accrochées à un trépied sans se détourner d'Adali grâce à l'œil derrière son crâne chauve :

— Il est temps de parler stratégies de combat rapproché. Tu commences à savoir combattre. Deviens désormais meilleure que les autres. L'Ombre te montrera des séries de mouvements que tu apprendras. Dès que tu seras sur pied, tu les répéteras à ton tour. Ne compte pas sortir à l'air libre tant que tu ne les maîtriseras pas. Et tu travailleras ta lecture, aussi, que tu le veuilles ou non.

≈

Pendant une vingtaine de jours, Elvira et Yaé veillèrent l'un sur l'autre à bord de La Dague. Ils ne se quittaient pratiquement jamais, pour ne pas découvrir leurs arrières, car ils ne savaient plus à qui accorder leur confiance. Les seules personnes dont la capitaine ne remettait pas en cause la loyauté étaient Pi'll Guez, Xeï, Yaé, et de rares pirates qu'elle connaissait depuis son enfance.

Pi'll Guez, son second, s'occupa des aller-retours entre la ville de Choulks et La Dague pour parler des plans d'attaque de Héli avec les co-consuls et le conseil de la Coalition Libre. Par deux fois, Elvira l'accompagna car elle voulait obtenir des précisions confidentielles que les co-consuls lui réservaient.

Les matelots de La Dague commençaient à tourner en rond, et Elvira leur donna toutes sortes de tâches pour les occuper, afin d'éviter qu'ils remettent en question leur alliance avec la Coalition Libre. Elle forma des groupes avec des missions pour chacun. Ils reçurent pour ordre de rénover le vaisseau. Ils nettoyèrent, réparèrent et repeignirent dans les moindres recoins la coque. Le sigle, à moitié effacé durant l'attaque de la station du GCT, fut remis à neuf avec des innovations. Elvira se plaisait souvent à l'admirer en s'éloignant dans la plaine.

Ils ajoutèrent des motifs et colorèrent la lame, auparavant grise, de noir et de blanc. Les trois bagues qui ornaient les doigts de la main tenant la dague furent poncées et peintes de façon plus vive, de telle sorte qu'elles se remarquent de plus loin. Elvira y retrouvait une partie de son père et s'asseyait parfois longtemps pour la contempler. Elle portait elle-même les trois bagues de son père, l'une en tinotium, l'autre en diamant blanc, et la dernière en or. Trop grandes pour ses doigts plus fins que ceux de Dant, elle les fit ajuster à sa taille.

Les autres groupes de pirates s'occupaient de la maintenance intérieure du vaisseau et s'entraînaient au combat. Nombre de nouveaux membres recrutés sur Leto durent se familiariser aux techniques de combat de La Dague. Les lieutenants reçurent la charge de les former pour le jour de la bataille contre Héli.

Car en dépit du peu d'informations qui filtrait du commandement, tous les pirates de l'ETPL savaient que la cible de la Coalition Libre serait la Planète Sainte. Une partie non négligeable des matelots en provenait, et Elvira mit en place une surveillance accrue pour s'assurer que ces

Christants n'essaieraient pas de prévenir leur gouvernement. Mais les pirates semblaient fidèles à leur nouvelle capitaine, par crainte ou par respect. Son vol à dos de « dragon » amplifia encore la légende qui l'entourait déjà.

Si Elvira tenait d'une main de fer ses hommes, ce n'était pas le cas avec les autres équipages. Certains capitaines peinaient à garder le contrôle, et elle intervint plusieurs fois en punissant pour l'exemple les semeurs de trouble. Beaucoup désapprouvèrent qu'elle se mêle ainsi des affaires ne concernant pas son vaisseau, mais elle exprima clairement à ses confrères que, s'ils n'arrivaient pas à diriger leurs propres matelots, ils perdraient leur chance de mener à bien l'assaut de Héli. Les pirates attendaient avec impatience d'en découdre. Des natifs de la Planète Sainte furent victimes d'insultes et rejetés à cause de leurs origines. Elvira sanctionna les coupables. Elle n'aimait pas sévir pour garder l'ordre, mais en comprenait la nécessité. Sans discipline, les membres de l'ETPL, regroupement des plus violents criminels, assassins, voleurs et parias de l'espace occupé, étaient destinés à s'entretuer par la loi du plus fort.

Adi manquait beaucoup à Elvira. Le soir, enfin seule, la capitaine se prenait à caresser le Peintre sur son avant-bras droit. Elle espérait au fond d'elle que son amante le sentait et que cela leur permettrait de se rapprocher, même si Adi voyageait en ce moment à l'autre bout de l'Univers. Plus tôt dans le mois, une douleur l'avait envahie fugacement, lui déchirant le bras sous son Peintre tatoué. Elle se rongea les os jusqu'à ce que le mal passe et que son tatouage redevienne normal. Elle connaissait le comportement d'un P21 : si son jumeau venait à mourir, le tatouage se flétrirait et disparaîtrait en ne laissant qu'une marque noirâtre. Cela signifiait qu'Adi était toujours en vie et qu'elle ne souffrait plus.

Ce jour-là, Elvira devait à nouveau se rendre à Choulks avec Yaé. Elle s'entendait à merveille avec son conseiller. Il n'avait jamais eu auparavant d'expérience de commandement ou un quelconque rôle important, et cela constituait justement sa force. La soif de pouvoir ne le pervertissait pas. Elle se sentait en confiance, il ne lui tournerait pas le dos. Il se livra à elle, elle se livra à lui. Ils en sortirent rapprochés, et elle se félicitait d'avoir trouvé en lui un ami précieux à la droiture d'esprit exemplaire.

Xeï, quant à elle, ne croisait pas souvent leur chemin, débordée par les responsabilités qu'engendrait le poste de maître d'équipage. Pendant les rares moments où elle rencontrait Elvira et Yaé en privé, elle leur présentait son rapport sur l'équipage. Sous ordre de la capitaine, elle supervisait les équipes de pirates. Yaé la visitait parfois lorsque la journée se terminait, mais ils avaient trop de travail pour profiter véritablement de leur compagnie respective.

Elvira attendit une bonne heure que ses hommes inspectent sa navette de transport. Depuis leur accident, elle contrôlait tous les déplacements vers la ville. Les pirates fouillaient les vaisseaux pour trouver des explosifs, ou toute trace de sabotage. Lorsqu'enfin ils purent monter à bord sans danger, Pi'll Guez insista pour que deux gardes supplémentaires les accompagnent. Un Obsidien et un Aquéen, loyaux selon le second de la capitaine.

Depuis l'épisode avec la Pieuvre, Elvira n'arrivait plus à considérer les Aquéens comme dignes de confiance ; mais, en son for intérieur, elle admettait la stupidité de ce raisonnement. Ils prirent place dans le transporteur, et l'Obsidien décolla sans un mot. Ils survolèrent la forêt des Raniens, et la capitaine laissa dériver ses pensées en contemplant le paysage. Elle imaginait les dragons nicher sous la cime des arbres dans des grottes obscures. Un fleuve aux larges méandres coulait vers l'ouest. Une ripisylve touffue couvrait son lit majeur, synonyme d'abondance et de pureté. Une nature préservée de la main dévastatrice des peuples de l'espace. Sans aucune trace d'herbe ou de feuilles sèches, les sols de cette zone de Tortran étaient sans nul doute très fertiles. Peut-être le climat global de la planète correspondait-il à cette image, ou seulement la saison.

Elvira avait toujours eu des difficultés avec le concept de saisons. Dans l'espace, l'éclairage plus ou moins fort déterminait la longueur des jours, fondée sur le modèle terrien ; pas d'automne, d'hiver... Elle ne connaissait pas la chance d'observer sur la durée les changements naturels. Des pirates originaires du Nouveau Monde, planète où elle naquit elle aussi, lui montrèrent des photos et la décrivirent longuement, mais elle rêvait secrètement de s'y rendre, un jour, afin de contempler cela en personne. On lui dit que le Nouveau Monde — de son nom officiel Terre2 — possédait un climat similaire à celui de Terre de l'Ancien Temps, cette époque pré-spatiale où l'espace inaccessible dans sa profondeur ne représentait encore qu'un rêve dans l'esprit humain, et les extraterrestres un fantasme ou une peur.

En raison des puissantes défenses de Terre, Elvira ne savait pas réellement à quoi ressemblait ce monde. La Dague tenta à maintes reprises d'intercepter des convois de marchandises du GCT dans le système Sol, mais échoua car l'armement de leurs protecteurs la dominaient. Elvira haïssait Terre en raison de tout ce qu'elle représentait, mais demeurait curieuse de voir à quoi elle ressemblait réellement. Terre, elle le savait bien, serait à jamais le berceau de l'humanité. Tous ses semblables, qu'ils viennent du Nouveau Monde, de la Planète Sainte, de Rosair, de Kepler-973 ou d'ailleurs, possédaient une origine commune.

— Nous arrivons, Capitaine, l'informa le pilote, et elle réalisa qu'ils survolaient la piste d'atterrissage de Choulks.

La navette se posa sans trop de raffut, et un bus les conduisit au centre-ville. Les gardes du corps attendirent à l'extérieur de la salle de réunion de la Coalition Libre, avec ceux des co-consuls.

— Ravi de vous revoir, Capitaine, l'accueillit Jenya Al'ekh en se levant.

Elvira lui rendit les politesses et s'assit près de Yaé autour de la table. Seuls les deux co-consuls — Jenya et Hel Al'ekh — répondaient présents.

— Vous vouliez expressément me voir ? s'enquit la capitaine en coupant court aux formules de bienvenue.

— Oui, confirma Jenya en retrouvant une voix sobre, dénuée de fausses joies. C'est grave ; nous voulons vous en faire part afin de nous assurer que vous êtes bien dans notre camp.

Elvira pesa ses mots :

— Je croyais qu'il était clair que l'ETPL se battrait avec la Coalition Libre ; pourquoi remettre ma parole en question ?

— Loin de nous une telle idée, nous voulons seulement en avoir la certitude après que vous aurez vu ces images.

— Quelles images ?

Un écran se matérialisa sur la table ovée, et Elvira mit quelques secondes à reconnaître les personnes sur la vidéo en pause. Adi, la poitrine entièrement nue et la cuisse enserrée d'un garrot ensanglanté, dominait de sa hauteur une femme et deux Aquéens étendus au sol. Se tenait aussi son maître, l'Ombre.

— Expliquez-vous ! s'exclama la capitaine en paniquant. Comment va Adi ?

— Votre amie Adi et l'Ombre se portent à merveille…

Un poids quitta le cœur d'Elvira, et elle retrouva son calme. Mais le co-consul poursuivit sa phrase :

— Mais notre agent, que vous voyez ici, moins.

Il lança la vidéo. Adi s'agenouilla, attrapa les cheveux de la femme inconsciente, souleva sa tête et l'égorgea. Elvira laissa échapper une exclamation de surprise. L'Ombre et Adi sortirent ensemble du cadre de la caméra de surveillance, abandonnant le corps sans vie de la femme sur le sol et les deux Aquéens inconscients.

— Vous comprenez la gravité de notre problème ? demanda Jenya sans emphase.

— Je...

Elvira laissa ses mots en suspens. Yaé prit la relève :

— Qui était cette femme ?

— Notre agent la mieux infiltrée depuis toujours, Sade Rhavin. Elle a longtemps fait partie des trois Grands. Son poste au gouvernement était compromis ; nous venions de réussir à la faire nommer gouverneure d'Ythkar, pour nous donner des informations spécifiques sur les intentions du GCT.

— Mais... balbutia Elvira. Pourquoi Adi l'a-t-elle tuée si elle travaillait pour vous ?

— Tout le problème est là. Sade Rhavin nous a envoyé un rapport dans lequel elle nous révélait qu'elle avait découvert que l'Ombre travaillait en réalité pour le compte de Héli. Voilà pourquoi votre amie l'a assassinée.

35

La vérité attendra

Adali contemplait avec tristesse dans un miroir le Peintre qui courait de la base de sa mâchoire à son épaule. Sade Rhavin n'avait pas mégoté en gravant à la dague le sigle du Kron à droite de son cou. Une semaine et la blessure cicatrisait à peine. Elle y appliquait pourtant régulièrement une pommade que l'Ombre garantissait comme excellente pour la guérison.

Son regard dériva sur son corps. Elle caressa pensivement la cicatrice mauve qui barrait son avant-bras gauche, signe de son passage dans la cage, sur Frizen2. Çà et là, de petites marques ressortaient sur sa peau gris clair, la plupart datant de l'époque où elle travaillait encore dans les mines. Elle s'était musclée plus qu'elle ne l'aurait cru depuis son départ de sa planète natale. Sa silhouette fine se taillait pour le combat et la rapidité.

Elle repensa à son passé et à sa mère. L'infime chance qu'elle vive encore. Mais, au fond d'elle, l'espoir demeurait. Son absence lui pesait plus qu'elle ne voulait l'admettre. Où se trouvait-elle en ce moment ? Sur une planète inconnue, à travailler pour le GCT, emprisonnée sur Mars ou dans l'une des nombreuses prisons mobiles, ou alors dans un laboratoire ? Le Point envahi par les Humains signifiait qu'ils utilisaient des Friziens. Plus elle y réfléchissait, plus les possibilités que sa mère vive s'amoindrissaient. Elle se promit que, si elle n'était pas morte, elle la retrouverait.

— Le jour se lève, il est temps, l'interrompit l'Ombre.

Adali se détourna de la glace et enfila ses habits. Sa jambe la faisait toujours souffrir malgré les médicaments. Elle avala un rapide petit-déjeuner et s'installa sur une chaise dans le sous-sol. Son maître déploya un écran sur lequel des images de situations de combat et de mouvements s'affichèrent. Elle répéta inlassablement les mouvements sans bouger de son siège, apprit les noms par cœur et répondit aux questions de l'Ombre.

Durant une courte pause, elle l'aborda :

— Avez-vous réussi à récupérer les informations que vous cherchiez dans l'ordinateur de Sade Rhavin ?

— En partie.

— Vous ne voulez pas que je vous aide à rechercher dans les fichiers piratés ?

— Ce n'est pas la peine, refusa-t-il d'un ton sans appel. Va te reposer ; plus vite tu seras remise, plus vite tu reprendras ton entraînement physique.

≈

Une détonation arracha Adali à son sommeil dans un violent sursaut. Elle se leva précipitamment et saisit à la volée son poignard en dévalant l'escalier. Une fumée jaunâtre flottait dans la pièce, et elle crut voir des silhouettes s'y mouvoir. Elle se mit à pleurer de façon incontrôlable, et une quinte de toux arracha sa gorge. À moitié aveugle, elle tomba à genoux et cracha ses poumons. Une main la tira alors en arrière et la hissa en haut des marches, sans la ménager.

— Enfile ça ! cria l'Ombre en lui remettant un masque à gaz.

Adali le passa autour de son visage et retrouva sa respiration.

— Il faut partir, tout de suite ! ordonna son maître.

Jamais elle ne l'avait vu si soucieux. Une ride barrait son front au-dessus de son œil, et un filet de sang dégoulinait sur sa joue. Des coups de feu retentirent en bas, et trois grenades rebondirent à leurs pieds. L'Atalatéen saisit Adali par les épaules et l'éjecta avec une force colossale. Il bondit au plafond, attrapa une barre transversale accrochée au mur et la balança sur les explosifs, ce qui les propulsa un mètre plus loin, alors qu'ils explosaient dans un bruit monstre. Le gaz lacrymogène et les particules paralysantes qu'ils contenaient se répandirent telle une nuée d'insectes. L'Ombre se coucha sur Adali pour la protéger et reçut la majorité des résidus toxiques.

La Frizienne ne fut que peu touchée mais sentit quand même la fatigue l'envahir. L'Ombre la saisit par la main :

— Suis l'Ombre ! Il faut rejoindre le rez-de-chaussée pour sortir, prépare-toi à te battre.

Adali se releva avec peine en essayant de ne pas trop forcer sur sa jambe presque cicatrisée et suivit son maître dans l'escalier en colimaçon. Ils rasèrent les murs, et l'Ombre sortit de sa veste une hachette et un pistolet semi-automatique. À peine atteignirent-ils la dernière marche qu'une volée de balles les força à remonter d'un mètre.

— Utilise ton pouvoir pour les neutraliser, la somma l'Atalatéen d'une voix qui n'attendait pas de contestation. Ils sont onze, si tu arrives à en éliminer au moins cinq, il y aura une chance de s'en tirer.

De la buée accumulée dans son masque, Adali calma son cœur qui battait frénétiquement. Une autre grenade atterrit près d'eux, et l'Ombre s'empressa de la renvoyer en bas de l'escalier. La Frizienne ferma les yeux et laissa doucement son esprit quitter son corps. Lorsqu'elle les rouvrit, elle se contempla, accroupie sur une marche. Elle était sortie de son enveloppe corporelle. Elle dirigea son esprit dans la pièce et y trouva leurs onze agresseurs. Malgré leurs larges combinaisons, elle reconnut facilement cinq Aquéens, deux Atalatéens, un Obsidien et trois Humains. Adali attaqua l'Obsidien et deux Aquéens. Ils moururent instantanément. Alors qu'elle s'apprêtait à abattre les suivants, elle sentit une présence se coller à la sienne.

« Tu ne tueras plus personne, hybride ! » murmura une voix au plus profond d'elle.

L'un des trois qu'elle prenait pour un Humain était une Frizienne, ou ce qui s'en rapprochait, car sa conscience semblait infiniment différente, et surtout, capable de la discerner. Avant qu'elle réfléchisse davantage, elle reçut une attaque mentale d'une extrême violence et entendit un hurlement sortir de sa bouche à l'étage. Son corps réagissait, même vidé de son esprit.

« Tu n'es qu'une enfant », susurra la Frizienne en resserrant l'étau infernal sur son esprit, « je te domine, abandonne ».

Dans un cri mental, l'apprentie se jeta sur son agresseur qui tomba au sol en ripostant d'une pensée si chargée en haine qu'elle déchira une partie d'Adali. Elle sentait qu'elle ne tiendrait plus très longtemps. Malgré sa volonté, son esprit regagnait lentement son corps sous les assauts incessants et de plus en plus puissants de la Frizienne. Soudain, celle-ci chuta au sol dans un gargouillis répugnant en se tenant la gorge. Une flaque de sang blanc se répandit à l'endroit où la balle avait traversé son cou.

Le maître d'Adali, sorti du couvert de l'escalier, était aux prises avec les assaillants encore en vie. Malgré toute sa dextérité, il peinait à résister aux sept personnes qui le harcelaient de balles et de tentacules munis de lames tranchantes. L'Ombre virevoltait et évitait les projectiles comme s'ils allaient au ralenti. Mais un éclat lui écorcha un bras, un autre une jambe, et son œil arrière explosa dans une éclaboussure visqueuse.

Adali se précipita mentalement vers son maître et, dans un élan de pure colère, exécuta un à un ses ennemis. Elle les tua tous les sept sans même tressaillir. Lorsque leurs corps parsemèrent le sol, l'Ombre, ensanglanté avec son unique œil à demi-fermé, fixa un point dans l'air, là où il pensait trouver son apprentie.

— Reprends… ta forme physique… peina-t-il à articuler d'une voix saccadée.

Adali réintégra son corps dans la seconde. Elle se précipita pour l'aider à se relever.

— Il y en a sûrement d'autres dehors, haleta-t-il en prenant appui sur son épaule. Emmène l'Ombre au sous-sol.

— Au sous-sol ? s'exclama-t-elle. Non, il faut partir d'ici, je peux encore me battre s'il le faut !

— Le… sous-sol, lâcha-t-il.

Adali se résigna à obéir et le traîna en bas, gênée par sa jambe blessée. Il pesait beaucoup plus lourd que ce qu'elle soupçonnait. À chaque pas, il perdait un peu plus de forces et, arrivé en bas du deuxième escalier, il tenait à peine debout.

— L'ordinateur central, souffla-t-il, exténué.

Il y entra un code et, sous l'expression sidérée d'Adali, le mur du fond s'enfonça dans le sol avec un grondement sourd. Un vaisseau rond comme une boule se dévoila, jauni par le sable. À peine assez grand pour deux adultes, elle eut le plus grand mal du monde à y hisser son maître. Des voix résonnaient à l'étage et se rapprochaient tandis qu'elle grimpait à son tour. Elle ferma le cockpit alors que des bruits de pas martelaient la cage d'escalier.

— Appuie sur les trois boutons… sous le siège, puis enclenche le décollage, la guida l'Ombre en dodelinant de la tête. Mais avant… entre ceci dans l'ordinateur.

Il remit une tige de métal à Adali, qui l'inséra dans la fente de l'unité centrale. La lumière l'éblouit lorsqu'un pan entier du toit, deux étages au-dessus, coulissa pour laisser un passage au vaisseau. Elle appuya sur les boutons et empoigna le manche de commande. Une balle ricocha sur la vitre, et elle découvrit avec effroi des Aquéens arriver en courant. Les moteurs crachèrent une flamme bleue, et l'appareil s'envola à une vitesse phénoménale. En trois secondes, ils furent à cent mètres au-dessus d'Ythkar. L'impulsion du décollage enleva le sable du vaisseau et dévoila la totalité de la coque, transparente.

— Pilote automatique... grogna son maître, et il s'évanouit.

La Frizienne tapota frénétiquement sur le tableau de bord car elle ne connaissait pas la langue qui y était écrite. Elle poussa un juron et se résigna au contrôle manuel. Dans un soubresaut, le vaisseau partit dans le ciel. Adali eut un cri de surprise, elle n'avait jamais vu un engin aussi rapide. Elle franchit le mur du son et dépassa les dernières habitations d'Ythkar, pour s'enfoncer dans le désert sans savoir où aller. L'Ombre respirait en sifflant, et son état se détériorait à vue d'œil. Dès qu'elle repéra une oasis inhabitée, Adali s'y posa. La flamme des propulseurs carbonisa un amas de buissons épineux déjà à l'agonie.

Elle ouvrit le cockpit à la hâte, traîna son maître inconscient sur le sable chaud et courut vers la petite mare. Elle déboutonna la chemise qui recouvrait son haut moulant et la gorgea de l'eau chauffée par Oedib. En sueur, Adali retourna auprès du corps de l'Ombre et entreprit de laver à la hâte ses blessures. Une bouillie gélatineuse remplaçait le lobe arrière de son crâne, d'où dégoulinait un fluide collant. Elle l'essuya et l'entoura d'une manche arrachée à sa chemise. Puis elle se précipita pour reprendre de l'eau et chercha d'autres impacts de balles. Sa jambe écorchée ne paraissait pas trop abîmée, aussi se contenta-t-elle de panser la plaie à la va-vite. Une rafale avait frappé son bras inférieur gauche, le trouant par trois fois à intervalles réguliers, depuis l'épaule jusqu'au coude. Elle enleva les habits de l'Ombre et fabriqua un garrot.

Lorsqu'elle eut fini, Adali s'essuya le front de sa main crasseuse et s'assit dans un grand soupir. La chaleur infernale, ici encore plus qu'à Ythkar, la desséchait. Sa jambe l'élançait, mais elle n'y prêta pas attention. Son esprit retourné, elle ressentait à peine la fatigue causée par la mise à mort d'autant d'ennemis. Mais qui étaient ces personnes pour essayer de les tuer ? Clairement pas du Gouvernement Colonial Terrien, mais alors qui enverrait de tels effectifs pour les abattre ? La Frizienne avec qui elle avait livré un combat mortel — qu'elle aurait certainement perdu sans l'aide de l'Ombre — était surentraînée. Pour la première fois, elle rencontrait l'une des siennes capable de telles attaques mentales. Et elle qui se croyait seule à pouvoir envoyer son esprit hors de son corps grâce à sa condition d'hybride... Décidément, elle se trompait sur toute la ligne.

≈

Adali passa un jour et une nuit à veiller sur l'Ombre et à changer ses pansements. Elle trouva dans le vaisseau un kit de secours, extirpa les balles de son bras à l'aide d'une pince stérilisée, puis nettoya ses plaies. Son maître se réveilla lorsqu'elle enleva le troisième projectile, mais il ne débita que des mots incompréhensibles, encore à moitié inconscient. Son corps cicatrisait à une vitesse incroyable. Les plaies se refermèrent d'elles-mêmes peu avant le lever du jour, et une fine pellicule blanchâtre recouvrit son œil explosé.

Durant la nuit, elle érigea une tente de fortune avec les housses des sièges de l'appareil. Elle permit de les mettre, elle et son maître, un peu à l'abri des rayons d'Oedib. Lorsque la chaleur revint à l'assaut, Adali tomba de fatigue et s'endormit dessous. La peau de la Frizienne avait beau davantage résister aux fortes températures que celle des Friziens non hybrides, elle était quand même sensible et elle serait tombée gravement malade sans protection adéquate.

La voix de son maître la réveilla de longues heures plus tard, alors que la nuit régnait de nouveau :

— Adali, tu vas bien ?

Elle se releva et enleva le sable déposé sur ses paupières pour y voir plus clair. L'unique œil de l'Atalatéen reflétait les étoiles.

— Oui, le rassura-t-elle d'une voix encore endormie, je n'ai rien. Comment vous sentez-vous ?

— Il faut avouer que l'Ombre a connu de meilleures situations, cela faisait bien longtemps qu'il n'avait pas été si blessé. Heureusement que tu étais là, tu l'as sauvé. Il ne l'oubliera pas, et bravo pour ton efficacité.

En dépit de la fatigue, Adali sourit au compliment, l'un des seuls jamais reçus de sa part.

— Pourquoi cette oasis ? poursuivit-il en posant son regard sur l'étendue d'eau. Le pilote automatique ne fonctionnait pas ?

— Je ne connaissais pas la langue écrite sur les écrans du vaisseau, et vous saigniez abondamment... J'ai pris le contrôle manuel pour nous emmener loin d'Ythkar parce que je ne savais pas quoi faire. Je nous aurais bien conduits à Hal, mais sans les coordonnées...

— Ne te tourmente pas, tu as agi pertinemment.

À ces mots, il retira les bandages de son bras avec précaution. Il ne restait que trois cicatrices ovales.

— Comment ? s'étonna Adali. Les Atalatéens ne sont pas censés guérir aussi vite.

— L'Ombre est plutôt différent des autres de son espèce. D'ici deux jours, il aura retrouvé son énergie et partira avec toi, loin de cette planète.

— Alors, votre œil s'en remettra ?

— Malheureusement, non. La balle a épargné le crâne, mais cette partie du corps n'est pas renouvelable. Mais ce n'est pas ce qui compte pour le moment, ajouta-t-il, et Adali crut percevoir dans sa voix une légère peine. As-tu compris qui était responsable de cette attaque ?

— Ça ne ressemblait pas au GCT, remarqua la Frizienne comme elle y réfléchissait plus tôt. Peut-être l'un de vos multiples ennemis qui voudrait se venger, j'imagine que les candidats ne manquent pas...

— Non, tu es sur la mauvaise voie, réfléchis.

Adali réprima un sourire. Avec un œil perdu et de multiples blessures, son maître trouvait encore le moyen de la pousser à chercher les réponses par elle-même. Il était vraiment unique ! Elle passa en revue les possibilités :

— Peut-être les Gobs ? Votre « ami » Urw disait que vous étiez allé dans le Block. Bon, ce ne sont pas les Gobs, déduisit-elle de son silence. J'aurais pensé à Sade Rhavin en raison des données que vous lui avez volées, mais je l'ai égorgée de mes propres mains. Attendez... murmura-t-elle, et tout devint clair. Ces données... Vous refusez de me révéler de quoi il s'agit en détail, mais je sais que c'était pour découvrir les potentiels liens de la gouverneure avec la Coalition Libre. Vous pensez que les co-consuls ont envoyé ces assassins ?

— Tu as vu juste.

Adali se laissa retomber sur le sable. Ainsi, la Coalition Libre essayait de les tuer...

— Je veux savoir ce que contenaient ces données, dit-elle en s'installant en tailleur et en fixant l'Ombre avec le plus grand sérieux.

— Tu n'es pas encore prête pour connaître la vérité, l'Ombre est navré.

— Comment ça, je ne suis pas encore prête ? s'énerva Adali. C'est vous-même qui l'avez dit, c'est grâce à moi que nous sommes en vie, j'ai tué ces assassins !

— Là n'est pas la question, rétorqua sèchement son maître. Ce n'est pas une histoire de valeur, l'Ombre te sait brave et forte, et il a confiance en toi. Le problème est qu'un enjeu politique se joue ici.

— Justement, si la Coalition nous a trahis, je veux savoir pourquoi !

— Tu l'apprendras en temps voulu, poursuivit-il plus gentiment. Pour le moment, tu dois faire confiance à l'Ombre et être patiente. Le moment venu, il répondra à chacune de tes questions et n'aura plus de secrets pour toi.

Adali se leva, furieuse, et quitta la tente de fortune. Elle s'éloigna à travers les dunes et passa sa rage en frappant dans le sable. Comment son maître pouvait-il ne pas la trouver prête avec ce qu'elle avait accompli ? L'assassinat d'Edgah Irokzs. L'union des pirates et de la Coalition Libre. Son saut dans le Point comme personne avant elle, et son voyage dans l'Univers par la seule force de son esprit. Son travail sans relâche. Le meurtre de soldats dans les rues d'Ythkar. Le vol des données de l'ordinateur de Sade Rhavin et sa mise hors d'état de nuire avec ses Aquéens, sans aide. Et le sauvetage de l'Ombre.

Alors, en quoi n'était-elle pas prête ? Elle marcha une heure et s'arrêta au sommet d'un tertre, les poings toujours serrés. Elle hurla de toute la puissance de sa voix et de ses pensées pour évacuer la pression accumulée depuis l'attaque. Elle sentit le pouvoir déferler dans ses veines et le déchaîna. Un morceau de la dune s'éleva alors dans les airs. Adali abandonna sa concentration sous le coup de l'étonnement, et le sable retomba dans un bruit sourd. Son énervement disparut.

Elle tituba au sommet de la dune, la bouche entrouverte, incapable de comprendre ce qu'elle venait d'accomplir. Comment avait-elle déplacé par la pensée une telle masse ? Tuer des gens ou leur parler mentalement, d'accord, mais user de télékinésie…

Elle eut beau réessayer des dizaines de fois, elle n'obtint aucun résultat. Pourtant, elle pressentait qu'elle avait débloqué une énergie nouvelle. Une énergie qui ne devrait pas exister dans la nature. Une énergie puissante et dangereuse. Un pouvoir sur lequel elle ne savait placer des mots.

Adali s'agenouilla sur le sable chaud au milieu de l'obscurité. Elle ne savait pourquoi, mais elle devinait le moment venu de réessayer de pénétrer dans le Point. Ce sentiment irrépressible l'envahissait. Il fallait qu'elle y aille, elle le devait. Une force instinctive occupait son esprit et la poussait à agir. Elle vida ses pensées et s'immergea dans le sanctuaire des Friziens. Le désert blanc courait sans jamais s'arrêter autour du Point.

Adali remarqua immédiatement des Humains. Ils l'attendaient. Ils saisirent leurs armes électriques et ouvrirent le feu. Elle évita les câbles en se plaquant au sol et fit ce pour quoi elle s'entraînait depuis un mois. Elle propulsa ses pensées pour tuer. Mais dans le Point, la représentation de son corps et l'esprit n'étaient qu'un, et elle bondit tout entière. Elle heurta l'homme le plus proche, qui hoqueta de surprise. Elle lui asséna un grand coup dans le nez, et il glissa sur la glace qu'il tacha de rouge. Adali réduisit en miettes la mâchoire de l'Humain voisin en saisissant sa tête et en la frappant du genou. Avant qu'elle se retourne pour affronter les suivants, un dard se planta dans son bras, et elle reçut une décharge qui lui arracha une plainte. Mais, suffisamment proche du Point, elle roula vers lui et y plongea. Le noir remplaça le blanc, et elle mit du temps à trouver un repère. Une étoile brillait non loin.

Elle venait ici pour la deuxième fois, elle connaissait les règles. Elle focalisa ses pensées sur la seule personne qu'elle désirait voir : Elvira. Il ne lui fallut pas longtemps pour que le visage doux et fin de son amante, encadré d'une chevelure rousse divinement belle, s'impose. Elle fut attirée, et son esprit fila dans l'espace. Elle gagna en vitesse et traversa planètes, galaxies, nuages cosmiques... comme s'ils étaient transparents. Cette magnifique vue devint floue, puis tout s'effaça, et elle parcourut l'Univers en moins de temps qu'une respiration.

Tortran se dévoila, satellite naturel insignifiant du géant autour duquel elle orbitait. Hormis les deux pôles blanchis par la neige, des forêts la couvraient essentiellement. Un océan enclavé entre les terres disparaissait sur la face cachée. Des nuages dérivaient lentement en formant de gros amas tourbillonnants. Certaines zones plus arides étaient dépourvues de verdure. Un désert bordait l'océan, coupé d'une chaîne montagneuse qui reliait les deux pôles enneigés.

La surface aspira Adali. Elle passa par le centre de l'astre et ferma les yeux, ses réflexes prenant le dessus. Puis elle ressortit du côté où la nuit régnait et arriva en vue de La Dague. D'autres appareils pirates l'entouraient. Des matelots montaient la garde, mais nul ne vit Adali les survoler et franchir la coque de métal comme si elle n'existait pas. Son esprit ignora les couloirs et trouva la cabine de la capitaine. Deux gardes, postés à l'entrée, somnolaient à moitié. Dans la chambre, Elvira lui tournait le dos, assise à son bureau, plongée dans des cartes sur lesquelles elle griffonnait frénétiquement des chiffres.

36

Complot

— Je ne peux pas le croire… lâcha Elvira d'une voix brisée. Adi est de notre côté, elle m'a poussée à rejoindre la Coalition Libre avec les autres capitaines pirates.

— Cela ne doit pas être facile à entendre, répondit sans émotion aucune le co-consul Jenya Al'ekh. Pourtant, les faits sont là.

— Avez-vous une preuve que Sade Rhavin avait vraiment découvert que l'Ombre travaillait pour Héli ? s'enquit Yaé, plus pragmatique car moins influencé sentimentalement par la trahison d'Adi et son maître.

Jenya se contenta de projeter la vidéo suivante sur la table. Dessus, le maître d'Adi était en compagnie d'un homme vêtu d'une soutane blanche ornée du symbole de Héli — un poisson noir avec une double croix rouge sur le flanc, un œil ciselé et une autre croix à la place de la bouche — enserrée d'une ceinture de soie mauve. Par-dessus la robe, une chape chorale sombre tombait sur ses épaules. Un rabat en étoffe cachait l'échancrure de son col, et il tenait un bourdon, long bâton de bois sculpté surmonté d'une tête de poisson.

— Cet homme est Floridus IV, le pape christant à la tête de la Planète Sainte. Cette vidéo a été prise par un informateur de Sade Rhavin il y a trois jours, à Ythkar. Nous savions de source sûre que Floridus IV comptait venir à Obside. Nous l'avons surveillé par le biais de Rhavin qui, en tant que gouverneure, n'éveillait aucun soupçon.

La vidéo continua, montrant le maître d'Adi et le pape parlementer. Puis, sans prévenir, l'Ombre se tourna brusquement vers l'objectif de la caméra et fondit dessus. L'image se brouilla, et le dernier son audible fut le cri d'agonie de l'informateur.

— L'Ombre a tué notre homme, expliqua le co-consul sous l'œil attentif de son frère jumeau, mais il transmettait en direct au bureau de la gouverneure. Floridus IV est rentré sans attendre sur Héli, et nous avons perdu la trace de l'Ombre jusqu'à avant-hier. Vous l'avez vu vous-même, ce traître a envoyé son apprentie pour pirater l'ordinateur de Sade Rhavin et l'assassiner.

— Adi me l'aurait dit si elle avait été au courant… murmura Elvira.

— En êtes-vous vraiment sûre ? Vous ne la connaissez pas depuis si longtemps. Et si elle s'était servie de vous pour découvrir nos intentions afin de prévenir Héli de notre attaque ? L'Ombre savait que nous ne lui révélerions pas les détails de notre plan, alors il a fait en sorte que nous le fassions à travers vous et cette Adi.

La capitaine ne répondit pas. Certes, elle connaissait peu Adi, et elle restait toujours évasive en mentionnant son maître. Mais elle n'arrivait pas à le croire… Leurs Peintres, tout ce qu'elles avaient partagé… Peut-être l'Ombre la manipulait-il sans qu'elle s'en rende compte ?

— Que comptez-vous faire ? demanda Yaé en comprenant le trouble de son amie.

— Nous avons envoyé une équipe d'élite pour supprimer l'Ombre. Nous savons qu'il a un repère dans Ythkar ; dès que nos hommes le trouveront, ils en finiront. Si votre amie ne représente pas de danger, nous la ferons prisonnière, mais le traître qui lui sert de maître mourra.

≈

Les cinq jours suivants constituèrent un enfer pour Elvira. Elle ne savait plus quoi penser. Si Adi lui mentait réellement depuis leur rencontre, elle ne s'en remettrait jamais. Mais elle n'arrivait pas à lui en vouloir ; seule la tristesse l'habitait. Pourquoi tant de malheurs s'abattaient-ils sur elle ? La mort de son père, puis de Kastellane, la trahison de la Pieuvre… La femme qu'elle aimait lui tournait-elle aussi le dos ? Et puis, ne pouvait-elle s'empêcher de se dire, c'était cet Ombre qui avait mis en péril leur amour. Avant qu'il revienne chercher Adi, les deux amantes vivaient libres, heureuses. Mais l'Ombre avait emmené Adi loin d'Elvira en la retournant même peut-être contre elle.

Yaé essaya de la consoler, mais elle refusait de voir quiconque. Pi'll Guez prit le commandement du vaisseau car la capitaine se cloîtrait dans sa cabine. Il assura à Elvira qu'il s'occuperait de tout le temps qu'elle se remette. Pour éviter de ruminer, Elvira étudiait les cartes du système Eva et réfléchissait à des stratégies d'attaque. Si l'Ombre était un traître à la solde de la Planète Sainte, raison de plus pour la pirate de trouver comment l'écraser lors de la bataille qui s'en venait.

Un soir, alors qu'elle travaillait, on chuchota près d'elle :

« Tu m'entends ? »

— Qui est là ? sursauta-t-elle en se retournant et en fouillant la pièce des yeux.

Personne, sans doute la fatigue lui jouait-elle des tours.

« Tu ne rêves pas. »

Cette fois, Elvira se leva d'un bond et inspecta la pièce.

« J'ai envoyé mon esprit vers toi », murmura la voix, « je suis bien là. »

— Adi ? s'exclama-t-elle.

« Oui, c'est moi. »

La capitaine se rassit lourdement sur son siège, sonnée.

« Je suis toujours sur Obside », reprit-elle. « On nous a attaqués, mon maître et moi, il a été gravement blessé. Tu te rappelles quand je te parlais de mon voyage dans le Point ? Je viens d'y retourner pour venir jusqu'à toi. »

— Alors, je ne suis pas en train d'halluciner…

« Tu vas bien ? Tu as l'air ravagée. »

— Je…

Une boule se ficha dans la gorge d'Elvira, incapable de trouver les mots.

« Que s'est-il passé après mon départ ? » s'inquiéta Adi.

— Je dois absolument te poser une question.

Elle tourna sur sa chaise pour voir Adi mais elle était toujours seule dans la pièce :

— Ton maître et toi, avez-vous tout manigancé pour nous obliger, les capitaines de l'ETPL et moi, à rejoindre la Coalition afin de l'infiltrer et d'ensuite la détruire ?

« Quoi ? » s'exclama Adi. « Qu'est-ce que tu racontes ? »

— Je sais la vérité, je t'ai vue assassiner Sade Rhavin.

« Évidemment que je l'ai tuée, elle venait de me torturer et elle travaillait pour le GCT ! »

Elvira inspira :

— Sade Rhavin était une espionne pour le compte de la Coalition depuis des années. Je sais aussi que ton maître travaille pour Héli et qu'il a parlé avec son pape.

« Tu délires complètement », dit la voix angoissée de son amante. « Il ne travaille pas pour Héli ! Et si j'ai tué Sade Rhavin, c'est parce qu'elle m'a capturée alors que je volais des informations dans son ordinateur pour découvrir ce qu'elle tramait vraiment. »

— Ah oui ? s'écria Elvira en levant les yeux vers là où elle imaginait Adi. Pourtant, la seule information compromettante que Sade Rhavin possédait sur son ordinateur était une vidéo de ton maître en train de rencontrer le pape de Héli !

« Tu te trompes. Mon maître m'a chargée de pirater son ordinateur car il soupçonnait la Coalition de communiquer avec elle et de comploter en secret. »

— Évidemment qu'ils communiquaient ! Sade Rhavin travaillait pour les rebelles ! L'Ombre voulait mettre la main sur la vidéo compromettante qu'elle possédait. Peut-être même que tu n'es au courant de rien, je ne sais plus quoi penser... C'est vrai que je ne te connais pas depuis longtemps... Est-il vraiment possible que tout ce que nous avons partagé n'ait été qu'un moyen d'arriver à tes fins ?

« C'est ce que tu penses de moi ? Je t'aurais manipulée ? »

Elvira se prit la tête entre les mains :

— Non... Bien sûr que non... Mais j'ai vu les vidéos, et il est clair que ton maître est de mèche avec le pape Floridus IV...

Le silence s'installa et, un instant, Elvira crut avoir rêvé, mais Adi reprit :

« Je vais demander des explications à l'Ombre. Je veux que tu saches que je ne t'ai jamais menti sur mes motivations et que, s'il y a un complot, je n'ai rien à voir dedans. Tu me crois ? »

Elvira acquiesça, et l'esprit d'Adi se retira. Elle s'affala et éclata en sanglots.

≈

Adali regarda un long moment Elvira allongée sur son lit. Elle attendit qu'elle s'endorme pour repartir. Son esprit s'éleva sans tenir compte des murs de La Dague et prit la direction d'Obside. Ses pensées tourbillonnaient. Si ce qu'Elvira croyait s'avérait, son maître lui mentait depuis le début. Mais dans quel but et, surtout, pourquoi l'y mêler ?

Elle se focalisa sur l'Ombre qu'elle découvrit devant son corps étendu sur le sable, l'attendant patiemment. Adali toucha sa propre jambe et réintégra son état physique. Son maître sourit :

— Tu as réussi à te servir de ton pouvoir dans le Point et à voyager par l'esprit, n'est-ce pas ?

— Il faut que vous me disiez la vérité, maintenant, l'ignora-t-elle d'un ton catégorique. Je viens de parler à Elvira, qui m'a affirmé que les co-consuls lui avaient montré une vidéo du pape christant et de vous en train de parler. Ils sont persuadés que vous êtes un traître et que, si vous m'avez envoyée voler les données dans l'ordinateur de Sade Rhavin, c'était pour récupérer cette vidéo et la supprimer.

Pour la deuxième fois, son maître fut surpris :

— Suis-moi, rentrons au vaisseau.

— Non, j'en ai assez d'attendre ! Que vous me croyiez prête ou non à entendre la vérité, je veux tout savoir. Découvrir si vous me manipulez depuis que je vous connais !

L'Ombre s'enfonça dans les dunes de sable. Adali jura de colère et lui emboîta le pas. Le temps qu'elle voyage dans le Point, le jour s'était levé, et la chaleur s'acharnait de plus belle. Ils arrivèrent au vaisseau et l'Atalatéen prit place sous la tente de fortune. Elle s'installa, sans desserrer les dents.

— L'Ombre a passé un accord avec Floridus IV, déclara calmement son maître.

— Alors, c'est vrai, s'enflamma Adali en frappant rageusement dans le sable. Comment avez-vous osé me faire tous ces beaux discours sur la liberté et vos idéaux alors que vous travaillez pour l'ennemi !?

— Calme-toi.

La Frizienne eut un rire sans joie :

— Je n'ai absolument pas l'intention de me calmer !

— Chaque acte de l'Ombre avait comme seule fin la défense de cette liberté. Si tu le laisses s'expliquer, tu sauras la vérité.

Adali grogna pour donner son accord et se contrôla.

— Il y a un mois, peu après le retour à Ythkar, reprit-il, l'Ombre a percé à jour un grave complot fomenté par le Gouvernement Colonial Terrien. Aujourd'hui encore, l'Ombre n'en connaît pas les fondements, mais il s'efforce d'y parvenir. Il s'est avéré que Sade Rhavin était en réalité en contact avec la Coalition Libre, alors qu'elle faisait encore partie des trois

Grands. Sa démission n'était pas seulement due à la forte pression qu'exerçait Dmitry Asmov. Les deux autres Grands s'apprêtaient à démasquer son changement d'allégeance, et elle a préféré se retirer pour éviter les problèmes. Avant de devenir gouverneure d'Ythkar, elle découvrit une information que Terre cachait : les Firmes Inter-Spatiales qui contrôlent le GCT souhaitent que la Coalition Libre prenne Héli.

— Quoi ? s'exclama Adali, sa colère brièvement remplacée par la stupéfaction.

— Oui, et plus exactement, c'est Dmitry Asmov qui le souhaite. Héli regorge de minerais précieux. C'est ce qui lui a permis de demeurer indépendante pendant des centaines d'années sans craindre les autres planètes. Asmov veut s'en emparer pour financer ses projets de conquête spatiale. Cela fait plus de deux siècles terriens que les Gobs du Block sont en guerre avec le GCT, et ce n'est pas pour rien que ce combat s'éternise. Terre convoite plus que tout Frizen3.G, la planète que les Gobs exploitent pour son tinotium. Avec la nouvelle Frizen2 et Frizen3.G, le GCT serait en mesure de tenir l'espace connu entier dans sa main, et même d'étendre la recherche à d'autres mondes habités pour agrandir son empire.

« Dmitry Asmov est à la tête de la plus grande Firme Inter-Spatiale d'AquaPrim, qui produit à la chaîne des robots, dont un grand nombre de combat. Il veut les richesses de Héli pour se créer une armée et s'emparer du Block. »

— Pourquoi le GCT voudrait-il que Héli soit prise par la Coalition Libre, s'il la convoite ?

— L'Ombre n'a pas encore la réponse, avoua son maître en effleurant son œil crevé à l'arrière de son crâne d'un air pensif. Le fait est que le GCT souhaite que cela arrive. Il est donc du devoir de l'Ombre d'empêcher ce plan d'aboutir.

— Et c'est pour ça que vous avez rencontré Floridus IV, comprit Adali. Vous l'avez prévenu que Héli allait être attaquée par la Coalition Libre...

— Exactement. Lorsque l'Ombre a été surpris avec le pape et que tuer l'informateur n'a pas suffi, il t'a envoyée pour pirater l'ordinateur de Sade Rhavin avant que la Coalition en soit informée.

Adali se releva et piétina le sable hors de la tente en réfléchissant. À présent, tout s'éclairait, et elle se maudit d'avoir perdu confiance en son maître aussi vite.

— Pourquoi m'avoir caché la véritable raison de ma mission chez Sade Rhavin ?

— Car l'Ombre pensait que tu n'étais pas prête à entendre la vérité. Vois-tu, continua-t-il en la rejoignant, c'est grâce à toi qu'Elvira a rejoint la Coalition avec les capitaines de l'ETPL, et l'Ombre ne voulait pas que tu considères tout cela vain.

— Mieux vaut une dure vérité qu'un mensonge satisfaisant.

— Sache que, dorénavant, l'Ombre ne te mentira plus.

— Je ne comprends pas, dit-elle en s'arrêtant de tourner en rond pour masser sa cuisse qui l'élançait. Pourquoi me laisser tuer Sade Rhavin alors qu'elle était innocente ?

— Ce n'est pas à l'Ombre d'apporter cette réponse, c'est toi qui l'as exécutée.

— Pour moi, c'est évident, elle m'a torturée, et cette ordure faisait partie du Kron…

Adali n'acheva pas sa phrase. Évidemment que son maître avait permis l'assassinat de la gouverneure ; il soutenait que tous les membres du Kron méritaient la mort.

— Vous n'avez aucune idée de pourquoi le GCT désire que la Coalition attaque Héli ? renchérit-elle.

— Peut-être pour créer une guerre civile. La bonne question serait plutôt : pourquoi le GCT en voudrait une alors que la Grande Guerre dégénère ?

Adali se rassit sous la tente. Elle attrapa un cube de pain synthétique dans un sac et croqua dedans. Le goût amer la fit grimacer mais ne gâcha en rien sa satisfaction : pas le moins du monde un traître, son maître avait caché la vérité pour la ménager.

— Vous pourriez dire la vérité aux co-consuls, proposa-t-elle alors que l'Ombre fouillait dans ses affaires.

— Jenya et Hel Al'ekh ne sont pas ce qu'ils paraissent, rétorqua l'Atalatéen d'un ton terne. Ils ne rêvent que de finir à la tête des Firmes Inter-Spatiales les plus puissantes, comme leurs ennemis. Après l'altercation lors du conseil, sur Tortran, ils ont cessé de transmettre leurs plans. Ils ont bien compris que l'Ombre ne cautionnait pas leurs ambitions et l'idée de provoquer une guerre civile. Ils attendaient depuis longtemps une occasion pour museler l'Ombre, qui a toujours contesté leurs décisions.

Cette histoire de trahison fournissait le prétexte idéal pour un assassinat justifié. La vérité n'y changerait rien.

— Mais si Terre souhaite que la Coalition prenne Héli, il faut empêcher l'invasion ! Que se passera-t-il pendant l'attaque de Héli ? Si la planète connaît les intentions de la Coalition, elle anéantira les rebelles !

— Malheureusement, c'est un risque à prendre.

— Vous ne voulez vraiment pas essayer d'en parler aux co-consuls ? Non, attendez, ajouta-t-elle précipitamment, si j'en parlais à Elvira ? Elle se retirerait, et l'ETPL avec. Sans eux, la Coalition devra revoir ses plans et stratégies d'attaque, ce qui prendra des mois. D'ici là, nous trouverons une solution pour raisonner ses dirigeants.

— Si tu le veux, essaie, mais l'Ombre craint que cela échoue. Il est très peu probable que Jenya et Hel Al'ekh laissent l'ETPL se dissoudre et les abandonner. Ce ne serait pas surprenant qu'ils remplacent les capitaines par des personnes plus conciliantes. Elvira serait évincée et exécutée sans plus de cérémonies. Il suffirait d'alléguer un accident. Prévenir Elvira la mettrait encore plus en danger. Si les co-consuls sentent qu'elle veut se rétracter, ils s'en débarrasseront.

— Vous voulez dire que je devrais la laisser croire que nous sommes des traîtres ?

— C'est ta décision. Si tu la préviens, elle courra un risque. Si tu ne la préviens pas, elle te détestera sûrement, mais un jour peut-être te pardonnera-t-elle.

La Frizienne venait de perdre sa bonne humeur en un clin d'œil :

— Oui, enfin, si elle survit à l'attaque de Héli. Dans les deux cas, elle risque de mourir, mais ce que vous me dites, c'est qu'elle a plus de chances d'être éliminée par les co-consuls.

Son maître s'emplit de compassion :

— L'Ombre est désolé, Adali, sincèrement. Pour te changer les idées, veux-tu entendre une vérité que l'Ombre ne t'a jamais avouée ?

La Frizienne fronça les sourcils et arrêta de mastiquer, mi blasée mi étonnée. Elle était prête à écouter n'importe quoi pour se changer les idées.

— Il y a fort longtemps, au début de la Grande Guerre contre les Gobs, commença son maître, l'Ombre était un chasseur de primes du nom de Moklaÿ Ebretk. Moklaÿ vendait ses talents au plus offrant et ignorait la morale ou l'éthique. Un jour, il se retrouva au cœur d'une bataille entre des marchands du GCT, qu'il protégeait, et des Gobs. Il fit prisonnier l'un d'eux, et reçut une offre du GCT pour livrer ce Gob. En chemin, des pirates prirent d'assaut son vaisseau. Le Gob sauva la vie de Moklaÿ. Ensuite, Moklaÿ ne put se résoudre à le remettre à Terre car il avait une dette envers lui. Moklaÿ Ebretk venait d'une riche famille atalatéenne avec comme unique code d'honneur de ne jamais rien devoir à qui que ce soit ; toujours rendre la pareille.

Adali s'installa confortablement pour écouter la suite.

— Pour honorer son seul principe, Moklaÿ relâcha le Gob. Il lui fournit un vaisseau et le laissa libre de retourner dans l'espace de la tri-alliance. Le Gob lui proposa de l'accompagner. Ils voyagèrent ensemble jusqu'au Block et devinrent amis. Le Gob s'appelait Vao. Il lui fit découvrir son monde. L'espace de la tri-alliance est décrit aux habitants de l'espace occupé comme un lieu barbare, cruel et austère. La réalité est tout autre. Le Block est l'endroit le plus intéressant et accueillant où l'Ombre ait séjourné. Évidemment, tout étranger est habituellement abattu s'il s'en approche. Vao raconta aux siens son amitié avec Moklaÿ, et ils l'accueillirent comme l'un des leurs. Il vécut des années avec eux. Il apprit les secrets et la culture du monde gob. Moklaÿ découvrit la vérité sur les origines de la Grande Guerre. Le GCT la provoqua pour acquérir Frizen3.G, malgré les velléités de paix du Block.

« Un jour, après des événements que l'Ombre partagera avec toi quand tu seras prête, vint le temps de rentrer. Moklaÿ, devenu l'Ombre, voulait désormais détruire ceux à l'origine de la Grande Guerre et réconcilier les deux camps. Car tel est son but ultime : que les Gobs et les autres espèces de l'espace connu vivent en paix. Remplacer le chaos par l'harmonie.

« Chez les Gobs, l'Ombre apprit à se battre pour une cause au lieu de le faire dans un but lucratif et personnel. Et depuis deux siècles, il arpente l'espace en essayant de le transformer. Le GCT veut envahir le Block, et malgré la puissance militaire de ce dernier, il perdra la guerre à l'usure. Si Dmytri Asmov arrive à mettre sur pied son armée de robots combinée à l'Armée Inter-Espèces et à l'Armée Terrienne, la tri-alliance aura peu de chances d'en sortir vainqueur. »

Plus tard, Adali désigna leur vaisseau dans le sable :

— Cet appareil est gob, n'est-ce pas ?

— En effet, c'est un cadeau de Vao en personne. Il l'a offert à l'Ombre en gage de son amitié, et en échange de la promesse de le revoir un jour.

— Avez-vous honoré ce serment ?

— Non. L'Ombre lui a aussi juré que, lorsqu'ils se reverraient, ce serait après qu'il aurait accompli la mission de réunir le Block et l'espace occupé. Mais Vao est mort de vieillesse il y a longtemps. L'Ombre n'a pas agi assez vite.

Un soupçon de regret hantait ces mots, et Adali hocha gravement la tête. L'Ombre continuait d'appliquer de la pommade sur l'orbite vide de son second œil.

— C'est aussi grâce aux Gobs que vous guérissez si vite et que vous avez plus de deux cents ans ? demanda Adali, car l'Ombre paraissait enclin à lui parler de ses secrets.

— Non.

Elle haussa les épaules. Il ne fallait pas non plus trop en attendre. Son maître devait penser qu'il lui en avait révélé assez sur son passé pour les trois prochaines années.

≈

Ode regardait, à travers les yeux de son robot Larry, les vingt chercheurs en blouse blanche rivés sur leurs écrans. Le moment était décisif. Ils sauraient enfin si ces deux mois de travail porteraient leurs fruits. La vidéo en direct d'une caméra d'un vaisseau prototype diffusait son image. Il s'engouffrait lentement dans la faille violacée créée par un déchirement spatial avec pour destination théorique l'Amérique du Nord, là où personne ne vivait à cause des radiations. La fissure qui jetait des éclairs se referma, et chacun retint son souffle.

— *Ici, prototype 33*, crachota une voix dans un haut-parleur, à peine audible, *nous survolons les terres désolées. La mission est un succès.*

Des cris de joie retentirent dans toute la salle. Les chercheurs portèrent en triomphe une Ode aux anges. Depuis son arrivée à l'Ancienne Paris, elle travaillait d'arrache-pied à ce projet et, enfin, elle réussissait. À force d'heures de travail à entrer des milliers de lignes de codes, à échanger les résultats avec des physiciens, des mathématiciens et des scientifiques en tous genres, ils y arrivaient avant les équipes rivales. Eux, les premiers de l'histoire de l'espace occupé à accomplir cet exploit : le voyage par le déchirement spatial sans passer par l'espace. Le « déchirement atmosphérique ». Jusque-là, seuls les Gobs possédaient cette technologie et tenaient le GCT en échec. Mais bientôt, la Grand Guerre s'achèverait avec cette avancée.

≈

Adali et son maître quittèrent l'oasis le lendemain. L'Ombre prévoyait de se rendre sur la Planète Sainte pour rencontrer à nouveau Floridus IV. Le pape, un pantin à la tête du gouvernement de Héli à la botte des Firmes Inter-Spatiales qui y siégeaient, détenait encore assez de pouvoir pour décider des stratégies de défense. Ils décollèrent dans la matinée, et la Frizienne s'exprima alors qu'ils s'élevaient au-dessus des dunes de sable :

— Si c'est un vaisseau gob, ce n'est pas la peine de rejoindre l'espace pour traverser le Néant, n'est-ce pas ?

— En effet, mais cela attirerait l'attention des satellites du GCT qui quadrillent l'orbite d'Obside. Leurs détecteurs repéreraient immédiatement une déchirure atmosphérique. De plus, Héli croirait à une attaque gob si un vaisseau arrivait par une faille non spatiale.

Ils prirent de l'altitude et quittèrent l'exosphère pour plonger dans l'espace. Les deux lasers créèrent une fissure torturée qu'ils traversèrent pour passer dans le Néant. Adali détestait toujours autant ce silence surnaturel et cette absence totale de lumière. Elle desserra la mâchoire lorsqu'ils ressortirent et découvrirent Héli. Elle ressemblait beaucoup aux images vues de Terre, hormis sa grande densité montagneuse. Autour de la planète, des vaisseaux de combat et des stations gravitaient régulièrement. L'Ombre s'identifia lors du contrôle routinier, et ils entrèrent dans l'atmosphère. Il lui tendit un masque :

— Mets ça.

— L'air n'est pas respirable ? s'étonna Adali. Et les Humains qui y vivent ?

— Ils ont développé un sérum transmis héréditairement rendant l'air tolérable à leurs poumons. Tu mourrais en quelques minutes sans ton masque. Le taux de létalité de l'air pour les Humains non natifs de Héli est faible, et ils ont simplement du mal à respirer lorsqu'ils y viennent, mais tes origines friziennes te rendent vulnérable.

Adali passa le masque et activa le filtre. Ils survolaient des chaînes montagneuses interminables aux flancs ponctués de mines. La Planète

Sainte était une immense réserve d'or, de diamants et d'autres matières rares indispensables dans le fret spatial. Ils arrivèrent en vue d'une ville couchée dans l'une des rares plaines héliées : Jeusäe, la capitale. Une cathédrale au style suranné surplombait la cité entière de sa tour plaquée or. Phare illuminant les cieux, elle reflétait mille rayons de l'étoile Eva. L'œuvre du pape Bean'l Ier, débarqué sur la Planète Sainte en l'an 2475 de l'ancien calendrier, une datation toujours utilisée par les Christants. Les autres mondes de l'espace occupé suivaient celui instauré par Shalad III lors de la libération d'une bonne partie des colonies de l'Empire et la fondation de la République Terrienne. Aussi les Christants affirmaient-ils comme date actuelle l'année 3134 après la naissance de leur prophète, et le Gouvernement Colonial Terrien, l'an 531 après la libération des planètes. Les deux suivaient néanmoins la temporalité des années terriennes.

La ville joliment bâtie ne laissait nulle place pour la pauvreté sur la planète la plus riche de l'espace occupé. Des étendards arborant un poisson noir volaient au gré du vent sur la majorité des maisons, formant un gigantesque toit animé. Les Héliés s'enorgueillissaient autant d'être christants que de vivre sur la Planète Sainte.

Deux speeders de combat vinrent encadrer le vaisseau de l'Ombre lorsqu'il pénétra dans le périmètre de Jeusäe. Ils l'escortèrent à une piste d'atterrissage au centre d'un bâtiment circulaire peint en rouge vif. Dans ce quartier, les immeubles habités cédaient la place à des tours de contrôle, des entrepôts de matériel, des casernes et des bâtiments gouvernementaux. L'appareil gob se posa, accueilli par une délégation de cardinaux vêtus de noir. Chacun portait sur la poitrine le sigle brodé d'un poisson blanc signifiant leur appartenance au haut clergé. Trois hommes et deux femmes, Humains.

— Puisse le Seigneur bénir votre venue, Ombre, s'inclina respectueusement l'un d'eux.

— C'est un plaisir de vous revoir, frère Moïsai. Voici l'apprentie de l'Ombre, Adi.

— Enchantée de vous connaître, salua Adali en effectuant la même révérence que le religieux.

— De même, répondit le cardinal, non sans tiquer légèrement en comprenant sa nature hybride. Suivez-moi, je vous prie. Nous allons vous conduire jusqu'à l'une de nos suites, et sa Sainteté, notre guide Floridus IV, vous recevra dès demain.

L'Ombre ne se formalisa pas de l'attente pour obtenir un rendez-vous avec le pape et emboîta le pas aux cardinaux. Ils les emmenèrent dans un grand immeuble luxueux. Outre l'air non respirable, Adali sentait ses jambes beaucoup plus lourdes que d'habitude, et elle peinait à se mouvoir de manière fluide.

Étonnamment, le bus qu'ils empruntèrent roula à même le sol. Fait extrêmement rare sur la plupart des mondes occupés que les moyens de transport — mis à part ceux des plus pauvres — ne soient pas équipés de réacteurs. L'Ombre expliqua à Adali cette tradition sur la Planète Sainte, un honneur, car ainsi leurs hôtes sacrifiaient du temps pour eux. Les cardinaux les déposèrent à leurs appartements, les couvrirent de politesses puis se retirèrent.

Adali put enlever son masque grâce à l'air conditionné adapté pour les invités, mais elle se sentait toujours aussi lourde. Ses yeux s'écarquillèrent devant le lit mis à sa disposition : son double matelas, sa multitude d'oreillers, ses baldaquins dorés à l'or et à l'argent et des draps en soie naturelle. Pour la première fois, elle disposait d'un tel confort. Elle s'étala de tout son long et, sous l'œil amusé de son maître, huma la douce odeur de miel que la literie dégageait. Elle se lança ensuite à la découverte des pièces, chacune de la taille d'une maison complète. Deux salles de bains, une pièce de repos, deux chambres, une piscine intérieure et une terrasse grandiose. Eva disparaissait lentement derrière les montagnes qui ceinturaient Jeusäe, timidement remplacée par les milliers de lumières qui s'allumaient une à une dans la cité.

Une fresque grandiose peinte à même le mur retraçait le départ des Christants pour Héli, après leur bataille contre les hérétiques terriens. Arrivés sur la Planète Sainte, ils se confrontaient aux Vams, le peuple extraterrestre autochtone, sauvage et violent. Adali connaissait bien la véritable histoire, beaucoup moins belle que cette vision idyllique. En réalité, les Christants, encore sur Terre, renversèrent le Grand Empire en l'an 2469 de l'ancien calendrier. Leur pape, Atra-Aïs Ier, instaura une monarchie : le Royaume Juste. Celui-ci organisa le massacre des membres des religions rivales principales, puis partit avec ses centaines de millions de fidèles sur Héli. Il y orchestra le génocide presque total des Vams, dont les survivants se réfugièrent dans les endroits encore inhabités de la planète. Si les Héliés christants avaient commis des atrocités innommables, cette représentation noble n'en demeurait pas moins un plaisir pour la vue.

Des croix pendaient aux fenêtres, sans doute pour prévenir de prétendus maléfices. Un Humain au visage d'une tristesse sans pareille y était cloué par les poignets et par les pieds. Adali trouva d'une brutalité sans nom que les Christants arborent ainsi la souffrance de leur prophète. Le fait qu'elle soit, comme tous les Friziens, étrangère aux croyances et aux superstitions l'influençait sans doute, mais elle se convainquit que ce n'était pas la seule raison.

Alors que les ombres s'étiraient à l'extérieur, l'Ombre la rejoignit :

— Que dirais-tu de visiter Jeusäe cette nuit ?

37

Floridus IV

Yaé marchait avec entrain dans les couloirs gris de La Dague. Une quinzaine de jours plus tôt, Elvira lui apprenait qu'Adi lui avait rendu visite, et depuis elle s'enfermait dans sa cabine. La Frizienne n'était pas au courant de la trahison de son maître mais, à en juger par l'apathie morose de la capitaine, elle avait quand même choisi de le rejoindre. La tristesse ravageait Elvira. À présent, en plus de se sentir trahie, elle savait qu'Adi lui préférait son maître.

Pi'll Guez donnait les ordres désormais. Elvira faisait confiance à cet homme, mais Yaé ne pouvait s'empêcher de remarquer qu'il prenait soin de le tenir à l'écart. Pourtant, le jeune homme, en conseiller de la capitaine, occupait une place importante à bord. Mais le second s'arrangeait pour qu'il n'assiste ni aux réunions avec les co-consuls ni à celles de La Dague.

Ce jour-là, bien décidé à secouer Elvira pour qu'elle se remette d'aplomb et reprenne le contrôle de son équipage qui lui filait doucement entre les doigts, il arriva à sa cabine et frappa la cloison métallique :

— Elvira, c'est Yaé.

— Pas maintenant, s'il te plaît, prononça faiblement la voix de la pirate.

— Je ne partirai pas tant que tu ne m'auras pas ouvert, alors gagnons du temps !

Il obtint gain de cause : Elvira présentait une mine affreuse. Ses cheveux roux emmêlés, les traits tirés, elle ne prenait plus la peine de se changer depuis au moins trois jours.

— Sérieusement ? railla-t-il. On dirait qu'un Aquéen s'est allongé sur toi, tu n'as pas croisé un miroir depuis... ?

— Je ne suis pas d'humeur à rire, rétorqua-t-elle avec morosité en retournant s'allonger sur son lit.

— Pourtant, tu devrais ; tu verrais les nœuds dans tes cheveux, ça me fait penser à un tuyau d'évacuation après la douche d'un Roséan.

— Je t'ai dit que je n'avais pas envie de parler.

Il ne se découragea pas, ferma la porte de la cabine et s'assit :

— Je suis venu pour te réveiller. Si tu continues à laisser Pi'll Guez prendre les décisions en ton nom, il finira par te remplacer définitivement.

— Honnêtement, grogna-t-elle, la tête dans son oreiller, je m'en fiche ! Et puis, c'est faux, Pi'll est un vieil ami, il ne me trahira pas.

— Ce n'est pas l'impression qu'il donne. Si tu voyais comme il me tient à l'écart. Il te répète sans cesse de prendre le temps que tu voudras pour te remettre, et ça ne t'inquiète pas ! Ça fait plus de deux semaines que tu te lamentes sur ton sort ; réagis !

— Tu es mon ami, Yaé, et merci de t'inquiéter, mais je n'ai plus aucune raison de me battre…

Le pirate arracha l'oreiller qu'elle tenait entre les mains et lui asséna un coup sur le crâne, provoquant une plainte de protestation.

— Non, mais tu t'entends ? s'indigna-t-il. D'accord, Adi t'a menti et t'a tourné le dos, mais ça arrive ! Dorénavant, tu sauras que l'amour n'apporte que des problèmes, ce n'est pas une raison pour tout laisser tomber. Ton équipage compte sur toi, Xeï compte sur toi, je compte sur toi ; tu as encore des raisons de te battre ! L'attaque de Héli est dans quarante-trois jours, c'est le moment de te réveiller. À moins que tu préfères déshonorer le poste de capitaine… ajouta-t-il prudemment pour accentuer son manque de réaction.

Elle leva vers lui un œil énervé et se redressa :

— Fais attention à tes paroles, je suis encore ta capitaine.

— Alors, agis comme une capitaine, pas comme une gamine au cœur brisé ! Je sais que c'est dur, mais la vie n'a jamais été facile.

Elvira ne répondit pas, pourtant il sentit qu'il gagnait du terrain. Il ramassa un soutien-gorge qui traînait par terre et le lui balança à la figure :

— Je n'obéirai pas à une capitaine qui ne sait même pas ordonner sa cabine ! Pourquoi les matelots te respecteraient-ils si tu es incapable de surmonter tes peines ?

Sous le masque d'assurance qu'il affichait, Yaé n'en menait pas large. Il était l'ami d'Elvira, mais ne connaissait pas ses réactions à la provocation.

— J'ai dit attention… marmonna-t-elle en se dressant à son tour et en enlevant dédaigneusement le sous-vêtement de son nez.

— Pourquoi avoir peur de toi ? lança Yaé. En quoi être la fille de Dant t'en rend-il digne ? Pourquoi Pi'll Guez ne ferait-il pas un meilleur capitaine que toi ?

— Parce que j'ai battu Adfeth en combat singulier, j'ai créé l'ETPL et je nous ai emmenés à la Coalition Libre pour envahir Héli ! hurla-t-elle en sortant de ses gonds.

Yaé esquissa une moue satisfaite :

— Je le sais bien. Je sais aussi que tu vas te ressaisir et nous mener encore plus loin, qu'avec toi nous avons une chance de vaincre le GCT ! Et l'équipage le sait aussi ; ne le laisse pas oublier.

Elvira, le visage rouge de colère, crispait les poings.

— Allez, viens, l'attira le jeune homme, effaçons ces larmes pour te rendre présentable.

Il remplit une bassine d'eau et, avant qu'elle réagisse, la lui vida sur la tête.

— Tu as perdu la raison !?

— Je pense être le plus sain d'esprit dans cette pièce, grimaça-t-il en lui tendant une serviette. Allez, va te doucher et rejoins-moi sur le pont supérieur dans vingt minutes.

Il n'attendit pas qu'elle réplique et sortit. Une fois seul, il poussa un grand soupir. Il venait de prendre un risque, Elvira aurait pu le mettre aux arrêts, voire pire. Satisfait de son petit effet, et il se rendit au point de rendez-vous en espérant avoir été assez convainquant.

Pi'll Guez y discutait à voix basse avec Xeï. Yaé les salua, lui d'un hochement de tête, et elle d'un sourire. Les deux amis n'avaient pas beaucoup d'occasions de passer du temps seuls.

— Très bien, dit-elle au second avant de tourner les talons et de repartir sur le pont principal.

— Tu voulais me parler, Yaé ? l'interrogea Pi'll Guez.

— Non, j'attends la capitaine.

— Je ne pense pas qu'Elvira sorte de sa cabine avant encore un moment.

Yaé, muet, observa le va-et-vient des pirates dehors à travers le grand hublot. Le second se détourna et retourna à ses occupations. Les matelots chargeaient inlassablement des caisses en bois dans la soute de La Dague. Elles contenaient le plus souvent des munitions, mais aussi de la nourriture et des quantités non négligeables d'alcool. Les pirates étaient avant tout en majorité des meurtriers, dont un bon nombre abusait de la boisson pour l'oublier ; l'aphamine circulait aussi, mais Xeï n'autorisait que les doses minimes, sous peine de trente coups de fouet. Du temps de la Pieuvre comme maître d'équipage, les matelots craignaient cette punition car ils connaissaient le puissant et cruel Aquéen. Avec l'arrivée de Xeï, une simple humaine, ils se réjouirent et la sous-estimèrent grandement. À tort. La commandante compensait son manque de force physique par rapport à la Pieuvre en triplant les coups de fouet distribués. Elle imposa vite l'ordre et la discipline aux réfractaires, et désormais on la redoutait presque autant que son prédécesseur.

Elvira pénétra sur le pont principal et le silence remplaça le brouhaha ambiant. Les pirates la saluèrent alors qu'elle passait parmi d'eux. Elle n'avait plus rien à voir avec celle que Yaé sermonnait une demi-heure plus tôt. Sa tenue moulante noire soulignait ses formes, ses cheveux coiffés tombaient sur ses épaules, et son visage ne trahissait aucune peine. Ses bras dénudés arboraient, le premier un tatouage gracieux, et l'autre une prothèse robotique. Magnifique, elle inspirait le respect et l'admiration par sa seule présence.

Elle monta rapidement l'escalier et posa le pied sur le pont supérieur. Pi'll Guez s'approcha d'elle en souriant :

— Ravi de te revoir, capitaine.

— Je vais te montrer pourquoi, défia-t-elle Yaé en ignorant son second.

Le jeune homme contempla avec satisfaction l'assurance qu'elle dégageait.

— Je veux savoir ce que j'ai manqué ces vingt derniers jours, ordonna Elvira à Pi'll Guez. Tous les rapports des réunions avec les co-consuls, la répartition des tâches aux matelots, les stratégies d'attaque et le rapport des stocks de provisions et de munitions de La Dague.

— Tu es sûre que tu es remise ? hésita-t-il. Tu sais, rien ne presse, l'attaque est dans un mois et demi.

— Je vais très bien, trancha Elvira. Je veux tout ça dans l'heure.

— À tes ordres... céda Pi'll Guez, et il quitta le pont supérieur.

— Merci pour ton aide, fit claquer la pirate à l'oreille de Yaé, mais ne t'attends pas à ce que je te pardonne de sitôt pour la bassine d'eau.

— Elle aurait pu être froide, tu devrais t'estimer heureuse et m'être reconnaissante pour ma clémence...

≈

La vie nocturne de Jeusäe était bien moins calme que ce qu'Adali croyait. Elle pensait que les Héliés se cloîtraient sans cesse chez eux, mais il s'avéra que, en dehors des heures de prières nocturnes obligatoires, ils profitaient largement de leurs richesses. Les rues regorgeaient de monde. L'Ombre lui donna quartier libre sans l'accompagner car les Héliés ne portaient pas les extraterrestres dans leur cœur. Aussi la Frizienne se promenait-elle sans crainte avec une couche de fond de teint pour blanchir sa peau sous son masque, ainsi que des gants pour cacher ses mains. Son maître lui remit une carte gorgée de monnaie virtuelle. Elle le soupçonnait de vouloir lui changer les idées, et cela fonctionnait à merveille.

Elle se plut à se perdre dans les ruelles, puis s'assit à la terrasse d'un bar. La gravité lui donnait l'impression de peser trente kilogrammes de plus qu'à l'ordinaire, et le fauteuil en cuir sonna comme un soulagement. Elle commanda un verre de la spécialité locale à un serveur. Le jeune humain apporta une coupe :

— Ce vin provient des vignes du lac de Srilan, dans les montagnes sacrées, où les premiers colons s'installèrent voilà sept siècles.

Des jeunes l'entouraient, buvant allègrement de l'alcool sans jamais se toucher. Tous portaient des gants, car le Christantisme prohibait la proximité. Poser sa peau sur celle d'un autre en dehors du mariage valait la pire des insultes.

Adali versa le vin dans un tuyau pour boire sans enlever son masque. Un peu sucré, absolument délicieux. Elle le savoura avec plaisir. Bien que Héli soit le siège des Firmes Inter-Spatiales, la banque et l'alliée du Gouvernement Colonial Terrien, l'ennemi de la rébellion et anti-extraterrestre, il fallait reconnaître à sa juste valeur le sens de l'hospitalité de son peuple — tout du moins lorsque cela servait ses intérêts —, et ses mets remarquables.

La cloche de la cathédrale résonna dans la ville, amplifiée par les haut-parleurs. Toutes les personnes présentes arrêtèrent leurs discussions, enlevèrent leurs gants, joignirent les mains et fermèrent les yeux. Les Héliés murmurèrent des prières dans une langue inconnue pendant une minute. Puis la cloche retentit de nouveau, deux fois. Les gants furent remis, et les activités reprirent. Quel étrange rite, pensa Adali en se levant pour quitter la terrasse.

Elle remit en place son masque légèrement décalé et activa le nettoyage automatique du tuyau par lequel passait le vin. Elle se serait bien promenée plus longtemps pour découvrir la ville, mais le poids de son corps la dérangeait atrocement, et elle sentait la fatigue grandir en elle.

≈

— Adi, voici le guide des Christants, sa Sainteté le pape Floridus IV, déclara l'Ombre.

Ils se trouvaient dans une salle voûtée, loin des oreilles indiscrètes, avec le pape Floridus IV. Un Humain de taille et d'âge moyens vêtu comme s'il sortait d'un livre d'Histoire. Il tenait dans les mains un grand bâton de bois surmonté d'une tête de poisson. Une cape dorée couvrant ses épaules cachait en partie sa soutane blanche ornée du sigle des Christants. Floridus IV rendit son salut à la Frizienne :

— Je ne vous savais pas muni d'une apprentie, bienvenue à Jeusäe. Prenez place s'il vous plaît, ajouta-t-il en montrant des fauteuils luxueux aux accoudoirs sculptés telles des gargouilles. Lors de notre dernière rencontre, Ombre, nous avons été démasqués par un espion. Ont-ils découvert la vérité ?

— La Coalition Libre sait que l'Ombre vous a prévenu, confirma l'Atalatéen en massant l'arrière de son crâne comme il le faisait de plus en plus souvent. Mais cela ne change rien, ils attaqueront quand même.

— Venons-en à l'essentiel. Pourquoi vous croirais-je au lieu de soupçonner la Coalition Libre de vous envoyer ?

— Vous n'aurez pas de preuve concrète, c'est un fait, mais vous devez déjà savoir que les rebelles cherchent à éliminer l'Ombre.

— Cela pourrait être un coup monté, vous le savez aussi bien que moi, riposta Floridus IV dont le regard reflétait une intelligence que son attitude et son accoutrement parvenaient presque à masquer.

— Imaginez que ce ne soit pas le cas, manqueriez-vous une telle occasion de détruire le seul organisme qui vous résiste encore dans l'espace occupé ? Car, vous le savez aussi bien que l'Ombre, le Gouvernement Colonial Terrien n'est pas une menace pour vous. Il vous doit tellement de Dots et d'or brut qu'il se plierait en quatre pour gagner du temps et retarder le moment où vous lui réclamerez le remboursement. Les Firmes Inter-Spatiales qui siègent sur Héli contrôlent l'espace occupé. Bien sûr, elles vous contrôlent aussi — le pape grimaça —, mais c'est vous seul qui êtes à la tête du gouvernement et qui devez prendre cette difficile décision : faire confiance à l'Ombre, ou risquer une invasion.

Floridus IV avala une gorgée d'un liquide bleuté avant de répondre :

— Je ne parviens pas à saisir les motivations qui vous pousseraient, en admettant que vous ayez réellement trahi la Coalition Libre, à nous prévenir d'une telle menace...

L'Atalatéen se cala confortablement dans son siège drapé de rouge sombre :

— La raison, et l'Ombre vous soupçonne de déjà la connaître, est simple : nuire au Gouvernement Colonial Terrien.

— En quoi cela lui porterait-il atteinte ?

— Vous le savez, votre Sainteté — seule Adali perçut le léger sarcasme dans ses mots —, si la Planète Sainte était prise, cela libérerait Terre de ses dettes. L'Ombre n'a peut-être pas énormément de sympathie envers les Christants, ne vous en déplaise, mais il en a encore moins pour le Gouvernement Colonial Terrien. Comme le dit un ancien proverbe terrien, l'ennemi de votre ennemi est votre ami, n'est-ce pas ?

— Encore faudrait-il que Terre soit notre ennemie, rétorqua le pape.

— Dans le pire des cas, que perdriez-vous ? Vous seriez préparés à une invasion qui ne viendrait pas. Mais imaginez un instant que l'Ombre dise vrai ; vous empêcheriez alors Terre d'arriver à ses fins et conserveriez votre supériorité commerciale dans l'intégralité de l'espace occupé.

— Je vous l'accorde, cela avantagerait Terre si ses dettes étaient effacées.

L'Ombre leva son verre et but une rasade sans lâcher le pape de son œil. Adali, en retrait, savait qu'elle n'avait pas son mot à dire dans cette conversation, et que le pape ne tolérait sa présence que comme spectatrice.

— Je demeure néanmoins réticent à vous donner mon entière confiance, reprit le Christant. Et si vous cherchiez à m'induire en erreur et mobiliser mes troupes pour défendre la Planète Sainte afin d'attaquer ailleurs ?

— Comment gagner votre sainte confiance ?

La Frizienne étouffa son rire en mimant une quinte de toux ; le pape ne se rendait-il pas compte que l'Atalatéen se moquait de lui ? Apparemment, non ; il posa un regard indifférent sur l'apprentie de son invité et parla sans ciller :

— Peut-être la localisation de la Coalition Libre serait-elle une preuve suffisante de votre implication en notre cause commune ?

Adali envoya sa voix dans l'esprit de son maître pour que lui seul l'entende :

« Vous n'allez quand même pas révéler l'existence de Tortran ? Elvira risquerait de mourir si Héli attaquait la Coalition ! »

L'Ombre l'ignora et répondit au pape :

— Vous savez déjà où se trouve le siège de la Coalition Libre.

— Ah bon ? s'étonna Floridus IV avant de se ressaisir. N'essayez pas de me faire croire que c'est l'une de ces cités qui parsèment le désert d'Obside ou du Nouveau Monde !

— Non, en réalité, vos troupes et celles du Gouvernement Colonial Terrien ont détruit la base des rebelles, voilà un mois.

— Vous parlez de la cité pirate de Leto ? sursauta le pape. C'est insensé ! Voyons, c'était certes une grande ville jusqu'alors inconnue, mais seuls des pirates s'y rassemblaient !

Adali était ravie. L'Ombre avait préparé son coup, et Floridus IV ne se doutait de rien.

— Cette base pirate abritait également la Coalition Libre, pendant un temps, affirma l'Atalatéen. Rassurez l'Ombre, vous ne pensiez pas qu'avec le nombre de tentatives que leurs ennemis font depuis des siècles pour les retrouver, les rebelles allaient demeurer sur une seule et même planète ? Ils prospéraient sur Leto depuis quarante-cinq ans. Mais, peu avant votre attaque, ils ont été informés par Sade Rhavin de votre venue. Actuellement, leur flotte entière erre dans un endroit inconnu de l'espace en attendant d'attaquer votre monde.

L'Ombre menait son plan en expert, Floridus IV venait de tomber dans son piège, magistralement.

— Je n'avais pas envisagé cela... D'accord, Ombre, je vous crois. Quand et comment ont-ils prévu d'attaquer ?

« Vous le tenez ! » prit plaisir à glisser Adali à son maître dans une pensée malicieuse.

— Leur assaut aura lieu dans cinquante-quatre jours exactement, prononça l'Atalatéen. L'Ombre ne connaît que les grandes lignes de leur plan d'invasion. Les premiers à attaquer seront les vaisseaux armés lourdement, qui détruiront vos stations orbitales grâce à l'effet de surprise. Les défenses extérieures brisées, ils savent que vous enverrez votre flotte pour les combattre, aussi battront-ils en retraite. C'est là que les bombardiers, escortés par des vaisseaux légers, mèneront l'assaut sur les grandes villes de la planète, dont Jeusäe pour prendre en otage votre gouvernement. Ainsi, ils forceront vos troupes à se rendre avant qu'elles les surpassent, car votre flotte est infiniment supérieure à la leur.

— Et vous affirmez ne pas connaître pas les détails ? Pourtant, c'est un plan très minutieux.

— Peut-être ont-ils modifié leur stratégie et agiront-ils autrement. Il n'empêche que si vous êtes prêts à les recevoir, ils n'auront aucune chance car tout repose sur un raid éclair et imprévisible.

Le pape gratta sa barbe fraîchement rasée et ingurgita une autre gorgée de son verre dans un bruit horripilant. Son expression s'éclaira :

— Ça ne colle pas ! Vous affirmez que les rebelles comptent attaquer quand même alors qu'ils savent que vous les avez trahis et donc qu'ils n'auront plus l'avantage de la surprise.

— C'est pour cela qu'il est important que vous vous attendiez à une agression n'importe quand dès aujourd'hui, répliqua l'Ombre. Ils tenteront tout de même l'assaut, c'est certain. Les co-consuls poussent le conseil de la Coalition Libre à donner son accord pour déclarer une guerre totale au GCT, et donc à Héli, depuis leur accession au pouvoir. Ils ne laisseront pas l'Ombre contrarier leurs plans. Leur stratégie sera probablement différente de ce qui était prévu, mais soyez sûr qu'ils viendront d'ici peu.

— Alors, nous les attendrons comme il se doit.

38

Coup bas

La Dague avait retrouvé sa capitaine depuis maintenant un mois. La bataille contre Héli approchait à grands pas. Malgré la trahison d'Adi et son maître, la date ne changerait pas. L'assaut serait donné dans douze jours. Les tactiques fixées, les rebelles et les pirates trépignaient d'impatience. L'ETPL attaquerait par le même flanc que la Coalition Libre mais, au-delà, seuls les capitaines, leurs seconds et les officiers connaissaient plus ou moins en détail le plan exact.

Elvira oubliait sa tristesse en se concentrant sur son obsession principale : détruire le Gouvernement Colonial Terrien. Pi'll Guez, comme le pressentait Yaé, se montra très réticent à rendre les rennes à la capitaine. Mais l'équipage, qui bâtissait un mythe chaque jour plus impressionnant autour d'elle, ainsi que Xeï et Yaé, lui mirent la pression pour qu'il cède. C'était le seul élément sur lequel Elvira se voilait encore la face. Elle trouvait sans cesse de nouvelles excuses à son second pour expliquer ses hésitations à exécuter ses ordres et la remise en question continuelle de ses décisions. Elle dédouanait la méfiance de Yaé avec comme prétexte ce qui était arrivé à sa fille, Mani'ka, mutilée par la Pieuvre. Et elle le préférait trop soupçonneux que pas assez.

Les hommes chargeaient dans La Dague les dernières caisses de ravitaillement. Ils s'impatientaient au point d'en venir parfois à se battre entre eux pour se défouler. La maître d'équipage se montra intransigeante pour rétablir l'ordre. Une nouvelle tentative d'assassinat cibla Elvira ce mois-ci. La capitaine allait entrer dans le bâtiment qui abritait le quartier général de la Coalition lorsqu'un Mugg attenta à sa vie. Elle ne dut sa survie qu'aux réflexes de Yaé qui l'accompagnait ce jour-là. Il lui évita un coup de poignard, laissant le temps à un pirate les escortant de loger une balle dans le crâne de leur agresseur. Quelqu'un voulait tuer la capitaine. Malgré les recherches poussées et les interrogatoires des potentiels ennemis d'Elvira dans l'équipage de La Dague, ils ne trouvaient pas le moindre indice.

Yaé et Elvira discutaient à propos d'une carte de la capitale de Héli lorsque Xeï entra en trombe dans la cabine, essoufflée, la voix entrecoupée de halètements :

— Elvira... urgent... Pieuvre... est... là...

— La Pieuvre ? s'étonna la capitaine, sceptique.

Xeï reprit son souffle en se tenant les jambes et continua plus clairement :

— Un vaisseau de la Coalition parti en reconnaissance pour établir un rapport des défenses de la Planète Sainte a fait escale sur Obside pour s'enquérir de l'état de la rébellion locale au passage, et est tombé sur la Pieuvre. Il a tué le chef de la résistance d'Ythkar et en a pris le contrôle. Dès qu'ils l'ont trouvé, les hommes de la Coalition l'ont ramené ici. Je suppose que tu te rappelles la prime que tu as mise sur sa tête. Je crois qu'il va falloir que tu récompenses ses geôliers pour qu'ils te le livrent.

— Merci, Xeï. La Pieuvre est sur La Dague ?

— Non, apparemment ils le retiennent à Choulks. Pi'll m'envoie te prévenir pour ne pas ébruiter l'affaire. Il ne veut pas que les anciens partisans de la Pieuvre encore à bord soient tentés de se mutiner.

Elvira partit au pas de course vers la salle d'embarquement, Yaé sur les talons.

— Il va payer pour ce qu'il a fait, marmonna-t-elle en accélérant.

Dans le hangar ouvert qui donnait sur l'extérieur, Pi'll Guez, seul, l'attendait.

— Ils l'ont vraiment eu ? l'apostropha-t-elle, les poings serrés.

— Oui, allons-y tout de suite.

Il monta à bord de la navette la plus proche. Elvira l'imita et, alors que Yaé s'apprêtait à les suivre, le second l'arrêta :

— Non, attends ici.

— Pourquoi ça ? répliqua-t-il alors que ses cheveux se dressaient sur sa nuque.

— Quelqu'un doit demeurer sur La Dague pour donner les ordres. Tu es le plus haut gradé après moi, et je n'ai pas l'intention de rater l'exécution de la Pieuvre. Il a mutilé ma fille, tué mon ami et failli faire de même avec

Elvira.

L'homme parla avec un regard sincère et une voix convaincue. La capitaine hocha le menton, et Yaé inclina la tête. Il comprenait, malgré sa réticence à laisser partir Elvira sans lui. Le cockpit de la navette se referma, et l'engin prit son envol.

≈

— Je savais que la Pieuvre n'était pas mort ! confia Elvira à Pi'll Guez avec une excitation meurtrière, alors qu'ils survolaient la forêt des Raniens.

— Ce n'est pas le genre à abandonner facilement, approuva son second. Il a quand même échappé aux griffes du GCT ces quatre derniers mois !

— Tu es sûr d'aller dans la bonne direction ?

— Nous n'allons pas à Choulks. Ceux qui ont capturé la Pieuvre tiennent à ce que tout ceci se déroule en secret pour éviter de rendre des comptes à leurs supérieurs.

— D'accord, je croyais que Xeï avait dit qu'ils le retenaient à Choulks, je dois me tromper.

Pi'll Guez laissa un blanc et reprit d'une voix nostalgique :

— Kastellane était comme un frère pour moi... Si je pouvais tuer la Pieuvre... Il a défiguré Mani'ka ! Je veux que tu saches, quoi qu'il arrive, je le hais plus que tout au monde !

— Nous aurons notre vengeance, Pi'll, promit Elvira en serrant les dents. Nous le tuerons ensemble pour ce qu'il a fait à Mani'ka et Kastellane !

Ils arrivèrent en vue d'un grand lac à l'eau turquoise, et la navette perdit de l'altitude. À l'un des rares endroits où la forêt s'arrêtait, des falaises le bordaient. Au milieu, une île d'une centaine de mètres de large et de long perçait sa surface. Un équipage et son vaisseau étaient déjà là, les pieds dans l'eau. Pi'll Guez se posa, et ils descendirent du cockpit.

— Messieurs, ouvrit le second à l'adresse des trois Humains, de l'Obsidien et des deux Atalatéens, voici la capitaine de La Dague, Elvira.

Des fusils pendaient à la ceinture des rebelles. Elvira les salua en gardant ses distances, prudente car bien loin de son vaisseau.

— Où est la Pieuvre ? demanda-t-elle.

Un Humain appuya sur l'une de ses narines, et un filet de morve jaunâtre atterrit à ses pieds. Elvira retint son dégoût :

— Je veux le voir avant de vous payer.

La passerelle de l'appareil s'ouvrit et claqua sur les galets. Un Aquéen en descendit d'une démarche traînante sur ses trois tentacules chaussés. La Pieuvre n'avait pas changé.

— Vous auriez au moins pu l'attacher, remarqua Elvira en posant la main sur son arme.

Elle entendit alors le déclic de la sécurité d'un pistolet et sentit un canon se poser entre ses omoplates.

— Je suis désolé, Elvira, lâcha tristement Pi'll Guez en serrant la mâchoire pour ne pas trahir ses tremblements. Je n'avais pas le choix... Je suis vraiment désolé... Il m'a obligé, c'est pour ma fille...

— J'attendais ce moment avec impatience, intervint la Pieuvre en avançant un tentacule sur la berge. J'ai rêvé du jour où tu serais enfin à ma merci, toi, la récemment célèbre Elvira, la fille d'une putain et d'un ivrogne.

La capitaine raffermit la prise sur le manche de son arme, à sa ceinture.

— À ta place, je n'essaierais pas, s'interposa Pi'll, dépose ça.

Les bras d'Elvira grelottaient sous le coup de la colère. Yaé l'avait pourtant prévenue, mise en garde. Elle obéit et détacha son ceinturon, qui tomba le long de sa jambe. Elle avait encore un poignard dans sa botte droite.

— Qu'est-ce que tu me veux ? balança-t-elle à la Pieuvre en gardant la tête haute, car si elle devait mourir, elle mourrait dignement, comme son père.

— Ta mort. Mais avant, je veux te détruire. Laisse-moi te raconter une histoire. Celle d'un homme se vantant d'être le plus grand des capitaines pirates. Il recueille une enfant et l'élève pour qu'à sa mort elle le remplace. Un jour, une station ennemie surprend le vaisseau du capitaine, et il est tué pendant la bataille. Ce que tout le monde ignore, c'est que les hommes de la station ne sont pas responsables.

La haine qu'Elvira enfouissait au plus profond d'elle envahit le moindre recoin de son corps.

— Non, poursuivit la Pieuvre, je l'ai mis à mort, alors qu'il me suppliait de l'épargner.

— Jamais mon père ne t'aurait supplié. Je te tuerai de mes propres mains, lâcha Elvira dans un souffle. J'en fais le serment, je n'aurai de répit de tenir ta tête sans vie et de continuer d'y enfoncer mon poignard pour déchirer ton visage.

Un rire gras secoua l'Aquéen :

— Je n'avais pas terminé, mais abrégeons, ta respiration m'insulte. Tu m'as humilié, j'ai fui, et les Terriens m'ont capturé. Ils m'ont proposé un marché : travailler pour eux. Avant que mes amis ici présents me retrouvent sur Obside, je venais de mettre à mort le chef de la résistance d'Ythkar, un incapable nommé Günaar, et de prendre sa place afin que les rebelles travaillent sans le savoir pour le GCT. Cette mission me plaisait, mais ces envoyés de la Coalition m'ont capturé. Bien entendu, je leur ai fait entendre raison en leur promettant encore plus de Dots. Car, quand je serai capitaine de La Dague, comme j'aurais dû l'être depuis déjà longtemps, je les paierai aussi grassement que dans leurs rêves. Et tu ne connais pas encore la meilleure nouvelle ! J'ai un localisateur dans le ventre, que le GCT a cru bon de m'implanter au cas où je voudrais m'enfuir. Ça signifie qu'ils ne vont pas tarder à comprendre que la planète où je suis est la base de ta chère Coalition Libre, et qu'ils viendront la réduire en cendres aussitôt !

— Vous avez osé vendre vos frères, cracha Elvira avec dédain à l'adresse des rebelles.

— Ils ont hésité, commenta la Pieuvre, mais l'argent fait des miracles.

La capitaine tourna la tête vers Pi'll Guez et se retrouva avec son arme entre les deux yeux. Elle voulait simplement comprendre :

— Pourquoi ?

— Pour Mani'ka, la Pieuvre m'a forcé… Pardonne-moi…

— Allez, finissons-en, exigea la Pieuvre, dégage, Humain, c'est à moi de la tuer.

Il s'empara du fusil de l'un des rebelles et s'approcha d'Elvira. Elle sentit son odeur fétide, mélange de poisson avarié et de crasse. Il appuya le canon sur son cœur, releva le chien de l'arme et posa un tentacule sur la détente.

≈

La bonne humeur qui emplit Yaé à la suite du ravissant sourire de la capitaine ne tarda pas à s'évanouir. En plus d'avoir accepté de la laisser partir seule, Pi'll Guez l'accompagnait. Le jeune homme ne savait pas ce qui le poussait à se méfier sans cesse du second, mais il ne lui faisait pas confiance. De toute manière, il ne pouvait qu'attendre le message automatique de son localisateur relayant la position de la pirate. Elvira et son conseiller avaient instauré ce système après le crash de leur navette, sans en informer personne, par sécurité.

Yaé se rendit dans sa cabine et matérialisa l'écran. Le vaisseau suivait la direction escomptée, droit vers la ville de Choulks. Le pirate entreprit de démonter son arme et de la nettoyer pour tuer le temps. Avec la bataille approchant à grands pas et les plans d'attaque mis au point, il ne savait plus comment s'occuper. Il souffla dans le chargeur de son fusil XVL21 et astiqua la culasse. Une poignée garde-main permettait de le saisir fermement pour frapper lourdement.

Il se remémora la première fois qu'il en avait tenu un. Cela lui semblait si lointain, des années en arrière même. Lors de l'entraînement sur Frizen2, lorsqu'il abattait des hologrammes en essayant d'oublier ses déboires avec le lieutenant Hart. Il se rappela le froid qui ne le quittait jamais, l'angoisse qui l'envahissait quand il croisait le regard des Friziens... La révolte, les morts, les corps. Et le temps où il devint l'ami d'Ode. Ami, même si avec le recul il réalisait qu'elle ne l'avait peut-être jamais considéré ainsi. De l'histoire ancienne, du passé. Il se demanda si Heldant et le lieutenant Hart étaient encore en vie. À vrai dire, il ne s'en souciait guère, mais une partie de lui espérait que non, particulièrement en ce qui concernait Heldant.

Yaé vérifia distraitement l'écran. Le point rouge représentant Elvira ne se trouvait pas à l'endroit prévu. Il bondit sur ses pieds, abandonnant son arme à moitié remontée, et contacta Xeï :

— *Rejoins-moi au hangar immédiatement, c'est à propos d'Elvira !*

Il arriva juste après elle et l'apostropha en la fixant intensément :

— Es-tu certaine que la Pieuvre est retenu à Choulks ?

— Oui, c'est ce qu'a affirmé Pi'll, pourquoi ?

— Elvira court peut-être un danger. Un localisateur à son poignet m'indique qu'elle se trouve à des kilomètres de Choulks. Et je n'ai aucune confiance en Pi'll...

Une barre se ficha sur le front de Xeï :

— J'envoie des hommes sur-le-champ.

— Je ne sais pas. Si Pi'll est impliqué, comment savoir à qui se fier dans l'équipage ?

— Alors, nous irons, décida-t-elle.

— Non, je vais y aller, la contredit Yaé, tu dois diriger les matelots.

— À quoi bon avoir un équipage si la capitaine n'est plus là pour les commander ?

Yaé acquiesça, et ils embarquèrent dans le premier vaisseau venu en prétextant une visite imprévue à Choulks. Le technicien haussa les épaules avec indifférence, et ils décollèrent sans attendre.

≈

— Tu ne pourras jamais être capitaine de La Dague.

Les mots claquèrent avec une telle violence dans la bouche d'Elvira que la Pieuvre retint son geste. Elle y entrevit sa chance. Elle se baissa et mordit à pleines dents le tentacule qui tenait le fusil. La Pieuvre hurla sous le coup de la surprise et de la douleur. La pirate retint un vomissement et s'empara de l'arme. Elle fit feu à trois reprises sur la Pieuvre, qui envoya ses appendices pour se protéger. Les balles le transpercèrent, et du sang visqueux comme de la bave éclaboussa les vêtements de la capitaine.

Elvira bondit vers Pi'll Guez, tétanisé, pour le prendre en otage. Les rebelles la pointaient de leurs armes sans oser tirer au risque de la tuer.

— Exterminez-les, gueula la Pieuvre, dénué de leur piètre morale.

Une rafale de balles fila droit sur Elvira, et elle se réfugia derrière Pi'll. Des convulsions secouèrent le corps de ce dernier lorsqu'il fut traversé de toutes parts. Un projectile se fraya un chemin à travers la chair de l'otage et atteignit la pirate au ventre. Elle se plia en deux en gémissant. La Pieuvre, les membres déchirés et ensanglantés, hurla sa rage et courut vers sa cible. Un tentacule enserra le cou d'Elvira, et la pression augmenta pour couper sa respiration. Alors que sa vision se troublait sous le coup de l'asphyxie, la strangulation cessa. Elvira tomba à genoux et vit un speeder survoler l'île. Ses canons crachaient des rafales et harcelaient les rebelles. La Pieuvre saisit un corps dans ses tentacules et s'en servit de bouclier pour rejoindre le couvert du vaisseau de la Coalition. Il s'envola dans un vacarme assourdissant et échappa au tir soutenu des sauveurs de la capitaine. Il fila dans le ciel droit vers l'espace.

Le chasseur se posa en trombes sur la berge. Xeï et Yaé en sortirent et accoururent vers Elvira, qui commençait à perdre connaissance. La maître d'équipage plaqua ses mains contre son ventre blessé pour empêcher le sang de s'écouler.

≈

Xeï et Yaé pansèrent Elvira avec les moyens à leur disposition, puis la chargèrent à bord du speeder. La maître d'équipage prit les commandes du vaisseau de Pi'll Guez, et son ami ramena à La Dague la capitaine dans l'autre.

Yaé sema Xeï sur le chemin du retour pour atterrir le premier dans le hangar de La Dague.

— Un médecin ! La capitaine est gravement blessée !

Le technicien aida Yaé à poser Elvira par terre, et deux docteurs arrivèrent dans la minute. Ils l'emmenèrent sur une civière, et il s'assura qu'ils le tiendraient au courant de son état de santé. Il constata avec effroi la tache de sang sur le sol. Son amie était gravement blessée. Mais vivante.

Xeï arriva à son tour. Elle hésita, indécise, puis s'adressa à Yaé :

— Viens m'aider à décharger le corps de Pi'll Guez.

— Quoi ? Pourquoi avoir pris le corps de ce traître ?

— Premièrement, on ne saura pas ce qu'il s'est passé là-bas tant qu'Elvira ne sera pas remise. Deuxièmement, parce que, même dans le cas où ce serait un traître, sa fille est quelqu'un de bien. Elle en a bavé et, en plus d'apprendre la mort de son père, je ne voulais pas qu'elle ne puisse pas l'enterrer… Sans doute les traditions du Nouveau Monde qui m'influencent. Troisièmement, je ne pouvais me résoudre à l'abandonner là-bas ; il a tout de même servi fidèlement Dant pendant des années…

Peu convaincu, Yaé l'aida sans commenter, un relent amer dans la bouche ; celui de ne pas avoir accompli jusqu'à la fin son devoir. La Pieuvre, libre, finirait bien par à nouveau tenter d'assassiner Elvira ; mais quand ?

≈

En attendant la date d'échéance de l'attaque de la Coalition Libre, l'Ombre décida de séjourner sur Héli. Au début, Adali en fut enchantée, car cela signifiait du temps pour se reposer et découvrir plus en profondeur la vie des Héliés. Puis l'Atalatéen se mit en tête de reprendre l'entraînement de son apprentie. Il l'emmena dans les montagnes à des milliers de kilomètres de Jeusäe. Elle cessa de contempler le paysage magnifique et la vue imprenable sur les uniques couchers d'Eva dès le deuxième jour. Son maître la soumettait à toutes sortes d'exercices physiques en utilisant le prétexte : « Avec la pression atmosphérique de cette planète, tu seras d'autant plus forte quand ton corps s'habituera. » Pourquoi pas, se dit-elle, mais elle changea vite d'avis et commença à haïr Héli.

Dès l'aube, elle se levait pour courir. Ensuite venaient les séances d'apprentissage stratégique et d'initiation à la langue gob, seul moment qu'elle appréciait, car ses muscles se détendaient. Du moins la première semaine car, dès la deuxième, l'Ombre décida qu'elle se « ramollissait », et les cours théoriques se mêlèrent à l'entraînement au combat. Ainsi, elle contrait les attaques au corps à corps de son maître tout en récitant ses leçons par cœur et en s'instruisant.

Tous les trois jours, ils se rendaient au village le plus proche pour acheter de la nourriture. Puis l'Atalatéen l'emmenait dans un endroit inconnu en lui bandant les yeux et la laissait seule. Si en quatre heures elle échouait à rentrer au campement, elle recommençait sur-le-champ, exactement comme à Ythkar. Le but : l'obliger à quitter son corps afin de retrouver son chemin grâce à son esprit sans se rendre dans le Point, car son maître craignait que les Humains y aient installé des pièges trop puissants pour qu'elle en réchappe. Elle échoua d'abord, mais au fur et à mesure des séances de méditation, elle réussit à séparer son esprit de son enveloppe charnelle et à s'en éloigner de plus en plus. La première fois qu'elle retrouva le campement sans se déplacer, l'Ombre la récompensa en lui offrant une matinée de repos. Mais le lendemain, elle eut deux fois plus d'exercices pour rattraper son « retard ».

Au fil des jours, elle s'habitua à la forte gravité, ressentant de moins en moins son effet. Seul le masque qu'elle portait à longueur de journée la gênait encore. Heureusement, elle l'enlevait la nuit, dans un vaisseau mis à disposition par Floridus IV, équipé d'un système de filtrage de l'air.

Un soir, Adali décida de retourner voir Elvira pour lui révéler la vérité. Elle n'en pouvait plus d'attendre l'attaque de Héli et la possible mort de la pirate. De plus, l'avant-veille, elle avait senti une douleur fulgurante dans son Peintre, et elle voulut dans le même laps de temps s'assurer que la pirate se portait bien. La Frizienne échappa de peu aux effectifs doublés des Humains dans le Point. Elvira la traita de menteuse, dit qu'elle s'attendait à ce qu'elle vienne pour la convaincre de trahir l'ETPL et lui demanda de partir pour ne plus jamais revenir. Adali pleura beaucoup, et l'Ombre la laissa seule et sans exercices pour qu'elle accuse le choc. Puis un dégoût remplaça la tristesse. Elvira n'était apparemment pas prête à lui accorder sa confiance, alors pourquoi se mettait-elle dans de tels états pour elle ?

Si la Coalition Libre ne changeait pas ses plans, l'attaque aurait lieu dans deux jours. L'Ombre décida qu'ils attendraient sur Héli pour constater eux-mêmes le déroulement de la bataille. Partout sur la planète, les Christants prenaient les armes. Les rebelles n'avaient aucune chance d'annexer la Planète Sainte. L'Atalatéen reçut des nouvelles d'Obside et apprit à Adali l'assassinat de Günaar, le meneur de la résistance d'Ythkar. Des rumeurs rapportaient aussi la prise de la cité de Hal par le GCT, mais rien ne les corroborait pour le moment.

Adali esquiva le coup de bâton que lui asséna l'Ombre et lança son pied en avant. Elle érafla son adversaire qui la frappa au plexus solaire de sa troisième main. La Frizienne tomba en arrière et, en se relevant, envoya son esprit hors de son corps. Elle heurta son maître de plein fouet et le déstabilisa. Elle en profita pour se glisser sous sa garde et poser un poignard émoussé sur sa gorge. Une exclamation de victoire sortit de sa bouche, interrompue par un coup de bassin. L'apprentie se retrouva à son tour avec le bâton calé sur le larynx.

— Avec une lame affûtée, vous seriez mort, protesta Adali.

— C'est vrai, concéda l'Ombre, mais comment affirmer que tu te battras uniquement avec des armes tranchantes dans ta vie ?

Elle maugréa une vague réponse contrariée en soufflant comme un buffle. Depuis qu'elle parvenait à contrôler en partie son pouvoir, parfois elle dominait son maître en combat singulier. Pourtant, il disait vrai, elle aurait dû se douter qu'il ne se laisserait pas battre aussi facilement.

≈

Mani'ka fondit en larmes lorsque Yaé et Xeï lui apprirent le décès de son père, Pi'll Guez. Elle ne demanda pas comment il était mort et se tut, refusant toute compagnie. Le second fut enterré sans qu'elle assiste aux funérailles. Pour éviter que les anciens partisans de la Pieuvre y trouvent une occasion de se mutiner, Yaé ne révéla pas à l'équipage la cause des blessures d'Elvira. Ni les circonstances de la mort de Pi'll Guez.

Au bout d'une dizaine de jours, la capitaine se remit de sa lésion à l'abdomen. La balle n'avait pas fait trop dégâts, ralentie en traversant le corps de Pi'll Guez. Elle boitait encore un peu, mais les médecins se démenèrent pour qu'elle reprenne le commandement de La Dague au plus vite. Elle confia à Yaé une nouvelle visite d'Adi par la pensée, et son refus d'écouter ses mensonges. Mais sous sa détermination, il percevait que cela l'avait touchée, surtout dans la continuité de la trahison de son ancien ami. Cet homme veillait depuis toujours sur elle, presque autant que Kastellane, et elle s'en remettait à lui sans hésitation. Elle refusa néanmoins de parler de ses émotions profondes à quiconque et d'aborder les raisons de cette félonie, qu'elle semblait elle-même ne pas comprendre. Apparemment, Pi'll Guez l'avait trahie pour protéger Mani'ka, pourtant en sécurité dans La Dague depuis la désertion de la Pieuvre...

Privée de son second, Elvira nomma Yaé à sa place. Les matelots reçurent plutôt bien la nouvelle : ils le connaissaient peu mais savaient qu'il détenait la confiance de leur capitaine. Le vaisseau s'apprêtait à prendre son envol. L'invasion de la Planète Sainte aurait lieu le lendemain, et la totalité de la flotte de la Coalition Libre et de l'ETPL se rendrait dans un point de l'espace proche de Héli afin d'y envoyer des espions et de déterminer le moment propice de la journée pour se lancer.

Yaé se tenait proche d'Elvira sur le pont supérieur. Les réacteurs tremblèrent sous leurs pieds. Les passerelles qui touchaient le sol se replièrent, et La Dague gagna de l'altitude. Les vingt-six autres appareils pirates l'imitèrent, et un grondement emplit le ciel. Ils quittèrent l'atmosphère pour rejoindre l'espace. Yaé eut un dernier coup d'œil pour les forêts verdoyantes et se demanda si un jour il reviendrait sur ce monde.

En orbite, ils rejoignirent la flotte de la Coalition assemblée à bonne distance de Tortran et de la planète autour de laquelle elle orbitait afin de ne pas être happée par sa puissante attraction. Si massive que la lune en devenait insignifiante. La majorité des vaisseaux appartenait autrefois à la Force Spatiale du Gouvernement Colonial Terrien. Les insignes des différents capitaines peignaient fièrement les coques. Flambants neufs pour les uns, croulant sous les années pour les autres.

Le plus imposant de la flotte, le vaisseau amiral, mesurait quasiment la taille de La Dague. Ce modèle précédent rappelait vaguement sa forme : une base large pour un bout fin à l'horizontale — si cette notion existait encore dans l'espace —, contrairement à l'appareil d'Elvira. On le surnommait L'Immortelle, ou plus communément, La Héra. Un hommage à une créature d'une mythologie terrienne oubliée depuis longtemps, une « hydre ». Ce nom remontait à l'époque où il naviguait encore parmi la Force Spatiale avec six destroyers similaires. Tous volés par la Coalition Libre. Mais, au fil des batailles, ils tombèrent, excepté le dernier : L'Immortelle. On racontait que, peu importe si l'on coupait une tête à une hydre, d'autres repoussaient toujours, tout comme l'amiral, revenant inlassablement. Son autre surnom, La Héra, évoquait une déesse venant du même mythe. Si personne ne croyait à cette histoire fantasmagorique, l'équipage de La Héra se plaisait à s'en vanter.

Les appareils de combat regorgeaient de poudre de tinotium, et L'Immortelle possédait trois bombes T prêtes à frapper la Planète Sainte en dernier recours. Les transporteurs, légèrement armés, se trouvaient au centre de la formation. Les navires de guerre leur permettraient d'atteindre la surface de la planète en un seul morceau.

Une appréhension que les pirates partageaient envahissait Yaé. Avec la trahison de l'Ombre, désormais connue de tous, chacun savait que Héli attendait les rebelles de pied ferme. En tant que nouveau second, il se devait de ne rien montrer de cette crainte et s'évertuait à paraître déterminé et confiant. Avant le départ, Elvira s'adonna à un discours électrisant pour ôter à l'équipage ses peurs, et, alors qu'ils rejoignaient la formation serrée de la flotte, les hommes entonnèrent des chants d'avant-guerre.

La Héra tira deux lasers, déchirant l'espace en une faille plus grande que toutes celles vues par Yaé jusque-là. Des éclairs violets jaillirent partout, comme si un trou noir s'ouvrait. Si du bruit avait existé dans le vide absolu, il aurait rendu sourds les matelots. Dans une synchronisation parfaite, les vaisseaux allumèrent leurs réacteurs pour se donner une poussée suffisante. La flotte s'engouffra dans le Néant. La Dague se plaçait à droite de la formation. Un calme de mort s'installa. De la sueur suinta sur le front de Yaé, sanglé à son siège.

Ils arrivèrent dans un océan obscur vidé de tout astre, seulement habité par de solitaires astéroïdes à la dérive. Le visage du co-consul Jenya Al'ekh s'afficha sur l'écran principal, et sa voix retentit entre les murs :

— *Nos espions viennent de partir pour la Planète Sainte. Dès leur retour, nous prendrons la route pour la guerre. Tenez-vous prêts. Nous gagnerons cette bataille et les nombreuses qui suivront. Pour que la Coalition Libre s'impose au Gouvernement Colonial Terrien, nous vaincrons !*

Un tonnerre d'applaudissements s'éleva, et chacun s'empressa de regagner son poste. Chaque matelot à bord de La Dague savait quoi faire : ils s'y préparaient depuis trois mois. Elvira s'approcha de Yaé :

— J'espère que tout ira bien.

— J'en suis sûr, assura-t-il en attrapant sa main, on va écraser la Planète Sainte, et le GCT paiera pour ses actes. Grâce à toi, la Coalition ne peut pas perdre avec l'ETPL dans ses rangs.

Elle le remercia d'un regard et s'éloigna pour donner des ordres. Yaé détacha ses sangles et se tourna vers le hublot. Les panneaux blindés refermés par-dessus pendant le passage dans le Néant se rouvraient. Des vaisseaux s'éloignaient de la flotte, aux couleurs de Héli avec un poisson sur le côté ; ils possédaient les autorisations pour pénétrer dans son espace sans qu'on les repère.

Un doigt tapota son épaule, et il eut l'heureuse surprise de trouver Xeï.

— Je profite de ma dernière pause pour venir te voir, expliqua-t-elle.

— Tu vas bien ? s'inquiéta Yaé en remarquant les cernes de la commandante.

— Oui… enfin, tu sais, je viens du Nouveau Monde, et je ne suis jamais allée sur la Planète Sainte… Au fond de moi, j'ai toujours redouté le jour où je m'y rendrais.

— Pourquoi ? fronça-t-il les sourcils.

— Tu trouverais ça stupide…

Yaé l'emmena dans un endroit tranquille pour l'inciter à parler en toute tranquillité :

— Pourquoi as-tu peur d'aller sur Héli ?

— Mes ancêtres… hésita-t-elle avant de reprendre car il l'encourageait à continuer. Mes ancêtres, voilà des siècles, vivaient sur Héli. Ils furent chassés car ils n'étaient pas Christants, pendant la Purge, en l'an 5 après la libération. Mais, arrivés sur le Nouveau Monde, où tous les purgés se réfugièrent, ils furent aussi rejetés. Les Terriens2 les prenaient pour des espions… Ma famille fut persécutée et, bien qu'aujourd'hui nous soyons intégrés sur le Nouveau Monde, les Héliés continuent de nous stigmatiser, quand ils en ont l'occasion. Tu te rappelles quand, à Pic, je te racontais mon histoire avec le prêtre théadïste que j'avais surpris en train de copuler avec un siidan ?

— Comment oublier, rit-il en repensant à cette soirée où il avait fini dans le même lit qu'Ode.

— Je n'avais pas tout dit… Ce prêtre, furieux car humilié, me séquestra des jours entiers. Je me souviens du moindre détail de son visage : un vieil homme aux cheveux noirs avec une barbe qui tombait bas, et un ventre proéminent dépassant de sa chemise à cause de son alcoolisme. Il avait été rajeuni artificiellement tellement de fois que sa peau ne parvenait plus à repousser les rides. Il s'appelait Péob'er No… Il ne m'a pas touchée au début, il voulait simplement me faire comprendre que ma vie était entre ses mains et que j'allais regretter mes actes.

Xeï n'avait pas dû partager souvent ce traumatisme. Elle en gardait encore des séquelles au fond d'elle.

— C'est là que sont arrivés deux prêtres christants, continua la commandante en parlant de moins en moins fort. Les Théadïstes et les Christants sont censés se haïr viscéralement, puisque le Théadïsme se fonde sur la haine envers le Christantisme. Mais ceux-là étaient de bons amis… Il m'a montrée à eux, et ils se sont déchaînés sur moi… Ils m'ont battue alors que je n'avais que neuf ans ! Péob'er a dû être inspiré par leur violence, car quand ils sont repartis, il…

Sa voix se brisa, et Yaé l'entoura de son bras. Jamais Xeï n'avait paru si vulnérable mais, à l'approche de la bataille, ses peurs refaisaient surface, et elle ne pouvait se confier qu'à lui.

— … il… Enfin, tu as compris, il m'a violée, moi, une gamine sans défense… Puis il m'a relâchée en me jurant que, si quelqu'un l'apprenait, il tuerait tous ceux à qui je tenais.

Yaé ne trouva pas les mots pour la réconforter. Comment infliger une telle ignominie à un enfant ? Il la serra contre lui et posa son menton sur ses cheveux blonds coupés une semaine auparavant :

— A-t-il été puni ?

Elle sécha ses larmes du revers de sa manche en souriant tristement :

— Si je me suis engagée dans l'Armée Inter-Espèces, ce n'était pas seulement parce que j'encombrais ma sœur aînée ; j'ai fui le Nouveau Monde parce que je me suis vengée de Péob'er. J'avais treize ans, l'âge minimum pour s'enrôler. J'attendais ce jour depuis l'agression. Je l'ai saigné comme un porc pendant qu'il dormait puis l'ai laissé brûler sur le sol de son temple. Tu sais, chez les Théadïstes, brûler un corps est le pire des crimes ; un mort non enterré est destiné à ne jamais trouver la paix dans la mort, et à ne pas ressusciter à la fin des temps. Et que les prophètes Transt m'en soient témoins, ajouta-t-elle en levant brièvement les yeux, je ne regrette absolument rien.

Elle se gorgea de haine :

— Deux ans plus tard, dans l'Armée Inter-Espèces, des Héliés christants essayèrent d'abuser de moi... L'un d'eux était lieutenant. Je leur fis subir le même sort qu'à Péob'er avant qu'ils agissent. D'où ma désertion : même si c'était de leur faute, mes supérieurs ne le voyaient pas de cet œil et ils décidèrent de me punir. Je n'ai pas pu supporter une telle humiliation et je suis partie pour tracer ma propre route. Le lieutenant que j'ai assassiné appartenait à la famille du général Amaur Baksh mais, ça, je ne l'appris que plus tard. La prime sur ma tête tripla, et je devins une fugitive extrêmement recherchée. Tu comprends pourquoi je hais les Héliés ?

Yaé hocha gravement la tête, silencieux, sans mots pour condamner les actes du prêtre théadïste et des Christants. Ils restèrent ainsi le temps que Xeï trouve le courage de se reprendre. Lorsque sa montre s'alluma pour qu'elle donne des instructions à l'équipage, elle s'adressa à lui, solennelle, reconnaissante :

— Ätea t'habite, Yaé, tu es quelqu'un de bon. J'espère que nous nous retrouverons après la bataille. Si je meurs, je t'attendrai, main dans la main avec Oklaïm. Et si tu pars avant moi, je te retrouverai le jour de la résurrection des corps, car tu reviendras, au même titre que les élus. Qu'Oklaïm te garde, et qu'Izanaï t'épargne.

Elle déposa un baiser de remerciement sur sa joue et partit d'un pas plus assuré.

39

La veille

Ode ouvrit péniblement les yeux. Tout était flou. Elle cligna des paupières, et les objets reprirent lentement leur forme normale. Elle s'assit sur le lit d'hôpital, et des vertiges la secouèrent.

— Doucement, pas de geste brusque, recommanda le docteur. Comment vous sentez-vous ?

— J'ai la tête qui tourne...

Son ventre se contracta, et un goût de vomi envahit sa bouche. Elle but une gorgée du liquide tendu par l'homme en blouse blanche.

— Les effets des tranquillisants s'estomperont vite. Prenez le temps de vous habituer.

Ode se releva en se tenant à l'épaule du médecin. Elle découvrit Larry pour la première fois. Grand, il partageait bon nombre de traits avec un Humain. Seule spécificité : sa peau synthétique légèrement calcinée par endroits, trace de la période où il appartenait à l'équipage de La Dague. La jeune femme sourit à pleines dents. Ses yeux artificiels étaient parfaits. Elle se sentait comme au sortir d'un long rêve. Rien à voir avec la vision à travers son robot. Elle observa Larry sous tous les angles, fascinée par les détails que permettaient ses nouvelles prothèses.

Un peu plus d'un mois auparavant, Ode, assistée par son équipe de chercheurs, scientifiques et physiciens, rendait possible le déchirement atmosphérique. Le Gouvernement Colonial Terrien l'avait dès lors promue. Elle possédait désormais une résidence mieux placée, des robots domestiques et un compte en réseau garni d'une belle somme. On la délesta même de sa sonde explosive. Ce qui comptait pour elle : retrouver la vue, la vraie. Et une semaine plus tôt, un agent gouvernemental lui avait rendu visite pour lui annoncer que, grâce au bond technologique permis par ses recherches, le GCT rendrait son rêve réel. Elle passa des tests afin de déterminer quelle prothèse lui correspondrait le mieux. On lui proposa de la doter d'une vision infrarouge ou d'autres fonctionnalités incroyables, mais elle voulait seulement voir. Pas voir telle une machine ; voir comme avant son accident sur Frizen.

Si Ode avait encore été capable de pleurer, des larmes de joie auraient coulé sur ses joues. Mais le système robotique qui constituait ses nouveaux globes oculaires ne nécessitait pas d'humidité pour fonctionner, aussi plus jamais ne connaîtrait-elle cela. Sans importance. La lumière filtrée par la fenêtre, si. Tout paraissait tellement plus beau que par l'intermédiaire de Larry, et que dans ses souvenirs.

— Vous allez bien ? s'inquiéta le docteur.

— Oui... souffla-t-elle, incapable de décrire ce qu'elle ressentait.

Deux jours plus tard, elle s'émerveillait encore à chaque fois qu'elle observait le ciel. Avec la découverte du déchirement atmosphérique, sa charge de travail augmenta, malgré les effectifs plus nombreux à qui elle déléguait les tâches secondaires. Elle ne voulait aucunement perdre sa place et la réputation qui en découlait. Aujourd'hui, on ne la connaissait plus comme l'infirme incapable de se défendre, mais comme la surdouée en informatique. Bien sûr, les recherches sur le déchirement atmosphérique étaient classifiées et hautement protégées par le gouvernement, mais les citoyens de l'Ancienne Paris se doutaient de qui représentait le nouvel atout scientifique du GCT.

Alors qu'Ode rentrait à son appartement, Larry l'interpella :

— *Madame, vous venez de recevoir un message sécurisé. Dois-je vous le lire ?*

Pourtant désormais inutile, elle choisit de garder son robot pour lui tenir compagnie. C'était la seule « personne » qui la liait encore à son passé et, bien qu'elle se refuse à l'admettre, elle regrettait parfois le temps où seuls elle et Yaé comptaient ; l'époque où nul n'aurait su les séparer et où chacun aurait donné sa vie pour l'autre. Une partie de son ancienne existence qu'elle refoulait pour ne pas souffrir. Pourtant, elle se surprenait encore à en rêver, à voir le visage de celui pour qui elle se serait sacrifiée sans même tressaillir. Celui qui lui préférait un vaisseau, une capitaine, une commandante...

— Oui, transmets-le-moi, s'il te plaît.

Larry ouvrit la bouche, et la voix d'un autre en sortit :

— *Ce message est destiné à la chercheuse Ode et s'autodétruira une fois sa lecture terminée.*

Le robot continua de parler, adoptant le timbre d'une femme :

— *Bonjour, Ode. Je suis Winstée Dard'ö. J'imagine que vous connaissez mon nom ; je suis l'une des trois Grands. J'ai entendu parler de l'aide que vous avez apportée à notre Gouvernement Colonial Terrien et je tenais à vous en remercier personnellement. Vous allez être transférée dans une salle de contrôle dont vous ignorerez la localisation afin d'y accomplir une nouvelle mission. Vous êtes celle qui maîtrisez le mieux le déchirement atmosphérique parmi nos scientifiques. Vous programmerez le prochain déchirement pour que notre flotte entière traverse l'espace et surprenne nos ennemis.*

≈

Le foulard fut retiré des yeux d'Ode, et elle retrouva la vue. Elle avait passé les dernières quinze heures dans le noir. De grosses gouttes de sueur perlaient sur sa peau. Elle venait d'affronter sa pire peur : retomber dans le noir total.

— Bienvenue sur la planète Centrale, l'accueillit un homme en lui serrant la main.

Les phalanges de la jeune femme émirent un craquement dans sa solide poigne. Très grand, tellement que l'on aurait pu le prendre pour un Mugg de loin, seuls ses cheveux et ses sourcils gris montraient son âge, car son visage reflétait la jeunesse. Ses pupilles marron, aussi sombres que sa peau, penchaient vers le noir et allaient de pair avec son uniforme militaire. Une ceinture de la même couleur enserrait sa taille, signe qu'il appartenait aux dix généraux supérieurs de l'Armée Terrienne. Un étui de pistolet y pendait, délesté de son arme. Les multiples médailles qui scintillaient sur son veston en cuir synthétique donnaient un peu de couleur à ce sobre assortiment. Ode était sûre de l'avoir déjà vu.

— Je suis le général Amaur Baksh, se présenta-t-il d'une voix inspirant l'obéissance. Enchanté de vous connaître.

— Bonjour, répondit-elle, intimidée par ce géant. Je... je crois que nous nous sommes déjà rencontrés.

Lorsqu'il prononça son nom, elle se rappela précisément son premier jour dans l'Armée Terrienne.

— À quelle occasion ? Pardonnez-moi, votre visage ne m'évoque aucun souvenir.

— J'étais une nouvelle recrue sur la station spatiale terrienne lorsque vous nous avez envoyés sur Frizen2, avant la déportation des Gris.

— On m'a dit que vous aviez compté dans l'Armée Terrienne, mais j'ignorais que c'était sous mon commandement, l'informa-t-il en dévoilant ses dents blanches. Aviez-vous été transférée sur Rosair ? Ou Obside ?

Elle se remémora la révolte des Friziens :

— Obside…

— Sombre époque, marmonna-t-il. Mais nous divaguons. Cette planète, Centrale, n'a aucune existence officielle. Me suis-je bien fait comprendre ?

Elle hocha la tête, et il poursuivit en l'emmenant à travers des rangées d'ordinateurs sur lesquels des informaticiens entraient des données cryptées :

— Voici une infime partie du centre de contrôle secret du Gouvernement Colonial Terrien — il fit un grand geste pour montrer la pièce dans son ensemble. Sous ma tutelle, vous calculerez avec précision une multitude de destinations pour que nos vaisseaux voyagent par déchirement atmosphérique.

≈

Les espions revinrent alors que les éclairages commençaient à baisser en intensité, signifiant le début de la nuit artificielle rythmant les journées sur La Dague. Comme les stratèges de la Coalition Libre le prévoyaient, Héli les attendait. C'est pourquoi l'attaque se déroulerait en deux parties. Dans un premier temps, l'ETPL et les plus lourds vaisseaux de combat rebelles, telle que L'Immortelle, chargeraient le gros de la flotte christante. Ils la tiendraient en échec jusqu'à ce que les transporteurs de troupes, escortés par les plus petits appareils, se frayent un chemin dans leurs défenses pour débarquer au sol. L'objectif : envahir la capitale, Jeusäe, afin de capturer le gouvernement. Une quinzaine d'autres grandes villes seraient aussi bombardées pour semer le trouble sur toute la planète, mais les troupes se concentreraient sur Jeusäe.

Elvira avait l'air prête, droite comme un pic sur le pont supérieur. Son rôle : inspirer l'équipage ; elle ne faillirait pas à sa tâche. Le lendemain, ils annexeraient la Planète Sainte par la force, puis suivraient toutes les colonies du Gouvernement Colonial Terrien. La cible ultime qu'elle se jura de prendre était Terre. Elle mettrait un terme à son hégémonie qui durait depuis sept cents ans. Une hégémonie plusieurs fois mise à mal, fragilisée par une guerre civile de quarante-cinq ans causée par la révolution des Christants, ou lors de la libération des planètes par l'empereur Shalad III, ou après la destruction de la lune terrestre, ou lors de la révolution de 396... Mise à mal, mais jamais abattue depuis l'an 21 et la création du Gouvernement Colonial Terrien.

Mais jamais nul n'ébranla assez cette prépondérance de Terre pour qu'elle disparaisse. Et pour y parvenir, la Planète Sainte constituait la cible parfaite. Elvira s'en convainquait un peu plus à chaque fois qu'elle se le répétait.

— Tu devrais te reposer, l'accosta Yaé.

— Je ne saurais fermer l'œil, maugréa Elvira. C'est ma première bataille en tant que capitaine. J'en ai vu un bon nombre ; Dant ne laissait jamais le GCT tranquille bien longtemps, mais ce n'est pas pareil. Ce n'est pas un simple braquage, nous allons entrer en guerre, et j'espère avoir fait le bon choix en m'y précipitant tête baissée, avec mes hommes. Je n'ai pas le droit de faiblir ou de douter devant eux.

— Je n'ai pas connu le capitaine Dant, mais sois-en sûre, tu as marché plus loin qu'aucun pirate avant toi. Je ne doute pas une seule seconde que, avec toi comme capitaine, La Dague sortira victorieuse demain. Et si jamais ce n'est pas le cas, sache que je ne regrette pas de m'être enrôlé sur ce vaisseau et d'avoir traversé les épreuves qui m'y ont mené. Ici, j'ai un idéal noble pour lequel me battre. Sur Terre, j'étais un gamin noyé dans la misère et sans espoir. Dans l'Armée Terrienne, je n'avais pas ma place, même si je l'ai cru pendant un moment. En m'enfuyant avec Ode, je n'étais qu'un mutin. Au Pic Noir, je vivais pleinement pour la première fois. Mais ici, avec toi — il s'approcha d'elle et la fixa dans le fond des yeux —, j'ai une cause qui vaut toutes les blessures du monde. Et je t'ai, toi, ce qui vaut plus encore.

La pirate brillait de l'intérieur. Yaé venait de lui donner une raison de taille pour mener tous les combats qu'elle rencontrerait à l'avenir. Adi aussi la portait autrefois sur cette voie, mais elle l'avait quittée. Yaé ne la quitterait pas. Il possédait cette particularité, dans sa façon de parler, qui en disait davantage que le plus convaincant des discours d'avant-guerre. Il savait qu'il se trouvait au bon endroit et, à présent, Elvira le savait aussi. Elle ne répondit rien, pas la peine. Ils se sondèrent en silence pendant ce qui aurait pu être une vie entière et, lorsqu'elle se détourna, la capitaine se sentait une autre personne, avec la foi dans son but et, surtout, la foi en elle-même.

≈

— La bataille devrait éclater demain. Il est temps de retourner à Jeusäe pour observer son déroulement.

Adali étouffa une exclamation de joie. Non parce que la guerre allait commencer, mais car cela faisait des semaines qu'elle vivait en ermite avec son maître. Elle n'avait qu'une hâte : quitter ces montagnes. Il n'empêche qu'elle reconnaissait les fruits portés par cet entraînement. Elle ne ressentait plus la pression atmosphérique, et son esprit était devenu assez puissant pour sortir indemne de son dernier voyage dans le Point. Et, ce qui la ravissait tout autant : elle arrivait à s'extraire de son corps sans utiliser le Point à presque chaque essai.

L'Ombre s'installa aux commandes du vaisseau gob et décolla sans un mot. Adali s'indigna, mais le temps qu'elle monte à bord de la navette christante, son maître disparaissait dans le ciel. Elle le maudit et prit son temps pour ranger le campement. Évidemment, elle ne connaissait pas leur destination exacte. Qui plus est, elle conduisait un appareil hélié qui peinait à atteindre les cinq cents kilomètres par heure alors que le vaisseau gob dépassait cette vitesse en une fraction de seconde.

Elle survola les montagnes et eut une pensée pour les Vams, autochtones de Héli, qui s'y terraient. Quelle vie était la leur ? Ils ne connaissaient que les ténèbres de leurs cavernes, que la survie… Adali n'avait pas eu une enfance facile, loin de là, mais au moins voyait-elle la lumière du jour chaque matin. Bien sûr, les Vams auraient été carbonisés en la recevant mais, avant l'arrivée des Humains sur leur planète, ils bénéficiaient d'un monde entier à explorer de nuit. Il leur restait les entrailles des monts rocailleux. Triste évolution que la leur. Le propre des Humains que de transformer des merveilles en cendres. « Le propre de certains Humains », se corrigea-t-elle machinalement.

Lorsque, de longues heures de vol plus tard, elle arriva en vue de Jeusäe,

Adali se posa au bord d'une falaise qui cassait en deux un volcan d'antan. Elle remit son masque à oxygène et descendit de la navette. Elle découvrit un incroyable paysage. De cette hauteur, la capitale christante se réduisait à une fourmilière peinant à trouver sa place au milieu des géants de roche. Les torrents qui coulaient sur les flancs des montagnes, déviés de leurs cours naturels, ceinturaient la ville. Ils servaient de réserve d'eau à Jeusäe, et des citernes de filtrage pointaient tous les cent mètres. Des vaisseaux montaient vers l'espace. Une planète entière se préparait à la guerre.

Adali eut beau scruter les environs, elle fut incapable de repérer son maître. Le jour baissait rapidement et, malgré sa vision nocturne performante, elle ne le retrouverait certainement pas ainsi. Elle s'assit en tailleur sur un rocher plat. L'air frais dû à l'altitude la revigora, et elle se concentra pour se vider de ses pensées. Son esprit quitta lentement son corps. Dans ces moments-là, elle aimait s'observer, car elle ne se lassait pas de l'étrangeté de se voir de l'extérieur. Ses paupières fermées cachaient ses yeux bleus, et ses longs cheveux noir de jais tombaient élégamment sur ses épaules.

Elle s'arracha à sa propre contemplation pour explorer les environs. Elle essaya, comme dans le Point, de se focaliser sur l'Ombre pour être guidée vers lui, mais rien ne se produisit. Dans le monde réel, les règles changeaient. Sa technique ne porta pas ses fruits, et elle modifia son approche. Elle fit abstraction de la matière et ne pensa plus qu'à la vie. Tout autour, la matière non vivante s'effaça. Les couleurs changèrent, passant d'un extrême à un autre. Un monde luminescent s'étalait à présent. Les végétaux brillaient d'un vert vif, les insectes d'un jaune tout aussi chaud, et les plus gros animaux rougeoyaient telles des flammes. Jeusäe, une fournaise, flambait au loin.

Son esprit effectua un tour complet sur lui-même. Elle repéra des formes d'animaux oscillant entre le rouge et l'orange. Et, sur une montagne en contrebas, l'Ombre. Elle n'aurait su le reconnaître par sa seule silhouette d'aussi loin. Non, tout compte fait, elle n'était pas sûre que ce soit bien lui. Cette petite tache, ni rouge, ni verte, ni jaune. Noire. Tout le noir dans ce monde fluorescent concentré en ce point.

Adali réintégra son corps. Lorsqu'elle retrouva sa vue naturelle, le monde lui parut si terne, si fade, qu'elle eut des regrets, déçue par la réalité. Elle remonta dans la navette et se rendit à l'endroit repéré. Son maître protégea son œil du souffle des réacteurs. Quand la Frizienne descendit, il l'accueillit de l'une des phrases qu'il répétait à chaque fois qu'elle réussissait un exercice :

— Tu aurais pu faire plus vite.

40

La guerre

— Que chacun rejoigne son poste !

Chaque matelot de La Dague entendit la voix d'Elvira à travers les haut-parleurs.

Le moment était venu, le jour fatidique de l'attaque de Héli.

— Rejoignez la formation ! ordonna la capitaine au pilote, la Taupe.

Cet Obsidien aux yeux crevés, positionné en faveur de la Pieuvre lors de la succession d'Elvira à son père, demeura tout de même sur le vaisseau quand l'Aquéen fuit, car il y avait passé sa vie et ne voulait pas que cela change.

La flotte de la Coalition Libre se divisa en deux parties. D'un côté, les lourds appareils de combat, avec toute l'ETPL, suivirent L'Immortelle. De l'autre, les transporteurs attendraient en arrière une brèche. Le vaisseau amiral créa une faille spatiale, et l'amas s'y engouffra à grande vitesse pour garder l'effet de surprise. La Dague talonnait La Héra. Ce fut le passage dans le Néant le plus angoissant de la vie d'Elvira. Chaque muscle de son corps tendu, prêt.

Le craquement retentit. Ils sortirent du Néant, et Héli apparut.

— Batterie avant, feu à volonté ! lança Elvira d'un ton sec dans son micro.

Les canons crachèrent des obus chargés à la poudre de tinotium sur les stations christantes qui gravitaient autour de la Planète Sainte. Des morceaux de métal s'en détachèrent, et la bataille commença. Les Héliés les attendaient. À peine La Dague termina-t-elle sa première attaque que des appareils de combat foncèrent sur elle.

— À vos navettes, déployez-vous en formation offensive !

Les vaisseaux se séparèrent de La Dague et engagèrent le combat. La

Héra venait de s'attaquer à un énorme appareil.

— Batterie trois, visez le secteur 17 ! Pilote, amène-nous sur le flanc pour aider L'Immortelle !

La Taupe manœuvra et évita de peu un missile qui détruisit un vaisseau de l'ETPL.

— On a perdu le contact avec l'un des nôtres, informa un pirate.

— Gardez le cap ! l'ignora Elvira.

L'amiral était en proie à une station et trois monstres de métal. La Dague se positionna derrière l'un d'eux et l'arrosa de munitions. Elvira trébucha quand le sol s'ébranla, et une alarme rouge illumina le pont supérieur.

— Une fuite d'oxygène dans le hangar deux, indiqua l'informaticien.

— Détruisez cet appareil, l'oublia Elvira. L'Immortelle ne tiendra pas longtemps si on ne l'aide pas. Visez ses stabilisateurs de gravité artificielle !

La Dague se plaça au-dessus de l'ennemi, et les canons de poupe la couvrirent pendant que ceux sous la coque harcelaient les Christants. Un trou se forma dans le cockpit des Héliés. Le vaisseau perdit ses propulseurs et dériva. L'attraction de la planète l'aspira, là où l'atmosphère le carboniserait. Les corps sans vie des deux camps flottaient un peu partout dans l'espace.

— Xeï, prépare tes hommes à l'abordage, débita Elvira en allumant l'écran de sa montre. Rendez-vous au hangar deux. Les abordeurs te couvriront pendant que tu pénétreras dans leur station. Prenez-en le contrôle !

La maître d'équipage hocha la tête. La Dague subit les tirs de chasseurs ennemis qui ne laissaient aucun répit à ses tourelles automatiques.

— Que font les abordeurs ? s'énerva la capitaine à l'encontre de Yaé qui donnait des ordres à des lieutenants.

— La porte de leur hangar est obstruée, je viens d'envoyer une équipe de mécaniciens. Nos chasseurs ne peuvent pas venir nous aider, la flotte christante les retient !

Elvira grommela un juron et se précipita sur l'écran de contrôle. Un obus traversa le hublot pourtant blindé et se ficha en pleine tête d'un pirate. La pression comme la chaleur chutèrent dangereusement. Un technicien tira en arrière une commande d'urgence pour activer la fermeture de panneaux qui recouvrirent la vitre. Désormais, la bataille se déroulait sur les écrans.

Les caméras externes donnaient une vague idée du chaos ambiant, et des petits points sur les radars se déplaçaient. Les verts représentaient ceux de la Coalition Libre et de l'ETPL. Les points rouges, montrant les Héliés, formaient une longue ligne empêchant les rebelles de passer malgré leurs attaques répétées. Les Christants recevaient sans cesse des renforts de leurs villes à la surface.

— *Attention, brèche détectée dans la salle de recyclage de l'air. Oxygène à 90%*, débita une voix automatique.

— Enfilez vos masques ! ordonna Yaé dans son transmetteur.

Elvira attrapa le dispositif à sa ceinture, et le liquide se répandit sur son visage pour lui former un casque rigide. Elle enfila rapidement ses gants et s'assura de la pressurisation de sa combinaison. Sa montre clignota, et Xeï apparut :

— *Mon équipe est prête, dis-nous quand nous serons à portée de leur cloison.*

— Pilote, place-nous contre la station du secteur 26, jeta Elvira.

— Mais, Capitaine, protesta l'alien, les ordres du co-consul sont de nous occuper des appareils plus légers, pas des stations !

— Au diable les ordres de Jenya, c'est une occasion en or de permettre aux transporteurs de se poser sur Héli, obéis !

La Taupe obtempéra en silence. La défense des Héliés s'avérait plus coriace que prévu. Les messages d'une autre partie de la flotte de la Coalition Libre qui assiégeait la face cachée de la Planète Sainte rapportaient exactement la même situation.

Elvira donna l'ordre à la maître d'équipage d'attaquer.

— *On y va*, confirma la voix de Xeï, *on se retrouve sur Héli !*

≈

Xeï éteignit sa montre d'un geste rapide et ouvrit la porte du sas. La cloison de la station l'attendait, à seulement une centaine de mètres. Elle s'adressa aux soixante-dix pirates :

— C'est parti ! Qu'Ülua nous vienne en aide !

Les abordeurs, munis de combinaisons reliées par magnétisme à La Dague, s'élancèrent les premiers. Les canons ennemis en abattirent dès la première seconde. Puis ils se dispersèrent pour créer une diversion. Les trois chargés de percer une brèche dans la coque parvinrent de justesse à l'atteindre. Ils y accrochèrent une bombe et retournèrent dans le vide en activant leur système d'attraction. La déflagration déchira la coque sans le moindre bruit.

— Suivez-moi ! ordonna Xeï à l'un des deux groupes de vingt-trois.

Elle se donna une impulsion qui la projeta dans l'espace. En-dessous de La Dague, Héli semblait arbitrer d'un œil neutre la bataille entre les deux immenses flottes spatiales. Xeï et ses hommes filèrent droit vers le trou qui ouvrait une porte dans la station. Avant qu'ils y parviennent, des abordeurs héliés leur coupèrent la route. La maître d'équipage attrapa l'arme fixée à sa cuisse, évita habilement un Christant et lâcha une salve de balles pour se dégager un passage. Les tourelles de La Dague s'activèrent pour nettoyer la zone. Tout à coup, un vaisseau lourdement armé peint d'un poisson noir s'attaqua à l'appareil pirate. Des éclats de coque des deux géants volèrent en tous sens, et l'un d'eux arracha la jambe d'un homme sous les yeux horrifiés de Xeï. Il mourut dans la seconde.

La Dague peinait à combattre son agresseur, la station et à protéger en même temps le groupe de la commandante. L'équipe de Xeï était décimée par les mitrailleuses automatiques couplées aux abordeurs virevoltant. Puis soudain, cinq appareils de l'ETPL leur portèrent secours et détruisirent le vaisseau christant qui perdit ses réacteurs et son étambot. Il dériva et s'écrasa contre le flanc de La Dague. Le choc expulsa le bâtiment d'Elvira au loin.

— Allez, hurla Xeï sous son masque en haletant de peur et de colère, il faut rejoindre la station, c'est notre seule chance !

Elle démarra les moteurs dans son dos et se fraya un chemin à travers les débris qui filaient à une vitesse folle. Elle ignora les cris d'agonie des pirates et fonça sans se retourner. Lorsqu'enfin elle atteignit la station, elle s'accrocha à la coque. Des membres humains comme extraterrestres se mêlaient aux fragments de chasseurs dans le vide alors que les balles fusaient depuis la station vers La Dague, qui continuait de s'éloigner. Le vaisseau avait perdu la majorité de ses propulseurs lors de sa collision avec l'appareil christant.

Mais ils étaient encore assez proches pour la deuxième partie de son plan d'attaque. Les survivants de son groupe, une dizaine au maximum, placèrent des poignées magnétiques sur la coque métallique.

— Groupe trois, êtes-vous encore opérationnels ? demanda Xeï dans sa radio.

Son récepteur grésilla, et du bruit blanc entrecoupa la voix :

— *Nous... perdu trois hommes... Toujours opérationnels... Magnétisme enclenché ?*

— Oui, le magnétisme est prêt, rejoignez-nous !

— *Bien reçu...*

Xeï scruta les débris pour apercevoir La Dague. Elle découvrit les vingt pirates du troisième groupe arriver vers eux. Attirés par la borne qu'ils avaient mise sur la coque de la station héliée, ils corrigeaient légèrement leur trajectoire pour éviter les obstacles. Des balles traversèrent l'un d'eux, secoué de convulsions. Son corps toujours tiré en avant par l'attraction heurta une plaque de tôle qui explosa son casque, et son crâne par la même occasion. Le groupe s'amarra aux poignées sur la coque. Le malheureux qui n'avait pas eu la chance de s'en tirer flottait près du système magnétique, la tête réduite en bouillie avec des morceaux d'os gelés qui s'éloignaient de lui, comme pour le fuir. La commandante s'empêcha d'y penser et s'engouffra dans la brèche aux bords carbonisés par l'explosif.

Ils arrivèrent à l'intérieur d'une salle de tir. Des éclats d'obus transperçaient les pilotes sanglés sur des tourelles encore en bon état. Xeï avança jusqu'à la porte sécurisée fermée automatiquement, encadrée de ses hommes, réduits au nombre de trente et un. Ils firent fondre les serrures, alors que dehors le chaos se poursuivait. La Dague était introuvable. Les vaisseaux de l'ETPL et de la Coalition Libre parsemaient l'espace sur des kilomètres. La plupart tentaient de détruire des stations. Le flot de chasseurs héliés les maintenait en échec. La deuxième vague de la Coalition, avec les transporteurs chargés de l'invasion, n'était pas encore arrivée, car aucun passage dans les défenses christantes ne lui permettait de se poser sur Héli.

— *C'est fait*, signala le pirate en éteignant son laser rouge sombre.

— Bien, préparez-vous au combat. Nous comptons sur l'effet de surprise ; on fonce jusqu'au centre de commandement et on s'en empare. Quand on l'aura, on sabote la station et on la quitte en volant des navettes de sauvetage. Quoi qu'il arrive, ne vous séparez pas. C'est compris ?

Les pirates acquiescèrent, le visage concentré, et ouvrirent la porte.

≈

— ATTENTION AU CHOC !

Yaé eut beau se cramponner, il fut éjecté de son siège. Il passa par-dessus le bastingage du pont supérieur et dégringola trois mètres plus bas sur un Aquéen. L'alien qui amortit sa chute émit un grondement sourd. Le jeune homme eut besoin de quelques secondes pour se remettre du vertige qui le secoua. Il attrapa la rampe de l'escalier et remonta pour constater l'étendue des dégâts. Des lumières clignotaient sur tous les écrans, beaucoup souffraient de graves blessures, et chaque alarme du vaisseau vrillait l'air. L'autre appareil avait percuté La Dague avec une violence inouïe trop importante pour être encaissée par les boucliers.

Du sang souillait le bras gauche d'Elvira. Sa prothèse robotique enfoncée sous sa peau transperçait à moitié son radius. Elle fabriqua un garrot improvisé avec un morceau de sa combinaison en lambeaux. Yaé tituba jusqu'à elle pour l'aider à serrer le nœud. Elle se releva en prenant appui sur lui et activa sa montre, par miracle encore intacte. Les visages pleins de suie de deux Atalatéens, le charpentier et le calfat, se matérialisèrent :

— Maîtres artisans, au rapport !

— Ça va très mal, cap'taine, le nouveau voilier est mort et avec lui la plupart de nos réacteurs. La Dague n'a plus assez de puissance pour résister à l'attraction de Héli, elle va s'écraser !

— Déployez les panneaux auxiliaires de secours, débita Elvira d'une voix angoissée.

— Pas attendu votre ordre, ça fait trente secondes qu'ils sont ouverts. Le vaisseau est déjà trop proche de l'atmosphère, ils n'ont pas résisté. Même en réparant les trois réacteurs endommagés, il ne pourrait se stabiliser. On n'a plus assez de temps pour évacuer !

— Si La Dague sombre, balbutia Elvira, nous mourrons tous. Personne ne peut survivre à une telle chute…

Yaé déglutit en écoutant l'Atalatéen répondre :

— Le calfat vient de réussir à connecter les réacteurs encore en état entre eux pour freiner notre chute. Nous fonçons sur Jeusäe.

≈

Une pointe d'appréhension nouait le ventre d'Adali. Une heure plus tôt, un vaisseau s'était écrasé à proximité de leur position, suivi d'une multitude d'autres. La bataille faisait rage dans l'espace, et elle se demandait nerveusement comment s'en tirait Elvira car son Peintre la tiraillait. L'Ombre la sortit de ses pensées :

— Regarde !

Elle plissa les yeux et aperçut un gigantesque vaisseau à l'horizon. Elle mit un moment à reconnaître La Dague, dégageant une épaisse fumée noire. Elle se dirigeait droit sur Jeusäe.

— Non ! s'exclama-t-elle.

L'appareil pirate, encore rougeoyant de sa descente dans l'atmosphère, perdait des morceaux qui fonçaient vers le sol, tels des météores. Les canons anti-aériens de la capitale ne pouvaient arrêter une telle masse en mouvement. Les bruits des coups de feu retentirent en décalage, comme si un orage grondait. Adali attrapa une paire de jumelles pour s'empêcher de planter ses ongles dans les paumes de ses mains.

Avant d'atteindre Jeusäe, La Dague heurta le sommet de la montagne qui surplombait la ville. Un tremblement secoua la terre alors qu'une avalanche de rochers fusait droit sur les habitations. Les arbres arrêtèrent l'épave du vaisseau à mi-chemin, et un nuage de poussière s'éleva pour l'engloutir entièrement. Il s'étendit au-dessus de la plaine et retomba doucement sur les environs. Un incendie naquit dans La Dague et se répandit dans la forêt.

Le feu se transforma en brasier, et des vaisseaux décollèrent de Jeusäe dans sa direction. Ils puisaient de l'eau dans les rivières qui la bordaient et la lâchaient sur les flammes. Le système de lutte anti-incendiaire s'avérait très efficace : vite, seule de la fumée s'éleva de la carcasse de La Dague et de la forêt calcinée.

Même l'Ombre ne trouvait rien à dire.

— Elvira… murmura Adali.

≈

Les renforts de la flotte, avec les transporteurs, s'engagèrent dans la bataille pour tenter de renverser le cours de la bataille. Un vaisseau de la Coalition Libre attaqua la station que Xeï prenait d'assaut de l'intérieur avec son groupe. En apprenant sa chance de s'emparer de cette station, des hommes vinrent lui prêter main forte. Les renforts rejoignirent les pirates depuis l'espace, amenés par des navettes. Le vaisseau qu'ils quittaient à peine explosa dans un feu d'artifice lorsqu'une autre station christante tira sur lui une salve de missiles.

Une centaine de combattants se mêla aux pirates menés par Xeï. Sous les ordres d'un haut gradé de la Coalition Libre, le général Pohn Oomaut, ils se mêlèrent au deuxième groupe d'assaut constitué dans la foulée. Ils longèrent le couloir principal sans rencontrer de résistance. Oomaut leur intima de s'arrêter :

— Il n'y a personne ici, ce n'est pas nor...

Un gargouillement remplaça la fin de sa phrase, une balle fichée dans la gorge.

— À COUVERT, C'EST UNE EMBUSCADE ! s'exclama Xeï, désormais la plus gradée.

Des groupes armés surgissaient de couloirs adjacents pour les prendre en tenaille.

— Repoussez-les ! cria la commandante tout en visant un homme.

Deux pirates balancèrent des grenades délestées de leur goupille. Ils tombèrent sous les balles, raides morts. Leurs explosifs percèrent un trou dans le sol, et l'espace aspira les Héliés ne portant pas de combinaisons adéquates. Xeï activa ses crampons aimantés et rangea son fusil au chargeur vide. Elle ramassa un pistolet par terre et tira. Les projectiles sans tinotium causèrent des dégâts moindres.

— Avec moi ! lança-t-elle en se propulsant vers le bout du couloir où les Héliés changeaient leurs chargeurs pour des munitions plus appropriées à la situation.

Imitée par les rebelles, Xeï dégaina son poignard et engagea au corps à corps les ennemis avant qu'ils finissent de recharger. Ses mouvements ralentis par la non-pesanteur, elle fut aux prises presque une minute avec le même homme. Elle lui planta enfin sa lame dans la nuque et attaqua sa cible suivante. Le désordre régna jusqu'à ce que l'autre groupe de rebelles vienne leur porter secours. Ils dépassèrent rapidement les Héliés par leur nombre. Certains levèrent les mains en signe de reddition mais les Coalisés, d'humeur peu clémente, les assassinèrent froidement. Ils les alignèrent et arrachèrent leurs masques à oxygène un à un. Les corps des Christants, sous leurs combinaisons spatiales moulantes, se raidirent, asphyxiés. La morale déformée par la haine, des soldats de la Coalition égorgèrent leurs cadavres.

— Ça suffit ! les arrêta Xeï, dégoûtée par cette scène malsaine.

L'étincelle bestiale qui luisait dans le regard des rebelles s'atténua, et ils reprirent le chemin du centre de contrôle. Ils franchirent un sas pressurisé, et la pesanteur revint. Ils désactivèrent leurs magnétismes et recommencèrent à marcher plus facilement. Le groupe pénétra dans la salle de commandement. Les attendaient une vingtaine d'ingénieurs et d'informaticiens héliés, à genoux, les mains sur la tête. Les autres survivants avaient quitté la station à bord de navettes de sauvetage avant que les rebelles s'emparent des hangars.

— N'y pensez même pas, menaça Xeï car ces derniers attrapaient leurs armes pour mettre fin à leurs jours. Personne ne fera de mal aux prisonniers.

Un Aquéen en combinaison noire la dévisagea avec colère mais se plia à son ordre et se contenta de se tourner vers le panneau de contrôle. Il alluma un écran et contacta le vaisseau amiral :

— Immortelle, ici groupe d'intervention ; nous avons pris la station. Je répète, ajouta-t-il sans recevoir de réponse, nous avons pris la station.

Le silence radio demeura, et Xeï surveilla à travers les hublots le déroulement de la bataille. Le vaisseau amiral était toujours opérationnel, mais en piteux état.

— Leurs antennes doivent être détruites, comprit-elle. Essaie de contacter directement les transporteurs pour leur dire qu'ils peuvent débarquer sur Héli.

— Je n'en suis pas si sûr... murmura un alien avec angoisse.

La commandante s'apprêtait à demander pourquoi, puis elle suivit les yeux de l'Obsidien braqués sur une vitre. Elle déglutit. Une dizaine de vaisseaux héliés filaient depuis la planète droit sur leur position. Assez pour reprendre la station et réduire le groupe insignifiant de cent rebelles à néant.

≈

Ode entra la dernière partie du code sur son clavier. Elle travaillait sans relâche depuis son arrivée sur la planète Centrale, la veille. Même avec la meilleure équipe du Gouvernement Colonial Terrien, accomplir un déchirement atmosphérique nécessitait encore des efforts considérables.

— Vous avez fini ? l'interrogea le général Amaur Baksh, encore auprès d'elle.

— Oui, bredouilla-t-elle, à bout de force. Vous n'avez qu'à activer ce programme pour les vaisseaux que vous voulez envoyer, et ils débarqueront un peu partout sur la planète. J'ai calculé quarante-cinq destinations ; vous vouliez que vos ennemis soient surpris, vous serez servi.

≈

La sueur couvrait Jenya Al'ekh. Le joyau de sa flotte, La Héra, L'Immortelle, sombrerait à ce rythme-là. Il venait de recevoir un message d'un groupe rendu maître d'une station, mais il ne pouvait leur répondre à cause des transmetteurs hors d'usage. C'était le moment de déclencher la troisième partie du plan, que seul lui et son créateur, Hel Al'ekh, connaissaient. Ensemble, ils avaient mis des années à préparer cette attaque dans le moindre détail. Un seul imprévu : la trahison de l'Ombre, ce sale Atalatéen toujours à fouiner dans les affaires des autres.

Aujourd'hui enfin, l'heure de gloire des Al'ekh arrivait. Bientôt, ils régneraient enfin sur Héli ; tel était le contrat.

— Tu penses aussi que c'est le moment ? demanda Jenya à Hel.

Ce dernier hocha la tête car jamais il ne parlait.

— Très bien. Capitaine, poursuivit-il à l'attention de Fralys, le Mugg capitaine du vaisseau amiral, il est temps d'attaquer Jeusäe.

— Alors que nous ne pouvons pas prévenir la flotte ?

— Nous devons prendre le risque, il est impératif que nous prenions Jeusäe les premiers.

— Les premiers ? répéta Fralys sans comprendre.

— *C'est un ordre, capitaine*, débita la voix synthétique sortie du boîtier accroché au poignet de Hel Al'ekh.

Reliée à son cerveau, elle lui permettait d'intervenir dans une conversation quand il le souhaitait. Fralys abandonna ses protestations et distribua des directives à l'équipage. Cet imbécile ne comprenait rien à ce qui se jouait. Ils prirent la direction de Héli et essuyèrent les tirs des vaisseaux sur le chemin. Les abordeurs de La Héra retournèrent dans les hangars, et les écoutilles se fermèrent. Les dégâts étaient lourds, mais pas suffisamment pour causer de réels problèmes pendant la descente dans l'atmosphère.

L'Immortelle fila droit vers la station christante occupée par les rebelles. Alors qu'elle la dépassait, un voyant clignota sur le tableau de bord.

— Monsieur, on a un problème, l'informa précipitamment le capitaine en pianotant des données sur un écran. Une vague de vaisseaux ennemis en approche rapide.

Un missile malmena La Héra.

— Anéantissez-les ! ordonna Fralys dans son micro.

Jenya vit avec inquiétude les chasseurs ennemis se rapprocher. Pas assez nombreux pour détruire le vaisseau amiral, ils les retiendraient... Et si les Al'ekh ne prenaient pas les premiers le contrôle de Jeusäe, l'accord risquait de ne plus tenir...

41

Une aide piégée

— Je dois y aller ! protesta Adali.

L'Ombre refusait qu'ils fouillent l'épave de La Dague pour retrouver Elvira.

— C'est trop risqué. Les troupes armées christantes risquent de te prendre pour une pirate et de te capturer. Et s'ils te reconnaissent, ce sera une occasion en or pour Floridus IV de te capturer pour que tu serves de moyen de pression sur l'Ombre. Ne crois pas que, parce qu'il a passé un accord avec l'Ombre, il en est moins l'ennemi.

— Je dois y aller… supplia-t-elle en se rendant compte à quel point elle tenait encore à Elvira.

— Alors, vas-y par l'esprit, mais pas question que tu quittes ce rocher.

Il se plaça entre elle et le vaisseau. Adali s'empressa de s'asseoir et de fermer les yeux. Elle peina à trouver le calme avec le nombre de pensées qui se bousculaient dans sa tête et le picotement désagréable qui parcourait son Peintre. Lorsqu'elle quitta son état physique, elle chercha à retourner dans la dimension découverte la veille, mais abandonna, par manque de temps. Elle survola mentalement les forêts et la plaine qui abritait Jeusäe. Alors qu'elle se rapprochait de La Dague, une faille s'ouvrit dans le ciel. Elle sursauta, perdit sa concentration et réintégra son corps malgré elle.

Elle découvrit, sidérée, une fissure violacée déchirer les cieux au-dessus de Jeusäe.

— Qu'est-ce que… commença l'Ombre sans finir sa phrase.

— Ce sont les Gobs ? tenta Adali, tout aussi étonnée.

Des vaisseaux émergèrent de l'ouverture, et la Frizienne comprit en même temps que son maître :

— Comment est-ce possible… ?

Des appareils de combat aux couleurs du Gouvernement Colonial Terrien sortaient par dizaines de la faille. Ils larguèrent des bombes sur Jeusäe avant que les canons anti-aériens christants puissent riposter. De grands transporteurs suivirent et se posèrent sur les toits des immeubles alors que d'autres encerclaient la cité. Adali grossit l'image dans les jumelles et vit des soldats du GCT ouvrir le feu sur ceux de Héli.

— Mais... Terre est l'alliée de Héli, non ? balbutia Adali.

— Apparemment, elle vient de changer d'avis...

≈

Lorsque L'Immortelle passa près de la station à l'intérieur de laquelle Xeï et ses hommes commençaient à ériger des barricades, des cris de joie émanèrent des rebelles car on venait à leur secours. Le combat s'engagea entre l'amiral de la Coalition Libre et les onze vaisseaux christants. Un missile heurta La Héra, qui riposta par un tir nourri à la mitrailleuse. Malgré sa taille largement supérieure à celle de ses ennemis, ils avaient l'avantage numérique et l'attaquaient de tous côtés.

— Allez aux tourelles encore fonctionnelles ! scanda Xeï en montant sur une chaise pour s'imposer à la vue de tous. Vos amis sont à bord de La Héra, aidez-les !

Un courant d'approbation traversa le groupe, et la moitié s'en détacha pour rejoindre les postes de combat. La station intervint dans le combat en prenant par surprise et à revers les vaisseaux christants, vite en difficulté. Le dernier anéanti, l'amiral reprit sa descente vers Héli.

≈

— Ça ne va pas vous plaire, prévint Adali, mais je ne laisserai pas le GCT capturer Elvira !

— Adali, répliqua l'Ombre d'une voix conciliante, tu ne peux pas y aller...

— Elle a le jumeau de mon Peintre, et je n'ai pas ressenti de grande douleur, ça signifie qu'elle est en vie ! Laissez-moi passer !

L'Ombre perdit toute trace de gentillesse. Un ordre, et non une proposition, claqua sur sa langue :

— Non !

— Laissez-moi passer, répéta la Frizienne entre ses dents.

— L'Ombre ne prendra pas le risque de te perdre, même pour celle que tu aimes. Tu es trop importante.

— J'irai, que vous le vouliez ou non ! Vous ne m'arrêterez pas, alors écartez-vous !

Son maître se contenta d'adopter une posture défensive. Adali courut vers le vaisseau gob. L'Ombre se déplaça trop vite et la repoussa. Elle réessaya mais l'Atalatéen largement plus fort qu'elle se mouvait bien trop rapidement. Elle regarda désespérément l'épave de La Dague car un vaisseau du GCT s'en approchait.

Le pouvoir déferla dans les veines d'Adali quand elle pensa à Elvira. Elle le sentit plus puissant que jamais, et elle l'envoya sur l'Ombre. Pas dans le but de le tuer, mais de l'occuper suffisamment pour la laisser passer. Son maître s'éleva dans les airs sans possibilité de lutter. La Frizienne monta dans le vaisseau rond et décolla dans l'instant. Quand l'Ombre retomba lourdement sur le sol, elle était déjà loin. Elle eut une pensée désolée pour lui, car elle ne souhaitait pas le blesser et savait qu'il cherchait à la protéger. Mais il fallait qu'elle sauve Elvira.

L'appareil gob allait si vite qu'il atteignit La Dague avant le transporteur de troupes du GCT. Adali se posa dans une crevasse assez profonde pour le cacher entièrement et courut à toute allure vers La Dague. L'épave pliée en deux n'évoquait plus en rien la gloire du vaisseau. Des impacts rayaient et trouaient le sigle, à peine visible, qui l'ornait. Des pirates en sortaient en toussant, en criant à la mort ou en rampant. De la fumée chargée de cendres s'échappait des interstices, et le sol glissait à cause des tonnes d'eau larguées par les vaisseaux héliés pour contenir l'incendie. Adali chassa les résidus qui s'accumulaient sur son masque et scanda mentalement :

« Elvira ? »

Elle envoya sa pensée avec force, de sorte qu'elle se répercuta sur des kilomètres. Alors qu'elle pénétrait dans la carcasse de métal, une main empoigna sa jambe. Elle s'emplit de compassion en découvrant un Mugien mutilé. Ses jambes sectionnées, ses tripes sortaient de son ventre dans un flot de sang continu. Inaudible, il chuchota, les larmes dégoulinant sur ses lèvres abîmées. La Frizienne, choquée par l'état de ce pauvre extraterrestre, s'agenouilla pour approcher son oreille de sa bouche. Elle ne comprit qu'une phrase :

— Pitié, tue-moi...

« Ça va aller, tu verras », susurra Adali mentalement en insufflant toute sa gentillesse dans ses mots.

Elle plongea ses yeux dans ceux du Mugien et planta son poignard dans son cœur, sous son poumon gauche. Elle ferma ses paupières alors que la vie le quittait. Puis elle essuya la lame sur la veste du malheureux et repartit à la recherche de la capitaine.

Instinctivement, elle se dirigea jusqu'au pont supérieur à travers les couloirs effondrés. Le plafond de la salle principale troué laissait entrer la lumière du jour. Adali sentit sa pression et son anxiété s'évaporer lorsqu'elle trouva Elvira. La pirate aidait Yaé à se dégager d'une poutre, mais elle peinait à cause de son bras blessé couvert de sang coagulé.

« Elvira... » murmura-t-elle dans sa tête.

La capitaine sursauta et dévisagea Adali avec autant de surprise que de distance :

— Qu'est-ce... que... tu fais là ?

Sa voix était saccadée car elle peinait à respirer l'air de Héli à cause de son masque fissuré. La question prit Adali de court :

— ... Je suis venue m'assurer que tu allais bien pour t'emmener loin d'ici... Les vaisseaux du GCT vont débarquer ici d'un moment à un autre...

— Du GCT ? demanda Elvira d'un ton qui trahissait son étonnement. J'imagine... que, puisque tu travailles... pour Héli, ça ne devrait pas... te poser problème... de me livrer à... eux !

Une blessure se rouvrit dans le cœur de la Frizienne.

— Mon maître et moi ne travaillons pas pour Héli... Nous avons seulement découvert que le GCT voulait que la Coalition Libre s'empare de cette planète, c'est pour ça que l'Ombre a tout révélé à Floridus IV. Et maintenant que je vois les vaisseaux du GCT attaquer Jeusäe, je comprends mieux ; Terre s'est servie de la Coalition pour arriver à ses fins.

— Le GCT est vraiment en train d'attaquer Héli ? intervint Yaé, dont Adali avait oublié la présence.

Elle confirma de la tête, et Elvira parut soudain perdue :

— Tu... Non, ça ne... peut pas être si simple... Tu m'as trahie... Si c'est la... vérité, alors pourquoi ne pas me l'avoir... révélée ?

— Je voulais te le dire, mais les co-consuls t'auraient...

— Plus un geste !

Adali se retourna en un clin d'œil. Un soldat du GCT les menaçait de son arme et donnait des indications sur sa localisation dans sa radio. Elle se préparait à ce genre de situation depuis des mois. Elle projeta son esprit sur lui. Il tomba mollement par terre, mort.

— Suivez-moi si vous voulez vous en tirer, intima-t-elle aux deux pirates.

— Je ne peux pas bouger, grimaça Yaé. Ma jambe est coincée, et la pression atmosphérique est trop forte, je n'arrive pas à la sortir...

— Laisse-moi faire, avisa Adali.

Elle s'approcha et toucha la poutre qui le retenait prisonnier. Retrouver Elvira lui insufflait une bouffée incroyable de pouvoir. Elle imagina que la barre de métal s'élevait, ferma les paupières et les rouvrit en entendant l'exclamation étonnée du jeune homme :

— Tu fais ça... ?

Sous ses yeux sidérés, la poutrelle volait. Elvira l'aida à se relever, et ils quittèrent le pont principal.

— Promets-moi... que c'est la vérité, lâcha la pirate épuisée alors qu'ils se cachaient d'un groupe de soldats ennemis.

— Je te le jure. Sur ma vie, je ne te mens pas. Mon maître ne se bat que pour une seule cause : la liberté. Il n'a jamais vraiment eu foi ou confiance en la Coalition Libre, et il avait raison. Je ne sais si les co-consuls sont de mèche avec le GCT, mais quelqu'un a orchestré cette attaque pour le compte de Terre. Si je t'avais dit la vérité alors que tu étais encore sur Tortran, les co-consuls t'auraient assassinée pour te remplacer par quelqu'un de plus docile.

Les Humains du GCT passèrent leur chemin, et le trio reprit sa route pour sortir de La Dague. Ils passèrent par un trou dans la coque à l'arrière. De loin, ils aperçurent des rangées de pirates à genoux sur le sol, sous haute surveillance.

— Venez, les interpella quelqu'un derrière eux.

L'Ombre dévisageait Adali avec un air énigmatique, le même qu'Elvira affichait pour lui.

— Sauf si vous voulez que le GCT vous capture, continua-t-il, suivez l'Ombre.

Sans un mot, ils lui emboîtèrent le pas. Son apprentie réalisait à peine que ses actes auraient peut-être un impact sur son avenir avec lui. Mais le moment ne se prêtait pas à ce genre d'interrogations.

— Attendez, les arrêta Adali, il y a un problème.

Elle devinait une présence venir vers eux, incapable de l'identifier.

— Que sens-tu ? la pressa l'Ombre avec le plus grand sérieux.

— Je ne sais pas… Quelqu'un utilise un pouvoir similaire au mien, et il approche très vite… Comme sur Obside, mais en pire… Il faut quitter cet endroit, tout de suite !

L'Atalatéen souleva Yaé du sol comme s'il ne pesait rien pour qu'il ne les ralentisse plus, et ils partirent en courant. La pression s'accentuait sur Adali. Elle sentait une présence. Ils arrivèrent à la navette de l'Ombre. Alors qu'ils voulaient monter dedans, Elvira tomba par terre. La Frizienne se précipita vers elle et la découvrit évanouie. Une voix tonitruante retentit autour d'eux :

« Abandonne, tu n'as aucune chance contre nous. »

Adali ressentit la marque du Point dans cette pensée, et déglutit de terreur. Une douleur inouïe s'insinua alors dans sa tête qu'elle attrapa en hurlant. Une force voulait prendre le contrôle de son corps, de tout son être. Elle essaya de riposter à cette attaque mais, à chaque fois qu'elle projetait son esprit, on la rabrouait à l'intérieur d'elle-même. Au prix d'un immense effort de volonté, elle parvint à chasser l'intrus. Elle trouva avec horreur l'Ombre gisant au sol. Seul Yaé, à moitié debout, semblait résister.

Une balle ricocha près de son pied. Des soldats du GCT arrivaient sur eux en lâchant des rafales pour les forcer à se rendre.

— Il faut qu'on fiche le camp ! cria Yaé en lui prenant le bras.

— Je ne les laisserai pas là, protesta-t-elle.

Adali saisit Elvira par les épaules pour la traîner dans la navette. Impossible de la déplacer d'un seul centimètre. L'entité hostile l'empêchait d'emmener la pirate. Elle la tira avec hargne et tenta aussi avec l'Ombre, mais le résultat était le même. Une balle frôla sa jambe, et Yaé l'attira en arrière.

— On n'a pas le choix, on va tous se faire prendre !

Adali se débattit et se risqua encore une fois à soulever Elvira, mais elle finit par se rendre à l'évidence : la force mentale ne la laisserait pas emmener ses amis. Elle poussa une plainte de rage et aida Yaé à claudiquer jusqu'au vaisseau. Elle s'assit aux commandes et activa les réacteurs alors que des larmes maculaient ses vêtements.

La navette s'éleva, et une roquette la heurta. Elle piqua vers le sol dans une embardée. Adali saisit à pleines mains le manche directionnel et le redressa, mais l'un des moteurs se détacha. Elle se dirigea vers la crevasse où l'attendait l'appareil gob. Elle réussit à se poser sans trop de dégâts en amortissant la chute sur une bande d'herbe à l'orée des arbres, à côté des falaises.

La présence recommençait à flotter dans les alentours, et Adali sortit Yaé en l'attrapant par la taille. Ils se précipitèrent dans l'autre engin, et la Frizienne décolla alors qu'un chasseur du GCT arrivait. Grâce à la vitesse incroyable due à la technologie gob, elle le sema et fila vers l'horizon.

— Je ne sais pas où aller, lâcha-t-elle, perdue.

Yaé répondit d'une voix aussi peinée :

— Dans un endroit où le GCT ne pourra pas nous trouver. Si la Coalition est corrompue, comme tu l'as dit, ce n'est pas la peine de penser à Tortran. La base de Leto n'existe plus, et le Pic Noir n'est pas une bonne idée... Tu t'es rendue dans d'autres villes rebelles avec ton maître ?

— Oui, dans la cité de Hal, c'est là que j'ai rencontré Elvira...

Elle eut un sanglot, et Yaé la réconforta :

— On la retrouvera, je te le promets, elle compte beaucoup pour nous deux.

Adali acquiesça tristement et se concentra de nouveau car ils arrivaient en vue d'autres vaisseaux terriens, près d'une ville moins importante que Jeusäe. Des épaves fracassées tombaient de l'espace pour s'écraser un peu partout.

— Je ne suis pas la bienvenue à Hal, et il paraît que le GCT en a pris le contrôle. On pourrait aller sur Mumeg, proposa-t-elle, Terre n'y a aucun pouvoir, et j'y connais quelqu'un qui, j'en suis sûre, nous aidera. La taille de notre vaisseau devrait nous permettre de nous faufiler au milieu des stations du GCT en orbite.

— Va pour Mumeg, accepta Yaé.

Elle entra des informations sur le tableau de bord. Lors de son séjour sur Héli, l'Ombre l'avait obligée à parfaire sa lecture et à apprendre à se servir de ce vaisseau en abordant les rudiments du langage gob. Elle le remercia d'une pensée gratifiante en tapant les coordonnées de la planète. Les deux lasers créèrent une faille qui provoqua un séisme en-dessous. Elle s'y engouffra alors qu'un chasseur du GCT s'apprêtait à les intercepter. Avant qu'il soit à portée de tir, ils disparurent dans le Néant.

≈

Jenya Al'ekh bouillonnait de rage. Arrivé trop tard sur Héli. Lorsque La Héra s'était posée, le Gouvernement Colonial Terrien se rendait déjà maître de Jeusäe et capturait le pape christant, Floridus IV. Hel le regardait d'un air qui en disait long sur sa pensée. Ils avaient échoué. Toutes ces années à comploter pour s'emparer de la Planète Sainte en manipulant le GCT et la Coalition Libre... pour rien.

— Ordre à tous les appareils de cesser le combat et de se rendre aux soldats du Gouvernement Colonial Terrien, débita-t-il, accablé, dans le micro tendu par un officier de la Force Spatiale.

Le mot fut relayé à tous les rescapés de la Coalition et de l'ETPL. Bien sûr, ces derniers refuseraient d'obéir, comme prévu. C'est pourquoi, sur Tortran, Jenya avait remplacé des matelots par des mercenaires à sa solde. En ce moment-même, ils sabotaient les systèmes de déchirement spatial des vaisseaux pirates pour les empêcher de fuir. Les co-consuls offraient au GCT ses ennemis sur un plateau de diamants. Sauf qu'ils auraient dû, après cela, être nommés à la tête de Héli. Mais désormais, cela n'arriverait pas. Jenya savait bien que la parole du GCT perdait sa valeur puisqu'il ne possédait pas de moyen de pression. Ce moyen devait être Floridus IV. Avec le pape comme otage, les Al'ekh auraient contrôlé les Christants et forcé Terre à suivre leurs désirs. Mais l'Armée Terrienne détenait Floridus IV.

L'officier parla à l'un de ses supérieurs en privé et revint vers eux :

— Par l'autorité que me confère le Gouvernement Colonial Terrien, je vous arrête, Jenya Al'ekh et Hel Al'ekh. Vous aurez le droit à un procès. Vous êtes accusés de complot contre Terre et encourez la prison à vie.

Jenya soupira. Tellement prévisible.

≈

— *Ordre à tous les appareils de cesser le combat et de se rendre aux soldats du Gouvernement Colonial Terrien*, grésilla la voix de Jenya Al'ekh dans les oreillettes de chaque rebelle et pirate.

— Quoi ? s'exclama Xeï en entendant le message du co-consul.

— Vous êtes en état d'arrestation, Xeï, la menaça un rebelle en posant une arme sur son front.

— Au nom de quelle faute ? s'indigna la maître d'équipage. De m'être battue pour la Coalition Libre et la liberté ?

Des rebelles se levèrent pour empêcher leur collègue de menacer Xeï, mais il mit son doigt sur la détente, et ils reculèrent.

— Ceux qui s'opposeront au GCT seront exécutés, proféra-t-il.

Xeï baissa la tête avec dépit ; alors, cette attaque de Héli, si près d'aboutir, se concluait ainsi...

≈

— Ce fut un plaisir de vous rencontrer, sourit Amaur Baksh.

— Pour moi aussi, répondit Ode.

Il serra sa main en épargnant cette fois ses phalanges. La nouvelle venait de tomber : le Gouvernement Colonial Terrien avait pacifié la Planète Sainte en punition de sa tentative de le renverser en s'alliant à la Coalition Libre. Bien qu'elle ne soit pas une fervente adepte de la cause de Terre, Ode se félicitait de sa participation à sa victoire. Car elle ne voulait plus quitter Terre, redevenue son foyer. Grâce à elle, le GCT avait envahi Héli en la prenant par surprise. En s'engageant dans l'Armée Terrienne, elle ne pensait pas devenir l'une des programmeuses les plus importantes de l'espace occupé.

Mais elle l'était.

Épilogue

On attend l'aube toute la nuit, mais lorsqu'elle arrive,
on oublie facilement que, à la fin de la journée, l'obscurité reviendra.

Le visage de Balhvrouda apparut alors qu'il entrouvrait sa porte, surpris que quelqu'un frappe chez lui à cette heure avancée de la nuit.

— Salut, Balh, l'aborda Adali, tu te souviens de moi ?

Le Mugien la regarda comme s'il s'agissait d'un fantôme et se frotta les yeux :

— Adi ? Que faites-vous là ?

— C'est une longue histoire...

— Mais où sont mes manières, s'empressa-t-il de proposer en ouvrant en grand, entrez vite !

Ils pénétrèrent dans la maison arrondie que Yaé observait avec un air étonné, en tenant contre sa jambe blessée un bandage improvisé. Balh les installa sur des fauteuils, apporta du matériel de premiers secours et mit de l'eau à bouillir pour préparer du jlodf.

— Je ne pensais pas vous revoir un jour, avoua-t-il en leur servant le breuvage vert fumant qui dégageait une douce odeur d'herbe fraîchement coupée.

— Comment vas-tu depuis ma dernière venue ? s'intéressa poliment la Frizienne.

Comme pour appuyer sa réponse, les pupilles de Balh s'agrandirent :

— Ce voyage au Rocher m'a ouvert les yeux. Avant, je n'étais qu'un ignorant... Le problème, c'est que personne ne m'a cru quand j'ai révélé la vérité aux autres. On m'a traité de dingue et conseillé de réduire ma consommation d'algues hallucinogènes...

— Un jour peut-être ouvriront-ils aussi les yeux, compatit Adali.

Balh appliqua une compresse sur l'hématome de Yaé au tibia et reprit :

— Alors, dites-moi, Adi, pourquoi venir me voir ? Et où est votre amie la pirate ?

La mâchoire d'Adali se crispa, et elle inspira longuement pour se charger de courage :

— Elvira est prisonnière du Gouvernement Colonial Terrien. Si je suis ici, c'est parce que cette planète n'est pas sous l'égide de Terre, et que je te fais confiance pour ne pas nous dénoncer, Yaé et moi, au cas où les Terriens viendraient nous chercher jusqu'ici.

— Bien sûr que vous pouvez avoir confiance, s'exclama-t-il avec entrain. Vous avez rencontré mes créateurs et m'avez révélé la vérité sur mes origines. Je ne vous trahirai pas, vous et votre ami ; vous êtes la seule avec qui les Aigles communiquent. Et si ces Terriens sont à votre poursuite, cachez-vous chez moi aussi longtemps que nécessaire.

Adali raconta les raisons de leur fuite. Quand Balhvrouda commença à bâiller, elle proposa de finir le lendemain, car ils l'avaient sorti de son lit en pleine nuit. Il les installa sur des couchettes improvisées.

Enfin seuls, Yaé se tourna vers elle :

— Toi aussi, tu vois l'Aigle dans tes rêves ?

Son chuchotement parvint jusqu'à lui :

— Oui. Je ne me fiais pas assez à toi pour t'en parler jusque-là, mais maintenant que nous sommes dans le même pétrin, je n'ai plus de raison de te le cacher. J'ai rencontré les Aigles — car oui, ils sont plusieurs — lors de ma dernière venue sur Mumeg. Ils m'ont appris que ma naissance ne devait rien au hasard. Ils ont modifié d'infimes détails pendant des siècles pour qu'un jour je vienne au monde. Je ne suis pas la première, il y en a eu d'autres avant moi. Aëlita Choulks, par exemple.

— La fondatrice de la Coalition Libre ?

— Exact, et ce ne fut pas la seule. Le but des Aigles est de transformer l'espace que nous connaissons en un endroit meilleur ; ils veulent se racheter de leurs fautes d'autrefois qui ont mené Mumeg à la guerre nucléaire. Pour eux, je suis celle qui est censée renverser le GCT et instaurer un régime plus juste... J'ai un pouvoir puissant, mais je ne pense plus être celle qu'ils croient à présent...

— Pourquoi ça ? Je t'ai vue à l'œuvre ; ce que tu es capable d'accomplir avec ton esprit est incroyable !

Adali fixa un point sur le plafond ondulé et répondit lentement :

— Tu as senti cette présence sur Héli, qui a immobilisé l'Ombre et Elvira et a failli avoir raison de nous ?

— Oui, j'ai cru que ma tête explosait...

— Je n'ai aucune idée de ce que c'était, mais je ne fais pas le poids contre une telle puissance. D'ailleurs, comment as-tu résisté ?

— Je ne sais pas, murmura Yaé en remontant la couverture sur son torse. Je ne pense pas y être pour quoi que ce soit. Je crois que c'est l'Aigle... enfin, les Aigles, qui me sont venus en aide... mais j'avais l'impression qu'ils utilisaient leurs dernières forces pour me sauver...

— Quand je les ai rencontrés, ils m'ont avoué le déclin de leur pouvoir. Ce que tu dis est tout à fait plausible.

— La première fois que j'ai vu l'Aigle, se lança-t-il d'une voix empreinte de souvenirs, c'était sur Frizen2, pendant votre révolte. Il m'a infligé une souffrance horrible et m'a forcé à tirer sur un soldat de mon régiment... En vérité, je ne regrette pas cette balle perdue. Tout ça pour dire que je n'ai jamais eu l'occasion de m'excuser envers toi. Je veux seulement que tu saches que, avant de déserter l'Armée Terrienne, je voyais les extraterrestres comme des monstres sous-développés... Aujourd'hui, je sais que j'avais tort.

« J'ai cru comprendre que tu étais devenu très proche d'Elvira », répondit-elle mentalement après avoir longuement réfléchi. « Même si elle pensait que je l'avais trahie, elle est celle que j'aime... Si elle t'a pris comme conseiller, puis comme second, cela signifie que tu es quelqu'un de bien. Et lorsque tu m'as raconté, tout à l'heure, comment Xeï et toi l'avez sauvée de la Pieuvre sur Tortran, j'ai su que tu n'étais plus la même personne qu'avant. Tu n'as plus rien à voir avec le soldat qui croyait ces stupidités. Quand les Aigles m'ont révélé que tu allais me soutenir dans ma quête pour libérer l'espace occupé, j'ai pensé à te tuer. À présent, je suis heureuse que tu sois cette personne destinée à m'aider. »

Yaé n'ajouta rien. Ils avaient tous les deux dit ce qu'ils portaient sur le cœur. Le sommeil tardait à venir, et alors que ses paupières s'alourdissaient, la voix d'Adali reprit :

— Tu m'aideras à libérer mon maître et Elvira ?

— Ça dépend, rétorqua-t-il d'un ton énigmatique.

— De quoi ? s'enquit-elle en se redressant sur ses coudes pour le sonder du regard.

— Nous les libérerons ensemble à condition d'aussi délivrer Xeï, si elle est encore en vie.

Adali sourit et se recoucha.

Xeï, Elvira et l'Ombre, trois criminels recherchés depuis des années.

Leur place sur Mars était prédestinée. Les faire évader n'aurait rien de facile.

Fin du tome 1

Remerciements

Pour toi, qui supportes mes lubies et obsessions créatives depuis des années, et les acceptes même, comme le reste.

Pour ma mère, pour tes innombrables corrections et encouragements.

Pour mon père, pour tes conseils, pour avoir fait naître en moi l'envie de raconter comme tu nous racontais.

Pour mes sœurs, pour votre temps, votre confiance et votre aide.

Pour mes deux meilleurs amis, pour vos relectures, votre foi et votre soutien inconditionnels.

Pour mon parrain et pour toi, vous qui m'emmeniez en vacances en m'offrant un temps que j'aimerais retrouver pour me perdre dans les méandres des plus grands récits.

Pour mon cousin, toujours acerbe et pertinent.

Pour toi, ancien colocataire ayant pointé du doigt certaines faiblesses à corriger, dans un pays lointain où cela comptait beaucoup.

Pour mon éditrice, qui me fait confiance et permet la réalisation d'un « rêve », comme s'appelait initialement ce livre.

Pour mon illustrateur, dont j'admire le travail et qui transcende mes mots par l'image.

Pour ma correctrice, pour son regard avisé et son efficacité.

Aurèle M.